ERSHIYI SHIJI
ZHONGGUO WENXUE DAXI

顾　问

丁　帆　陈思和　林建法　洪子诚

总主编

何言宏

总策划

何言宏

策　划

丁亚芳　王政红　王欲祥

编委会成员

丁亚芳　丁晓原　王　尧　王光东　王政红
王家新　王彬彬　王欲祥　吕效平　何言宏
张学昕　张清华　张新颖　陈晓明　施战军
徐　蕾　黄发有　彭志斌

（以姓氏笔画为序）

二十一世纪
中国文学大系

2001—2010

总主编 何言宏

理 论 卷

本卷主编 张清华

南京师范大学出版社
NANJING NORMAL UNIVERSITY PRESS

图书在版编目(CIP)数据

二十一世纪中国文学大系：2001—2010. 理论卷 / 张清华主编. —南京：南京师范大学出版社，2014.12
ISBN 978-7-5651-1653-7

Ⅰ.①二… Ⅱ.①张… Ⅲ.①中国文学－当代文学－作品综合集 ②中国文学－当代文学－文学理论－文集 Ⅳ.①I217.1 ②I206.7-53

中国版本图书馆 CIP 数据核字(2014)第 244344 号

书　　名	二十一世纪中国文学大系(2001—2010)·理论卷
本卷主编	张清华
责任编辑	丁亚芳
出版发行	南京师范大学出版社
地　　址	江苏省南京市宁海路 122 号(邮编:210097)
电　　话	(025)83598919(总编办)　83598412(营销部)　83598297(邮购部)
网　　址	http://www.njnup.com
电子信箱	nspzbb@163.com
照　　排	南京理工大学印刷照排中心
印　　刷	南京爱德印刷有限公司
开　　本	660 毫米×970 毫米　1/16
印　　张	42.25
字　　数	630 千
版　　次	2014 年 12 月第 1 版　2014 年 12 月第 1 次印刷
书　　号	ISBN 978-7-5651-1653-7
定　　价	78.00 元

出 版 人　彭志斌

南京师大版图书若有印装问题请与销售商调换
版权所有　　侵犯必究

前言

何言宏

《二十一世纪中国文学大系(2001—2010)》凡十三卷十八册,经过各位同仁的共同努力,终于面世,无疑是中国文学界的一件大事。

二十一世纪的第一个十年,中国文学发生了非常巨大的变化。这些变化,首先表现于它的世界性的历史处境。2001年发生于美国的"9·11事件"对于世界格局的改变,无论是在政治、经济和军事方面,还是在精神、思想、文化和意识形态方面,都非常巨大。也就是在这一年,中国经过艰苦的努力与谈判,终于加入了"WTO"。这一事件对于中国社会和中国经济的影响自不待言,其对我国思想文化界的影响,实际上也非常深刻。二十一世纪的中国文学,就发生和发展于这样的世界背景,并且和这样的背景发生着或显或隐的内在联系。

在中国内部,二十一世纪以来,中国大陆对于世界体系的进一步融入和改革开放在多方面的拓展与深化,市场化社会和消费社会的初步形成,媒介文化特别是网络文化的不断发展与发达,文学体制包容性的扩大和评奖制度的调整,以及中国台湾开始于上世纪末的政治转型,香港和澳门分别于1997年和1999年对祖国的回归,都不仅使中国各个区域的社会、政治、经济与文化发生了变化,它们之间的文学与文化关系,也与此前大为不同。这些"变化"和这些"不同",二十一世纪以来表现得尤为迅猛、尤为突出,文学处身其中,无论是主动被动,还是直接与间接,自然与它们深切关联。在这些关联中,我们关注最多和感受最深的,就是我们的文学——具体地说,就是我们的作家、诗人,我们的文学批评家、文学研究者,和我们的文学翻译家、文学编辑与文学出版工作者等等——都力图以他们的劳作去书写、把握、追问、反思与介入我们的时代。我们这个时代和我们这个时代广大民众的精神与生存,在我们的文学中得到了异常丰富的表现。

二十一世纪以来,我们的文学潮流迭起、异彩纷呈,老一辈作家坚守良知,佳作不断;中年作家们勇猛精进,成就卓绝,殊为我们文学时代的中流砥柱;青年一代,也都姿态各异,身手非凡。二十一世纪以来,我们出现了那么多非常杰出的作品。我们的文学在精神特征、话语表达,在价值、美学和艺术策略上既有坚持,又有新变,在文学史的意义上,已经构成了一个相对完整和相对独特的文学时代。这个时代虽仍在进行,但我们有理由相信,它的未来必定宏阔,必有大成。因此,为了全面、系统和较为及时地总结二十一世纪第一个十年的中国文学,对这一时期中国文学的历史发展、基本格局和重要史料进行认真切实的梳理,并且遴选出其中的重要作家和重要作品,一方面为后人对这一时期中国文学的进一步研究和文学史编撰提供最具权威性的经典文献,另一方面,也为社会各界和广大读者提供一套权威性、系统性和集成性的大型选本,我们特邀请中国当代文学研究界的著名学者和著名批评家编选了《二十一世纪中国文学大系(2001—2010)》。

我们的"大系",充分借鉴和学习了赵家璧先生1935—1936年间主编的《中国新文学大系》(1917—1927)以来各辑"大系"的历史经验,也据二十一世纪以来中国文学的基本特点,既有常规性的"理论批评"、"长篇小说"、"中篇小说"、"短篇小说"、"散文"、"诗歌"、"戏剧文学"、"杂文"、"报告文学"和"史料"诸卷,也专门设立了"翻译文学"和"随笔"卷,在文学史的意义上强调和突出"翻译文学"对于汉语文学的重要意义,也反映了二十一世纪以来"随笔"文体的持续兴盛。我们希望,我们的"大系"在学术精神上既能对前辈有所承传,也能具有新的尝试和新的开辟。

《二十一世纪中国文学大系(2001—2010)》虽然较早地动议于2009年,并在南京师范大学出版社及有关部门的大力支持下迅速启动,纳入了江苏省"十二五"期间的重点出版规划,也获得了我们学术前辈的热情鼓励与肯定,但是,为了保证编选工作的客观性与严肃性,为了这项浩大的"学术工程"所必须具有的时间的沉淀,我们在二十一世纪第一个十年的中国文学结束几年后方始推出。各卷主编作为在中国现当代文学研究界与文学批评界都极活跃与非常著名的学者与批评家，工作繁忙，而能勠力同心地沉潜数年，共襄盛举，真的应该深深感谢。昔者赵家璧先生在其《中国新文学大系》(1917—1927)的"前言"中曾经说过："我们相信新文学运动第一个十年间许多英雄们打平天下的伟绩，是值得有这样一部书，替他们留一个纪念的。现在我们做成了，我们觉得了却了一件心愿！"对于我们这套"大系"来说，值得纪念的，除了我们的很多作家、诗人、批评家和翻译家们的文学"伟绩"，还有我们的前辈与我们的同仁们对"大系"所付出的很多热情、很多心血，正是在这样的意义上，我也非常想说："现在我们做成了，我们觉得了却了一件心愿！"我们希望，在二十一世纪第二个十年行将结束的时候，我们的文学必将取得新的"伟绩"，我们的文学研究界与批评界，也必将有一次新的集结。

出版说明

本套《二十一世纪中国文学大系（2001—2010）》自2010年开始策划，至今已四年有余。从组稿到选编，从定稿到编辑，几经斟酌、打磨，这套丛书终于面世了。

作为丛书的策划与出版者，我们的心中并不觉得轻松。众所周知，选编新文学大系的做法始于上个世纪三十年代的赵家璧先生，其后上海文艺出版社又陆续出了二、三、四、五辑。新世纪以来，虽然也不断有各类文学选本陆续推出，但以头十年为考察时间段的综合性大系类丛书，这还是第一套。十年，还不足以呈现文学思潮发展的清晰脉络，但经过十年的淘洗沉淀，新世纪文学创作的趋势和特点已经逐渐在我们面前展开，渐见分明。选编本套大系的最大问题，是如何踵武前贤而又不失新世纪文学发展的特点。经过与总主编及各卷主编多次的商讨，在借鉴前五辑大系框架结构的基础上，我们选定了十三个种类，分别为长篇小说、中篇小说、短篇小说、翻译文学、报告文学、诗歌、散文、随笔、杂文、戏剧、理论、史料、批评，并为各卷配上了分卷主编所撰写的导言，对相关文学体裁这十年来的发展踪迹做了较系统的梳理和总结，以供读者参考。

与前五辑相比，本套丛书既沿袭了传统的文学分类又有所创新，如将散文、随笔和杂文分册选编，显示了"随笔"这一文体近年来独具特色的面貌；又如将翻译文学独立成卷，凸显"翻译"这一特殊创作形式对于中国本土文学的影响，与中国文学逐步融入世界文学的步调也是相应的。当然，限于精力和客观条件，我们舍弃了一些同样具有鲜明文学特色的体裁，如小小说、儿童文学、影视文学等。

大系是一种特殊的读本，也是一种特殊的史料集，在编辑过程中，我们以存真、求善为原则，订立了以下编校原则：

一、关于选目

突出名作名家，兼顾风格流派。

二、关于版本

1. 原则上以最初发表的版本为准。

2. 少量的以作者认可的定本为准。

三、关于编排顺序

全套丛书多依文章发表的先后为序，少数按照分卷主编选编的类型排序，如戏剧卷以主题分类、诗歌卷以作者姓氏排序。

四、关于注释

1. 全书不加注释，只在每篇篇末注明选文出处或版别，如原载《×××》×年第×期，或选自××出版社×年第×版。

2. 原书少量典实确实有误，也不改动，但加脚注予以指出。

五、关于编校

所选篇目文字以初版为据；少量以作者定稿本为据的，加注说明。

1. 错别字径改。但异形字或异形词，或者过去的习惯用法如其它—其他、精炼—精练等，原文如用前一项的均不改。

2. 标点依据目前较规范的用法，对明显的错用加以改动，但不强求统一。

3. 年代、数字、称谓的用法也一依原作，不作统一。

文学大系的选编既是一家之见，难免会存在争议。但我们相信，争议也正是编辑这套丛书的意义之一。由于经验和水平，我们的编校中难免还存在失误和错谬，希望广大读者不吝赐教，以使我们的工作更臻完善。

南京师范大学出版社

2014年7月23日

目录

前言　何言宏 / 001

出版说明 / 004

导言：变奏与对话
　　——21世纪以来当代文学研究的理论问题及其旨趣　张清华 / 001

一　文学史写作与"重返"研究

中国当代的"文学经典"问题　洪子诚 /003

先锋与常态
　　——现代文学史的两种基本形态　陈思和 /014

当代文学史写作：共时的结构　南帆 /035

没有"文学故事"的文学史
　　——怎样讲述中国现代文学史　郜元宝 /048

"重返"八十年代文学的若干问题　程光炜 /065

文学分期中的知识谱系学问题
　　——从"当代文学"的"说法"谈起　李杨 /085

重读"二十世纪中国文学"　贺桂梅 /110

在"缝合"与"断裂"之间
　　——两种文学史叙述与"重返八十年代"　罗岗 /131

二 "再解读"及文化研究的左与右

事关未来的正义
　　——革命中国及其相关的文学表述　蔡翔 /141
人民文学:未完成的历史建构　旷新年 /163
在革命的星空下
　　——20世纪中国文学中的"革命"主题　敬文东 /178
萧也牧现象　李洁非 /195
组稿:文学书写的无形之手
　　——以《人民文学》(1949—1966)为中心的考察　吴俊 /207
"新人"想象与"民族风格"建构
　　——结合《林海雪原》的部分手稿所展开的思考　姚丹 /224
歌剧《白毛女》的叙事变迁史　孟远 /239
文化研究:中国现当代文学史的多样观察　程光炜 /250

三 宏观视野与多向度探索

中国乡土小说生存的特殊背景与价值的失范　丁帆 /265
现代性与文学研究的新视野　陈晓明 /280
现代性下的抒情传统　王德威 /303
海子、王小波与现代性　崔卫平 /325
"伪民间"与反启蒙　张光芒 /338
当代中国文学的"再政治化"问题　何言宏 /344
当代中国的都市经验　张柠 /359
"新世纪文学"的命名及其意义　张未民 /385
"主题原型"与新时期小说创作　王光东 /397

四 "底层文学"批评与讨论

"底层生存写作"与我们时代的写作伦理　张清华 /421

曲折的突围
　　——关于底层经验的表述　南帆 /431
当代中国的"新左翼文学"　何言宏 /449
关于"底层写作"的若干质疑　王尧 /466
底层写作与"苦难焦虑症"　洪治纲 /484
中国的"文学第三世界"
　　——新世纪文学读记　孟繁华 /499
《中国的"文学第三世界"》一文之歧见　郜元宝 /505

五　关于当代文学的评价问题

当下中国文学之我见
　　——从王蒙、陈晓明"唱盛当下文学"说开去　肖鹰 /511
关于"当代文学"的评价问题　王彬彬 /521
再论"当代文学评价"问题
　　——回应肖鹰王彬彬的批评　陈晓明 /533
中国当代文学评价中的思维误区　张柠 /567
"憎恨学派"的"眼球批评"
　　——关于当下文学评价的辩论　孟繁华 /575
评价当代文学：我们需要的是"中国立场"还是"人类立场"　张光芒 /582
人文主义与本土经验
　　——如何评价中国当代文学，从肖鹰对陈晓明的批评谈起　张清华 /590

六　国际视野与世界性问题

当代中国文学的世界性问题　童庆炳 /599
海外中国现代文学研究的历史、现状与未来
　　——"海外中国现代文学译丛"总序　王德威 /604
我对20世纪中国文学的世界性因素的思考与探索　陈思和 /612
从语言角度看中国当代文学　〔德〕顾彬（Wolfgang Kubin）/618
论文学的世界性因素与影响研究
　　——关于"20世纪中国文学的世界性因素"命题及相关讨论　谢天振 /629

导言：变奏与对话
——21世纪以来当代文学研究的理论问题及其旨趣

张清华

一晃"新世纪"已经过去十几年的时间了，很快我们将迎来"五四"新文化运动一百年的时刻。"新文化"与"新世纪"确乎都已不再那么"新"，一切似乎应该显现出某种历史的踪迹与逻辑了。然而，当我们试图要梳理这些踪迹与逻辑的时候，却又发现它们并不是那么容易找寻。"却顾所来径，苍苍横翠微"，用语焉不详的诗意描述，确乎难以找到令人信服的解释，但我们也只能循着这个来路，大致地画出一个轮廓。

因此，回顾这个十余年的当代文学研究的历史，可能的办法只能是就其中几个主要的理论话题做一些梳理，希望借此能够辐射或暗含更多的问题，在"隐喻"的意义上指涉或容纳近十几年来比较重要的理论命题。正如美国的新历史主义理论家海登·怀特所说，任何事件一旦进入了历史的叙事之后，都会变成一个被"扩展了的隐喻"[①]。也正因为如此，要想"叙述历史"几乎是不可能的，可能的只有"叙述事件"，而"叙述事件"本身实际上也就是"叙述历史"。从这个意义上，我们总结几个主要的理论话题，也就可以看作是对新世纪当代文学研究的一个梳理与总结了。

[①] 海登·怀特的原话是："作为一个象征结构，历史叙事不'再现'其所形容的事件……"而是"使事情的形象浮现在人们的脑海里，如同隐喻的功能一样……历史是象征结构、扩展了的隐喻。""它利用真实事件和虚构中的常规结构之间的隐喻式的类似性来使过去的事件产生意义。历史学家把史料整理成可提供一个故事的形式，他往那些事件中充入一个综合情节结构的象征意义。"见《作为文学虚构的历史本文》，张京媛主编：《新历史主义与文学批评》，北京大学出版社1993年版，第170—171页。

一、文学史写作与"重返"研究

上世纪80年代以来,对文学史的反思与"重写",常常作为当代文学研究的核心问题引发关注。从钱理群、陈平原、黄子平"二十世纪中国文学"概念的提出,陈思和、王晓明在《上海文论》主持开设"重写文学史"专栏,到90年代北京大学"批评家俱乐部"对五六十年代"红色经典"的系列解读,唐小兵、黄子平、刘再复、刘禾等海外学者所推动的"再解读热",以及唐小兵主编的《再解读:大众文艺与意识形态》的问世,还有90年代末几部各具特色的中国当代文学史著的出版,再到新世纪"重返80年代"、"重返50—70年代文学"的"重返"热,历史总是不断被招魂和再叙述。看起来这只是对历史问题的重新认识,但实际上则暗含了对历史逻辑本身的不断修正,还有历史观念与方法的悄然变更。

回顾80年代"重写文学史"的意图,其核心自然是将意识形态主导的文学史结构替换为人文主义思想为主导的结构模式,或至少要让这个结构模式中性化——变为一个"纯粹时间范畴"。这一思维虽源于海外学者论述模式的影响,如夏志清的《中国现代小说史》,但却升华于本土学者普遍的自我反思,并非像有人所定论的,是出于"要把一个资产阶级现代性的叙事硬套在中国现代的历史发展上,用资产阶级现代性来驯服中国现代历史"[①]。所以在这样的思维主导下,沈从文、张爱玲、钱钟书等一批作家的地位得以被重新评估,而原有的因为政治上居于"左翼"优势而被大谈特谈的一些作家,则相应地被压低了地位。这个过程很长,包括后来90年代的"重排大师座次"也是其中有标志意义的一个事件。而90年代"经典再解读"的起因与含义就更为复杂,开始可能包含了某种意识形态的压力,因为90年代初期思想界的回潮以及文学领域中的某些禁忌,人们产生了重操旧业或迂回而行的冲动,重新研究50至70年代的红色经典,便成了一个有意味和含义丰富的事情;而这时,西方解构主义的思想理论也正在悄

---

① 旷新年:《"重写文学史"的终结与中国现代文学研究转型》,《南方文坛》2003年第1期。

然改变着中国学界的思想方法,"文化研究"的兴起则使红色经典获得了全新的多维视野,对于海外的研究者来说,并不存在意识形态方面的压力,他们反而找到了一个进行文化研究或者结构主义叙事学一类研究的绝好例证,黄子平的《革命·历史·小说》即是一个例子①。将文学文本转化为语义更加复杂的文化文本来研究,不但回避了其敏感的意识形态问题,同时还强化了研究者的理论形象,推进了当代文学与学术研究的方法变革,使文本中的文化命题彰显为首要问题。特别是,在此基础上还催生了本土式的"左派理论",一方面是通过意识形态的解读找到了"民族国家立场"与"社会主义文学"的某些历史合理性,另一方面则是通过对其内部结构的重新梳理与阐释,寻找其中的"被压抑的文学性"。这些复杂的理论话语在进入文学史观念与叙述之后,极大地丰富了方法、拓宽了视野、增加了研究的深度。

"重返"研究在近年的热度,首先是上述研究思想与路径的自然绵延,当然也包含了更具体的新诉求。"文学的历史研究"的兴起,加上福柯的知识考古学思想,成为这些研究的主要理论与方法动力。其实早在90年代末洪子诚讲述中国当代文学的"问题与方法"课程时,便已经提到了"历史批评"的重要性,他引述美国学者特雷西的话说:"历史批评的方法……就是'那些被作为事实陈述的事情是如何成为事实的'。"他强调,要"使过去那些表面看起来很平滑、被词语所抹平的'板块'里头,发现错动和裂缝,然后来揭露其中的矛盾性和差异。这种方法是在原先已有的叙述的结论上发现问题,或者说,把既有的叙述'终点'作为出发的'起点'"。②这些论述实际上已非常接近福柯式的理论,"在一些话语的重大的建树的间歇中,它揭示出以话语重大建树为基础的脆弱地基……"③ 或许与这些启

---

① 黄子平:《革命·历史·小说》,牛津大学出版社1996年版;该书后来在大陆出版时定名为《"灰阑"中的叙述》,上海文艺出版社2001年版。
② 洪子诚:《问题与方法:中国当代文学史研究讲稿》,生活·读书·新知三联书店2002年版,第89页;同时参见作者《"当代文学"的概念》,《文学评论》1998年第6期。
③ 福柯:《知识考古学》,谢强、马月译,生活·读书·新知三联书店1998年版,第175页。

示有关，2005年前后，以程光炜为代表的一批学者强化了"文学知识考古学"式的研究实践，推动了"重返80年代"的研究，陆续推出了一大批相应的成果。①

说到底，从"重写"到"重返"，既是一脉相承的对原有经典化秩序的改变、调整、颠覆，也是一个从"更注重主体的立场"到"更注重历史的客观真实"的转换。这个过程充满了戏剧性的逻辑，在中国当代不断回转、巨变、跳跃和断裂的历史情境中，产生出了众多的研究现象与研究范例，也极大地改变了文学史的叙述格局、分析方法、结构面貌与知识生产，改变了当代文学的经典谱系与知识谱系，打开了研究领域中的广阔空间。某种意义上说，以往学界的一种所谓当代文学"只有批评没有研究"的偏见，已然站不住脚了。

本卷中试图呈现这一过程中最新的代表性成果，因为是新世纪以来，所以不能追溯之前的重要文本，只是对近十年做一个简要的梳理。洪子诚先生的《中国当代的"文学经典"问题》一文，可以看做是一个方法性的提醒，对于当代文学的经典谱系所谓何来、其"不得已"而又必须认可的性质的一个更本源性的追问与诠释。他以一贯的客观与精细，从当代的制度渊源与文学体制、生产方式及作家身份等等因素入手，探究了当代文学的经典谱系演化中的诸种参与力量，有助于我们对于"重写"与"重返"问题做出更清醒的预设以及更内在的思考。②陈思和先生的《先锋与常态——现代文学史的两种基本形态》，也同样承续了他以往擅长的宏观思考，从规律的意义上解释了当代文学的一种精神衰变。从他的"战争文化心理"、"广场"与"庙堂"、"民间"与"岗位"、"潜在写作"与"民间隐形结构"，到"先锋"与"常态"，他的一系列准确而传神的关键词，总是以富有思辨意味、然而又总有敏锐的触动力与辐射力的思考，对当代文学的重大问题做出宏观的、历史的和思想性的诠释。他将"先锋"与"常态"

---

① 参见程光炜编：《重返八十年代》，著者有洪子诚、李杨、罗岗、李陀、贺桂梅、旷新年、王尧、吴俊等，北京大学出版社2009年版。
② 洪子诚：《中国当代的"文学经典"问题》，《中国比较文学》2003年第3期。

看做是文学运变的两种基本形态,从而在更长的历史跨度中解释了当代文学的演变逻辑,在以往新与旧、雅与俗等二元对立模式之外,释解出更多被压抑和忽略的文学因素。

作为"重返八十年代"研究的领军人物,程光炜主张深入这个年代的文学知识"被建构"的历史语境之中来拓展研究空间。《"重返"八十年代文学的若干问题》重在梳理有关80年代文学观念构建的几个最核心的问题:"现代派"、"纯文学"、"文化热"、"多元化"等问题是如何在历史情境中发生作用的。这正是抓住了80年代文学之所以成为一个新神话、被不断追忆和怀念的根本原因。尤其他指出的在"现代派"之争中内置的"创新"/"保守"的对立思维可能会压抑其他创作取向,"文化热"、"多元化"可能导致的价值上的"绝对相对主义","新启蒙"话语中隐含的将"自我"置于"大众"之上的精英主义倾向等等问题,打开了更为广阔和多维的思考空间。李杨的《文学分期中的知识谱系学问题——从"当代文学"的"说法"谈起》同样具有方法论意义,它甚至对于中国新文学以来历史叙述中方法与知识谱系的建构都进行了回溯,对于二元对立的历史模型以及断裂式历史思维在新文学中的发展,以及谱系的生成过程中的作用与问题,都做了深度的思考。他使我们在对待新文学与当代文学的知识系统时,有了更多审视与疑问,更多预设与纵横联系。罗岗的《在"缝合"与"断裂"之间——两种文学史叙述与"重返八十年代"》,探讨了几种文学史叙述的思路以及难题。他认为,在如何认识现代文学与当代文学的联系与差异上、在如何认识50—70年代文学与现代文学、新时期文学的联系与差异上,研究者各自有其侧重与困境:"20世纪中国文学"的叙述试图打通现当代文学,但内含将50—70年代文学甚至现代左翼文学排挤出去的"窄化"、"断裂"倾向,因此这一思路看起来"缝合"了历史,却"以牺牲研究对象的丰富和复杂为代价";与此对应,洪子诚的"中国当代文学研究",认为50—70年代并非五四文学传统的"断裂",而是"具有深层的延续性",这是另一种沟通现当代文学的努力,这一思路的问题是容易忽略现代与当代文学在文学体制等方面的巨大差异。由以上两种叙述方式,作者认为"重返八十年代"研究在方法的意义上可能是一种突破，它将历史叙述作为"历史处境、社会背景和知识范型所架构"的产物，从而悬置了"断裂"或"延续"的一元选择，转而深究话语场域中叙述被建构的多重机制，这是再次激活"历史"与"现实"的有效尝试。

贺桂梅不止对"重返80年代文学"多有论述，她的《重读"二十世纪中国文学"》一文重新诠释、廓清、强化了这一概念的意义，她将该命题中所包含的历史情境，以及试图疏离政治、返回文学自身、走向世界、整合现代性逻辑的整体规划等意图，进行了非常充分的解释。当然，这与其说是对钱、陈、黄三人观点的重述，不如说是在新的研究格局中她独自的深入思索和解读。

在关于文学史建构模型的思考方面，南帆的《当代文学史写作：共时的结构》似别出心裁，他认为"时序并非文学的唯一坐标。人们至少要意识到，线性的时序可能无法解释某些文学事实，甚至形成某种遮蔽"，由此他指出了中国传统的通过编选经典谱系来隐含判断与区分的方法，吸收现代西方结构主义方法以生成"结构分析的方法与历史发生的方法同时并用"，来使得历史的叙述与构造方式多元化。这些看法对于过分依赖社会历史模型的当代文学史构建来说，无疑有重要的改造与借鉴的作用。

郜元宝的《没有"文学故事"的文学史——怎样讲述中国现代文学史》，一针见血地指出了体制性的文学史写作的弊端，即写作者试图以文学史来涵盖"大历史"的思路，"使本应该凸显文学的历史讲述变成各种针对大历史的价值立场、学术话语、概念术语、观念与结论的堆积"，这样的文学史实际上使写作者"难以胜任"，阅读者"望而却步"，本末倒置地淹没了应予突出的文学细节。因此，作者主张将文坛掌故、社团纷争、文人交往、作家个人经历等细节还给文学史，恢复自然时间主线，并置纷纭的文坛事件，"摆脱'宏大叙事'的'定论'"，写一本有"文学故事"的文学史。他的观点让人想起勃兰兑斯的名著《十九世纪文学主流》的写法，那种既有大历史的清晰逻辑，同时又充满了迷人细节与文学故事的诗意磅礴的历史叙述，或许真的值得中国的学者重新学习。

二、"再解读"及文化研究的左与右

将"再解读"与文化研究合为一个单元,是因为"再解读"本身即接近于一种"文化研究",尽管这些解读中有的侧重于对文本的文学性的解释,有的则侧重于对文化、制度、文学生产、背后的民族国家意识、性别政治、身份认同等等问题的解释,但总的看是文化研究的一种实践。前文中其实已涉及,"再解读"研究兴起于 90 年代的海外学界,在国内也有分析实践,只是在方法与文化研究诉求上没有像前者那样自觉。某种程度上,"再解读"是一次重新解析革命时期文学内部要素的冲动,以此来重新找到当代文学研究的起点。

检视"再解读"的成果,无疑是以唐小兵主编的《再解读:大众文艺与意识形态》和黄子平的《革命·历史·小说》为代表。其中大多是以40—70 年代问世的红色叙事作品为研究对象,名之以"再解读",暗含了与作品发表与成名时期的"红色解读"以及 80 年代"重写文学史"时期的审美解读不同的研究取向。这种不同首先表现在理论背景的差异上,无论是早期"再解读"的先行者,还是近年继续这一研究范式的追随者,支撑他们的主要理论资源是"西方上世纪 60 年代之后的各种文化理论——包括结构主义与后结构主义、精神分析、后殖民理论、后现代主义、女性主义、西方马克思主义等"[①]。借助新的理论视野,研究对象被重新打开,"一旦阅读不再是单纯地解释现象或满足于发生学似的叙述,也不再是归纳意义或总结特征,而是要揭示出历史文本背后的运作机制和意义结构,我们便可以把这一重新编码的过程称作'解读'。解读的过程便是暴露出现存文本中被遗忘、被压抑或被粉饰的异质、混乱、憧憬和暴力"[②]。总体上说,"再解读"不再把"作品"作为一个封闭独立的审美对象去做超历史的价值

[①] 贺桂梅:《"再解读":文本分析和历史解构》,见唐小兵主编《再解读:大众文化与意识形态》,北京大学出版社 2007 年版。
[②] 唐小兵:《我们怎样想象历史(代导言)》,见《再解读:大众文艺与意识形态》,北京大学出版社 2007 年版。

判断,而是作为一个在具体历史语境中受各种影响编码而成的"文化文本",通过知识考古学式的追索,呈现其编码的过程,解释其中被凸显、压缩、压抑、修改、排斥的原因与效果,这个过程也被称为"解码",解码的目的有很多种,有的是要呈现被压抑的历史中潜存的合理性,有的则是通过暴露编码的缝隙解构看似合理的历史叙述,有的解码显示了批判的深度,寻求"了解之同情"(陈寅恪语),有的意在将"文本历史化",借助"历史"还原"文本"。立场不同,即使面对同一段历史、同一个"文本",也往往会看到完全不同的景观。

在大陆学界,"再解读"大约经历了两个潮头,90年代到世纪之交,以旅居海外的学者黄子平、刘禾、唐小兵、孟悦,以及北京大学的李杨、贺桂梅、戴锦华等为代表,其主要成果即是唐小兵主编的《再解读:大众文艺与意识形态》以及黄子平著的《革命·历史·小说》,在内地的主要成果则是由山东教育出版社在2003年推出的李杨的《50~70年代中国文学经典再解读》、贺桂梅的《转折的时代:40~50年代作家研究》等。2001年黄子平的著作在上海文艺出版社出版时更名为《"灰阑"中的叙述》,该书出版后引起巨大反响,其运用叙事学理论所做的细读分析,彰显了革命叙事内部的丰富景观,其旨趣并不在于对这些文本进行批判,而更多的是在揭示其生成机制、隐含的趣味。这与一般的文化研究的方法与诉求拉开了距离。在李杨的著作中,也较多地运用了叙事学的分析,他对于《青春之歌》中"性与政治的双重变奏"的分析,对《林海雪原》中"儿女"、"鬼神"等通俗因素的分析,对《红旗谱》中"家族复仇"故事底色的分析,都给人耳目一新的感觉。当然,这一时期的再解读式研究并不仅限上述,其实有不少学者都曾有类似的分析,如张闳的《灰姑娘·红姑娘:〈青春之歌〉及革命文艺中的爱欲与政治》等文章在90年代末即有较大影响,笔者在2003年之前也曾经用精神分析的方法讨论过《青春之歌》等作品。[1]

---

[1] 张清华:《从"青春之歌"到"长恨歌":当代小说叙事及美学变迁的一个视角》,《当代作家评论》2003年第2期。

"再解读"的第二个潮头,大约就要数最近的十年了,伴随着布尔迪厄等西方学者的文学社会学理论的引入,有关"社会主义文学"的研究似乎更加强化了其社会学研究诉求,当然,关于民族国家的、现代性的、身份政治的、文化认同的理论诉求在这类研究中也渐渐凸显出来,也正因为如此,"再解读"也就变成了"文化研究"——变成了对于文本背后的文艺制度、文化生产、意识形态、审美观念的某种"历史合理性"的解析与诠释。这里当然有被称为"新左"的蔡翔、旷新年等学者,也有以文艺制度的内部景观与秘密作为研究旨趣的学者,如李洁非等,他的《典型文坛》和《典型文案》两部书就以大量的史料以及精当的分析——包括精神分析——生动地、许多是前所未见地披露和梳理了上个时代的文界的人物遭际、笔墨公案、文坛轶闻与制度秘密。在字里行间我们还是能够看出作者隐含其中的反思立场,或许他对历史中的个人会抱以悲悯或者理解,但至少不会对大的环境与方向表示肯定与认同。除此之外,有大量的学者都参与了对于"十七年"及"文革"的文艺生产的研究,如吴俊对于《人民文学》的研究,孟远对《白毛女》文本生产过程的研究,钱振文对《红岩》文本生产过程的研究,都是很有发现与启示意味的。其中后两者都是以博士论文的形式,用了大量一手材料,对于生产过程中的各个环节与阶段有深入细致的发掘与发现,以直观的形式揭示出这个时期的文艺制度、文艺生产方式内部机制,以及构造与奥秘。

还要再回过头来谈谈被视为"新左"代表人物的蔡翔的研究。他引述陈寅恪在评点冯友兰的《中国哲学史》一书时给出的"了解之同情"的说法,以暗示和概括自己的出发点与研究立场。蔡翔用其相当强大的思辨能力,处理着"传统中国"、"现代中国"、"革命中国"三个互相联系的概念,指出了"革命中国"与"现代中国"之间复杂纠结的关系,由此来诠释当代文学所处的特殊的历史情境,以及地缘政治环境,也通过将中国当代的历史当作一个不断演化的"历史运动过程",一个"空间"或"场域",一个"生产性的'装置'",由此来努力地诠释出其在现代历史进程和国际关系情境中的不得已,其世界性与本土意味的兼而有之,其理由或合理性,由此来解释当代文学作为一种文化构建和文学想象的由来、构造、功能与秘密。① 这种以大历史和国际共产主义运动的大背景、革命中国的大逻辑为出发点的解读当然也非常有启示意义，但也正像他自己所反思和警惕的一样，亦不免有一丝"将历史解释为伊甸园"的逻辑悖论，尽管他努力以"弱者的反抗"作为价值起点，试图以此建构起一个人文性的姿态与立场，但分析社会历史的理由与分析文学文本的理由并不是一回事。所以，作为一种再解读的样本，他在历史大逻辑上的思辨才华确乎胜过了他对于文学本身的细读分析。

文化研究的领域着实广泛之极，笔者确乎难以在此尽显其丰富景观，但其一个明显弊端是必须指出的，即趋同化、同质化。不止研究对象过于密集集中，研究方法大致相似，研究者所操的话语口音相近，甚至观点结论也有趋同和简单化之嫌。某种程度上说，文化研究既成就了当代文学研究，也彻底绑架和捆束了它，因为它基本上不会顾及文本的文学属性，而一律将其纳入到"文化文本"的研究范畴，虽然极大地扩张了方法的意义，却使文学研究丧失了"文学本位"的意义。当然，这些也都不能是单面的结论，我们同样必须要承认它对于实现当代文学研究的"文化高度"的意义。

在笔者看来，仅仅局限于意识形态、文学制度、文学环境与文学生产等"外部因素"的研究，可能无法完全解读革命时期的文学，甚至解决不了一个基本问题，即其"合法性"的问题——这些作品如果没有基本的文学性，研究的价值何以确立？所以我主张，要在革命叙事的表层结构下探寻属于无意识的东西，那些属于个体无意识的内容，还有属于集体无意识的叙事结构与模型，也就是"潜叙事"与"潜结构"。因此在多篇文章中，笔者提出应该发掘革命叙事中的个体无意识描写，如对《青春之歌》中主人公梦境的分析，对《洼地上的"战役"》中主人公在负伤后片段的无意识

---

① 详见蔡翔：《事关未来的正义——革命中国及其相关的文学表述》，《上海文化》2010年第1期。

活动的分析，等等，以此来建立革命叙事的个体精神深度；同时注重探寻某些叙事中的"传统潜结构"，即找出隐藏于革命文学中的老模式与旧套路，如《林海雪原》中明显的"才子佳人"式的叙事模型，《青春之歌》中多重的"才子淑女"或"英雄美人"的模式，《红岩》中"洞窟"、"魔鬼"等叙事原型的变种，等等，将这些东西做出深入的解析可以表明两点，即，革命叙事并非简单的叙事，而是往往是一种不得已的改头换面，是在意识形态的外衣下包裹了非常传统的东西，这使得它们获得了革命文本与文学性的双重身份；第二，即便是那些比较粗糙和简单化的作品，也同样有可能潜伏着各种各样的老模型与旧套路，这是民族集体无意识决定的，假如我们能够有效地诠释出这些东西，也能够使得那些缺少深度的文本获得解析的意义。①

本辑所选的文章试图呈现文化研究的基本格局，所谓的"左"与"右"只是比喻的说法，并非为各位作者定性。事实上，涉及"左"与"右"的不同倾向的，只有在涉及对文学制度、社会背景的理解评价中才隐约可见，旷新年《人民文学：未完成的历史建构》试图以"从'人的文学'到'人民的文学'"的大逻辑，来梳理五四以来新文学的整体演化过程，从制度和意识形态的规定性上来阐释"人民文学"之所以出现的历史因由，这是一个自然而合乎历史环境的过程，而非只是个别意志。也算是一个"了解之同情"的阐释例证了。但他也并非完全肯定这种方向与逻辑，而是试图承认其现实与逻辑存在的理由，即，略有些羞羞答答地说明，"人民文学"也是一种"新文化的历史建构"，或至少是一个阶段性的产物。希望这不是一个曲解。

显然，方法会对相同历史中的阐释逻辑起到决定性的影响。以所谓的历史建构为本位，还是以人的主体与命运为本位，决定了其叙述历史的不一样。李洁非的《萧也牧现象》同样也是叙述新中国成立之初"文艺政治"

---

① 参见笔者：《探查"潜结构"：三个红色文本的精神分析》，《上海文化》2011年第5期；《当代革命文学中的"潜结构"与文学性——以几部代表性作品为例》，《东吴学术》2011年第1期；《"传统潜结构"与红色叙事的文学性问题》，《文学评论》2014年第2期。

的变化,将围绕萧也牧的《我们夫妇之间》展开的批评作为"典型文案"予以分析,但却没有给这些新的文艺政治以合法性解释。作者精细地分析了萧也牧之所以遭遇厄运的原因,认为他虽然作为一个新兴"解放区作家",其"思想内容其实是符合革命意识形态的,可是,他讲故事的方法,切入情节和人物的角度,不大符合《讲话》以来一些套路和标准"[①]。小说因为使用了小知识分子李克而不是工农干部"张同志"作为叙述人、选取了"日常化、生活流的视点",这些都与当时主流的写典型、写重大题材有微妙差异,在一体化意志凸显的时代,萧也牧试图以"人情"作为其文学观念的基石,虽然"给当时的文学创作打开了很不一样的局面",但因为他不幸"走在时代前头",尽管是根本上的"合乎时宜",但却遭遇了实际历史境遇中的"不合时宜"。

这种以小见大和以人为本的解释,或许更符合历史的阐释逻辑,也更接近文学本身的立场。与之相似的是敬文东的《在革命的星空下——20世纪中国文学中的"革命"主题》,作者虽然也试图寻求一种大的逻辑解释,但他却落脚于"革命话语"与"革命力比多"的微观考察,揭示出在革命叙述的文体、方法、语言上的演化过程。

姚丹和孟远的文章所体现的方法是典型地"将文本历史化",通过解码历史、呈现文本建构的复杂性来解释文艺生产的制度性要素,由此来解密历史逻辑本身。姚丹的《"新人"想象与"民族风格"建构——结合〈林海雪原〉的部分手稿所展开的思考》试图离析长篇小说《林海雪原》定稿过程中"'工农兵'作者与'知识分子'编辑交锋互动的复杂状况"。作者将曲波的《林海雪原》部分手稿与经编辑秦兆阳修订出版的定稿做了详细的文字比对,以翔实的例证呈现了两者的差异、冲突以及作家声音最终被修改的过程。如关于"民族风格",姚丹提出尽管"小说原稿自身已经具备比较明显的'民族化'特征",但是"研读手稿""我们会发现,作者努力挣扎着使用'五四'以来的汉语书写语言,并不避忌'洋腔调',甚至以为此

---

① 李洁非:《萧也牧现象》,《小说评论》2010年第3期。

类'技术'乃是进入文学殿堂的'入场券'"。然而原稿中大量的欧化修辞比如被动句式、长句式、风景描写及抽象或现代的词汇都被编辑"尽数予以删除"了。由此,作者认为"'工农兵'作者用'现代汉语''笨拙'地构筑起来的'新的生活世界',包含着作者对于'现代'的诸种想象,如人的解放、科学'崇拜'等,亦包含着作者对现代语言的追求。但这些方面,却首先遭到作为知识分子的编辑的删改,使《林海雪原》文本中的'现代'的质素未得到充分重视,而'民族风格'特点则得到凸显"。① 50至70年代有大量工农兵作家遇到了与曲波同样的情况,甚至可以说一些作品是作者与编辑共同创作的结果。如何探讨这类文本的生产,由文本生产的历史中可以发现什么,此文提出了颇富启示的方法与思路。

与姚丹的文章异曲同工,孟远对歌剧《白毛女》文本历史的研究,也重在揭示"集体创作"的"文化生产方式"背后"多种文化力量的对话和博弈"。他指出,"《白毛女》的叙事变迁历程,就是意识形态话语、知识分子话语与民众话语之间对话与较量的过程"。此文的亮点表现在,首先,作者借助大量的原始资料重构了这个"对话和较量的过程",梳理出主题如何由"神怪故事"、"破除迷信"、"反封建"转变为"新旧社会对比",喜儿怎样从一个先动摇而后逐渐成长的女性变成了一个表征阶级复仇和解放的符号,地主黄世仁为什么由最初的"挨批斗收场"陡然转为"被枪毙"的结局。作者将被删改的因素重新恢复,通过"在场/缺席"的并置,使故事的"编码"属性与过程暴露无遗。其次,作者还原了"编码"的话语场,阐释了编码背后各方话语势力的深层动机:主题为何要改?喜儿、黄世仁、王大春、赵大叔形象的每一次转变背后的博弈目的是什么?最后,作者得出的结论是:"各种文化力量表达着不同的诉求,它们之间的张力关系构成《白毛女》叙事变迁的主动力。在这个过程中,虽然政治话语渐趋强势,却不能封杀已经进入民主空间的其他话语的潜在影响。正是这种多义结构,

---

① 姚丹:《"新人"想象与"民族风格"建构——结合〈林海雪原〉的部分手稿所展开的思考》,《文学评论》2010年第4期。

使《白毛女》获得了最大的阐释空间，不同文化背景的观众都能够从中寻找自己的情感契合点，从而接受意识形态话语的'询唤'。"①

另外程光炜的《文化研究：中国现当代文学史的多样观察》侧重于方法的归纳与辩驳，客观梳理了当前的几种研究类型：如围绕媒介、主体、城市文化、大学教育的研究，强调"文化研究是学科重组与另寻发展出路的一个重要信号"，也是一种重新审视"文学史"的新视野。

三、宏观研究、国际视野与关于中国当代文学的评价问题

将三个部分放在一起来谈，是因为它们都属于"宏观研究"的范围，且互相联系、彼此在视野内容上互有交叉与呼应。

进入新世纪，当代文学界似乎出现了一个新一轮的"学科自信"与"学科焦虑"。用陈晓明的话说，即"文学共同体期待以新的理论重新审视历史的总体性"②。这个"总体性"的构建当然首先是一个自足性的学科观，在笔者看来，其出现的基础和理由，无非是前文所详述的文化研究以及历史研究所生成的"热度"。所谓"历史研究"的背后是一种强烈的"历史化"冲动，类似洪子诚所提倡的"历史批评"、李洁非的《典型文坛》与《典型文案》等著述、程光炜等推动的"重返研究"，许多关于"十七年"红色文本"生产史"的研究，都倾向于一种历史研究，而非传统的文学研究。上述两种研究的热度完全改变了当代文学原有的研究格局，前所未有地扩展了其内部空间，丰富了研究的方法，也催生出一种新的总体性冲动与整体观。当然，这里也还有另一个原因，即世纪交替带来的时间绵延与断裂感，也为当代文学的"历史化"增加了新的动力，催生了学界的"历史意识"，正如老海德格尔所说的，不断演化的"时间概念提供了一盏指路的明灯"③。世纪之交的特殊境遇为当代文学照亮了更为深远和纵深的道路与里程。

---

① 孟远：《歌剧〈白毛女〉的叙事变迁史》，《学术研究》2008年第12期。
② 陈晓明：《现代性与文学研究的新视野》，《文学评论》2002年第6期。
③ 海德格尔：《时间概念史导论》，欧东明译，商务印书馆2009年版，第7页。

假如我们要把体现"总体性"的宏观研究与同样体现"共同体"诉求的"现代性"研究看作是互相给予对方的一个机遇，或许是比较公允的看法。"现代性"问题的研究由来已久，与世界性的文化思潮有密切关系，当然也与中国人自身强烈的"现代化情结"有关。"现代化"冲动当然更多是表现为运动，而"现代性"研究则更多是一种理性的意识，认识什么是现代，由此构建一个符合现代社会的文化，大约是现代性研究在中国的终极诉求。很显然，释解历史是解决现实问题的必由之路，因此它会与中国现代以来"传统"、"启蒙"、"革命"、"民间"等等一系列关键性问题持续发生复杂的纠结。围绕这一问题展开多向度的探求，是宏观研究的热点与核心。

首先是现代性与传统与启蒙之间的多重关系的问题。中国传统观念与理论范畴中有没有通向现代性的暗道与可能？启蒙运动及其诉求作为现代性的一种实践形式，在当代还有没有被重新唤起的必要？许久以来一直被当作正面价值或人文精神之依附与变体的"民间文化"还有没有合法性？当代文学中审美现代性与启蒙现代性之间是怎样一种关系？当代文学研究中由"去政治化"到"再政治化"说明了什么，有否正面积极的意义？王德威、张光芒、崔卫平、何言宏的文章可谓很有代表性地回答了这些疑问。

在王德威看来，"中国文学的现代性问题不能由革命、启蒙的话语一以蔽之"①，他发现事实上是通过中国诗学中固有的"兴"与"怨"的观念，以及在此基础上诞生的"抒情"与"诗史"的传统，中国现代诗才找到了赖以依存和生长的文化与美学根基，而这一宝贵的本土资源并未得到充分认识与阐解。尽管由于中西文学概念与理论范畴之间天然的差异，他的《现代性下的抒情传统》一文并不能完全清楚地说明传统诗学是如何通向现代性转换的，但他看问题的角度以及丰厚的传统学养，却可以给当代的研究者们以方法论意义上的启示：

> 经过一个世纪的西学洗礼，我们的文学现代性论述难道仍然只能

---

① 王德威：《现代性下的抒情传统》，《复旦学报（社会科学版）》2008 年第 6 期。

在谈论革命、启蒙、国家,还有弗洛伊德定义下的欲望主体等话题中打转?眼前无路想回头。在一片后殖民、反帝国的批判话语之后,作为中国文学研究者,我们到底要提供什么样的话语资源以引起对话?还是只能继续拾人牙慧,以西方学院所认可的资源,作为批判或参与西方话语的资本?我们对本雅明、德曼这些西方大师的理论朗朗上口,但对和他们同辈的陈寅恪、朱光潜、宗白华、瞿秋白、胡风、钱钟书,甚至胡兰成,有多少理解?我们口口声声地强调"将一切历史化",但在面对中国历史(尤其是文学史)时,又有多少尊重和认识?①

与王德威从海外回头的视角不同,陈晓明力图要打开的,恰恰是西方资源对于中国文学现代性认识的参考角度。他分析了韦伯、哈贝马斯、福柯、利奥塔等人的现代性理论,在概括了现代性的三个基本内涵——普遍主义、反思性、断裂性之后,也指出了西方现代性普遍准则与中国特殊道路之间的差异与冲突,认为"向前看的现代性批判"和"向后看的批判现代性"两种现代性反思形态在中国当下的共存,使得我们在考虑中国文学的处境及价值时会加剧面临的各种矛盾。② 作为启蒙主义先驱的现代性梦想,同作为传统、民间文化摧毁者的现代性弊端,在中国当代文学中都有多样的体现,而这正是我们的研究所要面对的和必须要做出全面解释的。

与卡林内斯库等西方理论家在考量现代性所持的辩证观一样,中国当代的研究者们也一直将现代性看作是一个多样的文化范畴。但这也带来了一个无限相对主义的价值困境,即"没有什么是没有现代性的",左派理论家们在对革命时代的文化与文学的考察中也同样言之凿凿地解析出了其中的现代性诉求,这成为了一种中国式的新而怪的"批评循环"。在卡林内斯库看来,包含了启蒙主义运动、现代科学与理性发展的"资本主义现代性"本身,同在这一社会根基上诞生出的充满批判意识、个人主义与反抗性的,

---

① 王德威:《现代性下的抒情传统》,《复旦学报(社会科学版)》2008年第6期。
② 陈晓明:《现代性与文学研究的新视野》,《文学评论》2002年第6期。

反中产阶级的，先锋的"文化现代性"之间，是如此地充满了对立与共生的关系，同时它们又各自充满了无法自决的悖论。① 而这正是资本主义时代两种最典型的文化样态。然而在当代乃至当下的中国，在历经了革命的神话与转而走向物质崇拜的中国，这些矛盾在意识形态的参与、扭结与绑定下，便更加以悖谬与冲突的、改头换面或偷梁换柱的形式表现出来，在为批评家提供了不断循环的对象与批评资源的同时，也让读者在望文生义乃至望而生畏中感到头晕目眩。

当然，这也丝毫不能减低本辑选入的几篇有关现代性问题的文章之意义。崔卫平对于海子和王小波这样两位有着特殊代表性的诗人与作家的两种解释，其实是富有纲领性地解析了两种典范的"反现代的审美现代性"与"启蒙现代性"的特点及其意义；张光芒的文章则富有启发性地质疑了"民间文化"及其价值取向在当代中国的"反启蒙性"，它们可能在某种情况下会获得一种审美现代性的理由，但又借着民间的自由与暧昧而拒绝承担理性与批判的角色，这有可能会成为当代文学的一个文化乃至审美的误区；何言宏的文章从一个更大的历史逻辑中重新透视了当代中国文学"政治化"的道路，认为将当代文学研究与重大命题的"再政治化"即是一种"自主性"的历史反动力，也暗含了当代知识分子的精神担当与使命意识。

宏观研究中当然还有"新世纪文学"的问题，这一命名看起来是一个自然时间延伸的结果，但同样隐含了某种价值预设或期许。2005年开始，《文艺争鸣》率先提出了"新世纪文学"的概念，并且展开了持续多期的讨论。用发起人之一张未民的话说，"'新世纪文学'从一个纯时间性概念"，会"很快走向一个具有独特历史性和审美特性的文学史概念"。他认为所谓"'新时期文学'很可能是'新世纪文学'与'20世纪文学'之间的一个过渡，因此更为重要的也许是如何区别界定'新世纪文学'与'20世纪文学'各自的性质及其相互间的关系。在这个意义上，'新世纪文学'是一个

---

① [美] 马泰·卡林内斯库：《现代性的五副面孔——现代主义、先锋派、颓废、媚俗艺术、后现代主义》，顾爱彬、李瑞华译，商务印书馆2004年版，第48页。

相对于'20世纪文学'颇有理想立场和抱负的词汇,这也是它所具有的可能性阐释空间之一"。① 这一"向着未来敞开"的比过去的文学史视野远为宏大的构想,确乎给我们很多的想象,赋予即将来临的这个文学场域以巨大而新鲜的可能性。确乎,这些年文学的进变也已部分显示了这些可能性,即祛魅的、日常生活的、世俗化的和平民性的向度。只是,与某种进步论的预期相比,它显得略有些让人失望而已。

  国际视野几乎是一个难以描述的问题。从80年代"走向世界"的口号,到90年代日益融入世界潮流的作家写作,到世纪之交以来全球化运动加速背景下的本土意识复苏,这是一个潜滋暗长的过程。当代中国文学的所有进步,几乎都可以看作是一个世界视野的获得过程,但每一次世界视野的扩展又无不伴随了本土意识的再度觉醒。在这个意义上,世界性与本土自觉是一个一体两面的命题。从"现代主义"的觉醒到"寻根"的自觉,从"先锋小说"运动到"新写实",从早期的各种试验探索到90年代长篇小说的文体回归——《废都》、《长恨歌》、"《人面桃花》三部曲"的问世,再到新世纪以来人们对"中国经验"、"中国故事"的谈议……都是这一辩证命题的不断重现。用童庆炳先生的话说,所谓世界性视野,根本上是一个持续的中外"对话"的关系。"对话是生活的本质,也是现代性的本质,理所当然也是文学世界性的本质。""既然是对话,就可能有同质性的成分,也有异质性的成分。"只有同时意识到民族性与世界性之间不可或缺的意义,才能真正让文学以自身的异质性成为世界性的一部分。所以,"我们只能从中国文学的民族性的独特性走向文学的世界性"②。毫无疑问这都是原则性的认识。还有一些研究是比较具体的,如整理爬梳中国文学在海外的研究与传播情况,王德威的文章就属于此类。为了提供一个单独的视角,我们还特意选入了汉学家顾彬的文章,他从语言的角度指出了中国当代作家可能存在的毛病,不无偏颇却也很有启示。

---

① 张未民:《"新世纪文学"的命名及其意义》,《文学评论》2009年第5期。
② 童庆炳:《当代中国文学的世界性问题》,《文艺争鸣》2008年第11期。

这也就引到了另一个话题,即围绕"中国当代文学如何评价"所发生的讨论。这场讨论始自 2006 年,到 2009 年前后达到高潮。有意思的是,讨论竟然也是由顾彬的言论而引发。2006 年,有报纸刊载了顾彬关于"中国当代文学是垃圾"的说法,迅即引起一片哗然,但学界似乎并未重视。稍后在 2007 年 3 月于中国人民大学召开的世界汉学大会上,顾彬作为一场报告的主讲人再度重申了这个看法,因为笔者恰好在现场,所以确信他说的是真的。他说,"我没有说中国当代文学是垃圾,但看法和这也差不多","如果把中国现代文学比作五粮液,那么中国当代文学就是二锅头"。他又说,"中国当代的诗歌相比是好的,可以是世界文学的一部分;但中国的小说确实很差,包括莫言和余华"。理由很简单,"西方的作家都懂得好几门外语,因而对语言和不同的文化差异都很敏感;而中国的作家不懂外语,传统文化的修养也很差,所以对本民族的语言也不敏感,因而都不是好的作家,我也不会浪费时间去读"。我相信这些差不多是"原话"——如有出入,我愿意负责。很显然,顾彬的观点至少有三点站不住脚:一是不大可能存在这种情况——小说很差而诗歌很好,同是一个民族的文学,出于同一种文化与精神背景,不同的文类之间会存在截然相反的水准,从事实与逻辑上都是讲不通的;其次,懂外语和成为好作家是两种完全不同的才华,它们之间并没有必然关系,中国有很多人懂多门外语,但并没有成为好的作家,顾彬先生自己也懂得好几门外语,作为学者令人尊敬,但他也没有成为好的作家——虽然他声称自己也写诗;第三,有人问询顾彬先生读过多少中国当代小说,他说他不要读,因为太差了,是浪费时间。没有读怎么知道差呢?只能理解为偏见作祟。

顾彬的话之所以引发广泛反响和尖锐的观点对峙,除了媒体噱头化的传播,还有一个大的背景,就是新中国成立六十周年的时间节点引发了学界整体回顾与判断的冲动,各种关于"当代文学六十年"的出版与专题研讨(稍早前是"新时期文学三十年")接连不断。另外,在一些中外文化交流场所,参与者也会被问及类似的话题,如王蒙就在 2009 年 10 月于德国法兰克福书展上被问及中国当代文学的状况时,他的"我只能说,中国文学处在最好的时候"的回答便引起了国内的不同看法。肖鹰的批评文章《王蒙、陈晓明为何乐做"唱盛党"?》[①]即针对王蒙的观点而出。确实,在这样一个时刻,总体性的估价冲动是必然的,不同观点的对立也属正常。统观两派说法不难看出,分歧实际上是源自出发点的不同与观察问题的"身份感"的差异。在笔者看来,持肯定观点的是因为其使用了"历史的眼光"——看到了当代文学的某些"进步",比如从作家的写作自由的角度,从公众舆论的参与程度,从作家处理当代以及本土经验的能力,从作品所达到的思想深度与艺术的复杂程度上……用王蒙先生的话说即是"作家的生存环境、写作环境"都确乎显示了前所未有的改善,这与成就高低的判断并非是一个问题。陈晓明所说的达到了"前所未有的高度"——肖鹰将之概括为"陈四点",也是试图从历史的演变与深化的角度,去描述和判断当代文学处理当代中国本土经验的深度、复杂性以及艺术的难度上的进步与提升。历史地看,这些论述当然也是成立的,犹如耕耘者盘算收成,是一种"身处其间"的专业判断,有"身份认同"的视角在其中,而且是从文本出发而言之有据的。

在批评者那里,则属一种"场域外的挑剔"。自然也不是没有道理,按照横向的和绝对性的尺度,与"世界文学"相比,与历史上那些伟大作家相比,中国当代文学当然也会有许多不尽人意之处。况且,健全和健康的批评生态也应该有多种声音,因此肖鹰、王彬彬等人的批评也是有理由的。特别是他们对于当代作家人文主义立场的衰变、媒体与市场参与所带来的商业化濡染的批评与警惕,和对于大量思想贫乏艺术水准低劣的作品充斥文坛等问题的提醒,都是有益的。不过,将问题绝对化,离开中国的文学现实、离开具体文本的分析,仅从逻辑出发来进行否定判断,显然也是值得商榷的。持批评观点的还有张光芒和张柠等,张光芒的文章指出了非常关键的一点,即"'中国立场'还是'人类立场'"的问题,他认为中国学

---

① 肖鹰:《王蒙、陈晓明为何乐做"唱盛党"?》,《羊城晚报》2009年11月21日,关于王蒙的话的国内报道见《羊城晚报》2009年10月24日;稍后发表了陈晓明的《中国文学达到了前所未有的高度》,《羊城晚报》2009年11月7日。

者评价中国当代文学应该秉持人类性的立场,这在逻辑上无疑是准确的,但本土与世界两个维度原本也是无法分开和对立的;张柠的《中国当代文学评价中的思维误区》重申了他之前的"垃圾"与"黄金"并存的观点,同时又指出批评家在方法上的"账房思维"与"鉴宝思维"的问题,认为"一个时代的文学"的价值不在于出现了多么伟大的文本,而在于它在记录和书写时代方面所提供的有效性,"能够为我们解读那个时代的叙事秘密和精神演变提供典型文本"。随后,陈晓明、孟繁华等著文反诘回应了这些观点,主张将当代中国文学放到具体的历史与现实情境、而不只是逻辑当中,更不是放到媒体批评的场域中来予以观察,同时,要着眼于以最优秀的作品为估价的依据,因为任何时代的文学都是一样良莠混杂的,仅从最广泛和最基本的文本现象出发,而又试图以绝对性的标准去进行判别,只会得出南辕北辙的结论。①

回顾这场规模不大但影响深远的论争,对于总结六十年文学的道路应该是很有意义的,它启示我们,既要从横向的世界性尺度出发来观照中国当代的文学,也要从纵向的本土性维度,从中国新文学自身的历史出发,来审视和考察中国文学的走向;同时,也还要重新确认中国当代文学的身

---

① 关于该场论争可参见肖鹰、陈晓明、王彬彬、蔡翔、张柠、张光芒、赵勇、李洱以及笔者等的文章。肖鹰:《顾彬不值得认真对待吗?》,《文汇读书周报》2007年4月15日;肖鹰:《当代文学在走下坡路,中西对话中完成定位》,《辽宁日报》2009年12月16日;肖鹰:《王蒙、陈晓明为何乐做"唱盛党"?》,《羊城晚报》2009年11月21日;肖鹰:《当下中国文学之我见——从王蒙、陈晓明"唱盛当下文学"说开去》,《北京文学》2010年第1期;王彬彬:《关于"当代文学"的评价问题》,《北京文学》2010年第2期;张光芒:《评价当代文学:我们需要的是"中国立场"还是"人类立场"》,《探索与争鸣》2010年第4期;张柠:《中国当代文学评价中的思维误区》,《北京文学》2010年第3期;张柠:《垃圾与黄金:中国当代文学评价的两个极端》,《羊城晚报》2009年11月14日;陈晓明:《再论"当代文学评价"问题——回应肖鹰王彬彬的批评》,《文艺争鸣》2010年第4期;陈晓明:《世界性、浪漫主义与中国小说的道路》,《文艺争鸣》2010年第12期;孟繁华:《"憎恨学派"的"眼球批评"——关于当下文学评价的辩论》,《北京文学》2010年第2期;蔡翔:《谁的"世界",谁的"世界文学"——与德国汉学家顾彬先生商榷》,《文汇报》2007年4月22日;张清华:《人文主义与本土经验——如何评价中国当代文学,从肖鹰对陈晓明的批评谈起》,《文艺争鸣》2010年第2期;张清华:《在世界性与本土经验之间——关于中国当代文学的走向及评价纷争问题》,《文艺研究》2011年第10期。

份——它是不断走向世界的文学,但终归又是我们民族自己的文学,它应该以揭示和解释当代中国的现实经验为基本使命。

四、关于"底层文学"的讨论及其他

按照初衷应该再设一个关于"新世纪文学"讨论的单元,但前面的宏观研究部分已经提到,加之篇幅限制,就只能暂时搁置了。事实上,关于新世纪文学的基本概念的讨论也许是没有太大意义的,因为总有一天"新世纪"也不再"新",连这概念也要废止。问题的要害在于,什么是新世纪文学的特质,它与过去相比有什么传承,又有什么断裂与变异,这才是我们应该认真思考和辨析的。而关于这一方面特别有效的预设与讨论还不能算多,因为要想说清楚大约是需要"预言"能力的,而预言家却是不常有的。

在世纪初还出现了另一个非常独特的现象,就是"底层写作"概念的提出。这一现象大约包含了两类写作,一是出自精英作家的手笔,他们出于对底层社会的关切,写了许多富有现实针对性、社会问题性、命运感的令人惊心的作品;二是许多身为底层劳动者的人直接成为了写作者,他们以"打工文学"的名号发出了不平之音。这些现象当然首先由相应的社会问题引爆,经过日渐发达的传媒的推助,又在文学叙事中被变成了富有社会承载力的形象和声音,昭示了社会伦理的空前震荡与凸显,世道人心的激烈分化与变迁。对此,批评界当然不能保持沉默,2005年,当《天涯》、《文艺争鸣》杂志及部分国内刊物推动这一论题的时候,迅即引发了广泛的讨论,稍后,《读书》、《上海文学》、《北京文学》等文学期刊,新浪网等新闻媒体,都先后发起组织了多次关于底层文学的讨论,《当代作家评论》、《南方文坛》、《文艺理论与批评》、《探索与争鸣》等刊物也相对集中地发表了与此有关的论文,一大批作家、批评家围绕着"何谓底层"、"何谓底层文学"、"谁来写、写什么、如何写",以及底层写作与"时代伦理"、底层文学与"左翼"传统和"新左翼思潮"、底层文学与"纯文学"、底层文学的价值与局限等问题展开了持续性的对话。至2009年前后,各类参与讨论的文章可达数百篇计,有人甚至说,这是"继1993年关于'人文精神大讨论'之后,十几年的时间里唯一能够进入公共领域的文学论争"。可见其参与的广度与持续的程度。

回顾这场讨论,持不同观点的人大约分为三类:肯定者、质疑者、二元论者。谈问题的视角也很不相同,有的侧重谈写作伦理与知识分子的社会责任感,在两极分化、社会问题多多的时代写作应有的基本良知与道义承担;有的着眼于文学的主题类型与方法,底层写作的由来与谱系的梳理;有的落笔于它所附带的种种理论问题,比如与左翼文学的关系、同"普及与提高"理论的纠结、与写作者身份的交叉缠绕、作为接受主体的是否可能;有的则驻足于文本的悖论分析,概念性命题对于写作本身的局限与伤害;有的则冷嘲热讽,认为是炒作和表演,根本不存在一个事实上的底层写作……但不论怎么说,这一场讨论的规模、对文学本身的影响、对社会公共伦理的召唤作用还是相当大的,所打开的问题空间也几乎覆盖各个方面。

在笔者看来,底层文学最首要的或许不是"写得怎样",因为我们不能用所谓的纯文学标准去看待它们,而应该首先将之视为一个由"写作伦理通向公共伦理"的命题,要以此来审视这个时代写作者与知识分子的现实责任与精神承担。而且,我们还要思考什么是真正的"现实",不能像过去的"现实主义"写作观念那样,将现实归于某种没有主体的抽象之物,而应该将"个体主体"视为唯一的在场者。"真正的现实是回到人物的命运。这是活生生的'具体的个人'——'That Individual',而不是建立在'典型意义'上的概念化的代表。而且某种意义上,真实的'多元性'中最重要的是真实的'残酷性',如果一个写作者认识不到这一点,那么他的写作就不曾达到应有的深度。事实上所谓'深度'就在'底层的现实'中。"① 这个问题如果没有被意识到,讨论是没有起点和意义的。在南帆与何言宏的文章中,我们看到了谱系与资源的细致梳理,何文侧重阐释了在底层写作背后所隐含的文化关系,认为是一场"整体的新左翼文学运动"左右了这场讨论和写作实践,这无疑提升了讨论的时空视阈,赋予了这一现象以

---

① 张清华:《"底层生存写作"与我们时代的写作伦理》,《文艺争鸣》2005年第3期。

广阔的社会文化背景。近些年社会思潮的变化与文学界的实践，也证实了这一看法。南帆的文章则主要梳理了理论方面所可能涉及的一切关系，显示了理论家的左右逢源与逻辑周延。他最具启示性的讨论应该是，他指出了一个重要的事实，即"纯粹的底层经验"或许只是一种本质主义的幻觉，因为无论是底层自身还是知识分子修辞，都无法抵达一个所谓纯正的底层世界。从以往的文学创作来看，底层经验的成功表述往往来自知识分子与底层的对话。所以，文章提出"对话是一种有助于抑制专制主义和压迫意识的形式——对底层文学也是如此"，文学在其中的责任不是"创立一套独特的底层修辞，捍卫底层表述的纯洁性"，而是"再现这些对话关系，并且在对话网络之中鉴别、提炼和解读底层的诉求，想象底层人物的真实命运"。这一看法无疑是揭示了底层写作最重要的属性，也预示了它在当下的作用、意义与前景。何言宏的文章对于这一文学谱系的梳理同样是很有眼光的，但他提出的令人鼓舞的前景却可能有些过于乐观，他预言，这一思潮性的现象，表明"当代中国文学知识分子现实战斗精神群体性的再度复活"，"意味着中国知识分子又一次以新的姿态直面现实"。在这一逻辑设定下，他略有些高调地发出了期许，"以怎样的新的历史意识在历史发展中深刻书写当下中国异常复杂的社会现实与精神现实，并将这种书写紧密联系于现代以来包括中国在内的人类历史上波澜壮阔充满悲怆的左翼实践，将是'新左翼文学'所要面临的最为重要、最为艰巨的课题"。至于文本上，他强调要使之"在广泛汲取包括人道主义和正义原则等人类历史上优秀的思想传统和精神资源的基础上，走向进一步的丰富与深刻"。①

相对而言，有的批评家更多坚持了精英文学的观念，王尧《关于"底层写作"的若干质疑》一文，即聚焦了底层写作及其讨论中所反映出来的一些问题，如怎样界定底层文学写作者的文化身份，底层文学是否与纯文学对立，底层写作的倡导是否暗含了"题材决定论"的陷阱，怎么看"底

---

① 何言宏：《当代中国的"新左翼文学"》，《南方文坛》2008 年第 1 期；南帆的《曲折的突围——关于底层经验的表述》，原载《文学评论》2006 年第 4 期。

层写作"与"左翼文学"的关系等等。针对上述问题，作者提出了质疑和警示，认为，应重视"知识分子写作者写底层"的重要性，不必过度强调写作者的"底层身份"；而且底层写作与纯文学不应是对立关系，"在重新建立文学与历史的多重通道时，'纯文学'……所确认的文学自律性、独立性和自足性仍然应当坚持不懈"；针对有可能产生的新的"题材决定论"倾向，作者主张"我们不应该窄化连接现实的通道，但需要在美学上连接包括'底层'在内的中国社会问题"；此外，文章还提出，在讨论"底层写作"时应谨慎使用"左翼"、"左翼文学"等概念及思想资源，在接收"左翼文学"遗产时，也要看到其"曾经在历史中产生过负面的影响"。①

洪治纲显然也是以精英文学为出发点的，他的《底层写作与苦难焦虑症》一文针对某些底层书写一味凸显"苦难"的写法表示了质疑。他以几部西方同样涉及"生存苦难"的小说和当代先锋作品为引子，提出中国作家的底层苦难书写中的问题，在于"缺少温暖的人性"以及"对人自身的存在方式及其精神困境的思考"，因此陷入了"对苦难的迷恋性怪圈"。作者认为之所以出现这些问题，关键在于作家只有感受力而没有思考力，更缺少将苦难升华为更具有人性价值与哲学意义的复杂命题，作家只陷入了"迷惘性的同情误区，缺乏必要的叙事节制和独特有效的理性思考"。他建议，"面对当下的底层生活及其尖锐的苦难与冲突，我们的作家是否可以更理性一些，更节制一些，更温暖一些，更个人化一些"。②

关于底层文学的讨论还引发了"纯文学"问题的讨论，这似乎是必然的，因为"底层"——"左翼"——"政治"，这也是很容易就串线的一个逻辑，新文学的历史上它们之间也确乎有些瓜葛，所以倡导底层文学马上就会引发某种警惕。孟繁华的《中国的"文学第三世界"》与郜元宝的《〈中国的"文学第三世界"〉一文之歧见》可以视为是"底层文学"与"纯文学"之争的一个范例，虽然两个人之间观点和立场有点错位。前者强调

---

① 王尧：《关于"底层写作"的若干质疑》，《当代作家评论》2008年第4期。
② 洪治纲：《底层写作与苦难焦虑症》，《文艺争鸣》2007年第10期。

的是底层书写的弱势地位，从文学现实的权力格局出发，将之拟喻为"文学第三世界"，是想强调其值得扶助与重视之处。作者认为在当下语境中，所谓"多元文化"的说法不过是一个虚构，与"强势文化的统治和控制"相比，在"一个消费文化或'中产文化'的时代"，"那些表达工人群体生活、农民生活以及其他底层生活的写作"，是处在"'第三世界'的境遇中"。显然，其意是想说，在强势文化与中产文化之外，代表底层意识形态的弱势部分是我们应予关切的。与关键词的限定有关，文章似乎陷入了类似"左派"理论的话语逻辑，而这恰好成为了郜文的靶子。在后者看来，所谓纯文学在当今时代仍然是弱势，是真正应予以坚持的。① 认真思忖，这话当然也是对的。谈问题的出发点和侧重点不同，当然会有如此鲜明的反差。有意思的是两个人所操的话语风格，让人想起新文学史上若干让人熟悉的段落，会格外有一种历史的会意与忍俊不禁。

总体概览整个新世纪的文学批评理论状况，对于我的视野、学养和能力而言，当然是无法胜任的，必然有挂一漏万甚至本末倒置的尴尬。但是几年前作为该项目总策划的何言宏兄不由分说地压给我这个任务，让我积年不能安生睡眠，常抓耳挠腮、如卧针毡，致使一拖再拖，耽误了出版社及各位同仁先进的宝贵时间。幸得几位学生慷慨相助，才得以勉力完成，仓皇交差。其中定有片面和盲区，重要的遗漏与闪失，还乞望学界朋友们见谅的同时不吝指教，他日若有机会弥补，再行订正。但还是要感谢言宏兄的信任和鞭策，感谢南师大出版社丁亚芳女士的催促，她的客气总是让我无地自容，但没有这些鞭策和鼓励，我确乎很难完成这个任务。最后，还要认真地感谢我的几位博士生：冯强、周蕾、赵坤，他们都为本书的编选做了大量工作，此书的主要功劳应该归于他们。

---

① 孟繁华：《中国的"文学第三世界"》，《文艺争鸣》2005 年第 3 期；郜元宝：《〈中国的"文学第三世界"〉一文之歧见》，《文艺争鸣》2005 年第 5 期。

一 文学史写作与"重返"研究

中国当代的"文学经典"问题

洪子诚

这里所说的"当代",指的是20世纪的50—70年代;文章讨论的,是这个时期中国大陆文学经典的问题。这些问题,涉及文学作品等级价值的评定,评定所依据的标准,评定的制度和程序,以及和"经典"问题相连的文化冲突等。

近100多年来,现代中国在社会政治、经济、思想文化等方面发生剧烈变革。这种变革的重要征象之一,就是大规模的"价值重估",出现"经典"(文学经典是其重要构成)在不同时期的大规模重评的现象。有的研究者指出:"在中国,现代经典讨论或许可以说是开始于1919年,而在1949、1966和1978这些和政治路线的变化密切相关的年份里获得了新的动力。"[①]这一描述应该说是能够成立的。在这些年份中,1949、1966和1978,在目前的文学史叙述中,常被称为"十七年文学"和"文革"文学;它们可以看作现代中国文学的一个重要时期。在这一时期里,中国"左翼"政治、文学派别试图建立一种以阶级属性作为基本表征的新的文学形态;文学经典的重新审定,就是这种努力的重要组成部分。

讨论这个时期的文学经典重评,会涉及许多复杂的问题。这里将提出若干值得注意的线索。它们主要是:一、文学经典在当代社会生活中的位置,经典重评实施的机构、制度;二、当代文学经典重评的焦点;三、经典确立的标准("成规"),和重评遇到的难题。

---

① 佛克马、蚁布思:《文学研究与文化参与》,北京大学出版社1996年版,第45—47页。

一

　　在现代社会里，尽管经典在各个时期的社会生活中有重要地位，但是，像50—70年代的中国那样的情形，还是比较少见：在这一时期，文学经典在社会生活、政治伦理等方面的意义，对现存制度和意识形态维护或危害的作用，被强调到极端的高度。基于这样的理解，当代对经典审定十分重视，有时甚至达到紧张的程度。自然，现代社会已不可能出现那种审定、确立经典的专门机构，也不可能制定一份有关经典的确定的目录。在1949年以前，经典秩序的形成，分散在学术部门、出版、报刊和政府相关机构中进行。新中国成立之后，这一情况得到延续，但"分散"的状态受到控制，出现了事实上的统一的审定机构。这就是这一时期的政治、文学的权力中心。它对文学经典的审定，主要是确定不同文类、不同作家作品的价值等级，建构等级排列的基本"秩序"，并监督、维护这一秩序，使其不被侵犯，并在必要的时候，对具体作品性质的认定，以不同方式加以干预。①

　　文学经典的审定和监督、干预实施的制度保证，在50—70年代，同样借助各种机构（学校、文学研究机构、出版社、报刊等），通过不同的方式进行。方式之一是，建立具有权威性质的文学理论体系，其作用是为经典审定确立标准。在文学研究、文学批评和大学文科教学中，对一种规范的文学理论的重视程度，相信另外时间从未有过。自从1944年周扬在延安编辑出版《马克思主义与文艺》一书之后，《马恩列斯论文艺》、《毛泽东论文艺》等，获得文学批评和文学经典审定依据的"圣经"地位。这一点是不必多言的。第二，文学书籍出版上的管理。这包括"可出版"部分的规划：重点和

---

① 毛泽东在50年代初干预了胡适、俞平伯等对《红楼梦》的阐释；50年代末，在当时被树立为"诗与劳动人民结合"的诗人李季的艺术成就受到质疑时，冯牧曾撰文加以制止，而当有的报刊（上海《新民晚报》）在"大跃进"中刊出《托尔斯泰没得用》的文章后，《文艺报》立刻做出反应，刊出主编张光年的《谁说托尔斯泰没得用?》的头条文章，以阻止全面颠覆经典的思潮的蔓延。

先后次序的确定,① 也包括对"不可出版"的"非经典"的"封锁"。因为这一时期,出版社为国家所控制,在出版选题上,将会制定总体上符合所确立的经典秩序的计划。图书市场上的利润因素也会得到考虑,但这一切都在不得动摇这一秩序的前提下进行。如果将 40 和 50 年代作比较,在外国文学、中国古代和现代文学作品的出版方面,都可以看到明显的变化。如 50 年代被作为中国文学"范本"② 的苏联现代作家作品,出版上取得优先的地位,而西方 20 世纪的现代作家作品,则受到十分严格的控制、筛选。40 年代已有译本的伍尔芙、劳伦斯、纪德、奥尼尔、里尔克、T·S·艾略特等的作品,50 年代以后不再刊行。这是对可能会动摇经典秩序的"非经典"作品的封锁。有的"封锁"并非针对一个作家的全部作品;依据标准,某一作家的作品会被分别对待。以中国现代作家为例,曹禺的《原野》、《蜕变》,老舍的《猫城记》、《二马》,冯至的《十四行集》等,便不再印行。这种对某些敏感的"非经典"的"封锁",是维护经典秩序的有效的方法。

第三,批评和阐释上的干预。这包括对经典确立标准的阐释,对作家作品的评论和对读者阅读习惯的直接"矫正"、引导。后者如丁玲对喜欢巴金、张恨水,而不喜欢解放区小说的读者的批评、劝导,③ 冯至关于如何看待欧洲表现人道主义和个人奋斗的古典作品的论述。④ 这种直接引导,也常以"读者讨论"的方式展开。50 年代"关于高等学校文艺教学中的偏向问题"的讨论,⑤ 对巴金《灭亡》、《家》等的讨论,对《红与黑》、《约翰·克里斯朵夫》的讨论,⑥ 都是如此。60 年代,毛泽东曾指示出版部门,

---

① 在五六十年代,不同的出版社出版的作品的"经典"性程度是有区别的,如北京的人民文学出版社有较高级别,而作家出版社则主要出版未经"经典化"鉴别、还难以确定的作品。
② 周扬在《社会主义现实主义——中国文学前进的道路》中说,中国文学应"向先进的苏联文学学习","许多优秀苏联作家作品……是我们学习的最好范本"。见《人民日报》1953 年 1 月 11 日。
③ 丁玲:《跨到新的时代来——谈知识分子的旧兴趣与工农兵文艺》,《文艺报》2 卷 11 期,1950 年 8 月 25 日。
④ 参见《略论欧洲资产阶级文学里的人道主义和个人主义》,《北京大学学报》1958 年第 1 期。
⑤ 1951 年底在《文艺报》上进行。见《文艺报》第 5 卷第 2 期,1951 年 11 月 10 日。
⑥ 这些讨论,见 1958—1959 年的《中国青年》、《读书》、《文学知识》等刊物。

在出版中外过去的名著时，要加强"前言"的撰写工作，也出于引导、规范读者理解阐释趋向的这一目的。①

第四，丛书、选本，学校的文学教育，文学史编撰。这些也属于文学经典确立的重要环节。也许可以这样说，一个时期文学经典的秩序，最终需要在文学教育和文学史撰写中加以体现和"固化"，以实现其"合法性"，并在教育过程中普及和推广。因此，在"当代"刚刚开始的时候，文学决策阶层的紧要工作之一，便是筹划、出版中国现代文学的丛书，编写、审定作为大学文科教材的新文学史大纲。1949年和1950年，《中国人民文艺丛书》（收解放区文艺代表作品100多种）② 和《新文学选集》（两辑共24种，收1942年前已写出成名作的24位作家作品）③ 相继面世。1950年，教育部召开全国高等教育会议，通过"高等学校文法两学院各系课程草案"，其中"《中国新文学史》教学大纲"是重要一项。这一大纲，贯彻毛泽东《新民主主义论》的思想，这也是彼时出版的《中国新文学史稿》（王瑶）的编写指导原则。1954年，臧克家主编了《中国新诗选》。"鲁郭茅巴老曹"的"大师"排列也在此时逐步完成。50年代末到60年代初，全国文科统编教材的编写工作，在周扬主持下全面展开。其中，文学理论和文学史占据重要地位。《中国文学史》（游国恩等主编）、《中国现代文学史》（唐弢主编）、《西方美学史》（朱光潜主编）、《欧洲文学史》（杨周翰等主编），先后成为全国各高校采用的"统编教材"。上述文学史对作家作品的评价，不仅在观点上，而且在体例上（作家是否设专章、专节，是否在目录中出现，占有多大篇幅等），都有精心设计，从而为当时确立的文学经典"秩

---

① "文革"前的60年代，人民文学出版社出版的"外国古典文学名著丛书"，一般都有由译者或相关学者撰写的前言，讲解该作品产生的社会历史背景、主题思想，及它的"积极意义"和"时代局限"等，以引导、规范读者的接受方向。
② 新华书店1949年开始陆续出版，开始署周扬、柯仲平、陈涌主编，后来改署"中国人民文艺丛书编辑委员会"。
③ 茅盾主编，开明书店1950年。

序",画出相当清晰的面貌。①

二

当代文学经典的重新审定,涉及的范围广泛。从时间上说,有古典作品和近、现代作品;从国别、地域而言,有中国和外国,以及外国的东西方等的区别。它们对于中国"当代文学"的重要性和处理上的紧迫性,不是同等的。比较而言,五四以来的中国新文学和西方文学(主要是欧美文学,尤其是欧美的现代文学),被置于较为紧迫的位置上。这种紧迫性,根源于它们与中国现实政治和当代中国人的世界观、价值观的确立,以及当代文学形态和格局的建构的关系的密切程度。很明显,鲁迅、胡适的经典地位问题,与王维、陶渊明、李煜和《长生殿》、《琵琶记》②的问题,在当代并不是同等的。《红楼梦》、《水浒传》等在当代的紧迫地位,在很大程度上不是出于这些作品本身,而是它们所牵连的中国现代政治、文学问题。有些作品的经典地位的判定,在一个时期里处于紧张状态,如毛泽东的诗词、"文革"期间的"样板戏";因为这些"经典"成为现实政治的组成部分。某些西方古代和现代作品在重评中的紧迫性,也应从这方面来理解。西方文学可能对当代政治和文学权威地位构成的侵犯和损害,是文学权力阶层(也是经典监督机构)所十分警惕的。③

---

① 在"文革"后组织编写的《中国大百科全书》的外国文学和中国文学卷中,"经典"的次序、等级,一方面也体现在这种体例的严格设计中,如条目区分为大、中、小条,字数的限制,是否配以照片,照片的数量和内容等。
② 这些中国古典作家、作品的评价问题,50年代都曾在《光明日报》"文学遗产"专刊、《新建设》、《文学评论》等报刊上,进行过讨论。
③ 1951年,《文艺报》编辑部指出,高等学校的文艺教学,存在相当普遍的严重脱离实际和教条主义倾向,表现为"只喜欢空谈《哈姆雷特》、《奥勃洛莫夫》",而轻视"新的人民文艺","把西洋古典作品看作第一等的文艺,人民文艺是学习它之后产生的第二等的文艺",应开展对这类"欧美资产阶级意识"的批评。见《文艺报》第5卷第2期。冯至在反右派运动中说,大学里的不少右派分子,常"窃取"欧洲古典作家的作品和言论(列举的有莎士比亚、服尔德、拜伦、雪莱等)作为进攻的"武器";"值得注意的是,从中国古典文学、苏联文学,以及中国现代文学中窃取武器的,则非常稀少"。《从右派分子窃取的一种"武器"谈起》,《人民日报》1957年11月27日。

虽说50—70年代可以看作当代文学的一个时期，其经典重评有着统一的特征，不过，在这一时期里，也呈现不断调整、变动的状态。在政治、文学形势发生变化、文学权力阶层认为需要调整知识前景和文学取向时，"经典"的标准和构成的空间和自由度，也会发生或加大或紧缩的张弛的运动。在1956—1957年的文学"百花时代"，废名的小说，戴望舒、徐志摩的诗选，何其芳的《预言》、张恨水的《啼笑因缘》等得以出版。有的刊物发表了波特莱尔《恶之花》的选译。① 50年代，苏联的高尔基、马雅可夫斯基、法捷耶夫、萧洛霍夫等确立了他们的经典地位，但这一地位在"文革"激进思潮中，却受到削弱和"颠覆"。②

在当代这一时期，文学经典问题上出现的争论、冲突，主要是不同的文化力量在这一问题上的摩擦。由于"左翼"之外的文学派别、作家在当代已失去参与决定文学走向的资格，在经典问题上发生的文化冲突，大体上是在"左翼"内部展开。③ 最主要的冲突，表现在周扬、邵荃麟等与胡风、冯雪峰之间，也出现在后来周扬与江青等激进派别上。胡风、冯雪峰对五四、对中国新文学性质的理解，显然与毛泽东、与周扬等不同。将五四文学革命运动看作是"市民社会突起了以后的、累积了几百年的、世界进步文艺传统底一个新拓的支流"，④ 自然会更重视如胡风所说的"19世纪批判现实主义和反抗的浪漫主义"的作家作品，也会更重视与这一流脉有渊源的新文学创作。在50年代中期关于"创作方法"的论争中，质疑社会主义现实主义的作家、理论家（胡风、秦兆阳等），在经典等级上，实质上

---

① 陈敬容译《译文》，1957年第7期。
② 江青等主持制定的《部队文艺工作座谈会纪要》（1966）中，提出对苏联十月革命以后出现的"比较优秀"的"革命文艺作品"不能"盲目崇拜"，认为萧洛霍夫是"修正主义文艺鼻祖"，要开展对《静静的顿河》、《一个人的遭遇》的批判。后来，报刊也发表了批判文章。
③ 有时候，原来不属"左翼"的作家、批评家也会发出一些抱怨，如1957年，若干研究英美文学学者批评当代过分评价苏联文学，而对西方文学价值重视不够。但这些声音一般来说，对经典的重评并不具影响力。
④ 胡风：《论民族形式问题》，《胡风评论集》（中），人民文学出版社1984年版，第234页。

是把 19 世纪的现实主义作品，看得比社会主义现实主义作品更高。① 不过，周扬等虽然撰写了《社会主义现实主义——中国文学前进的道路》的文章，但是，当文学派别的冲突暂时得到解决的时候（1957 年，丁玲、冯雪峰成为"反党集团"被清除之后），他们表达的文学理想，其实与胡风等的主张相当接近。西欧的文艺复兴、启蒙主义和批判现实主义被看作人类文艺史上的"高峰"，是他们所要创建的新文艺的蓝图。② 因此，在"文革"中，这便遭到主张与一切"剥削阶级文艺""彻底决裂"的文艺激进派的批判，说"鼓吹资产阶级文艺就是复辟资本主义"。③ 对于中国古典文学经典，周扬等也愿意继续维护其地位，虽然当代提出的古代文化的评判标准常常威胁到这种地位。④ 他们通过组织一系列的针对陶渊明、王维、李煜、《琵琶记》、山水诗等的讨论，来寻找继续保持其地位的理由。

在文学经典的重评中，文本的阐释趋向是重要方面。经典秩序的变动，可以表现为某一过去不在经典序列的作品的进入，或原来享有很高地位的被从这一序列中剔除。也可能表现为某一作家的一组作品在次序、位置上的改变。但也可能是作品的经典地位并未受到怀疑，其构成经典的内在价值在阐释中却发生很大转移和变易。在五六十年代主流批评中，《呐喊》显然比《彷徨》更具积极意义。⑤ 当时《野草》被看作是鲁迅还未完成转变时思想苦闷的产物，而 80 年代则因其揭示人的生存困境的深刻性，而被有的批评家誉为 20 世纪中国最伟大的作品之一。在当代这一时期，《复活》

---

① 参见胡风《关于解放以来的文艺实践情况的报告》、秦兆阳《现实主义——广阔的道路》、周勃《社会主义时代的现实主义》等文。
② 参见周扬《建设马克思主义的美学》(1958 年 11 月 22 日在北京大学的讲课稿)、《在文艺工作座谈会上的讲话》(1961 年 6 月 16 日)。
③ 上海革命大批判写作小组：《鼓吹资产阶级文艺就是复辟资本主义——驳周扬吹捧资产阶级"文艺复兴""启蒙运动""批判现实主义"的反动理论》，《红旗》1970 年第 4 期。
④ 列宁的两种文化的论述，毛泽东有关以对待人民的态度来判断古代文化的进步、落后或反动的标准，显然不能用来支持王维、陶渊明、李煜、李清照诗的经典地位。
⑤ 在国外的汉学家中，也存在这样的评价分歧。如夏志清在他的《中国现代小说史》中，对《彷徨》有较高评价，而捷克学者普实克则认为，比起《呐喊》来，《彷徨》的"战斗性和艺术独创性都稍显逊色"，"反映出某种衰退"。《普实克中国现代文学论文集》，湖南文艺出版社 1987 年版，第 211—245 页。

被认为是托尔斯泰最重要的作品,《战争与和平》、《安娜·卡列尼娜》只能位居其后:这种排列,相信不为许多国家的文学评论界所认同。① 因为在当代,托尔斯泰最主要的价值是对"旧世界"的揭露和抗议,而《复活》显然最能体现这一评价。② 五四以来,像《红楼梦》这样的作品的经典地位在不同时期都相当稳固。但是,在 50 年代初和在"文革"时期的阐释中,对其面目的描述和价值认定所发生的变化,现在看来令人讶异。对鲁迅的阐释更是如此。

三

文学经典秩序的确立,自然不是某一普通读者,或某一文学研究者的事情。它是在复杂的文化系统中进行的。在审定、确立的过程中,经过持续不断的冲突、争辩、渗透、调和,逐步形成作为这种审定的标准和依据,构成一个时期的文学(文化)的"成规"。人们一般认为,当代这方面的标准,来自毛泽东的《讲话》和他各个时期的论述。不过,由于"当代"文学内部事实上存在多种文化构成,因而,标准、成规的性质并不是那么单一,更不是那么稳定。

在文学的情感、审美和认知、劝诫等功能的认识上,当代强调的是后者,并特别突出文学与社会政治之间的直接关系。因而,当代的经典秩序的确立标准,最为紧要的是作品所表达的历史观和政治立场。二战后冷战所形成的对立阵营和中国内部的政治现实,最为快速、直接地制约经典秩序的状态。在对西方、俄苏,以及现代中国作家作品的选择上,首先体现的是这一尺度。以现代西方作家为例,曾是,或曾接近达达主义、超现实主义的法国作家艾吕雅、阿拉贡,在 50 年代初的中国得到较为积极的评

---

① 但据韩国学者白乐晴指出,在 20 世纪六七十年代的韩国,《复活》也被文学界认为是托尔斯泰最重要的作品。他认为,这表现了"第三世界国家"在对待西方经典上的"自主姿态"。见《全球化时代下的文学与人:分裂体制下的韩国视角》,中国文学出版社 1998 年版,第 440 页。
② 1960 年,在北京纪念托尔斯泰逝世 50 周年大会上,茅盾所做报告的题目是:《激烈的抗议者,愤怒的揭发者,伟大的批判者》,《文艺报》1960 年第 21 期。

价，是因为他们当时都属于和平、进步阵营，其创作加入了革命事业。① 把德莱塞、法斯特（在他宣布脱离美国共产党之前）、马尔兹，而不是福克纳、海明威看作 20 世纪美国最重要的作家，决定性因素也是作家的政治倾向。当然，苏联文学中的另一线索，如阿斯塔菲耶夫、布尔加科夫、曼德尔斯塔姆、帕斯捷尔纳克、茨维塔耶娃等排除在苏俄文学经典之外，根据的也是这一原则；这也与当时苏联文学界的步调一致。不过，50 年代的"社会主义阵营"在对待古典遗产上的包容性，对当时中国的文学经典秩序的确定，也带来影响。②

文学文本在揭示"历史规律"、展示历史发展前景上的典型性和深刻性，是当代经常起作用的经典衡量尺度。虽然卢卡契在当代中国的"命运"颇为尴尬，③ 但在这一尺度上，与他关于"整体性"和"典型性"的理论有关。由此，既画出了现实主义与现代主义的界限，也廓清了"批判现实主义"和社会主义现实主义的区别。依照这一尺度，"现代主义"被认为是"抽象的形式主义的文艺"，其思想基础是"非理性"，"把直觉、本能、意志、无意识的盲目力量，抬到首要的地位"，拒绝"概括和典型化"，只表现了现实的表面现象、碎片，无法达到对本质的把握。④ 因此，"现代派"文艺在当代这一时期被坚决拒绝。在杨周翰等主编的《欧洲文学史》中，虽然有对于托马斯·曼的成就和局限性的分析，却看不到有关同一时代的乔伊斯、普鲁斯特、卡夫卡、加缪、萨特等的评述。三四十年代认同西方"现代主义"的作家、学者，他们在当代如果要取得"话语权"，前提是与

---

① 参见罗大冈《艾吕雅诗抄·译者序》，人民文学出版社 1954 年。
② 最重要的例子是，当时"社会主义阵营"的组织"世界和平理事会"每年举行世界文化名人纪念，推动这些"世界文化名人"著作在中国的出版和宣传、评析。他们有拉伯雷、何塞·马蒂、契诃夫、亨利·菲尔丁、阿里斯托芬、果戈理、密茨凯维支、席勒、安徒生、孟德斯鸠、雨果、迦梨陀娑、陀思妥耶夫斯基、萧伯纳、关汉卿、杜甫、海涅、易卜生、布莱克、哥尔多尼、密尔顿、朗费罗、彭斯等。
③ 在五六十年代的中国大陆，卢卡契常被认为是反对社会主义现实主义的理论家。他一度担任匈牙利纳吉政府的部长这一事实，加强了中国革命文学界对他的反感。
④ 参见茅盾《夜读偶记》，《文艺报》1958 年连载，百花文艺出版社 1959 年单行本。

"现代主义"划清界限,这也是他们思想进步的证明。① 对于"本质"、"历史规律",当代认为主要为阶级斗争和重大事件所体现。因此,表现阶级斗争的"重大题材",在经典秩序序列中,理应占据首位。在这种尺度下,茅盾自然是比老舍更重要的作家。② 而京派小说家和张爱玲等在40年代所倡导的"日常生活"的美学,也必然受到抵制。

在当代经典价值评定中,还可以指出另一些经常起作用的尺度,它们和上面谈到的构成问题的各个方面。比如,经典的次序的判断,必须考虑作品对读者的世界观和行为模式的影响情况,教育作用的大小是一个重要因素。"政治化阅读"被强调和提倡。从这一点出发,与当代读者生活更贴近的作品获得较有利地位,③ 带有消遣、娱乐功能的"通俗小说"等文类受到排斥。出于相同的考虑,作品在表现上的明朗、清晰,也是一个重要条件;晦涩、难懂、含糊不清等不仅是风格学层面的问题,而且是文本"政治"的问题。"陌生化"技巧、文本的"多重编码"所产生的含混性和多义性,总是受到质疑和警惕。

当代文学经典的重新确立,无论在方法和尺度上,都留下若干难题。这些难题,困扰着新秩序的确立者。前面说到,对有可能危害到新秩序的"非经典"的"封锁"(不予出版,文学史不予评述),是维护新秩序的有效方法。但问题在于,"封锁"如果绝对化,也会导致政治和文学的决策层(及其研究机构)的"闭目塞听",使他们对新秩序的论述缺乏依据和说服力,也有可能使新型文学的创造粗陋化。作为一种弥补措施,对某些受"封锁"的"非经典",会以作为参照的"资讯"的对象,在"内部"出版发行,按照严格规定的阅读范围加以"分配"。这就是当代的所谓"内部出

---

① 徐迟对1957年穆旦诗作流露的"现代派"痕迹提出批评;冯至对他的《十四行集》作了自我批判;袁可嘉、王佐良在60年代初发表了揭露、批判艾略特等的文章。
② 普实克和夏志清都认为,老舍对"个人命运"更为关注,而茅盾则更关心"社会力量"的冲突,"个别人物的奇异命运只有在服务于表现社会问题的范围内才使他感兴趣"。但夏志清推重的是老舍,普实克推重的是茅盾。
③ 在50年代,《文艺学习》等刊物曾组织"表现与我们的生活离得较远的作品有什么意义"的讨论。在当代,现代题材具有更高的等级。

版物"。① 这种做法后来证明，它其实又培育了"颠覆"新秩序的力量和知识。②

在 50—70 年代，文学经典的另一难题是"精英化"与"大众化"的冲突。民族化、大众化是毛泽东制定的革命文化战略。周扬等人的响应，使赵树理的小说、李季的诗、歌剧《白毛女》等在当代进入了革命经典的序列。但事实上，以西方经典为目标的"文艺复兴"理想，是周扬等人的主导意识，这导致了这方面冲突的持续不断。

最为重要的难题在于，周扬等当代文学的决策者，他们并不愿意如后来的激进派那样，对中外文学遗产采取断裂的态度，但他们又要建构"新的人民文艺"（"社会主义文学"）的经典；而且后者还应该处于更高的级别位置上。于是这种新文艺经典，就不得不经常面临成熟的、并为广大读者所熟悉的经典遗产的巨大压力，使新的经典的确立和稳固性总是成为问题。他们用以"捍卫"新经典的方法，"积极"方面是反复宣布经典确立的新"成规"（新的题材、新的人物，乐观主义等），"防御"的手段则诉诸"时间"的限制，把出现睥睨一切旧经典的辉煌，放置在谁也无法预测的未来。③

（原载《中国比较文学》2003 年第 3 期）

---

① 50—70 年代以"内部发行"方式出版的书刊，种类繁多。涉及中外文学、政治、哲学、经济学等领域。在文学方面，除一部分古典作品（如《金瓶梅》、《十日谈》、足本的《三言二拍》）之外，主要是现代西方、俄苏作家作品。如茨维塔耶娃、爱伦堡、西蒙诺夫、叶甫图申科、阿克肖诺夫的诗、小说、散文，以及《恶心》、《等待戈多》、《在路上》、《麦田里的守望者》等作品。
② "文革"中的"地下诗歌"的作者和"新时期"最早进行文学革新的思潮，都从五六十年代的"内部出版物"中受益。
③ 这是当代为新的经典辩护并减轻文学遗产对新文艺巨大压力的通常方法。周扬的《文艺战线的一场大辩论》、茅盾的《夜读偶记》、姚文元的《社会主义现实主义文学是无产阶级时代的新文学》，以及《部队文艺工作座谈会纪要》等，都从题材、人物、历史信心、乐观精神等方面，指出"社会主义文学""无产阶级文学"是过去的文学无法比拟的。同时又"防御"性地指出，无产阶级文学诞生时间还很短，"怎么能拿衡量几百年、几千年中所产生的东西的尺度来要求几十年中所产生的东西呢？""社会主义文学一定能够不但在思想上而且在艺术结晶化的程度上很快地赶上并超过过去任何时代的文学。"（周扬：《文艺战线上的一场大辩论》）

先锋与常态
——现代文学史的两种基本形态

陈思和

关于这个题目,我在今年上半年已经在北大作过一次讲座。当时我正在主持编写《中国现代文学史教程》,想探讨几个文学史的理论问题,其中一个就是"五四"文学运动的先锋性问题。上次我来讲的时候,我的思考还很不成熟,是诚心向北大的老师和同学们请教的,同学们在会上的提问对我深有启发,回去后就把这篇文章写出来了,发表在《复旦学报》今年第六期上[①]。但我并不认为这个问题已经深思熟虑无懈可击了,我觉得还可以进一步往下讨论下去。

一、常态与先锋:现代文学的两种发展模式

"五四"文学运动是中国现代文学绕不开的话题。它作为新文学的起点也好像是不证自明的,但近年来大量新材料、新观点的出现,既往的文学史观念受到了挑战。许多问题亟待从理论上给以解决。比如对民国以后的旧体诗的研究。近年来不仅出版了大量当代作家的旧体诗,从晚清到抗战,一大批文人的旧体诗(包括资料全编)面世了,比如陈寅恪先生、钱钟书先生及他们同时期许多文人大量的旧体诗著作,成为我们研究20世纪文学不可或缺的内容。我们过去讲现代文学只讲白话文学,那么文言文、旧体诗到底算不算现代文学?在20世纪文学史上到底占有多少地位?

还有一个问题,就是关于晚清文学的研究,在"现代性"这个概念提出之后,我们的研究视野整个被"现代性"所吸引,晚清成为被关注的焦

---

① 参见《试论"五四"新文学运动的先锋性》,载《复旦学报》2005年第6期。

点。许多晚清的作品被重新解释,许多过去被认为价值不高的作品,又有了新的理解。比如苏州大学范伯群教授、复旦大学的栾梅健教授对《海上花列传》的重新评价①,就是一个代表;还有美国哈佛大学的王德威教授的著作《晚清小说新论:被压抑的现代性》,认为"五四"压抑了晚清的现代性传统,晚清许多含有"现代性"的作品,如侦探小说、武侠小说、言情小说等,在"五四"都被压抑了,保留下来的是"五四"之后的写实主义、浪漫主义等创作②。这些新的研究成果都给我们传统的文学史观提出了挑战。对通俗文学也有许多新的评价和重新研究,模糊了我们过去所谓新旧文学的界限。最典型的例子就是张爱玲及许多海派作家。他们的许多作品当年都发表在一些通俗小报上,分不清它到底属于新文学还是通俗文学③。

我想把"五四"新文学或者整个 20 世纪现代文学分为两个层面。一个层面是,以常态形式发展变化的文学主流。它随着社会的变化而逐渐发生变异。时代变化,必然发生与之相吻合的文化上和文学上的变化,这种变化是常态的,是指 20 世纪文学的主流。我在谈这个问题时,有意把过去新文学、旧文学的问题悬置起来了。这样讲,可以既包括新文学,也包括传统文学,还包括通俗文学。就是说,常态的文学是随着社会的变化而变化的。比如说,有了市场一定会有通俗文学,一定会有言情小说,古代也有,现代也有,它总是这样变化的。这是一种文学发展的模式。另外一个层面,就是有一种非常激进的文学态度,使文学与社会发生一种裂变,发生一种强烈的撞击,这种撞击一般以先锋的姿态出现。作家们站在一个时代变化的前沿上,提出社会集中需要解决的问题,而且预示着社会发展的未来。

---

① 关于《海上花列传》的讨论,见范伯群《中国现代通俗文学史》第一章第一节《现代通俗小说开山之作——〈海上花列传〉》,北京大学出版社 2006 年版,第 14—24 页。栾梅健:《论〈海上花列传〉的现代性特征》,载《中国文学古今演变论集》第二集,上海古籍出版社 2005 年 12 月版。
② 王德威:《晚清小说新论:被压抑的现代性》导论《没有晚清,何来"五四"?》,宋伟杰译,台北麦田出版社 2003 年版,第 15—34 页。
③ 参见李楠主持:《海派小说钩沉》,见《上海文学》2006 年 1—8 月《古今》栏目。

这样的变化，一般通过激烈的文学运动或审美运动，知识分子、作家一下子将传统断裂，在断裂中产生新的范式或新的文学。这个变化不是随着社会的变化而进行，而是希望用一种理想推动社会的变化。或者说，使社会在它的理想当中达到某种境界。20世纪有许多或大或小的文学运动，可归纳为先锋运动，它们构成了推动整个20世纪文学发展的一种特殊力量。不管它是向哪个方向，在20世纪起到了一种激进的、根本的作用。

这样两种文学发展模式，构成了20世纪不同阶段的文学特点。

讨论这个问题是想说，"五四"新文学运动的崛起，其最核心的部分是以先锋的姿态出现的，一下子跟传统断裂了。输入了大量西方的、欧化的东西，希望这个社会沿着它的理想进行变化。它是突发性的运动，含有非常强烈的革命性内容。当然，我不否认"五四"新文学运动也有大量传统的东西与传统文化相衔接。我指导过一位博士研究生，她做1921年以前的《小说月报》的研究，她对最初十年的《小说月报》做了定量分析，比如有多少篇与下层生活相关的小说出现，多少篇白话小说出现，多少篇翻译文学等等。最后，她认为，如果没有"五四"文学运动，中国也会朝白话文发展，也会出现白话小说。这当然是对的。有位作家徐卓呆，写了很多小说，都是写下层贫民的生活，有一篇叫《卖药童》，写个卖药的孩子，今天说起来就是无证卖药，被警察抓了，小孩谎称这是卖糖。可是那个警察很坏，他知道小孩卖的是药，却说，你把它吃下去我就放了你。小孩一边吃一边哭，实在吃不下去，不停地流泪。我的学生认为，这与"五四"小说没有什么区别，非常惊心动魄，写一种被扭曲的心态，写得很好。我后来仔细想了想，觉得徐卓呆的小说与"五四"新文学还是不一样，比如跟鲁迅的小说比。徐的小说就是我们今天所说的"我手写我口"的白话文，就是在讲故事，而鲁迅的小说不仅夹杂文言文，而且有欧化的语言，反而显得很拗口。如鲁迅翻译阿尔志跋绥夫的《幸福》，写一个老妓女为了五个卢布，被迫裸体在雪地里挨人打，语言很拗口。但正是这种拗口，使得小说文本充满了紧张感，很有力量和值得想象的东西。

这样就看出"五四"的意义了。如果没有"五四"，我们得到的就是徐卓呆那样的白话文，但是有了"五四"，就不一样了，语言上有了欧化倾向。我觉得欧化不是一个语言问题，而是思维方式问题，一种非常强烈、新颖的思维方式，是我们原来的语言不具备的。欧化思维建立在欧式语言的基础上，正是属于"五四"新文学带来的东西。

也许有人说，没有"五四"不更好吗？我们的白话文岂不更纯粹？"我手写我口"，不更自由吗？但是，如果没有"五四"，文学就会缺少一种包容性的东西，反映人物深层心理的新的思维模式就没有了。"五四"带给我们的不是一种单纯的白话文，不是一般的"我手写我口"，话怎么说便怎么写。礼拜六派都是白话小说，不需要"五四"来提倡和鼓励就已经出现了。但是，"五四"白话文是一种思维方式的丰富和补充。新的语言带来了新的思维、新的美学感受，这是值得我们注意的东西。

但是今天，我们已经不再稀奇，欧化语言已经融入了今天的语言模式。我们现代汉语的语法里有很多欧化的成分。不但不觉得"五四"文学革命的难能可贵，反而批评它过于欧化，不通俗。从瞿秋白开始就批评了嘛。其实这批评的前提，是当年的欧化语言模式已经被认可了，如果不认可，我们很可能还停留在晚清时代"我手写我口"和通俗小说的样子。从这个角度我就想到，"五四"是不是有一种新的东西给了我们？不完全是通常理解的白话文、现实主义、抒情主义、个人主义等等，这些东西会随着社会的资本主义因素的发展也许是自然会出现的。但"五四"使我们出现了一般时代变化所没有的东西。比如，鲁迅的《狂人日记》突然出现了"吃人"的意象，不仅写人要吃人，而且每个人都要吃人，甚至于狂人自己也吃过人，这是一个巨大的恐慌，与"五四"的主流完全不一样。"五四"的主流是人道主义，张扬个人，对抗礼教，反对旧社会把个人吞噬。可是突然出现了鲁迅对人的解构。人本身就不是东西，人是会吃人的，本身就具有从动物遗传过来的吃人的本能。这跟我们通常理解的个人主义和人文主义有很大区别。

所以，《狂人日记》出来以后，这个时代无法对其进行阐释，批评失语。有些批评家马上把它演化为另外一些命题：如历史是吃人的，礼教是吃人的，中国封建社会是吃人的，传统是吃人的。人不会自己吃人，而是被别人所吃，自己没有责任。可是鲁迅明明写的是自己是吃人的。这是对人与人之间关系的反思，是对人自身的追问，和当时的主流文化有明显的差距。这种差距反映在两种文学的不同思考。一种是随着时代变化而慢慢演变的文学，是常态的发展和变迁，随着这样的变迁，出现人道主义的、现实主义的、或者说白话文的文学。而另一种是非常态的，像"五四"这样，有比常态文学更精彩的、更精华的、更核心的一种力量，这个力量就是先锋文学。从鲁迅到郭沫若，从创造社部分作家到狂飙社、太阳社，包括以后"革命文学"等等一系列激进文学里边，始终有一种跳动的、前沿的、站在社会发展未来角度对现实进行批判的东西，这就使他们具有强烈的先锋性。我认为在整个"五四"新文学传统里边，拥有一部分强烈的具有先锋意识的因素，这种因素的出现，与第一次世界大战前后在法国出现的超现实主义文学思潮，在意大利、俄罗斯出现的未来主义文学思潮，在德国出现的表现主义文学思潮，等等，几乎是同步的，体现了这种具有先锋性的世界性因素。

二、鸳蝴派与反特电影：常态文学的历史演化

我的《试论"五四"新文学运动的先锋性》写好后，曾先请几位青年朋友批评。他们提出了一个问题：既然"五四"运动是先锋运动，先锋即意味着非主流，那么主流是什么？这正是我现在想要解决的问题：如何来把握常态与非常态这两个层面的文学变化的关系，先锋性的文学变化与常态的文学变化的关系。也就是文学先锋与文学主流的关系，到底该如何界定？

这是一个需要不断讨论的问题，我拿出的不是一个完善的成果，而是一个想法。所以我今天的报告主题就是先锋与大众文学之间的关系，是接着上一个问题继续思考，深入探讨。为何要界定"五四"文学的先锋性，就是为了回答王德威教授提出的关于"五四"压抑晚清现代性问题。更早一些，在王德威教授之前，也有学者提出类似问题。在我读书的时候，我

的导师贾植芳教授让我翻译一篇美国学者林培瑞的文章《谈一二十年代的鸳鸯蝴蝶派都市小说》[①]。这篇文章发表很早，差不多是二十年以前翻译的。林培瑞已经提出了晚清文学的丰富性，但他没有压低鸳鸯蝴蝶派，也没有贬低"五四"，而是认为这些文学作品都有对传统文学的延续。言情派小说可以追溯到《红楼梦》，武侠小说可以追溯到《水浒传》，社会小说可以追溯到《儒林外史》，推理小说可以追溯到古代公案小说，鬼怪小说可以追溯到《西游记》、《封神榜》等神魔小说。总之，现代通俗小说门类在古典小说中都有存在的因素。到了20世纪商品经济社会，加入了新的时代因素，变得更为完备。林培瑞的文章认为，"五四"没有延续这个传统，而是将这个传统中断了，只弘扬了其中一部分，比如社会小说、批判现实主义，其他的都被压抑了，由此进一步推出"五四"独尊的现实主义，压抑了晚清的现代性传统。这一点，国内一些专家也有研究，如范伯群教授有一个观点，认为中国现代通俗文学与古代文学的演变相衔接，应该成为文学的正宗[②]。针对这些问题，究竟该如何理解？我觉得这里有些内在的矛盾，我们文学史在对通俗小说描述的时候，是把"五四"新文学放在一边，以古代小说的分类来进行研究。这样一分类，通俗小说就有各种各样的门类，非常齐全。但在讨论"五四"新文学的时候，我们采用的则是外国文学史的分类概念，文学体裁或者文学思潮，如现在大陆对于"五四"新文学通行的解释，总是强调"五四"文学是现实主义文学，或者是浪漫主义文学，这现实主义或者浪漫主义也就成了评判文学的标准，也是制高点，像灯塔一样。往前看晚清，往后看整个20世纪，所有与"五四"新文学这一特点有关的都被抬高和尊崇，都是有意义的，如黄遵宪的"诗界革命"，如梁启超的"新小说"，还有翻译小说，剧本，等等；而与"五四"新文学特征无关的文学，都是没有意义的。所以在这个灯塔的照射下，很多与之无关的

[①] 该文收入贾植芳主编《中国现代文学的主潮》，复旦大学出版社1986年版。
[②] 参见范伯群、孔庆东主编《通俗文学十五讲》，北京大学出版社2003年版；范伯群《近现代通俗文学漫话之三：鸳鸯蝴蝶派倒是"中国小说的正宗"》，载《文汇报》1996年10月31日。

东西都被推到了暗影中,没有得到应有的认识。比如旧体诗,就是这样的处境;现在陈寅恪、钱钟书的旧体诗都结集出版,我们才知道原来还有那么多的旧体诗创作,还有一大批写旧体诗的文人。其实这些人一直在创作旧体诗,很活跃。但因为"五四"的灯塔之光没有把他们照进去,所以一直在黑暗中。那些与"五四"传统没有多大关系的创作,就算是新文学的创作,往往也被忽略。如钱钟书的《围城》,以前的现代文学史著作里没有关于其的介绍章节,是不被重视的,大家都说是夏志清写了《中国现代小说史》,才抬高了《围城》的地位。但为什么夏志清看出《围城》好,而别的学者都没有看出来?这不完全是"左"的思想路线,其实与"五四"新文学的传统标准也有关系。我们是以"五四"的标准来衡量,《围城》不在这个"反帝反封建"的视野里。"五四"文学里找不到它的根基和传统。不是说它不好,也不是说它反动,而是"五四"文学传统里没有一套话语对之加以阐释,很自然就被排斥。连沈从文的小说也有这个问题,他在1950年代被冷淡当然有政治原因,但也不完全是。沈从文小说中呈现的很多东西,如果用"五四"的话语来衡量它,的确很多东西无法被解读。并不是说20世纪中国文学只有"五四"新文学,而是我们这个学术圈就是在被人为构筑起来的"五四"传统下进行思考和研究文学史的,而看不清之外的东西。这样一界定,20世纪文学的意义大大缩小了,视野就束缚住了。所以今天我们面对文学史,要重新有一个定位:究竟如何看待"五四"先锋文学与常态文学的关系?

我对"五四"新文学传统有很深的感情,但要重新解释"五四"文学传统与中国现代文学史的关系,研究它跟整个20世纪常态文学发展的关系,仍然是要在观念上有所突破。在这个意义上我更强调和突出"五四"的先锋性。我们今天理解的"五四"新文学传统,往往把它的先锋性与随着社会的发展而出现的常态文学变化混淆起来,从而混淆了我们的思考对象。我们如果把新旧文学的分界暂时悬置起来就会发现,晚清文学的传统作为文学的某些因素,并没有消亡。只是在不同时代、不同历史阶段发生变化,文学传统到了"五四"期间发生变化,但还是在正常地延续演变。

比如武侠的因素，在20世纪中国文学史上是一直存在的，如从平江不肖生到还珠楼主，就有一条线索。如果把中国文学看成一个整体，而不按政治行政地域划分的话，1950年代以后在香港、台湾等地区都得到了很好的发展。另一个方面，如果不是绝对囿于新文学旧文学的界限，作为常态文学的武侠因素也一直存在。（我个人认为，新旧文学的分界到了1930年代就逐渐模糊，抗战后就逐渐消失了，但"五四"的先锋传统也不存在了。）抗战以后就出现了一种"常态"的文学，无法用"五四"的话语去衡量。比如说，自1950年代以后，大陆的武侠小说虽然没有，但革命历史题材小说中却充满了武侠小说的因素。当时有一部长篇小说《烈火金刚》，史更新和日本人七天七夜进行周旋、搏斗，肖飞买药，飞檐走壁，大量的传统文学因子跟原来的武侠小说是相关的。再如《林海雪原》中栾超家飞登峭壁，杨子荣打虎上山等英雄事迹。革命时代不可能再照搬原来的武侠小说，但传统的文学因子一定会融入新的时代话语精神，改变其表达的内容，作家们可以把这种因素转换到游击队员、民间英雄的故事中去。武侠的传统还是被保留，只不过在不同时代出现了不同的形态。还比如推理小说，晚清风行一时，其前身是公案一类的清官小说，引进了福尔摩斯探案以后，逐渐就有了程小青的霍桑探案等。这个传统好像后来中断了，1950年代以后似乎没有传统的侦探小说了。有一次我与一位学生讨论这个问题，他认为推理小说是在"文革"之后才重新出现的。我让他去看"文革"之前的"反特"电影、间谍题材的电影，甚至是地下党活动的惊险电影。当时间谍有两种，一种是国民党间谍，潜入大陆进行破坏，实际上就是推理题材、探案题材，或者反过来，我们的间谍打入到敌人内部，所谓"地下工作"的电影，如《51号兵站》、《英雄虎胆》等，这些其实也是充满了惊险和推理的因素，这两种都继承了原来公案小说和推理小说，不过是在新的政治形势下有所演变。还有苏联传统中的"间谍小说"也发挥了影响。惊险、推理、反特电影，在我青年时代风行一时。许多电影我都忘记了，但这些电影我还记得。可以能够进入文学史的电影却都是历史电影，比如《林则徐》、《红旗谱》、《青春之歌》等等，而"反特"电影、惊险和推理电影，一部都没有进入文学史，没有一部文学史讨论《国庆十点钟》、《秘密图纸》、《羊城暗哨》，这些东西大量流传在民间，流传在当时的读者当中。当时我们都喜欢看，因为里边有逻辑推理、抓特务、惊险情节等因素，实际上就是侦探故事演化为通俗门类，它们正是对传统的继承。今天，许多研究者，包括我们自己脑海中还是"五四"的一套标准。比如对于《林则徐》这样的电影有所偏爱，认为反帝反封建才符合"五四"标准，能够进入文学史的书写范围。而"反特"电影常常被当成通俗作品，看看而已，不会写入文学史。过去讲当代文学史的战争题材的创作，通常也不讲《林海雪原》、《烈火金刚》，只讲《保卫延安》。但我们学生往往喜欢读的是《林海雪原》和《烈火金刚》。为什么会出现这种情况呢？因为我们认为《保卫延安》是真正的历史小说，而《林海雪原》、《铁道游击队》、《烈火金刚》等不过是通俗小说，我们自己脑子里有一个精英与大众的区别。

这个区别的意识是何时形成的？是从"五四"初期反文化市场、反鸳鸯蝴蝶派的斗争中形成的，我们自己把本来很丰富的传统简单化了。"五四"就像茫茫黑夜中的一盏路灯，它照到的地方是核心，是精华，应当珍惜，但毕竟只能是一点点，而照不到的那些地方非常广阔。文学本来是多层次、多元化且极为丰富的状态，那么文学史如何对待这个状态？如果说文学史是一个常态的发展，就像陈平原教授过去说的，是消除大家、强调过程，那么"被压抑的现代性"其实并没有被压抑。比如从古代的包公破案到后来的福尔摩斯探案，再到程小青的霍桑探案，再到后来的公安局抓特务题材，以及今天的惊悚小说和推理小说，一代代的文学里不都是存在着的吗？甚至连"文革"这样最没有文化的时期，也有小说《梅花党》、《恐怖的脚步声》这些东西，其实并没有什么因素被压抑和取消，而是一时代有一时代的文学表达特点。推理，是人们心理的一种模式，有这种心理模式，就一定会有相应的文学。它们的出现是必然的。随着整个社会现代化的过程，一定会出现与之相吻合的文学形式，我们需要对它有一个更加宽泛的理解和解释。

但如果你是以"五四"的先锋文学精神为标准来衡量文学史，那又是另外一回事了。

那么，相对于"五四"先锋文学而言，主流文学到底是什么？是不是大众文学？我也不这样认为。我觉得，凡是以常态形式随着社会变化而变化的文学就是主流，也就是在审美上能够被大多数老百姓所接受。但我们今天说到主流，还有另外一个概念，那就是官方提倡的主旋律。这个概念近二十年来也有变化。最早提出是1980年代末，那个时候的主旋律电影，老百姓看的人很少。像"三大战役"等题材的历史片，被作为一般学院的历史教学片还可以，但放到电影院里，要老百姓掏钱去买票来看，似有点勉为其难。近五六年，主旋律有很大改变，首先是讲票房价值了，即使主旋律也不能不考虑老百姓喜闻乐见的因素。比如"反贪"题材，从官方来看，与反腐倡廉相结合；从精英知识分子来看，它揭露了许多问题和社会矛盾；而从老百姓看，喜欢其中的惊险破案、凶杀暴力，甚至英雄美人的故事等等。实际上是把推理、暴力、情欲等因素融合在一起，成为广受百姓欢迎的题材。所以，今天的主旋律越来越向主流文学发展了。常态文学的发展，总是与市场和读者紧紧结合在一起的。

三、政治困境与审美困境：先锋派的两大天敌

现在回过来谈先锋。国外学者对于先锋有不同看法。在1950年代研究先锋运动比较权威的说法，是认为先锋文学就是现代主义文学，把波德莱尔以后的现代派文学都归纳为先锋文学。但在1970年代以后，德国学者彼得·比格尔出版了《先锋派理论》，这本书解构了前人的主张，认为不能把先锋文学运动与现代主义文学运动简单等同起来。因为，从波德莱尔到兰波、魏尔伦、王尔德、马拉美，从法国、英国到德国，这样一种传统都是最早的现代主义运动，其特征是唯美主义，包括后来的颓废派、象征主义等，基本都是"为艺术而艺术"，即在艺术自律的状态下进行文学艺术活动。比格尔却认为，由于资本主义体制日益完备，在这个体制下的艺术已经属于其体制运作的一个组成部分，通过艺术活动来推动社会改革已经不可能了。当时一批艺术家为了维护艺术的尊严，即对艺术做出了自己的规

范,这个规范就是,艺术与社会生活完全脱离,艺术可以在自己的范围内实现自己的价值。其典型就是唯美主义。这是一个很大的运动,完全改变了18世纪19世纪批判现实主义的潮流,出现了以象征、隐喻、暗示等"向内转"的一系列艺术手法。这个运动是通过与艺术体制不合作的态度来完成的。但比格尔认为"为艺术而艺术"不是先锋运动。唯美主义是通过艺术自律来完成革命和转变的,但这个运动极为软弱。先锋运动的出现不仅是针对现实主义的传统,而且还是针对唯美主义,针对"为艺术而艺术"的艺术观念的。这样一来,先锋运动首先批判了唯美主义文学,企图将文学重新拉回到现实生活,要求文学对现实生活发生作用[1]。为此,先锋运动以一种非常夸张的方式与传统进行断裂。

我感兴趣的是,"先锋"这个概念,与早期无政府主义运动、傅立叶的空想社会主义以及各种乌托邦的出现有关。最早把"先锋"的概念从军事术语转用到文化政治领域,是出现在乌托邦社会主义改良实验中,后来被用到了文学上,它一开始就包含了与社会对立的含义,与传统历史的对立,以一种全新的自我夸张来确认自己的地位,使这个运动重返生活,重新推动社会进步[2]。先锋文学的理想实施起来非常困难,所以先锋总是失败的。比格尔提出了先锋运动的两个困境。第一,当一批知识分子想用艺术的方式来推动社会,必然导致与政治权力的结合,否则不可能产生很大的影响力。20世纪初那些影响较大的先锋运动都消失了,因为它们的发起者最后都去从政。比如意大利的未来主义者,像马里内蒂等,许多人都跟法西斯结合;俄罗斯的未来主义者,如马雅可夫斯基,参加了苏维埃革命;法国

---

[1] 参见彼得·比格尔《先锋派理论》,高建平译,商务印书馆2002年版;比格尔所批判的对象,为美国哈佛大学教授波焦利的著作,同名的《先锋派理论》一书。该书由台湾远流公司出版的张心如译本,书名为《前卫艺术的理论》。关于西方学者对先锋派的不同界定,我在《试论"五四"新文学运动的先锋性》一文中给以详细的介绍,在这里不再展开。特此说明。

[2] 关于"先锋"一词在西方的演变,西方很多学者都讨论过。有罗塞尔《今日先锋派》一书,本文转引自王宁《传统与先锋,现代与后现代——20世纪的艺术精神》,载《文艺争鸣》1995年第1期,以及马泰·卡林内斯库《现代性的五副面孔》,顾爱彬等译,商务印书馆2002年版。

的超现实主义者,也有一些人参加了法共,最著名的是阿拉贡,成了法共的重要干部。这些先锋派,要么投身于政治运动,要么被政治碰得头破血流。这是先锋艺术的政治困境。还有一个困境,比政治困境更严重:那就是美学上的困境。当代的资本主义社会已经不同于以往的社会体制,以往的资本主义体制缺乏包容性,比如当年左拉写了《我控诉》,结果被驱逐出境,还受到审判,托尔斯泰晚年还被开除教籍。而当代资本主义体制已经强大到可以包容反对意见,任何反对意见都可以反过来成为资本主义社会民主的证据。比如,资产阶级政府照样可以建造艺术馆,把反对体制的先锋文学都搬进去展览,告诉大家这也是艺术。你先锋艺术本来是要反对这个社会的艺术体制,结果却得到了这个体制的承认。这时,先锋艺术家看似成为著名的了,实际上却失败了[①]。当那些先锋艺术家以成功者的面目进入我们的视野的时候,他们已经不再是先锋了。当然,他还在起作用,因为他毕竟提出了与主流不相容的艺术主张或审美观念,在一定时期内还是有一定效力的。比格尔说,先锋往往是在失败的形态下成功的(大意如此)。这句话我非常喜欢。先锋的成功不是通过胜利而实现,而是通过失败,如果他胜利了,他就失败了。他在失败的形态下发生影响。

那么,我们究竟该如何看待"五四"的先锋性?首先,"五四"发生时也遇到了类似的政治困境。短短几年,白话文、新标点符号等改革都取得了成功;白话文进入了教学、传媒等;白话文运动的倡导者也纷纷成了学术明星,胡适等人都参与了各种政治活动,或者掌握了学术基金的权力。但是,真正的先锋精神却没有了。我认为,鲁迅是一个非常具有先锋意识的人,所以他永远交华盖运,永远与周围的人合不来。"五四"后来的分化就首先表现在这里,当时一批文学先锋都去搞政治了,都飞黄腾达,成为了主流。而最糟糕的就是鲁迅这类人,向上没有进入到政治斗争中去,向下也没有妥协到被大众所承认。鲁迅的被认可,是另外层面上的:一个始

---

① 这两个困境的大致意思,见比格尔撰写的"先锋"辞条。收米歇尔·克里 Michael Kelly 主编的《美学大百科全书》第 1 卷(Encyclopedia of Aesthetics Vol. 1),牛津大学出版社 1998 年版。

终被驱逐的、彷徨孤独的人，始终处于边缘的位置，以此来保持先锋位置。所以，在"五四"期间，先锋文学有一次大的分化，这次分化既有政治困境，又有美学困境和其他困境。

在当时的中国，社会虽然不像西方那样宽容，但还是有一定包容性的，比如对鲁迅的包容。鲁迅，他一直以反社会、反主流的先锋形象出现，但他的先锋姿态一直保留到去世。他一直把很前卫、很尖锐的思想放在文学创作和行为标准之中。正因为这样，他遭遇了很多失败。但他始终保持着先锋性，永远在寻找一种更前卫、更激进的力量来支持他。我们今天理解鲁迅，以为他是一个孤独的独行侠。但实际上并非如此。他一生都在寻找可以和他结盟、可以给他支持的激进的力量，比如在留日期间，曾经与光复会结合。光复会是一个秘密的反清组织。"五四"新文化运动兴起以后，他与陈独秀等《新青年》联盟。到了1920年代中期国民党在南方崛起，他又到了广州去参加革命。国民党掌握政权后开始清共，他却倒向了更激进的共产党一边，并成为左联的领袖。鲁迅一直在与最激进、最革命的组织联盟。但很多先锋性的组织都攻击他，左联的成员甚至某些领导人在攻击他，后期创造社也攻击他，这些团体，我认为也都是先锋性的。为何具有先锋性的团体也攻击鲁迅？因为先锋具有特殊的警惕性，要孤军深入，在正面与敌人作战的时候，有一种特殊的敏感，所以先锋与主帅有一种紧张关系，一种潜在的对立：先锋既要以自己的生死来捍卫主帅，又要保持充分自主灵活行动的独立性。古代有一句话，"将在外，君命有所不受"。前方形势千变万化需要随机应变，这个矛盾反映在文化方面，先锋文学也常常是打乱枪的，不仅反对敌人，还要反对同一阵营中比它更有权威的人。"五四"就是这样的情况。胡适的"八不主义"主要批判的锋芒所向，主要不是封建文人的旧体诗，而是南社成员的诗。南社也是革命团体啊，为何胡适不去反对晚清的遗老遗少，而是专门批判主张革命的南社？这就是先锋的策略。后来创造社"异军突起"，所谓异军突起，就是同一阵营中另一派人的突起。它的矛头不是针对"鸳鸯蝴蝶派"，而是针对新文学主流一方的文学研究会。这里的关系非常微妙。鲁迅的遭遇就是这样，当更激进的革命团体一出现，矛头总是对准他而不是真正的敌人。创造社、太阳社、"革命文学"论者等先后出现，率先攻击的都是鲁迅，而不是胡适。虽然鲁迅到处被辱骂、被攻击，可是在主观上一直积极追求和这些激进团体的结盟。他到了广州第一件事情就是想和创造社结盟，当时创造社并无此意。后来到上海也是这样，"革命文学"论者反过来就批判鲁迅，但后来共产党找鲁迅，要他和创造社、太阳社联合建立左联，他马上就接受了。可见，鲁迅是非常乐意与一些激进的团体结合，虽然这些结合在某种意义上不太成功，但我们可以看出，先锋文学的道路在鲁迅身上越走越艰难，逐步进入困境。

四、巴金的转变："五四"先锋意识的弱化与大众取向

这种情况下，"五四"文学与大众文学的关系究竟如何发生？"五四"新文学如何成为20世纪文学主流？也许这个问题显得奇怪，一般的文学史都认为，"五四"新文学作为主流是不证自明的。其实这是我们后来的文学史"做"出来的。实际上"五四"文学作为一种先锋姿态出现，仅是在北大，仅是在《新青年》杂志发出反抗的声音。它在当时的文学环境中，实际上就是一个手电筒跟茫茫黑夜的关系。我们今天已经习惯于站在"五四"立场上把它作为当时的主流。但当年的它，其实是一个非常具有极端性和先锋性的现象。严复当时就曾说，不必像林纾那样与白话文运动较真，它会自生自灭的，"亦如春鸟秋虫，听其自鸣自止可耳。"（《书札六十四》）他们当时根本没有想到"五四"新文学后来会发展得那样强大，他们以为不过是一批极端的文人在那里瞎折腾。钱基博当年编撰《现代中国文学史》，从王闿运一路写下来，到最后才随便提到了胡适、鲁迅、徐志摩等人，寥寥数笔，并不重视。可见新文学的地位在当时是不受重视的，都认为其成不了气候。所以钱钟书没有介入新文学运动，与他的家学的制约是有关系的。

那么，新文学到底是从何时被作为主流的呢？冒昧地说，就是当它的先锋性消失以后，就是鲁迅的路子越走越窄的时候。此时，"五四"新文学运动发生一个转折。当然，转折是通过许许多多的方面、各种各样的因素来完成的，今天的演讲无法全面展开。我仅举一个例子来说明，就是最近

刚刚去世的巴金先生。巴金在新文学史上是什么地位？第一，巴金的早期是无政府主义者。前面我故意埋下一笔，先锋文学实际上与傅立叶、欧文、巴枯宁的乌托邦空想社会主义和无政府主义有渊源关系，由于这种思潮的影响，巴金所认同的无政府主义意识具有强烈的先锋性。他早期创作中的欧化语体，反传统思想，激进的政治理想，与未来主义、超现实主义等先锋文学思潮非常有关系。意大利的未来主义者疯狂诅咒博物馆、图书馆、科学院是"白白葬送辛劳的墓地、扼杀梦想的刑场、登记半途而废的奋斗的簿册"，号召要摧毁它们①；法国达达主义运动更是把巴枯宁的"破坏即创造"口号奉为宗旨，叫嚷要摧毁一切价值观念②，颠覆各种政治社会制度和美学观念，甚至给蒙·丽莎脸上涂抹小胡子。俄罗斯的未来主义者甚至提出要把普希金、陀斯妥耶夫斯基、托尔斯泰"从现代生活的轮船上扔下去"这类的谬论③，认为所有的传统都可以断裂，等等。巴金在文化反叛上深受这类先锋运动、无政府主义、虚无主义的影响，他在1930年代就说过，故也没有什么了不起，与大多数人的幸福是没有什么关系的④。显然，巴金正是以无政府主义关于未来的理想来要求社会的。艺术是为人生服务的，要推动社会的进步，所有这些想法都与先锋派的艺术主张相吻合。

但是，这样一个先锋运动失败了。"五四"新文学的先锋精神消失了，巴金的无政府主义的先锋精神也消失了。巴金的无政府主义的先锋精神是与"五四"新文学的先锋精神一脉相承的。但巴金与鲁迅不太一样。可以说，鲁迅的先锋精神是原创的，他带来了"五四"的先锋性，也影响了后

---

① 参见《未来主义的创立和宣言》，载《未来主义、超现实主义、魔幻现实主义》，柳鸣九主编，中国社会科学出版社1987年版，第48页。
② 参见查拉的：《达达的七个宣言》："让每个人叫喊吧；有一件摧毁性的、否定性的伟大工作要完成，清除吧，扫荡吧。"引自同上，第101页。
③ 引自布尔柳克等：《给社会趣味一记耳光》，张捷译，载《文艺理论研究》1982年第2期。
④ 参见巴金：《灵魂的呼号》："艺术算得什么？假若它不能够给多数人带来光明，假若它不能够打击黑暗。整个庞贝城都会埋在地下，难道将来不会有一把火烧毁艺术的宝藏，巴黎的鲁弗尔宫？……我最近在北平游过故宫和三殿，我看过了那些令人惊叹的所谓不朽的宝藏。我当时有这样一个思想：即使没有它们，中国绝不会变得更坏一点。"《巴金全集》第9卷，人民文学出版社1989年版，第194—195页。

来者，但后来却有变化了。比如"五四"时期的吴虞，他在《吃人与礼教》（《新青年》第六卷第六号）一文中，将鲁迅的"人吃人"意象转移为传统礼教的吃人，被动的吃人。这样的问题在巴金身上也存在。巴金的思想意识是先锋的，他在进行创作以前是先锋的，但当他进入文坛的时候，先锋精神逐渐减弱了。为什么？因为整个无政府主义失败了。当年他从法国回来写了一本书，叫《从资本主义到安那其主义》，有人问他自己的什么书最满意，他说我的书没有满意的，比较有意义的就是这本理论书。这本书探讨人类社会怎样从资本主义发展到无政府主义。但这本书已经绝版了，被国民党政府查禁了。到了1930年代，巴金的无政府主义和理想追求已经完全失败了。他尝试做其他事情，比如到福建等地进行社会考察，探索无政府主义的可能性。但没有进行下去。他的小说《电》里就描写了这方面的内容。后来他带着绝望回到上海，把这种绝望投入到小说创作中去。所以巴金的小说在思想意识上有很前卫很先锋的因素，即使到今天，仍然有它的意义。

举一个例子。我编今年第11期《上海文学》为纪念巴金专号，特意选了他的两个短篇①。一个叫《复仇》，描写法国的反犹主义和犹太人复仇。故事是写一个普通的犹太商人，在一次排犹运动中，妻子被两个军官杀害了。他被逼上绝路，变卖了自己的店铺，千辛万苦，寻找仇人。终于在一个偶然的机会杀死了其中一个军官。巴金在这里处理得很紧张。这个杀人犯本来是一个小心谨慎的商人，当他用刀把仇人杀掉后，心态发生了变化。复仇的欲望使他越来越以杀人为快。他在杀人之后，甚至用嘴去快意地舔刀上的血。然后他又跟踪另外一个仇人，终于杀掉了他。之后，他公布了自己的名字，最终自杀。这是当时欧洲一个真实的故事，那时候是犹太人从事恐怖主义的复仇。但那个时候的恐怖主义还没有发展到"人体炸弹"之类的地步。这个小说创作于1920年代。巴金曾写过大量这样的小说。能这么详细、强烈、辩证地写出一个恐怖主义者的心理，令我非常震撼。巴

---

① 指《上海文学》2005年第11期。巴金为2005年10月17日去世，我在第11期赶出一个纪念专号。

金一方面很严厉地批判了变态的杀人狂,另一方面生动地写出了这种变态形成的社会原因。他把这种现象一直追溯到世界反犹主义。当然,反犹主义让人想到后来的纳粹,恐怖主义可以延续到今天。但迫害的恐怖与反迫害的恐怖始终是辩证地发展着。谁说这样的故事已经失去意义了呢?今天我们在全球化的强势话语下面,有没有作家可以站出来,把眼下最尖锐的问题在创作中艺术地展示出来?其展示是否正确并不重要,重要的是把这种绝望的形象展示出来。

我还选了巴金的另一个短篇《月夜》。一个月夜,船上有两个客人,要到城里去。但船老大一直不开船,因为在等一个常客,他是村里的一个伙计,每天晚上要坐船到城里。最后大家一起去找,发现那个伙计已经被人杀害。原来他参与选举村长而遭暗害。现实生活里也确有一群无政府主义者到广东农村,想通过合法手段组织农会,通过合法的选举将原来的恶霸村长选下来,结果失败了。巴金及时地描写了这一现实故事。巴金的尖锐就在这里,他对社会进行剖析的炮弹集中打在这些根本性的社会焦点上,同样是分析社会,他能抓到社会制度的要害,包括今天仍然存在的问题。为什么巴金能够做到这样?他当时只是一个无政府主义者,所以,我现在把无政府主义也归纳到先锋性里边来。他通过文学创作来尖锐地表达自己的无政府主义的理想。在这个写作的过程中,他慢慢地被文化市场接受了。

巴金是带着先锋色彩被社会接受的,但最先被接受是长篇小说《家》。他的小说本来都发表在一些文学杂志上,即今天所谓的纯文学杂志上,都写得很尖锐,他的早期的中长篇小说几乎都被国民党审查制度查禁过。当时,上海有一个小报《时报》,属于市民阶级的通俗报纸,常登一些言情小说。有一个编辑想刊登一些新文学的作品,于是通过熟人找到了巴金,希望巴金给报纸写点小说。巴金便想到自己家的故事,既然那些政治小说老被禁,写家庭这样的故事总不会被禁吧。巴金的《家》里的"高家"纯粹是一个象征,高老太爷象征封建家长制,与他自己的家庭真实情况不是一回事,不过是为了通过对自己家庭的批判,来达到对社会的批判。巴金为了在一个通俗小报里发表作品,不得不把一个先锋意识的作品改变成普通的家庭故事。这就是巴金的变通。巴金最初的长篇小说《灭亡》里写革命者精心培养了一些工人，给以他们革命的意识，结果工人参加革命以后被抓去杀头，那位革命者也去看了刑场。小说写得很恐怖，工人的头被割下来，在地上滚来滚去，周围的老百姓还麻木不仁地议论说这个刽子手没有以前一个刀法快之类的。这些都与鲁迅小说的先锋精神很相似。但巴金在《家》里面却是以一个较低层次的角度，演绎了鲁迅的"吃人"理念，但不是人吃人，而是礼教吃人，制度吃人。在《家》中，巴金将鲁迅的先锋意象弱化为一个大家能够接受的言情故事。这个改变使巴金的名字在上海的市民读者中广为流传。小说连载了一年多，几经曲折。中国新文学本来一直在小圈子中流传，到了巴金、老舍等作家的出现，由于他们的长篇小说被市民广泛接受，在文化市场上流通起来，才培养起越来越多的新文学的读者群。茅盾当年写《蚀》三部曲，加入了一些在今天看来有些色情或低级趣味的细节描写，遭到评论者批评，为此，他专门写了一篇文章《从牯岭到东京》来自我辩解。他指出，当代的读者群到底是谁？是小市民，小资产阶级，我们要争取他们，就要为他们写作。这是新文学一直没有解决好的为什么人服务的问题，新文学应当争夺一批小市民读者，他们是文化市场的主要消费者。但如何争夺他们？不可能拿一个真正的先锋作品来征服他们，只能拿弱化了的先锋作品，比如巴金的《家》，正好成了先锋与大众之间的桥梁。后来左翼文学的瞿秋白等，一直批评"五四"文学的欧化，批评它不够大众化。因为只有大多数读者认可了新文学，新文学才真正得到普及。

我现在只举了巴金一个例子，其实有很多新文学作家都有如何大众化的焦虑，比如沈从文、老舍、张爱玲等。他们本来与"五四"新文学是有一定距离的，比如《二马》、《赵子曰》等作品，对"五四"新文学有讽刺和批评的意味。老舍本来出身于市民阶级，有很强的市民趣味，结果他的创作把"五四"新文学精神与市民趣味衔接了起来。可是当年老舍的小说，鲁迅以先锋的眼光来衡量是不喜欢的。但是正是因为这第二代的作家们出现，为新文学逐渐赢得了大量读者。后来，广大读者都知道鲁迅、巴金、老舍、沈从文了，就标志"五四"成功了。"五四"的先锋文学，通过自身努力占领了文化市场。1930年代,"五四"文学的黄金时代到来,与大量新文学作品走向市场有关。但这恰好印证了比格尔的那句话,先锋是在失败的情况下成功的。"五四"文学被市场认可,甚至成为文学的主流,但早期的先锋精神却慢慢消失了。先锋形态的文学转化为另外的形态。我想探讨的就是这样的问题,巴金只是其中的一个例子。巴金为此曾很痛苦。他的小说非常流行,有那么多人都读过他的小说,但作为一个拥有大量读者的作家,他非但没有沾沾自喜,反而一直在说:这是违背他的写作初衷的。当他看到自己的作品发在一些小报上,名字和一些不喜欢的人列在一起,自己的作品如此流行,他很失望。① 这里就涉及"先锋"和"媚俗"的关系,今天时间不够,不能再展开讨论了。但市场会使先锋变为媚俗。这种演化,反过来又使先锋成为我们这个时代的文学主流。这是辩证的关系。今天把这个问题端出来,请教于大家。

谢谢大家。也谢谢温儒敏教授的邀请。

[作者附记]

本文是我应北京大学中文系主任温儒敏教授的邀请,于2005年11月30日在北京大学中文系作的一次讲座,作为北大中文系建系九十五周年的系列学术讲座之一,子民学术论坛第九十四讲。讲演以后,蒙北京大学学生师力斌等同学整理成文,被推荐到《中华读书报》摘要发表。根据录音整理的全文大约有一万五千字,后经《中华读书报》编辑作了删节后,于2006年3月8日发表,题目为《"五四"文学:在先锋性与大众化之间》,发表稿的篇幅大约占全文的一半。

讲稿发表后引起了热烈的反响,《中华读书报》、《中国现代文学研究丛刊》都组织了专题讨论,吴福辉、王嘉良、刘勇、吴晓东、栾梅健、罗岗、

---

① 参阅巴金:《灵魂的呼号》,《巴金全集》第9卷,人民文学出版社1989年版。其实这个问题涉及巴金的整个文学观念。我在《从鲁迅到巴金:新文学传统在先锋与大众之间——试论巴金在现代文学史上的意义》(载《文学评论》2006年第1期)一文里有详细的探讨,供参考。

李楠等专家从各个方面对我的观点作了充分的肯定和进一步补充。吴福辉教授阐述了"主流状态的先锋文学"、"非主流状态的先锋文学"、"生长的常态文学"、"没落的常态文学"四个概念,并且论述了"文化积淀的常态文学"①,讨论的范畴显然是扩大了许多,把问题引向文学史的具体细节。刘勇教授在吴教授的基础上再进一步阐述了五种形态的三种关系:"1. 转换关系。比如,'主流状态的先锋'可以转换成'生长的常态','生长的常态'可以转换成'没落的常态';2. 互斥关系。'非主流状态的先锋'与'生长的常态'、'没落的常态'互斥,'主流状态的先锋'与'没落的常态'互斥;3. 继承关系。比如,'主流状态的先锋'可以继承'非主流状态的先锋'的营养。'生长的常态'可以继承'主流状态的先锋'的营养。"② 王嘉良教授从"五四"时期的白话文运动的实例进一步肯定了"先锋与常态"的视角,同时还对先锋文学的定义作了补充。他正确地指出:"常态性的文学现象中也可能获得先锋性的意义……人道主义、现实主义之类概念及其表现形态也是'五四'作家从西方整体移入的,作家们获得了这些在西方算不得'先锋'但在当时中国尚属'先锋'的理论,就有可能对传统观念进行根本性颠覆,其文学形态也会以一种激进的、超常的方式展开。"③ 吴晓东、栾梅健、李楠等学者主要从"常态文学"的角度来深入讨论并提供了文学史的实例。无疑,这些讨论对于我们进一步深入20世纪中国文学史的研究,回应和解释近十年来大量新资料的发现和新学术观点的挑战,是有积极的意义的。

参加讨论的学者都认同了"'先锋与常态'的阐释模式的建构,对于以往新旧文学的简单界说是一个重要突破。"④ 但是具体的理论研究还需要进

---

① 吴福辉:《当新旧文学界限的坚冰被打破时》,《中华读书报》2006年3月15日。
② 刘勇:《从历时到共时:建构现代文学研究的新坐标》,《中国现代文学研究丛刊》2006年第6期。
③ 王嘉良:《"先锋与常态":建构新的文学阐释模式的需要和可能》,《中国现代文学研究丛刊》2006年第6期。
④ 王嘉良:《"先锋与常态":建构新的文学阐释模式的需要和可能》,《中国现代文学研究丛刊》2006年第6期。

一步的完善，对文学史的整体现象需要给以合理的解释，这是对我的鼓励和鞭策。我提出这个观点，完全是针对了中国现代文学研究中的实际问题而提出的解释，也是我正在主持编写的《中国现代文学史教程》的基本线索。我对这个问题思考了一两年的时间，并将部分观点分别在北京大学比较文学研究所（2005年3月29日），上海华东师范大学中文系（2005年7月1日）和香港浸会大学中文系名贤讲席（2005年12月28日）作了公开演讲，听取不同的反馈意见，最后整理成研究课题的第一部分《试论"五四"新文学运动的先锋性》（发表于《复旦学报》2005年第6期），阐述内容仅限于"五四"时期的先锋文学部分。而我在北京大学中文系所作的讲演，主要内容已经进入到"先锋文学与常态文学的关系和如何转换"的问题，只是《中华读书报》在2006年3月8日发表时，因为删去的篇幅较多，所谓的"关系"和"转换"没有得到完整的表述。后来引起的讨论由此而起。但我觉得这样反而把参加讨论的学者们自己的深刻思考都呈现了出来，结果更加圆满。吴福辉、王嘉良等教授的观点对我进一步完善这一理论有直接的帮助。

最近张未民先生希望我把"先锋与常态"的文学史讨论放到《文艺争鸣》上继续进行下去，这对我是一个鼓舞。所以，我特意从电脑里找出在北京大学中文系讲演的讲稿全文，交给未民先生去发表。我要强调的是，我当时的讲演仍然是不成熟的，思考也没有周全，而且因为时间的关系，我不可能在一次演讲里把所有的问题都讲透。但因为北京大学的同学们整理得相当完整，质量也高，所以我就不想在原稿上再添加什么内容，希望读者借助这份不成熟不完整的讲稿深入批评和探讨，帮助我更加周密全面地思考这个问题，并给以最后的完成。特此说明。

（原载《文艺争鸣》2007年第3期）

当代文学史写作：共时的结构

南帆

一

"当代文学"似乎已经演变为一个中性的概念——划定某一个时间段落的文学。据考，这个概念最初出现于 20 世纪 50 年代后期。那个时候开始，文学研究逐渐放弃了五四文学革命之后的习惯表述"新文学"。这个改变隐含了社会以及文化性质的一套完整阐释："'当代文学'的概念的提出，不仅是单纯的时间划分，同时有着有关现阶段和未来文学的性质的指认和预设的内涵。"[①] 现在，这些阐释成为常识，"当代文学"亦作为一个固定的称谓得到了普遍的认可。

相对地说，"当代文学史"的概念仍然立足未稳。现今看来，最为彻底的质疑显然来自一个观点——"当代文学不宜写史"。这个观点的始作俑者是著名的文学史专家唐弢。争论开始之后，施蛰存曾经出面为之助阵。他们否认当代文学史写作的主要理由是："当代"与"史"即是矛盾。当代文学处于"现在进行式"，一切都在未定之数，匆匆忙忙地冠以"历史"多少有些轻率。"历史需要稳定"，"当代事，不成'史'"——以历史的名义做出结论必须拥有特殊的权威，通常意义上的一家之言算不上合格的历史著作[②]。尽管唐弢与施蛰存均为学术泰斗，他们还是无法为当代文学史写作降温。人们至少可以争辩说，文学史著作具有多种模式，包括对于时间距离的多种理解和处理。当代文学史写作不可避免地带有历史现场的情绪、

[①] 洪子诚：《中国当代文学史·前言》，北京大学出版社 1999 年版。
[②] 唐弢：《当代文学不宜写史》，《文汇报》1985 年 10 月 29 日。施蛰存：《当代事，不成"史"》，《文汇报》1985 年 12 月 2 日。

带有参与者的体温，漫长的时间距离可能修正作者的偏激、盲视或者个人恩怨引起的不公，然而，人们必须偿付代价。史料丢失、无法还原事件的脉络、局外人的冷漠、因为时过境迁而察觉不到当时的气氛——这些都可能成为时间距离造成的损失。

在我看来，"当代文学史"的合法性无可非议，必须推敲的是另一点：哪些人是当代文学史著作的合格作者？据统计，截止1999年，"以'当代文学'或'当代文学史'命名的著作共有48部之多"[①]。当代文学史数量如此之多，以至于人们不得不怀疑这种写作是否慎重。相对于通常意义上的历史厌倦症，当代文学史写作的畸形繁荣令人不安——似乎没有多少作者深刻地考虑过文学史写作的意义。

提供教材是当代文学史写作的最为常见的动因。现成的订单常常冲淡了必要的追问——文学史写作的根本目的是什么？另一些作者似乎更多地因为学术等级的压力而介入文学史写作。相当长的时间里，学院内部无形地认可了一批观念：训诂考据的学术含量高于义理阐发，古典文学研究的学术含量高于现代文学研究，文学史研究的学术含量高于文学批评。屈从于这种学术等级的产物即是，许多人将由文学批评转向文学史写作视为学术成熟的标志。

历史写作历来是传统文化之中的重大事件。历史著作远远不止于收集资料、留存档案。历史写作的意义同时还在于立规矩，明是非，褒扬传统，为后人提供一面镜子。永驻史册要么流芳百世，要么遗臭万年。文学史写作显然包含了巨大的文化权力：确立文学经典，倡导文学规范，区分一流作家或者三流作家，主宰学院内部的文学教育，如此等等。许多时候，文学史写作隐含了指点江山、臧否人物的巨大快感。然而，如果作者未曾拥有足够的"史识"，那么，文学史写作很可能成为权力的滥用。正如一个民族的历史常常是民族自我认同的归宿，文学史写作也是文学自我认同的重要手段。这通常包含了某一个时段文学成就、价值和功能的评价，包含了

---

① 参见温儒敏等：《中国现当代文学学科概要》，北京大学出版社2005年版，第151页。

文学理想的倡导以及对未来文学的展望。总之，文学史不仅汇聚了过去、现在和未来，同时还汇聚了自我、社会、历史。显然，这两方面交织将是当代文学史写作的经纬线。

"当代文学"是一个宽泛的时间限定。然而，"当代文学史"必须提供一个明确的时间界桩。这涉及通常所说的文学史分期问题——一个争讼不断的焦点。许多时候，人们因为不同的文学史分期辩论得面红耳赤。我更愿意认为，不存在一个本质主义的文学史分期。各种文学史分期观念表明了处理历史资料的不同视野、参照坐标以及认识目的。进入历史的角度肯定不只一个，重要的是，每一个角度如何提供与众不同而且又令人信服的解读。一种相当普遍的观点认为，"当代文学史"的上限必须上溯至1942年毛泽东的《在延安文艺座谈会上的讲话》。正如洪子诚指出的那样，20世纪40年代前期"是一个文学共生的时期"。左翼文学、革命文学与"纯文学"、通俗文学以及种种"自由主义"作家均占有一席之地[①]。40年代中后期至80年代，左翼文学、革命文学，包括种种涵义相近的概念，例如"无产阶级文学"、"工农兵文学"、"社会主义文学"——急速地晋升到支配地位，并且具有愈来愈强的排他性，《在延安文艺座谈会上的讲话》显然是一个确立方向的历史标志。

这种文学史分期的依据聚焦于文学"内部"，聚焦于文化风格、美学类型或者文学潮流的动向。相对地说，另一种更为常见的观点是，将1949年中华人民共和国的成立和第一次文代会的召开视为"当代文学史"的开端。这种文学史分期的依据在于，强调一个国家政治体制的转折对于文学的决定性影响。众多的历史著作之中，1949年是一个新纪元的开端，一个划时代的历史起源。文学始终是革命运动之中的一个活跃因素。革命摧毁了旧的政权体系，文学功不可没；一个崭新的国家隆重崛起之后，文学必然跨入了另一个不寻常的阶段。显然，这种叙述有助于"把文学史的写作更为

---

① 洪子诚：《问题与方法：中国当代文学史研究讲稿》，三联书店2002年版，第139-140页。

准确地契入到革命历史的论述当中"①。

然而,这种文学史分期的依据通常隐含了一个要求:更多地阐述政权体系与文学之间的互动。如果说,一个崭新的国家崛起意味着一套行政体系的确立,那么,这一套行政体系如何介入文学生产是当代文学史描述的重要内容。很大程度上可以说,这是当代文学独具的显著特征。20世纪上半叶,各种文学主张曾经争论不休,但是,当时的行政体系对于文学鞭长莫及。多少有些遗憾的是,多数当代文学史著作并未对这个主题投入足够的精力。相形之下,洪子诚对于文学体制如何细致地控制文学生产的考察尤为令人瞩目。从文学机构的设立、出版业和报刊的状况到作家的身份,洪子诚分析了一整套管理和监督文学生产的严密体制,分析这一套体制如何保证左翼文学、革命文学的持续。如同一张隐蔽的网络愈收愈紧,公共领域的消亡、批判运动的巨大杀伤力以及众多作家噤若寒蝉的精神状态无不可以追溯到这一套体制。洪子诚指出:"在'当代',文学'一体化'这样一种文学格局的构造,从一个比较长的时间上看,最主要的,并不一定是对作家和读者所实行的思想净化运动。可能更加重要的,或者更有保证的,是相应的文学生产体制的建立。'体制'的问题,有的是可见的,有的可能是不可见的。复杂的'体制'所构成的网,使当代这种'一体化'的文学生产得到有效的保证。为什么说有的是不可见的呢?因为有的事情、规定,并没有形成文字,也没有相应的实施的机构,但靠成员之间的'默契'(不管是自动地,还是被迫的)所达成的'协议'来实现。"②

这一套严密的文学生产体制显示,当代文学力图承担起意识形态国家机器的宏大使命。这时的宏大使命,意识形态不惮于公开宣称自己的目的,并且与行政机构密切合作。文学以及更大范围的意识形态如何具有类似于国家机器的强大功能,这是无产阶级夺取政权之后必须解决的新型问题。文化曾经在新民主主义革命中扮演一个积极的角色。晚清以来,文学逐渐

---

① 温儒敏等:《中国现当代文学学科概要》,北京大学出版社2005年版,第147页。
② 洪子诚:《问题与方法:中国当代文学史研究讲稿》,三联书店2002年版,第192页。

抛弃了吟风弄月的传统，抛弃了感伤、浪漫、卿卿我我的"小资产阶级"情调，愈来愈自觉地介入民族、国家、国民性改造、革命等重大历史问题。20世纪30年代至50年代，左翼作家在文化领导权的争夺之中胜券在握，出色地实践了葛兰西提出的命题。然而，赢得了文化领导权之后如何避免走向反面？进入50年代之后，葛兰西命题没有得到足够的后续思考。正如威廉·雷蒙斯阐释葛兰西"文化领导权"理论时所说的那样，这个概念广泛涉及文化权力的转移、经济"基础"对于文化的决定程度等诸多方面[1]。从一个国家的文化战略构思到文学写作的个人情怀，当代文学前所未有地加剧了二者之间的紧张。如何总结这种紧张关系？至少，如何提供阐释这种紧张关系的充分资料？这是当代文学史写作不得不正视的问题。

二

相对于古代文学史写作，当代文学史的资料收集远为容易。如果说，资料占有的数量是评价古代文学史著作的一个标准，那么，当代文学史写作的焦点，毋宁说是如何处理丰富的资料。许多时候可以认为，众多当代文学史著作的差异即是种种历史视域的竞赛。

迄今为止，多数当代文学史著作将时序作为组织文学事实的主轴。人们习惯于按照时间编码处理发生学的历史。除了某些共时发生的文学事实得到了特殊的编辑，多数文学史叙述按照时间的先后循序渐进。仅仅阅读一批当代文学史的目录即可看出，编年史的雏形仍然顽强地统治着作家与作品的汇集方式。时序是许多文学事实的基本坐标，每一个文学事实均拥有自己的序号。时序的记录不仅说明了文学事实的先后，重要的是显示出发展的脉络、过程或者演变的谱系。当然，脉络、过程或者演变谱系的记录并非中性的、客观的。许多时候，某种价值观念可能隐蔽地依附于时序之上，例如"进化论"。当代文学史的描述常常流露出这种倾向：文学流派愈"新"愈"进步"。人们甚至可以在新生代、"70后"或者"80后"这一

---

[1] 威廉·雷蒙斯：《关键词》，三联书店2005年版，第203页。

类称呼之中,察觉"进化论"的强大势力。这种不断"进步"的信念与革命信仰对于历史未来的乐观估计结合在一起的时候,"进化论"具有了更为堂皇的理由。"进化论"通常属于现代性意识形态的组成部分,带有启蒙主义以来的理性所赋予的信心。古典文学时期,时间的意义恰好相反。复古主义者时常无限惆怅地缅怀遥远的古代。

不存在没有时间的文学事实。然而,时序并非文学的唯一坐标。人们至少要意识到,线性的时序可能无法解释某些文学事实,甚至形成某种遮蔽。袁枚曾经说过:"诗有工拙,而无今古。"① 这即是对于时序的大胆抛弃。仅仅遵循线性的时序按部就班地罗列文学事实,无法揭示当代文学史内部某些隐蔽的肌理,例如,种种对于文学生产举足轻重的因素,或者,种种横向的、共时发生的关系。洪子诚对于文学机构、出版业和杂志、作家身份的考察之所以重要,恰恰因为这些社会学分析提供了另一种视角。显然,瓦解时序对于文学事实描述的控制是插入这种视角的前提。这些因素与文学生产之间不存在时序上的联系,二者形成了空间意义上共时的社会网络。洪子诚已经清晰地意识到这一点。解释当代文学的"转折"和"断裂"时,他主动地转换为横向的空间观察:"'转折'和'断裂',在我的理解中,不仅仅是表现为一种'新'的文学观念和文学形态的出现。当然也包含这样的因素,但是并不完全是这样。这个'转折'和'断裂'还表现为,40年代不同的文学成分、文学力量之间的关系的重组,位置、关系的变动和重构的过程。即从文学'场域'的内部结构的分析上来把握这个问题。"②

不言而喻,多数当代文学史著作内部均同时存在历时研究与共时研究。作者时常在二者之间自由转换。某些段落时常因为共时的分析而形成重要的发现。尽管如此,文学事实的时序坐标如此强大,以至于迅速地冲垮继而卷走了共时研究的视角。历时的描述显示了历史的时段,显示了文学的

---

① 袁枚:《答沈大宗伯论诗书》,郭绍虞主编:《中国历代文论选》第三册,上海古籍出版社1980年版。

② 洪子诚:《问题与方法:中国当代文学史研究讲稿》,三联书店2002年版,第133页。

纵向轨迹。但是，历时描述时常仅仅提供了不尽的事实之流。这些事实持续地堆积、膨胀，时序标号甚至无法解释这些事实的起讫、相互关系以及取舍的原则。因此，一些批评家迫切渴望找到一个整体性的理论框架①。这种整体的理论框架有助于将众多文学事实有机地联系起来，并且形成阐释和理解的语境。换言之，当代文学史著作不能仅仅告之前一个文学事实之后出现了后一个文学事实。作者至少要解释如何因为前者所以出现了后者，或者共同支配两者的原因是什么。这必然从众多作品追溯至一批抽象的原则。诚如韦勒克所言，文学史"一个时期就是一个由文学的规范、标准和惯例的体系所支配的时间的横断面"，"这一横断面被一个整体的规范体系所支配"②。鉴于既有的理论资源，我愿意将这种"整体的规范体系"称之为"结构"。如果收缩一下谈论的主题，那么，我想阐述的是当代文学史的结构研究。

三

结构研究必须擅长将众多文学事实从时序之中转换到共时的平面上来，然后在它们相互关系的网络内部发现特定的结构，或者在特定的结构内部分析各种文学事实的特征。T·S·艾略特在《传统与个人才能》一文之中描述了欧洲文学经典的存在状况："现存的艺术经典本身就构成一个理想的秩序，这个秩序由于新的（真正新的）作品被介绍进来而发生变化。这个已成的秩序在新作品出现以前本是完整的，加入新花样以后要继续保持完整，整个的秩序就必须改变一下，即使改变得很小；因此每件艺术作品对于整体的关系、比例和价值就要重新调整了；这就是新与旧的适应。"③ 这种描述包含了历时与共时的深刻转换——艾略特解除了文学经典的先后时序，这些文学经典被置于同一个舞台之上，共同排演一场盛大的剧目。

---

① 陈晓明：《现代性与当代文学史叙述》，《文艺争鸣》2007 年第 11 期。
② 韦勒克、沃伦：《文学理论》，三联书店 1984 年版，第 306、307 页。
③ T·S·艾略特：《传统与个人才能》，赵毅衡编选：《"新批评"文集》，中国社会科学出版社 1988 年版。我在近期的论文之中多次引用这一段论述，因为的确能说明问题。

M·福斯特的《小说面面观》生动地描述了一段类似的景象：抛开"年代学这魔鬼"，想象所有的小说家都在同一间圆屋子里工作[①]，这种景象将会显示什么？由于另一种构思，文学史内部某些横向的权衡和评判显现出来了。这可能带来另一些文学史的阐释模式。某些场合，由于强调当代文学史结构的整体分析，甚至不惜暂时冻结时间坐标。这时，文学事实之间某些隐藏的关系可能浮现于时间之渊。例如，当代文学史内部小说、电影、电视肥皂剧或者诗、流行歌曲之间存在什么关系？大众文学、革命文学和先锋文学之间如何互动？历史文学与历史著作乃至传记之间呢？地方戏、曲艺与西方文学之间的紧张汇聚到哪些作家身上？当然，文学与另一些类型话语的对话、冲突、协调或者合作形成了另一批关系。哲学、经济学、心理学、语言学、历史学均对文学造成了强大的影响，甚至还包括自然科学，例如自然科学之于自然主义、未来主义或者科幻作品。我曾经将它们的组合称之为"社会话语的光谱"[②]。之所以比拟为"光谱"而不是常见的"谱系"，同样是考虑到横向的共时特征。共时的、空间的结构分析可能给当代文学史造就丰富的视角，尽管许多人会因为视野狭窄而识别不出这是另一种文学史著作。

何谓结构？皮亚杰的经典定义指出了结构的几个原则：首先，整体性。即内在连贯性，结构的组成部分由一整套内在规律支配；其次，转换性。借助转换程序，结构可以不断地整理加工新的材料；第三，自我调节。结构的运转不必向外求援。显然，典型的结构内部严密、边缘清晰。对于当代文学史说来，分期即是结构的边界。无论是屈原、李白还是《红楼梦》、《阿Q正传》，这一切无疑是文学，但这一切均被视为传统文学。进入当代文学史结构内部，这一切仅仅是充当背景的传统因素，真正的主角是活跃在前台的当代文学。而且，本土文化划定了当代文学史结构的另一些边界。本土文化具有的独特视域以及排他性形成了结构的框架。西方文学的进入

[①] 福斯特：《小说面面观》开场白，《小说美学经典三种》，上海文艺出版社1990年版。
[②] 南帆：《文学的维度》第一章、第二章，上海三联书店1998年版。

显然必须由这个结构甄别、重组乃至改造。一些理论家倾向于将西方文学史之中古典主义、浪漫主义、现实主义到现代主义和后现代主义的演变形容为普遍的公式。然而，由于坚固的本土结构，这个公式失效了。各种"主义"的分布范围、分量、比例以及活跃的程度遭到了深刻的改变。20世纪之初，各种"主义"蜂拥而至，如同折扇似的同时展开，它们在西方文学之中的对立以及相继取代的原因不再重要；50年代至80年代，西方文学史之中现实主义与现代主义之争被夸大了，并且被赋予强烈的政治意味；80年代之后，后现代主义的介入制造出特殊的文化局面——前现代与现代性的冲突远未结束，现代性与后现代的冲突已经开始[1]。《冲突的文学》这部著作之中，我遴选了当代文学内部20对矛盾阐述三者之间奇特的冲突和纠缠，例如社会与自然，城市与乡村，英雄与反英雄，诗与小说，科学主义与人本主义，等等。西方文学之所以无法长驱直入，本土结构的顽强抵抗无疑是首要原因。如果当代文学史写作对于本土结构视而不见，那么，种种不可复制的文学事实就可能被当成零散的边角料抛弃。结构的存在不仅意味了一个强大的阐释圈子，而且当人们坦然地使用"当代文学史"这个概念的时候，结构是一份最好的鉴定书。

作为一个结构主义阵营的骨干分子，罗兰·巴特曾经对描述"结构"的意义进行了简明的肯定："一切结构主义活动，不管是内省的或诗的，是用这样一种方式重建一个'客体'，从而使那个客体产生功能（或'许多功能'）的规律显示出来。结构因此实在是一个客体的模拟，不过是一个有指导的、有目的的模拟，因为模拟所得的客体会使原客体中不可见的，或者你愿意这么说的话，不可理解的东西显示出来"；"这样我们看到为什么我们必须说结构主义活动；创作或思考在这里不是重现世界的原来的'印象'，而是确实地制作一个与原来世界相似的世界；不是为了模仿它，而是为了使他可以理解"[2]。

---

[1] 南帆：《冲突的文学》导言，上海社会科学出版社1992年版。
[2] 罗兰·巴特：《结构主义——一种活动》，袁可嘉译，《文艺理论研究》1980年第2期。该文将作者名译为罗朗·巴尔特。

现今，结构主义已经遭到种种非议，当代文学史的结构研究没有理由重蹈覆辙。因此，这是两个必须解决的问题：首先，结构研究如何考虑时序的意义？发生学的描述如何成为结构分析的一部分？其次，也是更为重要的，如何避免结构成为一个僵死的、令人窒息的封闭体？

阿尔都塞对马克思著作的结构主义式解读引起了不少争议。他倾向于以"反历史主义"的观点将历史视为一个没有"中心"的结构[1]。《历史和结构》这部著作之中，施米特力图引用黑格尔巨大的历史感给予矫正。施米特承认，结构分析的确是马克思著作的一个显著特征。例如，在马克思和恩格斯那里，"'生产关系'与其说是被构想为（同其他次要因素相并列的）一种决定性'因素'，倒不如说是被构想为一种结构概念"。结构激活僵化的事、赋予意义，摧毁各种事物本身存有的盲目与专横的力量。从商品、交换、货币、流通到资本，马克思集合这些范畴描述资本主义的结构，而不是具体地再现资本主义关系发展史。同亦步亦趋地描述事实那种"虚假的正确性"相比，逻辑的建构"更接近于实际的历史过程"[2]。那么，这种逻辑的建构会不会导致一种超历史的教条，或者导致一个固定不变的知识整体？历史的持续、发展、爆发性过渡如何撕裂既定的结构从而诞生新的结构？这是结构主义竭力回避的话题。施米特强调，这是从逻辑回到历史的时候。一种稳定的历史特征建立之后，静态的结构掩盖了历史起源。然而，历史发展必将打破结构永恒的幻象——"实际上这是以历史的东西为基础的"[3]。

"结构分析的方法与历史发生的方法同时并用"[4]，这个结论似乎不如想象的那么激进，然而，这个结论恰恰是祛除结构主义保守性的良方。必须指出，结构研究的提出在于肯定另一种思想向度，而不是否认时间的意义。对于文学史说来，时间不是单纯的先后序号。时间揭示了一种持续的

---

[1] 施米特：《历史和结构》，张伟译，重庆出版社1993年版第6页。
[2] 施米特：《历史和结构》，张伟译，重庆出版社1993年版第16、5、33、48页。
[3] 施米特：《历史和结构》，张伟译，重庆出版社1993年版第32、69、73、37页。
[4] 施米特：《历史和结构》，张伟译，重庆出版社1993年版第124页。

积累，这种积累可能在某一天冲决结构、召唤一个新的诞生。换一句话说，当代文学史的结构研究开始之际，人们眼角的余光始终盯住时间的推移，时间迫使人们时刻意识到，批评家分析的是一个有限的结构。

四

考察文学史的时候，人们习惯于概括出某种特征作为一个结构的标志；这种特征时常被想象为一个结构的本质或者支点，例如现代性、工农兵文学、社会主义现实主义，或者文学性、"向内转"，等等。然而，当这种标志成为某一段文学史的命名时，争论就开始了。

这的确令人困惑：任何一时期的文学史资料均如此丰富，哪一种概括不是因为挂一漏万而遭受种种反诘？如果启蒙民众或者"为人生而艺术"成为20世纪上半叶文学的特征，鸳鸯蝴蝶派又算什么？如果用"悲凉"形容20世纪中国文学的美感，那些昂扬的、明亮欢快的、铿锵有力的战歌置身于何处？20世纪80年代中期"重写文学史"的运动之中，矛盾彻底地暴露了。"重写文学史"的意图是，清理现代文学史内部一系列日渐可疑的命题。50年代初期，现代文学史写作参与了民族国家的历史大叙事。由于革命的巨大作用，左翼文学、革命文学成为现代文学史叙述始终如一的焦点。某些粗犷乃至平庸的作品因为革命的主题而被奉为文学经典，另一些精致复杂的作品遭到了有意的冷淡。"重写文学史"试图扭转这种不合理的历史图像。批评家重新检索文学史资料的后果是，赵树理或者茅盾的声望遭到了严重的挑战，钱钟书、张爱玲、沈从文开始重见天日。然而，质疑之声不久再度出现：尽管"重写文学史"的倡导者提出了"多元"的文学史观念，但是，"二元对立"仍然成为多数批评家的基本策略——政治与审美的对立。这种"二元对立"派生出"理性与感性、观念与体验、功利与艺术等一系列二元区分。这表明'重写'的二元对抗策略，不仅服务于一种论辩性，80年代一整套有关文学主体性、现代性的想象也得到了再度重申"①。迄今为止,一种钟摆式的文学史叙述惯性已经根深蒂固:要么审美,要么政治,要么自由主义,要么激进主义。二者的对立甚至将导致当代文学史的内在分裂。

或许有必要进行一个小小的辩解:"二元对立"并非错误,各种命题通常隐含了"二元对立"的相对关系。论述"一张纸是白的",通常已经包括了何谓"黑"的理解;论述"某人开朗健康",事先必须判断何谓"阴郁病态"。罗兰·巴特巧妙地用"S/Z"为书名,这即是对于"二元对立"的机智肯定。许多时候的问题恰恰是,人们渴望的结论总是力图否定"二元对立"所包含的差异——人们如此热衷于返回一个令人放心的"一元",返回终极的"本质"。因此,当代文学史写作总是不懈地为各种评价或者解读认定一个最终的依据。然而,众多旷日持久的争论表明,没有哪一个概念——无论是"审美"还是"政治"——可以单独地裁决文学史。任何一种简单的概括都是危险的,繁杂的文学史脉络可以为驳斥种种单向的结论提供足够的资料支持。这种状况迟早导致一种深刻的怀疑:一个特征、一个概念、一种命名能否负担一个结构的重量?

在我看来,结构的标志不是一种特征或者一个概念,结构毋宁说意味着一批特殊的关系。结构的全面转换表明,一批传统的关系遭到了中止,或者逐渐枯萎;同时,另一批新的关系开始缔结,并且得到了固定。譬如,对于当代文学史说来,一套行政体系与文学生产的关系即是某种新型"结构"的产物。关系超出了一个单极的概念,关系至少表明了两个以上因素的联结和互动。一个概念对于结构的命名,通常也就是想象一座理论金字塔,所有的美学特征都是高踞于塔尖那个概念的派生物,所有作品的性质都必须吻合某种自上而下的指令。相对地说,一批关系形成的是一个网络结构,众多因素散点分布,它们之间保持纵横交叉的相互勾连。某种因素的支配地位可能形成强烈的特征,但是,这种特征来自关系所制造的对比、衡量,而不是孤立地自我显示。所以,谈论文学现代性,很大程度上即是

---

① 施米特:《历史和结构》,张伟译,重庆出版社1993年版第124页。

谈论现代性与古典文学传统的较量如何逐渐占据了上风；谈论20世纪中国文学"悲凉"的美感，必须同时论述明亮欢快的美学风格如何破产。处于结构内部，二者是共存的。一切特征只能在相对之中显现，而不是删除任何其他因素而仅仅剩下某种孤立的"本质"，当代文学中之"审美"或者"政治"的关系亦是如此。也许，种种貌似精辟的结构概括并不重要。理解一种结构的内涵，恰恰意味着理解结构内部的一批关系。当代文学的结构由"十七年文学"、"文化大革命文学"和"新时期文学"几个著名的段落综合而成。当代文学史的解读必须考虑三者的关系，每一个段落的特征无不与另外两个段落的特征互为因果。如果人们因为某一个段落"文学价值"匮乏而予以抛弃，那么，另一个段落对于"文学价值"的超常热情将会令人费解。按照自己的目的想象文学史的时候，人们常常慷慨地遗弃了另一批重要的资料。这时，众多关系的描述有助于修复历史纹理的丰富性，众多关系显示的是，一个结构内部具有多少活跃的因素持续地活动。发现这些因素，亦即发现当代文学史的各种隐蔽的空间。

　　结构、因素、关系，三个关键词似乎可能构思另一种当代文学史，不是因为占有更多的资料，而是因为资料的重组。前者意味着发现世界，后者意味着发现世界的意义，这两个不同的命题分别拥有自己的价值。如果说资料有限会限制提供开阔的思想场域，那么，当代文学史的开放性以及纷繁的文化层面将有助于接纳各种不同的阐释模式。

（原载《文学评论》2008年第2期）

没有"文学故事"的文学史
——怎样讲述中国现代文学史
郜元宝

"大而全"的现代文学史讲述模式

迄今为止,"中国现代文学史"最权威的讲述方法还是"大而全"的"做总账",即力求展示与文学史相关的全部历史真相,兼顾社会历史背景、文化精神背景、文学生产方式、单个作家及作家群活动、各种身份的读者反应、重要作品的形式、内容与审美效果等,唯恐失落一角一隅。犹嫌不足,在细大不捐的总结账和流水账中还要提炼出文学史演进的阶段、脉络和规律,并要概括和阐发某一阶段或整部文学史的性质。

"大而全"的文学史具有鲜明的中国特色,它是国家意识形态的产物。国家组织大批专家学者不惜成本长期多方地艰苦合作,才能完成如此鸿篇巨制。今天,这种讲史模式的背景依然存在,"大而全"的文学史还在继续生产,所以很有认真检讨一下的必要。

唐弢、严家炎先生先后主编的《中国现代文学史》(上、中、下三册),20世纪60年代初组稿,全书完成于70年代末至80年代初,七十余万字,是"大而全"讲史模式的代表作。该书的"简编"以及承继王瑶先生《中国新文学史稿》学统的《中国现代文学三十年》(钱理群、吴福辉、温儒敏合著)则是唐、严模式的改进与凝练,和近十几年涌现的多部"中国现代文学史"教材一样,吸收了80年代以来文学史研究的成果,却并未超越"做总账"的模式。新近某些以阐明"现代性"为目标的文化和文学的综合研究(如程光炜、吴晓东、郜元宝等编写的人大版《中国现代文学史》)对"大而全"的文学史讲述模式不仅不加怀疑,反而推波助澜,扩容升级。

"中国现代文学史"研究的"野心"比以往任何时候都不是缩小而是更加膨胀了，中国现代文学的总结账和流水账大有越来越细、越来越繁、在"大而全"的理念上越走越远的趋势。讲述"现代文学史"三十年的教材与讲述三千年"中国古代文学史"的教材（比如林庚的《中国文学简史》）篇幅几乎相等。除了距离近而材料取舍为难之外，"大而全"的文学史理念也该负相当责任。

"大历史"和"文学史"界限的模糊

有一种信念长期统治着中国现代文学史的撰写：要把这三十年文学史讲清楚，须先把三十年中国社会一切问题都讲清楚。这种文学史讲述模式就把文学史等同于一般社会史或"大历史"。读者可以在现代文学史中读到针对社会历史（政治、经济、军事、外交、女权状况）的论述；可以读到有关文化精神背景（西方文化的影响、传统文化的挣扎、民间文化的挖掘、围绕文化的各种学术争论、围绕文学走向与文学趣味的各种"文学论争"、最终还有所谓"时代精神"）的论述；可以读到关于文学生产方式（社团、流派、口号、书籍出版、报刊杂志、新闻检查、稿费制度、评奖、大学教育直至新文学与大学课堂的关系）的论述；可以读到作家（单个与群体）的生活状态、代际嬗变、年龄分布、空间移动、复杂交往、身份转换的传记学论述；可以读到各种身份的读者（一般读者群、强有力的政治型读者、批评家和杂志编辑、别的作家）的反应；可以读到对"名著"和"重要作品"、"代表作"相对独立的美学/历史"分析"。

从中国的修史传统看，"大而全"的"中国现代文学史"或许最为理想。传统上最伟大的历史著作《史记》就是融合各种内容、从各种角度切入、包括各种不同体裁的大书。"大而全"的文学史以其巨大学术容量确实为读者提供了围绕文学的诸多社会历史和文化的信息，这一点不容轻视。但文学史和一般社会史毕竟不同，而这恰恰是"现代文学史"撰写者容易忽略的。他们把文学史写成像《史记》那样无所不包的"大历史"，只是名义上以文学为中心。大多数"中国现代文学史"乃是包括文学在内的各种庞杂的现代中国社会发展史的论述的叠加。

"中国现代文学史"最大的困难,在于它承担了过于沉重的历史叙述的使命,混淆了文学史和"大历史"的界线,找不到文学史最佳切入点与应有侧重,因而也就找不到文学史适当的讲述方式。

其实对"现代文学史"讲述者来说,不管其学术积累如何深厚,即使"平行"地完成上述各有侧重的多种历史论述,也几乎不可能。比如强调现代社会政治与文学的关系,是任何一部"中国现代文学史"都须遵循的通则,也确实是任何一部现代文学史都无法回避的主要叙述内容,但如果学生不具备相当于历史系现代史专业博士生水平的关于中国现代社会政治的常识,要他们从流行的各种"中国现代文学史"著作中读出文学与政治的关联(哪怕是影响现代文学的中国现代政治的概略),都相当困难。比如要知道什么是"五四运动",什么是"新文化运动",现存各种"中国现代文学史"都还不能提供全备的知识。至于"辛亥革命"、"南北和议"、"北洋军阀统治"、"大革命"、30年代民族经济与都市兴起、上海租界、"文化围剿"、"左联"、"西安事变"、"抗日民族统一战线"、"延安整风"等,更是如此。许多"现代文学史"无不以全面精确地介绍这些重大历史事件及其与文学的关系为己任,动用大量篇幅,结果往往不尽如人意。这里的问题不在于文学史是否要叙述这些历史事件,而是怎样最经济最有效地叙述这些历史事件与文学史的实际关联。

或许应该承认,治现代文学史者很难对现代政治史做到烂熟于心,从而和文学史相互参照,进行陈寅恪式的"诗史互证"。何况在文学史、社会政治史双重讲述中,目前所要避忌的问题还太多。对辛亥革命前后、北洋军阀统治期间文化空间的评价、对国共第一次合作的认识、对30年代政权相对稳定经济相对繁荣的估计、对抗战正面战场的承认——这些在史学界也未必可以轻松谈论的话题,贸然移到并非专门论史的文学史著作来,困难可想而知。

这就出现尴尬的局面:"中国现代文学史"拼命讲述自己难以胜任的课题,好像不把这些课题讲清楚,文学史的线索就理不出来。把握文学和社会历史的连带关系固然是文学史讲述的核心，但由于无法准确把握并经济有效地讲述重大历史事件与文学的实际关联，这一判断文学史著作优劣的首要标准，反而不得不被弃置不用。实际上，目前判断一部"现代文学史"成败的唯一可用的标准，还是退回到具体史料是否丰富与准确。这就无怪乎一开始追求各种历史论述交叉互动的全面的文学史最后不得不听任具体历史部门的论述各行其是，而这些具体历史部门各行其是的论述又无不被越来越多的新材料所塞满。读史者一旦陷入这种既过度装载又分崩离析的以文学为名义的繁复历史的迷宫，总结账、流水账就很容易变成"糊涂账"。

"大而全"的文学史模糊了"大历史"和"文学史"的界限，发展到极端，必然导致自身的瘫痪和崩溃。

往好里说，这种讲史模式尽量多地保留了文学史材料，但并没有找到讲清材料之间文学的联系的恰当方式，材料必然淹没文学史的主线。鲁迅当年批评郑振铎《插图本中国文学史》只是文学史长编而非文学史，大概也就是这个意思。

往坏里说，这种讲史模式很容易把各种具体的历史讲述依赖的价值立场、观念、方法、概念、定论之类全套现成的话语体系带进文学史，使本应该凸显文学的历史讲述变成各种针对大历史的价值立场、学术话语、概念术语、观念与结论的堆积。于是，继散乱的文学史材料之后，大历史讲述的诸话语体系再度淹没了文学史的主线。

一个不太具备中国现代社会文化史常识的大学生，碰到这种大而全的文学史，怎能不头晕目眩？我在本科教学和指导"考研"过程中看到，许多学生和考生面对内容繁重而态度俨然的中国现代文学史，常常望而却步，硬着头皮读下去却不容易理出头绪。他们对这种讲史方式亲近不起来，觉得不是为他们而写，而是不容分说把高度主观化权威论述以及与他们的文学兴趣无关的破碎可疑的历史知识从上面灌输下来，进行强制的历史规训，或者为他们提供应付考试的僵硬工具。

"大而全"的文学史讲述淹没了哪些文学史关键点

追求宏大叙事的"大而全"的文学史,模糊了无所不包的"大历史"与有所不为的"文学史"的界限,必然也会淹没文学史应该凸现的具体内容。

1. 忽略文学发展和社会发展的不平衡

"大而全"的文学史讲述,习惯于"自上而下"、"由大到小"亦即从整体社会史到具体文学史的逐级下降逐步收缩,把文学史的线索编织在社会史脉络中,结果社会史线索过于粗壮,文学成了先验的社会史的逻辑推演,从社会史到文学史几乎是一一对应的因果关系,这就容易忽略马克思早就提醒人们注意的二者之间的不平衡。

中国共产党诞生、发展、挫折、壮大是中国现代史逐渐加强的进步趋向,党的文化政策更直接推动乃至领导了中国现代文学的总体进程,这是任何一部中国现代文学史都无法否认的事实。但中国现代文学史的发展与现代社会的这一进步趋向在具体细节和不同的时间段落并不简单地吻合一致,而往往呈现不平衡和不同步的现象。

比如,一部分早期共产党人和具有共产主义思想的知识分子参与了新文化运动和文学革命运动(姑且限定于1915年《青年杂志》创刊至1922年《新青年》南迁两年之后停刊),但这个运动的整体与共产党组织以及共产主义思想在中国的传播并无因果关系,因此如何估计早期共产党人和具有初步共产主义思想的知识分子在这时期零星发表的文学见解对文学和文化运动实际发生的作用,就是一个难题。2008年4月复旦大学出版社新出的《中国现代文学史简编》增订本(严家炎、万平近修订)认为"早期革命文学主张在广大新文学作家和文艺青年中引起更大的反响,并造成一定的声势,是在'五卅'以后的国内革命战争的高涨时期",这是比较谨慎的表述,尤其指出"早期共产党人的文学主张也不是没有弱点和错误",就更显得全面,但该书仍然坚持认为早期共产党人的文学见解对当时文坛来说已经具有了"批评和引导"的作用,可见那种认为进步思想和进步文学必须同步的思维定势，还是难以彻底改变的。

从20年代中期到30年代初"左联"成立，既是中国共产党成立、壮大到暂时受挫阶段，又是左翼革命文化深入人心阶段。但这阶段文学成就与左翼思潮之间并不平衡，巴金、丁玲、沈从文、老舍、茅盾的出现，鲁迅的杂文，都没有在肯定的意义上回应进步的社会思潮。唯一例外的是1928年"革命文学论争"，但这场论争对文学发展的是非功过在文学史教材中恰恰需要却仍未获得清晰界说。

30年代上半期即第二个十年（1928—1937）是中国现代文学黄金时期或全盛期，1934年前后更出现了一个高峰。恰恰这个时期，中国共产党因为军事失利，政治上也陷入前所未有的低谷，国民党政权则进入稳定期，因此共产党领导的轰轰烈烈的左翼文化活动与政治军事的受挫成了鲜明对照。但左翼文化活动本身是政治主导的，它引起公众注意的兴奋点主要是政治抗争效应，文学上并无实际建树（这也是左联盟主鲁迅一再表示不满的）。

实际上无论共产党还是国民党与30年代上半期文学高峰都没有直接的因果关系。以长篇小说为例，30年代上半期几部重要的作品如巴金的三部曲创作，沈从文的《边城》，老舍的《牛天赐传》、《离婚》、《猫城记》和李劼人的《死水微澜》（或许还可以加上曹禺的话剧）都不是激烈党争的产物。左翼文学代表作《子夜》也写在作者脱离政党回归文学的一个政治疏离期。

第三个十年（1937—1949），抗战爆发，统一战线重建，中国共产党从地下转为合法，国共两党都积极介入文化与文学。但无论官方继续维持的"民族主义文学"，还是延安及各解放区推行的大众化和民族化，包括大后方两党共管的抗战宣传品，都不足以标志这时期文学的成就，而基本独立于政治文化的路翎的《财主底儿女们》，萧红的《马伯乐》，冯至与穆旦的诗，张爱玲、钱钟书、徐訏、巴金的小说，才真正显示了这时期文学创作的实绩。

以"大历史"的政治斗争做文学史结构主线，必然忽视文学发展和社会发展的不平衡,从而模糊文学史发展的特殊线索。80年代以后,表面上虽然竭力避免这种文学史架构,但用"左翼"与"自由主义"来更换过去的围剿与反围剿,还是换汤不换药。

2. 失落"文学史的自然时间主线"

学生看文学史教材,最关心的是文学史现象在自然时间上一个接一个出现的顺序。这合乎情理。历史历史,无非事件一个接一个出场的先后关系,舍此不成其为历史。

文学史也不能例外,它也必须具有自身的自然时间主线。但"大而全"的文学史要照顾的话题太多,不得不随着这些话题的变换而经常变乱"文学史的自然时间主线"。不仅学生无法把握主线,教师也难以根据任意中断又任意接续的讲述清理出文学史的自然时间主线。

首先,共时态的多种文体经常打乱文学史的自然时间主线。往往同一个作家讲小说时出场一次,讲诗歌散文或思潮流派时又出场一次,或者根据体裁而把同一个作家不同时代的创作捏在一起(比如讲第一个十年的散文时把周作人三四十年代的散文也提前讲掉了)。这不仅浪费篇幅,紊乱顺序,也不利于完整呈现作家的创作历程。

50年代初朱东润先生曾经注意到这个问题,他反对刘大杰先生按体裁讲历史的方法,称之为"分类合编"。朱先生主张"按时推进":"在每一段时代里叙述某个作家,把他的诗、词、散文、骈文一并交代清楚。""按时推进"就是要求严格遵循自然的时间线索(至于"按时"的"时"即朱先生所谓"每一段时代"之长短则应视文学史发展的阶段性而定)。这种讲述方法是大多数文学史家不肯接受的,因为如果没有超越文体而着眼作家的气魄,操作起来颇不方便。朱东润先生也承认"这样的教法,以前没有,这样的写法,以前也没有"(参见东方出版中心1999年版《朱东润自传》)。

其实这个问题鲁迅也讲过。1935年11月给《唐代文学史》作者王冶秋的信中,论到文学史的"经"与"纬",鲁迅明确指出:

史总须以时代为经,一般的文学史,则大抵以文章的形式为纬,不过外国的文学者，作品比较的专，小说家多做小说，戏剧家多做戏剧，不像中国的所谓作家，什么都做一点，所以他们做起文学史来，不至于将一个作者切开。中国的这现象，是过渡时代的现象，我想，做起文学史来，只能看这作者的作品重在那一面，便将他归入那一类，例如小说家也做诗，则以小说为主，而将他的诗不过附带的提及。

"以时代为经"固然可以保证文学史自然时间主线的清晰，但鲁迅自己首先就难以用这个方法来讲述，他"什么都做一点"，每样都做得很好，很难根据其作品"重在那一面"来归类，而且他的小说、杂文、历史小说的时间跨度都很长。因此，如何把鲁迅的不同文体的创作统合在某个合适的"时代"就非常困难。但不这样，而继续像目前大多数现代文学史教材那样把同一个鲁迅按体裁"切开"，更不符合文学史按自然时间推进的事实。

文体是妨碍文学史动态推进的令人头痛的问题，此外，"中国现代文学史"自然的时间主线，还经常被别的因素打乱。

比如因为鲁迅重要，只好单列，通常分两个单元，先讲他"五四"至20年代的小说，再讲他30年代杂文，加上不知道放在哪个年代才合适的《故事新编》。鲁迅的巨大存在不得不多次打断"文学史发展的时间主线"，讲鲁迅时"文学史发展的时间主线"就让位给鲁迅的时间（他的创作历程）了。在鲁迅写小说、写《野草》、写杂文或《故事新编》时，别的作家干什么就无法交代。这不仅孤立了鲁迅，模糊了他和整个文坛的共时态联系，也并没有真正呈现他的"创作历程"。不止鲁迅，郭沫若、茅盾、巴金、老舍、曹禺（后来加上沈从文、钱钟书、张爱玲、赵树理、孙犁）等，情况都很相似。他们孑然独存，经常中断"文学史发展的时间主线"，他们与别的作家在当时文坛的共在关系也因此而被遮蔽。

这是"大作家"、"重要作家"对"文学史发展时间主线"的干扰。

此外，重大社会历史事件和文学史的关联，也会起同样作用。比如，奠定老舍文学地位的早期三部幽默小说《老张的哲学》、《赵子曰》、《二马》和茅盾的"《蚀》三部曲"都写于1928年前后，但因为后者"反映了大革命失败前后小资产阶级的心理和命运"，就按自然时间讲述，而前者因为描写小人物的滑稽剧，与作者创作这些作品时发生的重大历史事件没有直接联系，就推迟到30年代中期，和中篇《骆驼祥子》绑在一起来讲述。

又比如，"京海之争"发生在1934年，这时"左联"活动因外部压力和内部矛盾已近尾声（胡风说鲁迅最迟在这年秋天就与"左联"失去了工作联系），而京海两地一批"五四"以后与左翼文坛关系不大的第二代作家迎来了创作高峰。但在一般文学史讲述中，"京海之争"仍然被纳入"左联"活动，与之密切相关的30年代中期文学高峰却只能放在别的板块，似乎不这样就无法解释为什么文学环境如此恶劣却产生了繁荣局面。结果文学的30年代被割碎，占据中央位置的仍然只有文化上反抗与压迫的群体较量。

文体、重要作家、重大历史事件等都要求文学史讲述暂时停下来。这些文学史存在横向扩张，许多共时态现象只好被拆裂，被处理成历时现象，与此同时许多历时现象又被压缩为共时态。"文学史发展的自然时间主线"因此失落。

这是文学史讲述陷入混乱的主要标志。

所谓"文学史发展的自然时间主线"，指文学现象和作家活动在纯客观的自然时间上先后出现的顺序。自然时间本身不开口，它的发言权很容易被篡夺，但实际上它的权威性最大。如果因为照顾讲史者自己的主观性而任意忽略沉默不语的时间主线，文学史讲述的权威性也就会大打折扣。

"中国现代文学史"的时间概念在很大程度上是各种"宏大叙述"依据的"大时间"和"主观时间"。学生被围困在这些"大时间"与"主观时间"的藩篱，很难建立自己的时间坐标。许多学生和考生抱怨，现代文学史的时间先后总搞不清楚。我让他们根据"大事年表"拉一条历时为主、共时为辅的坐标，有的学生照办了，但他们很快发现这个坐标和文学史教科书很难配合起来！

"文学史发展的自然时间主线"的模糊，意味着文学史"讲述"被偷换了概念，变成文学史"论述"。读者只能看到被切割、中断、接续然后加以分析评价的文学史不同板块微弱的时间联系（也许仅仅保留在"大事年表"中），无法看到这些板块在切割、中断和接续之前本来的时间关系。文学史因此缺乏强有力的统一的客观时间作为历史讲述依靠的唯一的动力机制，好像一部故事情节不清楚的长篇小说，令人无法卒读。

文学史讲述的"主体性"、"主观化"固然不可避免，但"主体性"和"主观化"必须尊重客观自然的时间主线，必须让读者意识到文学史现象不是照后人的历史观念产生，乃是从沉默的时间之渊一个接一个浮现，这样讲出来的文学史才具有历史的尊严和魅力，才尊重历史的偶然，尊重作家个体对相同境遇的不同回应，尊重文学的个体中介。历史在统一的自然时间中展开，并不听命于后人的主观解释，更不遵循后人的主观时间。

恢复"文学史发展的自然时间主线"，让学生知道哪一年同时发生了哪些文学史现象，必须把文学史真正当作有时间性的历史来讲，必须把文学史现象还原为在时间上先后发生的一个又一个"故事"，严格区分共时和历时现象。不同文体、不同重量级作家只要同一时间点或时间段产生就必须严格放在同一时间来讲述。这样文学史的讲述才有秩序，才有历史该有的流动性与现场感。

恢复自然时间主线，是澄清文学史讲述的"时态"。这意味着文学史讲述不是从"大历史"先验的"定论"出发追求给作家作品"下定论"、"排座次"，而是暂时抛开"定论"和"座次"，呈现文学史现象依次出现的历时与共时关系。

3. "细节"或"文学故事"的消失

许多现代文学史著作都依靠"大事件"做历史讲述的时间坐标，避免更具文学性的"细节"（特别是作家传记），这几乎成为现代文学史的潜规则。结果文学史现象的产生完全成为社会大背景、大事件的逻辑推导，缺少个体生命的偶然性和神秘性，最终也缺少文学性。

比如"五四运动"，本来是讲述"文学革命"前后到20年代中期一个自然的时间标志，但为了强调"五四"的重要性，一切都围绕"五四"转圈子，一个抽象的"五四"笼罩着现代文学史的开端，学术上本来含糊不清的"五四"时期成了学生记忆"中国现代文学史"开端的唯一坐标,别的"时间",比如鸳鸯蝴蝶派的"时间"(刘半农、张天翼、施蛰存、戴望舒等都曾经属于这个"时间"),非新文学亦非"鸳蝴"文学的其他更多的"时间"(比如青年徐志摩的"康桥记忆"、青年瞿秋白的"饿乡经历"、青年李劼人的蜀中时间、青年沈从文的湘西时间、青年老舍的基督徒及旗人后裔的时间)都让位、取消了,好像他们都进入了统一的"五四"时间。

此外,辛亥革命、南北和议、二次革命、北方的军阀统治、北伐、大革命及其失败("清党"、宁汉分立与合流、上海"四一二政变")以及革命文学论争、"左联"成立、文化围剿、抗日民族统一战线建立、学生和学者大规模逃难、延安整风、沦陷区、大后方、解放区、抗战胜利、解放战争——这些重大历史事件都有足够理由在文学史中占据一定位置,也都有足够理由取消文学史丰富的细节。学生记住了这些"大事件"却无法亲近文学史的"小事件",比如知道了"北伐"却不知道鲁迅与北伐的关系,知道"大革命"却不知道茅盾前期文学活动与"大革命"的关系,知道"四一二政变"却不知道政变中施蛰存、戴望舒、杜衡等文学青年的踪迹,知道30年代是左翼文学的兴盛期却不知道"左联"时期一大批非"左联"作家与"左联"的共存,不知道巴金、老舍、曹禺、戴望舒、沈从文、李劼人、新感觉派、"京派作家"的文学高峰恰恰就在这时期出现。许多学生知道抗日民族统一战线,却不知道在统一战线中各种不同立场、不同风格的作家在政府中实际的工作关系;许多学生知道延安整风,但不知道整风时期非延安作家的构成和日常生活情况,也不知道1942年的赵树理是否认识孙犁,赵树理、孙犁是否认识同一时期登上文坛的路翎、张爱玲、穆旦,甚至不知道胡风、萧红和丁玲是否彼此认识……

突出"细节"并非炫耀文坛掌故而无视和文学有关的"大事件",乃是告诉学生,从作家个体活动来看,文学史现象是怎样产生的,从而调整并澄清文学史讲述的"语态"和"视角":不用"自上而下"、"由大到小"逐级下降、逐步缩小的视角转换来讲述文学史,而要"自下而上"、"由小到大"地讲,恢复并凸显与个体生命相关的具体"细节"与"场景"。这些

"细节"和"场景"可采自作家传记，也可化用作品中的形象描写。

把文学史当"文学故事"讲：一个设想

要想在通行的"大而全"的总结账和流水账式文学史讲述之外有所创新，必须恢复"文学史发展的自然时间主线"，交代文学现象依次出现的共时和历时关系，摆脱"大历史"的"宏大叙事"的"定论"和过分开阔的"大视角"，从细节着手，把严肃死板、抽象悬空、过于混乱的文学史变成一连串的"文学故事"，让学生有亲近感。

把历史（文学史）当"故事"讲，黄仁宇《万历十五年》的启发最大，可惜它不是文学史著作。史景迁的著作如《天安门：中国人和他们的革命》值得借鉴，但该书主题是知识分子与革命，不是文学，尽管讲了大量文学上的"故事"，但他所讲与文学有关的"故事"以及这些"故事"的彼此联系过于勉强。作为历史学家，他对文学作品以及作家活动如何转换成"文学故事"还没有很好的处理。但史景迁对我们探索中国现代文学史新的讲述方式仍有很大启发：他确实展现了在客观时间上讲述文学现象的可能性。我们可以在他的启发下用客观自然时间（历时为主/共时为辅）来挣脱"大时间"和"主观时间"的统治。

不妨有这样一本现代文学史辅助阅读教材：其基本讲述方法是以一些重要自然时间点或时间段为"经"，以重要文学作品和作家活动、思潮、流派、社团及社会文化的历史性事件为"纬"，编织成一个接一个的"文学故事"。

中国现代文学史上，1917年是伟大的开端；1924年前后是"五四"落潮，新文学阵营破裂，新一轮文学运动萌动；1928年是1924年以来分化、彷徨形成明朗结果的年度；1934年是政治相对稳定经济相对繁荣而文学达到高峰的时期；1942年经过战争的冲击，新文学在经历了1934年的高峰之后大分化大融合而得到又一次大收获；1948年是三十年文学将在整体上发生骤变的前夜。这些重要自然时间都可以作为文学史讲述的"经"，而以这些时间点和时间段上的重要文学作品和重要作家活动、思潮、流派、社团及社会文化的历史性事件为"纬",就可以编织一个接一个文学史"故事"。

作家活动,不是作家论或评传式的完整叙述,而是选取他们在某一时间段的共时态活动;作品也并非单独拿出来进行分析,而是拆开来,或取其主题思想,或取其风格影响,或取某个关键的故事情节、场面、人物而与其他"故事"凑合成彼此关联的"故事"群,以显明文学史河流在某个客观时间的风景。

选择合适的"故事",把多个"故事"在历时为主、共时为辅的自然时间顺序上串起,形成"大故事",这样的"大故事"与别的"大故事"之间须有鲜明的时间先后,犹如一部严格遵循自然时间顺序的长篇小说,章节之间有强劲的推进力。

王瑶先生在给《中国现代文学三十年》所作的"序"中认为,该书"反映了现阶段的研究水平并且具有比较鲜明的特色",但也存在不少问题,他首先提到"在体例框架以及研究方法上尚有待于重大突破"。一本"在体例框架以及研究方法上尚有待于重大突破"的文学史不可能有什么根本的推进。王瑶先生一定想到了"突破"的必要,甚至某些具体途径,可惜他没有明说。我觉得,针对现有的中国现代文学史体例存在的问题,制订一些具体的方案,特别是尊重文学史和大历史的边界,努力恢复文学史自然时间主线,凸显大事件遮蔽下的细节,或许能够探索出现代文学史讲述的新样式。

比如讲《新青年》、《新潮》和"五四新文学运动",可介绍蔡元培、陈独秀早年"反清革命"与国民党政治的关系,蔡的中西合璧的学问与陈的芜湖"白话报",这样他们一个执掌北大、广延人才,一个从政治退到文化、欣然首肯胡适白话文理论,就很自然。介绍"新青年编辑部"的工作方式及各位编辑者的性格相貌,可借用鲁迅《忆刘半农君》对陈独秀、胡适、刘半农的描写,《两地书》评价"玄同之文,亦颇汪洋",《李守常集序》对李大钊的印象,以及《胡适日记》对"周氏兄弟"的赞赏,顾颉刚《古史辨自序》回忆他和傅斯年对胡适的前倨后恭。讲"五四"学潮可选取一两个典型事例,比如某学生狂呼口号过于激动致死、沈从文小说《萧萧》

中的"女学生"、"过学生"以及老舍《离婚》中的"闹学生"等。

讲鲁迅，可追述他不满"东京"留学生而去乡下学医、碰到"幻灯事件"和"漏题事件"，与顾良联名向清朝官员献《中国矿物志》，回"东京"的"伍舍"辛苦自修，和弟弟联合从事流产的"文学运动"，敦促周作人翻译时经常加以"栗凿"，《马上日记》所记北京日常生活，和"新青年"的关系，与北京知识界的破裂，在广州做《革命时代的文学》、《魏晋风度及文章与药及酒之关系》的危局，在上海的日常起居，杂文所反映的他和上海小报与市民社会的关系，而《上海少女》一文可能正是张爱玲、苏青的童年写照。

讲1928年"革命文学论争"，可突出郭沫若、成仿吾对鲁迅的攻击，冯雪峰的出面调停，及后期创造社的活动，比如成员驳杂的《幻洲》。

讲30年代《现代》形式先锋思想"左"倾，可分析《雨巷》的新旧两种因素，一头联系着鸳鸯蝴蝶派看重旧诗词的意境辞令，一头联系着诗人在震旦大学法语预备班接触的法国后期象征主义诗派。"丁香一样结着愁怨的姑娘"，可以联系麻脸诗人对施蛰存妹妹施绛年的失败的单恋，带出施蛰存、戴望舒、杜衡、刘呐鸥、穆时英等的交往，他们与《新青年》和"鸳蝴"的关系，在上海大学与丁玲、茅盾、瞿秋白的关系，大革命时期与冯雪峰的交往始末，施蛰存松江家里的"文学工场"，他们在上海虹口的"阔少"生活，与鲁迅的恩怨，各自的文学贡献。"故事"结束时不妨再回到戴望舒与施绛年、穆时英胞妹穆丽娟的纠葛以及戴望舒等人在40年代的不同结局。

讲茅盾可强调他政治、文学、出版三栖，他和共产党、商务印书馆、《小说月报》的关系，先批评、翻译而后小说创作的特点对作品风格的影响，相对超然的政治定位和"投机"，他和鲁迅、胡风的微妙关系，因吴宓赞赏《子夜》语言而沾沾自喜，《蚀》三部曲中"虐杀"场面与中国现代文学常见的"酷刑"描写（如柔石《侩子手的自白》，沈从文《新与旧》等）的比较，瞿秋白《多余的话》盛赞《动摇》却没有提到吸收瞿的建议的《子夜》。

讲"左联",可避开向来的"宏大论述",先讲"左联"成员的复杂、"五烈士"被出卖的真相、解散经过,冯雪峰公布的《不是情书》所透露的丁玲红极一时的苦衷,周扬和胡风如何结怨,茅盾的特权,鲁迅周围的青年作家群,他们在上海主要活动场所和生活方式。

讲沈从文、老舍,可突出他们在20年代末30年代初相似的理想和不同的表述,略评他们不同的文学成就,落脚在他们特殊的生活经历和人生观念。沈出生行伍家庭,成年后受惠于熊希龄、胡适、徐志摩、朱光潜的帮助,始终在绅士和"乡下人"间徘徊,自恋于"乡下人"的价值立场和生活世界而又不敢公开与绅士决裂,自我设限甚至自我哄骗,难成大器。老舍超越沈氏城乡之争,究心于人性堕落和人生无望,北京味和世俗腔掩盖着内心残留的基督观念(天堂地狱原罪),精神上更具世界性因素,成就应高于沈氏。早年经历满汉之争、父亲被八国联军所杀、母亲操持家务,有特殊的种族意识(可引鲁迅《杂忆》对"满汉的恶感"以及辛亥革命后满族"流散"的描述以及民国初年钱玄同、胡适关于清废帝与皇族待遇的争论,沈从文小说《菜园》写一满族家庭流落长沙靠种菜为生),他的革命认同主要在国家富强(父仇记忆)而非空洞骄傲的革命宣传(《骆驼祥子》通过投机革命、发动黄包车夫罢工的"阮明"以及《黑白李》中类似的描写讽刺革命不能救穷人),青年时代笃信基督教却又目睹"教友"伪善,到英国后又看到教会内部混乱,加深了他对不切实际的高调和"假冒为善"的憎恶(《二马》、《柳屯的》、《善人》),他在北京师范大学读苦书,看到许多权势子弟荒唐跋扈自己却无深造机会,对学生气及学生中的烂漫有天生的免疫力并加以无情嘲讽(《赵子曰》、《骆驼祥子》),这与偏僻湘西不明真相而崇拜学生的沈从文小说人物迥然不同。他们两人的创作高峰期都在山东(沈在青岛大学、老舍在齐鲁大学),这两所大学对沈氏和老舍乃至30年代中期中国文学,也如上海北京一样,是战争爆发前一个有利于文学思考的宁静之所(老舍、沈从文如日中天之际,在济南一中教书的卞之琳、李广田受到舒、沈文学气氛的刺激也开始了校园文学创作和社团活动)。

和曹禺一样,老舍、沈从文的创作高峰正赶上鲁迅逝世和抗战爆发

(《骆驼祥子》在《宇宙风》1936年9月至1937年10月连载），但两人走了完全不同的道路。沈氏继续依附大学，鼓吹"抗战无关论"，抵抗文学的普遍大众化，老舍则和郭沫若一样抛妻别子，只身潜行至武汉、重庆，积极参与抗战，本来就大众化的写作与抗战时期的大众化要求并无矛盾，问题只是他的时间精力全部用来进行早年最看不起的政治"宣传"，无暇潜心创作，《四世同堂》艰难的写作和与此同时许多不成功的话剧都与此有关。老舍、沈从文这两个"进于技"的艺术家都喜欢在作品中插入议论，和茅盾一样敢于在透明的不设防的观念论笼罩下描写所看到的生活，这是二人共同点。

讲周作人和现代散文，可强调他和鲁迅的"交恶"蕴涵的"人的文学"的失败（《野草》同样涉及"人"的神话的破产）；引出周作人在30年代特殊的忧惧、他的退缩姿态的起因、他在家庭中的从属地位（羽太信子的专横、被鲁迅压抑的"老兄弱弟"的关系），他的"文抄公"式的文体与大学教师及以文养生的现代作家的生态。

讲孙犁，可着重讲"挂着墨水瓶的游击生活"，这和他小说"见闻式"、"偶遇式"叙述和一成不变的第一人称视角有关。讲穆旦，突出"死亡经历"和西南联大学生初期步行南下的经历，联系《赞美》等诗篇对"旷野"、"山峦"、"平原"、"河流"的"发现"，回到孙犁小说对北方"风景"第一次发现。路翎《财主底儿女们》对长江沿线的风物的叙述也很相似。还有艾青《北方》大视野的获得，冯至《十四行集》在"空袭"和"防空洞"中对死亡和生命的感悟，巴金如何经《小人小事》而从30年代偏激浅薄的青年作家过渡到40年代沉稳内敛的中年心态、他在桂林和赖贻恩神甫的争论、他的爱情与出版、他与"批评"的关系。

不仅40年代文学的背景可以落实到抗战时期作家的实际生活境遇，从"文史互证"的角度讲，现代文学史的"细节"，也应该包括文本的形象描写与一些越来越趋于湮没的虽然不一定可以坐实但不妨一提从而有助于后人理解文学与历史生活之关系的"本事"。我觉得专门写一部现代文学名著名篇的"本事考"，也是十分需要的。比如《财主底儿女们》写到蒋家一些年轻人乃至 40 年代知识分子普遍的基督情结,写到蒋少祖和汪精卫、陈独秀的会见,写到汪精卫视察南京附近的中国海军,写到国民党败军的沿路劫掠,写到小剧团内部类似延安整风期间的残酷思想斗争,写到转进重庆的一部分文化名人的丑态,这和茅盾"《蚀》三部曲"一样,如果没有一定的"本事"考订,理解起来是相当困难的。

以上只是随手举出零星事例,与撰写一部"有文学故事的文学史"的设想当然差得很远,而且这样的文学史,疏懒如我者肯定做不出来,但有能力和兴趣的朋友不妨一试。

(原载《南方文坛》2008 年第 4 期)

"重返"八十年代文学的若干问题

程光炜

  1993年后,有人在不同场合中提出了"后新时期"、"重返八十年代"的说法。① 这些看似寻常的举动背后,意味着将要与八十年代文学作出的某种告别。它进一步暗示着,人们不会再按照八十年代通行的批评方法和文学语言来评价作家和作品。事实上,问题的提出并没有真正推动问题的讨论。不少的文学史叙述,仍然在"新时期"——"后新时期"、"大叙事"——"小叙事"和"纯文学"——"非文学"的习惯程序中进行。这种文学史叙述,强调的是"进化"对文学的拉动作用,而"重写文学史",一开始就在这样的思考方式中被简单理解为一个时间性的替代的事实。另一些文学史叙述,则借助域外理论的话语特权重建文学史的言说方式,以解构性的思维来重布"八十年代"的文学地图。告别,在这里被赋予了"决裂"这种"革命"的含义。或被理解成"福柯式"的现实态度和历史观。那么,在这种情况下,是不是任何与八十年代文学有关的问题都不需要再谈了呢?

---

① 1996年,谢冕、张颐武在《大转型——后新时期文化研究》一书中首先提出了"后新时期"的概念。(该书当年由黑龙江教育出版社出版)从当时的语义看,包含着"结束"或"转型"的意思。1998年,张旭东在《读书》上发表《重返八十年代》一文,对"重返"进行了较为系统和细致的清理。但这两次"重返",并没有引起人们足够的重视,原因是,在当时,无论从文学体制、文学环境,还是对文学史的认识上都还缺乏"重返"的充分条件。值得注意的是,这一阶段的成果实际上已经出现:例如1993年由唐小兵主编、香港牛津大学出版社出版的《再解读》;例如洪子诚写于"1991年1993年间",而迟至1997年6月才由香港青文书屋正式出版的《中国当代文学概说》一书。在两本书中,作者对八十年代文学都进行了引人注意的"重说"。值得注意的是,这些评论家和文学史家对"八十年代"文学的认识和处理方式,后来证明存在着比较明显的差异,他们实际已经站在不尽相同的知识立场上。

一、如何理解"八十年代"

如果需要确定一个"八十年代"的时间标界（即1978年至1989年），而这一非常不科学的"文学史指认"又容易招惹批评的话，那么，在不同文化背景和知识层面上所进行的对"八十年代文学"的表述，倒有进一步探讨的必要。

在七八十年代之交，更多的批评家主要是将文学"历史化"的方式对八十年代文学进行命名的。在他们看来，"我们不能再等待了，等待就是倒退，因为历史已经前进了"，所以，"我们的文学艺术，则必须反映出这一深刻的本质来。"① 而另外的批评家那里，建立"文学主体性"的对立面，被明确指认为"五六十年代文学"、"文革"文学对人的藐视等"非文学"的错误理念，因此，八十年文学被理解为是"人的文学"的恢复和高扬。② 在这里，"历史/人"的关系，"文明"与"愚昧"之间"必然"的冲突，"创新"与"保守"的"超越"，等等，这些第三世界的"国家寓言"，不仅成为理解"八十年代文学"的独有方式，而且也成为贯穿于当时文学批评和文学史叙述中的一种知识谱系。但它触眼地表现为一种对讲述者自身"历史"状态的"焦虑"。③ 1985年，"寻根"作家就曾在一篇文章里不加掩饰地抱怨说："'五四'以后，中国文学向外国学习，学西洋的、东洋的、俄国和苏联的；也曾向外国关门，夜郎自大地把一切洋货都封禁焚烧。结果带来民族文化的毁灭，还有民族自信心的低落。"那么，怎样才能摆脱这一焦虑？他指出，即在"释放现代观念的热能"中"来重铸和镀亮"一个"自我"。④

---

① 《今天》编辑部《致读者》，《今天》第1期，1978年12月。
② 刘再复：《论文学的主体性》，《文学评论》1985年第6期、1986年第1期。
③ 例如，在"二十世纪中国文学"、"重写文学史"的提倡者那里，"悲凉"、"焦虑"、"冲击"、"刺激"、"重写"等等不满于研究界"现状"，以及希图"超越"文学史成规、"改写"历史的心态，都包含着强烈而自觉的"焦虑"的意味。不过，在提倡者当时的"年龄"阶段，这种焦虑显然能够理解。
④ 韩少功：《文学的"根"》，《作家》1985年第4期。

针对上述将文学与历史"捆绑"一起的做法,"再解读"的批评家声称:"如果我们把《再解读》看作一个使历史文本化的解构过程,我们就会同时解读我们的现在,因为我们身处其中的现在也许是现代的奠基在中国真正开始建设。"① 按照他们的释义,作为八十年代文学"核心概念"的"人的文学"、"创新"、"超越"、"自我"、"焦虑",实际上只是类似"观念的结构性张力"和"乌托邦冲动"这样一些东西。他们与八十年代文学草创者们文学观念的主要歧义,是不把历史看作"历史"本身,让文学成为后者的"见证人";而是历史的"文本化",和"非历史化"。在这样一种视野中,一切事物(包括八十年代文学)都理所当然地成为了被"解读"的对象。由"再解读"的途径"重返"八十年代,他们在王安忆小说《叔叔的故事》中读出的是,它"拒绝了一系列既定的叙述范式,嘲弄着主流美学价值上的装腔作势",同时,"也对我们习以为常的意识形态建构提出了尖锐的批评"。是对时过境迁之后,那些大多作为"英雄人物"重新回到社会中心舞台的"故事叙述"的出色的"消解"。为此,曾为八十年代文学批评家、而如今则为"再解读"批评家的一位作者反省说:"当代叙述影响我们想象世界的方式之至巨者,莫过于'时间观'一项。"传统的"治乱交替"的历史循环观被乐观向上的"进化论"所取代,由此铺展出一个"经典化"的文学史进程。②

历史/非历史、革命/告别革命、自我/他者、世界/本土、现代/后现代等等之间的关系往往被视为一个极为敏感的话题。因为这种二元对立结构本身具有的紧张关系和语义缠绕,无法对"问题"展开实质性的讨论。但是,没有人比八十年代的"先锋作家"那样更热衷于谈论自己的"精神史"。诚如余华所说:"我把那个时代所有的作品几乎都读了一遍,浩然的《艳阳天》、《金光大道》,还有《牛田洋》、《虹南作战史》……","从《东

---

① 唐小兵:《大众文艺与通俗文学:〈再解读〉导言》,《英雄与凡人的时代——解读20世纪》,唐小兵著,上海文艺出版社2001年版,第263页。
② 黄子平:《"灰阑"中的叙述·前言》,上海文艺出版社2001年版。

方红》到革命现代京剧,我熟悉了那些旋律里的每一个角落"。① 谁又能说,在八十年代传统文学/现代派文学的"转型",这种"历史情结"不会延伸为一种与传统"决裂"的"革命"行动?这种观察,实际还可以延伸为对"伤痕作家"、"先锋作家"和"寻根作家"精神结构中所共有的"理想主义"与"浪漫主义"这条主要历史线索的考量。根据这一视角,人们发现:毋容讳言,在"再解读"批评家的写作经历中很难说就没有上述"资源",只不过他们是在遮蔽、去除自己曾经有过的"历史记忆"的前提下,对八十年代——革命——历史实行"再解读"的。② 某种意义上,他们在西方"后现代主义"的知识立场上重建了"自我",而八十年代的主流文学指认为"他者"。他们坦然承认:"《再解读》提供的不仅仅是书名和若干论文,而且也是一种文本策略,是对中国现当代文化政治、社会历史的一次借喻式解读。"③

不过,正是在上述差异巨大的"解读"中,"八十年代文学"形成了一个矛盾和不一致的历史"形象"。在它被置入"当代"、同时又被剔除"当代"的复杂过程中,被赋予了正剧/反剧、浪漫/反讽、现实/寓言、意义/非意义、超越/日常和现代性批判/后现代自嘲等一连串相互冲突和不协调价值性的内容。然而,在我看来,正是在八十年代文学这一不断摇晃的时间"钟摆"上,曾经被通行的当代文学史所认可、所确定的许多现象成为了"问题",具有了需要继续研究的价值。

---

① 余华:《阅读》、《音乐课》,《日常中国——70年代老百姓的日常生活》,江苏美术出版社1999年版。
② 李陀、黄子平、孟悦等都曾为八十年代活跃的前卫作家和批评家;在赴国外留学之前,刘禾、唐小兵的"人生教育"也是在国内完成的。也就是说,"八十年代文学"及其文化,形成了他们相当牢固的"历史记忆",是一个不争的事实。尽管有人批评他们的文学批评是一种新形势下的"挟洋自重",但这种批评给当前文学研究带来的新视角和新活力却不能否认。
③ 唐小兵:《大众文艺与通俗文学:〈再解读〉导言》,《英雄与凡人的时代——解读20世纪》,唐小兵著,上海文艺出版社2001年版,第263页。

二、"现代派文学"之争

如何"理解"八十年代，1980年、1983年发生的"朦胧诗论争"和"现代派"之争以及后来的"清除精神污染"运动，是一个不能不说的重要话题。

1978年，由于"改革开放"政策的策略需要和强力推动，走向世界——世界主义文化——现代派文学于是在"现代化"的名义下被连接为一个历史的链条。在文学界，鼓吹不鼓吹"现代派"、接受不接受"现代派"的创作技巧和想象方式，往往成为判定一个作家创作是"保守"还是"解放"的一道重要的分界岭。1982年7、8月，因冯骥才、李陀、刘心武三位作家联名发表而"轰动一时"的《关于"现代派"的通信》，就曾确定为这样一些"标准"。例如，"模仿"还是"再创造"，"洋化"还是"吸收"，"异端"还是"探索"，"封闭"还是"开放"，是"问题"还是"焦点"等等。由于前者被暗指为"四人帮时期"的思维，后者被赋予了"我们的时代"的新的"含义"，所以才会引申出"寻找、发现、创造适合表现我们这个独特而伟大时代的特定内容的文学形式，我们作家注意力的一个'焦点'"的重要结论。①

但是，八十年代"现代派"的"过激"主张，却遭到明确而坚决的抵制。② 不过，有意思的是，文学界由此而出现的"分裂"，不是要不要"探索"和"创新"，而是"探索"和"创新"到什么程度，这创新的"主导权"由谁来"掌握"的问题所造成的。而它的"焦点"，则来自对与"现代

---

① 参见冯骥才、李陀、刘心武：《关于"现代派"的通信》，《上海文学》1982年第8期。
② 陈为人在《唐达成文坛风雨五十年》中首次披露，在"清除精神污染运动"前后，当时最高层对"苦恋"、"异化"的认识是不一致的。也就是说，在"一手软"、"一手硬"思想最终形成的过程中，如何区别"现代化"与"西方思想"？怎样划定它们之间的界限，区分什么程度的"现代化"（包括现代化的"文化观念"）才真正符合"中国特色的社会主义"的正统标准？以及对"批判"力度和分寸的掌握，等等，在当时高级的文学管理者那里，实际存在着较大差距。这一差距，直接影响到了文学界对"人道主义"、"现代派"和"异化"等问题的讨论使其处在前后矛盾和暧昧不定的状态。香港溪流出版社2005年版，第111—157页。

派"密切联系的"西方"文化价值观的不同理解和解读。李陀认为,"现代小说"不等于"现代派",但他同时又指出,既然"当年马克思、恩格斯为了反映当时那个时代的新的实践",没有沿袭"黑格尔、费尔巴哈、李嘉图",而"创造了多少新概念和新提法",鲁迅、郭沫若"对西方现代和当代文学的吸收和借鉴有目共睹","为什么他们昨天做的事我们今天就不可以做?"① 作者其实想说,"西方"的文化和文学(实指"现代派文学"),正是因为有马克思、恩格斯和鲁迅等人的"吸收"和"创新",就很难再与什么"崇洋"呀、"投降"呀"挂钩"。郑伯农正好持相反意见,他批评说,虽说对西方现代主义文艺,我们不应当"采取全盘排斥的态度",但它"世界观、艺术观是以个人主义、反理性主义为基础的"。而他们的"表现自我",则是"作为和表现生活、表现人民相对立的口号"提出来的,所以,他主张应该把"现代派文学"之争提到是坚持"社会主义"还是坚持"现代主义"的思想高度来认识。② 权威批评家则指出,十一届三中全会以来,由于"广大文艺工作者辛勤劳动","文艺出现了空前的繁荣",但是,文艺界也出现了"一些问题",有"严重的混乱"和"精神污染"的现象。它明确指出,有些人鼓吹西方所谓"现代派"思潮,在思想根源上是与"抽象的人道主义"、"色情或宗教"、"反理性主义"、"一切向钱看"等等"歪风"联系在一起的。但它同时又强调,对"错误"的观点和同志,"要采取与人为善的态度",让他们"合情合理"地答辩和"诚恳"地自我批评,不要再"重复"过去那种"简单片面"、"粗暴过火"、"残酷斗争"和"无情打击"的处理方法。③

之所以会因引进"现代派"而最终导致"清除精神污染"运动,是因为西方"现代派"文学在当代文化中的特殊位置所决定的。它原指19世纪

---

① 参见冯骥才、李陀、刘心武:《关于"现代派"的通信》,《上海文学》1982年第8期。
② 郑伯农:《在"崛起"的声浪面前——对一种文艺思潮的剖析》,《当代文艺思潮》1983年第6期。
③ 《人民日报》评论员:《高举社会主义文艺旗帜 坚决防止和清除精神污染》,《人民日报》1983年10月31日。

的唯美主义,20世纪后的后期象征主义、表现主义、意识流、超现实主义等,60、70年代的存在主义、新小说、黑色幽默等各色现代主义文学思潮。在西方语境中,"现代派"文学主要表明文学观念的"分化";而在冷战背景中的中国式思维中,它被笼统地指认为一个具有文化侵略性的价值"整体"。而八十年代沿用的正是这一带有"戒心"色彩的传统思维。"西方文化"(包括属于西方文化现代分支的"现代派文学")曾经在中国大陆文化界丧失过合法的"生存权",并被冠以"资产阶级腐朽思想和艺术形式"、"小资产阶级情绪"等贬义性的名称。在八十年代,这一僵化的文化想象虽被"突破",并做了思想/艺术、吸收/批判、改革开放/个人的语义区分,和姿态上的"松动",但它的"异质性",反而在争论中被进一步鲜明地强调和申明。

"现代派文学"之争,事实上牵涉到如何理解和从什么层面上理解"现代化"的问题。而对与"现代化"整体方案有关的文学、艺术"引进"过程中的"受阻",都可能在社会公众中成为一个敏感问题。这一点,被作家徐迟非常敏锐地捕捉到,他指出:"这次讨论是较少联系到西方世界的经济发展的。它们较少联系到西方社会物质生活给予现代派艺术的兴发以决定性的影响。我们这里的评论界,以及学术界是不怎么喜欢谈经济关系的。置政治与经济之上,我们探索问题往往从政治着眼,而无视于经济的因素,甚至经济学论文也是谈论政治大大超过了经济探讨的。现在,谈现代化建设的文章也是一样,大谈其现代化建设的政治意义,很少谈甚至完全不谈现代化建设的经济内容。一句话,政治太盛,经济唯物主义不发达。"① 作者之所以将文章题目明确为《现代化与现代派》,他实际指出的是八十年代文学/政治的最大的"矛盾"。他所批评的,正是将经济/政治、社会/文学、进步/个人人为割裂的二分法思想。确切地说,如果说"新时期"初期的"伤痕文学"在本质上是一种与"改革开放"如出一辙的"大叙事"的话,那么,随着"物质生活"的刺激,现代派文学的"小叙事",势必会被视为

---

① 徐迟:《现代化与现代派》,《外国文学研究》1982年第1期。

是对"集体主义"、"革命乐观主义"、"团结一致向前看"等社会谱系学的直接威胁。因此，文学与政治的关系，某种程度上是理清"现代派"文学之争诸多复杂历史线索的一个重要的视角。但反过来，也可以从中理出八十年代"现代派"作家如何将与政治的"脱轨"看作是最终实现"纯文学"目标的"根据前提"的这样一条更为重要的文学史线索。

三、"纯文学"与文学史重构

1985、1986年，"文学的'根'"、"文学主体性"、"新小说"和"向内转"等"纯文学"主张在文学界甚有市场①，它被视为"新时期文学"摆脱极左文艺路线控制，恢复文学"自主性"的一个重要转折。在引起很大争议的文章《论新时期文学的"向内转"》中，鲁枢元的主张非常典型地代表了当时人们对"理想文学"的理解，他指出：中国现代文学的"向内转"最早始于"五四"运动前后，"鲁迅的小说，除了一部分篇章表现手法较为写实、故事情节性较强、与批判现实主义的文学传统较为贴近外，还有更多的篇章，或者写人物的情绪体验、重在描述人物的心灵历程"②。在他看来，这一"情绪性"、"心理性"和"象征性"的创作倾向，正是鲁迅小说区别于中国十九世纪的"社会谴责小说"和十九世纪"批判现实主义小说"的"重要标志"，证明他不仅仅是属于"中国现代文学"的，也是属于"世界现代文学"的。按照这一"纯文学"标准，他认为，二十年代后半期的文学，尤其是新中国成立后的文学所主张的文学的"工具"论、"武器"论，表明了"文学开始由内向转入外倾"的"非文学倾向"，"随着一个崭新的历史时期的到来"，中国文学"才终于又回到文学艺术自身运转的轨道上来"。而"纯文学"的"现代化"，一定程度上呈现出"主观性"和"内

---

① 这一期间，这些作家、批评家虽然并没有将上述主张明确表述为"纯文学"，但是，它的摆脱政治控制的"纯粹"文学观却是明确无疑的。后来，李陀在《上海文学》1999年第3期上发表《漫说"纯文学"》一文，抱怨"九十年代文学"的"非文学"倾向，而他使用的正是八十年代的这种"纯文学"标准。
② 鲁枢元：《论新时期文学的"向内转"》，《文艺报》1986年10月18日。

向性"这一与西方文艺从十九世纪向二十世纪"过渡"的"主导趋势"接轨的态势。

以鲁迅和"五四文学"为标准,重审乃至颠覆五十、六十年代文学和左翼文学,在此基础上建构八十年代的"纯文学",是当时文学界通行的"意识形态"。这反映了重组文学资源,并进一步重构"文学史"的时代性愿望。不过,与作家、批评家相比,学者们却有着更为自主和明确的"重述"文学史的目的。在"二十世纪中国文学三人谈"和"重写文学史"中,这种"重述"的重要变化是,一种文学/政治"对立"的解释模式,取代了传统的文学/政治"相结合"的解释模式,从而赋予了文学史写作新的视野和活力。过去的文学史,"主要还是一种'纯物理时间',或者'政治史时间',而不是'文学史时间'"。因此,恰如陈平原所言,真正的文学史叙述可能恰好与权威叙述相反,"二十世纪中国文学"之所以能够成为"世界文学"的一部分,就是因为它具备了"世界文学"那些个"核心概念",例如"改造民族灵魂"、"悲凉"、"焦虑"、"艺术思维的现代化"等等。但是,怎样使"重要的文学现象能够'凸现'出来"呢?钱理群非常肯定地说:"现代中国很少'为艺术而艺术'的纯文学家,很少作家把自己的探索集中在纯文学的领域",但他强调要对它采取历史学、伦理学、经济学和社会学等"综合研究的方法"。然而,黄子平明确反对这种有可能对"纯文学"的另一层"遮蔽",他强调说,我们常常感到困难的是文学史与思想史、史料史、出版史的区分,如果那样,"文学史的独立品格没有得到发展"。他接着指出,虽然"各门学科之间可以互相配合、互相渗透","但是它们'过继'给文学史之后,必须'姓文学史'才行"。①

由"纯文学"到"纯文学"意义上"文学史"重构之所以连续发生在1985年、1986年,一是由于它缘发于"中国社会文化心理的动因"。恰如有人指出的:"'向内转'体现了浩劫后某种强烈的社会心理对于文学艺术

---

① 钱理群、黄子平、陈平原:《关于"二十世纪中国文学"的对话》,《读书》1985年第10期、第11期、第12期和1986年第1期、第2期、第3期。

的需求",如果西方现代文学的"向内转"与两次世界大战带来的"人性的扭曲和心灵的破裂"有直接关系,"文化大革命"造成的"内伤"所需要的发散、升华,则为"'向内转'提供了广阔的空间";另外,也有对长期以来"束缚作家手脚的机械的创作理论的反拨"的成分,"诗人、作家充当了艺术叛逆者的角色。"① "二十世纪中国文学"的提倡者也承认,1985年的"方法年",对他们"文学史模式"、"系统"等说法均有一定的启发。② 事实上,八十年代的作家和学者一直是生活在"文革"的"潜伤痕"的记忆之中。在一定程度上,反"文革"的意识形态既极大地构成了他们这一代人非常特殊的文学观念和知识立场,这种强烈的"潜意识"也始终徘徊在他们精神世界深处,而久久不能离去,成为他们认识世界、自我的一个相当固执的视角,和"想象文学"的方式。他们看问题、思考问题乃至处理问题的方式,始终离不开这一"大背景"。说八十年代文学思潮、文学史意识某种程度上是"文革"浩劫另一意义上精神的"副产品",应该不算是夸大其词。所以,刘再复才会说:"在现实生活中,人由于受制于各种自然力量和社会力量的束缚","往往自我得不到实现,自己不能占有自己的本质",因此,"在艺术中,人对自身本质的占有,最根本是人对自己的自由情感的占有"。③ 陈平原才会说,过去的文学史,是"纯物理时间",或者"政治史时间",而不是"文学史时间"。实际上,他们所构筑的文学观念和文学史,正是"文革"——"新时期文学"这一带有鲜明"政治史时间"烙印的"进化论"的想象秩序。在这样的知识视野中,一种用政治方式来反政治的一大批文学概念被生产了出来,但显然,它们恰好是站在"工具论"、"武器论"和"服务论"的另一面的。它们是:"自我"、"情感"、"主体性"、"悲凉"、"焦虑"、"文学现象"、"艺术思维的现代化"、"向内转"、"超越"、"革新"、"探索"、"创造"、"重写"、"文化的根"、"文学即形式"、

---

① 鲁枢元:《论新时期文学的"向内转"》,《文艺报》1986年10月18日。
② 钱理群、黄子平、陈平原:《关于"二十世纪中国文学"的对话》,《读书》1985年第10期、第11期、第12期和1986年第1期、第2期、第3期。
③ 刘再复:《论文学的主体性》,《文学评论》1985年第6期,1986年第1期。

"我是马原"、"二十世纪中国文学"、"自由"、"解放",等等等等。在这一长长的知识谱系中,八十年代"纯文学"的文学史地图毫无遮拦地展现在人们面前。

但这种"文学史重构"忽视的,正是文学本身的辩证性和复杂性。伊格尔顿在《审美意识形态》中指出:"人们认为美学依然持有一份不能降低其特殊性的责任,美学应向人们提供一个看来属于非异化认知模式的范式",但是,"美学始终是一个矛盾的、自我消解的工程,在提高审美对象的理论价值时,人们有可能抽空美学所具有的特殊或不可言喻性"。他还尖锐地批评道,如果不承认文学艺术与"物质的发展过程紧密相连",不承认它就在"各种社会形态"之中,那他只会像十八世纪的知识分子那样,"一边啜饮红葡萄酒,一边虚构用来解决他们的政治困境的美学概念",而使文学"成为一块孤立的飞地"。①应该说,"纯文学"是一个有意"超越"当时意识形态(物质的、社会形态的)语境的文学史概念,它对摆脱僵化的"现实主义"不失积极意义。但是,这种对文学的简化式"构造"和"孤立"的书写,可能一定程度上又遮蔽了当时文学实际存在的复杂状态。重返"五四"和鲁迅——与西方现代文学实现接轨的文学自救之路及其思维方式,使肤浅的浪漫主义、理想主义在当时大得其道,大为盛行,而失去了充满矛盾然而却深沉自在的文学语境。到 1989 年,连"重写文学史"的提倡者都已经朦胧地意识到:他们这样做,"不过是在原有的政治教科书式的标准旁边另外讨论一个或一些研究标准,而不是取而代之,更不存在推翻以往文学史的政治结论,把过去的文学史定论统统翻过来的意思"。②

四、"文化热"与"文学多元化"

1985 年,一个史称为"文化热"的思潮在中国知识界兴起。它改变了长期以来"一家之说"的固有门框,而将世界五花八门的百家学说毫无保

---

① [美]特里·伊格尔顿:《审美意识形态·导言》,广西师大出版社 2001 年版。
② 陈思和、王晓明:《关于"重写文学史"专栏的对话》,《上海文论》1989 年第 6 期。

留地"拿来",其热闹、繁杂之程度不让"五四"。一时间,"系统论"、"信息论"、"控制论"、"原型批评"、"第三次浪潮"、"精神分析学"、"接受美学"、"新批评"、"形式主义批评"、"结构主义"、"第二性"、"魔幻现实主义"、"新小说"等等"提西入中",使人们大受刺激、思想为之刷新。与之同时,"文学多元化"竞相呼应,"寻根小说"、"先锋小说"、"第三代诗歌"、"先锋话剧"、"新写实小说"纷纷登场亮相。"'文化热'揭开了当代中国符号资本'原始积累'的帷幕,其规模之浩大,足以作为近代史上继洋务和五四之后的又一高峰。大批二十世纪西方哲学、史学、文学批评、政治学、社会学和经济学基本著作的译介带来了当代中国话语生产的一次飞跃。它不但使中国知识分子在世界性的当代背景下反思和'重写'历史和想象未来,更通过具体的话语操作和语言习惯,将当代中国的经验表达紧密地编织进以西方话语为中心的国际符号生产的分工和秩序网络之中。"①

在"时过境迁"之后,张旭东对"文化热"的"重评"具有一定的代表性:"十年后的今天重读这些带着'文化热'余温的文字,恍然间像在经历一场意义的招魂仪式。离开活生生的时代氛围,离开特定的交流空间,意义便失去了直接的、不言自明的有效性。"但他也指出:"当言论作为'文本'再次试图进入公共领域的时候,它内在的多义性或歧义性,与其说让它摆脱了时间的纷扰,不如说把它全盘交付给它自身尚待言明的历史性。"② 事实上,"文化热"一开始就预设了一个"文化热"/"文化专制"二元对立的知识模式。它试图突破由权威意识形态所设计、主导的"新时期文化"的言说规范和范围,而将当代中国文化(文学)纳入到"全球化"的知识谱系当中,并将之视为文学真正走向"独立"和"民主"的一个重要标志。赵毅衡明确指出:"所谓新批评派的理论,指的是他们关于文学与

---

① 张旭东:《幻想的秩序——批评理论与当代中国文学话语·序言》,牛津大学出版社1997年版。
② 张旭东:《幻想的秩序——批评理论与当代中国文学话语·序言》,牛津大学出版社1997年版。

现实关系、文学特性、内容与形式关系、作品的辩证构成等问题的基本方法"。引入"新批评"理论，显然是要质疑、至少是想绕过"思想标准第一"、"艺术标准第二"、"内容决定形式"、"为谁服务"、"立场问题"、"主题"和"题材"等权威、经典性命题，"重构"另一套文学概念，"所谓方法论，指的是批评的指导方针"。① 胡经之、张首映同样是将"文化热"当作相对于过去历史的一个"开放和发展"的重要概念来认识的，他们说："近代世界和中国的历史都表明，拒绝了解和接受外国的先进科学文化，任何国家、任何民族要发展进步是不可能的，一个国家的文艺理论建设也同样是这样。"他们意识到，就在"新名词"、"新概念"被大量采用的过程中，会难以避免出现某种"时尚化"倾向，"重复传统见解在西方当代文化中是没有地位的"；但他们辩解说："这并不是说西方人完全抛弃和否定了传统文化，而是说，他们在传统文化基础上更大胆更迅速地向新的方向探求。这便是西方当代文论中的新流派、新观点、新词汇超越以往任何世纪的文化氛围。"②

确实如张旭东所言，离开"活生生的时代氛围"和"特定的交流空间"，就很难理解"文化热"这一"新时期文化时尚"具有的"直接的、不言自明的有效性"。几乎是与当时国内的"开放气氛"一拍即合，一本叫做《第三次浪潮》的"时尚"著作曾经对"未来社会"做过如下夸张的"描述"。在这本书中，作者使用了许多吸引眼球因而具有极大"蛊惑性"的"新词汇"："超越斗争"、"音乐工厂"、"报纸满天飞"、"市场的含义"、"标准化"、"专业化"、"空间的重新组装"、"明天的工具"、"多样化的传播"、"以家庭为中心的社会"、"不生育的文化"、"多重的基本任务"、"全球意

---

① 赵毅衡编选：《"新批评"文集·前言》，中国社会科学出版社1988年版。
② 胡经之、张首映：《西方二十世纪文论史·绪论》，中国社会科学出版社1988年版。在知识界"探求"过程中，1986、1988可以说是"文化热"的"出版年"，以中国社会科学出版社、北京三联书店和上海译文出版社等大牌出版社为译介中心的诸多学术丛书，如"外国文学研究资料丛书"、"现代西方学术文库"、"当代学术思潮译丛"等先后问世，对国内知识界的"思想拓新"、"知识转型"、"概念更换"起到很大的作用。许多忝列这些丛书的译者、学者，因此而成为"文化热"中的风云人物和"学界名流"。

识"、"共同的起跑线"、"不同的下一代"、"黑洞"、"世界如网",等等。①事实上,作者托夫勒指出的未来社会的"多元化",似乎已在1985年开始的中国文学的"多元化"浪潮中得到了某种"应验"。如果说《第三次浪潮》所预设的社会结构"多元化"是由科学技术对传统社会价值的巨大破坏性冲击所造成的,那么,当代中国文学的"多元化",则直接由于"一元化"价值行将面临的崩溃危机和市场经济"新意识形态"对文学更大而丰富生存空间强制性地"接生"。批评家吴亮曾经在《新小说在1985年》一书的"前言"中兴奋而不无困惑地表示:"1985年的小说在多样化方面取得了明显的进展。"在"多元化"的文学变局面前,他抱怨道,"往年,几乎没有无法评论的小说但这种情况在1985年不存在了,评论感到了无法言说的困难"。②该书的另一个编者程德培在"后记"里也承认,"关于什么是好小说的标准也是众说纷纭。我们不敢说收在这本集子里的小说都是好小说,更不敢说1985年所有的好小说在这里囊括无遗了"。但是在这里,新锐批评家却在为"什么是好小说"而苦恼;在"文学多元化"历史性地"昙花一现"后,新时期刚刚确立的"新小说"的"标准",或者新潮文学的"标准"就在毫无准备的情况下走向了终结。

事实上,在当时文学史家、批评家的社会观、文学观中,"文化热"与"文化封闭"、"文学多元化"与"文学一元化"、"世界化"与"本土化"之间的对立紧张,以及前者对后者的"超越",几乎无一例外是被视为文学"进步"的历史标志的。但是,在文化热的"高潮"中,文学史家和批评家实际上很难看清楚"文化热"和"文学多元化"所潜伏的"危机"。例如,由于文化热"绝对相对主义"对传统价值观的怀疑、撕裂和碎片处理,使新文化的"重建"始终处在"颠覆经典"的威胁之中,它与市场经济的

---

① 参见[美]阿尔温·托夫勒:《第三次浪潮》,生活·读书·新知三联书店1984年版。在该书"译者前言"中,译者朱志森、潘琪、张森称它是一部"未来学"著作,"它探讨的是:关于科学技术和社会未来发展的前景,揭示按照人类所作的各种选择走向未来的可能性"。

② 吴亮、程德培编:《新小说在1985年·前言》,上海社会科学院出版社1986年版。

"接轨"更是催生了文化功利主义和"多样化"的投机色彩。例如,"文学多元化"在排斥政治含义中的"文学一元化"的同时,也排斥了文学精神、价值观在文学创作中应有的地位,从而使文学成为一种"空心化"、"姿态化"和"潮流化"的典型操作。在它鼓吹的"日常叙事"、"个性化写作"中,真正意义上的"个人写作"实际是无法立足的。而上述"功利主义"和"姿态性写作"所造成的危害,已为九十年代后相对混乱而无序的文坛现状所证实。

"文化热"和"文学多元化"真实地呈现了人们对当时文化和文学理想的简单化理解,但它很大程度上仍然是以"一元化"(譬如"二元对立")的模式来推动的一种文化和文学实践。鲁枢元在倡导文学创作"向内转"的同时,有意在"外向的"、"写实性的"和"再现客观"等"多样化"写作的存在,据此他判定:"'向内转'的文学艺术已经成了新时期中国人民审美意识中的一个主要因素。"① 在以挖苦的口气描述再现客观小说纠缠于"行真"和"非真"的现象时,吴亮是这样推崇马原的小说"叙述"的:"我认为迷信文字叙述的小说家是真正富有想象力的","最好的小说家"其实是"直接活在想象的文字叙述里"。② 与"新批评家"大胆追求"艺术民主"同样"触目惊心"的,是他们对其他人"艺术民主"权利这种讥讽和专断的态度。"文化热"本来是一个使更多人的"想象力"获得更大发展的知识平台,而在"新批评家"(当然不是全部)心目中,则被理解成了"个人"知识权力的某种"专利品"。可能正是看到了"文化热"、"文学多元化"与其具体落实过程中的距离,有人尖锐地指出:在八十年代,它实质上是一个"未完成的现代性规划",而它对新话语的"过度阐释"和极端的"先锋性",则使它后来难以与市场经济文化"共存",必然地成为"后新时期、都市风景中无家可归的游魂"。③

---

① 鲁枢元:《论新时期文学的"向内转"》,《文艺报》1986年10月18日。
② 吴亮:《马原的叙述圈套》,《当代作家评论》1987年第3期。
③ 张旭东:《幻想的秩序——批评理论与当代中国文学话语·序言》,牛津大学出版社1997年版。

五、替"自我"和"大众"重新命名

八十年代文学被看作是对以左翼文学为基础的五十至七十年代文学替代性的"改朝换代"。其中,对后者许多"核心概念"的改写和更换,例如对"自我"和"大众"的重新命名等,便成为"八十年代文学之建立"的一个重要支撑点。不理解这一点,就很难理解"缺德与歌德"之争、"朦胧诗争鸣"、"人道主义讨论"、"异化问题"、"现代派文学问题"、"现代技巧和现实内容"等等现象背后的历史线索和叙述点。

不过,一种明显带有"五四"商店标记的将"自我"与"时代精神"、"生活"、"人物经历"和"劳动场景"相对立的"新表述",与"五四"对于后者的亲和力却有着较大的差异。而孙绍振则把这一对立现象看作是"新的美学原则"的"崛起",他说:"他们不屑于作时代精神的号筒,也不屑于表现自我感情世界以外的丰功伟绩。他们甚至于回避去写那些我们习惯了的人物的经历、英勇的斗争和忘我的劳动的场景。他们和我们五十年代的颂歌传统和六十年代战歌传统有所不同,不是直接去赞美生活,而是追求生活溶解在心灵中的秘密。"① 与孙文将"自我"从"历史"中"剥离"的做法不同,徐敬亚的《崛起的诗群》一文强调"自我"应该包括在"一个个普通的中国现代公民"之中。但他对"现代公民"(大众)"不在场"的虚拟化处理,被"自我"那种实在的"人的权利"、"正常要求"的具体定义所遮蔽的做法,仍然反映了作者将"自我"置于"大众"生存价值之上的精英视角。② 而将"自我"的理解"具体化"还是"现实化"?同样是周扬与胡乔木关于"异化"问题论争的一个主要聚焦点。因为这实际已直接威胁到"大众"在"社会主义"语境中的"合法性",以及对它的历史性、权威性因此具有不可动摇性的"阐释话语"。

更有意思的,是季红真的成名作《文明与愚昧的冲突》一书。在新时

---

① 孙绍振:《新的美学原则在崛起》,《诗刊》1981年第3期。
② 徐敬亚:《崛起的诗群——评我国诗歌的现代倾向》,《当代文艺思潮》1983年第1期。

期小说"基本主题"的框架中,她设定了"文明"与"愚昧"两个对立的概念。在她看来,代表了"文明"一方的毫无疑问是那些"有知识、有文化、有思想、有良知"的"知识分子"(自我)以及创造了这些艺术形象的"作家们";而代表了"愚昧"一方的则是李顺大等在"政治的动荡"中逆来顺受和"跟跟派"的农民。这一精神的"愚昧"状态和"传统文化心理",被看作是影响"文明"进步和发展的巨大"障碍"。在这种"歧视性"的认识里,农民——大众被纳入具有贬低色彩的叙述中。据此,她引用作家高晓声的话说:"李顺大在十年浩劫中受尽了磨难。但是,当我探究中国历史上为什么会发生这场浩劫时,我不禁想起李顺大这样的人是否也该对这段历史负一点责任","他们的弱点确实是可怕的,他们的弱点不克服,中国还会出现皇帝的"。① 而与此相对照,知识分子(自我)在同样历史"命运"中的"责任"不仅未受到怀疑,反而获得了"正面"评价,被认为"展示了一部分知识分子在为理想斗争的道路上艰难跋涉的足迹","他们在被扭曲的逆境中,对祖国和人民不变的忠诚"。② 显然,高晓声这段话,是"五四"精英们典型的口吻,同时也是"五四"新启蒙逻辑被八十年代文学精英所继承的一个重要例证。但"五四"作家在对大众的"批判"性叙述中,并未排除对他们历史处境的深切同情;他们在"反思"历史的同时,也把这一锐利的反思视角对准了"自我"。而"五四"在对自我和大众的"命名"中所表现的历史认识的复杂性和丰富性,恰恰映照出了八十年代文学在这一认识上的局促和狭隘。

八十年代文学对"自我"和"大众"的重新命名包含着推翻五十至七十年代文学权威定论的历史目的。它响应着"新时期文化"重新"启用知识分子"因而"大众"的社会地位随之而降低的历史策略。但是,与"五四"时命名的"纯粹性"比较,前者的"重新命名"中已经包含了不够"纯粹"的政治性的意味。在这一"重返"的历史巨变中,你会感觉这时期

---

① 季红真:《文明与愚昧的冲突》,浙江文艺出版社 1986 年版,第 159—166 页。
② 季红真:《文明与愚昧的冲突》,浙江文艺出版社 1986 年版,第 159—166 页。

的"自我"并没有回到"五四"新型知识分子的层面,这些平反文人反而拥有了许多中国古代那种官方文人的文化气味和心理情结。也就是说,虽然在"命名"过程中,文坛精英们大量使用了"五四"的话语包括话语方式,但实质上,他们对"自我"和"大众"的认识依然没有脱离传统士大夫的基本概念范畴和视野。某种意义上,他们发动的实际是一场"文学复古"运动,即,使"革命文学"重新回到"传统文学"的话语谱系之中。这样,"自我"仍然被建构为高于"大众"阶层之上的精神群体,对后者有突出而鲜明的优越感。对"自我"平反,也即对那种曾经在历史中失落的"先天下之忧而忧,后天下之乐而乐"的精神贵族文化的平反。因为,在徐敬亚和季红真所叙述,也即八十年代非常流行的话语谱系,如"自我"、"人民"、"祖国"等中,人们不难将之与"士"、"民"、"天下"和"社稷"等令人眼熟的传统话语谱系联系起来。

不过,对"自我"和"大众"的重新命名所促进的八十年代文学的"转型",同时也使它变成了"五四"文学的知识分子精英文学。在这一"重绘"的文学地图上,"大众"包括他们的"大众文学"实际毫无立足之地。正像"五四"新文学对"鸳鸯蝴蝶派"一直通过实施打压来建立自己的"文化霸权"一样,八十年代文学(尤其是现代派文学、先锋文学)对"大众话语"(包括其生存状态、心理需求等)的叙述冷漠也同样比较刺眼。因此可以说,对"自我"和"大众"的重新命名在"解放"了文学艺术家思想和审美意识的同时,又带来了某种"负面"结果——即对大众"通俗文学"的压抑、封锁,和对文学市场的有效垄断与控制,从而造成了八十年代文学长达十年的"一元化",对主题、题材、手法和技巧的丰富性形成一定的损害。谁能想象,这是在经历了"百花凋零"的年代之后,在文学的另一意义上的"百花凋零"和贫乏单一?而事隔多年,王蒙批评一位女作家创作时的一段话,可能更容易促使人注意到当时问题的复杂状态:"如果书中另外一些人也有写作能力,如果他们各写一部小说呢?那将会是怎样的文本?不会只有一个文本的。而写作者其实是拥有某种话语权利的特权一族",可是,"怎么样把话语权利变成一种民主的、与他人平等的、有所自律的权利运用而不变成一种一面之词的苦情呢"?①

不难看出，八十年代的文学史叙述，是以"新启蒙"为基础的知识分子文学话语贯穿始末的。"现代派文学"、"纯文学"、"文化热"、"文学多元化"以及对"自我"和"大众"的新命名，在这一固定的历史坐标上展开、起伏和延续，从而建构起了精英文学（或说"纯文学"）对其它文学样态压抑性的"话语霸权"。也许，正像一位学者在批评"五四"文学时所说的那样："以五四为主轴的现代性视野，是怎样错过了晚清一代更为混沌喧哗的求新声音"，"五四其实是晚清以来对中国现代性追求的收煞——极匆促而窄化的收煞，而非开端"。② 我们也可以说，在摆脱了僵化体制的控制之后，八十年代文学是怎样"错过"了与自己不同的、其它的多种可能性。在这个意义上，由"新时期"现代性规划所催生、引导和限定的"八十年代文学"，实质上是一种单一性的文学史叙述。可是，就在这一过程里中断的"多样化"文学史叙述的碎片中，我们发现了另一些也许比八十年代文学本身更加重要的"问题"。例如，"现代派文学"时尚对"伤痕文学"继续深入的压抑和转向，"纯文学"的存在实际推迟了对"非文学"现象和生产方式早一点儿的丰富认识和研究进程；例如，"文化热"和"文学多元化"在克服文学界的"政治崇拜"的同时，是不是也走向了信念、价值上的"绝对相对主义"？又例如，由于"自我"的发现和正名，是不是因而导致了另一种极端，即文学创作与社会历史的剥离，对"大众"生存状态的底层关怀？再例如，它在获得写作"自由"、"创新"、"探索"等权利时，也因此牺牲了真正多样性的文学史叙述的机会和可能？以至可以严苛一点问：在"五四"十年，胡适、周作人和鲁迅的言论实际已"走出"了"五四"，而且比一般作家显然要丰富与复杂。但是，在八十年代这十年，作家

---

① 王蒙：《张洁：极限写作与无边的现实主义》，《不成样子的怀念》，人民文学出版社2005年版，第248、249页。
② 王德威：《被压抑的现代性——没有晚清，何来"五四"?》，参见《想象中国的方法》，生活·读书·新知三联书店1998年版，第16、17页。当然，不排除作者的这一见解受制于海外学者重晚清、轻"五四"的普遍看法，但它对思考"五四"文学的局限性和有关问题，仍有一定的启发。

却为什么没有对自己时代的"超越"呢？可惜时光不能倒流，人生不能再来一次，遗憾也无法弥补——我们不能简单地责怪八十年代那些勇敢的文学前驱和探索者。然而，却可以说，如果真是那样——该多么好！

（原载《山花》2005年第11期）

文学分期中的知识谱系学问题
——从"当代文学"的"说法"谈起

李杨

一

知识谱系的差异常常表现为不同的问题意识。在一种谱系中被视为生死攸关的大问题,在另一种谱系中却可能是不折不扣的伪问题。反之亦然。90年代以来中国知识场域中发生的学术论争大都可作如是观。近年来学者们围绕"当代文学"的合法性以及中国文学现当代文学分期的讨论就是一个例子。在一篇题为"给'当代文学'一个说法"的文章中,许志英先生明确指出无论是"当代文学",还是"当代文学史"都缺乏作为一门学科的合理性,主张用"现代文学"来整合"当代文学",将目前属于"当代文学"范畴的"50—70年代文学"乃至"新时期文学"、"后新时期文学"统统划归"现代文学","不仅现在的文学可叫做现代文学,就是几十年甚至几百年之后的文学也可叫现代文学",而"当代文学"则用来指称当前的文学。许先生在文章中还回忆了一段公案来说明问题:"记得80年代中后期国务院整理研究生专业目录时,我听叶子铭先生说,起初大家同意用'中国现代文学'来代替'中国现当代文学'。但等到目录公布时,还是叫'中国现当代文学'。原因据说是搞当代文学的一批人不同意取消'当代文学'概念,说当代文学时间比现代文学还长,为什么要取消当代文学的提法,这不是现代文学吃掉当代文学吗?现在看来,这种跑马圈地、各立山头的思路已没有多少市场,人们对从1917年起始到今天为止的中国文学只能作为一个学科,已无多少歧异之见。"①

许先生关于"当代文学"的说法显非一家之言。不仅许多年前唐弢先生就有过"当代文学不宜写史"的定论,近年来现当代文学研究领域的类似观点屡见不鲜②。只是如此众多的学者不约而同地在一个"已无多少歧异之见"的"事实"上郑重其事地费口舌,反而显出问题并不像看上去那么简单。在知识谱系学的视阈中,"现代文学"与"当代文学"都不应该被理解为"历史"或"文学"本身内部固有的东西。抽象的"时代"分期与断代模式因为隐含着有关历史发展的现代性思想,因而绝不只是价值中立的时间范畴。"现代"是在一种线性的年代表(a liner chronology)中确认的,而掌握线性历史标志的"世纪"纪年,却直接源于基督日历。"当我们根据基督日历进行思考时,我们就被限定在某种思想的体系中,把本土的历史看成是世界性的,而这种'世界性',使我们忘记了自身所需的话语空间的类型"③,故柄谷行人认为:"分期对于历史不可或缺。标出一个时期,意味着提供一个开始和一个结尾,并以此来认识事件的意义。从宏观的角

---

① 许志英:《给"当代文学"一个说法》,《文学评论》2002年第3期。
② 陈思和先生在《试论九十年代文学的无名特征及其当代性》(《复旦学报》2001年第1期)中亦指出:"'当代'不应该是一个文学史概念,而是一个指与生活同步性的文学批评概念。每一个时代都有它对当代文学的定义,也就是指反映了与之同步发展的社会信息的文学创作。……'现代'一词是具有世界性的文学史意义的,而'当代'一词只属于对当下文学现象的概括,要区分现当代文学的分期其实无甚意义。"郜元宝先生在《尚未完成的"现代"——也谈中国现当代文学的分期》(《复旦学报》2001年第3期)一文中也持类似观点:"'当代文学'与其说是文学史概念,不如说是文学批评概念,……任何一部介绍当代文学发展的'当代文学史'都只能是一种权宜之计,都不是从史的角度对一段业已完成的文学的充分叙述,而是从批评的角度对身边正在进行的文学的相对比较系统的描写。""对目前活着的三代中国人来说,所谓'1949年至今'的'当代文学',迟早要被整合进它本来就从属的'晚清至今尚未完成的现代文学'。"张业松先生则在《关于'当代文学'的说法》一文中(《中华读书报》2002年11月20日第6版)完全认同上述的将当代文学学科"文学批评"化的方案,指出"现行体制中的'当代文学'纯粹是一种过去时的政治断代,随着时间的不断延展和积累,这个政治化的'当代'在显得日益笨重累赘的同时,其自身缺乏'代'的规定性的实质也暴露得越来越充分,因此被'现代文学'取代就变得不可避免。"
③ [日]柄谷行人:《现代日本的话语空间》,董之林译,载张京媛主编:《后殖民理论与文化批评》,北京大学出版社1999年版,第415页。

度，可以说历史的规则就是通过对分期的论争而得出的结果，因为分期本身改变了事件的性质。"① 在这一意义上，"现代"与"当代"都不是单纯的、中性的时间概念，与此相关的"现代文学"与"当代文学"更不是静态的知识分类，而是以一定的措辞建构起来的历史产物。像所有其它的现代性学科一样，作为一门经过分类的知识，"现代文学"与"当代文学"的发生和发展，都有着特定的意识形态涵义与内在的权力背景。如果没有批判的反思，这些概念中的任何一种都可以被用作权力的工具。因此，能否在定义、寻找、批评和讨论"现代文学"、"当代文学"乃至"现代"、"当代"甚至"文学"时，充分注意到这些概念得以存在的历史前提，就变得至关重要。就本文涉及的"当代文学"合法性及其与之相关的文学史分期问题，我们至少应当就如下问题展开追问："现代文学"的意义是如何确定的？是谁确定的？我们对"现代文学"分期的讨论是在何种语境中提出的？"现代文学"与一些相关的现代性范畴，如"新文学"、"旧文学"、"当代文学"、"传统"之间具有哪些复杂的互动关系？等等。用刘禾的话来说，"因为这一境况关系到知识的条件作用，任何在不同语言和文化之间的穿越往来都要涉及这些条件。我们需要做的是对这些条件本身加以解释，而不仅仅是假定着这些条件"②。

黄修己先生在出版于 90 年代中期的《中国新文学史编纂史》一书③中将 20 世纪新文学史写作中影响最大的"新文学史观"归纳为四种，分别是胡适为代表的建立在"历史进化论"上的新文学观、阶级论的新文学史观、新民主主义的新文学史观与 80 年代中期黄子平等人提出的"20 世纪中国

---

① ［日］柄谷行人：《现代日本的话语空间》，董之林译，载张京媛主编：《后殖民理论与文化批评》，北京大学出版社 1999 年版，第 416 页。
② 刘禾：《跨语际实践——文学，民族文化与被译介的现代性（中国，1900—1937）》，宋伟杰等译，三联书店 2002 年版，第 13 页。
③ 《中国新文学史编纂史》是一部具有"知识考古"意义的著作。将"现代文学"的研究对象从"现代文学"学科之内的问题，转向对诸如"现代文学"如何成为一个学科，即文学史家如何写文学史——或者说是以何种观念来建构"中国现代文学"（又称为"中国新文学"）这一问题的关注，这部著作别开生面。可惜的是黄先生似乎并未对这一工作形成理论自觉。

文学"①。虽然这一分类标准尚可作进一步的推敲，但其提供的知识地形图对我们分析上述问题还是大致有效的。

今天被我们称为"现代文学"的概念曾经被叫做"新文学"。最早的"新文学"定义是由胡适、郑振铎、鲁迅以及《中国新文学大系》的其它编者奠定的。30年代以后出现的大量新文学史不仅以"新文学"为名，更重要的是大都以胡适等人确立的新文学观念来理解和定义"新文学"。这些著作包括周作人的《中国新文学的源流》（1932年）、王哲甫的《中国新文学运动史》（1933年）、张若英的《新文学运动史资料》（1934年）、王丰园的《中国新文学运动述评》（1935年）、吴文祺的《新文学概要》（1936年）和赵家璧主编的影响深远的《中国新文学大系》（1935—1936年），等等②。"新文学"概念虽一直沿用到50年代，但从50年代初开始其涵义已经发生了巨大的变化。50年代中前期最重要的文学史著作如王瑶的《中国新文学史稿》（上卷，1951年；下卷，1953年）、蔡仪的《中国新文学史讲话》（1952年）、张毕来的《新文学史纲》（1955年）、刘绶松的《中国新文学史初稿》（上下卷，1956年）等无一例外使用所谓"新民主主义的新文学史观"来定义"新文学"。王瑶的《中国新文学史稿》率先尝试以毛泽东的《新民主主义论》作为文学史叙述的基本构架，"不但在对文学运动背景分析以及对文学性质的整体说明方面应用《新民主主义论》的经典性政治判断，在文学史分期上也直接参照其中对'五四'后中国政治与社会变迁的几个阶段性说明，并且极力突出《在延安文艺座谈会上的讲话》界碑式的历史作用。而这一切，又直接决定了《史稿》的叙史结构，文学史的分期

---

① 黄修己：《中国新文学史编纂史》，北京大学出版社1995年版，第508—513页。
② 虽然间或有个别新文学史也使用过"现代"与"现代文学"概念，如钱杏邨的《现代中国文学作家》、黄英的《现代中国女作家》以及任访秋的《中国现代文学史》（上卷）（1944年），但其意义指的是"最近几年"，有些类似于许志英、陈思和等人理解的"当代文学"即"文学批评"概念，显然不同于我们后来使用的作为文学史范畴的"现代文学"。

则是试验这种结构的重要方面"①。作为后来被称为"现代文学"学科的奠基之作,王瑶的这部新文学史成为这一时期新文学史写作的典范,其以全新的政治理论重构新文学史的自觉,以及由于时代精神和学者自身的知识谱系等诸多原因导致的两种"新文学史"观念的多重冲突都在同一时期的新文学史著作中有着程度不同的体现②。这使得50年代中前期出现的这批仍然以"新文学"为名的文学史著作带有明显的过渡性。

过渡时期的终结是以作为文学史范畴的"现代文学"的出现为标志的。50年代中后期出现的文学史著作大都以"现代文学"取代了"新文学"。如孙中田、何善周、思基、张芬、张泗洋的《中国现代文学史》(上卷,吉林人民出版社,1957年)、复旦大学中文系现代文学组学生集体编著的《中国现代文学史》(上册,上海文艺出版社,1959年)、吉林大学中文系中国现代文学史教材编写组的《中国现代文学史》(第1册,吉林人民出版社,1959年)、复旦大学中文系1957级学生编著的《中国现代文艺思想斗争史》(上海文艺出版社,1960年)、中国人民大学语言文学系文学史教研室现代文学组的《中国现代文学史》(上下册,中国人民大学出版社,1961年)等。与"现代文学"同时出现的是"当代文学"概念。有影响的当代文学史著作包括华中师范学院中文系编著的《中国当代文学史稿》(该书写于1958年,1962年由科学出版社出版)、山东大学中文系编写组的《1949—1959中国当代文学史》(山东人民出版社,1960年)、北京大学中文系1955级编写的《中国现代文学史当代部分纲要》(内部铅印本,未正式出版)等等。

"现代文学"与"当代文学"联袂登场以后,"新文学"很快就退出了"历史"舞台。与"新文学"是通过以"旧文学"为他者确立自己的主体性

---

① 温儒敏:《王瑶的〈中国新文学史〉与现代文学学科的建立》,《文学评论》2003年第1期。
② 对《中国新文学史稿》的开创意义与过渡性,以及王瑶先生在写作这部文学史时所经历的政治与学术、政治与文学之间"某些难于解脱的紧张",温儒敏先生的《王瑶的〈中国新文学史稿〉与现代文学学科的建立》一文有细致而深入的分析,详见《文学评论》2003年第1期。

不同,"现代文学"与"当代文学"是以另一套现代性话语——以毛泽东的《新民主主义论》为代表的一系列理论著作为基础的。"现代文学"与"当代文学"与毛泽东论述的"新民主主义革命"与"社会主义革命"直接对应。按照这一历史叙述,从五四开始的中国现代文学是"无产阶级领导的人民大众的反帝反封建的新民主主义的文学","它具有新民主主义的统一战线的性质":它包含着多种阶级成分——无产阶级、资产阶级、小资产阶级,以及"残余的封建文学"和"法西斯文学"[①],与之对应的是1949年以后出现的具有"社会主义性质"的"当代文学"。具有"社会主义性质"的"当代文学"是一种比"新民主主义性质"、充满杂质的"现代文学"高级得多也纯粹得多的艺术形式,因此,"现代文学"应当被理解为"当代文学"的准备,从"现代文学"发展到"当代文学",就如同从"新民主主义革命"发展到"社会主义革命"一样,是不可阻挡的历史潮流。

显而易见的是,这一确立于50—60年代之交的"现代文学"是一个附属于"当代文学"的概念。"现代文学"的这一与"新文学"迥然不同的主体地位是在不断的建构中得以完成的。早在1954年周扬就开始"给'现代文学'一个说法",认为"'五四'以来的新文艺从一开始就是向着社会主义现实主义发展的,这是指它的整个发展的趋向而言"[②],因此,当周扬最终在1960年第三届文代会上的报告《我国社会主义文学艺术的道路》中正式确认了"当代文学"性质的同时,也就确认了"现代文学"的性质。由此我们也可以发现,"现代文学"从诞生之始,就不是一个可以自我说明的观念,它的具体涵义是在特定的语境中才能得以确认的。60年代以后,随着激进政治的演进,在不断超越自我的"当代文学"面前,"现代文学"日益萎缩。现代文学史的写作不仅排除了"旧文学",而且逐渐将新文学的右派——资产阶级的文学从新文学中排除出来,伴随着左翼政治实践的激进化,最终将中国现代文学史变成了一部左翼文学史——"无产阶级革命文

---

① 唐弢:《中国现代文学史·绪论》,人民文学出版社1979年版。
② 周扬:《发扬"五四"文学革命的战斗传统》,《人民文学》1954年第5期。

学史"。

　　50—70年代主流文学史叙述的终结是与它依附的政治叙述的终结一道发生的。"文革"的结束,不仅结束了一个政治时代,也结束了一个与政治相呼应的文学与文学史时代。虽然"中国现代文学"与"中国当代文学"一直被沿用至今,但其意识形态内涵却发生了颠覆性的变化。作为政治思想界"拨乱反正"的体现,80年代的主流文学史"将被颠倒的历史重新颠倒过来"的方式,是将50—70年代确立的"当代文学"与"现代文学"的等级制重新颠倒过来,通过所谓的"新时期文学"、"回到五四"、"回到文学自身"的叙述,将"新时期文学"解读为对被50—70年代的"当代文学"中断了的以五四文学为标志的"现代文学"(新文学?)的复归。在文学史写作中,"40年代后期那些在'当代文学'生成过程中被疏漏和清除的文学现象、作家作品(张爱玲、钱钟书、路翎、师陀的小说,冯至、穆旦等的诗,胡风等的理论……)被挖掘出来,放置在'主流'的位置上"①,与此对应,则是在50—70年代被称为"当代文学"中的主流文学开始被逐出文学史。通过这种"重写文学史"的工作,"'现代文学'与'当代文学'的等级也颠倒过来:'现代文学'——而不再是'当代文学'的学科规范、评价标准,成为统领20世纪文学的线索。"② 如果说在80年代初期重印和重新编写的一些中国现当代文学的著作(如北大张钟、洪子诚等人主编的《当代文学概观》)对这种新的文学史等级制的意识尚不够彻底和坚决,也因此被视为"过渡时期"的著作,那么,80年代中期的"20世纪中国文学"以及更为激进的"重写文学史"概念提出以后,对50—70年代建构的"现代文学"与"当代文学"的等级制的颠覆才真正得以完成,并进一步成为80年代以后主流文学史的自觉意识。

　　近年再度出现的关于"当代文学"的诸多"说法"就是在这样的知识场域中展开的。那种在"当代文学"的质疑者看来显而易见的文学史分期,

---

① 洪子诚:《当代文学概说》,广西教育出版社2000年版,第19页。
② 洪子诚指出了这一点,并认为这一等级制已"为'20世纪中国文学'和'重写文学史'的命题所包含"。见洪子诚:《当代文学概说》,广西教育出版社2000年版,第18页。

其实是在80年代这一特定的知识——意识形态语境中才成为"已无多少歧异"的"事实"的。正是从80年代开始,"现代文学"脱离其特定的历史语境,在主流文学史逐渐取代"当代文学",演变成为一个抽象的、非历史的"文学史"概念。只是与80年代主流文学叙述丝毫不加掩饰的政治立场不同,今天的文学史家已经将"现代文学"与"当代文学"的关系转变为"文学史分期"这样的技术问题,仿佛他们讨论的只是现代文学而不是"现代文学"。然而,这个被用来整合20世纪文学的"现代文学"根本不可能是一个纯粹客观的"时间"概念。对这一点,许先生说得非常清楚:"迄今为止,无论'二十世纪中国文学'的概念,还是近代文学的范围应该是由鸦片战争延至中华人民共和国成立的观点,抑或是将现代文学的起点定于1894年、1897年或1902年、1905年等等的主张,都看轻了中国现代文学的本质特征应是'从内容到形式,都具有真正现代意义的文学',无形中也忽略或者说抹杀了'五四'文学革命之于文学现代化的意义。"① 非常明显,何谓"现代",从什么时候开始"现代",在许先生这里是非常明确的。这里的"现代文学"并不是不加引号的现代文学,更不是50—70年代意义上的"现代文学",而是五四时期定义的"新文学"。按照这一叙述,中国"现代文学"起源于"五四","现代文学"的本质定义为五四文学所确立,这样,一个时期的文学是不是属于"现代文学",取决于这一时期的文学坚持还是违背了五四确立的这一文学精神。——"以这样的价值判断来估量五四以来的中国文学,关键就在于,看它是继承、发展五四传统,还是背离、消解了这一传统。"②

"现代文学起源论"必然导引出与之相适应的"断裂论"与"回归论",只不过与其说是"新时期"以后的"当代文学""回归"了"五四",不如说是80年代以后的文学史叙述重新认同了"五四"时期建构的"新文学"叙述。然而,建立在"五四"时期定义的"新文学"意义上的"现代文学"

---

① 许志英:《给"当代文学"一个说法》,《文学评论》2002年第3期。
② 董健:《关于中国当代文学史的几个问题》,《南京大学学报》2002年第3期。

概念是否能够为五四以后近一百年的文学提供框架？尤其是当我们将"五四文学"仅仅定义为"建立在'个人主义的人间本位主义'基础上的'人的文学'"①的时候，这种狭义而抽象的"现代文学"如何概括和容纳曾经以"当代文学"为名的以"阶级"或"民族国家"为认同对象的"50—70年代文学"，如何概括与包容"50—70年代文学"有着内在的精神关联的"新时期文学"，如何解释原属"现代文学"范围的"左翼文学"以及作为五四文学基本内涵的民族国家认同？换言之，一部以"个人主义"、"文学性"为精神信仰的文学史又如何能够理解和解释与这种信仰背道而驰的"不个人"或"反个人"的文学？关于阶级的、民族国家的政治认同又如何能够在那种所谓的纯粹"个人"认同中找到自己的容身之所？

应当一起加以反思的问题还包括："新文学"的构造方式与"当代文学"有没有真正的区别？当我们将"当代文学"斥之为具有强烈排斥性的非文学的"政治"概念——"一个过时的政治断代"的时候，被用来取代"当代文学"的"现代文学"——"新文学"是否就是一个纯粹的"文学"范畴？

二

所谓中国现代文学的本质特征应是"从内容到形式，都具有真正现代意义的文学"，显然来自胡适对"新文学"的定义。胡适在为《中国新文学大系·建设理论集》（1935年）所写的著名导言中总结新文学运动的中心理论有二："一个是我们要建立一种'活的文学'，一个是我们要建立一种'人的文学'。前一个理论是文字工具的革新，后一种是文学内容的革新。"② 胡适进一步指出他自己是"活的文学"的理论阐述者，周作人是

---

① 许先生指出："古代文学虽异彩纷呈，总体上却未能跳出'文以载道'、'代圣贤立言'的框范。近代文学虽然有变，也未能跳出这个框范，梁启超经常被人征引的建立在'新民说'基础上的'小说界革命'的主张，还始终服务于政治变革的目的和要求。而五四文学革命时举起了建立在'个人主义的人间本位主义'基础上的'人的文学'的大旗，断然与'代圣贤立言'的观念彻底决裂，而改为自己立言。"

② 胡适：《中国新文学大系·建设理论集·导言》，上海良友图书印刷公司1935年版。

"人的文学"的理论阐述者。

将"新文学"定义为"活的文学"和"人的文学"两部分,确实是非常简明扼要的概括。只是与许志英先生讨论的"当代文学"一样,五四时期出现的描述"当前文学"的"新文学"并不是一个"文学批评"概念,而是一个典型的"文学史"范畴。因为"新文学"根本不是这一时期的小说、诗歌以及其它文学形式的自我表述与自我呈现,而是以"小说"、"诗歌"、"戏剧"、"散文"这些来源于西方文学的"文学史"知识剪裁历史的结果①。换言之,"新文学"不是一个自我确认的概念,它通过一种二元对立的"文学史"方式得以确认和建构。"新文学"的对立物是"旧文学","活的文学"对应的是"死的文学","人的文学"对应的是"非人的文学"。因此,要创造出"新文学",就必须先创造出"旧文学"。这就是"新文学"与"中国文学史"几乎同时出现的原因②,胡适由一个坚定的文化普遍主义者变成为"整理国故"思潮的提倡者,也是出于同一个道理③。

胡适说:"中国文学史上何尝没有代表时代的文学?但我们不该向那'古文传统史'里去寻,应该向那旁行斜出的'不肖'文学里去寻。因为不

---

① 关于"文学史"与"中国文学"的关系,可参见戴燕《文学史的权力》,北京大学出版社 2002年版。
② 1919年1月出版的《新潮》第1卷第1号就正式提出"整理国故"。
③ 胡适由新文化运动的旗手转向"国学"研究,许多人觉得不可理解。陈独秀更直接指责胡适的研究国学"不过是在粪秽中寻找香水"。其实,这个看起来不可调和的矛盾在胡适那里却是顺理成章的事。"整理国故"应当被视为新文化运动——中国文化西化运动的题中之义。胡适将新思潮概括为"研究问题,输入学理,整理国故、再造文明"四个密不可分的环节。新文化运动的最后目标原是"再造文明",而"整理国故"则是走向"再造文明"的一个必经的步骤。"整理国故"的工具与标准是"输入"的,在这里,"中国文化"只具有"材料"与"证据"的意义,而以西方"学理""整理国故",目的在于"再造文明"——将中国文化打造成西方文明系列的一部分。鲁迅、郭沫若等人同时期开始的中国古代小说、神话、社会研究,亦可作如是观。用顾颉刚的话来说,"新文学与国故并不是冤雠对垒的两处军队,乃是一种学问上的两个阶段。生在现在的人,要说现在的话,所以要有新文学运动。生在现在的人,要知道过去的生活状况,与现在各种境界的由来,所以要有整理国故的要求。……国故里的文学一部分整理出来,可以使得研究文学的人明了前人的文学价值的程度更增进,知道现在的人所应做新文学的缘故更清楚"。见顾颉刚:《我们对于国故应取的态度》,引自张若英编《中国新文学运动史资料》,光明书局"民国"二十三年版,第212页。

肖古人，所以能代表当世!"① 胡适的出发点是能代表"当世"的"新文学"。写《中国文学史》的目的是为新文学寻找证据。因此，写"文学史"的过程其实是在中国创造"文学"和"历史"的过程。作为典型的西方学术范畴，"文学史"是"文学"与"历史"的结合。所谓"文学"并不是汉语中原有的专指文章学术的"文学"，以罗家伦的话来说，中国文学不仅与西洋文学有根本的不同，而且违背了文学的原理②。在胡适那里，中国文学史上的文言文学是假文学和死文学，只有白话文学才是真文学和活文学；与此同时，"文学史"中的"历史"也不是中国古代的循环历史观，而是以西方知识里的以"进化论"为名的历史目的论。胡适认为做历史的关键在于对史料作何种解释，在他看来，国内一班学人并非不熟悉中国历史上的重要事实，他们所缺乏的只是一种"新的看法"。胡适首倡以"历史进化之眼光"重读中国文学史，得出"一时代有一时代之文学"③ 的结论，显然篡改了"江山代有才人出，各领风骚数百年"这句建立在历史循环论上的老话，开始有意识地在全新的西方历史目的论的基础上重组中国文学的"进化"史，即以建立在西方历史学基础上的"文学史"对前现代的文学进行肆意的分割、颠倒和重组，把一套在文苑传、书目提要、总集别集中的位置和所属类别的作家和作品纳入到这个由小说、诗歌等文类组成，按所谓的"历史"线索排列起来的"文学史"中来。在这一点上，胡适称得上是"古为今用"的典范④。

---

① 胡适：《白话文学史·引子》（上卷），新月书店1928年版。
② 罗家伦：《什么是文学?》，《新潮》第1卷第2号，1919年2月。
③ 胡适：《历史的文学观念论》，《新青年》第3卷第3号，1917年5月。
④ 在大学从事文学研究的学者无意识中都有一种有趣的等级制，觉得越古老的研究对象学问越深。有道是：搞不了古代的搞现代，搞不了现代的搞当代，搞不了当代的搞港台（"搞"在这里的意思是"研究"）。只有百十来年历史的中国现当代文学，当然不能与有着几千年历史的中国古代文学相比。殊不知作为一门现代性学科的"中国古代文学"与"中国现当代文学"（那时叫"新文学"），其实是同时诞生的。"古代文学"本身就是一个"现代文学"的定义，就像"国学"本身就是"西学"，"传统"是一个现代性范畴一样。将古代文学纳入"文学史"的框架，完全是西学东渐的结果。更何况，胡适创造"中国古代文学"，完全是为"中国新文学"服务的。

以"文学史"为名的写作,从上世纪初期就已现端倪,林传甲、黄人、张之纯、谢无量等人都是最早的尝试者,但由于对文学史的方法论意义缺乏自觉意识,他们都算不上现代意义的文学史家。真正意义上的"文学史"著作是胡适创造的。胡适最大胆的地方,是唐德刚先生所谓的"一棒把'中国文学'打成'文言'、'白话'两大段"①。他以"白话文学"与"文言文学"的对抗来展开对两千年中国文学发展的大趋势的线性叙述,建立起上层/下层、贵族/平民、文言/白话、模仿/创造、死文学/活文学二元对立的"双线文学的新观念"②,大胆假设白话文学乃"中国文学之正宗",白话文学史"其实是中国文学史"③,诗集文集都已经不是"文学","只是白纸印着黑字而已"。胡适"为了重建'文学正统'而故意贬低乃至抹杀两千年的'古文传统'"④,在这样大胆的假设面前,论证如何"小心"也无济于事了。胡适的个性并不尖锐,他对"历史"的处理如此大胆,显然源于使用的"文学史"方法。文学史的目的是要揭示文学的本质,在胡适这些新文学理论家眼中,以"载道"为目的的中国传统的诗文不是真正的文学,只有西方的现代文学以及中国古代文学中的"潜在写作"——戏剧、小说才是真正的文学。他们的口号是让文学回到文学,也就是回到文学的真正状态⑤。胡适以西方文学史从拉丁语言文学走向民族语言文学为理由,得出中国文学史的终极目的是白话文学的结论,将中国文学叙述成向白话文学进化的历史,着眼点显然不是"旧文学"而是"新文学",目的却是为了给"新文学"提供历史合法性。——"要大家知道白话文学史是有历史的"⑥。

---

① 见《胡适口述自传》中的唐德刚译注,华东师大出版社1993年版,第156页。
② 见《胡适口述自传》中的唐德刚译注,华东师大出版社1993年版,第259页。
③ 胡适:《白话文学史·自序》(上卷),新月书店1928年版。
④ 陈平原:《中国现代学术之建立》,北京大学出版社1998年版,第199—200页。
⑤ 这种定义的问题是显而易见的,因为西方文学同样是"载道"的文学,只是此"道"非彼"道",西方文学装载的是人道主义的"道",与此同时,中国历史上的小说和戏剧又何尝不是"载道"的文体!
⑥ 胡适:《白话文学史·引子》(上卷),新月书店1928年版。

以同样的"文学史"方法创造"新文学"的,还有周作人。学者们至今乐于引用的所谓中国"新文学"是"人的文学"的定义即是周作人的发明。在那篇被胡适称为"一篇最平实伟大的宣言"的《人的文学》中,周作人开篇即明确宣布"我们现在应该提倡的新文学,简单地说一句,是'人的文学'。应该排斥的,便是反对的非人的文学"①。周作人从他所理解的"人道主义"来阐述"人"的意义或"人"的真理,不仅在进化论的框架内借兽性和神性这一对二元对立概念来说明人性的内涵,而且更进一步借个人和人类这对概念来说明他的"个人主义的人间本位主义",宣称"我说的人道主义是从个人做起。要讲人道,爱人类,便须先使自己有人的资格,占得人的位置"。②

　　"人的文学"的对立面是"非人的文学",就如同"活的文学"的对立面是"死的文学"。"新文学"就是通过胡适、周作人等人的这种以二元对立为基本模式的"文学史"方式得以确立的。显而易见,胡适等人的"新文学"显然已经不只是一个单纯的文学表述方式,而是一套完整的具有库恩所说的"范式"意义的"文学"——"历史"知识和意识形态。蕴涵于"新文学"概念中的这种二元对立模式可以不断演化出自己的变种,诸如"现代"与"传统"、"启蒙"与"救亡"、"个人"与"民族国家"、"民族国家"与"阶级"、"新民主主义"与"社会主义"、"现代文学"与"当代文学"、"主流"与"民间"等等。"新与旧的修辞法在新文化运动中奠定了传统与现代的二项对立观,而传统与现代的二项对立又同东西方文化的对立观互相交叠:'西方文化'优越于'东方文化',一如'现代'胜于'传统'"③。

　　正因为此,"新文学"的确立与传播的过程,说到底是一种"新文学史观"——一种以二元对立为基础的现代性历史观确立和传播的过程。30 年

---

① 周作人:《人的文学》,《新青年》5 卷 6 号,1918 年 12 月。
② 周作人:《人的文学》,《新青年》5 卷 6 号,1918 年 12 月。
③ 刘禾:《跨语际实践——文学,民族文化与被译介的现代性(中国,1900—1937)》,宋伟杰等译,三联书店 2002 年版,第 118 页。

代大量以"新文学"为名的文学史著作的出版标志着新文学获得了独立的历史地位,成了文学的正统。尤其是1935—1936年间权威性的《中国新文学大系》的编撰和出版,更通过经典的选择和导读集中地体现了"新文学"的制度化过程。按照福柯的说法,"文学是通过选择、神圣化和制度的合法化的交互作用来发挥功能的"[①]。因为经典具有权威性和示范性,经典的选择从来就是一种政治行为。经典"实质上是社会维持其自身利益的战略性构筑,因为经典能对于文化中被视之为重要的文本和确立重要意义的方法施加控制"[②],故阿诺德·克拉普特认为:"经典,一如所有的文化产物,从不是一种对被认为或据称是最好的作品的单纯选择;更确切地说,它是那些看上去能最好地传达与维系占主导地位的社会秩序的特定的语言产品的体制化。"[③] 由胡适、周作人、郑振铎、鲁迅等"新文学"的缔造者为《中国新文学大系》各分卷所写的导言,更显示"经典"的确立者不仅对于哪些作品可以定为经典发挥作用,而且为这些作品的解读方式立法,通过教育的手段,以所谓"正确的阅读",规约文学作品的阅读方式。这种被文学史和大学教育一再复制的"经典性阐释",已经成了"经典"的重要组成部分。

近百年来,我们对"文学"的了解和认识实际上是文学教育的结果,而文学教育的主要功能是通过以经典的选择和解释为主要内容的"文学史"来实现的。文学史所承担的教育责任早已使它变成了意识形态建构的一部分,而确立于上世纪前期的"新文学"显然已经成为本土的、国家性社会文化建设运动的一个不可或缺的环节。正如荷兰学者佛克马和蚁布思提示我们的:"我们到目前为止一直在谈论文学经典,认为它们是精选出来的一些著名作品,很有价值,用于教育,而且起到了为文学批评提供参照系的

---

① 福柯:《权力的眼睛——福柯访谈录》,上海人民出版社1997年版,第88—89页。
② 美国学者弗兰克·克默德语,见乐黛云、陈钰编:《北美中国古典文学研究名家十年文选》,江苏人民出版社1996年版,第260页。
③ 阿诺德·克拉普特:《美国本土文学与经典》,见乐黛云、陈钰编:《北美中国古典文学研究名家十年文选》,江苏人民出版社1996年版,第57页。

作用。这个定义有一个缺陷,即它是被动地被建构起来的,对于是什么机构做出的选择和价值判断,或者是指定的作为学校读物的作品则只字未提,这种定义遗留下了'谁的经典'这个未被回答的问题。或许这种开放式结局是不可避免的,因为谁维护着何种经典的问题是必须要在具体情况下进行研究的。"① 向《中国新文学大系》发出"谁的经典"这样的追问是非常有意义的,正如同我们可以向"现代文学"的信奉者提出"谁的'现代',何种'文学'"之类的问题②。

90 年代以来中国现当代文学研究中出现的一种值得关注的趋势,是越来越多的学者开始关注"现代文学"与"当代文学"的制度化——一体化过程。显示研究者开始走出 80 年代占统治地位的"纯文学"历史观的限制,重新思考文学的社会性,这一探索无疑是值得肯定的。然而,只要我们的分析仍然局限于 50—70 年代,对文学制度的分析就难以真正摆脱"文学"—"政治"二元对立的观念局限。因为,中国现当代文学的制度化过程根本不是始于 50 年代,20—30 年代的"新文学"就是典型的政治化——一体化范畴。因此,发生在 50 年代的"新文学"观与"现代文学—当代文学"观念的冲突就根本不是"文学"与"政治"的冲突,而是一种政治与

---

① 佛克马、蚁布思:《文学研究与文化参与》,北京大学出版社 1996 年版,第 50 页。
② 罗岗在一篇题为《解释历史的力量——现代"文学"的确立与〈中国新文学大系(1917—1927)〉的出版》一文中曾对《中国新文学大系》的政治性有过深入的剖析:"尽管'新文学大系'本身就是现代出版业深刻地介入到'现代文学'体制之中的产物——如果不借助制度的力量,很难想象一个和'新文学'素无渊源的青年编辑怎么可能担任'大系'的主编——但是它重构的新文学历史图景,不仅没有突显制度性因素的作用,反而强化了'新文学'的意识形态立场。'新文学大系'透过对'时间'的有意识操控,把'现代文学确立'的历史'自然化'了——意识形态的主要特征就是没有也不需要历史,它经由各种方式把自己描述为'自然'的过程。为什么是'新文学十年'而不是别的时间段落譬如'从五四到五卅'成为了历史叙述的分期?为什么这种对时间的规划笼罩了整个现代文学历史的叙述?'第二个十年'、'第三个十年'乃至'中国现代文学三十年'的说法与这一'始源'式分期的关系是什么?它的依据在哪里?……这些问题不可能在'观念'层面得到答案,因为它们敞开的领域恰恰是'观念'需要掩盖的地方。'时间'和'分期'的背后是'知识—权力'的关系以及由这种关系带动的制度运作,要回答上述的问题必须深入到'制度'层面,暴露出文学'制度'建构的'痕迹',同时也就从一个特定的角度拆解了那个关于'现代性'的'话语装置'。"

另一种政治之间的冲突,或者说是一种"一体化"向另一种"一体化"的转化。

三

从 1950 年开始,胡适等人确立于 20—30 年代的"新文学史观"开始受到另一种政治的有力挑战。1950 年 5 月中央教育部正式颁布的《高等学校文法两学院各系课程草案》为"新文学"概念的改弦易辙确立了基调,并在 1951 年下半年委派老舍、蔡仪、王瑶和李何林共同编写了一份《〈中国新文学史〉教学大纲(初稿)》[①],对"新文学"的新定义作出了明确的界定:新文学既不是胡适所定义的"白话文学"、"国语文学",也不是周作人定义的"人的文学"或"平民的文学",而是"新民主主义的文学"。《大纲》明确指出学习新文学史的目的,是为了"了解新文学运动与新民主主义革命的关系"。这一全新的文学史观不久通过王瑶"重写文学史"的著作——《中国新文学史稿》转化为具体的文学史实践,"新文学"建构的"白话文学"与"文言文学"的对立、"人的文学"与"非人的文学"的对立被转化为"旧民主主义文学"与"新民主主义文学"的对立,既而又被转化为"新民主主义文学"与"社会主义文学"的对立。从 50 年代后期开始,又先后为一系列新的对立所取代,诸如"现代文学"与"当代文学"、"上层阶级文学"与"民间文学"、"资产阶级文学"与"无产阶级文学"等等。

尽管每一次对"文学史"的重写都有意擦抹"重写"与"被重写"的两种文学史之间的关系,每一次的"重写"都具有"划时代"的意义,然而,所有的这些"重写"实际上无一例外都是在胡适等人确立的"新文学"框架内展开的,都无一例外采用了胡适采用的以历史主义为指针的"文学史"方法。不仅《中国新文学大系》的资料、分期方法以及体裁分类为王瑶的"新文学史"乃至"现代文学"与"当代文学"著作所继承,更重要的是,50—70 年代的主流文学史完整地再现了胡适的历史主义所特有的以

---

① 《新建设》杂志 1951 年第 4 期。

二元对立方法建构主体性的思维方式。就像当年胡适通过一棒把"中国文学"打成"文言"、"白话"两段,周作人一棒将中国文学打成"人的文学"与"非人的文学"来论证"新文学"的主体性,50—70年代的主流文学史则通过一棒将"新文学"打成"新民主主义"(现代文学)与"社会主义文学"(当代文学)两段来论证"当代文学"的合法性,继而又一棒将其打成"资产阶级文学"与"无产阶级文学"来论证"无产阶级文学"——后来被称为"工农兵文学"的主体性。

可以毫不夸张地说,进化文学史观和民间文学正统论都是胡适打下的基础。重读70年代那种充斥极端民粹主义思想的主流文学史,再想想胡适在半个多世纪前关于"一切新文学的来源都在民间"的那种斩钉截铁的判断,再读周作人的那篇通篇布满"你必须"、"你应该"以"人道主义"为本来从事文学创作和审查文学的句式,恐怕不需要特别的想像力,都能够产生似曾相识的感觉。就极端化的程度而言,50—70年代主流文学史甚至并不比"五四"时期激烈。正如陈平原先生一针见血地指出的:"明明是'化大众',偏偏打着'平民文学'的旗帜,自然是托'德先生'的福。当初为了反对'僵死'的文言文学,胡适等人拼命突出'新鲜'的民间文学的审美价值,甚至将'白话文学'和'俗文学'视为中国文学史的中坚,以及新文学发展的主要动力。可以说,这与50年代'民间文学主流论'的风行一时大有联系,起码为其作了很好的理论铺垫。……对精英文化价值的质疑以及对大众文化口味的屈从,在'五四'精英对这一口号的阐释中已初露端倪。"[①] 也正是因为认识到这一点,才会有研究民间文学的学者发出如下的呼吁:"50年代极端化的民间文学观念与五四启蒙话语引申出的民间文学观念之间隐蔽的承续关系是什么?50年代极端化的民间文学观念究竟借助了哪些学科范畴实现了'五四'启蒙主义民间文学概念的进一步抽象化和绝对化?只有在回答了上述问题之后,中国民间文学史的现代写

---

① 陈平原:《学者的人间情怀》,珠海出版社1995年版,第100页。

作过程才能呈现出可以自我理解的学术史发展逻辑。"①

对50—70年代文学史与20—30年代文学史的内在关联的讨论显然改变了80年代主流文学史讨论问题的方式,如果50—70年代的文学根本就没有"离开"五四,那么,所谓的"回到"五四显然就变成了一个伪命题。按照80年代的"断裂论"和"回归论",中国现代文学从30年代开始在左翼文学的牵引下离开了五四文学,继而通过延安文学、"50—70年代文学"彻底背离了五四文学的传统,新时期文学则是对"五四"文学的全面回归②。这种文学史叙述之所以在90年代以后受到越来越多的质疑,是因为这个在80年代语境中生成的知识命题解释不了如下问题,譬如,中国文学为什么从30年代起要"走出"五四?——如果出于政治的压力,30年代给文学带来压力的主流政治到底是什么?非个人的导向民族国家与阶级的现代性冲动是否从30年代才开始?是否已经内在地蕴涵在五四主流知识分子的知识信仰与思维方式之中?

一般人区分"新文学"与传统文学的标志,是文学中个人观念的发生,以及文学形式上的"白话取代文言"。其实,即使我们暂时接受这两个标准——因为以这两个变化作为"现代文学"的标准是否准确还是一个问题,我们也可以说,"个人"和"白话文"这两个命题本身就蕴涵着向"非个人"和"非知识分子的白话文"发展的内在趋力。或者,更准确地说,从"个人"发展到"民族国家"乃至"阶级"认同,与从鲁迅、胡适式的白话文发展到延安时期的文艺大众化运动,并不仅仅源于外力的干预,而是表现为"个人"、"白话文"的现代性逻辑的内在展开③。

---

① 吕微:《论学科范畴与现代性价值观——从〈白话文学史〉到〈中国民间文学史〉》,《文学评论》2001年第4期。
② 董健先生至今仍认为:"'当代文学'这一文学阶段,是五四启蒙精神与五四新文学传统从消解到复归、文学现代化进程从阻断到接续的一个文学阶段。"见董健《关于中国当代文学史的几个问题》,《南京大学学报》2002年第3期。
③ 据唐德刚回忆,胡适曾告诉他:"共产党里白话文写得最好的还是毛泽东!"(见前引第180页)胡适的看法显然不无道理,因为毛泽东那里国语的形式与民族主义的内容相辅相成。

与此同时，以"文学"与"政治"（或"文学自主论"和"文学工具论"）来区分 20—30 年代的"新文学"与 50—70 年代的"现代文学/当代文学"同样是值得怀疑的①。从文学被置入传统/现代的二元框架中加以审视的那一刻开始，对"文学"的讨论和认知就根本不可能仅仅局限于审美的范畴。五四时期陈独秀、胡适和周作人等人都有过主张文学独立的言论，对"文以载道"都有过激烈的批评，但他们对文学工具性的强调却一点也不比前者少。不仅陈独秀完全将文学革命和政治思想革命联系甚至等同起来，胡适也通过将文学的历史理解成白话文学取代文言文学的历史，将文学革命的首要任务便归结为文学工具的革命："一部中国文学史只是一部文字形式（工具）新陈代谢的历史，只是'活文学'随时起来替代了'死文学'的历史。文学的生命全靠能用一个时代的活的工具来表现一个时代的情志与思想。工具僵化了，必须更换新的，活的，这就是'文学革命'。"②而周作人在打出"人的文学"的旗号的时候，明确指出他谈的人道主义乃是欧洲人发现的客观普遍的真理。只有站在人道主义立场的叙事抒情才是"人的文学"，反之则是"非人的文学"。显然，这里的"人"根本不是一个只与"文学"相关的审美范畴。

　　与一些学者无视胡适等人明确的文学工具论思想不顾，将"新文学"大胆假设为"自主的文学"不同，有不少学者注意到了存在于五四一代学

---

① 董健先生如此解释这种所谓的"文学工具化与文学自觉的对立"："文学的自觉是五四新文学的重要特征，也是文学现代化的根本要求之一。但从左翼文学到延安文学，文学的自觉逐渐被文学的工具化消解并取而代之，文学完全成为为政治服务的工具。""五四文学所体现的现代化追求，其中重要内容就是作家独立人格的建立与作家创作主体性的发挥。工具论与政治化显然与这一要求是背道而驰的。当代文学的后 20 年，不论是作家的精神状态还是大众的精神生活，都有了改变。作家从痛切的历史教训中觉醒，以坚强的独立人格站了起来。这种觉醒，不仅表现在与长期统治文坛的极'左'思潮彻底决裂，而且表现在以更清醒的头脑坚持五四启蒙主义传统，坚持文学的现代化方向。"见董健《关于中国当代文学史的几个问题》，《南京大学学报》2002 年第 3 期。
② 见胡适《中国新文学大系·建设理论集·导言》，上海良友图书印刷公司 1935 年版。戴燕在《文学史的权力》（前引）中曾引用了吴小如先生对胡适的一段有趣的批评，吴小如先生说：几乎从"五四"以来，像以胡适为首的一些权威们所做的那些工作，说起来是研究"文学"，其实却始终不曾接触到文学本身，他们的历史考据癖很深，至于作品本身的思想艺术如何，很少谈到。

人思想中的这种让人困惑的"内在矛盾"①。其实,就如同我们讨论过的胡适思想中的"现代"与"传统"、"西学"与"国学"之间并不存在真正的矛盾一样,在五四这一代学人那里,"文学自主论"与"文学工具论"根本不构成真正的对立,"自主论"与"工具论"相辅相成。他们反对的"文学工具论"是文学成为宣传儒家思想的工具,他们强调"文学"的"自主"是为了使文学从儒家思想的控制中解放出来。但他们并不反对"新文学"成为"新政治"的工具。换言之,文学是工具不要紧,要紧的是做何种政治的工具。只有在变成为"新政治"的工具之后,文学才具有了真正的自主性,才成为了真正意义上的文学。在五四一代人那里,"文学工具论"与"文学自主论"实现了真正意义上的"辩证统一"。

只有理解了这一点,我们才能更好地理解"新文学"史上一个非常奇特的现象,那就是为什么那些最激烈的"文学自主论"的信奉者常常很容易变成同样激烈的"文学工具论"的信徒。毫无障碍地从"为艺术而艺术"跳到"革命文学"的创造社就是最典型的例子。从极右到极左,常常只有一纸之隔,因为思维方式完全一致。也因为同样的理由,从"新文学"到"现代/当代文学",其实也可能远不如想像的遥远。

在谈到"当代文学"的研究方法的时候,董健先生指出:"我们在把握中国当代文学的根本特征与历史定位时,为了真实地描绘出历史演变过程中的'先'与'后',使历史'链条'中的各个环节合乎逻辑地衔接起来,就必须有一个基本的价值判断。这个价值判断的标准,就是人、社会、文学的现代化。"②这段话的确能够让人联想到胡适对其视为根本性的"历史的方法"的解释:"怎么叫做'历史的态度'呢?这就是要研究事物如何发

---

① 如余虹就认为五四这一代人在"文学自主论"与"文学工具论"问题上互相冲突的见解源于他们对二者的矛盾缺乏清晰的自觉意识,"这些论述对理解文学的自主性问题并无实质性推进。客观地说,这些论述的理论价值远未达到王国维的水平,实际上是在王国维的水平上的倒退。"余虹:《五四新文学理论的双重现代性追求》(之一),《文艺研究》2000年第1期。

② 董健:《关于中国当代文学史的几个问题》,《南京大学学报》2002年第3期。

生,怎样来的,怎样变到现在的样子。"① 就历史观而言,80年代的主流文学史观念的确回到了"五四",或者准确地说是回到了胡适,然而,回到胡适的方法,却没有真正离开50—70年代主流文学史的方法。与"五四"时期的"新文学"一样,"当代文学"也是在一个时代文学"结束"的地方展开自己的文学史叙述。50—70年代的主流文学史的问题显然不是因为不够"现代",《纪要》的"空白论"和"划时代的""新纪元"论,果真就与"新文学"开创的"人、社会、文学的现代化"没有关系吗②?

对于80年代以后的学者来说,如何不在进行思想批判的时候重复被批判对象的思维方式,避免通过这种对僵化的批判强化批判对象的僵化立场,无疑是一个值得深入思考的问题。也许最为重要的并不是否定或推翻批判对象的结论,而是反思批判对象使用的得出结论的方法。在80年代被"批倒批臭"的50—70年代主流文学史恰恰源于这种"真实地描绘出历史演变过程中的'先'与'后',使历史'链条'中的各个环节合乎逻辑地衔接起来"的因果论式的进化史观。因为正是在这种进化史中,历史运动完全被看成是前因产生后果的过程,而不是过去与现在之间复杂的交易过程(transactions)。分期和断代对于包括文学史在内的"历史"写作如此重要,主要是因为它们是表达现代性的进步历史观的主要手段,只有通过将历史—时间分割为相互衔接、依次递进的发展阶段,历史的进步性或进化性质才能体现出来。然而,这种有"先"有"后"的线性历史的建构肯定会排斥掉许多这种单一的"历史"无法容纳的东西。事件被嵌入普遍的解释图式,从而被给予一种虚假的统一。按照一种"先验目的论"对事件进行解

---

① 胡适:《实验主义》,《新青年》第6卷第4号,1919年4月。
② 利奥塔指出:"历史时期的划分属于一种现代性特有的痴迷。时期的划分是将事件置于一个历时分析当中,而历时分析又受着革命原则的制约。同样,现代性包含了战胜的承诺,它必须标明一个时期的结束和下一个时期开始的日期。由于一个人刚刚开始一个时期时都是全新的,因而要将时钟调到一个新的时间,要从零重新开始。在基督教、笛卡儿或雅各宾时代,都要做一个相同的举动,即标识出元年,一方面表示默示和赎罪,另一方面是再生和更新,或是再次革命和重获自由。"见[法] J-F. 利奥塔:《重写现代性》,阿黛译,《国外社会科学》1996年第8期。

释,"很多被遗弃的边角余料,之所以被遗弃,是因为它无法按照传统的历史观念被安置在历史叙述的某个部位"①。"历史"要把所有的东西都放到这个"合乎逻辑"的链条中,那么,如何处理那些不合"逻辑"的部分呢?就"现代文学"而言,如何处理那些不"现代"的文学呢?"正如本雅明所认为的那样,历史主义不需要复杂的理论。实际上,它的特点就是简单,对历史主义而言,历史就是一条永远向上的直线,但是这条直线却为那些挡路者准备了一样刀刃般锋利的东西——断头台。"② 50—70年代的"当代文学"不正是因为50年代以前的"现代文学"不够"现代"而将其送上了"断头台"吗?

福柯的知识谱系学质疑的正是这种不断做"减法"的"历史"。谱系学关注的是以"启蒙"为名的思想是如何在社会科学的各个层面,以各种各样的战略,排斥和贬低其他形式的经验,因为这些经验不能被同化为一种纯粹掌握维持的理性观念。在福柯看来,当代思想的核心问题是没有思考他者的能力:"在我自己的思想年代中,我们非常害怕设想他者。"一种既定的知识秩序总是由"同一性"的思想逻辑所支配,因为"强加在事物身上的秩序的历史是同一性的历史"③。与这种那种把知识纳入与科学相连的权力等级秩序的规划形成对照,谱系学应该被看成是一种把历史知识从这种压制中解放出来的努力,谱系学让历史知识能够对抗理论的、统一的、形式的和科学的话语的威胁。谱系化的历史观不再追溯"起源",也不再追溯历史发展中的种种因果性和必然性,而是要把历史的链条拆散,把现代与过去割裂开来。用福柯自己的话来说:"这种可以称为谱系学的研究活动完全独立于那种理论的抽象统一体与具体多样的事实之间的对立之外。它不是要取消以科学性和既有知识的名义反对它的理论范畴。所以谱系学的规划既不是通过经验主义,也不是通过普通意义上的实证主义来展开的。

---

① 葛兆光:《思想史:既做加法也做减法》,《读书》2003年第1期。
② 林赛水:《拯救开放的精神》,《读书》2003年第1期。
③ 见福柯《事物的秩序》前言:Forcault, Michel. "The Order of Things: An Archaeology of Human Sciences", (New York: Vintage Books, 1973), P. xxiv.

它真实的任务是要关注局部的、非连续性的、被取消资格的、非法的知识，以此对抗整体统一的理论，这种理论以真正的知识的名义和独断的态度对之进行筛选、划分等级和发号施令。谱系学因而不是要对更细致精确的科学进行实证主义的回归。它们其实是反科学的。这并不意味着它们要对愚昧或无知进行诗意的辩护：并不是说它们致力于否定知识，或者说它们推崇直观的知识，把它们的实践建立在外在于知识的直接的体验之上。这不是我们所关心的。我们关心的是一些知识的叛乱，这些知识主要反对的并不是科学的内容、方法和概念，而是中心化的力量所导致的后果，这些力量与我们社会中有组织的科学话语的制度和功能密切相关。"①

如同"文学史"将进化历史观与文学连接起来，福柯的知识谱系学同样也是一种研究"文学"的方法：

> 为了弄清什么是文学，我不会去研究它的内在结构。我更愿去了解某种被遗忘、被忽视的非文学的话语是怎样通过一系列的运动和过程进入到文学领域中去的。这里面发生了些什么呢？什么东西被削除了？一种话语被认作是文学的时候，它受到了怎样的修改？②

虽然这一被福柯称为"无实体的唯物主义"的知识谱系学并不是一种我们熟知的建构历史的方法，但对于我们重新审视已经被高度内在化和制度化的知识却无疑是一副难得的解毒剂。当那些被遗忘或放弃的历史被重新唤回的时候，我们熟悉的"历史"会不会变得陌生呢？恰如葛兆光先生所期待的："当我们把这些'减去'的东西重新放回历史，是否历史就有了其他的解释的可能？"③

就文学史的写作而言，"当代文学"的存在将有力地质疑"现代文学"

---

① 福柯：《权力的眼睛——福柯访谈录》，上海人民出版社1997年版，第219—220页。
② 福柯：《权力的眼睛——福柯访谈录》，上海人民出版社1997年版，第89—92页、第45页。
③ 葛兆光：《思想史：既做加法也做减法》，《读书》2003年第1期。

的合法性。其意义绝不亚于将"新文学"排斥掉的"旧文学"重新放回历史,亦如同我们将被50—70年代的"现代文学/当代文学"排斥掉的"资产阶级文学"、"小资产阶级文学"重新放回历史,因为没有了"旧文学","新文学"如何能够自我界定呢?没有了"资产阶级文学"和"小资产阶级文学","无产阶级文学"又如何进行自我确认呢?事实上,只有当包括"文学史"在内的"现代"思想不再"非常害怕设想他者",而是努力使"他者"获得表达或表现的自由的时候,我们是不是仍然属于"现代",抑或我们的文学是不是"现代文学"又有什么关系呢?

余论

如果我对"现代文学"与"当代文学"的知识谱系的分析被人理解为对"当代文学"合法性的辩护,这显然不是我的本意。就像我在相关文章中一再指出的那样,我无意否定80年代的主流文学史,更无意于否定"新文学"。福柯意义上对现代性的"反思"常常被一些不求甚解的假后学家以及后学的批评者简化为对现代性甚至是"历史"的"否定",这是最令人遗憾的事情。所有的历史叙述都是后设性的,历史因为我们的现实需要被不断地重新叙述,这正是历史的意义所在。因此,重要的已经不是有没有这样的预设,甚至也不是有没有历史的偏见,而是能否对这种后设性形成清醒的自觉和反省。这或许是"知识考古/谱系学"给我们带来的最重要的启示。当福柯在一系列与历史有关的著作中论证了西方启蒙理性对癫狂、儿童、罪犯、性的压抑过程之后,人们觉得他肯定会选择站在"正确的"一方,福柯的回答使他们失望。福柯说站在正确的一方固然是重要的,但更加重要的是要努力消除造成两个方面对立的机制,"消除我们选择的这一方的虚假的统一性和虚幻的'本质'"[①]。正如一位学者概括的:"福柯试图提出关于我们可能变成什么样的问题——不仅在生活中,而且在思维方式上。要解构左右我们的思维方式,不能不首先对语言进行反省。福柯没有对预

---

① 福柯:《权力的眼睛——福柯访谈录》,上海人民出版社1997年版,第45页。

设的政治立场的认可,没有实现明确的政治规划的企图,他只是质疑用语言去表达现实的哲学传统,怀疑将语言用作未被曲解的交流的工具的可能性,正是这种怀疑导致了对话语及文本的关注。他的目标是一种不同的秩序,即通过批判分析现代社会的'真理政治'的特征来'质疑政治'。对福柯来说,知识分子的角色不是告诉别人做什么,不是颁布法令,也不是帮助建构'预言、诺言、命令和秩序'。其任务不是要肯定流行真理的'一般政治',而是要批判地质疑不证自明的东西,打破习惯的东西,消除熟悉的和被接受的东西,重新检验规则和制度。实际上,是要挑战现行的'生产真理的政治、经济和机构体制'。"①

其实,是继续使用"当代文学"这个概念,还是以"现代文学"取代"当代文学"并不重要,这样的问题肯定会在看得见的将来通过教育主管部门的学科调整或专业设置迎刃而解——就像50年代初期教育部重新定义"新文学"一样,或者像1920年北京政府教育部下令所有国民小学低年级教材一律使用白话文而迅速终结了文人们关于白话文合法性的热烈讨论一样。只是"知识"乃至"思想"的辨析并不会因此而中止。

(原载《文学评论》2003年第5期)

---

① 巴里·司马特语,见汪民安编《福柯的面孔》,文化艺术出版社2001年版,第329页。

重读"二十世纪中国文学"

贺桂梅

"二十世纪中国文学"这一文学史论述从一九八五年提出,距今已有二十余年的历史了,不过它却似乎并没有因此而成为一个只能被贬入历史冷宫的学科概念。姑且不论从其提出之初就被接受为开辟了自其时迄今的学科发展"新阶段",并被实践为多本已出版或仍在写作中的名为"二十世纪中国文学史"的著作;更值得分析的是,二十世纪的逝去、新世纪的降临似乎使这一概念获得了更为充足的合法性:它从一个"渗透了'历史感'(深度)、'现实感'(介入)和'未来感'(预测)"[①]的现实概念,变为了一个被封闭在"自然终结"的物理时间中的历史概念,一个"真正"的史学范畴。如果说在二十余年前,提出这一概念的研究者们尚在回望二十世纪已经逝去的过去和展望即将来临的(尽管是短暂的十五年)未来之间,将二十世纪的中国文学定义为从"传统中国"迈向"现代中国"的线性时间进程中"过渡"的、"蜕变"的和"不中不西"[②]的历史环节,那么,值得追问的便是:在"二十世纪"作为一种物理时间已经终结的今天,在"中国"已然置身于"世界市场"和世界格局当中、并且由于世纪末发生的全球/中国诸多历史事件而被称为"历史终结"的今天,同时也是在中国按照现代化理论被认为进入了"起飞"/"崛起"阶段、而"文学"逐渐丧失其在民族—国家机器中的特权地位并被"边缘化"的今天,我们在如何理解

---

① 黄子平、陈平原、钱理群:《论"二十世纪中国文学"》,《文学评论》1985年第5期。收入黄子平、陈平原、钱理群:《二十世纪中国文学三人谈》,北京,人民文学出版社1988年版。另收入钱理群、黄子平、陈平原:《二十世纪中国文学三人谈·漫说文化》,北京:北京大学出版社2004年版。后面引文均引自这一版本。

② 黄子平、陈平原、钱理群:《关于"二十世纪中国文学"的对话·缘起》,《读书》1985年第10期。

"二十世纪"、"中国"和"文学"?

显然,同样是由"二十世纪"、"中国"和"文学"这三个关键词组合起来的范畴,从八十年代到今天,其具体内涵已经发生了很大变化。只是由于一种看似"自然"的转移,使得人们并不去深究其中发生的变化。或许可以说,真正使得"二十世纪中国文学"成为一个必须被放置于当下历史视野中加以批判性考察的原因,正在于因世纪之交的诸多社会变迁而导致的文化转移,使得那些支撑它的曾经不言自明的知识谱系和话语机制被"暴露"为一种历史的"建构"。也就是说,只有在已然"全球化"的今天,当"二十世纪"、"中国"和"文学"再度成为需要被追问和质疑的范畴时,曾经看似极为自然的"二十世纪中国文学"的命名和论述,才可以也应该成为被重新讨论的对象。

文学、学科与"政治"

选定"二十世纪中国文学"作为分析八十年代文学/文化史的关键词,显然不仅仅因其修辞方式与当下中国境况之间颇为暧昧的历史关联,更重要的是这一范畴曾在八十年代文化场域中产生的极为广泛的影响。

"二十世纪中国文学"论作为现代文学这一学科内部的研究突破和新进展,被称为开启了在"中国新文学史"研究、"中国现代文学史"研究之后的第三个研究阶段[①]。这一范畴提出时的诸多评述文章,都是在"文革"后现代文学学科重建和发展的脉络中来定位"二十世纪中国文学",将其视为"打通"近代、现代和当代文学学科界限的"新文学整体观"的代表论述。但值得分析的地方正在于,仅仅"打通"近代、现代和当代文学的学科界限,并不会自动也不必然导致"二十世纪中国文学"论述的出现。如果说强调"新文学"应作为一个统一的文学进程而不应被"人为"的"政治"观念切断,这被视为"整体观"的核心内容的话,那么由"新民主主

---

① 陈思和:《关于编写中国二十世纪文学史的几个问题》,《犬耕集》,上海远东出版社1996年版,第236页。

义"论述界定的"现代文学"史观向"二十世纪中国文学"论述的飞跃,其话语资源并不完全来自现代文学这一学科体制内部,而与八十年代中期的整个知识场域有着紧密的互动关系。就这一层面而言,可以通过分析"二十世纪中国文学"论的具体知识表述及其播散方式,来考察作为八十年代"显学"[①]的现代文学这一学科与当时文化/知识变革之间的关联方式。

现代文学学科在八十年代的中心位置,是与曾经作为五十—六十年代"显学"的"当代文学"在八十年代出现的危机,直接联系在一起的。也正因此,在"二十世纪中国文学"论提出之后,才有接踵而至的"重写文学史"思潮。这里不仅有学科之间的位置错动,更重要的是知识范式的转型。由"二十世纪中国文学"所代表的新的知识范式,正是八十年代中期的主流话语形态。事实上,就"二十世纪中国文学"的论述方式及其在当时的影响来看,它与知识界的"文化热"有着直接的关联:三位作者是以甘阳为代表的学术群体"文化:中国与世界"编委会的重要成员,而其论述也正是"文化热"的重要构成部分。正如笔者曾在另外的文章中所阐述的那样,"文化热"得以形成的核心知识谱系,是出现于六十年代美国社会科学界、随后主导美国对待第三世界的外交政策、并因后冷战时代的来临而成为全球意识形态的"现代化理论"[②]。在后来的回顾中,倡导者自己也承认,主导"二十世纪中国文学"的正是一种"现代化叙事":"光打通近代、现代、当代还不够,关键是背后的文化理想。说白了,就是用'现代化叙事'来取代此前一直沿用的阶级斗争眼光"[③]。而尤为值得关注的是"二十世纪中国文学"是八十年代诸多有关"现代化"的论述当中,较早地采用了传统/现代、世界/中国等现代化理论叙述结构的文本之一。因此,剖析其讲叙和想象"现代化"的方式,不仅可以更深入地讨论"文化热"与

[①] 温儒敏、李宪瑜、贺桂梅、姜涛等:《中国现当代文学学科概要》,第九章《现代文学作为八十年代的"显学"》,北京大学出版社2005年版,第91—107页。
[②] 参见贺桂梅著《一九八〇年代"文化热"的知识谱系与意识形态》,《励耘学刊》文学卷,学苑出版社2008年版。
[③] 查建英主编:《八十年代:访谈录》,陈平原部分,生活・读书・新知三联书店2006年版,第128页。

"现代化理论"知识之间的关联方式,更可由此讨论"现代化叙事"在八十年代中国得以发生和成形的历史语境。分析这一个案,既可以剖析勾连起两种知识范式,即"革命"范式与"现代化"范式之间冲突与转换的历史形式;且因其与"现代文学"这一特定学科及八十年代人文学科体制间的关联,更可呈现出制约着八十年代的现代化改革与文化规范及人文学科、学人更替的历史/话语机制。也就是说,重读"二十世纪中国文学",不仅意味着将其视为八十年代文学/文化的重要文本进行解构性剖析,更重要的是,借助对其知识表述及播散方式的追索,可以显影出支配这一观念表述的知识/权力机制的体制性力量。

  以一种回望的历史视野打量,"二十世纪中国文学"的提出形式本身或许便是非常有意味的。它是由三个不同学科方向的年轻研究者即主攻当代文学的黄子平、主攻现代文学的钱理群和主攻近代文学的陈平原,集体提出的。这种"打通"学科界限的合作形式本身,就是"二十世纪中国文学"所倡导的整体观的具体实践。而从另一方面来看,这一范畴在当时学界的发布形式本身,则进一步越出了文学学科的界限,而在当时的人文知识界产生了广泛影响。对这一范畴的阐述由两部分构成:一是单篇的专业论文《论"二十世纪中国文学"》,最早在一九八五年万寿寺现代文学馆举办的"现代文学研究创新座谈会"上公布,继而发表于专业文学刊物《文学评论》上。一位现代文学研究者回忆道,论文在这次会议和杂志上的发表,使他"和许多同行一样受到了强烈的震动"①。另一构成部分则是发表在以人文知识界为阅读对象的《读书》杂志上的六篇"三人谈"。一方面因为发表媒介的不同,因此,"很多人对《读书》上的'三人谈'的印象,远远超出了作为主体的《论"二十世纪中国文学"》——那是我们的主打产品";另一方面,则由于采取了对话和漫谈而非"正儿八经写论文"的形式,因而"很能代表八十年代的风气",这种"侃大山式的学问"使得《读书》上

---

① 王晓明:《从万寿寺到镜泊湖》,王晓明:《刺丛里的求索》,上海远东出版社1995年版,第242页。

的"三人谈"甚至成为了"八十年代学术的一个象征"①。或许可以说,"二十世纪中国文学"的发表形式本身,所显示的正是这一文学史论述形态所勾连和跨越的知识领域的不同侧面,这使得我们可以借此而获得一个进入八十年代的知识生产的组织形态的入口。

从九十年代已经规范化和建制化的学科体制角度来看,固然可以认为"二十世纪中国文学"是对学科领域(或学科方向)的越界,不过,就当时的历史和文化处境来看,这种"越界"行为却恰恰是某种学科/知识重组的表征。这里或许包含着两方面的作用力,一是具体学科内部的压力,即那种强烈的渴望破"关"而出的诉求。赵园如此表述:"现代文学研究只有'破关而出',才有可能真正'返回自身'——一种古怪然而真实的逻辑。"②而另一方面的作用力,则来自于知识界某种正在成形中的广泛的新共识。王晓明曾使用了一个形象的比喻,来表达对"二十世纪中国文学"所产生的强烈共鸣:"各种各样的新的学术思想,就好像是早春时候江中的暖流,在冰层下面到处冲撞,只要有谁率先融塌一个缺口,四近的暖流就都会聚集过来,迅速地分割和吞没周围的冰层。"③从表面上看,这两方面的作用力似乎是任何一种文化变革所必然会有的,但具体到"二十世纪中国文学"提出时的历史语境来说,关键问题并不在于质疑当时支撑着现代文学学科体制的主流知识体系,那种强烈的"破关"意识本身已经宣告了这一知识体系的失效;更关键的问题在于以怎样的"语言"来表述(或"创造")新的共识。也正是在后一意义上,"二十世纪中国文学"的提出者在当时就意识到,他们所做的不是"用材料的丰富""补救理论的贫乏",而是"换剧本"的问题(黄子平),涉及"建立新的理论模式"问题(陈平原),是从"旧概念"到"新概念"的"飞跃"(钱理群)。这也就是说,

---

① 查建英主编:《八十年代:访谈录》,陈平原部分,生活·读书·新知三联书店2006年版,第126—132页。
② 赵园:《一九八五:徘徊、开拓、突进》,《中国现代文学研究丛刊》1986年第2期。
③ 王晓明:《从万寿寺到镜泊湖》,王晓明:《刺丛里的求索》,上海远东出版社1995年版,第242—243页。

"二十世纪中国文学"的独特之处不在"破旧",而在"立新"。而如若我们采取某种后结构主义的眼光来看待这一突破,就需要意识到,所谓"新"从来就不是"说出"那些早已存在的事实的意义,而是"创造"那些已经存在的事实的意义的过程。因此,值得分析的首先便是他们以怎样的叙事逻辑、知识构成和文化想象来"讲述""二十世纪中国文学"。这种讲述方式所产生的广泛影响,"只能理解为整个学术界、文化界都在调整,我们因应了这种变化的时代需要",即所谓"踩上点儿了"①。但需要说明的是,这里将"二十世纪中国文学"作为八十年代文化的核心范畴加以考察,并非要格外突出这一论述的署名权/发明权,也并不认为这种论述对当时文化语境的"因应"是出于三位研究者个人先知先觉的"天才",而是在福柯理论的意义上首先质询"作者是什么"之后,将这一文学史表述视为某种话语构成的征兆,亦即在谱系学意义上将其视为某一话语形态"出现"/显影的话语事件②。唯有在这样的研究视野当中,"二十世纪中国文学"所勾连的知识领域才可得到更为历史化的呈现。

"二十世纪中国文学"的最基本诉求,"首先意味着文学史从社会政治史的简单比附中独立出来,意味着把文学自身发生发展的阶段完整性作为研究的主要对象"。要求文学获得"独立性"的表述,显然也是整个八十年代文化变革中最响亮的声音之一,这种声音从八十年代前中期的"让文学回到文学自身"、"文学审美"、"文学主体性"到八十年代后期的"纯文学"、"文学性",经历了不同的变奏,而"二十世纪中国文学"对文学史独立性的强调自然也是这一变奏中的主要声部。这种倾向和诉求在随后由陈思和、王晓明主持的"重写文学史"专栏③而引发的文学史研究思潮中,

---

① 查建英:《八十年代:访谈录》,陈平原部分,生活・读书・新知三联书店 2006 年版,第 128 页。
② 有关理论参见〔法〕米歇尔・福柯:《知识考古学》,谢月、马强译,生活・读书・新知三联书店 1999 年版。另见《尼采・谱系学・历史学》,苏力译,陈永国、汪民安编:《尼采的幽灵——西方后现代语境中的尼采》,社会科学文献出版社 2001 年版。
③ 陈思和、王晓明在《上海文论》杂志主持这一专栏,从 1988 年第 4 期开始,到 1989 年第 6 期结束。但作为一种文学研究思潮,一直延续至九十年代迄今。

得到了更为明确和充分的表达与实践。当时对文学"独立性"的倡导,显然应当看作是特定历史语境中对抗体制化的主导话语形态的方式,而其时的"旧概念"被不言自明地名之为"政治"。"政治"与"文学"的二元对立在当时是如此有效,以致批判前者就足以为后者的合法性张目。也就是说,正是通过将自身界定为"非意识形态化"的并将前者指认为意识形态,八十年代新的文学观念和文学形态才据以确认自身的合法性。不过,当我们来仔细考量具体历史文本中聚集于"文学"这一能指之下的符码和信息时,问题就会复杂许多。"文学"并不像当时的倡导者所想象的那样"非政治"和"独立",它始终是在极其复杂的文化、政治、社会乃至经济话语的网络当中定位自身。并且,如果我们参考日本学者柄谷行人在《日本现代文学的起源》一书中,对日本七十年代新左翼运动中那种"政治运动一旦破产就回归文学回归内心"[①]的倾向所作的批判,便应当意识到所谓"独立的文学"的诉求不过是一种"颠倒的风景"。也就是说,对"纯文学"的强调并非因为存在着"纯粹的文学"这一实体,而是一种"现代性装置"即制度化的认知模式和物质性的国家机制这两者所造就的结果。所谓"独立的文学"并非一种脱离开"政治"的纯粹观念性的存在,而是现代民族—国家制度的构成部分。具体到"二十世纪中国文学"对独立的文学史的诉求,也应当将之视为"颠倒的风景"之一种,它的"政治性"是内在于其所寄身的意识形态国家机器当中的,而所谓"非政治"/独立性仅仅是为一种"新政治"张目的合法性手段。更重要的是,由于在八十年代,文学仍旧处于民族—国家机器的核心位置(即文学的"黄金时代"和"轰动效应"),因此,以"文学"的方式来播散诸种新意识形态,是更为有效的手段;而"文学"表述中所涵盖的"政治"叙述也更为丰富。

不过,相比于八十年代其他的政治/文学的二元论述,"二十世纪中国文学"自有其复杂之处。这表现在它不止将自身的合法性建立在"文学"

---

① [日]柄谷行人:《日本现代文学的起源》,赵京华译,生活·读书·新知三联书店2003年版,第224页。

与"政治"对抗的基础上,而且它还尝试建立另外一套"非政治"的论述来填充在二元结构中的"政治"这一位置上。换句话说,与那种建立在"阶级斗争"、"新民主主义"、"反封建"等"革命"范式的现代文学论述"政治"不同,"二十世纪中国文学"是通过"时代"、"世界"、"民族"、"文化"、"启蒙"等"非政治"论述来重新定位现代文学及其"艺术规律"的。后一组范畴无疑是八十年代社会与文化变革的主题词。其中,最为核心的内涵,聚集于"二十世纪"与"中国"这两个能指之下。

"二十世纪"与"现代化"的意识形态时间表

首先被独立出来的是"文学史时间"。"二十世纪中国文学"批判那种将文学史等同于政治史的分期方法,而要求"文学史的分期应当以文学系统的变化为依据",即从文学系统的角度来确定"二十世纪"中国文学的起讫时间与总体特征。于是,文学时间上的"二十世纪"首先被确认为"一个不可分割的有机整体",这一"整体"表现为一个持续展开的"文学进程",即"一个由古代中国文学向现代中国文学转变、过渡并最终完成的进程"。其总体特征则由"世界文学中的中国文学"、"改造民族灵魂的总主题"、"悲凉"的美感特征、包括文体/语言在内的"艺术思维的现代化"这四项指标来显示。这里所谓"文学系统"论,正如倡导者明确说明的,来自于一九八五年这一文学理论的"方法年"流行的所谓"三论"(即系统论、信息论、控制论)之一。它由此将"古代中国文学"与"现代中国文学"切分为截然不同性质的两大块,而"二十世纪中国文学"则成为由前者"走向"后者的一个时间"进程",亦即一个"现代"比重逐渐压倒并最终取代"古代"/"传统"成分的过程。并且因为这一时间进程同时表现为"走向并汇入'世界文学'"这一空间性存在,与古代/现代的历时二元结构同构存在的还有"东西方文化大碰撞"、"中国"/"世界"这样的共时结构,两者共同构成"二十世纪中国文学"的纵/横两大坐标。在这一文学时间表当中,一些文学运动和事件被赋予了特别的重要性。最重要的一是五四新文学革命,另一则是所谓"新时期文学"。正是观察到五四与"新时期"这两个文学时段或文学事件之间"非常相像,几乎是某种'重复'",观察到"新时期文学与五四时期的文学有很多相似之处,是一个更高阶段上的发展",他们才由此意识到"二十世纪"的历史完整性,即"一种躲在后面的'总体框架'"。在确认五四和"新时期"的重要位置的基础上,"二十世纪"的历史进程被描述为这两个"高潮"之间的"一种螺旋式的上升",一种"否定之否定"的曲折发展的"整体性"——显然,如果我们要索解"二十世纪中国文学"这一范畴的意识形态特性,再没有比分析这两个重要事件及其关系更为有效的入口了。

在作为"文学史时间"的"二十世纪"中,五四被看作"闭关锁国"的古老中华民族"走向世界"的起点,是"现代中国"完成同"古代中国"的"断裂"的标志。它标志着由晚清开始的与古代中国文学的"全面深刻的'断裂'",并且这种断裂"不是在中国传统文学封闭系统内部实现的,而恰恰是以冲破这种封闭体系,击碎'华夏中心主义'的迷梦为前提的";这也意味着"二十世纪中国文学""越过了起飞的'临界速度',无可阻挡地汇入了世界文学的现代潮流"。这里值得分析的是论者所采用的语词,如"断裂"、"起飞"、"阶段"、"系统"等。尽管或许即使是论述者自己也未必明确意识到这些语词的来源,但有意味的是,这恰恰是六十年代由美国社会科学界生产出来的"现代化理论"的经典语言,尤其是经济学家罗斯托(W. W. Rostow)在《经济成长的阶段——非共产党宣言》[①]中作了集中表述。罗斯托在书中提出的经济成长的五个阶段论(即传统社会、为发动创造前提条件阶段、起飞阶段、向成熟推进阶段和高额大众消费时代),被视为现代化理论中有关第三世界国家发展理论的"圣经"[②]。这也就是说,如果我们要追溯"二十世纪中国文学"论用以表述"二十世纪"现代性的这套语词的来源的话,那么它们正源自冷战时期,美国为抗衡社会主义阵

[①] 罗斯托此书于1962年作为"内部读物",由商务印书馆出版。
[②] 王正毅:《世界体系论与中国》,商务印书馆2000年版,第21—28页。另参见[美]雷迅马:《作为意识形态的现代化:社会科学与美国对第三世界政策》,中央编译出版社2003年版,第66—73页。

营对新崛起的第三世界的影响而生产出来的现代化理论。正如分析者指出的，当现代化理论逐渐演变为一种有关发展的意识形态之后，它在不同情境下发挥作用的方式也不同，既可作为一种"政治工具"、一种"分析模式"，也可作为一种"制造言辞的工具"，更可成为一种"认知框架"[①]。而在八十年代中国语境中，人们对于"现代化"的理解和认知，采取的是一种想当然且十分"自然"的方式，将其看作一个超越性的普遍概念，而很少有人去正视这一说辞作为特定历史语境中的一种言说方式如何被"创造"出来。也就是说，八十年代有关"现代化"的想象更接近于一种"现代化意识形态"[②]，即它作为一种认知框架，是在"无意识"的情况下表达"由一个社会集团的信仰、价值、恐惧、偏见、反思和义务感组成的系统——简言之也就是社会意识"的语言。显然，这里并不是在考据"现代化"作为一种"学说"的最早起源，而是考察其作为一种"话语"表述得以成形的历史语境。正因为"现代化"在八十年代中国不是作为一种新"学说"，而是以"话语"的方式弥散于社会意识当中，当它被构造为一种新的学术语言时，其具体的表述方式和知识构成又恰是特定历史语境的产物。因而，"二十世纪中国文学"论在"现代"/"世界"的同构语义上，一面是进化论的启蒙主义历史景观的确立，另一面是以马克思的《共产党宣言》提出的"世界市场"与歌德的"世界文学"论述为主要知识资源的世界景观想象，构造出有关"现代化"的独特表述。就八十年代前中期的历史语境而言，有意味的并且也正是"二十世纪中国文学"论有意略去或闭口不谈的地方，恰恰在于这个"世界市场"的特性，按照冷战语言应被描述为"资本主义"，而在一种现代化理论语言中被描述为"现代"。这正如八十年代中期，在以对传统中国文化的批判来表达对当代中国政治批判的文字表述

---

① [美]雷迅马：《作为意识形态的现代化：社会科学与美国对第三世界政策》，中央编译出版社 2003 年版，第 20—21 页。
② 有关"现代化意识形态"的论述，参见汪晖《当代中国思想状况与现代性问题》，《天涯》1997 年第 5 期。

中，似乎是突然间用"传统"这一语汇取代对"封建"这一语汇①一样，以"现代"、"世界市场"来定位二十世纪，而不是"资本主义"、"社会主义"这样的语汇来定义二十世纪，并不单纯是语汇和修辞的更替问题，而是话语转换的问题。或许在这里，我们同样必须使用"语言学转型"之后的理论视野来看待这一问题，即不是语言"表达"意义，而是语言"创造"意义。对"传统"的批判取代对"封建"的批判，以"现代"、"世界市场"而非"资本主义"、"社会主义"来命名二十世纪，正是有关"现代化"的一整套话语取代有关"革命"话语的具体表征。

呈现"二十世纪中国文学"论述的意识形态特性的最好方法，或许便是拿它来与建立在毛泽东的《新民主主义论》等基础上的"现代文学"论述进行参照。日本学者沟口雄三在反省日本学界的中国研究时，曾批判那种把有关历史的叙述和假说当成事实的做法："如果说历史学在某种意义上可以称为假说的学问，那么这个结构相应地具备作为假说的机能。问题是假说再怎么样也是假说而不是事实。换句话说，由于没有别的假说与之对立，因此它基本失去了假说对于事实本该具有的谦虚。"②沟口对历史叙述作为一种"假说"特性的强调，对于我们理解"二十世纪中国文学"论中的历史想象显然是有启发的。因为在八十年代（乃至更长的时间中），人们更多地将其有关"二十世纪"的叙述视为某种"自然"的"物理时间"，一种对"客观"存在的事实的描述，而遮蔽了其意识形态内涵。自然，这里将"二十世纪中国文学"的传统/现代论与《新民主主义论》的历史叙述相参照，也并非要否定前者的叙述结构，而是要将其还原为一种历史"假说"。在很大程度上，八十年代将"传统"/"现代"的历史叙述接受为"客观"事实，恰恰是因为人们很少将"别的假说与其对立"；就当时的历史语境而言，或许更真切的情形是，人们为了摆脱体制化且丧失说服力的

---

① 参见贺桂梅：《八十年代文学与五四传统》，第二章《"反传统"文化思潮中的文学》中的第一节"封建"、"传统"和"现代化"，北京大学博士学位论文，2000。
② [日]沟口雄三：《日本人视野中的中国学》，《作为方法的中国》，李甦平、龚颖、徐滔译，中国人民大学出版社1996年版，第24—25页。

革命范式"假说"而因此将有关现代化的论述视为"事实"。如若将"二十世纪中国文学"论与"新民主主义"论同样看作两种关于历史的"假说"的话,那么毛泽东那篇几乎可以说确立了整个现代文学论述基调和格局的《新民主主义论》①,对待"现代"历史的态度要复杂得多。他不仅将"二十世纪中国文学"所确立的"现代"明确定性为"民主主义"(或资本主义),而且将其区分为"旧"/"新"两个阶段,而五四则成为区分这两个阶段的标志。毛泽东也是在一种"世界"视野当中展开论述的。不过,与"二十世纪中国文学"在"现代"与"传统"的二元结构中切分"世界"/"中国"的做法不同,毛泽东固然重视以"外国资本主义侵略中国"而带来"资本主义因素"这一现代时间,但他更重视的是这一现代时间内部的反动,即"因为第一次帝国主义世界大战和第一次胜利的社会主义十月革命,改变了整个世界历史的方向,划分了整个世界历史的时代"。也就是说,与"二十世纪中国文学"以"传统"与"现代"的二元结构划分二十世纪历史格局不同的是,毛泽东勾勒出了中国革命的三分结构。他格外强调所谓"现代"的"资本主义"性质,以及在这一"资本主义"现代历史内部反叛现代性的"社会主义"。因此,这里不仅有资本主义的"现代",还有社会主义"反抗"资本主义现代的"现代"。在这样的意识形态坐标上,"新民主主义文化"正如同"二十世纪中国文学",也具有"过渡"的性质,不过不是从"古代"转向"现代",而是"现代"内部的转换,即从"旧民主主义革命"(资本主义革命)转向"社会主义革命"。于是,依照毛泽东所勾勒的这种历史图景和革命构想的步骤,遵循着文化/政治一元观,近代文学、现代文学与当代文学分别被作为旧民主主义、新民主主义和社会主义三个阶段的文化/文学的呈现。这正是在"二十世纪中国文学"提出之前,统治着近代、现代、当代三个学科方向的体制化叙述。

特别地参照《新民主主义论》而指出"二十世纪中国文学"在如何理解二十世纪这一"现代"/"世界"时间表上发生的变异,一方面固然是因

---

① 毛泽东:《新民主主义论》,人民出版社1968年版,第623—670页。

为"二十世纪中国文学"之所以"新"恰在于它是对近代、现代、当代学科界限的"打通",也就是说,这正是当时两种更替的"新"/"旧"研究范式;而另一方面则希望通过两种范式间的对比,凸显"二十世纪中国文学"有意或无意地遮蔽或"不说"的那些历史内容。正如法国理论家路易·阿尔都塞在提出"症候阅读"理论时所说的,那些"没有说出"的内容往往比"说出"的内容更重要,并且,正是那些"没有说出"的内容才能凸显"说出"的内容的意识形态特性之所在①。如果说我们仅仅阅读"二十世纪中国文学"无法观察到它遮蔽或遗漏了怎样的历史内容的话,那么,恰恰是在与《新民主主义论》的参照中,它有关"二十世纪"历史讲述的意识形态性才得以显影。

事实上,这里提到的对于这些被"遗漏"内容的"发现"也并非新鲜,其实在"二十世纪中国文学"提出之初,类似的质疑便存在了。如一九八六年在北京大学组织的有几位日本的中国学研究者参与的讨论中,木山英雄相对隐晦地提出,"二十世纪中国文学"用马克思的"世界市场"来定义中国的二十世纪历史,忽略了"文化主体的形成"这一问题,因为"从东方民族的立场来看,这(指二十世纪——笔者说明)并不是像马克思所说的世界市场的成立。马克思是完全站在西方立场上说的"。而丸山升则直截了当地提出,"二十世纪文学"的"中心问题"应当是"社会主义",但在"二十世纪中国文学"论中,这一"中心问题"却并没有出现②。到九十年代后期,钱理群在回顾提出"二十世纪中国文学"这一概念的经过时,也曾提及王瑶的质疑:"你们讲二十世纪为什么不讲殖民帝国的瓦解,第三世界的兴起,不讲(或少讲,或只从消极方面讲)马克思主义,共产主义运动,俄国与俄国的影响?"③——这些"二十世纪中国文学""不讲"的内容,概而言之,便是遮蔽所谓二十世纪"现代性"的内在矛盾与冲突,将

---

① [法]路易·阿尔都塞、艾蒂安·巴里巴尔:《读〈资本论〉》,李其庆、冯有光译,中央编译出版社2001年版。
② 孙玉石等:《世界文学·中国文学·日本文学》,《当代作家评论》1989年第3期。
③ 钱理群:《矛盾与困惑中的写作》,《文学评论》1999年第1期。

其视为一个内在统一的因而也是"单一现代性"的过程，也因此抹去了作为资本主义内部反动的"社会主义"现代性。

如同"二十世纪中国文学"论所意识到的，"'二十世纪'并不是一个物理时间，而是一个'文学史时间'"。事实上，或许应该说，从来不存在什么客观、中性的"物理时间"，任何时间尺度都是某种意识形态作用的结果。美国学者厄非尔塔·里利伯诺（Eviatar Zerubavel）在他的论著中指出，时间尺度在组织社会生活的过程中具有极其重要的位置，"通常，时间秩序为某一社会群体所共有，并且独特到能够将组织成员与外人区分开来的程度。它有助于确定群体间的界限，并为群体内部僵化的凝聚力提供强有力的基础"①。梁思文将里利伯诺的这一论断落实于对共产主义运动的分析，认为可以将其视为一个"由符号、仪式和语言组成的文化共同体"，而其中尤为重要的则是"共产主义日志"，即"在共产主义文化的时间框架中，规定他们在这些运动内部的时间秩序"②。参照这些论断，显然可以给我们讨论"二十世纪中国文学"论的"文学史时间表"带来启发。如果说毛泽东的《新民主主义论》恰恰是通过将现代中国的历史时间纳入"共产主义日志"，从而勾勒了整个中国革命运动的策略和步骤，以及中国现代文化的性质与特征的话，那么，"二十世纪中国文学"论则确立的是另外一套时间尺度，即由现代化理论所构造的一个从"传统"向"现代"进化的统一的时间过程。在后一时间表中，与同样建立在进化论基础上的"共产主义日志"相比，其重心不再是现代历史内部的意识形态冲突，而转移为从"传统"走向"现代"过程中的阶段性矛盾。比如，在"二十世纪中国文学"论中，核心的冲突不再是现代历史内部资本主义与社会主义的生产方式及其代表阶级的不同政治策略之间的冲突，而是如何挣脱"传统"而进

---

① Eviatar Zerubavel, Hidden Rhythms: Schedules and Calendars in Social Life, Chicago: University of Chicago Press, 1981. 转引自梁思文（Steven I. Levine）：《中国与社会主义国际：标志表象一体化》，牛大勇、沈志华主编：《冷战与中国的周边关系》，世界知识出版社 2004 年版，第 175 页。
② ［美］梁思文（Steven I. Levine）：《中国与社会主义国际：标志表象一体化》，牛大勇、沈志华主编：《冷战与中国的周边关系》，世界知识出版社 2004 年版，第 174—175 页。

入"现代"的主要矛盾,并且随时处在因现代进程有可能"中断"而重新回复到传统的危险当中。显然,这是两种完全不同的时间尺度。并且与八十年代"新启蒙"思潮中的流行看法相反的是,不是以"现代化"为主要诉求的"二十世纪中国文学"论,而是以"革命"为主要诉求的《新民主主义论》,表现出了对"现代性"更为复杂也更为辩证的关注。

从这一"现代历史的时间表"具体到"文学史的时间表",则是五四新文化运动从《新民主主义论》中作为既有"新民主主义"因素也有"社会主义"因素的历史起点,变成了"二十世纪中国文学"论中的"单一"现代性的历史起点。更具有意识形态意味的,是"二十世纪中国文学"将"新时期"与五四这两个事件作了一种历史性的对接,尤其将前者视为后者"更高阶段的重复"。"二十世纪中国文学"论看待这两个历史事件的方式在八十年代并非偶然,而毋宁说这是塑造所谓"新时期"意识的核心历史观之一,更是所谓"新启蒙"思潮的基本思想前提。在当时文化界的自我意识当中,"新时期"被认为是"第二个五四时代",是"又一次文艺复兴",是"新启蒙时代"。这种历史意识的来源恰恰在将"新时期"类比于五四的历史想象当中。"二十世纪中国文学"论提出的这两者关系,在同期或稍后的文学研究者那里有更为明晰的表达。如李泽厚在《启蒙与救亡的双重变奏》中,将"新时期"视为五四启蒙文化在"六十年代之后的复归",并在《二十世纪中国(大陆)文艺一瞥》中描述了一种与之相应的高潮(五四)——低落(四十—七十年代)——回升(新时期)的文学史历史景观[1]。而陈思和则干脆把五四以来的文学史发展画了一个"圆型"图[2]。确立起"新时期"与五四的特殊关系,不仅在通过将"新时期"类似于五四而为八十年代历史/文化变革的合法性张目,更关键的是,这种历史叙述还确立了另一组历史对应结构,即将"新时期"之前的五十—七十年代社会主义历史等同于五四之前的古老中华帝国的前现代历史。正如一些学者已

---

[1] 李泽厚:《启蒙与救亡的双重变奏》、《二十世纪中国(大陆)文艺一瞥》,《中国现代思想史论》,东方出版社1987年版。
[2] 陈思和:《中国新文学整体观》,上海文艺出版社1987年版,第45—46页。

经敏锐地指出的那样,八十年代的整个新启蒙主义思潮在重申现代性意识形态时,借助的正是这样一种历史隐喻来确立自身的合法性,即将五十—七十年代的社会主义历史实践隐喻性地转换为前现代的"封建"历史,从而将八十年代中国的变革类同于五四时期的新文化革命,同时也类比于欧洲从中世纪转向世俗社会的"现代化"初始时期①。而五十—七十年代的历史(尤其是"文革")也因此被"剔除"出现代历史,而成为整个"二十世纪"时间表当中的"例外"、甚或"畸形"的时段。

不过,今天重新讨论这一问题,如若还仅仅停留于分析其采取了何种意识形态修辞的层面显然是不够的,我们还需进一步追问使得这样的修辞在当时被视为"理所当然"的话语构成;并且正面地讨论那些被"回避"了的历史实践中的"现代"内容,以及这种"回避"在八十年代语境中如何成为可能。

"中国"与全球化想象

两种意识形态时间表相应地建构了自身关于"现代世界"这一全球性的空间景观和民族—国家主体的不同想象方式。与《新民主主义论》通过不同阶级关系与政体形态间的冲突而将历史主体确立为阶级—国家不同,"二十世纪中国文学"首先将现代化进程中的历史主体确立为似乎无需论证其合法性的现代民族—国家。显然,在这里,国民/民族(nation)② 这一共同体想象方式的最大变化,便是"阶级"纬度的消失。如果说《新民主主义论》所代表的"革命"范式建构其"想像的共同体"的方式,必须被置于二战后第三世界独立建国浪潮的历史语境中加以考量的话,那么这种

---

① 汪晖在《当代中国的思想状况和现代性问题》中概括为"'新启蒙'的政治批判(国家批判)采用了一种隐喻的方式,即把改革前的中国社会主义的现代化实践比喻为封建主义传统,从而回避了这个历史实践的现代内容"。戴锦华在《隐形书写——九十年代中国文化研究》(南京,江苏人民出版社,1999)中将其概括为"对当代中国历史的思考,转而成为对前现代中国社会与传统文化的批判"。
② 有关民族—国家作为"想象的共同体"这一理论阐述,参见[美]本尼迪克特·安德森《想象的共同体——民族主义的起源与散布》,上海人民出版社2003年版。

阶级—国家的主体形态与发源于十九世纪西欧的民族主义思潮则有所不同。英国历史学家霍布斯鲍姆（Eric J. Hobsbawm）提出："第三世界的民族解放运动，在理论上虽是套用西方民族主义的模式，可是它们实际想要塑造的国家，却与西方民族—国家的标准背道而驰。"如果说主宰十九世纪的民族主义思潮的，是一种"马志尼模式"，即"创造一种族群、语言与国家领土一致重合的民族国家（'所有的民族都是国家，一个民族只有一个国家'）"，那么二战后非殖民化过程中出现的新国家则是"反殖民化"、"革命"与"外力干预"这三种力量作用的结果；与民族主义有关的议题，都只是用来强调或干扰"革命与反革命的政治"这个主角的"陪衬角色"①。由此看来，对于"二十世纪中国文学"有关十九世纪拉丁美洲、非洲和亚洲"各个民族的文学走向并汇入世界文学的路径"的描述，也需要区分这种源自五四时期的十九世纪民族主义思潮与八十年代由五十—七十年代接续过来的第三世界民族主义思潮之间的差别。相当有趣的是，钱理群提及他所理解的"二十世纪"是从苏联革命导师列宁有关"亚洲的觉醒"的论述中得到启发的，并且特别提出"世界文学"不仅包括欧美文化，也包括与"中国近似"的非西方国家，"比如印度、日本、东南亚，还有非洲，最后拉美文学也进入了我们的视野"。但是，在如何理解这些非西方的、后发现代化的、并且大多显然是在殖民主义的情境中遭遇西方因而进入"现代"的国家主体形态时，恰恰是霍布斯鲍姆所谓的"反殖民化"、"革命"与"外力干预"这三种因素被排除在"二十世纪中国文学"论的视野之外。这也正是日本学者木山英雄和伊藤虎丸批评其忽略了"文化主体的形成"和"西方的文化侵略"②的地方。

由于并不区分西欧式民族主义和第三世界（与后发现代化国家）民族主义这两者间的差异，因此在"二十世纪中国文学"论中的"中国"，就成

---

① ［英］埃里克·霍布斯鲍姆：《民族与民族主义》（原名 Nations and Nationalism Since 1780，即《1780 年迄今的民族与民族主义》），第五章《20 世纪晚期的民族主义》，李金梅译，上海人民出版社 2000 年版，第 196—224 页。
② 孙玉石等：《世界文学·中国文学·日本文学》，《当代作家评论》，1989 年第 3 期。

为自我决定的历史主体,其能否进入"世界"完全取决于它的自我意愿,即在"闭关自守"与"打开门户"之间的自行选择。在这一理解层面上,五十—七十年代社会主义中国被全球资本体系排斥和拒绝于其外的历史,就被描述为如同晚清帝国那样基于愚昧意识的"闭关锁国"或"夜郎自大";相应地,"新时期"打开国门,则成为步入"文明"的明智之举。这里姑且不讨论世界体系理论研究者如贡德·弗兰克在《白银资本:重新重视经济全球化中的东方》(中央编译出版社,2001)、乔万尼·阿瑞吉等在《东亚的复兴:以五百年、一百五十年、五十年为视角》(社会科学文献出版社,2006年)等论著中,对晚清中国经济在全球体系中的位置及其对外政策的重新阐释;也不去讨论五十—七十年代毛泽东时代的中国与资本主义全球市场的"脱钩",是一种老大帝国意识的短见、第三世界国家必要的发展措施还是美国基于冷战意识对中国的封锁;即使就七十—八十年代中国"融入"西方资本市场这一转型本身,也是全球国家体系间和中国内部多种政治、经济力量博弈的结果。"新时期"中国是否选择"开放",或许更多地源自中国外部由美国主导的全球资本市场对中国由"封锁"、"遏制"转向有限度的接纳,而非出于某种错误意识的引导。这一点在今天以一种历史回望的眼光看来,几乎成为一种不言自明的"常识"。不过有意味的地方正在于,对于跨越曾经由冷战划定的国家间界限的这一历史行为,如果说美国社会科学界构造出有关"全球化"这种看似中性客观的理论描述的话,那么,作为冷战另一方的中国也相应地生产出了自己的理论描述和想象。就这一角度而言,"二十世纪中国文学"有关"中国"和"世界"的想象方式本身正是这一历史情境中的产物,并且因其在八十年代产生的广泛社会影响,可将其中有关"中国"与"世界"的想象和表述视为一个突出的话语事件。正是通过对自身历史所产生的一种"自我憎恨"式的批判和反省,对"西方"想象方式所发生的变化,"世界"景观得到了重构。"世界"不再是"革命"范式中由地缘政治权力关系构成的"世界",而某种意义上成为了一个理想的乌托邦。于是,有关"世界市场"/"世界文学"的想象便剥离了现代世界内部的冲突,被描述为一个尚待实现的理想化的全球/世界秩序。不同的民族—国家按照时间先后，或早或晚纷纷加入这一历史进程，并最终通过先进与后进国家同时进行的"自我改造"，达成"人类分享着一个共同的命运"的"全球村"。因此，便有这样的结论："沟通东西方文明，实现人类大家庭的'内在的归一'，这也许就是二十世纪'世界文学'发展的总任务、总趋势"；而"二十世纪中国文学"的核心内容便是"走向世界文学"历史进程与"改造民族灵魂"总主题的彼此同构。

将五十—七十年代"东风吹，战鼓擂，现在世界谁怕谁"的"世界"转化为"人类大家庭内在归一"的"全球村"，这里想象世界的方法所发生的变化，正如同"二十世纪"时间表所发生的变化，关键是背后支撑其叙述结构的知识范式。如果说，在《新民主主义论》的时间表中，主题词是世界革命、帝国主义、民主主义（资本主义）/社会主义、阶级—国家的话，那么，"二十世纪中国文学"论中的主题词则相应地变成地球村、普遍人性、现代/传统、民族—国家。在这种转换中，最大的变化来自"中国"这一现代民族—国家的主体位置和认同方式的偏移。在《新民主主义论》中，"中国"这一共同体想象是在抵抗外来的帝国主义和批判内部的封建主义这两个辩证的方向（即所谓"反帝反封建"）上进行的。应当说，这里的民族主义和现代主义构成两个不可分割的面向。之所以如此，关键在于其确认"中国"的"民主主义因素"时，从不否认这一"现代"因素来自帝国主义的殖民与侵略。与之相比，这或许便是"二十世纪中国文学"论最有意味的地方了。它将"世界市场"和"世界文学"的形成时间确定于十九世纪中后期，并将其视为由一套现代民族—国家体系构成。尽管主要讨论的是拉丁美洲、亚洲和非洲这些后发达区域如何进入现代民族—国家体系，但几乎不讨论殖民主义产生的影响，以及这些后进的民族—国家与侵略他们的现代西欧国家在文化上的既要进入"现代"又要抵抗其侵略的暧昧的双重关系。因此，二十世纪中国现代化的时间起点，被上移到一八四〇年，这一"传统中国"遭遇"现代西方"的时刻。尽管在"新民主主义"论中，鸦片战争同样被视为现代历史的起点，不过那是在一种对于"老师打学生"的既反叛又臣服的悖论关系中展开的。与之相对，"二十世纪中国文学"论则干脆略去了其中地缘政治的冲突内涵,而将之视为"文明"对"落后"(野蛮)的启蒙。也正由于西方的启蒙/侵略被作为某种历史的最高规律即"现代"/"世界"的化身而被非历史化,"中国"主体的成形便成为参照已经进入"世界"的西欧国家而完成的极为艰难的"自我改造"的过程。

显然,这里的"西方中心主义",这里的遮蔽其殖民主义意识形态内涵的启蒙主义现代想象,以及这里的有关第三世界民族—国家的单一纬度的现代性想象,都是极为明显的。这也正是八十年代中期构造出新启蒙主义思潮的中国/世界、传统/现代同构的核心意识形态坐标的具体呈现。这种"发现"不过是一种历史的时间距离赋予每位后来的重读者的"后见之明"。简单地批判其浓郁的西方中心主义(八十年代名之曰"世界主义"),并无助于问题的讨论,或许反而将陷于另一种中国/西方的二元框架中。因为真正值得关注的问题,并不在于抽离历史语境地去比较"二十世纪中国文学"论中有关全球化的想象是否与西方相同,而在于,这种想象"世界"的方式在八十年代中国的历史语境中扮演怎样的历史角色和功能。也就是说,使得"地球村"式的世界想象在八十年代出现,使得"走向'世界市场'、'世界文学'"而非反抗"帝国主义"成为确立"中国"主体地位的依据的历史契机是什么。

对这一问题的解答仅仅局限于中国这一单一民族—国家的内部视野,是无法得到深入讨论的。或许可以说,正因为将七十—八十年代中国转型的全部的历史压力,解释为中国内部的政治/文化"失误",才是八十年代那种将四十—七十年代的社会主义实践史等同于前现代史的新启蒙式历史想象和隐喻表述得以出现的关键。七十—八十年代之交的政治、社会和文化转型中最大的变量,是中国的主体位置在全球格局中所发生的变化:它由曾经的社会主义阵营和"第三世界"的重要国家,自行"开放门户",主动进入资本主义全球市场。这一主体位置的转移,导致的不仅是中国的民族—国家想象方式的变化,更重要的是整合包括政府、知识界乃至普通民众在内的整个认知框架发生了变化。这种主体位置及其认知框架的变化,才是"世界"景观和"中国"认同方式发生变化的关键原因。如果说,"二十世纪中国文学"论(现代化范式)与"现代文学"论(革命范式)中的两种知识范式与两种"世界"想象,恰是冷战时期两个冲突阵营所代表的各自的意识形态(也就是说"革命"范式中由资本主义与社会主义所构成的现代世界内部的冲突,是冷战时期的社会主义国家的"世界"想象;而"现代"范式中在传统/现代时间纬度上的"地球村",则正是冷战的另一方尤其是美国所创造的"世界"想象),那么,七十—八十年代之交,中国在全球格局中位置的变化,则使得这种对峙的意识形态分野也相应地发生了错动和极为复杂的交融关系。对这一问题的讨论,不仅可以在宏观层面上分析后冷战的全球格局中,与"现代化"相关的民族—国家建构、意识形态转换与知识生产体制间的复杂关联形态,同样也涉及新的知识范式与具体学科体制之间的关系。在这一历史过程中,"二十世纪中国文学"论与其说是其中的主流且代表性的论述,毋宁说它仅仅是这一话语构成的一个话语事件而已。但其特殊位置在于,它恰好可以勾连起后冷战情境中的中国在重建其"想象的共同体"时,"现代化"意识形态与人文学科知识生产体制间的历史运作轨迹与重要侧面。

可以说,与此前诸多的有关"现代化"或"二十世纪中国文学"的讨论相比,这里尝试建立的论述路径或许是相当"冒险"的。如果说从一种文学史论述到一个学科研究范式的转变,这一"跳跃"尚可被理解的话,那么,从一种学科研究范式再转向对学科体制与民族—国家意识形态关系的考察,则是更为复杂也更为大胆的举措。不过,如若我们试图跳出八十年代所确立的现代化意识形态,仅仅进行一种与之相抗的意识形态批判是不够的,更需要的,或许是对这种意识形态的知识构成进行一种谱系学式的清理。只有在经历这样的清理工作之后,所谓现代化意识形态才能真正被指认为一种"意识形态"。

(原载《当代作家评论》2008 年第 4 期)

在"缝合"与"断裂"之间
——两种文学史叙述与"重返八十年代"
罗岗

在中文系的课程设置中,一直有一个说法,那就是"三十年"对"三千年"。什么意思呢?它指的是"中国现当代文学"和"中国古代文学"的关系。在20世纪50年代,只有三十多年历史的"中国现当代文学"——当时叫"中国新文学",如王瑶1951年出版的"现代文学史",就叫《中国新文学史稿》①——和已经有三千年历史的"中国古代文学"同样成为了"二级学科",成为了构成"中国文学"教学与研究的最重要的主干课程之一。很多人不理解这样的学科和课程设置。无论在学术价值还是艺术品格上,"中国现当代文学"似乎都没法和"中国古代文学"相提并论。通俗地说,不管是想做学问还是爱好文学,古代文学都比现当代文学有优势。可是为什么我们还需要学习"中国现当代文学"呢?从最直观的角度看,中文系的课程,如古代文学、外国文学和文学理论,都和"当代生活"或多或少有一层"隔膜",而只有"现当代文学"直接面对的是环绕着我们的文学和语言现实,研究的是"活生生"的历史与现实,甚至包括未来的文学走向。就像20世纪还没有结束,1985年,黄子平、陈平原和钱理群三人就提出"二十世纪中国文学"的构想了。因此,别的科目可能不会有那么强烈的感受,但对于"现当代文学"来说,恰恰需要打破这层"隔膜",在"当代文学"和"当代生活"之间建立起有机联系。也许中文系别的科目还可以保持"客观"、"静态"甚至是"价值中立"的姿态,但"当代文学"始终具有一种强烈的介入色彩和现实品格。所以,这门学科成为了中文系

---

① 王瑶:《中国新文学史稿》上,开明书店1951年版。

非常重要同时也是独一无二的课程。

这仅仅是从个人感受出发的一种描述,其实问题复杂得多。站在今天的立场上来讲这个"古代文学"和"现当代文学"的故事——明眼人一下子就会发现,怎么你讲到这儿,还是"现代文学"和"当代文学"不分啊,不分开来讲,很多道理就讲不透——很容易用"当代文学"与"当代生活"相勾连的方式来叙述,但实际上,"现当代文学"和"古代文学"以及"现代文学"和"当代文学"之间离合分化关系的形成,并不仅仅简单地来源于"当代生活"的经验可以"直接介入"到这一学科中去。因为任何一门学科,即便是在某些人眼中高度意识形态化的"当代文学",也需要至少两个方面的支撑才得以成立:一方面是和更为宏观的历史叙述建立必然的联系,另一方面则要求在这种联系中建立起学科自身的话语系统。当然,随着宏大历史叙述的改变甚至消解,学科自身也必然要发生合法性危机。洪子诚在《"当代文学"的概念》一文中就指出:"在谈到20世纪的中国文学时,我们首先会遇到'新文学'、'现代文学'、'当代文学'等概念。这些概念及分期方法,在80年代中期以来受到许多质疑和批评。另一些'整体地'把握这个世纪中国文学的概念(或视角),如'20世纪中国文学'、'晚清以来的中国文学'、'近百年中国文学'等,被陆续提出,并好像被越来越多的人所接受。许多以这些概念、提法命名的文学史、作品选、研究丛书,已经或将要问世。这似乎在表明一种信息:'新文学'、'现代文学'、'当代文学'等概念,以及其标示的分期方法,将会很快地成为历史的陈迹。"[①] 确实,"当代文学"在80年代遭遇的危机首先就表现在"当代文学"与"现代文学"的"二分法"或者"近代文学"、"现代文学"和"当代文学"的"三分法"面临着极其严峻的挑战。对这一挑战最完整的表述,依然来自黄子平、陈平原和钱理群提出的"二十世纪中国文学",因为这一概念的提出,"并不单是为了把目前存在着的'近代文学'、'现代文学'和'当代文学'这样的研究格局打通,也不只是研究领域的扩大,而是要把二

---

① 洪子诚:《"当代文学"的概念》,载《文学评论》1998年第6期。

十世纪中国文学作为一个不可分割的有机整体来把握"①。问题在于,如何把"二十世纪中国文学"把握为"一个不可分割的有机整体"?当务之急就是挑战那种"近代"、"现代"和"当代"的历史"三分法",而这种"三分法"的"历史分期"对应的是一个更大的"历史叙述":以毛泽东《新民主主义论》为代表的对"二十世纪中国"的另一种叙述,即以"旧民主主义"、"新民主主义"和"社会主义"为标志的"革命阶段论"。如果"近代文学"和"现代文学"因为自我的完成和封闭而有可能"自洽",那么"当代文学"的危机恰恰来自它的"未完成性":不仅作为起点的"1949年"遭到挑战,而且内在包含着的"1979年"成为了另一套历史叙述的"新起点",一套取代"革命阶段论"、试图整体上把握"二十世纪中国"的"现代化阶段论"的"新起点"。这样一来,"当代文学"就要在双重意义上为自我的存在辩护:一方面要站在"1949年"的立场上强调"当代文学"的"历史规定性",也即中国的"社会主义革命和实践"规定了"当代文学"的历史走向;另一方面则要包含"1979年"的变化来整合"当代文学"的"内在冲突",也即如何将"前三十年"(1949—1979)和"后三十年"(1979—2009)作为一个"有机整体"来把握。

然而,绝大多数对于"当代文学"概念的讨论以及相关的"当代文学史"写作,或多或少地回避了上述两个方面的"难题性"。只有洪子诚的《中国当代文学史》对此有比较明显的自觉。在进入具体的历史叙述之前,它细致地分疏了"当代文学"在这部"当代文学史"中的三重含义:"首先指的是1949年以来的中国文学。其次,是指发生在特定的'社会主义'历史语境中的文学,因而它限定在'中国大陆'的这一区域中……第三,本书运用'当代文学'的另一层含义是,'当代文学'这一文学时间,是'五四'以后的新文学'一体化'倾向的全面实现,到这种'一体化'的解体的文学时期。中国的'左翼文学'('革命文学'),经由40年代解放区文学的'改造',它的文学形态和相应的文学规范(文学发展的方向、路线,文

---

① 黄子平、陈平原、钱理群:《论"二十世纪中国文学"》,载《文学评论》1985年第5期。

学创作、出版、阅读的规则等），在 50 至 70 年代，凭借其时代的影响力，也凭借政治权力控制的力量，成为惟一可以合法存在的形态和规范。只是到了 80 年代，这一文学格局才发生了变化。"① 很显然，"当代文学"的第二点和第三点含义分别针对的是"1949 年"和"1979 年"，不过，所使用的策略还是略有差别。针对"1949 年"，强调的是"当代文学"的"社会主义性质"，但针对"1979 年"，却需要面对"二十世纪中国文学"这类叙述所强化的"断裂说"——即前三十年的"当代文学"使"五四"开启的中国现代文学进程发生了"断裂"，只有到了 70 年代末的"新时期文学"，这一进行才得以继续——而提出"延续说"，也即前三十年的"当代文学"，"是'五四'诞生和孕育的充满浪漫情怀的知识者所做出的选择，它与五四新文学的精神，应该说具有一种深层的延续性"②。

尽管相对于"二十世纪中国文学"论述的"断裂说"，"延续说"具有相当程度的说服力，但仅就文学精神而言，这种"延续"似乎并不会引起太大的异议，可是一旦引入了文学体制，那就会发现，"现代文学"和"当代文学"之间的区别，并不在于文学的语言、形式和内容方面的差异，而是来自现代文学体制和当代文学体制之间的巨大转变。"现代文学"是依靠什么生产出来的？它的生产机制是什么？这样的生产机制在 1949 年之后发生怎样的变化？"当代文学"又是如何依靠着这个体制的变化重新确立起来，并表现出与"现代文学"不同的文学形态和文学面貌的？围绕着这一系列问题，引申出来的就是洪子诚所谓"文学的一体化倾向"，只不过这个"一体化"不是按照一般的理解从"1949 年"开始的，而是可以上溯到"五四"新文学："'当代文学'这一文学时间，是'五四'以后的新文学'一体化'倾向的全面实现，到这种'一体化'的解体的文学时期。"③

---

① 洪子诚：《中国当代文学史》（修订版），北京大学出版社 2007 年版，第 3—4 页。
② 洪子诚指出："黄子平、陈平原、钱理群的《论"二十世纪中国文学"》在讨论 20 世纪中国文学的总主题、现代美感特征等时，暗含着将 50—70 年代文学当做'异质'性的例外来对待的理解。"（参见洪子诚《关于 50—70 年代的中国文学》，《当代文学概说》，广西教育出版社，第 21—49 页。）
③ 洪子诚：《"当代文学"的概念》，载《文学评论》1998 年第 6 期。

表面上看，洪子诚的"当代文学观"在"二十世纪中国文学"论述的压力下，也希望重新沟通"当代文学"与"现代文学"的关系，但仔细考察，两者还是有着非常明显的区别。洪子诚的"延续说"继承了"当代文学"的传统——1949 年之后，"中国现代文学"这一学科以及相应的文学史撰写，都是经由"当代文学"的概念生产出来的，王瑶的《中国新文学史稿》即是这一生产的范例——透过"当代文学"，回溯性地建构了对"五四"以来现代文学发展的理解；相反，"二十世纪中国文学"论述虽然试图"把 20 世纪中国文学作为一个不可分割的有机整体来把握"，却将前三十年的"当代文学"视为需要"重写"的对象，不仅打入"另册"，而且从根本上颠覆了"当代文学"的价值，确立了一套以"二十世纪中国文学"为名、实则来自"现代文学"的新的评判标准——正如有人早就指出的，这样的"现代文学"与其说是"历史"上的"现代文学"，不如说是"八十年代"的"现代文学"："我们'今天'所知道的鲁迅、沈从文、徐志摩，事实上并不完全是历史上的鲁迅、沈从文和徐志摩，而是根据 80 年代历史转折需要和当时文学史家（例如钱理群、王富仁、赵园等）的感情、愿望所'重新建构'的作家形象。"① 这就难怪王瑶作为这一学科的奠基者，面对学生引以为豪的"二十世纪中国文学"，要发出一系列的质疑："你们讲 20 世纪为什么不讲殖民帝国的瓦解，第三世界的兴起，不讲（或少讲，或只从消极方面讲）马克思主义，共产主义运动，俄国与俄国文学的影响？"②

因此，程光炜在《文学讲稿："八十年代"作为方法》中用对"现代文学"与"当代文学"的分野、分歧和分化的讨论，作为他"重返八十年代"的起点，既是有意为之，又别具深意。说是有意为之，最明显的莫过于他似乎无视"中国现当代文学"至今仍然是隶属于"中国文学一级学科"的"二级学科"，也不太顾及这一学科的发展趋势是以"打通"、"综合"和"整体化"为主，反而带有冒犯性地强调"当代文学"和"现代文学"越来

---

① 程光炜：《新世纪文学"建构"所隐含的诸多问题》，载《文艺争鸣》2007 年第 2 期。
② 参见钱理群：《矛盾与困惑中的写作》，载《文学评论》1999 年第 1 期。

越像是不同国别的文学了,不仅没有共同语言,实际上也很难再放在同一学科中来看待了①。人们可以很轻易地举出一大堆理由来证明"当代文学"和"现代文学"本是一家,不难"打通",然而实际上,"二十世纪中国文学"在今天未能一统天下,"当代文学"也没有成为历史陈迹。究其原因,在于"二十世纪中国文学"虽然以"打通"为诉求,实则用80年代构建出来的"现代文学"的"启蒙"和"审美"之双重面影,遮蔽了"当代文学"的"政治性",进而"缝合"起"现代"与"当代"之间的差异与断裂;而在某些人眼中是高度意识形态化的"当代文学"也必然要面临合法性危机:它既无法改变1949年新中国建立这一政治性奠基所赋予自身的起点,同时又必须包容70年代末以来改革开放带来的深刻转折,因此,"当代文学"只能以其内在的"断裂"承载巨大的历史内容。

"缝合"的叙述固然光滑,却是以牺牲研究对象的丰富和复杂为代价的;"断裂"的历史虽然无法形成共识,却也以难以克服的矛盾显示出研究的"难题性",拒绝任何轻率的断言和盲目的自信。两种把握历史态度的区别,正如程光炜看到的,现代文学"那么肯定和充满自信地论述现代文学的历史进程,评述文学的创作、现象和思潮,尤其是以一种'本质论'为出发点,毫不迟疑地向学生指出三十年历史的种种'规律'和'走向'";与此相反,当代文学"缺乏学科的'共识'。随着历史的推进,一些资料的发现,当代文学的'规律'和'走向'已经成为被怀疑的对象"。在这个意义上,"现代文学"和"当代文学""既然历史认识和所得出的结论有如此大的差距,那么它们是否还可以作为同一学科而存在,已经成为一个问题"②。

问题的关键并非如何在"缝合"与"断裂"之间做出非此即彼的选择。无论是"缝合"还是"断裂",作为历史叙述的策略,只能被理解为是"叙述者"的"态度"。当然,这种态度不仅仅由叙述者的主观意识和感觉结构

---

① 参见程光炜:《文学讲稿:"八十年代"作为方法》,北京大学出版社2009年版,第23—24页。
② 参见程光炜:《文学讲稿:"八十年代"作为方法》,北京大学出版社2009年版,第23页。

所决定，更是被特定的历史处境、社会背景和知识范型所架构。因此，如何在"缝合"的叙述中发现内在的"断裂"，以及在"断裂"的历史中重新想象"连续性"叙述的可能，应该是更有意义的工作。

这正是程光炜的"深意"所在。"现代文学"也好，"当代文学"也罢，如果不能真实地面对复杂的历史和变动的现实，只能沦为概念的游戏，而"重返八十年代"所要激活的恰恰是"现代文学"和"当代文学"曾经有过的回应"历史"与"现实"的那种"活力"。众所周知，正是70年代末至80年代初从"文革"到"改革"的转折造就了所谓"八十年代"。以它为中心，向上可以回溯到"文革"和"十七年"中"国家"与"文学"之间的特殊形态，向下则能够把握住整个"八十年代"直至"九十年代"文学的新走向。按照我的理解，以往对"八十年代文学"的研究总是强调它与"文革"文学以及"十七年文学"之间"断裂"的一面，对两者之间的"延续"却视而不见或有意忽略。需要指出的是，这儿所说的"断裂"和"延续"不是简单的对立，也不能庸俗地归结为"没有'文革'文学，何来新时期文学"，而是在注重"八十年代文学"的"转折性"特征的前提下，发掘更深层次的"延续性"。这种"延续性"特别明显地表现在"国家"与"文学"的关系上，也即具有鲜明中国特色的现代全能主义国家体制（既表现为文化和知识体制，也表现为经济和政治体制）与文学创作（包括围绕创作而产生的出版、批评、宣传等活动）之间的多重联系、相互影响和彼此冲突。正是在这种复杂的视野中，重返"八十年代"才显得尤为必要和紧迫。

（原载《文艺研究》2010年第2期）

二 "再解读"及文化研究的左与右

事关未来的正义
——革命中国及其相关的文学表述

蔡翔

一

在我的感觉中,当代思想或者当代理论的深刻分歧,可能并不完全在于对社会现状的表面的感知、异议或批评上,相反,更多的冲突将来自历史领域。这一冲突也未必都因为知识层面的逻辑缠绕,甚至,无关个案的真实性。史料或多或少都会被各自的理论结构所"征用",个案将被夸大,并被用来证明自己是一个"读史者"的身份。可是,那能说明什么呢?每个人都能列举出一大摞的"个案",并以此臧否历史。观念、阶级记忆、立场甚至各自的身体感觉,隐蔽在眼花缭乱的理论术语背后,在自欺欺人的"去政治化"的喧嚣声中,却是更为强劲的政治性诉求,只是,有的人愿意承认,有的人不愿意承认罢了。按照韦伯的说法:如果你决定赞成某一立场,你就将侍奉这个神,同时,"你必得罪所有其他的神"[①]。在这一意义上,恰如我曾所言,当代文学六十年,实际上已经成为一个战场。

陈寅恪在冯友兰《中国哲学史》上册的审查报告中说:"凡著中国古代哲学史者,其对于古人之学说,应具了解之同情,方可下笔","所谓真了解,必神游冥想,与立说之古人,处于同一境界,而对于其持论所以不得不如是之苦心孤诣表一种同情。"陈寅恪这一所谓"了解之同情"近年逐渐为许多人所接受,并成为解释中国当代历史的一种治学路径。

但是,什么是"了解之同情"?"了解"什么,又"同情"什么?按照

---

① 韦伯:《学术与政治》,冯克利译,三联书店1998年版,第44页。

陈寅恪的说法,"同情"是和"态度"联系在一起的,即所谓"同情之态度"。因此,在这一意义上,"了解之同情"是有前提的,即确立什么样的"历史态度",这一态度既是学术的,更是政治的,因为在我看来,起码在"当代"这一历史范畴,本就不存在什么超然或者纯粹的"学术",所以,这一"历史态度"就必然指向"弱者的反抗"这一既是具体历史的也是理论的命题。而在20世纪,这一"弱者的反抗"在中国也在其他地方被马克思主义化,或者说,被列宁主义化。按照巴丢对《共产党宣言》的极其精练的概括:共产主义"首先意味着,自古以来便天经地义的那种安排——作为基础的劳动从属阶级隶属于占统治地位的阶级这一阶级逻辑——绝非必然,这种阶级逻辑是可以被克服的。共产主义设想还认为,有一种可行的完全不同的集体组织方式,这种组织方式将消除财富的不平等甚至劳动分工。大量财富的私人占有及其继承的转移方式将被取消。与市民社会相分离的高压国家的存在将不再必要,以生产者自由联合为基础的漫长重组过程将注定使这样的国家逐渐消亡"①。支持或者反对这一"弱者的反抗",所要争辩的不仅是中国革命的正当性,也事关未来的正义。各自不同的政治立场往往决定了各自不同的历史态度,包括不同的学术思想。如果彼此的立场或历史态度截然相反,我并不相信,思想与思想之间存在着妥协甚至沟通的可能性,辩论的结果,往往是朋友成为路人,并渐行渐远。

如果我们为自己确立了这样一种"历史态度",即对中国革命的正当性的强调——这一正当性正是建立在"弱者的反抗"的基础之上,它要求把劳动,也把劳动者从异化的状态中解放出来。我想,我没有任何理由把这一现代的"造反行为"解释成为一种非正当的政治诉求。

但是,这样一种态度,却可能隐含着一种学术甚至思想的危险性,即把我们的历史解释成为一个"伊甸园",这个伊甸园是静止的,也是美好的,这样一种解释会生产出一种新的"原罪"意识,不仅可能取消所有在

---

① 阿兰·巴丢:《共产主义的设想》,赵文译,《生产》第6辑,广西师范大学出版社2008年版。

社会主义时期的思想探索与反抗的合法性，并使我们丧失创造未来的勇气和力量。实际上，我更同意陈寅恪对所谓"了解之同情"的进一步解释："此种同情之态度最易流于穿凿附会之恶习"，但这种"恶习"却是"因今日所得见之古代材料，或散佚而仅存，或晦涩而难解，非经过解释及排比之程序，绝无哲学史之可言"。也就是说，当我们用"此刻"的理论、知识和态度去重新建构"历史"的时候，最容易犯的一个错误就是："其言论愈有条理统系，则去古人学说之真相愈远。"因此，我们不可能仅仅停留在对中国革命的正当性的强调上，相反，我可能更在意的，除了这一正当性所创造出来的巨大的经验形态，还在于这一正当性又如何生产出了它的无理性。这样，我们又势必克服自己的单纯的立场和态度，而回到更为复杂的历史脉络之中，当然，这一历史脉络并不仅仅是由某些个案或历史细节构成——我们已经习惯了某些个案或细节如何被另一种叙事从历史语境或历史结构中抽离出来并无限夸大，这些所谓的普遍性叙事恰恰是非常意识形态化的——而是指的历史的整体结构和运动过程以及其中多重的逻辑缠绕。

巴丢以一种决断性的修辞方式阐释了西方左翼在今天的命运和工作："从许多方面看，我们今天更贴近于19世纪的问题而不是20世纪的革命历史。众多而丰富的19世纪现象正在重新搬演：大范围贫困，不平等加剧，政治蜕变为'财富仪式'，青年人群中大部分所秉持的虚无主义，众多知识分子的奴性屈从，探索表达共产主义设想的众多小团体的实验精神，也是受群起之攻、被围追堵截的实验精神……无疑就是这种情况，和19世纪一样，今天最关键的不是共产主义假设的胜利，而是它的存在条件。处于目前压倒性的反动间隔期之中，我们的任务如下：将思想进程——就其特质而言总是全球化的，或普遍的——和政治经验——总是地方性的和独一无二的，但毕竟是可传播的——结合起来，从而使共产主义设想得以复生，既在我们的意识之中，也在这片大地之上。"[①] 在某种大致的也是粗略的意

---

① 阿兰·巴丢：《共产主义的设想》，赵文译，《生产》第6辑，广西师范大学出版社2008年版。

义上，我可能倾向于巴丢的说法，但问题是，我们怎样回到19世纪？没有别的路径，我们只能带着20世纪的思想遗产——这一遗产既是正面的，也是负面的，包括20世纪的失败教训——回到19世纪，重新的思考、探索和准备另一个世纪的到来——也许，这个世纪遥遥无期。但是，也正如鲍曼所言："知识本身并不能决定我们对它做何种使用。归根到底，这事关我们自己的选择。然而，没有这种知识，任何选择就无从展开。有这种知识，自由人至少有行使其自由之机会。"①

当然，我也知道，在当下，尤其是在中国当下的文学语境中，这一"知识"将被视为"高调"。

二

在我的叙述框架中，"革命中国"只是一个比喻性的说法，使用这一说法，目的在于划出一条它和"传统中国"与"现代中国"之间的必要的边界，尽管，这一边界在许多时候或者许多地方都会显得模糊不清。所谓"传统中国"，我指的是古代帝国以及在这一帝国内部所生长出来的各种想象的方式和形态；所谓"现代中国"则主要指称晚清以后，中国在被动地进入现代化过程中的时候，对西方经典现代性的追逐、模仿和想象，或者直白地说，就是一种资产阶级现代性——当然，这也是两种比喻性的说法——而"革命中国"毫无疑问地是指在中国共产党人的领导之下，所展开的整个20世纪的共产主义的理论思考、社会革命和文化实践。我想我有必要提及唐小兵主编的《再解读》一书，这本书初版于1990年代中期，它在香港出版，但通过各种渠道流入大陆学界。在我看来，这本书引发的不仅是中国当代文学研究的方法论上的革命，而且，它对"现代性"的中国阐释，客观上使"当代"这一历史/文学的概念从1980年代所建构起来的"封建"的释义中解放出来，并进而打开一个广阔的讨论空间。但是，过于宽泛的"现代性"的讨论，却极有可能抹消"革命"与"现代"之间的差

---

① 齐格蒙·鲍曼：《寻找政治》，洪涛等译，上海人民出版社2006年版，第4页。

异性，包括我们怎样解释资本主义和社会主义的区别。

我并不是说，"革命"与"现代"之间不存在某种公开或隐秘的历史关联，相反，我以为，无论从哪一个方面，中国革命都可看作是"五四"这一政治/文化符号的更为激进的继承者，或者说，中国革命本身就是"现代之子"。将中国革命视之为一场"农民革命"，无非是因为论述者察觉到了这一革命的主要参加者的经验形态，但却忽视了领导这一革命的政党政治的现代性质，包括这一政党核心的现代知识分子团体。这一政党政治的现代性质不仅因为它本身是一个国际性的政党组织，还因为"现代"已经成为这一"革命"最为主要的政治、经济、文化等等的目的诉求，显然，无论是大工业的社会形态，还是民族国家的现代组织模式，乃至文化上激进的个性解放——即使在文学形式的激烈的辩论中，追求一种内在的有深度的个人描写，也曾经是中国当代文学一度共同追寻的叙事目的，无论这一有深度的个人以何种形态被表征出来——"社会主义新人"或者"典型环境中的典型人物"，等等。

这样一种"现代"痕迹在"革命中国"的叙事中处处可见，比如，只要我们稍微熟悉一下梁启超批评"旧史学"是"皆为朝廷上之君若臣而作，曾无一书为国民而作者也"，是"知有个人而不知有群体"，"知有陈述而不知有今务"，"知有事实而不知有道理"，等等[1]，就会大约知道毛泽东那段著名的历史论述——"历史是由人民创造的，但在旧戏舞台上（在一切离开人民的旧文学旧艺术上）人民却成了渣滓，由老爷太太少爷小姐们统治着舞台，这种历史的颠倒，现在由你们再颠倒过来，恢复了历史的本来面目，从此旧剧开了新生面，所以值得庆贺"[2]——就并不是无源之水。

正是因为这一"现代"，而导致了"革命中国"的强烈的"反传统"色彩，这一点不用多言。但"革命中国"所追求的"现代"决不能完全等同于资产阶级现代性，这一点，在根本的意义上，当然是因为马克思主义意

---

[1] 梁启超：《新史学》，夏晓虹点校：《清代学术概论》，中国人民大学出版社2004年版。
[2] 毛泽东：《给杨绍萱、齐燕铭的信》，《毛泽东文集》（第三卷），人民出版社1996年版，第88页。

识形态的影响。一方面，我们不能将"中国革命"视之为一场纯粹的民族主义的革命（尽管它有强烈的民族色彩），相反，这场革命一直带有浓厚的世界主义倾向，无论是早期的共产国际，还是后来"第三世界"的理论和实践，均可证明"革命中国"的世界性背景；但是另一方面，这一国际或世界的根本性质是无产阶级的，这就决定了"革命中国"和"现代中国"的价值取向上的不同差异，包括它拒绝进入资本主义的世界体系。这一差异主要表现在它从"民族国家"力图走向"阶级国家"；下层人民的当家作主，从而创造出一种新的尊严政治；对科层制的挑战和反抗；一种建立在相对平等基础上的新的社会分配原则；等等。这一切，又都显示出它的"反现代"性质，按照汪晖的说法，也许可称之为一种"反现代的现代性"，当然，还可以有多种的解释，比如，"另类现代性"、"革命现代性"，等等。重要的不只是某种命名，而是深入其中的分析和讨论。

但是，这一对现代性的挑战和反抗，同时具有一种浓郁的本土色彩——我并不愿意把这一本土性完全纳入到民族主义的框架中进行讨论——强调这一本土性，只是因为任何一种政治经验"总是地方性的和独一无二的"，但是，我们不能认为地方性的政治经验中不能生长出某种普遍性，这也是为什么"革命中国"后来会加入到对世界的普遍性的争夺之中——哪怕这一争夺只是局限在马克思主义内部，这一争夺并不仅仅意味着"地方"的政治经验的合法性问题，而是意味着如何构造一种既是普遍的又是差异的世界图景，而我以为这正是"革命中国"最为重要的20世纪的思想遗产之一。

正是这样一种"地方性"的政治经验——同时也是一种"地方性"的文学经验——如同"革命中国"和"现代中国"之间多重的逻辑缠绕一样，"革命中国"和"传统中国"也呈现出极其复杂的关系，有时，这种关系甚至是悖论的。一方面，中国革命极为彻底地颠覆了传统的等级秩序，甚至瓦解了乡村的宗族社会，这一瓦解显示了"革命中国"的现代性质，但是，另一方面，它又利用了多方面的传统资源并同时加以成功地转换为一种"地方性"的现代形态。这一转换的例证是多重的，比如说，我们既可以看到乡村宗族社会在革命的扫荡之下如何土崩瓦解，而另一方面，由于中国的当代社会保留了"自然村"的治理形态，又得以成功利用了传统的宗族治理模式，包括"带头人"（或"当家人"）的文学叙述（比如《创业史》中的梁生宝），多少可以使我们感觉到传统的"德性政治"在中国当代社会的延续及转换的可能性。

实际上，在和"现代"与"传统"的复杂的逻辑关系中，中国革命创造出了巨大的甚至是成功的经验形态，而如何研究这一经验形态也依然是重要的研究领域之一。比如，我们如何研究社会主义时期的"抗争性政治"。显然，仅仅讨论那些显在的"异议"，并不是一件非常困难的事情，如同讨论索尔仁尼琴的《古拉格群岛》和苏联共产主义的关系一样。困难在于，如何认识并进而讨论中国的社会主义如何在体制内保留了这一"抗争性政治"，并给予了它一定的合法性。群众运动（包括"大鸣大放大字报大辩论"），不仅创造了一种体制内的抗争性政治的运动形式，而且构成了一种社会主义社会中人的"感觉结构"，即反官僚的天然的合法性，这种合法性进而导致的是中国反体制运动的绵绵不绝。我并不完全同意将这一反体制运动的历史统统归结于西方或者传统的思想影响，因为这样一种描述很可能将此叙述为精英知识分子的历史或者根本的活动场域，并进而将这一反体制运动纳入到资本主义——比如自由主义——的思想体系的运作过程之中。相反，这一反体制运动更多地可能来源于体制（包括毛泽东）的支持，而且，在某种意义上，它是在共产主义理念和设想的召唤之下，对具体的社会主义实践的一种异议或者抗争。我以为，这才是社会主义时期抗争性政治的实质性内容，而且更具研究的复杂性。问题正在于，在社会主义时期，这一抗争性政治的边界极其难以界定，一方面，体制希图利用这一抗争性政治来克服体制自身的弊端，而另一方面，一旦这一抗争性政治越出了它所划定的边界，又必然对群众运动加以镇压——反右、"文革"等等，莫不如此。但是，由于这一抗争性政治（群众运动）在体制内（包括意识形态上）的合法性地位，又使得这一抗争性政治不断地突破它的被镇压的"记忆"，从而召唤着一代又一代人的热情的投入——我们必须看到，即使在社会主义时期，这一抗争性政治仍然有着极大的风险性。这样才能解释为什么在中国前三十年的社会主义时期，反体制运动一直存在——无论它以何种形式被表征出来，甚至"阶级斗争"的形式——并且在根本的意义上构成了这一社会的内在的活力，进而成为一种"传统"，直到今天仍然在影响我们。而在另一方面，也是因为我一直拒绝将中国的现代历史简单地描述为一种精英知识分子的"思想史"，我更愿意将其处理为一种空间化的"场域"。在这一"场域"中，各种力量在进行不同的思想或利益博弈，甚至包括许多偶然的政治机遇。

但是，我们又必须看到，这样一种"地方性"的政治或文化的经验形态，又一直处于和某种普遍性的理念的冲突之中，有时，它也会被这一普遍性所压抑。比如说，在中国革命的实践过程之中，曾经创造了一种"差序性"的政治格局，无论是对少数民族地区的治理，还是城乡之间的分而治之，等等。但是，这样一种"差序性"格局，必然要受到两方面的挑战，一是治理方式，要保证国家的高度的现代化建设，势必需要一个高效的中央集权模式，那么如何治理这样一种差序性格局就必然提出治理模式的挑战；二是意识形态，意识形态的普遍性，要求的是一种同质化的历史运动过程，这样，又和差序性思想形成激烈的冲突。因此，我们既要看到"革命中国"所创造的"地方性"的政治经验，又要看到这一经验形态和普遍性的冲突过程。而在某种意义上，我们甚至可以说，在最终的意义上，所谓前三十年的形式创新（包括制度创新）又是远远不够的（包括"文革"期间）。

但是，一些想法，甚至某些观念却有可能被转移到文学领域。在这一意义上，我并不完全同意滥用洪子诚先生的"一体化"说法，这一说法很可能因为望文生义，而将这一时期的文学作一种绝对的同质化和扁平化处理。但是不这样处理，将要面临极大的困难，因为我们面对的对象，面容模糊并且缠绕不清，既可以视为体制的，又含有反体制的因素，或可描述为体制的反体制性，反体制的体制性。但是，它提供了一种文本细读的可能性，当然，它也同时要求一种新的方法论的出现。

三

但是,在讨论"革命中国"的正当性的过程中,将会遇到诸多的挑战和质疑,这并不是仅仅依靠某种"历史态度"就能解决的。比如说,"暴力"问题。

毫无疑问,中国革命,如同其他所有的革命,包括资产阶级革命,总是会程度不等地伴随着血腥和暴力。我想,没有谁会赞美"暴力",问题只在于,如何研究这样一种"暴力"。一种说法是,革命是被"逼"出来的,因此,它天然地具有暴力倾向,几乎与生俱来。但是,它只是一种描述,并不能继续深刻地告诉我们这一暴力的复杂的构成因素。事实上,对暴力的研究——无论是国家暴力,还是群众暴力——已经有诸多论著出版,但是对中国革命的本土性的暴力形式,也仍然缺乏一种更具历史性的深入讨论。阻碍这一讨论的因素是极其复杂的,它可能来自于某种阶级记忆,但更多也更常见的是一种机会主义式的批评。当批评者面对反抗者的暴力时,"人道主义"总是适时地出现;可是,当他们面对压迫者的暴力时,要么充耳不闻,要么视而不见,这时候,"人道主义"总是会奇怪地消失。对于这样一种批评,当然不必特别认真地对待,但最难应付的,也恰恰是这样一种批评。因为当我们准备认真应对这一批评的时候,它总是会迅速地转移到另一个逻辑系统之中。

但是,这并不能证明"暴力"不是一个特别重要的研究领域,情况可能恰恰相反。在某种意义上,暴力已经不是暴力本身,反而构成了一个辩论的场域,经由这一场域,不仅能够深入当时具体的历史语境,甚至得以把握我们当下的思想结构。比如说,在所有的对暴力的批评性意见中,"土改"可能是最为重要的象征性符号之一,而在这些批评意见中,多少存在着对传统的士绅结构的过于美好的想象,包括一种道德化的处理。他们显然并没有考虑到在漫长的历史迁移的过程之中,这一结构事实上已经趋于解体,尤其是近代以来,现代民族国家的兴起,本身就意味着对这一结构的摧毁,它要求建立的是另一种历史结构——而在这一摧毁的过程中,同时产生了地主的恶霸化趋向——中国革命只是延续了这一历史性的诉求,并将其付诸实践。杜润生曾将"土改"的意义归结为二点:一是为了"政令统一",即建立一个现代民族国家的政治体制;二是使农民获得自己的阶级意识[①]。显然,这一重要的历史事件无法完全被进行道德化的处理。但是,我不能同意的是1949年之后的暴力性,包括某种歧视性暴力,因为这个时候,"无产阶级"已经成为"强者",显然,我的"了解之同情"更多地在于"弱者的反抗"这一层面之上。更重要的是,对这种歧视性暴力的反思,才可能确认遇罗克《出身论》的重要的思想意义。但是,我仍然不同意的是,即使对这样一种暴力行为也不能仅仅停留在道德层面,相反,可以有多种的讨论途径。比如,所谓前三十年的国际/地缘政治的影响,这一影响一方面导致了某种政治/文化的不自信状态,而另一方面则因此加强了国家机器的暴力性。所以,不仅是"暴力"问题,即使其他诸如此类的问题,应该有更具学理性的讨论。

在我个人而言,更值得重视的可能是来自我们思想内部的批评。一种意见要求回到中国的现代历史,在这历史的开端,就已经闪烁着社会主义的理论和思想。这样的思考路径有其重要的思想意义,哪怕这一"社会主义"的现代图景只是被一些片言断语拼凑而成。但它仍然是重要的。这一重要性在于,我们必须扩大我们的思想资源,因此,理论必然要"征用"某些思想。实际的情况也正在于,我们目前讨论的中国"社会主义"理论过于单一,包括过于集中在毛泽东的个人论述上,而其他的学者,即使共产党理论家,比如张闻天、谢觉哉等等,也很少进入我们的研究视野,因此,这一说法的确能打开我们的思想空间。但是,我只是在理论"征用"的意义上认同这一说法,而不是将其确认为一个"正确"的逻辑起点,并指责而后的历史因为偏离了这一逻辑所导致的逻辑错误。我仍然倾向于将理论置放于具体的历史进程中予以考察,这一具体的历史进程即中国的革

---

① 杜润生:《杜润生自述:中国农村体制变革重大决策纪实》,人民出版社2005年版,第18—20页。

命历史,包括这一历史所塑造的"革命中国"这一经验形态。因为,只有正面进入这一经验形态,我们才可能真正进入中国的当代历史,总结其中的经验和教训,只有带着这一20世纪的思想遗产,才能真正面对未来,也才可能真正地"征用"那些现代历史上的"社会主义"设想。

四

实际上,我的叙述重点并不完全在于"革命",而在于"革命之后",或"革命之后"的中国。"革命"在这里首先指的是一种具体的历史实践,在中国,我们无妨暂时界定它为一种大规模的武装反抗以及夺取国家权力的政治实践,相对于这一"革命"而言,1949年之后的中国,在某种意义上,也可以说,开始进入了"革命之后"的历史阶段。当然,这也是一种比喻性的说法。

我所谓的"革命之后",并不完全等同于丹尼尔·贝尔在《资本主义文化矛盾》中所提及的"革命的第二天"——"真正的问题都出现在'革命的第二天'。那时,世俗世界将重新侵犯人的意识,人们将发现道德理想无法革除倔强的物质欲望和特权的遗传。人们将发现革命的社会本身日趋官僚化,或被不断革命的动乱搅得一塌糊涂"。我并不否认这些明显的"革命之后"(或者"革命的第二天")的表面特征,但是,在中国,这一"革命之后"还具有更为复杂的意味,或者各种逻辑的自我缠绕。而在某种甚至是根本的意义上,它显然和列宁主义——尤其是"一国实现社会主义"这一具体的革命理念——有着密切的内在联系。

问题或许正在于这一社会主义的"一国"如何处理。一方面,在国际/地缘政治的格局中,民族国家的存在意义反而被空前地凸现出来,包括国家机器的强化甚至集权化的治理模式;另一方面,这"一国"又和世界分享着"现代",而在这"一国"之内的现代化的建设过程中,又如何保持社会主义的纯粹性?等等。诸如此类的问题,都构成了"革命之后"的中国的复杂性,包括内部的矛盾对立、冲突、紧张以及由此构成的张力。

如果说,革命的理念构成了革命的根本动力,包括"一国实现社会主义"的具体的政治实践,那么,"革命之后"的中国社会主义却在回应这一理念的过程中提出了许多创造性的命题。因此,在我的讨论中,社会主义除了是一种普遍性的政治理念,我还希望能在以下三个层面继续进行解释:

一,我把中国的社会主义解释成为一个历史的运动过程,在这一过程中,充满了一种自我否定的紧张乃至继续革命的冲动。这样一种紧张或冲动,固然因为中国革命的阶段性特征——比如新民主主义——更和这一阶段性特征引发的革命理念的焦虑有关。如果我们将"统一战线"处理成一个隐喻,那么这个隐喻实际包含的可能就是葛兰西意义上的某种"妥协",这一"妥协"规定了具体的社会主义的阶段性实践模式,包括国家的制度管理方式。但是,在更隐蔽的意义上,我把这一历史的运动过程解释为对革命理念(共产主义设想)的不断的回应过程。显然,任何一种政治实践都不可能完全在理论的规定下合乎逻辑地展开,它总是受到各种因素(包括种种偶然的历史机遇)的影响或制约,因此,一方面是所谓的"远大理想",另一方面则是因地制宜的"地方性"的政治经验,这两者之间必然形成内部的紧张关系甚至激烈的辩论和冲突。因此,对现状的克服甚至否定恰恰构成了中国社会主义内部的继续革命的冲动。在这一不断自我否定的历史的运动过程中,固然出现了激进的实验精神乃至具体的制度实践,但是更重要的,可能是搅乱并直接影响了人民的生活世界,这是导致1980年代产生的直接原因之一。但是,如何重新进入这一自我否定的历史过程仍然是最为重要的研究任务之一。历史固然不可以假设,但我们也无妨假设一下,假如没有这一自我否定的历史过程,中国又可能怎样?比如说,如果没有合作化运动,中国的农村会出现怎样的状况。赵树理在1960年代,对"公社化"多有激烈而又言辞恳切的批评,但这一批评仍然恪守着他的根本的前提,即合作化"停止了土改后农村阶级的重新分化"[1]。赵树理的这一描述,在三十年前我们未必能深刻体认,但在今天,却可能感同身受。

---

[1] 赵树理:《写给中央某负责同志的两封信》,《赵树理全集》(第五卷),北岳文艺出版社2000年版,第323页。

显然，作为一种革命理念，中国的社会主义不可能仅仅停留在起点平等，它势必要考虑过程平等甚至结果平等。至于在这一过程平等的实践过程中出现了什么问题，这是一方面，但它的理念前提则是另一方面。因此，在赵树理的批评中，就构成了一种极其宝贵的思想张力。我以为，仅就这一点而言，所谓"20世纪的思想遗产"就已经显得非常地具体化。

二，我同时愿意把中国的社会主义（即"革命之后"）进行一种空间化的处理，即把它解释为一个"场域"。这一场域实际包含着两层意思：一，它是国际的，也就是说它本身处在一种地缘政治的结构之中，所谓地缘政治，按照沃勒斯坦的解释："它指涉的是一些结构性制约因素，这些因素控制着世界体系中的主要行为者为求取长期性政治和经济利益而发生的互动"，而"对地缘政治的分析就是对中长期的结构和趋势的分析，是在特定时间点上对不确定的未来的评估"[①]。如果我们考虑到1949—1966年的国际政治的冷战格局，就会了解什么是地缘政治的"结构性制约因素"，正是这些因素的存在，才在某一方面决定了中国社会主义的政策调整，这些调整不仅影响着政治和经济，也影响了文化，比如1960年代的"和平演变"所引发的"日常生活的焦虑"。因此，哪怕是对一种激进的政治实验，也依然要考虑到这样一些"结构性制约因素"的存在，这些因素构成了中国社会主义的地缘性的"他者"。二，它同时也是国内的，各个阶级和集团的存在，包括他们之间的利益博弈构成了这样一个场域。一些阶级被消灭了，但是更多的阶级被保留了下来，包括工商资产阶级。他们"和平"进入了社会主义阶段，这似乎是中国社会主义的一个特征。但是，无论是被消灭的阶级，还是被保留的阶级，阶级记忆，尤其是这一阶级的文化记忆并不可能完全消失，相反，这些记忆被"深埋"，但是在某一特定的时候，这一被"深埋"的记忆将会重新浮现，并深刻地影响人的"生活世界"，因此，意识形态的尖锐冲突，在更多的时候，转化成记忆和记忆的冲突，包括

---

① 伊曼纽尔·沃勒斯坦：《东北亚和世界体系——处于体系性大危机之世界的地缘政治分析》，《文化纵横》2009年第2期。

1960年代所谓的"家庭史"撰写。同时,这个场域也在生产新的阶层,这些新的阶层带着自己的利益诉求同样加入了这一场域的冲突之中。因此,中国社会主义从来就是一个"阶级斗争"的战场,这一战场甚至是没有边界的,它不仅挑战私有化的制度,也在挑战这一私有化制度生产出来的文化,甚至挑战这一文化所构成的某种潜意识的"集体记忆"。

三,这一"革命之后"(制度化)的社会主义,也许还能被解释成某种生产性的"装置"。这一装置的构成因素是极为复杂的,既有革命理念包括这一理念的制度或非制度的实践,也有现代的治理或管理模式,等等。因此,这一装置,一方面在生产平等主义的革命理念,也在生产社会的重新分层;一方面在生产政治社会的设想,另一方面也在生产生活世界的欲望;一方面在生产集体观念,另一方面也在生产个人;一方面强调群众参与,另一方面也在生产科层化的管理制度;等等。所有这些被生产出来的矛盾,才可能构成这一时期中国社会主义的复杂景观。这些相互矛盾的因素被并置在"革命之后"的社会主义时期,从而也形成了这一时期的激烈的矛盾冲突。在这一意义上,我并不认为社会主义的矛盾完全来自传统遗留或外部的威胁因素,而是应该深入这一社会的结构内部或者它们的生产装置,只有这样,才能寻找这些矛盾的产生原因。而当矛盾无法解决的时候,就会形成一定程度的社会性危机。因此,我倾向于这样一种说法:社会主义很难在政治上持续稳定,社会主义不仅在生产自己的支持者,也在生产自己的反对者,社会主义国家的出现不仅没有结束革命,相反,它很可能意味着另一个革命时代的开始。当然,这一反对者和新的革命时代是需要做详尽的分析的。反体制的力量,有可能来自革命理念的支持,因此,对现行的体制的批评恰恰是为了回应或拒绝革命理念的失落;也有可能来自另一种——比如现代化——理念的支持,而如何理解"现代"(实际上也是被社会主义的装置生产出来的)尤其是技术意义上的现代化,在社会主义中的重要位置以及它对个人和国家的询唤作用,不仅对理解中国前三十年的社会主义,也对理解后三十年,有着重要的意义。

五

当然，我无意在此重述一段具体的历史，我讨论历史的目的仅仅在于，在这一历史的运动过程中，文学叙述了什么，或者怎样叙述。我也并不企图纠缠于所谓的"真实性"——这属于"反映论"的理论框架。尽管在后三十年中，很少有人再会用"反映论"来定义文学，但是我们的确会看到一种奇怪的现象：当一些人为了论证当下的合法性，他们总是会强调文学的虚构特质；可是，当他们转身面对历史的时候，又会强调文学是否"真实"地"反映"了生活。显然，理论在此成了一种模棱两可的东西，或者说，只是成为一种自我合法性的论证工具。

我在此需要考察的文学，基本属于1949—1966年的时间范畴，也就是我们通常所说的"十七年文学"。当然，个别的叙述很可能会溢出这一时间范畴，比如赵树理某些写于1940年代的作品。我既然并不希望纠缠于所谓的"真实性"，那么，我的考察的目的更多地在于这一时段的文学究竟提供了哪些想象，包括这些想象构成的观念形态。实际上，我更在乎的，或者说我认为文学主要提供的，恰恰在于这样一些观念，这些观念既是理论的，也是情感的，而我们总是根据某种观念来塑造我们自己的日常生活——在这一意义上，文学总是"有用"的。

考察这一时段的文学，根本的任务并不是匆忙地剥离它和政治的关系，情况可能相反，我们必须将其置放在和政治的关系中，才能更深刻地进行讨论。在这一意义上，我同意德勒兹对卡夫卡的评价："写作或写作的优先地位仅仅意味着一件事：它绝不是文学本身的事情，而是表述行为与欲望连成了一个它超越法律、国家和社会制度的整体。然而，表述行为本身又是历史的、政治的和社会的。"[①] 在文学性的背后，总是政治性，或者说政治性本身就构成了文学性。讨论国家和集体固然是一种政治化的表述行为，可是，讲述个人的故事又何尝不是另一种政治？

---

① 吉尔·德勒兹等：《什么是哲学》，张祖建译，湖南文艺出版社2007年版，第93页。

在某种笼统的意义上，这一时段的文学主要集中在国家/世界、个人/群体、民族/阶级等等的想象范畴中，并提出自己的看法或想法。正是对国家、民族和阶级的强调，构成了这一时段的文学的强烈的政治化特征。现在的问题是：一谈国家，就变成了国家主义；一谈民族，就变成了民族主义；一谈人民，就变成了民粹主义。此一问题可能才是制约某些批评性意见的根本原因，实际上，并不总是牵涉文学性的——当然，它总会以"文学性"的问题形式被表征出来。我并不否认在这一政治化的表述行为中，一些文学（即使是相当优秀的文学作品）也会成为政治的"传声筒"，有的甚至成为某些政策的论证工具，按照德勒兹的说法，就是无法"超越法律、国家和社会制度的整体"。在这一意义上，我仍然同意1980年代反对文学成为阶级斗争的工具的文学运动。但是，另一方面，我不能同意的，是那种将"国家/个人"处理成一种二元对立的思维模式。实际上，国家政治的视角给这一时段的文学提供了一种非常深刻的观察世界的叙事方式，我曾经概括为一种"自上而下"的叙事。这一叙事角度同时也提供了一种形式经验。这一经验不仅表现在对一种"大历史"的叙事把握上，也表现出一种对民族—国家的政治想象，而在我看来，所谓的政治性固然表达殊异，但国家政治仍然是其中最为重要的因素之一。而拒绝这一"宏大"（包括国家、历史，等等）的政治视角的介入，极端化地发展，也可能会使我们丧失对话世界的政治能力，这一能力也包括相应的叙事能力。

但是，即使这一所谓的"十七年文学"和国家政治保持了亲密的关系，我们也依然能够感觉到其中的某种超越性的形态，这一形态由多方面的因素构成。一方面，我们可以看到，当国家政治和写作者的立场形成一种高度默契的时候，这时候，写作者和政治总是呈现出一种亲密的关系，可是，一旦这一政治和写作者的个人立场发生冲突，其中的关系就会变得非常暧昧。赵树理是一个典型的例子。因此，我以为，讨论"赵树理的道路"固然重要，同样重要的可能是"赵树理的道路"为什么会被终结。这一终结的原因是多方面的，既有国家现行政治的干预（比如对"中间人物"论的批评），也未必不存在中国现代历史所形成的另一种知识传统，这一传统在某种粗略的意义上,用罗岗的说法,也可以描述为一种激进的城市知识分子的对世界的浪漫想象。而赵树理究竟对中国的当代文学产生了什么样(甚至有没有)的重大影响,也仍然是一个可以讨论的问题。实际上,占据所谓"十七年文学"主流位置的仍然是西方"成长小说"的各种变体,而我们已经知道赵树理的小说是很难被纳入这一"成长小说"叙事范畴的;但是,另一方面,更重要的或许是,即使在这一文学和政治的亲密关系中,我们如何讨论一种更隐蔽的"超越法律、国家和社会制度的整体"的写作倾向。这一超越性的写作倾向,显然来自一种平等主义的价值观念。这一价值观念强调一种利益共享,因此,它总是将个人置放在群体中间进行考察,同时反对任何一种极端化的个人主义(而且通常会被解释为一种丛林原则),而且,它也反对任何一种形式的压迫,因此,"反官僚、反特权"一直是"十七年文学"最为重要的叙事主题之一。而在形式上,则提供了一种如何讲好"他人的故事"的叙事能力。而我以为,如何讲好"他人的故事"不仅是对写作者价值观念和生活经验的挑战,更是对叙事技艺的挑战。显然,这一平等主义的理念,包括对底层人民的尊重,未必能为极端的个人主义者所能理解。正是因为这一理念的存在,无论是赞颂还是激烈的批评——当然,这一批评又总是在现行政治的允许范围内,因此更增添了分析的困难——都是难以为具体的"法律、国家和社会制度的整体"所能详尽解释。

因此,对这一时段的文学的分析实际上困难极多,一方面固然是良莠不齐(如同所有的文学时代),另一方面,在文学和政治的关系中,不是匆忙地剥离,而是在文学和政治的积极的互动中,考察文学和文学的历史。当然,这一考察还包括细致的文本阅读和文本分析。

六

本书分为七章。

第一章:"国家/地方:革命想象中的冲突和妥协",主要讨论在"革命之后"的社会主义的历史语境下,国家和地方的关系,包括现代性和地方性知识之间的相互纠缠。在我们强调中央政府的集权控制下，我们仍然得看到，"地方"以及"地方性知识"的存在。在某种意义上，我并不认为中国的社会主义是全面反传统的，事实上也不可能。当"革命中国"继承了传统的领土空间，势必也继承了相关的空间知识。而关键仍在于，我们对所谓"传统"需要有一个辩证的认识。我更倾向于认为，这一所谓的"传统"较多地被保留在"地方性知识"的形态之中，或者说是一种已经被地方化了的传统，这一传统区别于纯粹精英意义上的传统（经典）。因此，现代和传统实际上也构成了一种相互征用的关系。比如说，当"自然村"的形态被完整地保留下来，尤其是继续作为国家治理的基本单位，那么，这一内蕴在"自然村"里的文化—权力关系事实上也会被相应地保留下来，这一保留，既导致激烈的政治—意识形态的冲突，同时，也可能被现代性知识所征用。比如，在文学叙事中常见的所谓"带头人"经常会得到一种道德化的描写（比如《创业史》里的梁生宝），这一描写很难得到科层制意义上的现代解释，而只能从传统宗族关系中去寻找它的叙事"原型"。而"村庄"一直是所谓"十七年文学"最为重要的表现空间之一。它的意义，甚至超过"家庭"。

第二章："动员结构、群众、干部和知识分子"，主要讨论所谓的"动员结构"以及处于这一结构之中的各个群体之间的关系。这一"动员结构"当然是一种非制度性的社会组织形式，但是它在中国的政治乃至文化生活中的重要意义却是不言而喻的。这一所谓的"动员"当然含有一种列宁主义的倾向，即从外部灌输"阶级意识"，但是它对中国革命的重要性在于，能够有效地解决中国产业工人相对匮乏的现实乃至理论困境。在这一意义上，"无产阶级"甚至是能够被创造的，即"政治无产阶级"，这一政治性的介入，不仅主导了中国的阶级斗争的形式化，而且寻找到了它的"无产阶级"载体——军队。只要我们稍微留意一下当代文学中"复员军人"的形象，就能明白这一"政治无产阶级"的内涵所在，也因此，它就相应突出了"改造"的重要性；而另一方面，它又强调了群众的"首创精神"，认为群众身上具有一种自发的社会主义倾向，因此，又要尊重群众，相信群众是革命的主体，这一倾向又在客观上导致了不仅是群众作为社会的道德主体，也相信"社会主义新人"的塑造是有可能的。所以，即使在"动员结构"内部，也缠绕着多重的矛盾表述。

第三章："青年、爱情、自然权利和性"，主要讨论这几个概念之间的关系。在此需要补充的是，革命是需要激情的，而被革命缠绕的社会主义同样需要激情的生产。如果说，这一激情曾经通过性和爱情被源源不绝地生产出来，也曾通过激烈的战争描写（牺牲或献身）生产过这一激情，那么，在"革命之后"的社会主义时代，尤其是超越或克服了个人主义（包括个人的爱情和性），这一激情的生产便转移到了文学领域，因此，如何生产出一种符合社会主义政治需要的激情就成为文学的重大命题，否则，我们就无法理解，为什么在"革命中国"，政治会对文学给予那么多的关注。在这一意义上，我们甚至可以假设，包括"新民歌"运动在内的文学普及都和这一激情的生产有关。文学在生产激情的同时，也在生产"青年"，即所谓的"文学青年"，尽管我在第七章对"文学青年"有过简单的回应，但显然还是不够的。这一"文学青年"一方面作为"社会主义新人"承担了对未来的想象，但同时也是反体制的重要力量，因此，如何解释这一"文学青年"，包括如何解释社会主义的文学生产装置的复杂构成因素，就是一个极其重要的研究领域。它事实上不仅涉及中国社会主义的前30年，更关涉到整个1980年代的重要的思想解放运动。

第四章："重述革命历史：从英雄到传奇"，则讨论了在"革命之后"的社会主义，为何要重述革命历史，以及在这一重新讲述的过程中，形式的变迁和相应的变化。一个所谓的现代民族，首先是一个政治民族，但是这一政治民族仍然需要文化的支持，而如何讲好这一现代民族的历史以及相应的神话建构，就成了叙述的重要命题。而在这一叙述中，首要的就是确立一种集体的价值观念，从而形成民族内部的政治认同，这一认同既是政治的，也是历史的。在这一点上，我们已经可以清楚地看到，"去政治化"往往需要首先从"去历史化"开始。

第五章："'技术革新'和工人阶级的主体性叙事"，尽管我们一直在讨论社会主义和资本主义的边界问题，而且在很多地方这一边界也未必那么清晰，但是，边界却一直存在，并因此区别出"革命中国"和"现代中国"的不同的历史语境。这一边界所在，就是所谓的"主人"问题。尽管在社会主义的实践过程中，工农的"主人"的承诺未必都被完全兑现，但是这一努力也并未终止。而这一努力也一直获得文学的积极响应。在这一实践及表述的过程中，也折射出激烈的现代性冲突，即专家社会和群众参与的冲突。群众参与不仅仅是政治参与，同时也是一种知识参与，或者说，政治参与必然要获得知识参与的支持。而在这一群众参与的过程中，民主化也逐渐地从政治领域转向经济领域，所谓的"鞍钢宪法"也正是政治民主在经济领域的一种回应形式。当然，这一群众参与，究竟落实到何种程度，而对专业主义的抑制，又引发了另外的什么样的社会危机，这些都可专门讨论，但是，所谓的群众的主体性只有在参与的过程中才可得到确立，而真正的问题则在于，什么时候，这一群众参与宣告终结，而随着这一终结的，正是底层民众的主体性的消失。

第六章："劳动或者劳动乌托邦的叙述"，在所谓的"革命中国"的叙述中，"劳动"始终是最为重要的概念之一。围绕这一概念的叙述，不仅仅是政治的，同时更是"情理"（赵树理）的，正是这一概念在"情理"上的确立，不仅由此构建了一种"情感结构"，同时也确立了这一社会的正义观。而更重要的是，它的正面化或价值化，使得劳动群众因此获得了一种尊严，在某种意义上，中国革命实际上同时也是一种有关劳动群众的尊严的革命，或者说，它本身即是一种尊严政治的社会实践。

第七章："1960年代的文化政治或者政治的文化冲突"，我在这里所谓的"1960年代"，实际指的是1960年代前期，即"文革"爆发之前的时期。1960年代前期的重要性在于，在这一时代，"城市"以及相应的重要性逐渐突出，同时开始生产出一系列中国革命需要面对的重要问题：个人、欲望、消费，等等。我们不能因为中国的社会主义强调集体而认为个人在这一时代已经消失，情况可能相反，社会主义在生产集体的时候，同时也在生产个人。问题只是，这一被社会主义生产出来的"个人"并没有获得相应的合法性。因此，一方面社会主义在源源不绝地生产"个人"，同时在另一方面，又通过对"个人主义"的批评抑制着这一被自己生产出来的"个人"。也因此，不仅集体和个人之间构成了抑制内在的紧张和冲突，个人和个人主义之间也构成了一种理论的紧张和冲突。在某种意义上，这一紧张构成了一种张力，也在某种程度上导致了1980年代的对个人"正名"的政治诉求。为了重新约束这一个人尤其是个人欲望，"阶级斗争"成为这一冲突的形式化的政治方式，但是在这一"阶级斗争"的形式背后，却要求确立一种服从性的人格，包括自我的欲望控制。但是，这一服从性的"新人"却马上面临着另一个问题，也就是这一"新人"能否承担起"继续革命"的使命。"继续革命"要求的是一种政治决断，一种挑战和颠覆的政治品格，同时也要求一种"激情"的生产方式，因此，在《年轻的一代》中，我们会感觉到"文学青年"如何被政治再度"征用"。在这一意义上，我倾向于认为，"文革"的爆发恰恰是为了克服1960年代"服从性社会"所隐含的继续革命的危机，当然，这只是因素之一。

结束语："社会主义的危机以及克服危机的努力"，我愿意在此重申我的历史态度，一方面我们必须认真总结中国革命成功的经验形态，另一方面我又试图对社会主义进行一种危机化的处理，这一处理既涉及社会主义的生产装置，也涉及对这一危机的克服以及克服的资源。如果我们把这一对危机的克服进行历史化的处理，那么它最早表现在1957年的所谓的"反右"运动，而后是1960年代的"千万不要忘记阶级斗争"，再而后是"文化大革命"，终结在1980年代。整个20世纪也由此宣告结束。一方面它折射出中国的反体制运动的思想特征，另一方面这一运动也表现出寻找新的资源的努力。这一努力既表现出对在传统社会主义理论内部寻找克服危机的资源的怀疑，也意味着在1980年代当这一资源的寻找转向"西方"所产生并形成了更大的社会危机。但是，我并不认为这一寻找已经终结，寻找还在继续，直到我们创造出一种新的社会正义的形态。当然，如何描述1980年代，这是我另外的一个工作。

八

当文学如海登·怀特所言"装着让世界自己说话"的时候，或许已经划定了想象和实践、虚构和事实等等之间的区别。可是，在想象和虚构之间，我们也依然能够感觉到一种"叙述的历史话语"，这一话语受到多方面的影响或制约。这些影响或制约有些是显在的，但更多地却来自一个时代的政治无意识的支持。我需要探索的是"为什么要这样写"，因此，我努力在文学和社会政治之间构置一种互文的关系，这是我的方法论的设想。我不认为这是唯一正确的研究方法，事实上我也从来不认为文学研究中存在着唯一一种正确的方法；我也不认为这是一种最好的研究方法，但是我在这里只能使用这样一种方法。我更愿意讨论的是，对当代文学研究来说，方法论已经成为一个至关重要的问题，每一种方法只有当它发展到极端的时候，才可能相对形成我们自己的叙述模式，当然，也同时暴露出它的局限性，并引发我们克服这一局限性的冲动。在这个意义上，我不会否认我的方法论的局限，同时我会尊重其他的研究范式。

但这并不是最重要的。

重要的是，我希望重建一种叙事，无论世事怎样变化，堕落或者失败，我仍然希图回应那一平等的革命理念，也即巴丢所说的"共产主义的设想"。我们只有带着这一20世纪的思想遗产，才能重回"19世纪"。

（本文为作者新著《革命/叙述：中国社会主义文学—文化想象（1949—1966）》的导论部分）

（原载《上海文化》2010年第1期）

人民文学：未完成的历史建构

旷新年

裴多菲曾经说："假如人民在诗歌当中起着统治的作用，那么人民在政治方面取得统治的日子也就更加靠近了。"① 古典主义悲剧的主人公只能是王公贵族，直到启蒙时代的市民喜剧，资产阶级才迟迟登上舞台，而直到左拉的自然主义小说，工人阶级才以兽性的面貌进入文学的视野。因此，以工农兵为主体的"人民文学"这一概念的出现是一个重要的历史时刻和历史事件。

1949年10月，随着新中国成立而出版的全国文协机关刊物命名为《人民文学》并不是一件偶然的事情，而是有着深刻的历史内涵和清晰的历史发展脉络。"人民文学"既是一个新的历史概念，同时又是一段绵延的历史。茅盾在《人民文学》发刊词中称本刊的编辑方针当然要遵循"我们的集团的任务"。② 在创刊号上，发表了周扬在中华全国文学艺术工作者代表大会上关于解放区文艺运动的报告《新的人民的文艺》。报告指出，1942年，毛泽东《在延安文艺座谈会上的讲话》以后，解放区文艺的面貌有了根本的改变。他指出，"这是真正新的人民的文艺"。同时，还指出，《讲话》"规定了新中国的文艺的方向"。③

1940年代末，袁可嘉以一种历史的眼光概括指出："放眼看三十年来的新文学运动，我们不难发现构成这个运动本体的，或隐或显的二支潮流：一方面是旗帜鲜明，步伐整齐的'人民文学'，一方面是低沉中见出深厚，

---

① 裴多菲：《给阿兰尼的信》，《古典文艺理论译丛》第4册，人民文学出版社1961年版，第70页。
② 茅盾：《发刊词》，《人民文学》1949年10月创刊号。
③ 周扬：《新的人民的文艺》，《人民文学》1949年10月创刊号。

零散中带着坚韧的'人的文学'。"他认为,"人的文学"包含了"人民的文学",因而忽视了"人民文学"新的历史意义。在阶级社会中,无论在古代的奴隶社会、封建社会,还是在现代资本主义社会,"人"都是一个排斥性的概念。所谓"人的文学"是一个资产阶级革命的口号,实际上只不过是资产阶级市民文学,所谓"人",不过是人格化了的资本,所谓"人权"不过是资产阶级法权或资产阶级权利。"人"是一个历史地变化的概念和范畴。美国在摆脱了英国的殖民统治以后,受到宪法保护的只不过是有钱的白种男人,尤其是黑人不过是白人的私有财产,不过是今天所谓《物权法》管辖的对象。资产阶级市民文学是对封建士大夫文学的扬弃,而"人民文学"则是对资产阶级市民文学的历史否定,是"人的文学"向前发展的一个新的历史阶段。其实,正如袁可嘉在《我们的难题》中所指出的,新文学的产生和发展,作为文化运动的意义与影响,远胜于作为纯粹文学的价值,新文学一开始就是作为新文化的前驱而出现的。"作为眼前的文学主流,它愈益明显地强调它的'文化性'。"[①] 确实,"人民文学"既是一种新文学,与此同时,它更体现了一种新的文化和政治实践。

"五四"新文学运动和"人的文学"口号的提出,使中国现代文学产生了不同于古典文学的新的文学秩序和体制,创造了文学新的内容和形式。"五四"文学革命一方面提倡科学和民主,一方面提倡白话文,以全民共喻的白话文取代为士大夫阶级所垄断和把持的文言文,充分体现了五四新文学运动和新文化运动的资产阶级民主性质。朱希祖在《文学论》中说:"近日言文学革命者,欲以平民文学革除贵族文学,其意固在以佞谀贵族之文学,改而为感化平民之文学;故其文贵以浅显之语言使平民共享文学之趣,不贵以艰深之文字使贵族独享文学之趣也。"[②] 除了语言的革命外,胡适在《建设的文学革命论》中还提出了扩大文学表现范围的主张,陈独秀明确提出了推翻贵族文学,建立平民文学的口号。所谓"人的文学"就是要求突

[①] 袁可嘉:《我们底难题》,《论新诗现代化》,三联书店1988年版,第179—189页。
[②] 朱希祖:《文学论》,《北京大学月刊》1919年1月第1卷第1号。

破古典文学的贵族范围，表现普通人的生活。"五四"时期所谓"平民"，实际上是指市民阶级，也就是城市资产阶级和小资产阶级以及知识分子。

1928年无产阶级革命文学的倡导使中国新文学发生了历史性的断裂，后来瞿秋白提出了"无产阶级的'五四'"的口号，从而使得"人民文学"随着左翼文学运动的开展逐渐取代了"人的文学"的地位。1905年，列宁在《党的组织与党的文学》中旗帜鲜明地提出无产阶级革命文艺的对象是广大的劳动人民："它不是为饱食终日的贵妇人服务，不是为百无聊赖、胖得发愁的'几万上等人'服务，而是为千千万万劳动人民，为这些国家的精华、国家的力量、国家的未来服务。"① 1928年革命文学的倡导以及大众化口号的提出，进一步扩大了文学的领域。成仿吾在《从文学革命到革命文学》中提出："我们要努力获得阶级意识，我们要使我们的媒质接近农工大众的用语，我们要以农工大众为我们的对象。"② 随着无产阶级革命文学运动的发生，特别是在"左联"成立以后，将文艺大众化作为自己的首要任务，成立了"文艺大众化研究会"，开展了文艺大众化运动，而所谓大众就是指工农大众。但是，由于当时政治和历史条件的限制，文艺大众化主要停留在理论上的讨论，局限于语言和表现形式的通俗化。

《在延安文艺座谈会上的讲话》是30年代左翼文学运动以来的历史发展的总结，明确地提出了文学为工农兵服务，将文学运动推到了新阶段。何其芳说："从文学本身的发展看来，毛泽东同志提倡表现工农兵正是扩大了文学的世界，绝不是缩小它的描写的范围。"③ 因此周扬将此称为"第二次文学革命"。

毛泽东作为政治家高屋建瓴地来谈论文艺问题："为什么人的问题，是

---

① 列宁：《党的组织与党的出版物》，《列宁论文学与艺术》，人民文学出版社1983年版，第71页。这里使用通常的译法《党的组织与党的出版物》。1982年，中共中央编译局重新翻译并作了说明，见《红旗》1982年第22期。但新译引起了争论，新译本身也承认是有缺陷的。
② 成仿吾：《从文学革命到革命文学》，《创造月刊》1928年2月第1卷第9期。
③ 何其芳：《回忆、探索和希望——纪念毛泽东同志〈在延安文艺座谈会上的讲话〉十五周年》，《何其芳文集》第5卷，人民文学出版社1983年版，第345页。

一个根本的问题，原则的问题。"毛泽东明确指出，占全国人口 90% 以上的人民，是工人、农民、兵士和城市小资产阶级。这四种人，是中华民族的最大部分，是最广大的人民大众。当代的文艺应该为他们服务。毛泽东文艺思想是中国左翼文学运动的历史发展在理论上的总结和发展，我们必须从"五四"以来的现代文艺的历史发展中，特别是从 30 年代以来左翼文学运动的历史发展的脉络中，来理解和认识毛泽东文艺思想。文艺为谁服务的问题，并不是孤立的，而是与政治、经济和文化等社会历史实践紧密地联系在一起的。解放区人民在政治、经济、文化地位上发生了根本变化，"到了革命根据地，就到了中国几千年来空前未有的人民大众当权的时代"，"因此，我们必须和新的群众结合"。在新的历史时代，工人和农民上升为社会主体，成为革命的主导力量，成为新的历史时代的主人。同时也因此成为新的文艺的主人公。毛泽东在给中共中央党校杨绍萱、齐燕铭的信中精辟地概括了这种历史性的变化："历史是人民创造的，但在旧戏舞台上（在一切离开人民的旧文学旧艺术上）人民却成了渣滓，由老爷太太少爷小姐们统治着舞台，这种历史的颠倒，现在由你们再颠倒过来，恢复了历史的面目，从此旧剧开了新生面，……你们这个开端将是旧剧革命的划时期的开端。"① 毛泽东工农兵文艺的思想体现了一种新的历史观，并且发生了一种新的文化形态。

周扬在《表现新的群众的时代》中对解放区秧歌剧的分析，指出了延安文艺以及解放区文艺新的特点："在新的社会条件下，小丑的身份已经完全改变了。边区及各根据地，是处在工农兵和人民大众当权的时代；人民是主人公，是皇帝，不再是小丑了。"艾青在《论秧歌剧的形式》中说："在每个秧歌队里，工农兵都成了主角。今天的秧歌剧的形式，也和原有的秧歌剧的形式不一样，它利用、改造了旧有的形式，同时吸收了话剧的许多东西。它已一天天地复杂，一天天地有创造性。所以今天的秧歌剧，应

---

① 毛泽东：《给杨绍萱、齐燕铭的信》，《毛泽东文集》第 2 卷，人民出版社 1996 年版，第 88 页。

该说是一种新的歌舞剧,群众的歌舞剧。""我们已临到了一个群众的喜剧时代。过去的戏剧把群众当作小丑,悲剧的角色,牺牲品;群众是奴顺的,不会反抗的,没有语言的存在。现在不同了。现在群众在舞台上大笑,大叫大嚷,大声歌唱,扬眉吐气,昂首阔步地走来走去,洋溢着愉快,群众成了一切剧本的主人公。这真叫做'翻了身'!"① 同时,新文学也从对"五四"悲剧审美的推崇和对大团圆以及喜剧的否定转变为对喜剧的重新欣赏和提倡。"艺术并不反对虚构,而只反对凭空虚构。它们要有幻想,有夸张,只要这些没有离开现实基础,不是引导人逃避现实,而是引导人改造现实。我是甚至主张大团圆的结局的。'五四'时代反对过旧小说戏剧中的团圆主义,那是正确的,因为旧小说戏剧中的团圆不过是解脱不合理的,建立在封建制度和秩序之上的社会的一个幻想的出路,它是粉饰现实的。在新的社会制度下,团圆就是实际和可能的事情了,它是生活中的矛盾的合理圆满的解决。"② 当然这样一种对社会生活的复杂性和对生活的悲剧性内容的忽视和省略也蕴藏了认识上的危机。新秧歌在内容上和形式上都是新的。周扬把秧歌称为是"人民的集体舞,人民的大合唱"。它是一种"新型的广场歌舞剧",一种"群众的戏剧"。解放区文学艺术的形式发生了巨大的变化,文艺重新从封建贵族的沙龙、客厅回到了广场,从资产阶级个人主义的阅读回到了广场上人民大众的狂欢,从印刷文化转向了口头文化,从长篇小说转变为朗诵诗和秧歌剧。

赵树理被视为毛泽东文艺思想的实践和人民文艺的榜样。1946年,郭沫若、茅盾和周扬等都著文介绍和推荐赵树理的创作。郭沫若说:"我是完全被陶醉了,被那新颖、健康、朴素的内容与手法。这儿有新的天地,新的人物,新的感情,新的作风,新的文化。"③ 1947年,晋冀鲁豫边区文联召开文艺座谈会,讨论赵树理的创作,认为赵树理的创作具体实践了毛泽

---

① 艾青:《论秧歌剧的形式》,《艾青全集》第5卷,花山文艺出版社1991年版,第420页。
② 周扬:《表现新的群众的时代》,《解放日报》1944年3月21日。
③ 郭沫若:《〈板话〉及其他》,黄修己编《赵树理研究资料》,北岳文艺出版社1985年版,第175页。

东文艺思想,从而提出了"赵树理方向"的口号。赵树理的出现具有历史性的意义,在赵树理的作品中,人民不再是简单地被启蒙、被同情的对象,而是真正的主人公,成为了历史实践的主体。与此同时,赵树理也创造了崭新的语言和形式。我们通常忽视30年代文艺思潮对赵树理的影响。实际上,赵树理对上海"左联"关于文艺大众化的讨论十分关注。一方面,毛泽东文艺思想确立了赵树理文艺创作的历史地位;另一方面,赵树理的创作又是毛泽东文艺思想的一种具体实践。

《讲话》的发表,使"人民文学"成了一个中心的概念。1945年,邵荃麟根据《讲话》提出了"人民文学"的口号。1945年,郭沫若在《人民的文艺》中说:"今天是人民的世纪,我们所需要的文艺也当然是人民的文艺。"与胡适在文学革命和《白话文学史》中把文学史叙述为文言与白话、平民文学与贵族文学的二元对立一样,郭沫若称"一部文艺史也就是人民文艺与庙堂文艺的斗争史"。①

1946年1月,出版了"中华全国文艺协会北平分会"的机关刊物《人民文艺》杂志。1946年2月24日下午举行了以"怎样创造人民文艺"为主题的座谈会。在这个座谈会上,周扬谈到《讲话》对于解放区文艺的巨大影响和划时代意义。② 1948年,邵荃麟和冯乃超等在香港创办《大众文艺丛刊》,第一辑名为《文艺的新方向》,第二辑名为《人民与文艺》。胡宇在《为人民文艺而努力》中说:"在这人民的世纪,一切都应当从人民出发,而为了人民,然后成为人民的,文艺自然也不例外。""社会的发展决定了只有'人民的文艺'才是当前时代下真正需要的文艺,文艺自身也只有在回归到人民,成为人民的时候,才有前途。"同时,他指出,"这样的文艺,自然不是纯客观的'写实主义'或'自然主义',而应该是新的'现实主义'"。③ 李广田在《文学运动与文学创作》中说:"今天,是所谓人民的世

---

① 郭沫若:《人民的文艺》,《郭沫若全集》(文学编)第19卷,人民文学出版社1992年版,第542页。
② 见《人民文艺问题谈话》,《人民文艺》1946年3月第1卷第3期。
③ 胡宇:《为人民文艺而努力》,《人民文艺》1946年2月第1卷第2期。

纪。人民的世纪当然所要求的是人民的文化。从政治方面说，我们说这是一个民主时代，但今天的民主已不只是要求人性的解放，进一步，乃是要求人民的解放。"① 1950年北新书局出版了作为"人民文学丛刊"之一的蒋祖怡著的《中国人民文学史》。赵景深在这本书的序言里评论道："这一部书，是以辩证唯物的观点，来叙述中国人民文学源流的尝试。"② 尽管蒋祖怡的"人民文学"的概念是含混的，但是用"人民文学"的概念来描述和整理文学史，体现了与以往的文学史不同的视野和努力。

解放前夕，周扬负责编辑《讲话》发表以后所出现的解放区新的文学创作的丛书"人民文学丛书"，与"新文学选集"相对。"人民文学丛书"和"新文学选集"代表了不同的文学史实践，已经构成了新文学两个不同的传统："五四"文学传统和左翼文学传统，也即"人的文学"和"人民文艺"的不同传统。

毛泽东文艺思想，从根本上说就是要利用文艺的教育作用，教育、改造和提高人民的思想觉悟，创造社会主义新人。人民并不等于现实存在的散落的群众，而是一种教育、改造和提高的结果。毛泽东重视"教育群众，指导群众"，通过文艺去鼓舞、教育和指导群众，然后推动他们去改造自己的环境。毛泽东文艺思想是梁启超《论小说与群治之关系》中所阐述的有关文学改造国民和改造社会和国家的现代启蒙主义思想的发展，通过文学的力量创造新的理想的人和新的理想的社会与国家。毛泽东有关德、智、体全面发展的人的思想实际上也是来自于现代启蒙期严复的观点。毛泽东在《在中国共产党第七次全国代表大会上的口头政治报告》中说："我说不要和农民混同，是说要把农民提高一步，提高到无产阶级的水平，将来几十年以后，要把一切党外农民，提高到无产阶级的水平。"③

在1949年7月召开的第一次文代会上，党向文艺工作者发出了努力熟

---

① 李广田：《文学运动与文学创作》，李岫、雷声宏编《李广田文学评论选》，云南人民出版社1983年版，第204页。
② 赵景深：《序》，见蒋祖怡《中国人民文学史》，上海文艺出版社1991年版，第1页。
③ 《毛泽东文集》第3卷，人民出版社1996年版，第318页。

悉工农兵，表现工农兵的号召。1949年7月，茅盾在创刊后不久的《文艺报》发表的《为工农兵》一文中说明写工农兵的含义："第一，在作品中，要把工农兵作为主人公来描写"，"第二，要肯定工农兵是这伟大时代的创造者"。① 周扬在1949年7月第一次文代会有关解放区文艺运动的报告《新的人民的文艺》中称赞解放区文艺是"真正新的人民的文艺"，"工农兵群众在作品中如在社会中一样取得了真正主人公的地位"。他指出，"五四"以来的新文学描写了觉醒的知识分子，而在中国共产党领导下的工农兵群众，"在政治上已有了高度的觉悟性、组织性，正在从事于决定中国命运的伟大行动"，因此应尽一切努力接近和描写他们。他说："自然，文艺可以描写一切阶级、一切人物的活动，工农兵的生活和斗争也只有在与其他阶级的一定关系上才能被完全地表现出来。但是重点必须放在工农兵身上，这是没有问题的，因为工农兵群众是解放战争与国家建设的主体的缘故。"② 第三次文代会结束后的1960年7月出版的《文艺报》专号的社论中提出："这工农兵的方向是我们唯一的方向，此外再没有第二个方向。"③ 周扬说："文艺工农兵方向，给文学艺术开辟了新的天地，使作家、艺术家找到了新主题、新的表现对象和新的服务对象。这是人类文艺发展的方向，是文学艺术的伟大革命。"④

解放区文学和"人民文学"的扩张并不是一帆风顺、水到渠成的；相反解放区作家实际上也受到"人的文学"这个新文学传统和文学市场的改造。"人民文学"与"人的文学"构成了当代文学中不断的冲突。20世纪50年代初萧也牧的创作及其批评就反映了"人民文学"与"人的文学"的冲突。当时读者抱怨描写工农兵的书单调、粗糙、缺乏艺术，主题太狭窄、

---

① 茅盾：《为工农兵》，《文艺报》1949年7月第11期。
② 周扬：《新的人民的文艺》，《周扬文集》第1卷，人民文学出版社1984年版，第512—529页。
③ 《刻苦努力，争取文艺工作的更大胜利!》，《文艺报》1960年7月第13、14号。
④ 周扬：《我国社会主义文学艺术的道路》，《文艺报》1960年7月第13、14号。

太重复,既看不懂也不爱看。① 解放区作家萧也牧当时就根据市场趣味而调整了自己的创作。丁玲认为,《我们夫妇之间》是一篇"穿着工农兵衣服,而实际是歪曲了嘲笑了工农兵的小说"。她提出要把萧也牧的创作"作为一种倾向来看":"这些东西,在前年文代会时曾被坚持毛泽东的工农兵方向的口号压下去了,他们就借你的作品而大发讨论,大做文章。"② 康濯说:"这是毛泽东文艺思想与小资产阶级文艺思想的原则分歧的问题","这是资产阶级、小资产阶级企图抹杀解放区文艺,企图拿他们那一套代替之。"③ 1953年,周扬在第二次文代会上的报告中总结这段历史时说:"在解放战争结束,我们即将从农村转入城市之前,在某些文艺工作者中间就已经发生了'解放区的文艺到了城市能吃得开吗?'这样的怀疑,这实际上就是表现了对为工农兵服务的文艺方向的动摇","说解放区的文艺作品是'农民文艺',说这些作品没有'人情味'",这样的论调"实际上是瞧不起为工农兵的文艺"。④ 对萧也牧的创作的严厉批评,反映了对文艺的政治敏感和苛求。

"人民文学"和"人的文学"的矛盾和冲突鲜明地体现在题材问题上。早在20世纪30年代,钱杏邨就提出了"尖端题材"的要求。在中国当代文学中,题材问题成为一个尖锐的问题。而题材问题之所以成为一个极为尖锐的问题,就是因为它包含了一种历史的张力。1961年,《文艺报》对题材问题有过如下的诠释:"他从生活的汪洋大海中间,选取他充分熟悉、透彻理解、他认为有价值、有意义的东西,作为自己加工提炼的对象,这就是题材。可见,题材是作家在观察、体验生活的过程中形成的,是开始进入创作过程的产物。""历史上各个时代的各个阶级,都要求文学艺术服从自己的阶级利益,表现自己的精神面貌。生活条件的不同,立场观点的

---

① 丁玲:《跨到新的时代来——谈知识分子的旧兴趣与工农兵文艺》,《文艺报》1950年8月第2卷第11号。
② 丁玲:《作为一种倾向来看——给萧也牧同志的一封信》,《文艺报》1951年8月第4卷第8期。
③ 康濯:《我对萧也牧创作思想的看法》,《文艺报》1951年10月第5卷第1期。
④ 周扬:《为创造更多的优秀的文学艺术作品而奋斗》,《文艺报》1953年第19号。

差异，对于创作题材的选取和处理，也产生了深刻的影响。封建时代文学艺术所表现的社会内容，不能不受到当时社会生活条件的重大限制。到了资本主义社会，人们的视野扩大了。资产阶级作家歌颂了城市平民的崛起，描写了资产阶级和知识分子的形象，以同情的笔墨刻画了社会上受人践踏的小人物。单从题材范围来说，这也曾经是一大进步。"①

第一次文代会闭幕不久，1949 年 8—11 月，上海《文汇报》围绕"可不可以写小资产阶级"的问题展开了热烈的争论。这场争论是由 1949 年 8 月 22 日《文汇报》报道上海剧影协会欢迎返沪的出席第一次文代会的话剧、电影界的代表的一则新闻报道引起的。大会结束不久，回到上海的代表宣称："并不一定限制着非写工农兵不可，而是立在无产阶级的立场，写一切的东西。"② 8 月 27 日，冼群以《关于"可不可以写小资产阶级"的问题》反驳了上述意见。接着，9 月 3 日，陈白尘发表《误解之外》，指出不是可不可以写，而是谁做主角的问题，主角应该是工农兵，而不是小资产阶级。"和工农兵在社会上已经取得了主人公的地位一样，在文艺作品中，他们也应该取得主角的地位。"何其芳在《文艺报》发表了具有总结意味的《一个文艺创作问题的争论》。他说："在这个新的时代，在为人民服务并首先为工农兵服务的文艺新方向之下，中国的一般文艺作品必然要逐渐改变为以写工农兵及其干部为主，而且那种企图着重反映这个伟大时代的主要斗争的史诗式的作品中也必然要出现代表工农兵及其干部的人物。"③ 但是，他认为，转变和适应需要有一个过程。他还指出，这并不等于说不可以有以小资产阶级的人物或其他非工农兵的人物为主角的作品，因此而简单地过火地以为一切具体文艺作品都绝对只能以工农兵为主角是错误的看法。后来人们这样评论新中国的这第一场文艺争论："表面上看起来，这是一场关于'小资产阶级的人物可不可以做为文艺作品的主角'的具体争论，而实质上，是直接关系到如何完整理解和正确把握新时代的'为工农兵服

---

① 《题材问题》，《文艺报》1961 年 2 月第 3 号。
② 《剧影协昨开会，欢迎返沪文代》，《文汇报》1949 年 8 月 22 日。
③ 何其芳：《一个文艺创作问题的争论》，《文艺报》1949 年 11 月第 1 卷第 4 期。

二 "再解读"及文化研究的左与右

务'的文艺方向的根本问题的重要争论。"①

何其芳指出:"为劳动人民服务的问题并不等于就是一个写工农兵的问题,然而写工农兵的确又是一个很重要的问题,……不同阶级的作家常常喜欢以他们本阶级的人物来作为作品中的主角,这是文学史上的客观事实。"何其芳明显地感到题材的限制,这一问题正是由于批判胡风"哪里有生活,哪里就有创作"的观点,将之判定为"题材无差别论"。他一方面批判胡风,"他是用这种论调来反对我们提倡熟悉工农兵,表现工农兵"。另一方面又自相矛盾地主张"文学作品可以去描写重大的政治斗争,也可以去描写普通的人物和日常生活。写什么,作者可以根据自己的生活经历和其他情况去决定"②。1956 年,茅盾在《文学艺术工作中的关键性问题》中提出:"题材范围的狭窄和单调是今天的文艺作品的通病。"③《文艺报》1956 年第 17 号上发表了巴人的《"题材"杂谈》,批评文学作品的题材实在太狭窄了,希望扩大文学题材的范围。④ 1956 年,陆定一在《百花齐放,百家争鸣》的讲话中说:"题材问题,党从未加以限制,只许写工农兵题材,只许写新社会,只许写新人物等等,这种限制是不对的。"⑤《文艺报》在《百花齐放,百家争鸣》的社论中指出:"我们是提倡作家描写当前的重大题材,提倡描写社会主义新人的光辉形象的;……但是这种提倡和宣传,决不排斥题材和内容的多样性。"⑥《中国作家协会研究执行"百花齐放,百家争鸣"的方针》中指出:人们认为近几年来大部分文艺作品题材范围狭窄、创作风格不够多样化。"主要是由于过去对于文艺为工农兵服务的方针,以及对社会主义现实主义创作方法的理解存在着教条主义和片面

---

① 朱寨主编:《中国当代文艺思潮史》,人民文学出版社 1987 年版,第 36 页。
② 何其芳:《回忆、探索和希望——纪念毛泽东同志在延安文艺座谈会上的讲话十五周年》,《何其芳文集》第 5 卷第 348、351 页。
③ 沈雁冰:《文学艺术工作中的关键性问题》,《文艺报》1956 年 6 月第 12 号。
④ 巴人:《"题材"杂谈》,《文艺报》1956 年 9 月第 17 号。
⑤ 陆定一:《百花齐放,百家争鸣》,《人民日报》1956 年 6 月 13 日。
⑥ 《百花齐放,百家争鸣》,《文艺报》1956 年第 10 号。

性。"① 1957年，《文艺报》在《争取社会主义文学艺术的高度繁荣》的社论中提出："党从来没有在创作的题材上提出任何限制，并且不止一次地批评了那种认为我们的文学只能描写现代题材，只能描写工农兵的错误说法。在题材的问题上，我们不赞成那种把文艺的工农兵方向和文艺题材的广泛性对立起来、把工农兵生活和'儿女情、家务事'对立起来的说法。这种说法显然是教条主义的。"② 1960年代初文艺政策发生调整，《文艺报》1961年第3号上发表了《题材问题》专论，指出："我们提倡描写重大题材，同时提倡题材多样化。"③

创造新英雄人物成了"人民文学"一个最核心和关键的课题。周扬曾在《论赵树理的创作》中指出，"创造积极人物的典型是我们文学创作上的一个伟大而困难的任务。"首先，这是因为作为我们遗产的过去优秀的文学作品都只写了农民消极落后的方面，其次，因为现实中新的人物、新世界个性还处于萌芽的状态，还处在形成和生长之中。④ 周扬在第一次文代会所作的《新的人民的文艺》的报告中就提出"要克服过去写积极人物（或称正面人物）总不如写消极人物（或反面人物）写得好的那种缺点"。⑤

典型的创造就包含了艺术的幻想，周扬说，"艺术的概括有时简直是一种'预见'。作者由现实摄取隐秘的未发展的或在胎芽中的一片断，在人们还没有觉察出来的时候，就用夸张的形式指给他们看，于是那一片断的本质就更典型，更明显了"。当虚无主义还没有成为俄国社会一大潮流的时候，屠格涅夫就在《父与子》里描写了虚无主义的典型人物。他说，当时的批评家把他看成是空想，他们不知道那是现实的艺术的概括。"艺术的概括不是事实之单纯的表现，如果没有创造的想象力或幻想，是不能把现实的素材改制为艺术品的。……进步的作家要在历史的运动中去看现实，从

---

① 《中国作家协会研究执行"百花齐放，百家争鸣"的方针》，《文艺报》1956年7月第14号。
② 《争取社会主义文学艺术的高度繁荣》，《文艺报》1957年1月第1号。
③ 《题材问题》，《文艺报》1961年2月第3号。
④ 周扬：《论赵树理的创作》，《周扬文集》第1卷，人民文学出版社1984年版，第491页。
⑤ 周扬：《新的人民的文艺》，《周扬文集》第1卷，人民文学出版社1984年版，第531页。

现实中找出在时代的发展上具有积极意义的方面,而且要把那方面的未来的轮廓表现出来。他不但要描写现实中已经存在的东西,而且他要描写现实中可能存在的东西。这就有赖于丰富的幻想。……文学作品渗进了这种幻想的要素的时候很可能带有浪漫主义的色彩。而这种浪漫性是在现实中生着根,具有照耀现实、充实现实的作用的。"① 黎之在对"写中间人物"的主张的批评中指出:"文学艺术是反映现实生活的,现实生活中存在着各种各样的人物,文学艺术自然要描写各种的人物,其中包括中间状态的人物,这本来不成问题的……问题是不能够看松了社会主义文学艺术典型创造的根本任务:创造带动我们这个时代前进的英雄人物的光辉形象。"他说:"文学艺术的任务,不仅仅是创造各种各样的人物,帮助人民认识生活,还必须具有鼓舞人民前进的力量……在这方面,正面的英雄人物的形象就起着其他人物形象所不能代替的更大的作用。"他提出:"作家不仅要善于从大量存在的事物中发现典型创造典型,还必须善于在萌芽状态的事物中发现和创造典型。"② 马克思说:"巴尔扎克不仅是当代的社会生活的历史学家,而且也是一个创造者。他预先创造了路易·菲力普王朝还不过处于萌芽状态而直到拿破仑第三时代,即在巴尔扎克死了以后才发展成熟的典型人物。"③ 柯罗连科说:"什么是'正面典型'?实际上,这应该是这样:艺术家在创造过程中,像在平常创作中那样,把生活中所有的一切正面的东西收集起来;把天性赋有的某些气质放到这些条件中去,然后看看,它会怎样发展。在生活中,这样的条件是少见的,因此人物是绝无仅有的。但是有什么关系呢。如果他是生动的,那就是说,他是可能有的。如果他不是在生活中产生出来的,那么他就是在想象中产生,在想象中生活和行动的。读者立刻会感觉到,这是活的人物,还是题上某些概念的标签。如果感觉到他是活的,那就是说,他是从艺术上证明可能有的,也就是说,在他身上所表现的那些感觉和概念,不是真实的,就是可能真实的,这也

---

① 周扬:《现实的与浪漫的》,《周扬文集》第 1 卷。
② 黎之:《创造我们时代的英雄形象》,《文艺报》1962 年第 12 号。
③ 《回忆马克思恩格斯》第 77 页。

就是理想。于是正面典型创作成功,批评家,以至于有思想的读者,就会研究他在作品中产生的条件,以便尽可能也在生活中把这些条件建立起来。这就是要求'正面典型'的根据,也就是这种要求的意义所在。但是首要的条件是艺术性。"①

与"新时期"、"新启蒙主义"相一致,"新时期文学"的性质也发生了根本的变化。随着"启蒙"合法性取代"阶级斗争"的合法性和"人性"话语取代了"阶级"话语,形成了20世纪80年代波澜壮阔的人性和人道主义潮流。与此同时,"新时期文学"也经历了一个从"人民文学"向"人的文学"不断退行和"人的文学"逐步取代"人民文学"的过程。这也是一个"现代文学"重新凌驾于"当代文学"的过程。与此同时,文艺为工农兵服务的口号再一次进行了修正。1979年,张超在《关于我国社会主义文学的服务对象》中提出:"从1949年召开的中华全国文学艺术工作者代表大会到现在,我国文艺界关于为什么人的提法,主要还是1942年延安文艺座谈会后普遍沿用的提法:文艺为工农兵服务。但实际上,我国社会主义文学的服务对象在范围上不止于工农兵。是更加广泛的。"② 1982年,顾骧提出:"文艺'为人民服务,为社会主义服务'这个总口号,不仅为新时期文艺的健康发展指明了正确的方向,也为文艺的全面繁荣开拓了无限广阔的天地。"③ 把"新时期"和"五四"进行类比和颂扬成了一种普遍的策略,与此同时,知识分子与工农兵的位置发生了新的历史位移,这在1989年刘再复《"五四"文学启蒙精神的失落与回归》一文中达到了顶峰。刘再复提出,在20世纪,中国知识分子在文学领域中实现了两次历史性的突破,一次是在"五四",一次是"新时期"。他认为"五四"时期陈独秀的《敬告青年》一文是"二十世纪中国知识分子的第一个独立宣言",而"五四"时代则是"知识分子的主体意识第一次伟大的觉醒"。解放后,在文学

---

① 柯罗连科:《日记》,见《外国理论家作家论形象思维》,中国社会科学文献出版社1979年版,第120页。
② 张超:《关于我国社会主义文学的服务对象》,《文学评论》1979年第2期。
③ 顾骧:《革命文艺历史经验的重要总结》,《上海文学》1982年第12期。

中工农的地位取代了知识分子的主体地位,"知识分子的启蒙主体性地位已经完全失落"。他认为,"五四"在对"人的依赖关系"的旧社会体系进行批判之后,中国社会直接向现代社会转向,并很快地过渡到社会主义社会,(直接面向自由人联合体的目标进取)中间缺乏一个以物的交换为基础的商品经济发展的阶段,也就是缺乏一个使人的独立性成为可能的社会形态。由于缺乏这个社会形态的充分发展阶段,人的独立性就没有立足之地,也就无从生长发展。"五四"时代觉醒的个性、自我意识、独立精神等,没有找到生长的土壤,就是因为没有这样一个相应的物的(自由竞争的商品交换社会形态)强大基础。于是,启蒙精神的悲剧性命运就不可避免。"①"新时期"在确立了"现代化"和"人的文学"的目标之后,知识分子通过启蒙主义话语重建了自己中心的地位。更重要的是,资本主义市场经济随着这一话语已经呼之欲出,悄然来到了时代的门槛边。因此,在向"五四"和"人的文学"回归的过程中,自然而然地和合乎逻辑地并且直接地提出了"补资本主义这一课"的问题。

20世纪"人民文学"的出现和发展是一个曲折的历史过程,"人民文学"与"人的文学"成为20世纪文学发展中重要的碰撞和冲突。这种历史进展并不能够仅仅由文学自身获得解释,它是由社会历史条件所决定的。"人民文学"是一种想象的逻辑,是一种新的文化创造,是一个尚未完结的历史建构。

(原载《文学理论与批评》2005年第6期)

---

① 刘再复:《"五四"文学启蒙精神的失落与回归》,林毓生等著《"五四":多元的反思》,香港三联书店1989年版。

在革命的星空下
——20世纪中国文学中的"革命"主题

敬文东

1. 革命主题的兴起：以郁达夫和鲁迅为例

20世纪初叶，郁达夫发表了其后为他惹来轩然大波又使他暴得文名的《沉沦》。在这篇如今已显得十分粗糙、幼稚的小说里，郁达夫假借一个前往日本某妓院的中国留学生在受到人家冷遇后，发出了作者本人想要发出的撕心裂肺的喊声："中国呀中国！你怎么还不强大起来！""祖国呀祖国！我的死是你害我的！你快富起来！强起来吧！你还有许多儿女在那里受苦呢！"郁达夫当然不是在杜撰妓院中的爱国主义，情况比这还要严重得多呢：作为弱国子民，他的主人公在妓院里也没资格享受应有的、在通常情况下花了钱就可以买来的"尊严"。这件事给他带来了巨大伤痛。鲁迅也提到过性质相若的事情[①]。很显然，和鲁迅"惯于长夜过春时"的沉重语气相差较远，郁达夫使用了一种爱恨交加的高昂语调：既痛恨祖国的贫弱，又冀望于它的强大。那是一种发自肉体的吁请，包含着铭心刻骨的力量。不过，一贯有着太多感伤气质、后来写出诸如"曾因酒醉鞭名马，生怕情多累美人"的颓唐心绪的郁达夫，彼时显然还不清楚，让祖国强大起来应该使用怎样的方法。

早在郁达夫发表《沉沦》前十数年，鲁迅在日本就用文言写成了著名的《摩罗诗力说》，其中有如下慷慨激昂又不失悲观失望的惯常句子："今

[①] 鲁迅：《朝花夕拾·藤野先生》，见《鲁迅全集》（第二卷），人民文学出版社1981年版，第306页。

二　"再解读"及文化研究的左与右　　179

索诸中国，为精神界之战士者安在？有作至诚之声，致吾人于善美刚健者乎？有作温煦之声，援吾人于荒寒者乎？家国荒矣，而赋最末《哀歌》，以诉天下贻后人之耶米利，且未之有也。"青年鲁迅的言论，既提前回答了郁达夫痛哭流涕的哀号，又承前启后预示了一场革命风暴的来临。实际上，它早就来临了，只是在焦急的步履中包含着某种拖沓和含混。

　　落后挨打的残酷现实和"国家兴亡，匹夫有责"的士大夫传统交互作用①，强迫中国知识阶级（也首先是知识阶级）起而寻找光明出路。精通西文的严复之所以甘冒篡改原文、让后人嘲笑的危险，翻译赫胥黎有关进化论的著作一跃而为中国版《天演论》，正是迫于现实焦虑和迫不及待的心理特征的一个小小物证，它和多年后郁达夫的痛哭流涕没有什么两样。——很明显，在严复看来，作为自然科学的进化论包涵着的"物竞天择"观念，和中国人正在面对的现实境况刚好吻合：社会达尔文主义仿佛一剂强心针，深深扎进了中国知识分子的心脏。在那个时代的知识阶层，没有信奉过或者没有谈论过进化论的，恐怕凤毛麟角。"物竞天择"既以中国严酷的现实为中介得到了知识阶级的体认，又通过中国知识分子针对现实对它的改造，从而以"斗争"的面貌作用于现实。在中国20世纪广袤语境中，"斗争"作为"革命"的根本特征，从那时起在很长时间内始终在得到强化。

　　"革命"作为极端重要的主题进入20世纪中国文学领空，就很容易理解了。正如加斯东·巴什拉（C. Bachelard）《空间诗学》所说："一个音调深重的词，它的后面一定是一个深沉的事物。"② "革命"作为时代的重要词根，生长于文学写作的土壤之中，既使文学与时代有了水乳交融的、及物的上下文关系，又使得文学具有了某种文学之外的力量，难道不正是当时痛感"国破山河在"的知识分子觉得非常自然的事情吗？鲁迅在谈到为什么要写他那种型号的小说时，有过诚实的自诉状："我看到一些外国的小

---

① 参阅李泽厚：《中国现代思想史论》，东方出版社1988年版，第210—217页。
② 转引自弗朗索瓦·达高涅：《理性与激情：巴什拉传》（中译本），北京大学出版社1997年版，第67页。

说，尤其是俄国，波兰和巴尔干诸小国的，才明白了世界上也有这许多和我们的劳苦大众同一运命的人，而有些作家正在为此而呼号，而战斗。而历来所见的农村之类的景况，也更加分明地再现于我的眼前。偶尔得到一个可写文章的机会，我便将所谓上流社会的堕落和下层社会的不幸，陆续用短篇小说的形式发表出来了。"① 这毋宁是说，中国的情形在许多方面类似于备受凌辱的巴尔干、波兰，战斗和意在以"斗争"现身的革命不仅巴尔干和波兰需要，也为中国所必须。从别人身上看到自己、从别人的现实土壤印证自己时代关键词根（那当然就是"革命"了）的合理性，并不只是鲁迅，而是此前此后好几代中国人非常热衷的事情。

1918 年，鲁迅复出文坛的重磅炸弹是《狂人日记》。在这篇家喻户晓的小说中，鲁迅借一个疯子的疯言疯语，深刻揭示了革命、战斗、斗争和"物竞天择"理念在中国的重要性。值得注意的是，《狂人日记》作为第一篇白话小说本身就构成了巨大隐喻：首先，在鲁迅看来，任何先知先觉式的革命（或斗争）在庸众那里从来都具有某种疯癫性质；因此，第二，疯子之言才是真言，真言在当时的革命语境中就是革命之言；所以，最值得注意的是第三，《狂人日记》因为模仿了疯人之言，致使整部小说的音势既充满了正义、真诚的愤怒，也充满了合理的独断："他的话中全是毒，笑中全是刀，他们的牙齿，全是白厉厉的排着，这就是吃人的家伙。"一句一个判断，一句一个结论，真是痛快淋漓。那是斩钉截铁的判断，绝不允许任何商量口吻，也拒绝了任何论证的可能性。在当时的历史语境中，它的正确性似乎不容怀疑，诚如陈独秀答胡适的某封信里透露的坚定口吻："……必不容反对者有讨论之余地。"② 革命、斗争在 20 世纪中国文学中，从一开始就具备着特殊的、可敬的、也令人叹息的独断语气。它声音高亢，音响洪亮，颇有一副无须论证真理就天然在握的架势。在很长一段时间里，这

---

① 鲁迅：《集外集拾遗·英译本〈短篇小说选集〉自序》，见《鲁迅全集》（第七卷），人民文学出版社 1981 年版，第 389 页。
② 这封信（原载《新青年》，第 3 卷第 3 号，1917 年 5 月）是关于白话文问题的，此处只是借以说明拒绝商量的语气在当时的确非常普遍。

种高亢的音量再也未曾降下来过，而且愈来愈高。直到几十年后，在"文革"期间备受折磨的郭小川还在某首诗里以咬牙切齿的口气大叫道：

> 人民啊！我的母亲/我要向你请罪，/我的阶级的眼睛被迷住了/……在奸人发出第一声狞笑的时候，/我没有举起利剑般的笔，/剖开那肥厚的肚皮，/掏出那毒臭的心脏。
>
> （郭小川《射出我的第一枪》）

这显然和郁达夫的痛哭流涕截然相反，虽然两者都音响洪亮。在他们之间，相隔的不仅是时空，更重要的是，革命作为20世纪中国文学的重要母题，有它自身的规定性、自身的逻辑和自身的法则——它不允许痛哭流涕，它鼓励另一种可以名之为剑拔弩张式的庄严表情。

2. 革命的基本原则在文学中的反映

自1840年以来，革命主题在中国，针对不同历史时期经历了多次语义上的变迁；但无论哪种形式、哪种内涵的革命都有两个共同特征：一方面都旨在祖国的生存与富强（这就正面回答了郁、鲁的提问），同时也都需要一个（或多个）被"革"对象。陆德明在解释"革"时，引用马融、郑玄的话说："革，马、郑云：'改也。'"[①]《杂卦传》对此则曰："革，去故也。"口气都比较舒缓，音量也比较低矮，和鲁迅、郁达夫形成了鲜明对照。这可能就是怡然自得的书斋学者和有切肤之痛的文学战士的区别吧。情况往往就是这样：只要革命，一定需要敌人。不存在没有敌人的革命——诚所谓"去故也"、"改也"。早在1926年，雄才大略的毛泽东在《中国社会各阶级的分析》中劈头就说："谁是我们的敌人？谁是我们的朋友？这个问题是革命的首要问题。"由此引出了共产党人对阶级的划分、并由此有效地界

[①] 陆德明：《经典释文》。

定可以团结和必须"革"掉的阶级——后者当然就是敌人了①。在《论土地与意志》中,巴什拉正确地说过:"任何不持久的、没有实质性深度的力都不可能被称为阻力。"②敌人之所以是敌人,就是因为它有着旨在阻碍革命事业发展的巨大能量。因此,作为革命对象,在斗争中,敌人绝对不应该得到革命者的丝毫妥协。按解放军战士雷锋的话说,就是要给他们以秋风扫落叶的待遇。这是另一种意义上的"物竞天择",是两个阶级、两个阵营的生死较量。因此,革命既不容忍郁达夫的嚎啕大哭(那是怯弱的标志),也不允许鲁迅"绍兴师爷"状(梁实秋语)的悲观和世故(革命需要勇往直前的乐观主义)。

这样就形成了革命语义支持下的典型的二分法:同志/敌人、进步/反动、好人/坏人……无论哪种形式的革命都始终遵循着"非此即彼"的方法论,它也和战斗(斗争)构成了革命的基本原则。随着时间推移,非此即彼在中国险恶的现实语境中愈演愈烈。在文学上,至少自革命文学的初始(即1928年)起,非此即彼论就被全盘接纳了过来。成仿吾大声武气地喊道:"资本主义已经到了它的最后一日,世界形成了两个战垒,一边是资本主义的余毒'法西斯蒂'的孤城,一边是全世界农工大众的联合战线……文艺的工作应当担任一个分野。""谁也不允许站在中间。你到这边来,或者到那边去!"③情况到了这个份上,结果也就不难想象。如果当年郁达夫、鲁迅在文学写作中对人物性格的刻画还遵循着"圆形人物"法则,经过革命洗礼后,许多作家笔下的人物性格则明显呈"扁形"④。30年代的蒋光慈,40年代的丁玲、赵树理、周立波,50年代的杜鹏程、柳青、贺敬

---

① 毛泽东在1933年写成的《怎样分析农村阶级》,更明确地指出了要团结的人或打击的人是谁。这篇文章在这方面代表着一种经典范式(参见《毛泽东选集》,人民出版社1951年版,第113—115页。以下所引毛泽东文全出自该书,只注页码)。
② 转引自弗朗索瓦·达高涅:《理性与激情:巴什拉传》,北京大学出版社1997年版,第59页。
③ 成仿吾:《从文学革命到革命文学》,载《创造月刊》1928年2月。
④ 在1928年以后的革命作家那里,脸谱化的特征十分明显。华汉(阳翰笙)的长篇《地泉》就是描写革命的典型的脸谱化作品。至于《金光大道》里的高大泉,就已经是二分法登峰造极的产物了。高大泉("高、大、全")后来也成了脸谱化程度严重者的代名词。

之、郭小川，六、七十年代的浩然和 8 个样板戏，这一序列分明显示了人物性格在革命非此即彼原则指引下，在脸谱化道路上的不断加剧：革命者是绝对的革命者和好人（比如《暴风骤雨》中的郭全海、《太阳照在桑干河上》中的张裕民、《金光大道》中的高大泉），受苦者是绝对的受苦者、是革命事业绝对的依靠力量（比如《白毛女》中的喜儿），敌人始终是绝对的敌人，全身上下不存在丝毫有益于革命的成分（比如《王贵与李香香》中的崔二爷）。人物性格的非此即彼没有任何商量余地。平心而论，文学作为现实的产物或对应物，这也是迫不得已地选择了。最后，在革命法则内部逻辑的自为运作下，还产生了支持上述现象的理论——这就是所谓的"三结合"、"三突出"。

非此即彼的革命原则在文学上不仅造成了人物性格的单一化、作品语调上情绪上的整齐划一，同时也在宣扬一种"仇恨哲学"。这符合革命的二分法原则，也符合"物竞天择"的内在涵义：竞争者就是"我"的敌人——霍布斯"他人是狼"、萨特"他人就是我的地狱"的论断，在这里依然有效。郁达夫的主人公在妓院里声泪俱下、痛说革命家史，鲁迅的狂人对各种人等声色俱厉，已经预告了仇恨哲学的闪亮登场。这很容易理解。自 1840 年以来，无论革命主题在任何不同阶层的人那里如何不断被赋予何种新内涵，仇恨始终是革命的内在律令之一——敌人这一名号就很说明问题。如果没有对以《中英南京条约》打头的一大串不平等条约的仇恨，就不会有以满清官僚为代表的"师夷长技以制夷"的洋务运动（那也可以称作革命）；如果没有对丧权辱国的清政府的愤怒，就不会有孙中山的资产阶级革命；如果没有对中国传统文化、封建主义的仇恨，就不会有鲁迅、胡适的思想革命；如果没有深重的阶级仇、民族恨，也就不可能有共产党人扭转乾坤的革命方式。20 世纪中国文学的革命主题，集中体现在对共产党人伟大革命的反映上。现在，就让我们来看看喜儿（她是受苦工农阶级的典型代表）对黄世仁（他是无产阶级革命的经典敌人）的刻骨仇恨吧：

要想逼死我，瞎了你的眼窝！/舀不干的水，扑不灭的火！/我不死,我要活!/我要报仇,我要活!

  划不尽我的千重冤、万重恨,/万恨千仇,千仇万恨,/划到我的骨头——记在我的心!

  很明显,按照《白毛女》浓厚的革命叙事,喜儿的仇恨较之于郁达夫的主人公在日本某妓院获得的仇恨无疑要深得多。但喜儿在《白毛女》中几乎没有任何郁达夫式的痛哭哀号,有的只是怒目金刚式的愤怒。嫖娼者找不到自救之路终于结果了自己;喜儿虽然逃亡深山多年过着野人般的日子,却因为冀望于报仇雪恨活了下来——顺便说一句,喜儿能够活下来,一多半要归功于"仇恨哲学"在叙事学上的圆满运用。归根结底,不是喜儿有多坚强,而是革命的内部律令必须要她活下去。她不能死。她死不了。仇恨是一种能够勾引人生存下去的巨大力量,这就是20世纪中国文学对现实中的革命原则的形象性圆融。

  仇恨和爱一样,是人类最原始的感情,几乎可以称做本能。但爱与恨都广大的现实基础,可以将处于蓄势待发状态的爱与恨诱发出来,并产生巨大能量。不论怎样,革命在1840年后的中国也有着庞大的现实根基。革命天然需要恨,恨也可能需要革命的激发以找到宣泄口。就是在这个接合点上,恨和革命攀上了亲戚。假如在这个意义上,也仅仅是在这个意义上,如果我们杜撰一个新词"革命的力必多",也就不是不可以接受的了。革命的力必多意味着,为了革命目标能够顺利达成,革命者能够(也可以)最大限度地利用人性深处的原始本能情感,并通过对它进行革命教育从而修改本能情感,使之成为有既定方向和目标的革命力量("痛说革命家史"、"忆苦思甜"等都可以作如是观)。这中间既包括恨,也包括爱,而且爱与恨一直在互相转换①。这就是鲁迅所谓"爱的大纛"和"憎的丰碑"的统一②。

---

① 戴平万的中篇小说《前夜》非常明显地演绎了爱与恨在革命中的相互转换,主人公楠哥就是在爱与恨相互斗争的"合力"中走上革命之路的(请参阅杨义:《中国现代小说史》(中),人民出版社1998年版,第58—59页)。
② 鲁迅:《且介亭杂文末编·白莽作〈孩儿塔〉序》。

有人抱怨过 20 世纪中国文学缺乏温情，有的只是"冷硬与荒寒"[①]。这也许是事实。但如果考虑到革命的力必多、革命的非此即彼原则，问题就会迎刃而解。作为 20 世纪中国政治生活最重大的主题，革命始终在以它的逻辑、原则和律令，迫不得已地排斥文学书写中任何温婉、娇柔的成分。后者即使出现了，革命的力必多在革命基本原则——不管它以斗争还是以仇恨或二分法的面目现身——的教育下，也会将之转换到于己有利的位置。如果做不到这一点，革命原则的天然力量就会把它排斥在外，甚至打入冷宫，而它自己根本没有任何能力进入革命语义所允可的范畴之内。这种仇恨哲学影响之大，甚至渗透到其后与革命叙述无关的小说中。

3. 文学中的三个转向

1840 年以后，尽管革命作为主题词（或词根）在不同历史环节有着不同涵义，但革命内在律令的自为运作以及它对革命力必多的教育，都会对"谁是我们的朋友，谁是我们的敌人"做出合乎自身语义的回答。——"憎的丰碑"与"爱的大纛"都是革命必须依靠的力量。当鲁迅青年时期就提出思想革命（《摩罗诗力说》、《文化偏执论》等）、郁达夫痛哭流涕企望祖国的强盛时，思想界就早已开始了一场注定要声势浩大的革命酝酿。整个"五四"时期，思想革命始终是主旋律，但也就在这个时刻，知识阶级对自身是否是革命真正值得信赖的力量产生了怀疑。鲁迅以小说为思考武器，几乎触及了所有形态的知识分子：无论是孔乙己、四铭等旧式文人，还是狂人等觉醒了的知识分子，无论是子君、涓生那样的勇于反抗者，还是魏连殳、吕纬甫之流曾经激进的青年，在鲁迅眼中都不足以担负中国革命的重担。

许多人把眼光投向了工农群众。作为一个古老阶级，工农劳动群体被新的历史时代中新的革命语义赋予了新的内涵。他们身上的许多优秀品质，让不少知识分子由衷发出了"劳工神圣"的叹语，连具有典型士大夫情怀的郁达夫、异常清醒的鲁迅也加入这一大合唱，可见"劳工神圣"在知识

[①] 参阅摩罗：《耻辱者手记》，内蒙古教育出版社 1998 年版，第 239—244 页。

分子那里引起了怎样的共鸣。肇始于"五四"时期的"劳工神圣"理念，到了 20 世纪 30 年代之交更达到了全新阶段，成为众多知识分子的普遍心态。其实，至迟就是从此正式开始了在革命原则指引下 20 世纪中国文学的第一个转向：从知识阶级转到工农阶级。

完成这一转换当然并不容易，也绝不仅仅是个口号问题，它不仅经历了现实中的长久争斗，也经历了理论上的多时酝酿。毛泽东在一系列论述改造知识分子思想的文献中，为知识分子指出了一条很实用的路径：向那些腿上有泥的人民群众学习[①]。至迟在《讲话》发表以后，许多作家——比如丁玲、赵树理、周立波等——开始自觉走向农村、走向军营、走向火热的革命生活。秉承"讲话"精神，他们塑造了许多在革命原则指引下的新型农民形象，也同时把革命的力必多中有关"爱的大纛"和"憎的丰碑"的统一发挥到极致。无论是赵光腚、郭全海（《暴风骤雨》），还是李有才（《李有才板话》）、小二黑（《小二黑结婚》），毫无疑问，在他们身上寄托了作家对爱与恨的双重理想。

与知识阶级转向工农阶级相连带的有两个重要后果：第一，思想启蒙（革命）转为政治启蒙（革命），第二，在文学作品中，知识分子的主角地位也被工农取代。这两个后果非常鲜明地体现在从那以后以革命为母题的文学写作中。在斗争哲学和仇恨哲学的指引下，有很长一段时间，知识分子（比如作家本人）走上了与工农阶级相结合的道路，我们在文学作品中已经很难看到知识分子的主角地位[②]，到"三结合"阶段，作家们不但被认为没有思想（思想在领导那里），也被认为没有生活（生活在被革命掌握了的群众那里），他们惟一拥有的只是写作技巧。诸如《倪焕之》一类描写知识分子真实苦闷的小说，《围城》一类嘲笑知识分子自身劣根性的作品，

---

① 毛泽东在《改造我们的学习》一文中，对此有过极好的论述，专门谈到了知识分子的思想改造问题（参阅《毛泽东选集》，第 753—761 页）；后来被称作"老三篇"的文章，更是这方面的辉煌文献。
② 新中国成立后虽然杨沫也写出过诸如《青春之歌》那样的长篇小说，但它是有关知识分子接受革命思想改造为主题的作品。

再也未曾出现过。

革命语义的重新赋予,还导致了20世纪中国文学中,与第一个转向相关联的另一重转向:从人到英雄的逆转。新文学一向被看作是"科学、民主"的"五四"思想革命的遗产之一。权威阐释者都认为新文学相对于旧文学的根本差异,就在于前者是"人的文学"、"平民的文学"——"人"被理解为最广泛的、不遗漏任何一个人的那种"人",它反对一种人充当另一种人的"陪衬人"。我们从那时的文学中——无论是鲁迅、郁达夫的小说,刘半农、康白情的小诗,还是创造社、文学研究会的全部写作——都可以看到,几乎各个阶层的人都有权利在作品中充任主角,英雄成分是较少的,尽管那的确是一个英雄时代。但新的革命语义的生成,新质革命力必多的出现,天然需要从普泛的"人"中挑选一部分作为爱的对象、依靠的对象,另一部分成为恨的靶子、打击的靶子。在这种情况下,"人民"概念的出现就是必然的了。毛泽东对人民的范围有很好的界定,那就是以工农兵为主体的广泛的可团结的阶级①。从逻辑上讲,人民是对人的缩减,是对其语义的削弱。在革命根本法则(比如斗争、战斗、革命的力必多、二分法)坚决要求下,从"人民"中再次挑选作品主角更是理所当然,因为只有这样的主角才被认为能更好体现革命要诀。典型理论就是通过这样的逻辑门洞,广泛进入了20世纪中国文学。如果我们从李有才、郭全海、赵光腚、张裕民、梁生宝、朱老忠身上还能看出一些缺点,他们只能算有缺陷的英雄,那么,从高大泉、江姐身上,我们只看到了在革命原则要求下的完人。这绝不仅仅是革命二分法的产物,也是文学在搞清了为什么人之后的结果。高大泉、江姐形象演绎了"三突出"原则。这是典型理论走到极致时的合理结果,它最终导致了英雄中的英雄的出现。典型理论向"三突出"的转换,正是20世纪中国文学革命主题的直接遗产之一。

第三重转换是从"我"到"螺丝钉"的逆转。旨在"立人"的"五四"运动,强调的是"任个人而排众数"。"五四"时期几乎所有文学作品都不

---

① 参阅《毛泽东选集》,第812—813页。

同程度表达了个人的重要性,即使苦闷也是单独一个人的苦闷(比如庐隐的《丽石的日记》),绝望也只是个人的绝望(比如郁达夫的《沉沦》、鲁迅的《孤独者》)。它只能被理解却不能被分享。新的革命语义在回答了"朋友或者敌人"的设问后,为了抗击敌人的整体,当然也就应该将自己人团结起来。在这种情况下,由"我"转向"我们"就是理所当然的了。"我"必须要从"我们"那里求得定义,获得合法的界定,而不是"五四"时期那样相反。天才的无产阶级诗人殷夫说得好:

我们的意志如烟囱般高挺,/我们的团结如皮带般坚韧,/我们转动着地球,/我们抚育着人类的运命!/我们是流着汗血的,/却唱着高歌的一群!

(殷夫《我们》)

"我们"体现出了无坚不摧的力量,较之个人当然是无可比拟的,诚如殷夫在另一首诗中描述过的那样:在"我们"之中,"我已不是我,/我的心合着大群燃烧"(殷夫《一九二九年的五月一日》)。假如殷夫还有浪漫主义成分,在《讲话》发表之后,作家们已经开始自觉认同文学与革命的从属关系,努力使文学符合革命内在律令的要求。我们从郭全海等人那里既看到革命力必多的喷涌,也看到为了革命不惜牺牲一切的高贵品质。他们把自己看成一颗螺丝钉,加入了革命大机器的运转。而所有螺丝钉之中最好的那颗当然名叫高大泉了。革命语义的最终成型需要许许多多螺丝钉。文学适时地反映了他们,表彰了他们,也暗中提拔和呼唤了潜在的螺丝钉。这三重转换都是革命语义在20世纪中国文学中的绝好烙印。

4. 革命的叙述:文体、方法、语言及其他

新质革命语义和它开出的革命法则,呼唤着新的叙述方式。该叙述方式被要求能绝好承载革命的基本原则:斗争、战斗、革命的力必多以及革命对它的子民提出的所有转向要求。经过革命文学的短暂讨论,人们很快

就将焦点集中在建立新的文体形式上。这很容易理解。和通常的观点相反，文体本身就应该是一种意识形态，文体本身就有很浓厚的阶级性[1]。胡风敏锐地把握到了这一实质，他将目光转到民间形式上，肯定了民间形式的人民性，并由此提出了要求：民间形式"如果和革命的思想结合起来，则是有力的革命武器"。"民间形式的批判的运用，是创造民族形式的起点；而民族形式的完成，则是运用民间形式的归宿。换言之，现实主义者应该在民间形式中发现民族形式的中心源泉。"[2] 胡风等人对民族形式的讨论，后来为毛泽东有保留地采纳[3]。从此以后，民族形式成了革命原则要求下的主要文体形式。李季的信天游，赵树理的"山药蛋小说"，显赫一时的秧歌舞，六、七十年代的革命现代京剧，遵循的就是这一路线。很显然，文体（或艺术体式）肯定沾染了意识形态的血肉，否则，伟大的新质人民革命也不会对此提出专门要求了。

在20世纪的革命语境中，无论是哪种语义的革命，都有自身的革命力必多，此种力必多反映在文学上，就是它的冲动、易怒、音色高亢，要么正义凛然，要么就庄重严肃。在这个意义上，如果我们说20世纪文学史有很长一段时间充满浪漫主义色彩，就不会大错了。因为革命、革命激情总和革命理想联系在一起——就是通过这个接合点，毛泽东适时提出革命浪漫主义和革命现实主义相结合的创作方法，也就顺理成章。毛泽东的敏锐始终使他具有高度的概括性和预见性。情况的确就是那样，随着革命浪漫主义和现实主义创作方法从自发到自觉，中国文学对新质的革命语义也找到了适合其内涵的叙述方法。一方面，它要求真实写出革命人民（工农兵而不是知识分子）在斗争中的喜怒哀乐，尤其是要描写他们在对革命绝对忠诚的前提下，如何在为革命事业添砖加瓦——融入到"我们"之中，并

---

[1] 敬文东：《从野史的角度看》，载《当代作家评论》1997年第6期；《从本体论的角度看》，载《中央民族大学学报》1999年增刊。
[2] 胡风：《论民族形式》，《胡风评论集》（中），人民文学出版社1984年版，第221—222页。
[3] 参阅毛泽东《新民主主义论》和《讲话》等文，《毛泽东选集》，第666—670页，第819—822页。

乐于充当革命的螺丝钉；要求真实书写革命人民（尤其是主要英雄人物）如何在革命力必多的指引下对同志无比挚爱、对敌人刻骨仇恨；另一方面，乐观、积极、向上始终是主导情绪，任何怀疑、犹豫、感伤、悲观和消极都是敌对情绪，都值得克服而且必须要克服。我们至迟从蒋光慈以后的一大批作家那里，看到了骨殖深处的浪漫主义特征。

"革命加爱情"模式一度非常流行。青年人对爱情的渴望和爱情与革命（以恨为主要底色）之间的冲突，完全可以看作是革命力必多最显眼的外部标志。我们从阳翰笙（比如《地泉》）、蒋光慈（比如《鸭绿江上》）、胡也频（比如《到莫斯科去》）甚至柔石（比如《二月》）那里都看见了，他们的主人公（既有明显的感伤气质，又兼具革命家的坚定性）如何在革命与爱情的"合力"中走上革命的。"革命加爱情"一方面认可了郁达夫痛哭流涕的某种合理性，另一方面也以最终奔向革命道途，坚决拒绝了郁达夫为主人公安排的"走向大海深处"的绝路。革命的力必多终于在革命语义的教导下，有效克服了美学上的感伤主义。但革命的力必多在革命语义更进一步也更严厉的教育下，随着时间推移，逐渐连"革命加爱情"也给克服了。最常见的转换模式为：作品中即使写到爱情（通常被认为是不必要的），也必须是革命所要求的那种爱情（比如《红岩》中江姐和她丈夫的爱情），或者为了革命一定要和这种爱情斗争并最终取得了意料之中的胜利（比如《李双双小传》、《青春之歌》中的爱情）。

新的文体与新的创作方法就这样终于统一起来，形成了特点鲜明的革命叙事（它其实就可以被看作是毛泽东号召过的"民族气派"）。这是一种特殊的叙述方式，充当叙事内驱力的，不再是"人性"（人性论是资产阶级的），甚至不再是人的基本情感（它被认为是小资情调），而是革命的基本原则：斗争、战斗、革命的力必多（仇恨哲学与阶级爱的结合）以及典型的二分法。革命和革命原则是文学叙事最主要的推动力——这就是革命叙事。革命叙事的每一个环节如果失去革命原则的有效支撑和推动，革命浪漫主义和现实主义相结合的创作法则就很难成立，民族形式也有可能被消解。20世纪80年代以后，中国文学的内容、形式、思维方法之所以被称为

二 "再解读"及文化研究的左与右

多元,原因正在这里:推动叙事的力量已经不仅仅是革命原则,尽管它仍然是重要一元①。

早在1932年,瞿秋白就提出了要在文学中创造"新的群众的语言"②;10年后,在《讲话》中,毛泽东也号召要创造老百姓喜闻乐见的文学语言。对此号召我们千万不能从字面理解:"新的群众语言"并不仅仅是喜闻乐见,更包含着剔除非革命性成分的要求(瞿秋白就持这一观点),同时还要在此之上创造出老百姓能够理解的"革命语言"。随着共产党人的全面成功,革命语言逐渐成为通行全国的"普通话",而和革命语义要求下的叙事方式、文体形式相背离的个人性语言,则毋庸置疑地成为"方言"。就是这个瞿秋白,在惨遭杀害之前于狱中令人吃惊地写下了纯粹"私人性"的句子:

> 总之,滑稽剧始终是闭幕了。舞台上空空洞洞的,有什么留恋也是枉然了。好在得到的是"伟大的"休息。至于躯壳,也许不能由我自己做主了。……中国的豆腐也是很好吃的东西,世界第一。永别了!③

瞿秋白死后屡遭批判,他在《多余的话》里使用的"方言"肯定是重要原因。在临死前,"普通话"似乎已经不足以表达他的心声。一位叫尚福尔的美国佬曾经说过:"在重大事件中人们表现的是自己的理想形象,在琐事中他们才暴露出本来面目。"具有革命性质的"普通话"和具有纯个人性质的"方言"之间,差不多就是这种关系。在革命原则要求下的革命叙事,除了对它的文体、创作方法有着特殊的、互相牵制的要求,对语言也发出了指令:"普通话"必须要战胜"方言"带来的任何可能性侵蚀。如果我们说"方言"在革命语境中,主要用于诉说个人情感,因而音量相对较低、具有典型的小资情调,"普通话"则天然具有高亢音势、咬牙切齿的绝对

---

① 参阅张德林《审美判断与艺术假定性》有关这一问题的论述(上海文艺出版社1993年版,第218—282页)。
② 瞿秋白:《普洛大众文艺的现实问题》,载1932年4月《文学》1卷1期。
③ 周永祥:《瞿秋白年谱》,广东人民出版社1983年版,第161页。

性。这是一种抒情的(请注意革命原则带来的理想主义和革命浪漫主义在此的作用)、独断的、能让人疯狂的语言,它具有了"方言"眼中的疯癫性质,但它首先代表革命基本语义正确地说出了合乎革命语义内涵的真相。对于任何一种革命,只要它开口说话,总是针对公众,它背后始终有一只看不见的手:这只手就是革命公设,它起着保证革命正义性的作用。所以,任何有关革命的语言,都不屑于对它要说的问题、要号召的语义作任何论证,它只负责说出最后的命题和结论。它理所当然代表了绝大多数人的正义利益。因此,合理的独断是这种语言最典型的表征。它天然就带有浪漫主义色彩,它能极大鼓舞人民的斗争热情,由此产生了积极、乐观、奋发向上的情绪,无论是对敌人的恨还是对阶级同胞的爱,都包含其中了。而革命的"普通话"与革命的叙述方法——无论是它要求的文体形式还是创作原则——都是相契合的。

巴什拉在《论气与梦》里说:"文学比喻是一种炸药,它突然使人们习以为常的句子四分五裂,使自古流传的成语解体,让读者亲身感受到,爆炸后,那些挣脱了枯藤老根纠缠、冲出黑暗、完成了物质嬗变的词所获得的新的力量。"[①] "普通话"作为一种比喻性的、旨在让人乐观、向上、大恨和大爱的语言,确实对"方言"起到了炸药作用。只是这种炸药以绝对的、合理的独断音势将"方言"几乎全部赶走,直到最后,几乎不再有"方言"的生存空间,文学完全、绝对地成为革命语义领导下的工具和螺丝钉[②]。整个民族最后只剩下"一个作家八个戏",就不能不说革命语义终于悲剧性地走向了它的反面。

5. 余波与反拨

1978年以后,"新的"文学思想生长点又一次开始出现,中国文学由此走向了思想多元的20世纪最后20年。从表面看,最后20年的文学的确

[①] 转引自弗朗索瓦·达高涅:《理性与激情:巴什拉传》,北京大学出版社1997年版,第61页。

[②] 杨鼎川:《1967:狂乱的文学年代》,山东教育出版社1998年版,第86—116页。

呈现了创作手法和思想观念的多元并存。但作为20世纪中国文学的重要母题，革命却并未如我们想象的那样被人遗忘，相反，它通过各种变形仍然进入了文学书写。

毋庸置疑，毛泽东、鲁迅的文体堪称革命文体的典范。前者声音高亢、绝对、雄辩、对被"革"对象有不屑一顾的神情；后者偏激、沉重，在貌似的口吃中吐露的恰恰是毋庸置疑的结论。"毛文体"和"鲁文体"的种种特质，我们在八、九十年代一大批作家身上看出了端倪：无论是"以笔为旗"的张承志，还是对"红卫兵"持高度好感、声称"永不忏悔"的梁晓声，无论是自《古船》以来在小说中火药味越来越浓的张炜，还是新近被命名为"无产阶级写作"的群体①，不可否认，革命的力必多依然是他们文字中的血液和养料，仇恨哲学仍然若隐若现。他们的语言是变了形的"普通话"——从音量上、从自以为真理、正义在握的坚定性上看更是如此，虽然他们看起来是在以"方言"的口吻说话。

理解这一现象并不困难。一方面是中国八、九十年代的严酷现实（比如极端世俗化对正义、良知的挤压，比如社会不公的日趋激烈），的确需要某种高音量；另一方面，由于历史传承，革命口吻恰好给八、九十年代某些作家在音量需要上提供了可资借鉴的技术和情绪遗产。杂文现象由此再度勃兴。在革命和杂文之间有着复杂关系：革命既需要杂文，又反对杂文。从需要的方面讲，革命的口吻、它的基本原则、革命的力必多，也只有杂文才能最直接、最快速地向人民说出；从反对的角度讲，由于杂文是"辩证法的死敌"（余杰语），所以杂文也可能以其高亢、偏执的语气揭发革命中的"偶然"失误。杂文的再度勃兴，甚至小说、诗歌中也出现了"杂文笔法"②，正可以从这个角度去理解：不管八、九十年代杂文与革命的复杂关系倾向于哪一极，杂文都是对革命语调的重新分有和继承。杂文笔法的广泛出现，最好不过地表明了：在中国，只要还有不公正的事情，革命的

---

① 这个群体按照它的命名者孟繁华先生的建议，包括摩罗、余杰、孔庆东、旷新年、谢有顺等（参见孟繁华：《资本神话时代的无产者写作》，载《南方文坛》2000年第4期）。
② 柏桦：《左边：毛泽东时代的抒情诗人》，《西藏文学》1996年1—4期。

偏执语气，革命的文体始终就有市场。只是我想建议，当今的杂文最好不要煽情，不要动用浪漫主义，而是像内格尔（Thomas Nagel）所说的"公正去看"（view of from nowhere），像罗尔斯所说的保持"反思的平衡"（reflective equilibrium）。辩证法并不是杂文的死敌，不是正义、公正的"狼"和"地狱"，恰恰相反，它是独断和绝对化的不合作者。

但另一方面，革命的"普通话"也在一些作家那里得到了较为有效的抑制甚至清算。只是说起来比较可笑，他们采用的方法依然和"普通话"密切相关，只是他们把"普通话"戏谑性地强行转化成了"方言"。王朔在这一点上堪称典型。在他一系列小说中都出现了大批革命术语，只是他对这些术语采取了戏拟的喜剧方式。尽管王朔在某些方面达到了目的，但戏拟本身却暴露了当代中国作家的共同尴尬：要想用"方言"说出想说的话，而现存的语言资源早已"普通话"化了，所以"方言"最终还得从"普通话"中去寻找。

20世纪以来，不断强化的革命和革命语言，使得现代汉语变得空洞、单一，我们的现代汉语也充满了火药味、硝烟味，连郭小川在想象自己死后的诗中，也愿意他最后化出的青烟能够像"硝烟"，并且"火药味很浓，很浓"（《秋歌》）——那当然不是一般的浓。这种直接把"能恨才能爱"、"爱的大纛"与"恨的丰碑"统一起来的语言方式，其累积加叠，使得中国人连口语中都不存在多少柔软成分。到最后，我们甚至对温情都有了可笑的态度：一方面我们觉得它实在是太矫情，另一方面我们也确实失去了接受它的能力。现在的文学书写中强调的零度叙事、反抒情、王朔式的戏拟，都可以从这方面得到理解。

（原载《文艺争鸣》2002年第3期）

萧也牧现象

李洁非

建国后一直到上世纪八十年代，各种批判运动在文艺界延绵不断。以个人论，萧也牧是遭受大规模批判的第一人，比胡风早，也比俞平伯早。1951年，《文艺报》发动了这场批判。由于这个批判，萧也牧此后一生都蒙着阴影；他于1957年被打成右派，最后在"文革"期间惨死。

这一事件，知名度不小；其次，随着近年一些回忆材料发表，萧也牧后来的经历和遭际，也渐为人知。但是，有关萧也牧创作的研究却很少见，因此不免存在这种情形：很多人对萧也牧，知其人也知其事，唯独不太了解他是怎样一个作家，写了怎样的作品——或者说，他的创作究竟发生了什么问题，以致要遭逢那样的厄运。

与此有关，还有一个如何认识萧也牧在当代文学史上的位置，或与当代文学史的关系的问题。

从"出身"上来讲，萧也牧是一位"解放区作家"。1949年前后，文学面临一大转折。这个转折仅看"创作队伍"就一目了然。1949年7月，第一次文代会安排了两个总体报告，这是以后历次文代会（作代会）都没有的情况。原因是，那时有两种相对独立的文学板块，一是解放区的文学创作，一是国统区的文学创作。当时，分别由周扬和茅盾就解放区和国统区文学情况，各做了一个报告。如果说，在那个时候两个文学板块还平分秋色，那么没过多久，来自国统区的作家就很快失去活力，在创作上，几乎成了解放区作家的一统天下。

萧也牧一度就是后者的代表。实际上，他完全是由这种转折与变故所造就的一个新进作家。

抗战中，萧也牧在晋察冀做群众工作，后来做过报纸编辑。大约四十年代初开始写东西，但都是从宣传角度来写，真人真事，略加取舍，很少加工，二三千字左右，不足以视为"文学"。

1949年1月31日，北平和平解放。萧也牧很快进了城。由此，萧也牧迎来了文学创作的爆发。他自己这么说："来北京以后，自思写来写去，总是写不好，于是下决心要写规模较大一点的作品。"[①] 也就是说，萧也牧是在到北京后，才真正从文学创作上起步。原因很好解释：来到北京，不仅生活稳定了，也拥有更好的条件，例如北京文化发达、有大量报刊可以驰骋。这些，刺激了他的写作欲望，使他创作热情空前高涨。康濯进北京比萧也牧要晚一些，据他讲当自己来到北京时，发现好友萧也牧已经成了多产作家，各报刊经常可以看到他的文章。

短短一二年，萧也牧就在文坛站稳脚跟。作品刊登在像《人民文学》那样的权威杂志上，出了书，报纸上还发表有关他小说的评论。《我们夫妇之间》、《海河边上》都被多家报纸转载，前者还改编成电影，后者则在青年中广为流传。《锻炼》被很有影响的《中国青年》连载，当时还是北大学生的乐黛云后来在批判它的时候也承认，这部作品"在我们北京大学同学中受到欢迎"[②]。无疑，他成功并且出名了，最生动的体现，便是应接不暇的约稿："从此，我的写作的速度，也大异以前，过去，写一篇二千来字的散文，常常要写十天半月；而今，一夜之间，要写六七千字。"（《我一定要切实地改正错误》）到受批判为止，他恐怕是当时最受瞩目的新兴作家。

为什么能够这样呢？

首先，如前所说，他有"出身解放区"的优势。单纯从文学技术能力讲，解放区作家没有优势。但当时文学，"一元复始"，掀开了新的一页。这新的一页，首先意味着已采取了革命的思想尺度，奉《讲话》后的文学模式为圭臬，在这种情况下，国统区作家普遍居劣势，无论对创作主题的挖掘、把握，还是在艺术话语方式上，都发生困难。所以，1949年以后的

---

① 《我一定要切实地改正错误》，《文艺报》第五卷第一期。
② 《对小说〈锻炼〉的几点意见》，《文艺报》第四卷第七期。

文学，迅速成为解放区作家的舞台。

但是，"出身解放区"的作家很多，相对有同样背景的作家，萧也牧占不到什么便宜，那么，何以独独他脱颖而出呢？这就不能不归结于萧也牧对文学在新时代、新现实条件下的一些独立思考。他这样追溯自己的想法：

> 我正感困惑，恰好听到一种议论，据说城市里的读者不大喜欢读老解放区的小说。原因是读起来很枯燥，没趣味，没"人情味"。至于什么人的"趣味"，什么人的"人情味"，则说得很模糊，我也没有想这个问题。又说：生活随处都有，最好的小说要写日常生活，要从侧面写，这才显得深刻。又说：为了争取城市里的读者，必先迎合他们的胃口，才能提高他们的水平。（《我一定要切实地改正错误》）

康濯的批判文章也证实：

> 一九五〇年年初，也牧同志曾有一次对我的创作提了些意见。他说我创作的缺点是有些狭隘和枯燥，某些作品不大能引人入胜。接着，他又说，今天我们进入了城市，读者对象广泛了，局面大了，作品也应该有所改变，作品里应该加一些"感情"，加一些"新"的东西、"生活"的东西，语言也应该"提高"些，可以适当用一些知识分子的话来写作。（《我对萧也牧创作思想的看法》，《文艺报》第五卷第一期）

用今天的话来说，在当时，萧也牧是一个以明确的读者意识、站在读者立场来思索和对待写作的作家。他注意到，老解放区作家现在已经置身城市的空间；他也注意到，城市读者对文学的理解、需求与乡村是不同的。他认为，文学创作应该认识到这种变化，适应这种变化。

综上所述，我们发现萧也牧是这样一个作家：他出身于解放区，思想上比国统区作家有"优势"；同时，他又是解放区作家中经过主动思考、发现并有意识从风格、技巧、语言上寻求变化以至改革，来满足城市读者需要的作家。

某种意义上,萧也牧实现了"解放区"和"国统区"两种文学的统一,至少,他是在探索这二者统一的可能性。他的创作,在主题和思想上具有"解放区"的水准,能达到那种层次,而在叙事和刻画人物,又比较细腻、内在,讲究技巧和角度,不那么直奔"宣传"和说教,以至于枯燥。

照理说,他的方式兼顾了政治和艺术,很适合那个特殊的时代。当时的创作,政治上不到位肯定不行,但是,政治合格却在艺术上乏味,大家也不爱看。萧也牧可谓两擅其美,难怪脱颖而出。受到批判以前,并没有认为萧也牧作品在政治上弱的看法,例如,短篇小说《海河边上》曾"被地方青年团组织定为团员课本或必读书"(《我对萧也牧创作思想的看法》)。广大城市读者——他们当中不光有学生,还有工人和老干部——觉得他的作品在各方面都可以信赖,既富于时代精神,又引人入胜。

包括《我们夫妇之间》在内,思想都很"革命",不属于那个时代的读者,对此感受会格外强烈,甚而奇怪:如此"革命"的作品,怎么还挨批呢?言及此,不能不谈到一个如今可能想象不到的现象:在当时,使用什么艺术手法也是政治问题。萧也牧的创作,思想内容其实是符合革命意识形态的,可是,他讲故事的方法,切入情节和人物的角度,不大符合《讲话》以来一些套路和标准,这就被认为大逆不道,而定性为"小资产阶级"。比如康濯批判时提到一点:"用一些知识分子的话来写作",今天读者不免奇怪,难道写小说用什么口吻、语气也有限制和讲究吗?是的,正是如此。在当时,用知识分子的语气来写就是不可以的,会被看成思想情调不健康,虽然作者本来是从刻画人物出发,或出于刻画人物的需要。

《在延安文艺座谈会上的讲话》是在特殊时间、地点条件下的产生的,它包含马列主义文艺基本原则,同时,也有些内容属于因时因地制宜的具体策略。当时,很多人都这么看。例如郭沫若在重庆就有一个说法,认为《讲话》"有经有权"。经,是指经常性的、经典性的;权,则是一时权宜之计的意思。《胡乔木回忆毛泽东》证实,对郭沫若这个看法,毛泽东很认同,觉得就是那样。可是随着时间推移,《讲话》上述两个层面的差别,越来越被模糊,越来越变成全部是"经",每句话都不能动摇不能逾越。而对萧也牧的批判,正是《讲话》神圣化过程所迈出的一步。

萧也牧觉得文学创作需要适合进城后的新现实、相应有所改变,说明有些条条框框对他来说是不存在的。作为一个来自解放区的文化人,他对《讲话》的精神、《讲话》的论述,无疑很熟悉。从逻辑上来推理,他之所以允许自己去思考适当改变"老解放区小说"写法、增加人情味、从侧面写、写日常生活这样一些问题,显然是他并不认为这些方面是什么禁区。也就是说,对于"有经有权",哪些是原则,哪些可以探索、尝试,他是有自己判断的。

《我们夫妇之间》在主题和题材上毫无问题,关键是写法;假如变换写法,叙述人变成"我妻"张同志,这篇小说就是地地道道的主流作品。因为从题材上看,它写的是进城对于革命干部的考验;从主题上看,它批判了小资产阶级知识分子思想的不纯、意志的容易动摇。萧也牧本来完全可以这么写,他只是害怕那样缺乏新意,让读者感到干巴无味,所以放弃从正面写,求一点变化,做一点迂回,从李克角度切入,用他的眼睛看发生的一切。故事的内容及其教益变了吗?一点也没有,只是视角变化了一下而已。确切地说,这无非是一种小说修辞技巧而已,不是正话正说,是正话反说,不是直接用张同志的观点批判李克,而是让李克来抱怨张同志并通过这种抱怨反衬出前者思想境界逊于后者。这种修辞技巧,跟鲁迅《一件小事》一模一样,即,故事开始时貌似正面的人物,结束时变成了须受质疑的对象,反之,故事开始时受到质疑的人物,结束时却成为正面而高大的形象。这一点点修辞技巧上的小小讲究,使《我们夫妇之间》有别于当时普通的直奔主题,赢得文艺界和普通读者一致喜爱。但也正是这一点点修辞技巧上的小小讲究,为守卫金科玉律者不容,令鞠治之,斥为"玩弄人民"。例如,张同志的土气、冒傻气这样一些笔墨,作者明显是作为李克不正确的思想表现来写,只因采取的是第一人称,批判者就硬把这说成是作品在"丑化工农干部",他们的意思是,凡这种描写,必须在字面上同时表明批判立场,如果李克说了一句:"你这农村脑瓜吃不开啦!"旁边就必须立刻出现一个声音,将他谴责一下,告诉读者这句话是丑恶的。萧也牧实际上也是这个意思，但是不行，不能这样把倾向隐藏在情节整体叙事中，而必须立刻、直接向读者指明。由此可见，当时创作上路子有多窄，稍微变换一下方式都不行。

构成《我们夫妇之间》情节冲突的，是革命队伍里工农出身和知识分子出身两种干部之间的差异，还有城乡之间的矛盾。这是进城后的热门话题、热门现象。萧也牧将它写进小说，触动了现实的神经，反映了他对生活的敏感。这是小说广受欢迎的原因之一。另一个主要原因，是他处理这一素材时，选取了日常化、生活流的视点。这是这篇小说在当时非常杰出的一点。

单说知识分子与工农的关系，或知识分子与工农结合的主题，1942年以来已是老生常谈。但是我们知道，它一直作为重大思想意识形态问题，被摆到很高的高度对待。另外，我们的文学是讲"典型化原则"的；我们还认为，革命文学固然源于生活，但更应该高于生活。《讲话》里这一句："文艺作品中反映出来的生活却可以而且应该比普通的实际生活更高、更强烈，更有集中性、更典型、更理想，因此就更带普遍性。"那六个"更"字，极其著名，任何从事文艺这一行的人都必须了解。那么，怎样避免掉入"普通的实际生活"陷阱呢？就是要越过生活表面，写"本质"，写灵魂深处的东西，挖掘有重大意义的矛盾冲突。样板戏的创作，就是做得比较好的。其人物塑造，彻底摆脱了"普通的实际生活"的羁绊。所有人物，不论英雄人物还是反面人物，没有哪个作为个人出现，没有哪个还残留着丝毫的个人生活痕迹。他们都是阶级的代表，他们生活的唯一内容就是开展阶级斗争。阿庆嫂的丈夫因为与此无关，被安排去"跑单帮"了；李奶奶祖孙三代，也绝非组成了一个世俗家庭生活，他们关系的实质，是一个前仆后继的战斗集体。五十年代初文艺观念，虽然还达不到样板戏那种高度，可是对于日常生活的鄙视却已经完全形成了。如果表现矛盾冲突，总要从"典型性"入手，哪能从鸡毛蒜皮入手？

然而，《我们夫妇之间》却找不到一点像样的矛盾冲突。萧也牧笔下知识分子与工农之间的差别，只是一个看不惯抹口红、烫发、冬天穿皮衣却露小腿，另一个却觉得没啥；只是下馆子的时候一个吃棒子面饼，另一个还吃熏肉；只是吸纸烟或者吸大芝麻叶、说话带不带脏字、穿不穿皮鞋……锅碗瓢盆，一地鸡毛。仅有一个比较"重大"、"激烈"的斗争场面，是那个富有的胖子欺压穷孩子，张同志挺身而出予以制止。这一切，让批判者很看不下去，卑之曰"庸俗"、"低级趣味"。如自今天业已世俗化的中国看来，《我们夫妇之间》这样写家庭生活、夫妻关系，正常之极，本该如此；可当时文艺战士们，思想境界都高耸入云、耻食人间烟火，他们觉得这样的作品，这样的作家，是自贬其格，降低到小市民水平。从以上不同时间的两种反应来看，只能说《我们夫妇之间》不幸早写了三四十年；如果它八十年代以后才出现，还会有什么麻烦吗？不过，这也正是它的不寻常处。在此我想特别指出，后者读者看到这么一篇作品，难免掠过一丝"卑之无甚高论"之想，这是不对的。如果了解当时文学的狭隘与古怪，就一定会知道《我们夫妇之间》敢于这样描写纯日常、最普通的世俗生活，非常来之不易。

《海河边上》是批判萧也牧时重点提到的另一篇小说；无独有偶，它原先受欢迎的程度，也跟《我们夫妇之间》不相上下。小说写一对青年男女，自幼一起拣煤核，解放后在同一间工厂当工人，彼此情意暗投，终于在共同进步的过程中，赢获对方的心。作者目的也是在于歌颂和教育，写青年一代健康上向的新生活，写积极进取的人生观如何与爱情互相促进。小说所洋溢着的光明进步的基调符合解放初期的社会风貌，但有些笔墨在我看来太宣传，也太做作了。如：

> 老头儿忽然发现对面小花屋里也还点着灯呢！怕也是在学习吧？这时候，忽然，灯也灭了！老头儿想：这是怎么一回事儿：解放以后，这些年轻人们，吃了什么药了？着了迷啦！

如：

> 他俩说着说着又说到婚姻问题上去了。小花说："你将来要自由一

个什么样的人儿?"

大男说:"第一:也是个工人;第二:常在一块儿;第三:她了解我;第四:在生产上、政治上、学习上能互相帮助的;第五:文化水准也跟我差不离;还有:她也是一个青年团员!你呢?你要找一个什么样儿的?"

这几处说明,《海河边上》也是那个时代的产物,也像其他小说一样容易流于说教。不过,不必要求一个作家完全超越自己时代,重要的是,他是否和怎样做到了与别人不同。萧也牧在未能避免以小说做政治宣传的同时,成功地避免了对于正常人性和普通人的内心情感世界的冷漠与排斥。他对男女相愉相恋情感状态下的羞涩、自卑、猜忌、妒嫉以至于小小的勾心斗角一类心理活动,以及这些心理活动的世俗情调及生活质感,有着细腻的观察和真实的描写。小时候一起捡煤核,小花受到李宝才的欺负,张大男保护她,还受了伤,没想到后来大家同厂工作,李宝才变成了一个出色的青年,小花经常夸他,张大男心里七上八下。李宝才倡议劳动竞赛,小花撺掇张大男应战,但小花越热心,张大男越没兴趣,"你跟李宝才挑吧!"酸不溜秋的怪话说了一大堆。这样的细节,贴近生活现实,年轻人读了都感到亲切,不像很多作品满口豪言壮语,人物是活在真空里的,只有政治理想,没有私人心理空间,好像私心杂念只属于道德品质不佳者。张大男不属于那一类人物形象;他肯定是一个好青年、好小伙,但也有私心杂念,会为爱情担惊受怕、疑神疑鬼、患得患失;他只是一个工人,穷孩子、苦出身,没什么文化,但同样痴情,爱得敏感、细腻、心思缜密。他散发着生活气息,让同龄人觉着就是身边一个邻家男孩,不是什么英雄模范。所以,他赢得了好感。

人情,是萧也牧新的文学意识的基石。由于对它的思索,萧也牧给当时文学创作打开了很不一样的局面。以我见过的而论,萧也牧最有震动力的作品,其实不是《我们夫妇之间》,而是一些描写战争岁月的篇什。

1950年2月,他在北京完成一个短篇小说《爱情》。小说讲述抗日时期中共某游击兵团连指导员的故事。他有个恋人,叫石婴,因投身抗战而分离,六七年来,他一有空隙就给恋人写信,不管能否寄到,一封又一封,"始终得不到她的片纸只字"。终于,他被派到恋人所在的雁北一带工作。到了以后,他就前往当年两人分手的石人村寻找恋人,但从房东老太太那里得到的消息却是,石婴早在三年前就被白石堡炮楼里的日本人杀害了,光身露体,埋在积雪下,"在她的锁骨之间被穿了一个窟窿,穿着一条又粗又长的绳子"。小说写道:"第二天,天还没有亮。我沿着滹沱河,回去了。一路上,只听得那滹沱河的激流'哗哗哗哗'地冲激着冰块的声音。"不久,部队决定要进攻白石堡炮楼,拟定的方案是通过挖地道埋炸药,炸倒炮楼。战士和群众加紧挖着,"我"走来走去,坐立不安,心想"复仇的日子到了"。结果排长报告,石头太多,不好挖。"是铁也得挖!限今天天黑以前完成!"排长还想说什么,"我"喝道:"住嘴!这是命令!"终于传来挖成功的消息,随着一声令下:

> 突然"轰!轰!轰轰轰轰……"山崩地裂的一声响!正所谓是飞砂走石,惊动得临近的树林里的宿鸟,全飞到天空"呱呱"乱叫。连那天上的星星和月亮,也震动得好像要掉下来,枯树上的积雪落了我一身……顷刻之间,眼前是一片烟雾,隐约地听到炮楼倒塌的声音……我对司号员说:
>
> "吹吹吹吹——冲锋号!"
>
> 我自己就跳出了掩体。

然而,烟雾消散的一刹那,人们看见炮楼安然无恙,"离炮楼不远的地方,却炸了黑洞洞的一个好大的坑,像一只垂死的眼睛,无望地对着那闪烁着星星的夜空。"——原来,所谓地道已挖到炮楼基座下面,完全是个错觉。

主人公的冲动,致战斗行动失败,自己也身负重伤。小说指出了他的错误,交代他由此接受了教训,但并没有更多地展开批判。显然,作者意在探讨战争中真实的人性。男主人公对恋人的深挚情思,写得非常充沛、动人。战争对他人生幸福的损毁近在眼前,虽然他被痛失爱侣迷住心窍,但那种真爱真恨和勃勃血气,极为真切、掷地有声。比之于许许多多描写战争的小说,一味站在宏远的历史高度,遮蔽、抽空和疏隔个人感受,这篇小说要有血有肉得多。当我发现有人能在1950年这样表现战争,说实话顿感讶然,因为要足足再等上三十多年,中国战争题材小说创作视野,才逐渐达到他的水平。

六十年代初,萧也牧还有一篇小说《秋葵》。这篇作品,今天恐怕没什么人知道,如曰不信,试在各种当代文学史著作查一查,看看有谁提到过它。但是,《秋葵》很可能是萧也牧最好的作品,并毫无疑问是整个前十七年中国最佳短篇小说之一。我再次重复自己的看法,《我们夫妇之间》名气很大,也很重要,但艺术上不是最好的。读一读《秋葵》,才知道何为艺术上最好的萧也牧。五六十年代是革命叙事文学的全盛期;我没有见过把革命叙事与柔情、诗意结合得这么好,而且文字这么淡简、意境这么蕴藉、姿态这么摇曳的作品。

故事是,1943年,一个受伤的抗日干部于敌人"大扫荡"期间,被安排转移到敌后游击区养伤。他被称作"老白",其实年纪并不大。护送他的是一个十七八岁的女护士,名叫秋葵,而目的地,正是秋葵在贾良村的家。两个月后,伤好得差不多了,秋葵和老白返回根据地,就此分手。

故事可以说非常简单,它有一个远大的意涵,通过这样一次敌后养伤的经过,描写中国人民顽强抗战的精神,和对于自己的战士的支持、爱护。但这并不是主要着墨的地方。作者避免从正面揭示他的主题,而是把抽象高远的爱国情,细化、具化为人物之间的情感。他精微地刻画着少女秋葵的音容,展示她微妙的内心,探索交织在她情感内部的各种复杂意蕴,手法细腻、韵味迷人。从始至终,秋葵对于她所照顾的伤员所流露出来的态度,都同时掺杂着极度赤诚的责任感和无尽温婉的女性气息,亦此亦彼,令人难以分辨。事实上,也许就是兼而有之、根本不能分辨。萧也牧狡黠地利用着这一点,笔尖游走其间,不即不离,让一切保持着似与不似、雾里看花的分寸。例如开篇不久,秋葵与老白行进途中,忽然听到背后传来嘈杂响声,秋

二 "再解读"及文化研究的左与右

葵拉着他钻进青纱帐,往深处急奔藏身,老白因跌倒一时昏迷——

> 不知道过了多长时间,有人在我耳边喘气。突然觉得脖子上,脊梁上很热,头上出了汗,我伸手去揩,才发觉两条胳膊被什么东西夹住了,一动也不能动。
> "再躺一会吧,刚才你昏过去了。"
> 原来我躺在秋葵的怀里。挣扎着站起来,脊梁上还觉微温。一阵冷风吹来,我不禁打了个冷颤,像是从生火的屋里猛一下走到雪地上。

这个场景,让人沉浸在类乎母性的光辉中,感受着可靠和坚韧;可明显又不仅于此,一种软玉温香般的柔情,一种让人心猿意马的微微的悸动,也很不确定地从心头飘过。作者从没有试图使秋葵抽象化、神圣化,他让她从内到外洋溢着女孩的灵动与可爱,然而,又极质朴和天成,心灵不含一点杂质,就像她的眼睛:"她的眼睛几乎和婴儿的眼睛一样:眼白带一点浅蓝色,眼珠如同黑宝石。"她就是这样一个引人遐思却同时清澈如水的少女。小说用老白的眼睛,导引我们时而注视着她的勇敢、尽职和公心,时而感受着她少女的可爱与娇憨,还有一闪而过、似有还无的隐秘内心。然而,那究竟是一份怎样的感情,作者小心翼翼地不去点破,就像小说结尾处的一句话:"门帘老是微微晃动着,可是总不见人出来。"故事便这么在朦胧之中结束了,此后老白和秋葵再也不曾相遇。实际来说什么也没发生,但却有太多复杂的感受留给读者。

古人说,"中庸之谓美"。《秋葵》是一篇着力于"美"的作品,哀而不伤,怨而不怒;温柔旖旎,隐采伏文。它貌似与爱情有关,却根本没有爱情发生。它在家国之爱与男女之悦的中间,找到一个逗留点,迂回萦扰,徘徊不前。"兼葭苍苍,白露为霜;所谓伊人,在水一方;溯洄从之,道阻且长;溯游从之,宛在水中央。"《秋葵》有此意境。应该说,萧也牧本意是指向革命叙事的主题,然而他却把大量笔墨表现人物之间情感交融的过程,和生活本身如水的流动与滋润,其所收到的艺术效果,可谓不着一字、尽得风流。坦白讲,以往我未曾料到,革命叙事也能够做到如此合乎于"美"。而且,本篇语言的节制与讲究,结构的散文化,气质的舒展,都别开生面、难得一见。

从这几篇小说的分析可见,萧也牧对于小说怎么写,对于改革"老解放区"以来小说的写法,不仅有思考,亦的确形成了自己清晰、成熟的观点。他提到过的几点:生活随处都有;最好的小说要写日常生活;要从侧面写,在上述作品里都被有意识地付诸实践。

不过,这些在今天仅仅被理解为小说"写法"的问题,当年却都在背后牵及重大的哲学意识形态问题。

"生活到处都有":那么,怎么区别哪些生活是在党的领导之下,哪些生活与党的领导无关乃至企图摆脱党的领导?而"党的文学",无疑必须表现党领导下的生活,绝不是"到处都有"的生活。

"最好的小说要写日常生活":那么,重大斗争、重大题材,党的方针政策、各种运动,谁来表现?生活到底有没有主流和本质?

"要从侧面写":那么,正面怎么办?火热的革命历史怎么办?无产阶级英雄人物形象塑造怎么办?显然,这样发展下去,永远不要指望搞出"三突出"那样的东西,难道说这是可以允许的吗?

我们看到,萧也牧是走在时代前头的。他身上有一种矛盾:既合乎时宜,又不合乎时宜。中国历经半个世纪的崩解、战乱,终于迎来安定和建设的局面与条件,一切可以步入正轨;萧也牧在文学上的一系列想法,与此相吻合,所以从根本上说,他是合乎时宜的。然而,与此历史趋势相反,有一股强大的左的力量受到革命胜利的鼓舞,其势日炽,人心思定而唯独彼不欲定,革命胜利、天下大定之日亦恰是其开始自我膨胀之时;萧也牧所主张的小说,不能满足这种需要,甚而有绊脚石之嫌,故被一脚踢开,就此言他很不合时宜。

观一叶而知秋。萧也牧就是这样一个建国初的文学现象。

(原载《小说评论》2010 年第 3 期)

组稿：文学书写的无形之手[①]
——以《人民文学》（1949—1966）为中心的考察
吴俊

小引：对于"组稿"的特定理解与解释

1951—1952年间，以对电影《武训传》的批判和知识分子的思想改造运动为直接背景，新中国文艺界兴起了一场规模甚大的整风学习运动。在此运动中，号称"文学国刊"的《人民文学》杂志遭受了创刊以来的第一次"重挫"。刊物的主要负责人，对《人民文学》过去工作中的错误和缺点，应该"负主要的责任"的艾青，被解除了副主编的职务。时任《文艺报》主编的丁玲，转任该职。[②]

就在丁玲履新之前，也就是在文艺界整风学习运动展开之初，1951年11月24日，北京召开了文艺界整风学习运动的"动员大会"。丁玲紧随胡乔木和周扬，也在动员大会上作了主要发言[③]。在题为《为提高我们刊物的思想性、战斗性而斗争》的讲话末尾，丁玲指出：

> 创作和批评是可以组织的，过去我们也组织过，但因为方针不明

[①] 本文是作者以《人民文学》为中心考察中国当代文学中"组稿"现象的文章之一，从属于有关《人民文学》与中国当代文学（1949—1976，即通常所谓"十七年"文学和"文革"文学时期）关联研究项目。
[②] 参见拙文《文艺整风学习运动（1951—1952）与〈人民文学〉》（《南方文坛》，2006年第3期）。引文出自《文艺整风学习和我们的编辑工作》（《人民文学》，1952年2月号），该文系《人民文学》编辑部对自身错误的"检讨"，署名"编辑部"。
[③] 胡乔木、周扬、丁玲三人在"动员大会"上的讲话，均载《人民文学》1952年1月号。下文所引丁玲讲话内容也据此，不另出注。

确,组织的稿子便不是在很好的计划中的。从我们的经验中,也知道比较有组织的稿子,是群众需要的稿子,是可以得到较多和较好的反映的。稿件的能否组织,依靠编辑部工作的是否主动。编辑部应该经常召集一些作品的座谈会,一些问题的座谈会,编辑部应该收集研究一些存在的问题,将资料供给作家,并且帮助作家下乡、下厂、下部队,帮助他们写作。编辑部是组织者,却不是只顾自己写作的人,编辑部的人员动了,开动了脑筋,作家们也就跟着动了,问题也就活动起来,文章就多了。文章多,思想讨论活跃,这样编刊物才有意义。编辑部不怕没有稿子,就怕自己不主动。

在这段话里,丁玲强调的就是"组稿"问题及其重要性。

组稿是刊物编辑部的主要业务工作,当时或称"组织"工作之一。"组织"也正是丁玲这段话中反复出现的关键词和核心概念。胡乔木和周扬在这次动员大会上的讲话中,也都直接强调了"文学组织"和"组织文学"的重要性的思想。① 略加辨析的话,"组织"一词,既可作为名词,也能用作动词。在本文所涉及的范围内,其实也是在中国当代文学的许多情境中,作为名词的"(文学)组织",可被视为关于文学的制度设计;而作为动词的"组织(文学)",则可理解为关于文学的策略手段。通常作为特定专业词汇的"组稿",在其实际的运作特别是在"十七年"和"文革"时期的文学活动中,其真实的含义就如"组织"一词,有着超越文学专业范畴的多项"语用"意义和功能。简言之,"组稿"是一项由特定政治—文化的权力所支配而进行的制度化、组织性的文学业务。它关乎中国文学的制度和组织建设及其运作,也关乎中国文学的资源利用、权力地位、价值归属及时

---

① 对于"组织"与文学的关系及其重要性的强调,在中国左翼文学理论、中共各级领导人在各不同时期和场合的讲话(指示)、新中国文学等等之中,所见多矣,远非止本文略举的胡、周、丁三位。但因丁玲系本文所论的"直接关系人"——其时正出任《人民文学》副主编,且其讲话时境也正在本文所论的范围之内,所以引其所说应是比较恰当也具说明性的。顺便提一下,与文学的"组织"概念相关的"纪律"(文学纪律,作家的写作和行为纪律等等)一词,也是胡、周、丁三位等的讲话中被反复、突出地提出的。

代命运等重大问题。对具体的组稿者（如刊物、编辑等）而言，其切身利益更是往往系于组稿的（一时）成败。因此，组稿不能不是高度自觉的，有明确目的的，富于计划性的，需要讲究策略的。特别是，组稿不仅承担着文学的义务，而且还负有着文学的责任。这决定了它必须进入、渗透、参与乃至影响、左右、支配文学写作的各个环节和全部流程，当然也包括文学写作的结果（如修改、定稿、发表或出版等）。如同计划体制内的计划经济一样，文学也被纳入了"计划文学"的制度之中。由宏观的"计划文学"的方针、政策，设计、制定具体的"文学计划"。组稿就是对"文学计划"的实际操作，或者说，组稿是对"计划文学"的具体落实。在此意义上，组稿可谓中国当代文学（本文特指"十七年"文学，其实也可包括"文革"时期的文学）书写的"无形之手"。作为一种制度化和组织性的操作或运作机制（方式、手段），组稿全面参与并影响了中国当代文学的形成及其历史。假如有一部中国当代文学"组稿史"的话，我以为它几乎就会是一部（别样的）中国当代文学史。①

《人民文学》既被制度化、组织性地设计、规定为新中国的"文学国刊"，它的组稿，或它与组稿的关系，不能不在动机、方式、效果诸方面具备远较其他文学刊物更为深广的自觉思考和多重诉求。它不可能仅仅着眼于刊物的自身（本位）利益，而必须自觉承担新中国文学建设的义务、责任和使命。因此，它的组稿既属刊物自身（特定）的一种文学关切方式和目标，同时也是中国当代文学宏观走向的一种风向标和价值取向。概言之，它示范性地体现了新中国"国家文学"的想象、设计和实践。

---

① 在国家制度、国家意识形态的层面上，"组稿（的文学史）"是可以纳入我所谓"国家文学"的概念和理论框架中来理解和探讨的。所谓国家文学，简言之就是由国家权力（包括其制度和意识形态等等）全面支配的文学；同时，国家文学相应地也就成为国家权力表达或体现的一种自觉形态或方式。显而易见，当国家权力全面掌握了所有的文学资源、文学评判（标准）和文学可能性的最高乃至唯一的权力时，国家文学就必然成为文学的现实，文学就必然成为国家文学。对此，作者将另行撰文专门探讨。

一、组稿：文学的政治资源及最高权力的争夺

《人民文学》的"国刊"定位使该刊在组稿方面先天性地占据着得天独厚、无与伦比的优势地位，它可以有保障地享受到最佳文学资源的选择权和使用权。同样，几乎所有的文学作者及其作品也都以能够在《人民文学》上占得一席之地而感到骄傲，因为这不仅意味着写作者的文学荣誉，而且也直接或间接地显示出某种"政治"的评价，尤其是在政治形势变幻莫测、作家命运难以自控的时期，这一点最显敏感。因此，《人民文学》的地位包括其组稿，在国家文学的体制及其具体情境中，一般而言是得到了多重保障的。

但是，这并不意味着组稿对《人民文学》来说就会显得轻松或不重要了。实际情形恰恰相反，正因为《人民文学》地位的无比重要，它的责任和使命之重也是其他文学刊物所不能承担的。所以，它的组稿往往反倒是最艰难的。它必须与其他刊物展开资源的争夺，以此维护自身的形象和权利。资源争夺的失败——如好作品被其他刊物捷足先登，或资源的"不当使用"甚至"滥用"——如发表了"错误"作品等，都将不仅使刊物蒙羞，而且还会导致政治评价的危机。此类"耻辱"经历，在《人民文学》历史上真可谓"史不绝书"了。一言以蔽之，组稿之于《人民文学》，同样是"性命攸关"的。《人民文学》的智慧必须在组稿上胜出一筹，这样才能保证刊物的特殊地位不会动摇。

组稿的资源争夺及权力的分享（乃至独享），首先表现在对政治资源及最高权力的争夺上。在这方面，《人民文学》具备"文学的最高身份"的地位优势，但更重要或主要的还是刊物在这方面所具备并表现出的敏锐的"自觉意识"和高度成熟的"政治智慧"。在《人民文学》的组稿史上，此类的"大手笔"并不鲜见。其中，向毛泽东的组稿并获成功，就堪称经典范例之一。

国家首脑、政治领袖的毛泽东，同时又是一个诗人、文学家，这对《人民文学》这样的刊物来说真算是件"幸事"。因为恐怕也只有《人民文

学》（另如《诗刊》）等这样的刊物才"配"发表这位独一无二的特殊作者的作品，也才"敢"将他作为刊物的组稿对象。对毛泽东的成功组稿，毫无疑问将显示出刊物在文学的政治资源及最高权力的争夺上所获得的最大成功和最高成就。《人民文学》组稿史上的这一得意之笔，落墨于50年代末，完成于60年代初。

1958年间，正值张天翼、陈白尘主政《人民文学》（正、副主编），他们听说邓拓藏有毛泽东的多首未曾发表过的诗词，这些诗词是邓拓在《人民日报》总编辑任上时与毛泽东的笔墨交往中留存下来的，遂商请邓拓见示主席大作。这批诗词有十几首之多。邓拓表示，《人民文学》如欲发表这些诗词，还必须上呈作者本人，由其亲自审定才行。当时，沈从文夫人张兆和也在《人民文学》任编辑，她的小楷素有好评，便由她工整抄录一份，连同主编代表刊物编辑部的一封信（请示、组稿），一起送呈主席，请求允许《人民文学》发表这些诗词。这是一次有些漫长的组稿，一晃四年时间就过去了。到了1962年五一节前夕，两位主编突然收到主席亲笔来信，内有词六首的校订稿。信中说明："这六首词，是一九二九——一九三一年在马背上哼成的，通忘记了。《人民文学》编辑部的同志们搜集起来，寄给了我，要求发表。略加修改，因以付之。"就这样，毛泽东的《词六首》首发于1962年5月号的《人民文学》上。①

这次组稿的成功，在组稿者（《人民文学》）和作者（毛泽东）两方面都有可圈可点之处。在前者，这显然是一次十分敏锐的积极主动的组稿，并且充分利用了有效的组稿资源（即邓拓），这两点在此类个案上缺一不

---

① 上述关于毛泽东《词六首》的组稿及发表史料，系据原《人民文学》编辑涂光群、周明的文章综合而成。涂光群：《毛泽东词六首发表内幕》，收入作者的《五十年文坛亲历记》（上），辽宁教育出版社，2005年5月。周明：《毛泽东与〈人民文学〉》，收入作者的《雪落黄河》，人民日报出版社，1999年7月。周文中还提供了一个"组稿"细节，因1958年的组稿请示一直未获毛的回音，1962年初便又再次向毛请允，这次终获成功。

  关于毛泽东的这封信，另外值得一提的是，《人民文学》从创刊（1949年），到停刊（1966年）间所使用的封面刊名字样，是经毛泽东提议的郭沫若的题字手迹。而从1976年复刊起迄今，封面刊名字样则一直改用了毛泽东为发表《词六首》而于1962年复《人民文学》编辑部的这封亲笔信中的字样手迹。这也是由毛本人同意刊物所请才采用的。

可。《人民文学》由此所体现出的与其说是"文学的动机",不如说主要是"政治的智慧"。文学的政治资源及其所代表的政治权力,经由组稿这一文学资源的争夺或利用形式,其意义显然已非文学所能概括了。

有意思的还在于,后者(即作者毛泽东)的回应组稿的方式也耐人寻味。一是相隔了四年之后,毛泽东才答应了组稿和发表的请求;二是毛从十几首诗词中仅选发了六首;三是对这六首词进行了修订,如《采桑子》词中原句"但看黄花不用伤",改为"战地黄花分外香",《减字木兰花》词中原句"雪里行军无翠柏",改为"雪里行军情更迫"等[①];四是亲笔回信作为词作发表的序文,即述写作、修改之实,又记《人民文学》组稿之请,以此明了本事始末。从这几点至少可以肯定地判断:毛泽东对《人民文学》的这次组稿之请是十分郑重其事的。伸言之,这意味着毛泽东对《人民文学》的政治地位和文学地位显然都持肯定态度,而且,对这份刊物也显然持支持态度。

这次组稿所透露出来的政治信息,对《人民文学》来说当然更具重大意义,它证明了刊物获得了最具价值、也是最高价值的文学资源和政治资源的支持,享有了"文学政治"意义上的最高权力。这同时其实也就是对刊物自身的最高地位的再次"法定"确认。

组稿,组的往往就是(文学和政治的)权力。组稿的动机或目标,指向的往往也就是权力。往往就是对权力的渴望(有时是因为恐惧),构成了组稿的自觉动力。《人民文学》的独特地位,则使它有自信也有"野心",可以将组稿指向最高权力。这是当代中国文学(或国家文学)中所谓组稿的最为突出而深刻的特性之一。

二、组稿:文学的(政治)风向标,或文学景观的塑造

通过组稿获取最具价值或最高价值的文学政治资源及其支持,以此显示或保证组稿者(通常是刊物,有时也会是编辑个人)享有的(最高)文

[①] 涂光群:《毛泽东词六首发表内幕》,据《五十年文坛亲历记》(上)。

学权力或政治权力,这可以说是中国当代文学组稿的最高目标和最大荣誉。但此类"经典手笔"即使是对《人民文学》这种地位特殊的刊物来说,毕竟也是可遇而难求。既需智慧的把握,也靠机会的垂顾。"经典"之所以为经典,一方面是其所具意义和价值的无与伦比,另一方面也意味着它不可能为常态。经典性的组稿当然是必需的,但它显然未必就会是必然的。经典的产生需要"历史的合力"作用,有时看起来甚至仅仅像是一次"巧合"①。

从政治解读的角度来说,中国当代国家文学体制中的组稿常态,(或其职业的、专业的责任和使命)主要体现为对"新中国文学"(或称"人民文学"、"社会主义文学"、"革命文学"、"工农兵文学"、"工人阶级文学"、"无产阶级文学"等等)的形态及其发展方向的塑造、引导,其中也包含着评价②。显然,《人民文学》对此的责任在所有文学刊物中应该是最突出和最巨大的。它(的组稿)首当其冲也是理所当然地被视为中国当代文学的(政治)风向标,塑造着中国当代文学的实际景观、具体格局和发展生态。就此而言,不妨说《人民文学》的组稿,"领导"并"生成"着中国的当代文学。这实在是不由任何个人的意志可左右或改变的,而是由国家制度所赋予的,而后,这又成为《人民文学》的一种自觉和使命——以及荣誉感。

1957 年 7 月号的《人民文学》号称"革新特大号"。在这期的刊物上,出现了久违了的沈从文的名字,他的一篇题为《跑龙套》的短文"被特意安排在本期散文的头条"。在《人民文学》上发表沈从文的作品,在当时当然不会是无意而为的。

1956 年 5 月 2 日,毛泽东在最高国务会议上提出,在文学艺术和学术

---

① 1975—1976 年,《人民文学》和《诗刊》等相继酝酿"复刊"。这一次,毛泽东的《词二首》"花落"复刊的《诗刊》首期(1976 年元旦),《人民文学》只有"转载"跟进的份了。
② 比如,胡乔木、周扬、丁玲在北京文艺界整风学习运动动员大会上的讲话中,对于当时文学现象和文学刊物的一系列严厉批评,也都可以理解为包括了对组稿不力或组稿错误等编辑工作问题在内的不满。参见《人民文学》1952 年 1 月号所载三人讲话。另参见拙文《文艺整风学习运动(1951—1952)与〈人民文学〉》(载《南方文坛》2006 年第 3 期)。

研究中应该实行"百花齐放，百家争鸣"的方针。1957年3月6—13日，中共中央召开全国宣传工作会议，毛泽东在会上着重讲了知识分子问题、准备整风问题和加强党的思想工作问题等。这次会议还邀请了党外人士参加。4月27日，中共中央发出了《关于整风运动的指示》，决定在全党进行一次以正确处理人民内部矛盾为主题，以反对官僚主义、宗派主义和主观主义为内容的整风运动。5月2日，《人民日报》发表社论《为什么要整风？》。也就是从四、五月之交起，中共全党的整风运动逐步展开，党内外的建议、批评和争鸣之风随之波及全国。5月6日，中共中央发出《关于继续组织党外人士对党政所犯错误缺点展开批评的指示》。5月8日至6月3日，中共中央统战部邀请各民主党派负责人和无党派民主人士召开了十三次座谈会，对中共党的工作和国家政治生活提出批评和意见。其间，5月14日，文化部通令所有原来禁演的戏曲剧目全部解禁。但是，5月15日，毛泽东却已撰写了《事情正在起变化》一文，其中指出，要认清阶级斗争形势，注意右派的进攻。虽然如此，整风仍在进行。5月19日，《人民日报》又发表了《继续争鸣，结合整风》的社论。直到次月上旬，形势才发生了公开的根本性逆转。6月8日，中共中央发出了《关于组织力量准备反击右派分子进攻的指示》。同日，《人民日报》发表题为《这是为什么？》的社论。以此为标志，此后在全国范围内陆续开展了大规模的反右派斗争运动。

在这段历史过程中，有一个细节是最重要的，许多人和事件的"命运"就是由此决定的。那就是在毛泽东已发现"事情正在起变化"时，原先的整风运动不仅仍在以"惯性"发展，而且还得到了鼓励，因此，局中人几乎未曾注意到风向的悄然变化，当然也就无从引起警惕。这使所谓的"阳谋"和"引蛇出洞"终于大收其功，一役定局。本文对这一细节的强调，就因为《人民文学》的"革新号"及沈从文作品的发表，恰恰出现在足以决定其命运的这一历史逆转的当口。这真可以说是所有不幸中的最大不幸。从本文的论题来说，《人民文学》在这一时期的组稿，无疑就是在"自掘坟墓"。但其悲剧或无法自控的是，它是因（必须）响应"双百"方针的号召且由文艺界的领导人直接授意才不由自主地被推入自掘的坟墓中的。

"双百"方针提出之后,文艺界自然必须有所作为,这关系到新中国(国家)文学建设的"国计"战略部署。但是,具体的操作或策略手段还是需有"政治设计"的,并非纯是文学分内的事。从理论上说,"百花齐放"也应该允许或认可"香花"、"毒草"一起"放"的可能性。不过,公然的、已知的毒草,其实并不在可放之列,否则,"反动文艺"就能假道借机流行了。同时,红色香花(革命文艺)虽应大力鼓吹,却又不足以体现"百花齐放"的盛况。因此,究竟放什么花,还真是必须慎重其事的。组稿是去觅花的,但花之所在,需有高明法眼指点。于是,"主管文艺界的周扬一再'耳提面命'中国作家协会各刊物的负责人,要'请动'多年搁笔的老作家写稿"。

> 周扬对《人民文学》的主编严文井说:"你们要去看看沈从文。沈从文如出来,会惊动海内外。这是你们组稿的一个胜利!"

严文井"跟沈从文私交不错,这时欣然从命,很快跟《人民文学》编辑部主任李清泉一起去看望了沈从文"[①]。这便是《跑龙套》一文组稿并发表的原委。

周扬面授机宜,指示《人民文学》去向沈从文"组稿",这在当时实在是高明至极的一招。沈从文虽曾被斥责为"反动文艺"的代表作家[②],但

---

① 上引均见涂光群:《沈从文写〈跑龙套〉》,据《五十年文坛亲历记》(上)。按:其时实际负责《人民文学》具体编务等日常工作的是李清泉,1957年7月的"革新特大号"及前一期的5、6月合刊,都由他主持。但是稍后的反右运动中,这些又成了他的罪证。李清泉是《人民文学》编辑部内第一个被划右派的领导干部。2003年夏季,本文作者开始进行有关《人民文学》项目研究之初,即赴京往访年已八十的清泉老人,蒙其慷慨赐教,收获"口述史料"甚多,其中当然也包括了本文所论时期的诸多人、事话题资料,感谢无已。有关资料待另行整理。

② 郭沫若:《斥反动文艺》,《大众文艺丛刊》第一辑(1948年)。

他在新中国的表现，则一向"低调"而"老实"，毫无"蠢蠢欲动"的迹象，更无"猖狂"之举，形同"死老虎"。在中国当代政治生活的语境里，他属虽有"历史"问题却无（或少）"现行"问题的一个"多年搁笔的老作家"，因此，从政治上看（政治的定性）沈从文当然与"香花"无缘，却也没有"毒草"的能量。他不是红色作家，倒又不必视如"黑"得一塌糊涂。"灰色"大概是他比较合身的政治色彩。彼时彼刻，"放"出一朵"灰色之花"，正可无伤大雅却又足能彰显政治清明地装点出盛世"百花齐放"的文学景象。——所以，组稿或中国当代文学，一定要讲政治，必须要懂政治，否则，充其量只能算是"匠人"的作为①。再从文学上看，周扬也不愧是一位精于此道且明事理的行家高手，他是完全明白沈从文的文学地位及其巨大影响力的，甚至可以说，他在"内心深处"还是对沈从文的文学成就有着高度评价的。否则，他也不会在"政治上允许"的前提下，独独从"多年搁笔的老作家"中特意拈出一个沈从文来。正像他说的："沈从文如出来，会惊动海内外。"因此，他心里应该十分清楚，这次"组稿"的胜利，必将在政治上和文学上都能赢利。从周扬对于《人民文学》的这次组稿的亲自授意和具体策划中，足以见出他是一个全局在胸、眼光深广的政治家，唯此他才足堪中国当代文学（政治）领导人的位置。

在上例个案里，我们已能判断，向沈从文组稿及"要'请动'多年搁笔的老作家"，正反映了"双百"方针形势下中国文学的一时风向，体现了对文学景观的一种政治塑造动机②。不幸在于，这次组稿及发表的前后，正是天地变色之际，因此同样，当反右开始之后，因风向逆转，需要重塑

---

① 参见周扬：《整顿文艺思想，改进领导工作》，据《人民文学》1952年1月号。
② 涂光群："1957年三、四月间，秦兆阳因《现实主义——广阔的道路》论文和修改王蒙小说问题以及被认为贯彻双百方针不力而实际靠边。李清泉'受命于危难之际'，回编辑部接编《人民文学》。他执行作协领导的指示，大胆果断，贯彻双百方针毫不迟疑。以其编辑的胆识、慧眼和辛勤努力，编出了体现双百方针的《人民文学》5、6月合刊和7月革新特大号。他扩大了组稿面，使'五四'以来一批老作家如康白情、沈从文等重新面世，同时推出了李国文、宗璞等一批新人的力作。"——引自《中国"作协"反右扫描》，据《五十年文坛亲历记》（上）。

中国文学的时代景观,则原先的所作所为就必须被推翻。于是,"双百"方针的产物顷刻间沦为"毒草"——时过境迁,现在它被视为组稿所犯下的错误了,《人民文学》1957年的"革新特大号变成了'毒草'专号"。中国作家协会很快编印出来供内部阅读的一本厚厚的《人民文学》"毒草集"。组稿的错误,即"编刊物'放毒'"成为当时《人民文学》工作责任人之一的李清泉的一条主要罪状,刊物领导干部中他第一个被打成右派分子①。文学组稿的功过是非,已无基本的价值评判依据,完全受制或取决于政治(国家文学)的利益需求。

三、组稿:文学形式的政治潜台词,或人际政治利益关系的显现

并非所有的组稿都有宏大的政治背景或战略企图,但组稿这种文学的业务,仍然不能不以"政治标准第一"的,这是由中国当代文学(国家文学)的体制所基本规定了的。因此,在组稿的文学形式中,或隐或显地总能读出一些政治的潜台词。作为具体的组稿个案,特别是那些重要的组稿个案,其中还几乎必然性地会折射出中国文学领域中人际政治利益关系的(部分)真相。也就是说,组稿有时就是中国当代文学领域里人际政治斗争的一种表现形式。——利益划分(归属)是目的,组稿是形式,政治则是尚方宝剑。

1955年下半年,继反胡风集团运动之后,反丁(玲)、陈(企霞)集团运动忽又接踵而起。丁、陈何以会在此时成为打击的靶子?原因无它,主要就是与胡风集团"沾了边","丁陈集团"被认为是胡风集团在党内的"同盟军",是胡风集团企图"争取"的文学权力系统中的"实力派",而且,这两大集团的"首犯"都并非"周扬派"(甚至还是"反周扬派")中人。胡风集团倒台后,就轮到清算丁、陈(还有冯雪峰)集团了。丁陈集团可说是受到了胡风集团的牵累(一说这其实不过是"借口"而已)。像胡风案一样,丁陈案也使一批人陷了进去。其中最著名的就是"舒(群)、罗

---

① 参见涂光群:《中国"作协"反右扫描》,据《五十年文坛亲历记》(上)。

(烽)、白(朗)小集团"。就在为反丁陈集团而召开的中国作协党组扩大会议期间,安排由《人民文学》和作家支部揭批舒、罗、白小集团问题。因为这三个人在历史上不仅和"反党分子"萧军关系密切——他们同属现代文学史上的"东北作家群"(萧军也与周扬不睦),并且也同丁玲关系密切。这两个集团的命运最终在1957年的反右运动中尘埃落定。丁、陈、冯等不论,罗烽、白朗夫妇均划右派,舒群则戴上了"反党分子"的帽子。这一区别处理并非无意。未将舒群划右,"留着舒,像是体现'区别对待',体现'宽大',但仍给以党纪处分,长期下放"。不过,按理他们都是被剥夺了发表作品权利的,同样也不会有刊物敢去向他们组稿的。组稿或约稿,首先是一种"政治待遇"(政治身份和地位的评价)。但是,1962年9月号的《人民文学》上,赫然发表了署名舒群的小说《在厂史以外》。这是怎么回事呢?

《人民文学》的老编辑涂光群透露出一个耐人寻味的细节。"1962年8月,邵荃麟主持农村题材小说创作座谈会,周扬前往讲话,散会后我看见久未见面的舒群访晤周扬,大约是申述自己的处境。""不久,周扬指示《人民文学》杂志,可以向舒群约稿。""很快,舒群自本溪寄来短篇《在厂史以外》。""作家舒群这时对于广大读者已是久违了(自他1954年在《人民文学》发表短篇《崔毅》后,已有七八年没发表作品)。"①

看来,不同的惩罚方式(区别对待)起到了不仅是打垮而且也是"瓦解""敌营"的政治效果,预留的"宽大"伏笔,最终显示出了人际政治利益关系的想象可能。这也是一种政治空间的价值。——组稿的意义在这里充分显现了:周扬以指示《人民文学》约稿的方式,表达了对舒群的"赦免",后者以在《人民文学》上发表作品而获得"解放"的身份。显而易见,没有周扬的指示,不说《人民文学》不可能去向舒群组稿,而且,即使舒群来稿,也不可能发表,更勿论会以如此之快的速度发表了。(《在厂

---

① 涂光群:《舒群的"寓言小说"》,据《五十年文坛亲历记》(上)。另参见《中国"作协"反胡风运动一瞥》、《丁(玲)、陈(企霞)一案小窥》两文,均收入上书。

史以外》后被收入人民文学出版社1980年出版的《建国以来优秀短篇小说选》中)

舒群算是幸运的一例,而反例则各有其不幸。"大约1954年下半年,开始批判胡风时,(引按:《人民文学》)评论组曾收到徐懋庸一篇来稿,稿中涉及了30年代文艺界纷争的一些往事,编委何其芳建议送周扬同志一阅。不久周扬退回原稿。上有一句批语:'此人毫无进步'。……评论组退还徐稿后从此再也不敢轻易向其约稿。"[①] 那时徐懋庸虽然也在一定范围内遭到批评,但仍正常任职工作,并未被完全"打倒",也完全有资格写作和发表,且以其文名和地位,也应该可以成为《人民文学》的组稿对象。但是,周扬的一句批语何以使得《人民文学》"从此再也不敢轻易向其约稿"了呢? 当时的评论组编辑涂光群的一句话或许就暗示出了答案。他说:"这事(引按:指周扬批语一事)给我印象很深,觉得30年代老人们的关系真是复杂难测。"[②] ——照本文的概括性说法,也就是特定的人际政治利益关系左右了具体的组稿与否。周扬的批语使《人民文学》醒悟到今后"不宜"再向徐懋庸组稿了,哪怕是与政治无关的话题。徐懋庸后来也曾在《人民文学》发表过文章,那是借了1957年初的整风、鸣放的政治大气候。当然,随后很快也因大气候的转换、反右运动的兴起而彻底被打倒了。

50年代初,胡乔木、周扬同为中共中央宣传部副部长,连同部长陆定一,他们在处理相同问题时的(个人)具体态度有时是很不一样的。如对丁玲的《太阳照在桑干河上》,周扬的批评意见比较显著,而胡乔木则主要是支持的态度。对于胡风及"胡风派"的作家,周扬的态度众所周知,胡乔木起初却并未视如仇雠。1955年毛泽东就"胡风集团"问题的处理征求

[①] 涂光群:《中国"作协"反右扫描》,据《五十年文坛亲历记》(上)。
[②] 涂光群:《中国"作协"反右扫描》,据《五十年文坛亲历记》(上)。

陆定一和胡乔木的意见时，只有胡还认为证据不足，对毛提出了不同意见①。特别是，在此前的两三年，正是因为胡乔木的直接干预，路翎才被安排去朝鲜体验抗美援朝战争的实际生活，同时，胡乔木还明确支持发表胡风、路翎的作品。"当乔木指示了向胡风、路翎约稿，处在第一线的严文井、葛洛亲自出马组稿。"胡风作品此处不谈，1953—1954 年，路翎就连续在《人民文学》发表了《记李家福同志》、《战士的心》、《初雪》、《洼地上的"战役"》等多篇反响显著的小说。这都是在当时特定情境中经由胡乔木等人的具体"指示"而由《人民文学》专门组稿才得以实现的。② 鉴于周扬与"胡风派"的历史和现实的关系"死结"，只有超越了周、胡的权力及其之间利益关系的胡乔木，以其特殊的政治身份和政治地位，才能决定《人民文学》在组稿与发表上充满着人际权力角力的胜负结果。如果没有胡乔木的因素，那么，是否向"胡风派"作家组稿或发表其作品，就将完全取决于周、胡之间的权力关系了。如此，结果肯定会是另一种样子了。本文对此还有另一种判断，胡乔木当时之所以"力挺""胡风派"的作家，是

---

① 王康《我参加审查胡风案的经历》："毛主席在发表胡风集团的第二批材料前，将原定的胡风文艺宗派集团改定为反党集团，并决定要逮捕法办。他以此征询陆定一和胡乔木两人的意见。胡乔木同志在 1980 年党中央书记处听取关于复查平反'胡风反革命集团'一案情况汇报的会上说，在毛主席征求他的意见时，他表示：胡风的文艺思想应该批判，但将胡风集团定为反党集团，他认为证据不足。而且宪法刚刚公布，对于逮捕胡风，他也认为不妥。（参见《胡乔木回忆毛泽东》第 13 页）胡乔木同志还说，毛主席征求陆定一的意见时，陆表示完全赞成毛主席的主张。在这次听取汇报的会上，有人还听到胡乔木说：周总理看到'胡风反革命集团'第三批材料后说过'阿垅是我方的地下情报人员，给我方送军事情报的，中宣部和统战部要注意这个问题。'胡乔木还说，他对毛主席的决定提出不同意见后，担心自己的政治生命可能就要完了。"——据《百年潮》1999 年第 12 期。

② 涂光群《记路翎》："假使不是当初胡乔木同志（时任中共中央宣传部副部长）发了话（包括作家路翎到朝鲜前线去体验生活也是乔木指示安排的），又假使不是 1953 年下半年《人民文学》杂志的领导班子改组，很难设想从 1953 年下半年到 1954 年春季，这份权威的全国文学刊物会顺利地拿出那样多版面，以相当显著位置连续发表路翎描写抗美援朝战争的优秀短篇小说。""1953 年 7 月，《人民文学》改组领导，老资格的文艺理论家、作协新任党组书记邵荃麟兼任主编，作家严文井任副主编兼编辑部主任，葛洛任编辑部副主任，胡风被吸收参加了编委会。""这时乔木发话了，要《人民文学》广泛团结作家，包括发表胡风、路翎等人的作品。""《人民文学》因而制定了新的编辑方针，"但是发表胡风和'胡风派'最主要的小说家路翎的作品，要是没有主管文艺的主要负责人之一胡乔木发话，那是谁也不敢做主，谁也没有这样大的勇气的"。——据《五十年文坛亲历记》（上）。

否含有"平衡"、"制约"周扬权力（一统文坛）的政治策略用意呢？相信胡乔木的"动作如此之大"应该含有政治方面的潜台词，将之视为单纯是对《人民文学》组稿工作的业务指示，恐怕是肤浅的。不过，具有最终决定意义的政治形势毕竟越来越明显的不利于胡风、路翎们，毛泽东的决策最终还是决定了周扬的"正确"和胜利。连胡乔木一度也只能"出局"了。就在路翎小说大获好评之时，"文艺界领导层的某些人，似乎已酝酿一股强大的反对路翎小说之风"。

> 有一次周扬到作协来，创作研究室的女同志们向他称赞"洼地"这篇作品，周扬笑笑对她们说："怎么你们还没学会区分小资产阶级感情跟无产阶级感情啊！"①

以后的结果就不必细述了。从类似例子中不难得出一种结论或看法，组稿包括发表，尤其是《人民文学》这种刊物的组稿或发表，即使无关乎宏观政治，实际（个案）上也包含了特定的政治潜台词，显现出特定的人际政治利益关系。组稿由此成为中国当代文学中权力斗争或利益博弈的一种文学活动形式。

小结：组稿的"成本"

一经确认从"组稿"的角度研究《人民文学》及中国当代文学（史），立即就会发现，组稿的个案及相关史料之丰富有趣，足以写出一部中国当代文学组稿史。不仅如此，中国当代文学中的组稿之重要且特殊，根本在于它具体参与或进入了中国当代文学的历史生命之中。一是它直接书写了文学史，二是它也参与或影响了（后世）对于文学史的"重写"或"改写"。就此而言，文学史上的组稿其实一直影响至今。这是一个前景广阔但

---

① 涂光群：《记路翎》。另参见《胡乔木和周扬》一文。又，本文上述史料，多取材于涂光群《五十年文坛亲历记》（上）一书。涂光群先生也曾几次接受过本文作者的采访，并慷慨提供了有关文字资料及"口述"史料，谨此再次致谢。本文作者所获资料将另行整理使用。

尚未系统展开的研究课题。

　　本文着重从政治角度研究中国当代文学（史）中的组稿问题。但有限的篇幅并不足以"穷尽"作者的初衷，对于组稿的政治解读仍待拓展和深入进行。其次，除了政治角度，应该还有其他同样可行的视角——如文学传播等——能够充分进入有关组稿的研究。本文行将结束之际，最后将以分析"组稿"的"成本"问题来做一简略的小结。

　　组稿当然要有成本投入，它需要刊物在人力、财力以及时间等方面的实际投入。像《人民文学》这样的刊物，它的成本投入又显然是最大的。中国当代文学中的组稿成本的投入特点，在于它只算（或主要算计）"政治账"，而不计（或略计）"经济账"。这种政治—经济成本的计算思维（或方法），当然也是受制于国家文学的最高利益考虑，受制于国家计划体制的特征。在相当程度上，具备"国刊"地位的少数几家"国家级"的文学刊物（包括《人民文学》）充分享受着"举国办文艺"的"举国体制"给予的优厚待遇。唯其资源之富，故而它的组稿在成本问题上常常是无后顾之忧的。换言之，它的组稿可以是不惜（不计）经济成本投入的。关键是得保证有"合格"或"优质"的"政治产出"。"政治产出"的品质是"文学产出"品质的价值生命线，同时也将决定"经济成本"（价格）的价值计算方法。

> 　　那些年我每年有大半年在外边跑，从黑龙江到海南岛，从上海到新疆，从河南下湖南，又到云、贵、川，穿梭流动，跑遍了全中国。……李季（引按：时任《人民文学》主编）同志下死令说：你们出去，时间长短不要紧，但要抓到好稿子；稿子你们在外边基本上把它改好、编好，拿回来的争取是成品，能上版面。抓不到稿子提头来见！①

---

① 周明：《编辑部的老师们》，据《雪落黄河》。又，在我因相关研究而采访《人民文学》的老编辑及历史当事人、见证人的过程中，相似的组稿历史细节或情形描述（回忆），听闻甚多。听多了，不免有了想法。不过很抱歉的是，讲述人无一例外是以赞赏的口吻、肯定的态度提供了此类史料，而我最终却将之作了"非分之想"的依据。同一史料的功能与价值，因之走上了异途。

从刊物组稿的主观意愿而言，不必怀疑完全是想因此组到好的文学作品。但这种主观意愿之所以能以这种方式去实行，说到底，还是因为在"成本"投入的"预算"方面足以"有恃无恐"。也就是说，成本预算问题实际上是无须考虑的。今天想来，这是否也算是一种资源"挥霍"甚至"浪费"呢？但中国当代文学的特定情境，特别是其制度规定和组织方法，却使这样的组稿不仅在当时而且在现在，依然成为文学中的"美谈"。只算政治账而不计经济账，反过来也可以说，经济账完全是为政治账服务的。在此意义上，其实是最大限度地计算了经济账，经济账其实是得到了最高度的重视。在这样的考察和分析视野中，组稿对于中国当代文学的重要性及其价值地位显然也愈见分明。这当然也属中国当代文学组稿的一大特点。①

（原载《华东师范大学学报（哲学社会科学版）》2006年第38卷第3期）

---

① 本文之作，原拟还有一节专门讨论"文革"时期的文学组稿问题，但现在看来只能另文讨论了。

"新人"想象与"民族风格"建构
—— 结合《林海雪原》的部分手稿所展开的思考

姚丹

在1986年的一次私人谈话中,王瑶先生提到50年代的小说,认为"比较好的作品"还是"青山保林"——《青春之歌》、《山乡巨变》、《保卫延安》、《林海雪原》和"三红一创"——《红日》、《红旗谱》、《红岩》、《创业史》,并对当时没有人再关注和研究略表遗憾[①]。90年代以来,对这些作品的再解读已成为热潮,但作品的等级序列发生了位移。具体说,《林海雪原》从"三红一创"、"青山保林"的八大红色经典的位置下移,坐上了"革命英雄传奇"的"头把交椅",常与《铁道游击队》、《烈火金刚》、《平原游击队》等相提并论。人们从"传奇性"和传统资源两方面做文章,将《林海雪原》的"民族风格"与"革命"话语的融合、冲突做了细致深入的分析[②]。但本文还仍然将《林海雪原》放置在"革命历史小说"的序列中进行考察,关注文本中存在的非"民族风格"的一面。在上举八大红色经典的作者中,曲波的"文化程度"可能是最低的,认为他与"民族形式"最为亲近,是合乎逻辑的。但同时似乎亦应注意到,作者毕竟生活于中国"现代化"的进程中,他所身处过的军队,写作时所置身的工厂,亦是中国现代的产物,因此,作者的写作是内在于中国文学的现代进程中的。如果说"民族风格"与"传统"的联系更多一些,则本文考察重点则在作者的"现代"追求,特别是语言追求及其得失。

---

① 王瑶:《答客问——关于历史分期、"两个口号"等》,载《现代中国》第六辑,北京大学出版社2005年版,第235页。
② 参见李杨:《〈林海雪原〉——"革命通俗小说":"传统"与"革命"的融合、分裂与冲突》,《50—70年代中国文学经典再解读》,山东教育出版社2003年版。

较早揭示《林海雪原》的"民族风格"与"传统色彩"的是当时重要的批评家侯金镜,"故事性强并且有吸引力,语言通俗、群众化,极少有知识分子或翻译作品的洋腔调,又能生动准确地描绘出人民斗争生活的风貌",这是侯金镜所列举的包括《林海雪原》在内的"描写新英雄人物的作品"所共有的"民族风格的某些特点"①。有意思的是,曲波写作的时间正是"1955年2月到1956年8月"②,这期间国家开始推广"普通话",力求在口头语言与书面语言两方面都建立起"民族共同语"。作者承认"在写作的时候,我曾力求在结构、语言、人物的表现手法以及情与景的结合上都能接近于民族风格"③。不过这毕竟是在小说出版之后所述,未必全然可靠。作品语言的"通俗、群众化"、没有"洋腔调",乃作者囿于自己的文化修养和语言能力,不得已而为之,由《林海雪原》可见到的这小部分原稿④,我们发现了作者追求"洋腔调"的那种"生硬"与"不自然",或是他的"书面语"本色,也是彼时其精神世界与心灵状态的真实写照。

借用安德森的说法,"新中国"从"旧中国"继承了依托于共同的"领土与社会空间"的"民族共同体"。1956年之后,构建"社会主义民族共同体"之"主体"的文化任务,愈益迫切,而完成这一任务的人选,较之"五四"的新文学作家,出现了多元的局面。本文考察"工农兵"作者,如何以有限的"现代汉语"参与到"新人想象"中,即他们如何主动参与到历史主体的建构中。这一过程,既包含着塑造"阶级"的整体性诉求,亦包含着成为作家的个人追求。以"文学的方式"建构主体,必须依靠既有的语言,在提倡建设"民族共同语"的历史语境中,"新人"与"民族共同

---

① 侯金镜:《一部引人入胜的长篇小说——读〈林海雪原〉》,载《文学研究》1958年第2期。
② 曲波:《关于〈林海雪原〉》(写于1958年),《林海雪原》,人民文学出版社1981年版,第624页。
③ 曲波:《关于〈林海雪原〉》(写于1958年),《林海雪原》,人民文学出版社1981年版,第625页。
④ 这小部分手稿,包括了后来出书时的六章,即从"受命"到"奇袭虎狼窝",当时《人民文学》的主编秦兆阳亲自修改原稿后,发表在1957年第2期《人民文学》上,现在这份经过秦兆阳红笔修改、增删的原稿,保存在曲波先生家属处。

语"方生方成,因此也是在相互建构。

一、背景:"民族共同语"建构

1955年10月19日,中华人民共和国教育部部长张奚若在"全国文字改革会议"上作题为《大力推广以北京语音为标准音的普通话》的报告,报告指出:

> 宋元以来的白话文学使白话取得了书面语言的地位。元代的"中原音韵"通过戏曲推广了北方语音。明清两代,以北方话为基础方言,以北京语音为标准音的"官话"随着政治的力量和白话文学的力量传播到各地,几百年来这种"官话"在人民中立下根基,逐渐形成现代全国人民所公认的"普通话"("普通"在这里是普遍、共通的意思,而不是平常、普普通通的意思)。五四运动以来,新文学作家抛弃了传统的文言,一致采用"白话"写作,学校教科书和报纸也开始采用白话,这样就大大地发展了历史上原有的北方"官话",加进了许多其他方言的有用的成分和必要的外来语成分,迅速地促进了普通话的提高和普及。现代交通的发展和人民革命斗争的发展在普通话的传播上也起了很大的作用。革命的武装队伍走向各个农村、各个城市,到处跟人民群众亲密团结,生活在一起,一面学习普通话,一面就传播普通话。这个传播的作用在人民革命战争中推广到了全中国的每个角落。①

这段话肯定了"五四"以来新文学的"白话"写作,自此,20世纪30年代以来有关新文学白话写作的功过问题,算是有了一个明确的答案。这段报告描绘了两个重要事实。一是"白话"自宋元以来已在文学中取得书面语言的资格,二是"五四"使"白话"得到进一步发展,"白话"的影响已进入学

---

① 张奚若:《大力推广以北京语音为标准音的普通话——在全国文字改革会议上的报告》,载《中国语文》1955年12月号。

校、报刊等"公共交流领域"。而白话文学在"普通话"形成过程中起到积极作用,现代战争以及"革命的武装队伍"从客观上促进了普通话的推广。

我们不妨做一点回顾。1917 年"五四"新文化运动中,胡适提倡"尽可努力做白话的文学",并指出白话文学所用语言为"《水浒》、《西游记》、《儒林外史》、《红楼梦》的白话"。胡适当时即预言"中国将来的新文学用的白话,就是将来中国的标准国语。造将来中国白话文学的人,就是制定标准国语的人"①。他认为新文学是"标准国语"出现的前提,文学作品成为"国语"的重要来源,可以设想这样的"国语"是有一定的深度与难度的。其实在多数新文学的倡导者那里,新文学作品"原是给青年学生看的,不是给'初识之无'的人和所谓'灶婢厮养'看的"②。但"五四"新文学还有另外一个向度的预设,即启蒙的预设,因此,对"五四"白话能否达于普通民众,后来者自然是有批评的权利。其中最突出的是 30 年代的"大众语运动",激烈者断言"五四式的白话"为"新式文言",原因是这种白话的新字眼、新文法"不是以口头上的俗话做来源的主体",而是"以文言做来源的主体","再生硬的填塞些外国字眼和文法",这种白话"绝对不能够达到群众里去"③,即是说"知识分子和政治精英的语言与大众语言之间的关系问题并没有解决",新式文言"甚至可能是比传统的文言更远离大众的语言"④。瞿秋白提出的解决方案,是"用现在人的普通话来写",必要时候也可用方言——"用现在人的土话来写(方言文学)"。他把创造"真正的中国的现代语言"的希望寄托在"五方杂处的大都市里面,在现代的工厂里"的无产阶级身上⑤。接续"大众语"讨论的,是 40 年代关于"民

---

① 胡适:《建设的文学革命论》,《新青年》第 4 卷第 4 号,1918 年 4 月。
② 钱玄同:《英文 SHE 字译法之商榷》,《新青年》第 6 卷第 2 号,1919 年 2 月。
③ 瞿秋白:《普洛大众文艺的现实问题》,原收《乱弹》,引自"旧籍新刊"之《饿乡纪程·赤都新史·乱弹·多余的话》,岳麓书社 2000 年版,第 262—263 页。
④ 史华慈:《〈五四运动的反省〉导言》,《史华慈论中国》,许纪霖等编,新星出版社 2006 年版,第 90 页。
⑤ 瞿秋白:《普洛大众文艺的现实问题》,原收《乱弹》,引自"旧籍新刊"之《饿乡纪程·赤都新史·乱弹·多余的话》,岳麓书社 2000 年版,第 264 页。

族形式"、"方言土语"的讨论,这场讨论仍然"构成了对现代白话文运动的挑战"。讨论在阶级论的框架内对"五四"白话有所批评,"主要表现为进一步大众化的要求"①。但总体而言,"这次挑战最终以失败告终,现代白话文作为一种普遍的民族语言的地位并未动摇"。原因是,"如果以方言土语为'民族形式'的语言特征,也就取消了统一的'民族形式'形成的可能性"②,而这是与中国现代语言运动的"以民族主义为动力形成'民族语言'"③ 的整个进程相冲突的,因此,"五四"白话从根本上无法否定,而经过讨论,论者已经承认了"五四"以来的新文学也是一种"民族形式"④。巴人、周扬等人虽然承认这种新的"民族形式""没有得到我们人民大众的广大的接受"⑤、"还没有最高完成",但也一直认为这种形式"无论如何是进步的,这一点却毫无疑义"⑥。这种新的"民族形式"一方面是从"旧民间形式中找出了白话小说,把它放在文学正宗的地位";另一方面,则是"相当大量地吸收了适合中国生活之需要的外国字汇和语法到白话中来"。所以这种新"民族形式"较旧形式"字汇丰富"、"语法精密"、"体裁自由"、"表现力提高"⑦。

1951年6月,新中国成立不久,《人民日报》就发表社论《正确地使用祖国的语言,为语言的纯洁健康而斗争》,将鲁迅与毛泽东的语言定为现代汉语的典范:"毛泽东同志和鲁迅先生,是使用这种活泼、丰富、优美的语

---

① 汪晖:《地方形式、方言土语与抗日战争时期"民族形式"的论争》,《汪晖自选集》,广西师大出版社1997年版,第369页。
② 汪晖:《地方形式、方言土语与抗日战争时期"民族形式"的论争》,《汪晖自选集》,广西师大出版社1997年版,第368页。
③ 汪晖:《地方形式、方言土语与抗日战争时期"民族形式"的论争》,《汪晖自选集》,广西师大出版社1997年版,第365页。
④ 汪晖:《地方形式、方言土语与抗日战争时期"民族形式"的论争》,《汪晖自选集》,广西师大出版社1997年版,第371页。
⑤ 巴人:《民族形式与大众文学》,载《文艺阵地》第4卷第6期(1940年1月16日)。
⑥ 周扬:《对旧形式利用在文学上的一个看法》,载《中国文化》第1卷第1期(1940年2月5日)。
⑦ 周扬:《对旧形式利用在文学上的一个看法》,载《中国文化》第1卷第1期(1940年2月5日)。

言的模范。在他们的著作中，表现了我国现代语言的最熟练最精确的用法，并给了我们在语言方面许多重要的指示。"① 1919年胡适的预言似乎得到了印证："中国将来的新文学用的白话，就是将来中国的标准国语。造将来中国白话文学的人，就是制定标准国语的人。"② 只是，这创造"标准国语"的人，不仅有一位文学家，还有一位深具文学天才的政治家。这是50年代初期，中国政府与汉语研究界的基本共识。但是我们也可以参考一下不同的意见。有的研究者并不认为毛泽东的语言就是纯粹口语或是纯中国化的，史华慈认为，毛泽东的语言一方面"仍大量与来自传统的文学和古语交织在一起"，但另一方面，"马克思主义专门术语的某种必不可少的最核心部分被保留下来"，也就是说"马列主义原先难以改变的外国和理性化的语言，已被涂上了一层浓厚的毛泽东思想的语言，但它并没有被抛弃"。因此，毛泽东的语言"并不是一种自然和丰富的大众语言"③。日本学者木山英雄也认为，20世纪50至60年代"在思想和语言表现技巧方面，都被认为是优秀的典范"的鲁迅和毛泽东，他们的语言是"后放脚"，文章是"过渡性"的④。然而尽管如此，"文人的语言不是大众的，但却是中国的"⑤。循此思路，我们再做一个进一步的推断，1955年，当专家学者呼吁"一个统一的、普及的、无论在它的书面形式或是口头形式上都有明确的规范的汉民族共同语"时，人们能够模仿的最优秀的共同语的书面形式就是这样一种"半文半白"、"半土半洋"的中国形态。

二、"人"与"新人想象"

当1955、1956年曲波写作小说处女作之时，全国范围内的推广普通话、

---

① 《人民日报》社论：《正确地使用祖国的语言，为语言的纯洁健康而斗争》，1951年6月6日。
② 胡适：《建设的文学革命论》，《新青年》第4卷第4号，1918年4月。
③ 史华慈：《〈五四运动的反省〉导言》，《史华慈论中国》，许纪霖等编，新星出版社2006年版，第90页。
④ 木山英雄：《文学复古与文学革命》，三联书店2004年版，第113页。
⑤ 史华慈：《〈五四运动的反省〉导言》，《史华慈论中国》，许纪霖等，新星出版社2006年版，第90页。

构建"民族共同语"的潮流，或多或少会影响到他写作时的自我要求。从经历看，曲波于30年代在山东家乡高小毕业，1938年参加八路军，在国语统一过程中，"小学和军队的作用最大，它们把国语带入每一位国民家中"①。曲波受到了国语普及的教育是没有问题的，也就是说他的文化脉络是内在于新文学传统中的。但就个人修养而言，鲁迅和毛泽东的著作不是他长年通读的，真正对其写作构成切实影响的新文学内容，恐怕还是解放区冠名以"大众"读物的刊物，这些刊物将新思想进行了有效的通俗转译。这些"大众"刊物固然不能如被定为规范的鲁迅和毛泽东的作品那样"字汇丰富"、"语法精密"、"体裁自由"、"表现力提高"，但却给作者提供了一份新的生活世界想象的图景，是其后来写作时新人想象、科学"崇拜"的重要来源。

据曲波的战友介绍："在抗日战争那么艰苦的生活中，他对文艺就有着特殊的爱好，直到现在他还保存着成本的在抗日战争时期胶东地区出版的文艺刊物——《胶东大众》。"②《胶东大众》是胶东解放区文协主办的刊物，意在帮助"小学教师、中学生"、"质量高的高小学生"、"农村知识分子""解决问题"，它的常设栏目有："写作指导"、"青年园地"、"工作经验"、"青年卫生"和"科学知识"等。"青年卫生"一栏的内容是有关"知识青年本身的一些卫生常识，疾病问答"，"科学知识"一栏的内容"着重是日用科学知识，教学中关于科学上疑难问题的问答，科学创造的介绍，科学家的介绍"③。曲波受到中国古典长篇小说如《三国演义》、《水浒传》、《西游记》的影响，这可说已是常识，作者在创作谈中也一再提到，但曲波每说及新文学的影响，往往语焉不详。从曲波对《胶东大众》的珍藏，或可推测这样的刊物文章的程度或许与他的接受程度是吻合的。甚至我们从《林海雪原》小说中对于"卫生知识"与"科学知识"的津津乐道也可看出这份"大众"刊物影响的痕迹。我们从《小白鸽彻夜施医术》原稿中可以找到两个例子，一是白茹解释草药何以能治冻伤，分析道："这些植物和动

---

① 埃里克·霍布斯鲍姆：《民族与民族主义》，上海人民出版社2006年版，第136页。
② 参见马晴波：《读〈林海雪原〉后所想到的》，载《人民文学》1958年第1期。
③ 参见《胶东大众·征稿启事》，载《胶东大众》第34期（1946年6月）。

物，都是防寒能力极强的，冬青林越冷越茂盛，岩石上的万年松，根子都露在外头，可是年年冻不死；松胶也是松林受伤的部位才产生的，不用说这是松林的一种本能，用它自身排出的松胶来保获它的创伤。这些东西所以能在严寒地带生存，一定是它们自身有一种非常大的抗寒素。"另一处是少剑波向战士们解释"人的身体和所有的物质一样，同时是不能受得激冷和激热"，举了例子来说明："比如一个瓶子你装上热水，又马上把它放进冷水里，这瓶子马上就会炸碎。我们在农村时挖的白薯和葡萄，如果被冻了，再放进菜窖，一定要烂掉。所以得逐渐升温，慢慢冷才成。"白茹解释的时候用了一个自创的名词"抗寒素"，而少剑波则用的是生活中常见的事实，这种解释的水平确实是通俗易懂的。而作者在原稿中特别加上这样的说明，意在突出白茹、少剑波都是拥有科学知识的新人。

这些科学"崇拜"的倾向保留了下来，而包含在"人"的表述的一些思考，却可能被编辑所压抑而在出版的文本中遁形。这关系到作为知识分子的编辑对"工农兵"以及"工农兵"作者情感和思想状况的认定。

工农兵究竟会使用什么样的词语来进行写作和"思想"，知识分子的作家、理论家、批评家之间存在着争议。主张城市"无产阶级'可以创造'现代汉语"的瞿秋白，却认为农民的对话里说出"挨饥受辱"那样的字眼，是作者在"描写的技术"上的"幼稚"，这种语言是"五四式的假白话"[①]。而在40年代写了不少工农人物的路翎，则坚持认为"工农劳动者，他们的内心里面是有着各种各样的知识语言，不土语的，但因为羞怯，因为说出来费力，和因为这是'上流人'的语言，所以便很少说了"。一旦这些人"激昂起来，不回避的时候"，"灵魂"、"心灵"、"愉快"、"苦恼"等词汇会出现，虽然"这种情况不很多"，但"作为作者"，他却愿意把这看作工农劳动者"反抗这种精神奴役的创伤"的"奋斗"[②]。如果我们考察所见《林

[①] 瞿秋白：《革命的浪漫谛克》，引自"旧籍新刊"之《饿乡纪程·赤都新史·乱弹·多余的话》，岳麓出版社2000年版，第257页。

[②] 路翎：《一起共患难的友人和导师——我与胡风》，《我与胡风》，晓风主编，宁夏人民出版社2003年版，第714—715页。

海雪原》手稿的情况，情况可能与路翎的判断更接近一些。

作为"农·兵"出身的作者曲波，写山民"蘑菇老人"独居深山，白茹诊断其"患的肠炎"，遂"服侍他吃药，给他注射，生火煮米汤，又用温水给他洗手擦脸"，"像亲闺女一样的殷勤"，到小分队赠予一件白衬衣和一个烟荷包，将老人情绪推向高潮，激动得哭了起来，原因是"由于共产主义战士给老人第一次享受了人间的感情，人间的温暖"。"天下的东西，只有人才会感情的哭。我这六十八岁，第一次享受了人的感情。所以我才会哭！"这两句话都有语病，但意思还是清楚的，前一句话的重点是"人间的感情，人间的温暖"，强调人与人之间的真情；后一句的重点是相较于其他"动物"（老人用的词是"东西"），"人"是有感情的，是"会哭"的。这两句话都被编辑秦兆阳删去而代之以"他说不下去了"。秦兆阳删掉有关"人间"、"人"的语汇，其原因我们只能揣测，一个比较容易想到的理由是，1957年前后对抽象"人性论"的批评性意见已成主流。但相反的意见的声音还是很明确的，如1957年2月份钱谷融发表《论"文学是人学"》，阐发高尔基的文学是"人学"的主张，认为"人是生活的主人，是社会现实的主人，抓住了人，也就抓住了生活，抓住了社会现实"。并认为这不是在抽象地"斩断文学与现实之间的联系"，而是因为"人是不能脱离一定的时代、社会和一定的社会阶级关系而存在的"，因此"就是要达到反映生活，揭示现实本质的目的，也必须从人出发，必须以人为注意中心"①。尽管后来钱谷融的文章受到批判，但在秦兆阳修改曲波手稿的1957年年初，"人"恐怕不是忌讳到不能言说的地步。最大的可能性是，如同瞿秋白质疑农民能说出"挨饥受辱"这样的语汇一样，秦兆阳也不相信蘑菇老人能准确地产生"人"的联想并予以表达。1950年6月秦兆阳在天津《文艺学习》发表短篇小说《为孩子们祝福》，小说第一节标题为《头一课讲的是"人"》，在小说里，老师和学生讨论"人"的概念，老师认为"只有马列主义才能给予'人'以最正确最完善的解释，人的最大特点是会劳动，是能够用劳

---

① 钱谷融：《论"文学是人学"》，人民文学出版社1981年版，第6页。

动创造世界",同时也讲了不少"人压迫人"的故事①。在这篇小说里能够正确地解释"人"这个定义的是小说中的"教师"这一角色。如果这还是一个孤证的话,我们再看同样是秦兆阳担任编辑的小说《组织部新来的青年人》的修改,小说接近尾声,有一段主人公林震的内心独白,其中有:"人,是多么复杂啊!一切一切事情决不会像刘世吾所说的:'就那么回事'。不,决不是就那么回事。正因为不是就那么回事,所以人应该用正直的感情严肃认真地去对待一切。"这段话全部是编辑秦兆阳增添的②,如果前面所举秦兆阳编辑的小说中多少还有点"阶级论"的背景的话,那么这里修改增加的"人,是多么复杂啊!"是并不具有阶级论的特点的,只是也是一位青年知识分子的所思。也因此,我们可以把结论说得更直白一些,在编辑秦兆阳这里,他认为关于"人"的抽象思考,是"工农"所不太可能拥有的,所以相关的表达尽予以删除。

而在作者曲波这里,有意地强调"人"可能是他颇为看重的一种努力。尽管他对"人"的认识并不怎样深刻。曲波是民国时期的高小毕业生。根据研究者考察,1912年1月南京临时政府教育部令,"清学部之教科书,一律禁用"。同年,商务印书馆出版《教育部审定共和国新国文》,这套书影响很大,其中第一册迄至1924年,已在各地再版重印达2218次,这一册的开篇为"人、手、足、刀、尺",时人评价整套小学课本"文字浅显,所选教材不出儿童所见事物之处,颇合小学程度"③。一个也许不太离谱的推论是,在教育不算落后的山东,曲波所受小学教育大致应与《教育部审定共和国新国文》的程度相一致,也就是说"人"可能是他接受教育第一个认识的字。这里不妨做一点扩展性的说明。按照王尔敏的考察,"人权"这一外来观念在近代中国之最初"创始启念"乃因"苦力贸易所激起之人格觉醒与防护"。19世纪华工出洋,形成"苦力贸易"("卖猪仔")问题,

---

① 秦兆阳:《为孩子们祝福》,《文艺学习》第一卷第五期(1950年6月)。
② 参见《〈人民文学〉编辑部对〈组织部新来的青年人〉原稿的修改情况》,载《人民日报》(1957年5月7日)。
③ 姚丹:《二十世纪二三十年代中小学新文学教育》,载《鲁迅研究月刊》2008年第8期。

"华工悲惨情况，再度激起畜生、奴隶，与真正做人之实际分野，此即自然导向于人格之肯定，以至于进而加以保护"①。在西方激刺下形成的"人权"观念重点首在基本生存权之卫护，后来"五四"时期周作人在《人的文学》中也以更朴素直接的语言表述为"个人以心力的劳作，换得适当的衣食住与医药，能保持健康的生存"。由生存权之保障，方有精神上之追求，"应该以爱智信勇四事为基本道德，革除一切人道以下或人力以上的因袭的礼法，使人人能享自由真实的幸福生活"。这大概可以说"五四"人道主义的基本内涵了。如我在本文开头所提到的，曲波的成长与写作是内在于中国现代的进程的，"五四"式的"人道主义"常识，也许多少会有一些。我们从他的手稿内部亦能得到佐证。即他对"人道主义"有着十分朴素的认识。在《小白鸽彻夜施医术》这一章刚开始，有一个战士请求救治俘虏，有人反对，白茹就讲了救治俘虏的道理："对已经放下武器的敌人，我们既要忠实执行党的政策，又有我们共产党人高尚的人道主义！"此处"人道主义"主要落实在保障俘虏的医疗权利。从前面提到的"人间"、"人"再到此处的"人道主义"，作者曲波大致是在生存权的层面来谈论"人"的问题，然而这又何尝不是他投身其中的"革命"关于"人的解放"的最基本的承诺呢，这一面向，是其"新人"想象的重要组成部分。

三、"欧化"与"民族风格"

如果说，对"人"、"人道主义"的删除表现出秦兆阳对"工农兵"或"工农兵"作者存在着某种"成见"的话，那么，他对原稿的其他地方的修改则明显地表现出欲将小说原稿中"欧化"的努力尽力压抑进而凸显其"民族风格"的倾向。

秦兆阳对可能带有"知识分子或者翻译作品的洋腔调"的警惕是切实存在的。再来看一处删节，在《受命》这一章的原稿中有这么一段："剑波

---

① 王尔敏：《中国近代之人权醒觉》，《中国近代思想史论续集》，社会科学文献出版社2005年版，第372页。

想到这里,他的精神异常的焕发,他拿起笔来飞快地写下去,这笔就像有灵魂一样,帮助剑波排点着,组成小分队员名单,金壳表闪着光辉,发出滴答滴答悦耳的欢声。它欢悦的神气,并不亚于钢笔和剑波,好像它在说话称赞着剑波和钢笔选在小分队榜上那些出色的战士。"这段话整段被删,在这段话中有几个词比较特别,一是"灵魂",再就是"钢笔"和"金壳表"。"灵魂"的被删,如前面的"人"、"人道主义"的被删除一样,大约主要还是秦兆阳认为这类词不宜出现于工农兵的表述中,不管是书中的"工农兵"人物,还是作为"工农兵"之一员的作者的叙述。而"金壳表"和"钢笔"在当时的稀缺,使得它们出现在文本里显得格外突兀。

更多的删改,是小说原稿中的"欧化"修辞。被当时的批评家称为洋腔调的具体表现,如被动句式与虚词的大量使用、句子长度的无节制、风景描写、运用抽象语汇等,在原稿中都有体现。不过,我们下面的研究是在一定的取量范围内进行的,因为据以分析的材料,仅是小说前几回的原稿与编辑修改,所以结论是有局限的。前面已经谈到抽象语汇的问题,下面再看一下其他几项。

先看被动句的删改情况。在小说原稿中有一句"这天傍晚,他们登上一个陡峭的山头,刚一喘息,望见脚下的山崖里有一缕炊烟徐徐升起,两个人的疲惫完全被驱逐了"。秦兆阳将"两个人的疲惫完全被驱逐了"修改成"两个人立时忘了疲倦"。这是将欧化明显的特征删去,换以"民族风格"式的修辞。根据王力先生的研究,古代汉语中"被动式的作用基本上是表示不幸或者不愉快的事情"[1],而"五四以后,汉语受西洋语法的影响,被动式的使用""就不一定限于不幸或者不愉快的事情"。"但是,一般说来,这种语法结构只在书面语言上出现。在口语中,被动式的基本作用仍旧是表示不幸或者不愉快的事情"[2]。这是王力在1958年前后的研究成果,我们不妨借这个成果来简单地分析一下秦兆阳的修改。如果按照王力

---

[1] 王力:《汉语史稿》,中华书局1980年版,第503页。
[2] 王力:《汉语史稿》,中华书局1980年版,第503页。

的说法，那么"疲惫完全被驱逐了"是"五四"以后被动式的新用法，不一定表示不愉快或不幸，这句话从语法上无大错，但显然是"欧化语言"。而秦兆阳的修改，是要民族化、口语化。参照废名的研究，可以得到进一步证明。废名（冯文炳）是杰出的现代小说家，新中国成立之后，他转而研究文学语言问题，他有一个有趣的见解，他认为现代汉语和古代汉语的区别很小，语法上欧化的只有"两事项"，"一是动词被动式的使用，一是'虽然'分句放在后面"。他做了细致的分析，中国古代文学中有被动句如《水浒传》的"那两间草厅已被雪压倒了"，但是毛泽东的句子"中国共产党和中国人民没有被吓倒，被征服，被杀绝"，中间没有类似"雪"的东西，就以三个动词被动式做谓语，"中国共产党和中国人民"是主语[1]。按照废名的见解，被动句是现代汉语欧化特征最明显的表征，秦兆阳的删改减去了这一句的欧化色彩。

其次是虚词的问题。原稿37页有"剑波在盼望着他的成功；也在担心着他的饥饿和安全"；原稿46页有"杨子荣像一个捕鼠的大狸猫，蹲在一棵大树根下——两只眼透过黑暗，紧盯着吱咯响声的地方，若有两分钟的时间。突然，他看的地方闪了一下擦火柴的光亮，接着便是一闪晰晰的灯光。而没有任何声音。杨子荣的心突然像火光一样的亮堂了。欢欣着他的新发现"；原稿46页有"杨子荣……窥视着这个家伙的秘密洞"。经过秦兆阳的修改，"剑波在盼望着他的成功；也在担心着他的饥饿和安全"、"欢欣着他的新发现"、"窥视着这个家伙的秘密洞"，这三句带虚词"着"的句子被悉数删去。语法学家指出："在各种语言中，有不少语法成分是从实词变来的。例如现代汉语表示完成体的'了'和表示继续体的'着'是从表示'终了'、'了结'的'了'和表示附着的'着'演变来的。"并且，"由实词演变为语法成分是产生新语法成分的一条重要途径"[2]。由此可知，曲波的"着"的使用，亦是一种欧化的努力，而这种努力几乎亦为编辑所压抑。

---

[1] 废名：《毛泽东同志的语言是汉语语法的规范》，《废名集》第6卷，北京大学出版社2009年版，第3058页。
[2] 高明凯、石安石主编：《语言学概论》，中华书局1963年版，第179—180页。

在语汇上,秦兆阳亦有着严格的控制,除了上面提到的抽象语汇不让使用以外,他还有意地删除了与现代城市生活相关的一些语汇,这显然有利于"传统"与"粗鄙"的世界的建构。我们看到,曲波在原稿中使用了"细胞"、"交流电"、"五层大楼"、"玻璃"等指示"现代"世界的语汇,而这些语汇均被秦兆阳删除。词汇对应的是其能指所指向的那个生活世界或想象世界,这几个词汇与城市生活可能有着更为紧密的想象性的联系,在当时中国,大楼、玻璃、交流电,大约是城市生活中所可能常见到的,而删之,就将小说的世界限定在一个比较农业社会的、城市以外的空间中了。

原稿第2页有"大家都喘了一口粗气,全身每个细胞都在紧张的愤怒"。这句话被删。如果要保留,在"细胞"后加上"仿佛"变成比喻句就可以了。再看原稿第34页"这一连串的问题好像交流电波一样在他脑子里返复掠过",这句话已经以"好像"来表明比喻用法,亦被删去。由此大致可以断定,不是修辞的原因,而是编者不希望"现代"的或者说与"城市"想象关联的语汇出现在文本中。下面一个句子,编辑的改动已与作者原意不符,原稿29页有"这块巨石和牡丹峰比起来,只不过像整个人体上一片小指甲那样大和五层大楼上半块玻璃那样的比重"。编辑修改成"这块巨石和牡丹峰比起来,只不过像整个人体上一片小指甲那样大"。原稿是将指甲盖与玻璃作比,而改过之后,是指甲盖与整个人体大小进行对比,五层大楼在当时中国确实也还是少见之物。

毫无疑问,《林海雪原》中有大量的口语化的表达,如口语词、常用词及方言词,还有俚语、谚语、俗语的大量使用。一般而言,我们可以同意这样的论断:"语词的差异往往能够反映语言形式或语言风格的差异,也是区别口语表达与书面表达的最直观因素。"落实到词汇的角度,"口语表达中大量使用的是口语词、常用词及方言词,还有俚语、谚语、俗语,而尽量避免使用古语词、外来词和专业术语"[①]。也就是,《林海雪原》的"白

[①] 杜新艳:《白话与模拟口语写作——〈大公报〉附张〈敝帚千金〉语言研究》,《文学语言与文章体式——从晚清到"五四"》,夏晓虹、王风等著,安徽教育出版社2006年版,第388页。

话"倾向肯定是很明显的,也是因为小说原稿自身已经具备的比较明显的"民族化"特征,所以编辑才可能做出这样有倾向性的修改。研读手稿,并参看《林海雪原》整部小说,我们会发现,作者努力挣扎着使用"五四"以来的汉语书写语言,并不避忌"洋腔调",甚至以为此类"技术"乃是进入文学殿堂的"入场券"。编辑的修改压抑了作者"欧化"的"洋腔调"的追求,这是否对"工农兵"作者构成一种"奴役"和"创伤",是耐人寻味的。

50年代,"文学写作"这一行为本身,对于工农兵作者在社会与历史中确立其"主体"地位,意义重大。1958年春节前后,文学新人曲波第一次参加中国作协的聚会,他的自我评价是:"我性情粗野,不学无术,怎么有资格在作家们的大会上讲话呢!"[①] 这固然有自谦之意,但认为自己粗野、不学无术,亦是潜在地将知识分子作为自己的比较对象的。作品发表之后,"有位专门研究语法修辞的同志,批评《林海雪原》中有六十多处违背语法修辞的错误"。这使曲波十分苦恼,他跑到老舍处请教:"我不懂语法修辞,我自己怎么也找不出来那句话是错误的。"老舍并未正面回答,而是夸奖曲波"信笔写来,无障无碍,这才能笔从心愿,得心应手"。题赠"曲高和众,波远泽长"[②]。但有意思的是,却也有资料表明,老舍对《林海雪原》的评价是有保留的。据林斤澜回忆,1961年在北京新桥饭店中宣部和中国文联召开会议,老舍评价《林海雪原》说"如果我有那样的生活,我写的话,十万字就可以了吧"[③]。这说明老舍对曲波的写作能力有看法,但这并不妨碍他与作者交朋友,也不妨碍他从正面去评价作品。这里我们再次看到了知识分子对"工农兵"作者的复杂态度。

(原载《文学评论》2010年第4期)

---

① 曲波:《清水流香》,载《中国现代文学研究丛刊》1985年第2期。
② 曲波:《清水流香》,载《中国现代文学研究丛刊》1985年第2期。
③ 程绍国:《林斤澜说》,人民文学出版社2006年版,第183页。

歌剧《白毛女》的叙事变迁史

孟远

20世纪40年代的延安,盛行集体创作。个人的创作"也还多少带着集体创作的性质"①。这是延安文化生产模式的新动向,开启了文化生产的民主空间。《白毛女》是延安集体创作的集大成者。作为复数的创作者,"有曾在发生这传说的一带地方做过群众工作的同志,有自己过过长时期佃农生活的同志,有诗歌、音乐、戏剧的专家"②,以至于"所有人物关系,戏剧情节直到人物名字都是集体设计的"③。因此,《白毛女》不啻为延安的一个"公共事件":民众话语、知识分子话语以及意识形态话语都加入进来,形成一个强大的话语场,共同作用了叙事的复杂形态。

这个话语场的辐射力一直延续到流通场域,形成各种修订版本。据统计,仅由原作者主持的正规出版物,"从初版、再版、修改版至再重版共出版7次"④。此外,其它各地方戏剧团体也对剧本做过不同程度的修改。比如,1946年10月威县冀南书店出版的冀南平剧团演出本,1947年11月渤海新华书店出版的渤海耀南剧团的演出本等。这些修改基本上都是延安交锋的延续,体现了不同话语在时事变迁中的消长变化。可以说,各种文化力量之间的对话与较量过程,就是《白毛女》的叙事变迁历史。

---

① 张庚:《解放区的戏剧》,《张庚自选集》,中国戏剧出版社2004年版,第98页。
② 张庚:《关于〈白毛女〉歌剧的创作》,歌剧《白毛女》(5幕),东北书店1947年版,第184页。
③ 张拓、瞿维、张鲁:《歌剧〈白毛女〉是怎样诞生的——关于〈白毛女〉的通信》,《歌剧艺术研究》,1995年第3期。
④ 李刚:《永远的经典,珍贵的文献》,《中国文化报》,2004年11月8日。

一、一呼即应：主题的确立

"白毛仙姑"传说以其浪漫色彩和深厚的民间信仰传统吸引了众多知识分子，他们不约而同地以各种文学形式来重新讲述这个传说，① 这一现象本身说明传说所蕴涵的巨大能量。"白毛仙姑"传说可以被演绎为面目不同的故事。其一，可以延续古老的民间信仰传统，发展为"毛女"传说的其它变体，成为一个新的志怪传奇。其二，可以讲述为反对迷信和重男轻女思想的说教故事。其三，可以改写为三角恋爱的故事，表现女主人公在两个男人之间的选择。其四，可以描述为伦理故事，叙写父子两代人与女子的情感纠葛。其五，可以铺展成情仇故事，表现两个男子之间的恩怨。这些都是都市通俗文学常见的情爱主题。其六，还可以处理为始乱终弃的悲剧，揭露社会黑暗，表达人道主义思想。总之，如何重述这个民间传说，不同文化背景的人可能做出不同的选择。因此，确立什么样的叙事主题，成为改编中最棘手的问题。传说内部所蕴涵着的丰富性和多义性转变为不同文化力量之间的紧张关系，"认识和表现这一主题是经过了一个不算太短的过程的"②：

> 开始有的同志认为这是一个没有意义的神怪故事；有的同志认为可以作为一个"破除迷信"的题材来写；也有的同志认为应把"反封建"和"反迷信"的两种主题处理在这一个材料里。③

最后，周扬的意见占据上风，确定了"新旧社会对比"的主题。在政治力量对决的时刻，延安迫切需要论证历史的合法性。无论是情爱表达、

---

① 西战团的邵子南在晋察冀工作时曾将其改编为文学作品，后遗失；鲁艺的林漫在《晋察冀日报》工作期间曾创作小说《白毛女人》，后遗失。
② 贺敬之：《〈白毛女〉的创作与演出》，《白毛女》（5幕），人民文学出版社1952年版，第219页。
③ 丁毅：《歌剧〈白毛女〉创作的经过》，《中国青年报》，1952年4月18日。

破除迷信还是社会鞭挞,都已不是时代的主旋律了,即便将革命和爱情统一起来,描写一个"有情人终成眷属"的传统故事,也不能缓解时代的焦虑。作为延安文化建设的执行者和代言人,当周扬被传说的浪漫色彩所吸引时,传说向其敞开了区别于其他文化人的视野。随着与不同意见的碰撞,周扬所直觉到的那种朦胧力量终于清晰起来——要表现"农村反封建斗争的惨烈场面,同时描绘了解放后农村男女新生活的愉快光景"[1],要表现新旧两个不同的世界。

山洞内外构成黑白两个不同世界,"旧社会把人变成鬼,新社会把鬼变成人"的主题既揭示出知识分子对于民族国家的渴望,又唤起普通民众的经验性共鸣和对幸福安定生活的向往。在主题的论争中,看上去是意识形态话语排挤了其它意见,实际上这种较量互有建设性。意识形态话语没有断然舍弃不同意见,而是将其吸纳并升华了。从此,"白毛仙姑"传说渐渐地远离了民间信仰语境,转换为有着深刻寓意的革命叙事,成为"一幅新旧中国交替的正确的缩影,是新中国诞生期的一份报告"[2]。

二、持久较量:喜儿的成长

主题既定,人物形象问题便突显出来。喜儿是叙事的核心人物,她以什么样的姿态出现,表现出不同话语对于被压迫阶级成长过程的不同认识。这是一场旷日持久的较量。

(一)对峙

论争首先在知识分子内部展开。初稿执笔人邵子南主张将喜儿塑造成一个坚强而没有动摇的形象;一些人则认为喜儿是在生活中成长起来的,

---

[1] 周扬:《新的人民的文艺》,《中国解放区文学书系·文学运动》(一),重庆出版社1992年版,第857页。
[2] 周而复:《新的起点》,新文艺出版社1952年版,第119页。

如果让她对黄世仁心存幻想，会增加人物的戏剧性。① 双方各持己见，互不相让。虽然"彼此差不多的人通过争论，才能把最好的衬托出来"②。但是，这场论争并没有将"最好的衬托出来"，而以邵子南退出创作组暂时消歇。后者的意见占据了上风——特别是安排了一场"红袄舞"，以表现喜儿沉浸在纳妾谎言中的兴奋与激动。这是一段非常优美耐看的独舞，赢得了众多文化人的喝彩。然而，接下来遭遇到了民众的群体性挑战："很多人不赞成这点，认为歪曲了喜儿的形象，她怎能忘记了杀父的阶级仇恨去屈从敌人呢？"③ 在强大的舆论压力下，知识分子表现出顽强的韧性。他们认为："像喜儿那样一个孤苦伶仃的女孩子，在无可奈何的时候，为了要活下去，为了将来能有机会报仇雪恨，有这样的想法，暂时忍辱含羞地过下去，也是合乎人情的。"④ 所以，尽管创作集体接受了观众的许多意见，"就是对于这个意见，反复考虑、研究，而终于不能接受"⑤。即便是由于周扬亲自介入删去了那段"红袄舞"⑥，但仍保留了喜儿的"一分钟动摇"。

喜儿形象上的这场较量，其实是关于阶级意识怎样成长的不同想象。知识分子与民众在喜儿形象上的分歧所在，正是喜儿自身身份的分裂之处：即在性别身份与阶级身份之间的挣扎。知识分子将喜儿看作是从"女儿"和"女性"成长起来的阶级形象，其性格逻辑有清晰的演变轨迹。喜儿的动摇体现了对自己性别处境的无奈与无助：作为弱者，当遭遇性侵犯、被迫怀孕后，为了回避舆论的压力，她只能以消极、妥协的方式保护自我。

---

① 见笔者2004年10月28日对原西战团团长周巍峙先生的访谈。周先生回忆，因为当时在喜儿形象的处理上，他和邵子南有同样的意见，所以尽管当年争论的许多细节已经记不清了，但是这一点印象却非常深刻。
② 哈贝马斯：《公共领域的结构转型》，曹卫东、王晓珏、刘北城、宋伟杰译，学林出版社1999年版，第4页。
③ 张庚：《歌剧〈白毛女〉在延安的创作演出》，《新文化史料》，1995年第2期。
④ 舒强：《在延安时的一段戏剧生活》，《舒强戏剧论文集》，中国戏剧出版社1982年版，第8页。
⑤ 舒强：《在延安时的一段戏剧生活》，《舒强戏剧论文集》，中国戏剧出版社1982年版，第8页。
⑥ 何火任：《〈白毛女〉与贺敬之》，《文艺理论与批评》，1998年第2期。

直到黄世仁的婚诺谎言被戳穿，喜儿的仇恨才突然爆发出来。因此，与其说喜儿的仇恨来自于杀父之仇，不如说是缘于她的性别遭遇。这是现实主义的描写方式。

然而，阶级形象在民众的视野里则要单纯得多。他们以自己的苦难经验和审美期待，迫切希望看到复仇行为及其结果。因此，他们不能理解剧情延宕的意义，坦率地质疑喜儿的幻想。与此同时，对于意识形态话语来说，塑造一个自觉的阶级形象是叙事的重要目的，太多迟延会干扰阶级启蒙的效果。于是，在喜儿的形象问题上，延安和民众形成了默契。

当然，知识分子也不是没有妥协。在最初版本中，喜儿从"鬼"的世界重返人间后，重新获得性别自信，和大春幸福地生活在一起。这样的结尾满足了民众的大团圆审美期待，具有浓郁的伦理亲情色彩，与大幕开启时呈现的家庭生活场景相互呼应。但对意识形态话语而言，可以这样开始，却不能够这样结束。之所以如此开始，主要是为恶势力的到来做铺垫，沿用美人落难的传统叙事结构，使政治道德化，激起观众的阶级仇恨。之所以不能够收于日常生活，是因为意识形态话语的真实兴趣指向宏大叙事——即一个阶级的解放，另一个阶级的毁灭。因此，出山后的喜儿就不应再回到家庭，而应投身社会，讲述她的阶级命运。换言之，解放了的喜儿有必要蜕化为符号化的存在，以自身的遭遇诠释新社会的历史合法性。第一幕第一场的亲情造势是可以政治化的，结尾再归结于人情伦理则容易消解政治化的目的，就会显得有些"煞不住"。所以，周扬指出："这样写法把这个斗争性很强的故事庸俗化了。"[1]

这种情形下，知识分子被迫做出妥协：喜儿由深山直接来到斗争会现场，群体性的阶级复仇置换了民间伦理团圆。喜儿作为女性的命运淹没在阶级斗争的巨大声浪中。

（二）倾斜

喜儿的修改史是女性个体向阶级主体蜕变的过程，是张力关系逐渐向

---

[1] 张庚：《歌剧〈白毛女〉在延安的创作演出》，《新文化史料》，1995年第2期。

政治话语倾斜的过程。在延安时，喜儿是个不完满的复杂个体，在女儿、女性的身份之外，还负载着母亲的角色，其阶级意识并非与生俱来。当她发誓"要报仇"的时候，复仇方式是个人主义的："黄家的那个孽种，我要掐死他，再背上他到黄家大门口去上吊，我叫黄家也不能安生，我死了变成鬼也要报这个仇恨。"① 当孩子的啼哭声唤起母性的本能时，喜儿所希望的不过是"母仇子报"的传统家族复仇模式。此时，喜儿作为孤独的个体、孤独的女性承载着自己的全部命运。至于后来被八路军从山洞中救出，完全是一种意外。戏剧家季纯当年就曾指出，喜儿的个人主义思想，"是否会像剧本结尾那样，很简易地溶解在革命的汹涌浪潮中呢"？② 这个问题相当尖锐，表现出对阶级主体成长过程的怀疑。1947年在哈尔滨修改时，删去了表现山洞生活的第四幕。因为山洞的舞台意象不但充满神幻色彩，"给人一种阴森、恐怖、似神似鬼的感觉"。喜儿在山洞中表现出的母性意识和失去贞操的羞愤迟滞了阶级主体的成长，"减低了剧本主题发展的速度，因而也显得累赘"。③ 1950年，贺敬之执笔再次修改时，对这一幕做了相同的处理，使"入山"具有了象征意义。与此同时，喜儿的抗争意识逐渐被加强。1946年，《白毛女》在张家口的修改中，首先突出了喜儿的反抗性，使她从一个胆小、惶恐、无助的女孩子成为一个敢于抗争的形象，阶级意识渗入其日常生活。1947年，渤海耀南剧团6幕18场的演出本中，喜儿甚至大闹黄家，给穆仁智一记响亮的耳光。由此看来，芭蕾舞剧中类似情节并非首创。但阶级意识的纯粹化并不是一个短暂的过程，直到1953年11月于北京重校时，动摇的念头和"小白毛"形象才从剧本中逐渐消失。

　　1962年于北京修改时，喜儿怀孕后不再是忍辱含羞的无奈，而是"亲人来救我"的殷切期待，希望大春哥拯救她于水火之中。喜儿对自己身体的关注被等待解救的焦虑所取代，女性贞操体验只是昙花一现，随即淹没在阶级仇恨之中。她没有被"纳妾"的谎言所迷惑，反抗的契机不再缘于

---

① 《白毛女》（6幕），海洋书屋1948年版，第110页。
② 季纯：《〈白毛女〉的时代性》，《解放日报》，1945年7月21日。
③ 《白毛女·再版前言》（5幕），东北书店1947年版。

遭遇性欺骗后的怨愤,而是又一层阶级仇恨的添加:亲人被驱逐出家园,自己也险遭算计。于是,喜儿累积的怨愤终于爆发,迸射出强烈的阶级仇恨。喜儿是在对自由而非对身体的幻想破灭后,才从女性个体成长为阶级主体的。逃入深山后,喜儿的性别意识消失殆尽,她对自我的认识是"喜儿怎么变成这模样":"我身上发了白,为什么把人逼成鬼",发出感天地泣鬼神的悲号。《白毛女》借用传说形体变异的功能,[1] 将性别苦难置换为"贫苦阶级"的遭遇。原来叠加在喜儿身上的多重身份逐渐被过滤为无性的阶级形象,情感生活集中在复仇之上。当喜儿伫立在高山之巅,披着一头白发悲愤地咏叹"恨是高山仇是海,路断星灭我等待"[2] 时,已经彻底抛弃了那个不完满的肉身个体,成为悲愤的阶级复仇女神。

三、权力干预:恶势力毁灭

与喜儿形成对照的是,关于黄世仁的处置,各种话语之间同样存有分歧,但却得到了干净利落的解决。最初,对黄世仁的结局,"有些同志说处理不能过激,不要一报还一报,应当'以德报怨'"[3];有人主张暴力性的复仇;有人认为"剧中把地主这样描写,会起到破坏抗日民族统一战线的作用"[4]。究竟应该怎样处理,创作组显得有些迟钝和犹豫。最终,以黄世仁挨批斗收场。

如何讲述黄世仁的下场,不仅关系到复仇的结果,还关系到阶级力量的变化及其历史合法性。显然,在黄世仁结局象征意义的认识上,知识分子与政治话语意图发生了严重错位,前者没有看到"在抗日战争胜利后,这种阶级斗争必然尖锐起来"[5] 的现实发展趋势。而在意识形态话语看来,新社会是以一个阶级解放和另一个阶级毁灭为特征的,任何温情都可能妨

---

[1] 普洛普民间故事研究术语,是指从其对于行动过程意义角度定义的角色行为。
[2] 《白毛女》(5幕),中国青年出版社2000年版,第67页。
[3] 王海平、张军锋主编:《回想延安》,江苏文艺出版社2002年版,第71页。
[4] 李刚:《歌剧〈白毛女〉在延安进行创作的情况》,《新文化史料》,1996年第3期。
[5] 张庚:《歌剧〈白毛女〉在延安的创作演出》,《新文化史料》,1995年第2期。

碍革命激情。这种错位首先通过民众的意见暗示出来。民众单纯的善有善报、恶有恶报的审美趣味，与意识形态话语的革命主张不谋而合。《白毛女》预演后，黄世仁的结局引起了民众的强烈不满。"文化和政治上已经动员起来的大众就必须有效地使用自己的交往和参与权利。"① 贺敬之作为主要执笔之一尤其感受到了来自民众的压力：

  我们吃饭时排队到伙房打饭，排到我这里了，炊事员同志拍着勺子说："噢，是你呀?! 黄世仁不枪毙，我今天就少给你打点菜！"②

  尽管如此，创作组并没有放弃自己的意见，"我们当时觉得，对于地主阶级基本上还应该团结，如果枪毙了，岂不违反政策吗？所以没有改"③。这个理由至少透露出三点信息：其一，对政治意图的迟钝；其二，对精英意识的自信；其三，是与民间意愿的距离。

  打破僵局是在首演以后，此时集体创作形成的民主空间内突然闯入了强制性的力量。演出后的第二天，中央办公厅就派人传达了中央书记处的意见："第一，这个戏是非常适合时宜的；第二，黄世仁应当枪毙；第三，艺术上是成功的。"④ 此前权力话语的意志是间接表现出来的，此番则直接以"命令"的形式更改了剧中人物的命运。这在延安众多"集体创作"中是罕见的。这一次，知识分子没有再坚持自己的意见，而是被说服、被唤醒："我们演《白毛女》，并没有认识到中央同志们所说的这种深刻的政治意义，更没有理会到对于黄世仁的处理关系有如此之大。""于是，立刻动手修改，用枪毙黄世仁结尾。"⑤ 文化人之所以没有任何辩解地放弃原来的设计，固然是由于意识形态话语的强大力量使他们难以对抗，而当初的选

---

① 哈贝马斯：《公共领域的结构转型》，曹卫东、王晓珏、刘北城、宋伟杰译，学林出版社1999年版，第13页。
② 王海平、张军锋主编：《回想延安》，江苏文艺出版社2002年版，第71页。
③ 张庚：《歌剧〈白毛女〉在延安的创作演出》，《新文化史料》，1995年第2期。
④ 张庚：《歌剧〈白毛女〉在延安的创作演出》，《新文化史料》，1995年第2期。
⑤ 张庚：《歌剧〈白毛女〉在延安的创作演出》，《新文化史料》，1995年第2期。

择也有揣摩政策的教条主义嫌疑。所以,一旦遭遇外力作用,也就顺势而变了。

更深层的原因是,黄世仁这个角色在剧中始终是无逻辑的抽象符号,仅仅具备结构性意义。他的结局完全取决于现实政治的需要,以至可以不断累积邪恶因子,使其成为剥削阶级的集大成者。延安时期,黄世仁同其它乡民一样都是侵略者的受害者,其罪恶是有限的,还是"统一战线"的成员。但在1946年哈尔滨的修改中,黄世仁沦为汉奸,当了团总,黄世仁彻底站在了民众的敌对面,可谓死有余辜。这次修改由张庚领导、丁毅等人共同完成,后来在佳木斯出版和再版。

四、迟到的修复:个人话语与政治话语的融合

延安时期,《白毛女》中政治话语与个人话语之间一直貌合神离,致使八路军的出现显得非常突兀。可以说,第五、第六幕是在一个女性悲剧上安插的政治化结尾。因此,《白毛女》在民众如何认同解救者、如何认同新社会等方面,没有形成连贯的情感线索。实际上,二者的罅隙缘于知识分子对女性个体命运的关注,分散了对政治主题的注意。由于此时知识分子话语在一定程度上掌握着叙事的主动权,由结构断裂所造成的消极影响并不被格外关注。不久,局面就发生了变化。

1946年《白毛女》于张家口修改时,政治话语的势力逐渐扩张开来,试图修复叙事的断裂地带。这些努力表现在两个方面。其一,增加了赵大叔追忆红军故事的情节。通过讲述充满浪漫色彩的红军传奇故事,将翻身的渴望种植在民众心里,大春和喜儿更是无限憧憬他们不曾经历的幸福时光。这样,八路军后来就不是作为外来力量突然闯入民间社会,而是早就被民众呼唤和期盼的救星。这一情节融合了先前相互游离的两种话语:喜儿一边感受着她的个体苦难,一边将个人复仇寄托于那个朦胧而强大的力量。当她悲愤地吟唱"我要活!我要报仇"[①]时,她自己并不是复仇的主

[①]《白毛女》(6幕),韬奋书店1947年版,第67页。

体,而是等待红军解救的对象。只有民众迫切呼唤时,解救者的出现才具有叙事意义,意识形态话语诉求才成为合情合理的存在。通过讲述这个故事,赵大叔的身份发生了微妙变化,由一个没有行动意义的配角成为政治原则的民意体现。所以,进入芭蕾舞剧时,这个民间社会代表摇身一变为地下党员,就并非神来之笔。

其二,增加了大春、大锁痛打穆仁智,大春在赵大叔指引下投奔西北的情节。这一情节体现了民众对翻身的自觉追求,弥合了情爱话语与政治原则之间的缝隙。延安时,借用"有情人终成眷属"的传统叙事结构,喜儿和大春终于在山洞中得以相见。此时的大春只是个充当带路者的普通村民,真正的解救者是以农会主任为代表的新政权。后者虽然承担了解救者的角色,却是没有姓名的抽象人物,仅具象征意义——新社会的领导者,产生戏剧效果的反而是大春:有情人相见,形成戏剧高潮。在这里,情爱原则与政治原则之间是分离的。张家口的修改弥补了这个裂痕,尽管袭用了"有情人终成眷属"的模式,却与政治话语统一了。此时的王大春不仅是昔日的情人,而且是新社会的代言人。当他把喜儿从山中接出来时,既满足了英雄救美的民间期待,也实现了"新社会把鬼变成人"的意识形态话语诉求。

> 白毛女这戏,不仅是反映出农民的遭难和解放,更重要的是指示出解放的道路——中国人民由自己的斗争经验所认识的真理:在无产阶级和它的政治代表——中国共产党的领导之下……黄世仁式的旧中国一定灭亡,喜儿式的新中国一定胜利。[①]

综上所述,当集体创作选择了《白毛女》时,各种文化力量表达着不同的诉求,它们之间的张力关系构成《白毛女》叙事变迁的主动力。在这个过程中,虽然政治话语渐趋强势,却不能封杀已经进入民主空间的其它

---

① 周而复:《新的起点》,新文艺出版社1952年版,第116页。

话语的潜在影响。正是这种多义结构,使《白毛女》获得了最大的阐释空间,不同文化背景的观众都能够从中寻找到自己的情感契合点,从而接受意识形态话语的"询唤"。其中,集体创作的意义并不在于各种话语交往的最后结果,而在于这些意愿是在"讨论"中出现的,在于它的生产过程。

(原载《学术研究》2008 年第 12 期)

文化研究：中国现当代文学史的多样观察

程光炜

一

近年来，在中国现当代文学领域中，出现了"文化研究热"。关于文化研究的历史，一般都要追溯到雷蒙·威廉斯、E·P·汤普森和霍加特的著述和活动。但实际上，我们今天所了解的文化研究，是与霍尔等人在50至70年代的努力联系在一起的。霍尔是英国新左派的创始人之一，《新左派评论》的资深编辑，又是伯明翰"当代文化研究中心"的负责人。霍尔认为，文化政治在文化研究中居于核心地位，所以，文化研究始终应该关心的就是文化与权力的关联和组合方式。也许是霍尔与英国新左派高度一致的历史视角，他们在处理英国社会的方式和主题的方式上也即"不谋而合"，这些研究主题是：晚期资本主义的特性，经济及政治殖民主义/帝国主义的新形式，在所谓民主世界中种族歧视的严重矛盾；各种形式的权力关系中，文化及意识形态所扮演的角色；消费性资本主义对工人文化所造成的影响等等。

70年代中期后，文化研究开始在英国扩散，许多大学讲授文化研究的课程并授予相应学位。之后，更多大学集结"大众传播与社会"、"大众文化"等课题，并为之编写教材。80年代末到90年代初，文化研究在美国开始成为一门"显学"，并且迅速向其他学科领域扩张。美国的文化研究，在范围、方法和空间上更趋于多样化、多层化的特点，它以流行音乐、麦当劳等大众文化形式包抄了英国的文化研究，不仅拓展出更多的研究对象，带来多学科的互渗交叉，而且不再单纯坚持"批判性"的认识视角。因此，80年代末以后的文化研究，尽管驳杂不一，形形色色，但总体上呈现出

"多元化"和"泛文化化"的趋势。

文化研究在中国现当代文学学科的"登陆",是在 90 年代初。向各个研究领域大举进军,则在 90 年代末以后。这两年,北京、上海及其他中心城市大学教授的研究和研究生毕业论文,差不多对原有的研究方法和格局构成了"重组"或"覆盖"之势。

文化研究在现当代文学领域的大兴,主要有以下原因:一是经过近二十年的努力,文学的"内部研究"(文学史、流派、现象与作家作品研究)已很少"空白地带",达到了饱和状态,出现了人所共知的"审美疲劳",这样,文化研究这一崭新的"外部研究"就为改变本学科的市场滞销局面,拓展新的生存疆域,提供了难得的历史机遇;二、随着 90 年代后中国社会结构的重大调整,人们开始跨过"热衷政治"与"冷淡政治"的二元思维怪圈,以理性和复杂的眼光与学术态度面对"历史"。更随着历史上对诸多文人集团、流派和作家"评价"的"解冻",文学史上原先被遮蔽、压抑和淡出的许多研究对象,走上研究者的案头,开始以"原生态"的姿态与研究者对话。这些对象包括文艺社团、大学教育、都市文化、书局、杂志、协会秘史、文坛内幕,乃至流派关系、政党文化、研究机构、上海的外滩建筑、公园、咖啡馆和稿费制度等等。三是在资讯时代,各种学科知识的传播、互换和资源共享加大了步伐,这就促使单一学科很难再像过去那样进行"独家经营"。同时,它也需要用更多的知识资讯和文化信息补充自己的知识空缺,扩大自己的生存地盘,以赢得更大的发展空间。文化研究的进来,即是学科"重组"与另寻发展出路的一个重要信号,和近年来现当代文学研究中出现的一个亮丽的增长点。四、经过二十年的研究生培养教育,现当代文学的"学院化体制"已经确立。除少数一些出色的资深研究者仍在积极拓展研究空间外,那一代中的大部分人已退出了历史舞台。90 年代前后经过严格"学院"训练的中青年学者,开始用较完备的知识、方法和眼光重新审视"文学史",而文化研究,就是他们试图区别于前者"历史"——"美学"研究的一个重要分水岭。为在本学科内获得更大的"话语权",文化研究自然是重新进入文学史的利器之一。当然,在"学院身份"的变化外,对历史和文学史认识的较大差异,也是他们采用文化研究的方法探讨中国现当代文学问题的一个重要原因。

与英美文化研究相比,中国现当代文学研究界的"文化研究"既与其有某些共同点,也有一些不同点。比如,它不关注晚期资本家、殖民主义、帝国主义、种族歧视和工人文化等一些更为切近西方"语境"的问题,却对现代民族国家、外来文化与出版制度、文化政治与文人集团、都市、大学与文学生产等现象投入了极大兴趣。在研究方法上,不像英美学者与研究对象的关系那么"直接",而往往采取了"匿名"的、"间接"的方式,或以披露"史料"的处理方式,将它们与文化研究的互动关系尽可能地呈现和展示。另外,与英美学者对大众文化表现出的欣赏态度不同,中国研究者们似乎更关心大众文化后透射出的意识形态效果,他们特有的"历史情结",决定了他们的文化说到底还是文学的政治研究,或者文学的精英文化研究。如果说,在他们那里并没有"真正"的大众文化研究,其实也不过分。

二

大众媒介与中国现当代文学的渗透和影响,是当前文化研究中的重中之重,也是论文发表最多的一个领域。这是因为,对"现代"文学来说,它的自身塑造和构建首先是从报纸和书局开始的。报纸和书局在近代的大量涌现,为中国现代文学的创作、出版和传播,提供了一个天然的历史平台。正是由于报纸和书局的迅速传播与扩张,现代文学不仅获得了"现代意识",而且直接把这一意识带入文学创作和对读者的影响当中。在这种认识中,对出版业与文学生产关系的考察,对文学与商业合谋的关注,对期刊对海派创作的推动,以及对杂志支配创作的过程的研究等等,之所以能够引发人们如此大的兴趣,完全在意料之中。

在网络和电视缺席的时代,杂志和报纸副刊显然是传播文学作品、改变一个写作者文化"身份"的重要媒介形式。杂志和报纸副刊,将作家从小作坊式的、自产自销的历史写作状态下解放出来,使他本人和其作品进入到哈贝马斯所说的"公共空间"之中。作家第一次不是以"末技"和"小道",而是以社会批判家的姿态出现在社会大众的阅读视野,他们不仅参与到创建现代民族国家,同时也参与到公众的大到道德反省、小到日常叙事的过程当中。比如在《"批评空间"的开创——从〈申报·自由谈〉谈起》一文中,李欧梵曾列举了清末民初一些作家利用这块阵地"游戏"、讽刺和批评社会的现象。他认为,戊戌变法失败后,梁启超等维新分子开始把注意力转向"社会"这一新的领域,并将之与民风结合在一起。"这种论述方式,事实上已经在开创一种新的社会的空间。"到了"五四",杂志和报纸副刊的"媒介"作用更为凸显,"知识分子的精英心态更强,总觉得自己可以说大话、成大事,反而不能自安于社会边缘,像早期'游戏文章'的作者们一样,一方面以旁敲侧击的方式来作时政风尚的批评,一方面也借游戏和幻想的文体来参加'新中国'——一个新的民族群体——的想象的缔造"。[①] 在当时知识界,这一风习相当地盛行。

杂志和报纸副刊不仅开创了一个"批评空间",而且还以它巨大的魅力将二三十年代的文坛才子们从大学和个人书斋中吸引出来,投身到它们的生产当中。例如,陈独秀创办了《新青年》、胡适与友人一起经营过《独立评论》、《新月》,鲁迅不仅给他主持《晨报·副刊》的学生孙伏园出谋划策,而且还与北大学生联手一度将《语丝》弄得红红火火。这些人不光是当时的"名流"、"教授",而且兼有"编辑"、"发行人"等媒介的身份,开创了在除晚清以外中国历史上不曾有过的文人书生自闯"媒介"并将之传播到广大城乡的先例。如果以比较保守的数字计算,在二三十年代的文学杂志和报纸副刊中,仅教授、作家亲自参与筹办和策划的,恐怕要占去了"半壁江山"。因此,可以说,他们不单投身到媒介的生产当中,同时也用这种特殊方式组织了中国"现代"文学的生产过程。所以,在研究《新青年》时,陈平原就发现,当年,陈独秀等人不光把这一杂志当作与社会

[①] 李欧梵:《"批评空间"的开创——从〈申报·自由谈〉谈起》,参见《李欧梵自选集》,上海教育出版社2002年版,第154页。

"对话"的工具，还以它为中介，"以运动的方式推进文学事业"。这一高明的策略，"'集团作战'的思路，对于思想/文学运动的推行十分有效。有晚清白话文运动做铺垫，胡适们登高一呼，竟然应者云集，'文学革命'出奇地顺利"。① 但是，王晓明也从"文人"与"媒介"的关系中，看到了后者的负面作用，他指出："《新青年》个性中最基本的一点，就是实效至上的功利主义"，陈独秀在发刊词《敬告青年》中"神色郑重"提出的"六条希望"，其中第五条就是"实利的而非虚文的"，《新青年》强烈的务实倾向，"正表现了编、作者对于功利效果的极端重视"。② 不妨说，作为经典"示范"，这一方式对后来现当代文学的生产和操作方式及其文本效果，实际上构成了重大影响；如果说其中有什么负面作用，《新青年》是难辞其咎的。所以，虽然在《论〈中国新文学大系〉的学科史价值》一文中，温儒敏尽管肯定了其生产现代文学"经典"和建立某种"批评标准"的正面意义，但是，在文中我们仍然能够读出较难显现的忧虑。③ 这种"忧虑"，有的能被作者意识到，有的则容易被忽略不计。从中，我们不难看出，在大多数作家身上都存在着"媒介焦虑"。④ 一方面，大众媒介极大地改变了作家的文化身份和文学的生产方式，带给人们强烈的参与意识和登场的欲望；另一方面，就在这一过程中，媒介也在谋杀现当代文学的"诗性"，使作家、批评家们的文学生态环境日益恶化（功利主义），从而使"现代"文学陷入"现代性"的运作怪圈。也许，正是这一焦虑，使我们更清楚地看到了中国现当代文学的真实"面貌"和文学"生态"。

当然，在当代文学的"发生期"（解放区文学）和五六十年代文学中，媒介与文学的关系，却表现出另类的形态。其重要变化是，媒介由书局、

---

① 陈平原：《思想史视野中的文学——〈新青年〉研究》，《中国现代文学研究丛刊》2003年第1期。
② 王晓明：《一份杂志和一个"社团"——重识"五四"文学传统》，《上海文学》1993年第4期。
③ 温儒敏：《论〈中国新文学大系〉的学科史价值》，《文学评论》2001年第3期。
④ 事实上，在今天，无论是在作家还是学者的精神世界中，这一"焦虑"仍然是根深蒂固的，就像一种妖魔，控制着——至少是潜在地规约着他们对世界的看法和表达的方式。

编辑和作家所控制，改由文化政治和国家所控制，媒介的主体性替代为文化政治和国家的主体性。正如洪子诚所描述的一样："'当代'对文学期刊的重视，不仅仅在于能及时地为作家提供刊发新作的场地，而且也是将全国的文学创作、文学批评加以集中、有序地管理，以建立有着统一战线的文学格局所必需的。"① 更具体的变化还有：一、国家领导阶层对文学生产表现出很高的热情，这种关注表现在对每一次政治运动的发动，对某一杂志编委会的改组，对某一作家、作品的批评上。而且把文学媒介的作用上升到与权威媒介同等重要的地位上，不仅予以亲自"指导"，还亲自参与了组稿、编稿的具体策划。② 在《毛泽东与〈解放日报〉副刊》中，黎辛回忆道，为解决"整风"后出现的稿荒问题，毛泽东指示舒群登载《征稿办法》，"'征稿办法'提出的'务求思想上无毛病'、'力求通俗化'是针对副刊的缺点与不足说的"，"毛主席在交代任务时常常交代完成任务的方法，令人感动"；另外，"'征稿办法'，毛泽东一式写了二份，一份交舒群带回去，一份自己留用"。③ 二、利用《文艺报》等权威报刊，对全国文学创作和批评实行集中、有效的管理。在现代文学中，文学批评曾经对文学创作发挥过鼓励和规训的作用。在五六十年代，《文艺报》仍然继承了这一"传统"。但由于它本身"功能"的本质性的变化，它对文学创作政治性的监督成为主要职责。这样，《文艺报》就通过对"话语权"的掌握，运用"编者按"、"《文艺报》编辑部"、"本报评论员"等言说方式，在全国文艺界建立起了一整套完整的"追惩"或"规训"制度。至此，大众媒介与文学的关系发生了实质性的变化。

三

在文化研究的视野中，文人集团与中国现当代文学的关系，是另一个

---

① 洪子诚：《〈人民文学〉和〈文艺报〉》，引自《百花时代》，山东教育出版社1998年版。
② 在清末、民国时期，这种"情况"十分少见。从中，可以折射出当代文学与文化政治的亲密关系。
③ 黎辛：《毛泽东与〈解放日报〉副刊》，《新文学史料》2002年第3期。

值得关注的焦点。在中国现当代文学史的生成过程中,文人集团既呈现出文学多样化发展的态势,又是收藏各种文学论争、文人姿态、生存氛围、文学观念、审美意识和创作手法的一个巨大的"话语场"。如果整体性考察一个时期的文学环境和文化症候,文人集团显然是一个重要的研究对象。在一篇文章中,我曾指出:文人集团的形成,"不外是这几个因素:一是文学观念的分化,导致了现代文人的'聚合',在此基础上出现了一个新的作家群体;二是相近的'大学'、'籍贯'和'留学'的背景,也容易形成相同的社会意识、审美观念,孕育出一个个'文学圈子';三是政治、市场、文学的运作和传播方式,也会促成一个文学流派、文人集团的生成和发展"①。当然,要想了解它的复杂成因,以及对现当代文学面貌构造的特殊影响,还要作进一步的辨析。

翻开文学史,我们应该怎样评价和认识不同的"作家"和"流派"?是把它们的形成仅仅归结为"社会影响"或说"艺术成就"吗?显然,这是一个自欺欺人的说法。因为,除却一般的文学常识外,人们眼前最容易跳出的就是一个字眼:势力。那么,这就引出了一个问题:"文学势力"是不是也是构成"文学史"的一个因素?换句话说,如果这一个说法可以成立,它们对文学史的审美意识、创作方法、结社方式,以及文学史的文化生态具有何种作用?而我们今天又将怎样评价上述"因素"和"作用"?

对此,刘纳在《社团、势力及其它》一文中曾有过十分有趣的分析,她说:"作为个中人,郭沫若道出了'五四'新文化运动以来影响着文学进程的一个重要事实。几乎每一位新文学人物都属于某个'圈子',而空头的圈子几乎是没有意义和意思的——它只能通过刊物产生影响力。同时,如果圈子中的主要人物抱有造就'统一中心'的目标,这目标也只能借助刊物来实现。"② 一方面,他"揭发"中国杂志界"滥招党羽",对新文人的

---

① 引自拙作:《试论四十年代的文人集团》,《海南师院学报》2003年第5期。
② 刘纳:《社团、势力及其它》,《中国现代文学研究丛刊》1999年第3期。实际上,在大多数情况下,"社团"并不是"只能"通过刊物产生"影响力"。比如,还有挑起论争、组织活动、介入政治和抨击名人等多种形式,它们同样能收到"奇效",扩大社会影响。

拉帮结伙大加抨击；另一方面，他也在积极托田汉找路子，对上海有名的中华、亚东等书局加大公关力度，为形成自己的"同人刊物"和"圈子"殚精竭虑。对如何利用社团来形成文化界的一股势力，郭沫若有独特的体会。1925年，他曾收到武昌师范大学的聘书，请其做文学系主任，后来他写道："武大出身的洪为法，当时是常在和我通信的，他的劝法尤其直率。他说，要在中国文化界树立一势力，有入教育界的必要。中国人是封建思想的结晶，只要正式地上过你一点钟的课便结下了师生关系，他便要拥戴你，称你为导师，而自称为弟子。"于是，他评论说："他这番话，倒的确也道破了一部分的真实。"（《创造十年》）刘纳还认为，不少新文学作家都掂量、考虑过"势力"的问题。《新青年》同人中，很有喜欢明争暗斗、扶植自己势力的人。她举例说，1922、1923年间，闻一多感到向别人办的刊物投稿，终归是"寄人篱下，朝秦暮楚"，长此下去自己的"个性"色彩"定归埋没"。他曾想友人倾诉"依归无所之苦"，并表明要办一份自己的刊物的心迹。她还举例道，1920年冬天，22岁的郑振铎与朋友商议成立文学社团时，考虑自己影响力和号召力的不足，于是拉名人助阵便成为文学研究会发起前期工作中的一个重要举措。

　　文学"势力"营造了特定的文学"环境"，而在这一环境中生长起来的文学口号、主张和写作姿态，一定意义上又构造了某个文人集团的基本风貌。文学史，可以说是由各种"风貌"所构成的，一个时期的文学史，也可以说就是一个时期文学的风貌史。比如，在20年代，大学是影响现代文学生成、乃至是构造文学环境的主导性的力量之一。因此，在文学发展的某一阶段，大学教员之间的权力纷争，往往成为我们在今天重新观察该阶段文学风貌的一个"窗口"。颜浩的研究使人们相信，1925年爆发的"语丝"与"现代评论派"的激烈争执，其缘由除了"在野"与"当权"、对教育理念理解的分歧之外，更重要的，还有北大两个教授集团的"权力之争"。"浙江人在北大不断扩张的势力，必然引起他'籍'人士的反感和不满"，"而陈西滢文中的'某籍某系'，矛头所指的，正是北京大学国文系的浙江籍教员"，"他们分别拥有两个特色鲜明的舆论阵地——《语丝》和

《现代评论》",因此,"因为女师大事件中壁垒分明的激烈对抗,将这两个原本尚能和平共处的刊物推向了'战斗'的最前沿"。① 这一研究,实际改写了原来文学史的结论,从而使对影响文学史风貌的文人心态有了更准确和细致的把握。杨洪承也指出,文学研究会发起人的"身份"可划为三类,即大学教授、文化界人士和刚毕业大学生。所以,他们在感情上都趋于"健康、正常、平稳的心理结构",是"健全的优化组合",而且非常"注重群体组织程序和基本原则的统一","可谓青年老成"。"这一点恰恰与创造社群体浪漫、才子气质相反,但却与现代中国文学社群的精英追求在激进中的平稳相吻合。"②

但反过来说,文艺体制不仅会影响文学的选择,而且会在合适的文化症候中"造就"出某些文人集团,50 年代所谓的"丁陈反党集团"、"胡风反党集团"就是这方面的典型例子。例如,黎辛就用大量的"例证"指出了一个"文人集团"的诞生过程,虽然今天看来,这篇长文的"纠偏"色彩远远大于其"研究"色彩。然而,它多半是据以"实证",而非是据以"描述"的文字,则将文艺体制与文人集团之间错综复杂的"关系"进一步地凸显出来。③

由此我们获得了以下一些粗浅的认识。按一般观点看,"现代"文学与"当代"文学由于文艺体制和环境的差异,中间存在着一个明显的"断裂感"。实际上,当在某些名词上人为地贴上意识形态的标签,以致使这些名词的内涵和外延发生根本性的变化时,这种"差异"就主观地存在了。但在研究中我们会惊讶地发现,"文艺体制"一直是贯穿在中国现当代文学史中的,作为一种文学史的"成规",它并不会因为不同的文化症候而消失,或突然地出现。正如佛马克、蚁布思所指出的:"成规是行为之中或行为与行仰之中的规律性,它们是任意的,但却使自己永存,因为它们符合某些

---

① 颜浩:《1920 年代中后期北京的文人集团和舆论氛围》,北京大学中文系现代文学专业博士论文,未刊。
② 黎辛:《关于"胡风反革命集团"案件》,《新文学史料》2001 年第 2 期。
③ 黎辛:《关于"胡风反革命集团"案件》,《新文学史料》2001 年第 2 期。

共同的利益。过去人们对它的遵奉,使得他们将来也会遵奉它,因为它给予了一个人继续遵奉下去的理由。"① 比如,在任何时候,报刊审查制度都是存在的。为什么在现代文学中,作家的"笔名"不光繁多,而且一时间花样翻新?除去当时的文人时尚,很重要的一个原因就是为了躲避审查。另外,在当代文学中,其实仍然有公开的或潜在的文人派别,例如周扬派文人、"探求社"同人、《星星》诗刊文人圈子,等等。上述例子足以说明,作为文学史的一个重要构成因素,文人集团具有显而易见的文化研究的意义。而且我们还注意到,虽然"时代"不同,但"文人意气"却是以一贯之的;而且文人"结社",这本来就是文人作家的个性使然,在某种程度上,它其实是前者赖以存在的一种文化生态。

四

近年来,都市文化、大学教育与中国现当代文学,是研究界兴起的又一个热点。中国的"现代"文学,本来就是在几个中心城市兴起并发展的。在20年代,它更是以大学为依托,以教授、学生圈子为核心,而使文学获得了更大的传播。甚至在较长一个时期内,现代作家身上差不多都有一个"教授"或者"学生"的身份。

过去的中国现当代文学研究,偏向于"思想革命"一面,却忽视了都市文化和大学教育的一面。这种忽视,使得人们对现当代文学的认识,偏重于"观念"、"形态"方面,而对它的"生成"机制有重大的忽略。实际上,现代文学之所以成为"现代"文学,除却精神状态的"现代"之外,离不开物质状态的"现代"转换。可以想像,没有都市文化(包括出版、报馆、校园文化、现代建筑、公园、咖啡馆等),没有大学体制对现代知识的传播和对学生的培养,现代文学能否出现将是一个很大的问题。因此,人们今天之所以会把都市文化、大学教育列为一个较大的课题,是因为想

---

① [荷兰]佛马克、蚁布思:《文学研究与文化参与》,北京大学出版社1996年版,第125页。

了解：现代城市建筑及其意象（包括留学生所在国的）是怎样刺激起作家的"现代性"想像，并由此生发出批判农村"落后现象"，或者产生以"乡下人"的道德重新观照"城里人"的比较性视角的？大学是怎样（包括留学生）生产出中国的第一代"现代作家"，是怎样通过"大学的权力"确定文学"经典"，并且把以上作为一种"普遍性"的知识借助大学这座现代文化产业最后向社会传播的？事实上，从"大学"中走出的，既有"北大派"，也有"鲁艺派"，观察他们与大学的关系，也许能使我们进一步把握中国现当代文学的生产机制和发展秘密。另外，"书局"和"出版社"与现当代文学又是怎样一种关系？例如，能否通过一个"书局"观察一部"小说"的诞生过程，通过"出版社"对作家、作品的遴选、归纳、排队，了解"主流文学"与"非主流文学"是怎样形成的，等等。这些问题在近年来，都引起了研究者的莫大兴趣。

　　有人批评说，李欧梵的著作《上海摩登》是带着"享受"的态度研究上海的。① 不过，作为"都市文化"研究的重要开端和第一批成果，《上海摩登》仍然有文化研究的"示范"意义。在《重绘上海文化地图》这篇文章中，李欧梵着重研究了"外滩建筑"、"百货大楼"、"咖啡馆"、"舞厅"、"公园和跑马场"、"亭子间"等等的历史沿革、外观风貌和文化内涵。在文章中，作者有一番很有启示性的话，他说：居住在上海的人实际与这座现代化都市的人，似乎与它签订了一份"征用"协议。"应该说，这个征用过程并不是物质上的占有，它超越了他们生活的想像边界。他们不光觉得他们有权像上海的外国居民一样享用这个城市的空间，而且他们想像性的占据使他们与一个更广阔的世界连接起来。"② 借助李欧梵全面描绘的"上海风景"，30年代的上海之所以能成为全国最大的书刊发行地、文学传播地、作家群体集聚地的历史成因和根本理由，也就不言自明了。同时，通过李欧梵对上海现代文化"物质层面"的考察，原先文学史对其文化"抽象形

---

① 借助我的博士生刘震的说法。如果站在"左翼"的立场，这一观点很有意思。
② 李欧梵：《上海摩登——一种新都市文化在中国（1930—1945）》，北京大学出版社2001年版，第42页。

态"的研究,由此获得了更坚实的支持依据和基础。但是,以此为观察点,我发现,在21世纪初,中国现当代文学的文化研究与李欧梵的工作之间,更好像是一个"双城记"。现当代文学的文化研究,在历史的某一恰当时刻推出了李欧梵这位"明星"学者;而现当代文学的文化研究,也因为他的加入,突然间变得更加繁盛起来。

吴福辉、李今是"上海文化"研究的另外两位值得关注的研究者。早在90年代中期,吴福辉就对"海派"文化和文学进行了比较集中的开发性研究,他的工作,涉及海派文化心态、城市特征、出版、杂志等诸多方面。在《作为文学(商品)生产的海派期刊》中,吴福辉将海派杂志的"新潮"特点总结为"大众色彩"、"家庭型号"、"画报倾向",认为"消费"实质性地介入了文学的生产过程,而这种行为中存在着两种方向不同的运动,"一种是不断将先锋文学推及到通俗的层面",另一种运动则使"海派大众文化普及面""日甚一日"。① 引人注意的是,作者在"客观"描述之外,对海派大众文化仍然保持着警觉,和一定的审视距离。李今着重考察了上海"新型文化人"与"出版业"之间相互依存的关系。一方面,通过新崛起的报刊业,一些"从外地来沪避难或谋生"的"不得志的文人"摇身一变而为出版业的新宠儿;另一方面,上海的出版业,也因为这批人的加盟而受到刺激,获得了长足的发展。正因为文人与出版业的"共谋","在20年代末30年代初上海小报发展的高潮期,短短五六年间,先后出版的小报竟达七百多种,20—30年代上海仅小报即在千种以上。"②

作家与大学教育的关系,是日籍学者藤井省三感兴趣的研究领域。通过对"中国语教室里的鲁迅"现象的考察,他发现,在日本的课堂上,对中国现代文学的"接受"有一个比较复杂的过程。"在高等学校的外语教学中,许多学生都是直接阅读未经翻译的外国文学原著。而外国文学作品出现在这些年轻学生们的面前之前,实际上已经经过了任课教师或教科书编

---

① 吴福辉:《作为文学(商品)生产的海派期刊》,《中国现代文学研究丛刊》1994年第1期。
② 李今:《上海新型文化人与出版业》。

辑者的选择或阐释。就是说，一个国家的外语教科书或外语教育制度集中反映了这个国家对外国文化的基本态度与理解。"① 作家通过"大学"的体制，获得了"正典"的地位。而这一过程，只能通过"任课教师"和"教科书"的选择和阐释才得以实现。孟繁华也发现，在"当代"，文艺学教什么，确认什么作为自己的"经典"作品，本学科却没有决定的权利。所以，中国大学课堂对经典作家和作品的采集、甄别并加以传播，首先要先得到"社会"的认可，通过一种"特殊"的方式来进行，而"文艺学教学大讨论"，便成为其中一个权威性的遴选程序。"讲义中安排的内容，如文学的阶级性、社会主义现实主义、新中国的人民文学等，是以前的《文学概论》如赵景深、马仲殊、巴人等著者不曾涉及的。"② 这就向我们释放了一个重要信息：在某种意义上，大学其实是掌握知识并加以再生产的传播"中心"。例如，怎样建立"重评"文学的标准，怎样按照教育体制的要求，确立教学大纲、使用或编辑文学选本，以此进行专章作家、专节作家的地位排定，再怎样根据自己的知识背景和文学史观，给哪些流派、现象更多篇幅，压缩哪些流派和现象的叙述空间。另外，怎样根据社会环境的变化，人为氛围的调整和偏移，再对文学史进行"重写"，并且根据"重写"的思路和视野，对已经排定的作家、作品"次序"加以颠覆、复原或删节，都是大学教授们的"日常工作"。

在这个意义上，在考察中国现当代文学史的过程中，文化研究就为自己建立了多个角度不同的"观测点"。它不仅要厘定文学史的外围，而且也要深入到文学史内部，对组成文学史的多重成分和因素进行比较性的分析。这样，文化研究就要使用与传统的文学史研究不同的知识谱系，并且会在探索性的路途中，使自己独有的话语方式、研究方法逐渐稳固下来。

（原载《文艺争鸣》2005年第3期）

---

① ［日］藤井省三：《中国语教室里的鲁迅》，《中国现代文学研究丛刊》1994年第2期。
② 孟繁华：《高校文艺学教学大讨论》，《中国20世纪文艺学学术史》（第三部），上海文艺出版社2001年版，第130页。

三 宏观视野与多向度探索

中国乡土小说生存的特殊背景与价值的失范

丁帆

一、特殊的文化语境和乡土文学边界的重定

我曾经提出过前现代、现代、后现代（也即前工业、工业、后工业）这三种文化模态的共时性问题，也就是在中国大陆这块幅员辽阔的土地上，农耕文明和游牧文明、工业文明和商业文明、后工业文明和信息文明都共生于20世纪90年代以后的地理版图之上①。在如此错综复杂的文化语境下，所谓同步进入"全球化语境"的确是一个非常难解的命题，它似乎并不能完全解释当今中国社会的复杂现实。如果下列结论可以成立的话，那么，我们就可以看到中国文学是在一个什么样的文化背景下生存的："前工业社会的'意图'是'同自然界的竞争'，它的资源来自采掘工业，它受到报酬递减律的制约，生产率低下；工业社会的'意图'是'同经过加工的自然界竞争'，它以人与机器之间的关系为中心，利用能源来把自然环境改变成为技术环境；后工业社会的'意图'则是'人与人之间的竞争'，在那种社会里，以信息为基础的'智能技术'同机械技术并驾齐驱。由于这些不同的意图，因此在经济部门分布的特点以及职业高下方面存在巨大的不同。"② 因为"在另一种意义上，我们可以说封建主义、资本主义和社会主义的序列以及前工业社会和后工业社会的序列都是来自马克思。马克思主

---

① 丁帆：《"现代性"与"后现代性"同步渗透中的文学》，《文学评论》2001年第3期。
② 丹尼尔·贝尔：《后工业社会的来临——对社会预测的一项探索》，新华出版社1997年版，第126页。

义关于生产方式的定义中包括社会关系和生产'力'（即：技术）在内"。①如果说西方的资本主义从17世纪以后的发展是按时间顺序进行的，它的历时性链接是环环相扣的；而今天中国经济与政治发展的不平衡性和落差性，以及它在同一时空平面上共生性的奇观，无疑给中国的文化和文学带来了极大的价值困惑。因此，在这样一种复杂的时代背景下，近年来的乡土小说所呈现出的斑斓色彩是值得深深品味的。在那些描写原始农耕文明和游牧文明形态的乡土作品中，或是表现出对静态的田园牧歌和长河落日的礼赞与膜拜；或是再现了封建礼教的邪恶；或是表现出对工业文明的向往和对乡土意识的扬弃；或是表现出对城市文明的仇视和对乡土的深深眷恋；或是表现出对兽性、野性的膜拜和对生态保护的浓厚兴致……凡此种种，正是乡土小说作家在三种文化模态下难以确立自身文化批判价值体系的表征。当乡土文学遭遇到工业文明和后工业文明的诱惑和压迫时，作家主体就会表现出明显的双重性：一方面是对物质文明的向往，另一方面是对千年秩序的失范痛心疾首。所有这些，不能不说是乡土文学在三种文明冲突中的尴尬。

毋庸置疑，随着农耕文明和游牧文明形态的逐渐衰微，同时随着中国城市容积的不断扩张（据报载，中国的城市人口每年以千万计增长），农民赖以生存的土地大量流失，农民像候鸟一样飞翔在城市与乡村之间，他们中的大多数人已经不再是面朝黄土背朝天"日出而作，日落而息"的农耕者，不再是马背上的牧歌者，他们业已成为"城市里的异乡人"和"大地上的游走者"，就像鬼子在《瓦城上空的麦田》里所描写的那个既被乡村注销了户口，又被城市送进了骨灰盒的老农民一样，他们赖以生存的"麦田"只能存在于虚无飘渺的"城市天空"之中。是谁剥夺了他们的生存空间和生存权利？他们甚至连姓名的权利都没有了，成为这个特殊文化语境里的一个个"无名者"和"失语者"。归根结底，他们遭遇到的是空前的身份认

---

① 丹尼尔·贝尔：《后工业社会的来临——对社会预测的一项探索》，新华出版社1997年版，第128页。

同的困境，是阶级和阶层二次分化的窘迫。"从流动农民初次流出的不同年代来看，在20世纪90年代，初次流动者更偏重于认可农民的社会身份，而对农民的制度性身份的认可在减弱，出现了对自己农民身份认可的模糊化、不确定现象，从而导致年轻的流动人口游离出乡村社会体系和城市体系之外，由此可能出现对城市的认同危机。"① 几亿农民已经成为"乡村里的都市人"和"都市里的乡村人"，而这种双重身份又决定了他们在任何地方都是边缘人，都是被排斥的客体，他们走的是一条乡土的不归路。"正如许多研究表明的那样，流动农民的社会交往圈局限在亲缘、地缘关系中。社会经济的低下导致他们与城市人接触交往的困难，而这种困难又直接妨碍着他们与城市文明同化、交融。同时，流动农民在城市接触的是一种与他们以前社会化完全不同的价值观念和行为规范，他们不可避免地会感到迷茫和无所适从。这种情况可以用迪尔凯姆的'失范'来描述，表现为个人在社会行为过程中适应的困难，丧失方向和安全感，无所适从。"② 乡村不是他们的，城市也不是他们的。"面对被工业社会和城市化进程所遗弃的乡间景色，我像一个旅游者一样回到故乡，但注定又像一个旅游者一样匆匆离开。对很多人来说，'乡村'这个词语已经死亡。不管是发达地区的'城中村'，还是内陆的'空心村'，它们都失去了乡村的灵魂和财宝，内容和形式。一无所有，赤裸在大地上。"③

鉴于上述的特殊文化背景，我以为乡土文学的内涵和概念就需要进行重新修正与厘定④。当农民开始了艰难的乡土生存奔波和痛苦的乡土精神跋涉时，我们看到的是一群既离乡又离土的无名者，他们想择良栖而息，但是谁又给他们选择的权利呢？显然，90年代以来，尤其是进入21世纪后，离乡背井进入城市的农民愈来愈多，他们不仅需要身份的确认，更需

---

① 王毅、王微：《国内流动农民研究的理论视角》，《当代中国研究》2004年第1期。
② 王毅、王微：《国内流动农民研究的理论视角》，《当代中国研究》2004年第1期。
③ 柳冬妩：《城中村：拼命抱住最后一些土》，《读书》2005年第2期。
④ 我在十几年前所阈定的乡土文学的边界是：乡土文学一定是要不能离乡离土的地域特色鲜明的农村题材作品，其地域范围至多扩大到县一级的小城镇（参见丁帆《中国乡土小说史论》，江苏文艺出版社1992年版）。

要灵魂的安妥。"农民流动呈明显的阶段性变化：1984年以前，农民非农化的主要途径是进入乡镇企业，即'离土不离乡'；而1984年以后农民除就地非农转移外，开始离开本乡，到外地农村或城市寻求就业机会，特征是'离乡又离土'。"① 其实，"离乡又离土"到了21世纪已经成为中国社会不可遏制的大潮，并且呈现出许许多多新的社会和思想特征，这些特征都有意无意地裸露在乡土小说的创作之中。像关仁山的《九月还乡》中的妓女还乡重操农事的返乡文化模态已成绝无仅有的乡土社会现象了。既然作为乡土的主体的人已经开始了大迁徙，城市已经成为他们刨食的别无选择的选择，那么，乡土的边界就开始扩大和膨胀了。许许多多的乡村已经成为"空心村"，其"农耕"形式已经成为城市的"工作"形式；同样，许许多多的牧场已经荒芜，其"游牧"形式已经成为商业性的"都市放牛"。"农民工"或"打工者"这一特殊的命名就决定了他们是寄身在都市里觅食的"另类"，他们是一群被列入"另册"的城市"游牧群体"。在那种千百年来恪守土地的农耕观念遭到了根本性颠覆的时刻，乡土外延的边界在扩张，乡土文学的内涵也就相应地要扩展到"都市里的村庄"中去，扩展到"都市里的异乡者"的生存现实与精神灵魂的每一个角落中去。我认为这样的结论是有事实和理论根据的："……在20世纪末期，随着城市的快速崛起，一个国家的乡村史终于被史无前例地改写、刷新或者终结。数以亿计的'农民工'是这些变化的主体，同时也是强烈的感受者。"②

这一没有身份认同的庞大"游牧群体"的存在，改变了中国乡土社会的结构和生产关系，同时也改变了中国城市社会的结构和生产关系。因此，在中国大陆这块存在了几千年的以农耕文明为主、以游牧文明为辅的文化地理版图上，稳态的乡土社会结构变成了一个飘忽不定、游弋在乡村与城市之间的"中间物"。而"农民工"的身份便成为肉体和灵魂都游荡与依附在这个"中间物"上的漂泊者，"亦工亦农"、"非工非农"的工作状态就决

---

① 王毅、王微：《国内流动农民研究的理论视角》，《当代中国研究》2004年第1期。
② 柳冬妩：《城中村：拼命抱住最后一些土》，《读书》2005年第2期。

定了他们在农耕文明与游牧文明向工业文明与后工业文明转型过程中的过渡性身份。"这些'乡村'原来都有十分稳定的结构和规范的人际关系,但在二十年的城市化工业化中业已产生了巨大的变化。这些变化无疑是显示了这个社会在全球化与市场化的大潮之中的新的空间格局的形成,也显示了中国变革的全部力量与巨大速度。它冲垮了乡土中国的结构基础,改变了'农民'生活的全部意义。一切都在逝去,一切又在重构。"[①] 所以,表现这些在生产形式上已经不是耕作形态的新的"农民"群体的生存现实,应该成为当前乡土文学不可或缺的有机组成部分。如果说美国文学史中的乡土性的"西部文学"是从发达地区向落后的荒漠地区"顺流而下"的梯度性的"移民文学"的话,那么,当今中国在进入"现代性"和"全球化"的文化语境时,却是从乡村向城市"逆流而上"的反梯度性的"移民文学"。也就是说,美国乡土文学中的文化语境是城市文明冲击乡村文明,而当今中国乡土文学的文化语境却是乡村文明冲击城市文明。因此,中国城市中的"移民文学"无论从其外延还是内涵上来说,都仍然是属于乡土文学范畴的。

值得深思的问题是,在 2004 年召开的"第三届青年作家批评家论坛"上,作家们首先感到困惑的问题就是"乡土经验"重构。可以说,无论在意识层面,还是无意识层面,作家们已经预感到表现这一庞大的"游牧群体"在城乡之间的"游走"的生存状态是不可回避的写作现实。李洱说:"中国作家写乡土小说是个强项,到今天,我认为有必要辨析一下,现代以来的乡土写作传统,对我们今天的写作、对我们处理当下的乡土经验,有什么意义。也就是说,怎么清理这些资源,然后对现实做出文学上的应对,我感到是个重要的问题。"毫无疑问,如今许多乡土小说作家面临的困境是:一方面历史环链的断裂,使他们在面对现实和未来时,失却了方向感;另一方面面对从未有过的新的乡土现实生活经验,他们在价值取向上游移彷徨;再一方面就是可以借用的资源枯竭,作家需要自己寻找新的思想资

[①] 柳冬妩:《城中村:拼命抱住最后一些土》,《读书》2005 年第 2 期。

源和价值资源。鬼子说：

"……我是生活在乡土之中的，你们说乡土文学城市化、符号化了，你要使写作逃脱这种模式，最后无非也是发现或发明另一种'乡土'，我估计走着走着，还是另一种符号。可能关键是哪种符号更可爱。"① 因为城市的边界在不断扩大，而乡土的边界在不断缩小，乡土中人带着农耕文明的忧郁进入都市，但这并不能说乡土文学就城市化、符号化了，而是在它与城市文学的碰撞、冲突和交融中，出现了一种空前的"杂交"现象，一种乡土文学的新的变种。

也许，乡土小说在近年来的悄然变化是习焉不察的，但是，其中所孕育着的巨大裂变却是有迹可寻的。如果无视乡土文学的这种实质性的变化是情有可原的话，那么，如果无视乡土文学的存在，以为城市文学就可以取而代之的言辞就有些过激了："'乡土文学'这个概念是怎么产生的呢？在近代社会向社会的转型中才会出现这样的话题。到了工业化完成后，这一概念就不存在了，必然会被抛弃。在中国这样的社会中，最关键的问题是转型期中城市人群的生活和情感问题，这是当下的前瞻性问题，现在社会的大趋势是城市化。有人说我这是进化论的观点，认为我对城市化说好话，其实这不涉及到价值判断，我们不去探讨城市化好不好这一问题，只是说在城市化这一进程中'乡土文学'、'乡土中国'肯定只是社会生活中极小部分的问题。"② 是的，乡土文学只有在与工业文明的比较中才能凸显其鲜明的特征，这一点我在1992年出版的《中国乡土小说史论》中已经有过论证，不再赘述。但是，这并不意味着乡土文学在工业化以前就不存在，更不意味着工业化以后乡土文学就消失了。远不说欧美，就拿资本主义工业化文明已经相当发达的日本来说，那里仍然存在着乡土社会生活和乡土文学，何况在中国这个幅员辽阔的地理版图上，农耕文明形态和游牧文明形态还未消失，当然，在相当一段时期内也不可能被消灭，尽管工业文明

---

① 《2004·反思与探索——第三届青年作家批评家论坛纪要》，《人民文学》2005年第1期。
② 《2004·反思与探索——第三届青年作家批评家论坛纪要》，《人民文学》2005年第1期。

和城市文明在不断地蚕食着它们，可是要想在中国一次性地完成工业文明谈何容易！再退一步说，即使中国工业文明和城市文明达到了惊人的水平，那些祖祖辈辈从事农耕文明活动而失去土地的人们，也不会把有几千年意识形态惯性的农耕文明心理痕迹抹去。其实，持"中国进入了城市文学"观点的人所忽略的正是我要阐释的：大量失去了土地的农民流入城市以后，给城市带来的是农耕文明的意识形态和社会生活方式的信息，他们影响着城市，尽管这种影响是微不足道的；相反，工业文明和城市文明倒是以其强大的辐射能量在不断地改变着他们的思维习惯。就此而言，在相当一个时期内，反映这样的文明冲突，就成为许多作家（不仅是乡土文学作家，也是城市文学作家）所关注的焦点，它并不是"社会生活中极小部分的问题"，而是在这一漫长的转型期里最有冲突性的文学艺术表现内容。

二、在价值的悖论中游移

不要以为在一片"全球化语境"的喧嚣声中，我们就能够与先进文化对接。由于地域、民族、体制以及各种文化因素的制约，我们的文学处于一个充满着矛盾冲突和极大悖论的文化状态和语境中：一方面是新的都市文学的兴起，它带着强烈的商业文化的色彩，在现代（工业文明）和后现代（后工业文明）文化语境中徘徊，展示着它妩媚与龌龊的两面；另一方面是旧有的和新生的乡土文学以其顽强的生命力，从多角度展开了对现代物质文明的抵抗，它所面对的是与工业文明和后工业文明的双重挑战，同时对乡土社会的重新审视与反思，也成为其生命力增长的重要因素。总之，一切存在的乡土和城市生活的对撞，都呈现出它的双重性和悖论特征，因此，它给作家，尤其是给乡土作家带来了价值选择的巨大困惑。从近几年来的乡土小说的创作中，我们可以强烈地感受到作家们在艰难的选择中所走过的历程。

毋庸置疑，我们绝大多数的乡土作家仅仅站在同情和怜悯的价值立场去完成对农民的人道主义的精神安慰是远远不够的："西北地区两极分化还是比较严重，农村存在很多问题。刚实行承包责任制的时候，生机勃勃，但如今,强壮劳动力都进城了,农村只剩下'老弱病残'。农村城市化是社会转型期的必然现象,牺牲一两辈人的利益也是必然的。农民永远是很辛苦的,是需要极大的关怀的群体和阶层。"① 诚然,能够看到乡土社会生活的危机,并关心着这个群体的疾苦,已经是很有文化批判精神的底层意识了,但是,如果我们不能在更广阔的社会背景下来超越普泛的人道主义价值观,从而确立新的有价值意义的"乡土经验",就会在转型期失去最佳的观察视角和创作视角。可以看出,所有农耕文明在与工业文明、后工业文明冲突中的农民心理的劣根性和优根性的交混与杂糅,都形成了一种悖反现象,呈现出它的双重性,而作家在这种悖反的现象中往往会产生强烈的困惑,形成价值理念的倾斜与失控。

如果说在鬼子的《瓦城上空的麦田》中用过多的笔墨倾注了对那些既失去了土地又失去了身份认同的农民的深深的同情和怜悯,给予主人公人道主义和人性的关怀,表现出一个作家强烈的批判现实主义的情怀,使作品达到了较高的批判现实主义高度的话,那么,弥散在作品中的不为人们所觉察的那种对浪漫乡土的过分迷恋与美化,又不能不说是对历史进化的一种隐含的讽刺,尽管作家是处在一种"无意后注意"的状态之中。同样,在孙惠芬的乡土系列小说中,在许多新锐的乡土小说作家的作品中,都普遍存在着这种价值的悖论。也许,正是作家这种无意识的书写,暴露出了从"五四"以来的乡土小说由"乡土经验"的一成不变所造成的乡土小说难以跳出阈定的单一化主题模式的弊病——非批判即颂扬。而在当今这样一个农民大迁徙的时代里,生活恰恰为我们的乡土作家提供了一个"乡土经验"发展进化和多义阐发的艺术空间,为作家在价值理念定位时提供了可依持的多个参照系数。就此而言,"乡土经验"的转换确实是作家们亟待解决的价值立场问题。作家所面临的价值选择并非是往常的非 A 即 B 的简单选项,他们在选择书写"下层苦难"时,在"哀其不幸,怒其不争"的愤懑中,须考虑另一种文明所隐含着的历史进步作用;而他们在选择书写

---

① 《贾平凹答复旦学子问》,《文学报》2005 年 3 月 31 日。

三 宏观视野与多向度探索

"田园牧歌"时,也不得不顾及对静态之美的农耕文明意识形态的无情批判。

如果说高速发展过程中的西方资本主义文化在19世纪向20世纪过渡时,也遇到过价值选择的两难境地的话,那么,由于他们的文化背景要比现时的中国简单得多,因此,尽管他们也成为"迷惘的一代",但是其价值取向却是明晰的:"尽管城市代表了农村文化拒不接受的那些受到污染的价值观,但是中西部的人仍然向往在田野劳动之余美化自己的家庭生活。他们的视野越过城市,似乎看到了根据自己的经历所回忆起的,或书本上所记载的,或从亲友们的谈话中所了解到的新英格兰村庄。这些点滴的知识构成了他们想象中的文明社会的基础,帮助他们形成了上流的礼仪、礼貌和正确的态度的准则。这样的做法不仅使中西部人避免了城市兴起的后果,而且也使他能及时回顾一个由于面临中西部更为肥沃的土地的竞争造成的新英格兰砂砾土壤的衰退以及工厂的出现而不复存在的世界。"① 显然,从历史进化的角度来看,这种观念有碍社会进步和人性的发展,但不可忽视的是,那"迷惘的一代"与当下中国所处的文化语境是不尽相同的,他们之所以用保守主义的态度来对待城市生活方式却能得到认同,就在于他们的"移民运动"是呈梯度进行的,是从一个充满着"城市经验"的文明形态向另一个"乡土经验"形态的透视与转移,不存在两种文明板块的直接碰撞。所以,抵御城市文明的那些"受到污染的价值观"成为普泛性的共识。但是,如果我们今天也用这样的眼光去衡量中国的乡村文明和城市文明,就难免陷入一元认知的陷阱。

而在中国当下的许多作家尤其是年轻作家的心目中,"乡村经验"是模糊的、悖反的,显然,这与他们的价值观念的游移是相对应的:"说到关于乡土的写作,好像总离不开'乡村经验'。就是说,我们已经从乡村撤出,那些乡村生活,已经退到身后,像昨天的夕阳一样悬在记忆的天幕上。不

---

① 拉泽尔·齐夫:《1890年代的美国——迷惘的一代人的岁月》,上海外语教育出版社1998年版,第82页。

是么，今天，在我们面前，高楼林立，浮华遍地。""与一直在乡村的黑夜里摸爬滚打的经历相比，城市霓虹灯下的那些'乡村经验'往往更像那么回事。""我有了一点教训，开始正视自己的乡下人身份，也就是说，正视自己的'乡村经验'。我这才注意到，我那一双炫耀的皮鞋，底下沾满了乡村的泥。我一步一步走回记忆的乡村，并在现实的乡村驻足。""我们或许需要强调生长庄稼的乡村才是真实的，但乡村生长梦幻，梦幻改变乡村，这也是真实的。"[1] 从这些出自同一个作家的同一篇文章的充满着悖论的文字中，我们不难理解这些年轻的乡土作家所面临的困惑与选择的两难。一方面是沿袭着"五四"以来的居高临下的用知识分子启蒙的"乡土经验"来书写乡土的记忆，这必然需要城市文明作强大的参照和依托；另一方面是像沈从文那样站在一个"乡下人"的立场去批判城市文明给乡村带来的灾难，在一定程度上又忽略了工业文明和城市文明的"现代性"的历史进步意义，这又必然需要舍弃参照系而孤立狭隘地去观察乡土社会生活。

如何区别当下和"五四"的文化背景的差异，选择更适合历史发展的价值理念与创作道路，也许有的批评家对此还是比较清醒的："我们讨论乡土中国时不能局限于原有的固化的乡土概念，就是说你在讨论村里的事的时候不能就仅仅是村里的事，和城市隔绝，和中国社会的变动不发生关系。"[2] "'五四'以来的作家大多数是从农村出来的，书写乡村的时候，本来应该是最动人的，因为这跟他们童年记忆有关，但很多作家采取的方式是抛弃故乡——也许把'乡土'换成'故乡'会更好理解一点——生活在别处。这种姿态必然会导致对乡村现实的改写，这种改写不仅发生在乡土文学中，哪怕对城市的现实，不是也存在着改写吗？"[3] 是的，我们不可以忽略城市文明和工业文明作为强大参照系对"乡土经验"的制衡与催化作用，但也不可以忽略作为乡土文学根本的面对乡土现实的精神，光凭"童年记忆"的书写往往是有毒的，那种对乡土文学的"改写"是致命的，价

---

[1] 马平：《我的另一个乡村》，《文学报·大众阅读》2005年4月1日。
[2] 《2004·反思与探索——第三届青年作家批评家论坛纪要》，《人民文学》2005年第1期。
[3] 《2004·反思与探索——第三届青年作家批评家论坛纪要》，《人民文学》2005年第1期。

值的失范必然会给乡土文学作家作品带来文学史意义上的偏离。其实，这个问题从 80 年代开始就已经在乡土作家作品中呈现过，像贾平凹的《鸡窝洼人家》、《腊月·正月》、《小月前本》等，像铁凝的《村路带我回家》、《哦，香雪》等，像郑义的《边村》、《老井》等，像路遥的《人生》等，像张炜的《古船》、《秋天的愤怒》等，像王润滋的《鲁班的子孙》等，都可以清晰地看出作家在两种文明冲突中所表现出的惶惑的价值理念，田园式的农耕文明和牧歌式的游牧文明以其魅人的诗意特征牵动着作家的每一根审美的神经，使其陶醉在纯美的情境中而丧失文化批判的功能；而工业文明的每一个毛孔里都沾满了污秽和血，其狰狞可怖的丑恶嘴脸又使作家忘记了它的历史杠杆作用，而陷入了单一的文化批判。于是，一元化的审美或批判成为"五四"以来乡土作家难以摆脱的创作枷锁。其实，创作主体的惶惑也好，眩惑也好，困惑也好，一直延续至今都没有得以解决，甚至随着中国工业文明和城市文明越来越发达而愈加凸显。这不能不说是近一个世纪以来，由于乡土文学理念的停滞不前而带来的创作的低水平重复的关键问题。

阅读了近年来的几百部乡土小说，就我的能力所限，只能将其大致分为三类：一类仍是描写乡土社会生活的旧题材作品。其中，既有反映农耕文明生活内容的，又有反映游牧文明生活内容的；既有浪漫主义手法的，又有现实主义理念的。一类是属于乡土小说新的题材领域，描写农民进城"打工"生活的题材。一类亦属于乡土小说新的题材疆域的作品，就是所谓生态题材小说。

就第一类题材的乡土小说而言，我们看到的作家价值理念的困惑是：一味地沉湎于对农耕文明和游牧文明的顶礼膜拜和诗意化的浪漫描写，而忘却了将现代文明乃至带着"恶"的特征的新文明形态作为参照系，这就难免造成作品的形式的单一和内容的静止。其大多数作品至多停留在对乡村"苦难"的人性化的书写层面，就连鲁迅式的文化批判锋芒都钝化了。究其原因，我以为有一个很重要的因素就是这十几年来对西方"后现代"理论的误读，把西方已经经历过的资本主义高速发展阶段切割掉，试图与他们同步地去寻找田园牧歌式的原始社会生活形态与自然社会生活形态,这无疑是一种错位的价值观。我们才刚刚向工业文明和城市文明迈步,许多农耕文明与工业文明的矛盾冲突还未解决,倘若把一个凝固的农耕文明和游牧文明直接与后工业文明相对接,那种对工业文明时段的省略所带来的民族心理的缺损和伤痛将会更甚。无疑,在农耕文明中,"首先同人发生冲突的是自然。在人类生存史上,人的大部分生活本身就是一场与自然的争斗,目的是要找到一种控制自然的策略:要在自然界寻得栖身之地,要驾驭水和风,要从土壤、水和其它生物中夺取食物和滋养。人类行为的许多准则就是在适应这些变化的需要中形成的"①。其实,谁也不愿意把自己的生活置放在人与自然搏斗、刀耕火种的落后的文明语境中,历史的进步就在于召唤人在社会发展的进步中去寻找最佳的人性表现,而非停下脚步蜷缩在低级的、原始的文明社会生活形态之中。因此,对于那些大多数的乡土小说创作者而言,需要首先解决的问题就是抛弃那种把迷恋农耕文明当作思想时髦的价值倾向,将复杂的问题复杂化,而决不是简单化。

就第二类题材的乡土小说而言,我们看到的价值理念困惑是:作为创作主体的作家一俟进入这个创作领域,往往首先确立的价值理念就是鲜明的道德批判。这一视角虽无错误,但是这个沿用了一百年的人道主义视角却往往成为作家向更深层面——人类发展和社会进步开掘的阻碍。不错,我们看到了工业革命过程中"人"的丧失(卓别林在百年前的默片《摩登时代》里就讽刺过它的"现代性"),但是,比起前现代的农耕文明,它却是一种历史的进步:"作为劳动者的人设法制造物品,在制造物品的过程中他梦想改造自然。依赖自然就是屈从自然的反复无常。通过装配和复制来再造自然,就是增进人的力量。工业革命归根结底是一种用技术秩序取代自然秩序的努力,是一种用功能和理性的技术概念置换资源和气候的任意生态分布的努力。"② 比起农耕文明人与自然的争斗,工业文明的技术和复

---

① 丹尼尔·贝尔:《资本主义文化矛盾》,三联书店1989年版,第199页。
② 丹尼尔·贝尔:《资本主义文化矛盾》,三联书店1989年版,第199页。

制虽然表现出了它的双重性,但它毕竟是人类的一次很大的历史进步,我们的作家决不能熟视无睹,否则我们就会对许多事物失去基本的判断能力。就像有的文学史论家描述"迷惘的一代"那样:"这些作家脱离了旧的东西,可是还没有新的东西可供他们依附;他们朝着另一种生活体制摸索,而又说不出这是怎样的一种体制;在感到怀疑并不安地做出反抗的姿态的同时,他们怀念童年时的那些明确、肯定的事物。他们的早期作品几乎都带有怀旧之情,满怀希望重温某种难以忘怀的东西,这并不是偶然的。在巴黎或是在潘普洛纳,在写作、饮酒、看斗牛或是谈情说爱的同时,他们一直思念着肯塔基的山中小屋,衣阿华或是威斯康星的农舍,密执安的森林,那蓝色的花,一个他们'失去了,啊,失去了的'(如托马斯·沃尔夫经常说的)国土;一个他们不能回去的家。"[①] 过分的对农耕文明和游牧文明的自然之美与舒缓的节奏之美的迷恋和激赏,同样是一种思想的肤浅和残缺,或许艺术的残缺是美的,而思想的残缺绝不是美的。也许有人会以为,作家只对作品的审美功能负责,他甚至无须对人与社会、生活与道德作出价值判断。许许多多的世界名著都表现出了作家的困惑意识,像托尔斯泰那样的思想彷徨也丝毫没有妨碍他成为大作家。但是,有一个不可忽视的前提就是:时代不同了,工业革命走到今天的情形,托尔斯泰和巴尔扎克们没有看到。所以我们不仅需要道德批判和文化批判,而且更需要对两种文明甚至三种文明冲突下的人与人、人与自然的关系作出合理的判断。

就第三类题材的乡土小说而言,笼统地将它概括为"生态小说"是不合适的,因为,虽然生态环境保护在中国已经到了刻不容缓的地步,但是,它和西方后现代意义上的生态文学的目标是有本质的不同的,因为,"后工业化秩序对于前两种秩序不屑一顾。由于获得了显著的工作经验,人生活得离自然越来越远,也越来越少与机器和物品打交道;人跟人生活在一起,只有人跟人见面。群体生活的问题当然是人类文明最古老的难题之一,可

[①] 马尔克·考利:《流放者的归来——20年代的文学流浪生涯》,上海外语教育出版社1986年版,第6页。

以追溯到洞穴和氏族时代去。然而，现在的情况已经有所不同。形式最古老的群体生活不超出自然的范围，战胜自然就是人群生活的外在共同目的。而由物品联系起来的群体生活，则在人们创造机器、改造世界时给人们一种巨大的威力感。然而在后工业化世界里，这些旧的背景对于大多数人来说已经消失。在日常工作中，人不再面对自然，不管它是异己的还是慈善的，也很少有人再去操用器械和物件。"① 关键就在于我们的地理版图和精神版图上还清晰地标有农耕文明和游牧文明的印记，我们还处在人与自然、人与机器的争斗和交往之中，我们的物品还没有极大地丰富，一切"旧的背景"还没有消失，我们的人民还在大量地"操用器械和物件"，否则就难以生存。一方面是温饱，一方面是发展，我们的价值取向就更偏重于后者。而我们的"生态小说"却更多的是农耕文明和游牧文明中那种带有"神性色彩"的乡土书写，而非"后现代"语境下的奢侈审美活动。从90年代郭雪波开始创作的"狼系列"题材，到如今姜戎的《狼图腾》，其实中国作家都是在演绎着一曲神性图腾的无尽挽歌，是典型的传统乡土社会生活中对神的祭拜与讴歌。由此我想到了贾平凹的《怀念狼》，除了作品中反映出的对人类天敌的敬畏之情的神性色彩外，恐怕更多的是作家面对现实的乡土社会所不得不发出的人与自然争斗的吼声，无奈地表现出农耕文明对动物世界的残酷的一面。从这个意义上来说，当我们还不能完全摆脱人与自然的直接关系时，那种生态和谐的理念是乏力的。就像《怀念狼》中所描写的那样，如果不去打狼，狼就要祸害乡村和农民。要知道，我们的乡土还是在一个与兽类争夺资源的弱肉强食的文化语境中，与后现代的理论家们一同去呼喊生态保护的口号，是一种奢侈的思维观念，起码是一种不在一个物质层面和文明层面上的不平等的对话。因此，在调适我们的价值观的时候，就得充分考虑到"生态小说"的错位现象给中国的乡土小说所带来的价值倒错。

另外，还须注意的问题是，许多理论家和评论家都毫不犹豫地提到了

---

① 丹尼尔·贝尔：《资本主义文化矛盾》，三联书店1989年版，第199页。

"五四"新文化先驱者提出的所谓张扬"兽性"的理论。殊不知,他们所提出的这一"兽性"理念是针对那个羸弱的国民性和民族性的,恰恰是站在人的立场上来仰视强大的"兽性"的。从这个意义上来说,关注生态平衡是对的,但是,忽略了人的生存和发展,那是更危险的,起码在当今中国这样一个特殊文明形态下来大肆书写和宣扬生态小说,可能还是一种文学审美的奢侈活动。

综上所述,我们可以看出,在这样一个三种文明相互冲突、缠绕和交融的特殊而复杂的文化背景下,中国乡土小说既面临着种种思想和审美选择的挑战,同时也蕴含着重新整合"乡土经验",使乡土小说走向新的辉煌的契机。所有这些,正是中国的乡土小说作家们应该深刻反思的问题。惟有反思,我们才能获得新生。

(原载《文艺研究》2005 年第 8 期)

现代性与文学研究的新视野

陈晓明

一、引言：文学研究的理论视野期待

长期以来，中国当代文学的历史形成及发展历程一直被一些标志性的时间、事件和文本武断地分离，而这些时间、事件和文本主要是以厚重的政治蕴含而获得分离和命名历史的特权。在当代中国文学的历史叙述中，总是可以看到各种各样的宣言，它们宣告"结束"和"开始"。历史在不断的"结束"和"开始"的交替中断裂。当代中国文学的历史起源及其发展，主要是以政治运动及意识形态变动而完成历史定格。我们当然不是说文学可能超越政治、超越意识形态而发生和发展；而是说，文学是一种更复杂的人类精神的象征行为和情感表达形式，它与历史及社会实践有着更深刻更广泛的、更多样的联系和互动方式。在文学与政治之间并不只是存在简单明了的决定关系，而更有可能是一种平等互动关系，并且有着更深层的历史动机把它们加以铰合或分离。

确实，我们称之为当代中国文学的这门学科已经存在了二十多年（从"文革"后算起），我们始终是在意识形态的框架内来建构这门学科，这使它一直无法有效地反省自身。试图跳出既定的思想框架，寻求新的理论出发点，成为 80 年代中期以来文学共同体的努力。

1985 年，黄子平、陈平原、钱理群提出"20 世纪中国文学"的概念，致力于打通中国近代、现代和当代的学科分野，根据近代以来中国社会的现代转化的历史进程，从整体上来把握中国二十世纪文学[①]。文章之所以

---

① 参见陈平原、黄子平、钱理群：《论"二十世纪中国文学"》，载《文学评论》1985 年第 5 期。

能产生强烈的震撼力,也正在于它说出了人们郁积多年的学术期待:理解中国20世纪文学,有必要从整体上加以重新把握;有必要找到新的理论起点。确实,近代、现当代中国文学之所以划分得壁垒森严,并不只是因为人们对时间和专业范围的有限性的清醒认识,更重要的在于,它固定住了意识形态的命名和给定的历史涵义。

文学共同体对于文学史叙述的刻板的时间体系和意识形态命名有着强烈的反思。1989年,汪晖发表《鲁迅研究的历史批判》一文,该文在清理鲁迅研究的历史及其发展逻辑时,尤为尖锐地指出鲁迅研究的某种概念化特征[①]。

90年代初期,王晓明、陈思和提出"重写文学史"口号[②],其观点立场,可以看成是对"二十世纪中国文学"的呼应。他们认为,过去的文学史写作乃是依据意识形态给定的意义和标准,实际是政治话语的翻版和延续。

90年代后期,钱中文先生发表《文学理论现代性问题》,从现代性的角度对20世纪的中国文学的现代性发展,从审美意识角度对文学理论的现代性研究进行了富有建设性的探讨[③]。

陈思和主编《中国当代文学史教程》[④],以"潜在写作"和"民间意识",作为理论支撑点,重新清理现当代中国文学史,毫无疑问,他们的清理是开创性的,并且卓有成效。当然,不管是"潜在写作",还是"民间意识",这个概念也有其复杂的一面,也需要经过细致的清理。某种意义上,也如李杨所追问的那样,"潜在写作"关涉到文学史叙述的至关重要的版本问题;而"民间意识"与主导意识形态的复杂的同构关系也要具体分析[⑤]。不管如何,这些探索和争论都表明文学共同体的一种努力,那就是回到更

[①] 汪晖在该文指出:"鲁迅研究本身,不管它的研究者自觉与否,同时也就具有了某种政治意识形态的性质。"汪晖随后进行一系列清理五四时期以及近现代转型时期的思想史范畴的研究,他力图去开掘现代思想起源的社会历史基础,清理那些思想范畴的相关逻辑结构。这些都预示着在我们业已建构的历史叙事之外,有着更为丰富复杂的历史蕴含。参见《文学评论》1989年第2、3期。
[②] 王晓明、陈思和首次提出"重写文学史"是1988年在《上海文论》的对话。
[③] 参见钱中文《文学理论现代性问题》,《文学评论》1999年第2期。
[④] 陈思和主编:《中国当代文学史教程》,复旦大学出版社2000年版。
[⑤] 李杨:《当代文学史写作:原则、方法与可能性》,《文学评论》2000年第3期。

丰富复杂的历史本身。在一个更广大深远的视角去看待现代以来的中国文学。

所有这些,都表明文学共同体期待以新的理论重新审视历史的总体性。20世纪的中国文学不再是以必然性的结构推演其历史行程,毋宁说是多种叙事话语拼合而成的精神地形图。近年来,理论界对"现代性"问题表示了较高的热情,"现代性"不仅提示了一个新的理论角度,更重要的也许在于它所具有极其广大的包容性:其一、它突然间提示了一个广阔的历史视野。它可以包容更长的时段,从前现代、现代起源时期,一直到后现代时期,都可以放在一个历史序列中考察;其二、它给予更广大的空间,它在理论上的中性色彩,使它可以涵盖后现代主义、后结构主义这样的理论视角,而又不具有激进思想立场的倾向性;其三、现代性使理论的融会贯通和学科的综合互渗提供了前所未有的可能性。当然,它在最大限度地拓宽文学研究边界的同时,导致文学研究转变成了文化研究。在给文学研究提供无限活力的同时,也使传统的文学研究处于岌岌可危的地步。

因此,如何把握住"现代性"这个最具有活力的理论资源的同时,又能回到文学本身,这就是当代中国文学研究(从文艺学到现当代学科)期待了十多年的理论视野,现在终于浮出水面——这是我们必须认真面对的挑战。就目前学界对现代性的探讨而言,其一,尚未在中国现代性的特定涵义上打开一条突破之路,其二,更少人在文学史和文学文本的具体关联中来理解现代性,我想这是两个需要开拓的起点。

总之,现代性既是一个可能一以贯之的视角,又是一种质疑和反思。当然,最根本的出发点在于,回到历史变动的实际过程;回到文学发生、变异和变革的具体环节;回到文学文本的内在结构中去。不应该把现代性看成一个篮子,把现代以来的文学都扔进这个篮子就完事,而是把它看作一个地形图,看出文学在复杂的历史情势中,所表现出的可能性,以及反抗历史异化的力量。现代性使文学的历史梳理具有方向和形状,使它在具有历史连续性的同时,又包含着内在的分离和关联,转折和断裂。有必要强调的是,现代性并不是我们重新建构历史总体性所依靠的一个巨大的脚手架,相反，它也有可能是我们质疑业已建构的历史总体性的一个反思纲目。

二、现代性的内涵与中国的现代性特征

现代性随着资本主义的起源而趋于形成，18世纪可以视为其形成的明确的时间标志①。现代性不只是预示着强大的历史欲求和实践，以及社会化的组织结构方面发生转型，同时在于它是社会理念、思想文化、知识体系和审美知觉发展到特定历史时期的表现。也许更重要还在于现代性表达了人类对自身的意识达到了一个崭新的阶段，人类不仅反思过去，追寻未来，同时也反思自我的内在性和行为的后果。在批判的理论家看来，现代性与其说是一项历史工程、成就或可能性；不如说是历史限制和各种问题的堆积。现代性总是伴随着自我批判而不断建构自身，这使得现代性在思想文化上具有持续自我建构的潜力。

现代性作为一个强大的历史进程，它无疑具有活生生的历史实践品格，显现为一系列推动和主导历史变革发展的事件和运动，它的物化成就清楚地体现为民族—国家、主权与疆域、工业主义、高度的技术物质文明、经济体制与秩序、行政组织、法律程序等等。对于人文学科来说，思考现代性的内在特性似乎更为重要。

很显然，我们现在理解的"现代性"是指启蒙时代以来的"新的"世

---

① 在西方的思想史研究中，现代（modern）一词最早可追溯至中世纪的经院神学，其拉丁词形式是"modernus"。德国解释学家姚斯在《美学标准及对古代与现代之争的历史反思》一书中对"现代"一词的来历进行了权威性的考证，他认为它于10世纪末期首次被使用，用于指称古罗马帝国向基督教世界过渡的时期，目的在于把古代与现代区别。卡林内斯库在《现代性的五种面具》中，追究现代性观念起源于基督教的末世教义的世界观。历史学家汤因比在1947年出版的《历史研究》一书中，把人类历史划分为四个阶段：黑暗时代（675—1075），中世纪（1075—1475），现代时期（1475—1875），后现代时期（1875—至今）。他划分的"现代时期"是指文艺复兴和启蒙时代。而他所认为的后现代时期，即是指1875年以来，理性主义和启蒙精神崩溃为特征的"动乱年代"。按照"现代性"最权威的理论家哈贝马斯的说法，"现代"一词为了将其自身看作古往今来变化的结果，也随着内容的更迭变化而反复再三地表达了一种与古代性的过去息息相关的时代意识。哈贝马斯于1980年获得法兰克福的阿多尔诺奖时发表题为《论现代性》的学术演讲，该文后来发表于《新德国批评》1981年冬季号。他在该文中指出："人的现代观随着信念的不同而发生了变化。此信念由科学促成，它相信知识无限进步、社会和改良无限发展。"

界体系生成的时代。一种持续进步的、合目的性的、不可逆转的发展的时间观念①。在人文学科的思想家看来,现代性更主要体现在精神文化变迁方面。马克斯·韦伯从宗教与形而上学的世界观分离角度出发来理解现代性。这种分离构成三个自律的范围:科学、道德与艺术。自从18世纪以来,基督教世界观中遗留的问题已经被分别纳入不同的知识领域加以处理,它们被分门别类为真理,规范的正义,真实性与美。由此形成了知识问题、公正性与道德问题以及趣味问题。哈贝马斯把现代性理解为一个方案、一项未竟的事业。哈贝马斯采用一种批判性的总体性的社会理论,他高度评价早期资本主义的公共领域,批判它在当代社会中的衰落。哈氏并不否认文化的现代性也面临困境,但现代性的原初动机并不要为此负责,它不过是现代性社会化的后果,同时也是文化自身发展的问题。哈贝马斯担忧对理性的拒斥将会导致理论和政治的危险后果,因而他竭力维护他所说的现代性尚未实现的民主潜力。而合理化的艺术或审美,成为哈贝马斯释放现代性潜力的重要途径。

福科为怀疑现代性奠定了理论基础。但福科对现代性的批判并不是简单的拒绝,而是在逃离中来形成反思性的理论起点,由此建立了一套反现代性的理论方法。福科令人惊异地把"启蒙"称之为"敲诈"。在他看来,对我们所处的历史时代的永恒的批判,则构成对启蒙"敲诈"的拒绝。福科认为,启蒙构成了一个具有特权的分析领域,它是一组政治的、经济的、体制的和文化的事件,我们迄今仍然在很大程度上依赖于这个事件。一个人必须拒绝一切可能用一种简单化的和权威选择的形式来表述他自己的事

---

① 在国内的研究者中,汪晖较早概括现代性的理论含义。他指出:"现代"概念是在与中世纪、古代的区分中呈现自己的意义的,"它体现了未来已经开始的信念。这是一个为未来而生存的时代,一个向未来的'新'敞开的时代。这种进化的、进步的、不可逆转的时间观不仅为我们提供了一个看待历史与现实的方式,而且也把我们自己的生存与奋斗的意义统统纳入这个时间的轨道、时代的位置和未来的目标之中"。参见汪晖《死火重温》,人民文学出版社2000年版,第4页。

情，应该用"辩证的"细微差别来摆脱这种敲诈①。对现代性及启蒙理念给予最尖锐彻底攻击的理论家当推后现代主义理论家列奥塔（F. Liotard），他在1979年出版的《后现代状况：关于知识的报告》中指出，"现代性"就是一种宏大叙事，一种以元叙事为基础的知识总汇，具体地说，也就是现代理性、启蒙、总体化思想以及历史哲学。列奥塔分析说，现代知识有三种状况：为使本质主义主张合法化而诉诸元叙事；作为合法化之必然后果的"非法化"（delegitimation）和排他；对同质化的认识论律令和道德律令的欲求②。列奥塔认为，现代知识依赖元叙事来建立合法化的话语体系，而那些元话语又明确地援引某种宏大叙事，这里面显然存在同语反复，理性双方在共识的基础上达成知识的创建。

不管是把现代性看成一个方案（哈贝马斯），一种态度（福科），还是一种叙事（列奥塔），都表明了现代性是一种价值取向和思想活动。现代性的价值根基就在于它的普遍主义；就精神性品格而言，在于它的反思性；就外在化的历史存在方式而言，在于它的断裂性。

如果说现代性得以代表人类最广泛而又无限进步的理念，这得益于启蒙主义创建普遍主义这种价值基础和认知形式③。普遍性准则给现代性思

---

① 参见福科《什么是启蒙》，汪晖译。转引自汪晖、陈燕谷主编《文化与公共性》，三联书店1998年版，第430—442页。
② 参见列奥塔《后现代状况》，1979年，英文版，序言。
③ 启蒙主义从文艺复兴的人文主义承继来的传统，强调天赋人权、自由平等观念。启蒙主义既从普遍性的理念探寻人性的自我意识的根源，也据此来设计人类社会存在的共同基础。在启蒙思想中，普遍理念最全面深刻的阐释者当然是康德。在康德的思想中，自由就是服从道德律令，因为道德律令不是从外部强加的，而是理性自身的命令。更重要的在于，理性是普遍适用的，真正理性的主体的行动，都是依照被理解为普遍适用的原则和理性。所有符合人的本性的事物或行动，也就顺应了普遍律令，因而也就是自由的。康德的思想在那个时代具有革命性，有关康德这一意义的论述，参见查尔斯·泰勒《自我的根源：现代认同的形式》，译林出版社2001年版，第561页。康德的这一思想指明了现代性思想的本源所在，普遍性法则不是外在的，不是实证性的历史、传统或自然法则，而是根源于人本身，是在人的自主性的确立中达成的，因而普遍性与人的自由完全统一。对于康德来说，道德所表征的普遍善，也不能在人类理性之外的地方发现，它是人对自身的内在性的领悟才得以产生。因此，普遍正义的原则也就是人对理性的认识，也就是按普遍准则行事，并且把所有的理性存在物作为目的来看待的决定。康德关于普遍性的观念，直接影响了费希特、黑格尔、马克思，构成了现代性思想前提和基础。

想提示了行动的根基,人类的实践和思想活动,都因此统一在共同的社会理想和目标上。自由、平等以及普遍的正义,启蒙主义探求的理念,不是意指着人性,或人的行动后果的可能性,而是人的活动先验存在的依据和根基。因此,在普遍性的基础上,现代性的反思活动具有了充分的合理性,同时,也保证着对现代性创立的那些准则的持续推演、质疑和检讨。但是,在中国的现代性叙述中,普遍主义的价值理念是一个难题,在中国现代性初起的阶段,已就被打上东方/西方的二元对立的印记,这个印记一直持续到现在(例如,新左派与自由主义的争论)。中国的现代性是否有自身的历史起源,这一直是一个悬而未决的问题,但中国一直在追寻西方的现代性,同时又试图摆脱西方现代性的普遍准则,找到中国的特殊道路。现代性的普遍主义在多大程度上是必要的,在多大程度上是可以置疑的,这不能不说是把中国的现代性叙述推向二难境地。

"反思性"可以理解为人类一切活动的根本特征[①]。人们总是在一定的目的、意图和方式引导下展开实践活动,它总是与活动过程及其事物构成特殊的联系方式,这就使所有的活动具有反思性的特征。正如吉登斯使用"行动的反思性监测"这一概念所描述的那样,人类的行动并没有融入互动和理性聚集的链条,而是一个连续不断的、从不松懈的对行为及其情境的监测过程。这并不是特别与现代性联系在一起的反思性的涵义,尽管它构成了(现代性的)反思性的必要基础。吉登斯指出,"随着现代性的出现,反思具有了不同的特征。它被引入系统的再生产每一基础之内,致使思想

[①] 反思性的思想在西方基督教和形而上学传统中由来已久。我们知道笛卡尔的"我思故我在"是典型的现代性反思的陈述。很显然,笛卡尔承继了柏拉图的传统,而从柏拉图到笛卡尔的途中,要经过奥古斯丁。而奥古斯丁关于柏拉图的学说则来自普罗提诺。奥古斯丁强调人应该内在于自己。这一步对于西方的形而上学传统是至关重要的,因为,西方的形而上学传统因此有了非常必要的第一人称立场。根据查尔斯·泰勒论述,从柏拉图的精神与肉体分离的学说,到奥古斯丁的内在反省的思想,再到笛卡尔的"我思"概念,可以看到西方形而上学反思活动的脉络。但一直到笛卡尔的"我思"出现,反思才具有了真正现代性的内涵。参见查尔斯·泰勒:《自我的根源:现代认同的形式》,译林出版社2001年版,第195页。

和行动总是处在连续不断地彼此相互反映的过程之中。"① 很显然，在人类社会进入现代时期之后，社会实践的速率和频度变换过快，各种知识体系、学科的相继建立，实践与知识总是处在不断检验与改造的关系结构中，这就是对现代社会"反思"的根本依据。过去，人们总是认为现代性的本质特征就是追新求异，吉登斯认为这种说法并不准确。他指出："现代性的特征并不是为新事物而接受新事物，而是对整个反思性的认定，这当然也包括对反思性自身的反思。"②

反思性确实是知识分子活动的特征，反思性有赖于知识分子群体具有社会自主性地位，这在西方的文化秩序中是不成问题的传统。现代的中国知识分子当然也建立了这个传统，但这个传统现在无疑陷入困境。一方面，中国的公共空间在硬性制度方面的有限性，其反思能力已然不充分；另一方面，知识和信息在这个时代的过度积累，一种暧昧的多元文化正趋于形成，这使反思的真实性和可靠性受到明显的影响。

现代性的反思性也就是不断地从不同的立场角度检讨现有的知识结论和经验结论；它由叙述、批判、质疑、分析、推理等思维活动构成。说到底，现代性就是在人们反思性地运用知识的过程中建构起来的，在现代性的条件下，知识不再是一成不变的，知识的真理性、绝对性都处于可检验的过程中。按照吉登斯的看法，社会科学是对这种反思性的形式化，而这种反思对作为整体的现代性的反思性来说，又具有根本的意义。相比较起自然科学、社会科学带有更强的现代性特质，"因为对社会实践的不断修正的依据，恰恰是关于这些实践的知识，而这正是现代制度的关键所在"③。可以说，如果没有迄今为止的社会科学参与到现代性的建构中去的话，没有那些概念、经验性的描述，以及这些观念、概念和经验性结论的常识化和普遍化，现代社会的制度和生活形态的建立是不可想象的。由于现代性的反思性尤为突出，它当然也导致了知识的更新的速度和范围，促使人们

---

① 安东尼·吉登斯：《现代性的后果》，田禾译，译林出版社2000年版，第33页。
② 安东尼·吉登斯：《现代性的后果》，田禾译，译林出版社2000年版，第34页。
③ 安东尼·吉登斯：《现代性的后果》，田禾译，译林出版社2000年版，第36页。

的思想和实践具有更紧密的互动关系。

在现代性反思诸多思维特征中,最突出的莫过于批判性。如此激烈地批判传统与现实,批判社会的种种不合理的现象,这在前现代社会是不可能的。批判性依据特定的社会理想和目标,以此来推进社会进步发展。现代性的批判性反思总是奇怪地包含着对现实强烈不满的情绪,它的社会理想也不只是单纯地朝前看。现代性反思传统中,就有不少思想家怀着对传统的温情脉脉的眷恋,带着美化传统的想象来批判现实。卢梭以及整个浪漫派的哲学和文学都是以回归传统对抗工业主义来表达批判性反思的。在某种意义上,现代性是一种自己批判自己的态度,是一种反对自身的致思趋向。如果把现代性看成一个思想运动,当然其中始终包含着正面建构现代社会的各种思想理念,但那种批判性反思始终占据主导地位。这正是现代性社会得以不断更新变异发展的精神动力。如果一个社会、一种制度丧失了自我批判的能力,它的自我更新的生命力也就极为有限。

当然,并不是说批判性就为现代性发展提示了正确的历史轨迹,只是说批判性是现代性的自我意识、自我调节和平衡的必不可少的手段。批判性反思既是一种最有活力的现代性思想,同时也有可能对历史实践产生强有力的反作用。现代以来的社会变革,在很大程度上就与现代性的思想方案和批判哲学相关。例如,马克思主义思想,作为现代性最有力的反思性批判理论,它对人类历史产生的作用是空前绝后的。现代社会变革受到理论思想的影响如此之深,这表明现代社会实践与反思性的理论构成的密不可分的互动关系。

现代性因为携带着绝对的真理信念,因而其批判性激烈而坚定,但在后现代的叙述中,现代性的批判经常被作为武断的典型案例加以嘲弄。对于中国的现代性历程来说,其批判性不可谓不强,但其结果如何呢?一直到现在,人们还在呼唤知识分子的批判性功能,但这种功能的行使显然也面临困难:谁在批判?批判什么?依据什么来批判?批判性需要对最高的正义负责,并需要最终价值关怀的支撑,当代思想文化批判能做到这一点吗?

三 宏观视野与多向度探索

批判性体现着现代性思想活动超越性的和激进的特征,它蕴含着知识精英变革现实和改造客观世界的强烈愿望。现代性思想总是伴随强烈的危机感与变革意识,始终对现实不满,以及对未来的理想化,现代性的批判理论在其激进的顶点当然诉诸社会革命。"批判的武器"终究不如"武器的批判"更彻底,现代以来的人类历史发生的暴力革命,虽然不能说是现代性激进理论的直接产物——社会变革的根源终究是在历史实践的综合关系结构中才得以形成的——但它所起到的推动和激化作用则是不容置疑的。整个现代性的历史也可以说就是变革、革命的历史,现代性总是包含和制造历史的断裂,这就是现代性历史的存在方式。

事实上,现代性的起源就是一种断裂。它的持续推演、它在不同阶段不同地域的发展变异,也标志着断裂。断裂作为现代性的一种机制,以至于吉登斯把它看作现代性最重要的特性。尽管吉登斯承认"断裂"(discontinuities)存在于历史发展的各个阶段,这也是马克思历史唯物主义思考的主题之一,但吉登斯认为他理解的"断裂"是与现代时期有关的一种特殊的断裂。在他看来,"现代性以前所未有的方式,把我们抛离了所有类型的社会秩序的轨道,从而形成了其生活形态"[1]。吉登斯在分辨那种将现代社会制度从传统的社会秩序中分离出来的断裂时指出:首先,是现代性时代到来的绝对速度。这种变迁速度渗透进社会所有领域,特别是在技术领域。其次,断裂体现在变迁的范围上。这种变迁推延到全球的各个层面。第三,断裂是现代制度固有的特性。也就是说现代社会的组织形式和社会秩序不能简单地从过去的历史时期里找得到。民族—国家的政治体系和城市就是最鲜明的例子[2]。

不管怎么说,在资本主义的中心地带,现代性传统社会的冲突不至于过于突然,也不至于是决裂性质的。而在资本主义的周边国家,或者说那些广大的发展中国家和第三世界,现代性在这些文化中激起反应,同时获

---

[1] 安东尼·吉登斯:《现代性的后果》,田禾译,译林出版社2000年版,第4页。
[2] 安东尼·吉登斯:《现代性的后果》,田禾译,译林出版社2000年版,第6页。

得存在的社会根基，那就必然要与这些文化的传统和既定的社会秩序产生剧烈的冲突。断裂作为第三世界民族—国家的现代性的特征，显然要比资本主义社会来得更加突出。像中国这样的历史传统悠久的国家，它与西方资本主义世界相遇，经历了漫长的冲突磨合，它始终寻求自身的现代性之路。近代中国被描述为半殖民地半封建社会，它与西方的关系是极为复杂的。虽然这里没有发生殖民地式的宗主国与从属国的关系，但是在文化上西方对中国构成的强大的压力是显而易见的。自现代以来，中国知识分子就在寻求追赶西方的现代性之路。开始是拒斥，随后则是急迫追赶。这使中国与自身的历史与传统社会的关系趋于紧张。马克思主义在中国成为社会变革的精神指南，这无疑是中国现代性最突出的特点，马克思主义与中国革命实践相结合从而影响了20世纪中国的历史进程，这一事实说明，中国的现代性既与西方的现代性密切相关，同时也显示出中国自身的特征。现代以来的中国一直为一种不断激进化的社会变革所支配，社会的进步最终选择了暴力革命，彻底推翻了传统的社会制度和秩序。很显然，"断裂"在中国的现代性发展中表现得更为突出和彻底。由此也就不难理解，现代以来的中国历史中，充满了那么多的结束和开始。一个时代结束，另一个时代重新开始，这不仅表现在大的社会变迁方面，即使是那些阶段性的政治变动，也经常被叙述为（宣布为）一个新的时代开始。急迫地抛弃过去，与过去决裂，追求变迁的速度，以至于人们只有时刻生活在"新的"状态中，才能体会到社会的前进。这一切当然都导源于"落后"的焦虑情结，都来自渴求超越历史、迅速自我更新的理想。

三、在断裂的边界：文学现代性的双重含义

如果把握住"断裂"这一关键性的问题，就可以理解文学的现代性的真实含义。一方面，文学艺术作为一种激进的思想形式，直接表达现代性的意义，它表达现代性急迫的历史愿望，它为那些历史变革开道呐喊，当然也强化了历史断裂的鸿沟。另一方面，文学艺术又是一种保守性的情感力量，它不断地对现代性的历史变革进行质疑和反思，它始终眷恋历史的

连续性，在反抗历史断裂的同时，也遮蔽和抚平历史断裂的鸿沟。简言之，文学现代性的双重含义就在于：从"断裂"这个视点来看，文学的现代性既表现和促成这种断裂；又掩盖和抚平这种断裂。

后者显然在欧洲的文学艺术史中可以看到清晰的脉络，而前者则在中国现代以来的文学艺术史显现无遗。即使是后者，也依然可以看到作为文学艺术，它所表达的思想情感具有某种多重性。

欧洲启蒙主义的思想构成现代性的精神形式，就其思考的主题和思想方法，无疑都标示着一个新的时代来临；但在另一方面，启蒙主义一开始就是对现代性进行反思的思想形式。如果说启蒙主义运动作为早期现代性的思想体系，还是以它的正面直接的观点立场表达现代性的思想愿望，而它以后的思想体系则更多地反思现代性的现状及未来目标。在文学艺术方面，伴随着现代性全面兴盛，19世纪以来的文学艺术始终坚韧不拔地反抗工业资本主义。最典型的莫过于浪漫主义文化传统。浪漫派一方面向往历史，另一方面向往未来，对于他们来说，这都不是真实的生活目标，这不过是他们反抗工业资本主义的一种想像方式而已。卡西尔认为，浪漫主义者为了过去的缘故而热爱过去。对他们来说，过去不仅是一个事实，而且也是一种最高的理想[①]。这种回到过去和追求未来，都与他们对现实——工业文明的发展现实相关。浪漫派，以及后来的现代主义无不是以反抗工业资本主义为己任，他们的趣味和价值观念似乎都是在有意与现代性的工业主义唱反调。当然，生长于资本主义兴起的浪漫主义，或是资本主义处于危机阶段的现代主义，事实上与资本主义的工业文明息息相关。他们不过是以对抗的方式，表达了对现代性的反思，他们表现的审美感觉方式、审美趣味以及价值取向，与现代主义构成了一种强大的反差或张力机制。这种反抗和反思，也在一定程度上，起到了一种缓冲与调和的作用。现代性所带来的那些社会巨变，那些剧烈的社会动荡，因为这些反思体系，这些批判机制，这些恢复传统的愿望和对未来的理想，而变得可以忍受。这

[①] 卡西尔：《国家的神话》，范进等译，华夏出版社1999年版，第221—222页。

使人们在享用现代性的高速发展的文明成果时，始终保持着心理和情感的平衡。

对于中国现代以来的文学艺术来说，它与现代性的关系显得更为紧张和复杂。正如我们在前面讨论时指出的那样，中国的现代性一直是以断裂的方式展开，这些断裂给社会的组织结构、秩序规范、价值观念和思想意识都产生剧烈的冲击。现代以来的思想意识一直站在现代性变迁的前列，现代中国的启蒙主义思想，以"德先生"和"赛先生"为先导，强有力地推进中国的现代性。中国的文学艺术一直也扮演着启蒙主义先驱的角色。"文学革命"在文化层面上率先触发了中国社会由传统向现代转变，白话文学对中国现代性的建构是如此之大，以至于我们完全可以说，如果没有现代白话文，现代性的感觉方式、认知方式和情感价值都无法建立起来。随后出现的"革命文学"，更是以激进的方式，为激进的社会变革，为一个阶级推翻另一个阶级的暴力革命提供情感认知的基础。更不用说1949年以后，中国的社会主义文学成为社会主义革命事业的齿轮和螺丝钉，成为巩固无产阶级专政强有力的意识形态。在现代性不断激进化的历史进程中，20世纪的中国文学始终是激进变革的先驱，它既是一面镜子，更是历史最内在的躁动不安的那种精神和情绪。在那些剧烈的变革时期，在那些猛然发生的历史断裂过程中，文学都在扮演一种推波助澜的角色。

现代以来的中国文学，说到底就是一部中国现代性断裂的情感备忘录。它一直在为现代性的合法、合理与合情展开实践，当然这一切都是以对历史变动的敏感性为前提来获取历史的切入点，因而它确实又是历史内在性的一部分。从新文化运动中透示出的全盘性反传统主义；从"文学革命"到"革命文学"；从五六十年代的社会主义现实主义，到"文化大革命"；从新时期到后新时期；中国现代以来的文学与社会变革的关系紧密而贴切，它在每一个变革和断裂的时刻，都给出历史的定义，都明确给历史定位、划界，宣布一种历史的结束和另一种历史的开始。不管是中国的社会历史，还是文学的历史，都不是简单的"断裂"，而是断裂与弥合的双向运动。而文学则努力使（社会历史的）断裂显得合情合理，它使那些断裂彼此之间息息相关，环环相扣，反倒使那些断裂更紧密地铰合在一起。这就是中国现代性文学的内在性，在现代性的巨大谱系中，在一个强大的历史化的运动中，它们又构成一个整体。

文学的现代性运动集中体现在"历史化"方面。尽管传统的文学也有历史观念和历史叙事，但它与现代性的"历史"有着本质的区别。过去的历史不过是一种编年史，它没有强烈地按照一种目的论的意图重新定义历史，它也没有给定明确的历史目标。只有现代性的历史观是以合目的性的必然的进步观念标示出的，历史叙事具有强大的概括能力，它把过去、现在和未来结合一体，建立起现代性的宏大叙事。中国的现代性文学重塑了现代性的历史，它不仅在传统向现代的转型中给出了历史断裂的明确标志，同时给那些阶段性的断裂划定界线，给历史的转折提供合理性的阐释。关于历史结束和重新开始的叙述频繁地出现在中国现代以来的文学史的叙事中，这些历史化，使断裂具有合理性，并且使它们共同建构现代性的宏大历史叙事。

在中国现代性强烈变革现实，与传统决裂的诉求中，也有可能包含着反思现代性的那些思想意识。在这里当然无法去分析像早期的"国粹派"那些保守性的文化派别的观点，就那些激进的寻求变革的思想家和文学家的思想立场中，也有可能看到反抗现代性的那种情感意向。它们是以非常隐蔽而微妙的形式存在于宏大的历史叙事之下的，因而，那些看上去微弱的痕迹就包含着更为深刻有力的韧性。像二十年代的那些乡土派文学，那些与传统文化密切相关的文学表达，它们不是现代中国文学的主流，但它们表示了一种与现代性相左的价值选择和趣味。我觉得更有意义的在于那些激进的被主流化的文学叙事中，其实也有可能隐藏着复杂的反思性因素在里面。例如，鲁迅的作品。毫无疑问，鲁迅的作品被看成是中国现代性意义最典型的表达，鲁迅本人的思想明白无误地显示出他对自由、民主、科学的现代性价值的追寻，他信奉进化论，一生追求中国社会摆脱封建主义，走向光明的现代世界。直至于他被塑造成民族的脊梁，无产阶级革命战士。但我们仔细看看鲁迅的小说，会发现一些不同于正统定位，甚至与他自己在杂文和其他文体中表达的思想有明显差异的东西存在。他的小说一直被看成是揭示民族劣根性典范之作，它对国民性的批判深刻而不留余地。这也许是其主题，甚至于是他的创作意图。但是我们在他的作品还看到其他的东西。例如，在《孔乙己》、《祝福》、《阿Q正传》、《故乡》等作品中，鲁迅不断地写到这些人物的身体。孔乙己的长指甲的手，打折的腿，以及用手走路的姿势；祥林嫂不断重复的语言障碍；阿Q的癞疮疤；闰土的粗糙的手等等。这些身体的物化形式，其实是乡土记忆的凝聚，它们与鲁迅的小说不断地书写的乡土中国的那种氛围相关。这些无助的人们，并不只是标示着国民的麻木，标示着一种劣根性，同时——也许更重要的在于，鲁迅表达了一种乡土中国的记忆，这些记忆从中国现代性变革的历史空档浮现出来，它们表示了与现代性方向完全不同的存在。鲁迅在这里寄寓的不只是批判性，而是一种远为复杂的关于乡土中国的命运——那些始终在历史进步和历史变革之外的人群的命运。这种情绪无疑显得相当微弱，也许还隐蔽得非常深，只不过是无意识泄露的一种隐忧。但它们却又构成文学更为深厚的那种质地，更为真实的与个人经验和记忆相关的一种书写。在鲁迅的这种书写中，与后来的革命文学对下层人的命运的关切显然不可同日而语，后者是在革命思想的照彻下，居高临下式的为革命寻求合理性的历史化叙事；而鲁迅的这种书写则是试图还原乡土中国的生存境遇，它是个人最真挚的记忆，内在情感和生存体验，因而又是与反抗历史异化的文学书写方式相联的东西。

这种情况也可能发生在那些被认为经典化的革命历史叙事中。例如，像梁斌的《红旗谱》这种作品，无疑被认为完全依照革命理论写作出来的。作者也明确表示过，通过改造世界观，才写出这种革命性的作品。但我们真正分析这部作品，并不能充分感受到里面的暴力革命的残酷性。小说开篇的阶级斗争也不激烈，革命始终不坚决。连中国传统小说中惯有的杀父之仇模式都比不上，农民对地主的阶级仇恨，并没有超出传统乡土中国的家族伦理。严志和要去济南看运涛，直到这时，还想到去向地主冯老兰借钱。虽然碰了一鼻子灰，但看得出乡土中国的阶级斗争远没有到你死我活的地步。再看看作者梁斌创作谈中，津津乐道的并不是阶级斗争模式，而是个人的经历和经验，个人始终怀有关于乡土中国的情感记忆，以及那些与民族传统文化相关的创作技巧和美学风格。这些东西是他所理解的关于文学的东西，它们也构成革命历史叙事不能压抑的一种文学质地——这种质地使文学在任何时候，在任何境况中还可以被称之为文学，还可以被识别为文学。事实上，其他的革命文学也存在相同的情形，那种革命叙事并没有完全压抑住被称之为文学性的东西[①]。革命文学一方面促进了历史的断裂，它为剧烈的历史变迁提供了形象认知和情感共鸣的基础。另一方面，它依然有一种不可磨灭的文学性，使文学的历史得以延续。正是在沟通文学的历史的过程中，革命文学在极端断裂的年代，依赖其源自个人经验和个人记忆的东西，弥合历史的裂痕。它使那些变动和分裂的历史时期，人们的形象认知和情感记忆能有一种延续的韧性。

　　正如我们在前面讨论时指出的那样，中国现代以来的文学整体上与激进的社会变革保持着同步，它一直充当激进革命的先导和前卫。从一种更宽阔的历史视野来看，它像是在促进这种历史断裂，也是在弥合这种断裂。文学的历史化总是为那些断裂提供合理化的形象依据，这种合理性的解释本身，也缓和了历史断裂带来的紧张关系。当人们从一个历史时期走到另一个时期，例如，从旧民主主义革命时期走向新民主主义革命时期，再到社会主义革命时期，文学艺术最大可能地消除了历史变异的裂痕。对于中国的现代性进程来说，激进的暴力革命打破了传统中国的经济秩序和文化秩序，对社会和家庭造成的冲击和悲剧无论如何都是巨大的。就乡土中国而言，打倒地主阶级，使这个阶级的人们突然间变成阶下囚，这不仅给这个阶级中的人们造成的毁灭性的打击有多么严重，就是给行使革命力量的主体农民阶级来说，也很难让他们适应如此巨大的社会裂变。这种历史裂变和过渡的合理性与合法性，以及情感方面所需要的抚慰和解释，都有赖

[①] 也正为此，毛泽东本人及其追随者，从来不认为这些革命文学作品达到无产阶级政治的理想化要求。在"文化大革命"期间，这些作品都被指责为属于资本主义的毒草。有关这个问题的论述可参考拙作《个人记忆与历史叙事》，载《当代作家评论》2002年第3期。

于社会主义现实主义文学提供认知的表象和情感的粘合剂。毛泽东终其一生，都试图寻找一个理想化的革命文学。然而，这种革命的内容与尽可能完美的艺术形式高度结合的东西，始终没有产生。但事实上，它们或多或少以不同的方式实际存在[①]。革命产生了暴力和陌生化，而革命的文学艺术经常制造温馨的归乡式的气氛。只要看看那些被称之为革命文学的作品，其中总是不能摆脱情爱故事，不能消除小资情调和乡土记忆，从而产生感人至深的效果。这些情调都是下意识的表达，文学自身的那种延续性的方式依然留存于革命文学的历史叙事中，惟其如此，它才有维系历史断裂的力量。

文学的现代性并不是单向度和单面的，这里面确实存在多种转折、缠绕和悖论。现代的文学艺术创建的那些感觉方式经常与它的观念本身相矛盾，进步的革命文学始终就不能摆脱自怨自艾的小资情调，而后者恰恰是在被贬抑的状态中，维系住现代性情感发展的历史线索。

现代性的断裂确实给社会的精神心理造成强大的压力，这不管是在早期资本主义工业革命的强大冲击，还是后来的社会主义革命。当历史学家和社会学家不断地使用"天翻地覆"的变迁来描述现代化的伟大成果时，并没有想到人类在精神心理方面经历的巨大考验。吉尔·德留兹（Gilles Deleuze）和费利克斯·居塔里（Felix Guattari）在其影响卓著的《反俄狄浦斯：资本主义与精神分裂症》书中详尽分析了资本主义的精神危机。作为一部继承拉康而又反拉康主义的精神分析学天书，德留兹和居塔里看到资本主义的内在分裂，其根源就在于欲望构成了社会生产的全部基础和动力。在他们看来，社会生产在确定的条件下纯粹是而且仅仅是欲望生产本身。欲望是通过原初压制和在妄想、奇效、独立的序列中被否弃的东西的

[①] 在革命的限度内，毛泽东幻想人民群众喜闻乐见的艺术作品，这种作品把现代性最激进的革命内容，与民族传统美学趣味结合在一起。问题不在于这种理论设想是否可能，而在于毛泽东为什么要有这样的想法？这并不仅仅是出于意识形态宣传的需要，也许更为隐蔽的需要在于，如此剧烈的社会变革，拿什么东西从精神上安慰民众？如何让人们在紧张的革命运动中，获得松弛感？尽管革命的内容与完美的艺术形式从未达成过理想的统一，但革命文学的激进与抚慰的双重功能从未停止过发生作用。

回复来实现自己的历程的。欲望生产在德留兹和居塔里的论述中,并不是一个否定的概念,欲望既是个体的也是社会的真正人道的本原的无意识表现。他们认为重要的是应当向人们证明欲望的意义和力量,揭示它直接介入生活和改造生活的能力。尽管庞大的社会压力对欲望生产产生巨大的影响,但是,现实终归是欲望生产的产物。德留兹和居塔里猛烈抨击资本主义生产产生了精神分裂症的能量和负荷的积累。资本主义利用它所有的巨大的压制力量来承受这个能量或负荷的积累,而这个能量或负荷的积累继续充当资本主义的限度①。这一切使资本主义意识形态成为对一度被信奉的任何事物的混乱概括。简而言之,资本主义生产欲望,又限制欲望,使欲望始终处于不满足的焦虑状态。

在某种意义上,德留兹和居塔里对资本主义的批判,也可以看成是对现代性的批判。他们所寻求的历史唯物主义的治疗,也就是解放人的欲望,使欲望无意识地介入社会。他们还提出"积极的逃逸"这种观念,他们寄望于革命的艺术有可能消除资本主义的精神分裂症。尽管德留兹和居塔里对资本主义精神分裂的诊断颇为有力,但其治疗却未见得可行。但他们确实看到现代性以来的物质生产和精神生产存在的巨大的内在分裂状况,思想、艺术与人的自我意识一直在努力弥合这种分裂。这一切并不意味着人们可以找到一劳永逸的解决方案,但却让人们积极面对现代性的所有后果。

---

① 德留兹、居塔里在《反俄狄浦斯:资本主义与精神分裂症》中写道:"因为资本主义坚持不懈地抵制、坚持不懈地约束这个内在倾向,而与此同时,又让这个倾向信马由缰:在要达到它的限度的同时,它又不断地寻求避免到达这个限度。资本主义设立或恢复各种各样残留的与人造的、虚构的或象征的地域,借此试图尽其所能来重新编码、重新引导那些根据抽象量被界定的人们。事物回归或重现:国家、民族、家庭都不例外。"(纽约,海盗企鹅,1972/1977。中文译文可参见《后现代性的哲学话语》,汪民安等主编,浙江人民出版社2000年版,第54页。)有必要在这里说明的是,在本质上,欲望机器与技术社会机器之间从来没有任何差别,德留兹和居塔里说过:精神分裂症是作为社会生产极限的欲望生产。因此,欲望生产及其与社会生产相比在体制上的差别就是终点,而不是起点。两者之间只有一个正在进行的变化过程,这就是变成现实。不过,德留兹和居塔里还是把欲望机器看成更为本源的生产力量。资本主义的社会危机,也就是精神危机,也就是出在欲望生产方面。因而,他们寻求的"历史唯物主义治疗",也是欲望化的治疗。但是,失去阶级斗争和暴力革命这种经典的马克思主义表述,资本主义的个人/个体,如何具有真正的革命性呢?

这一切也促使我们把现代以来的文学艺术，既看作现代性的产物，又看成是对现代性进行重新编码的能动形式。这当然不是说在现代性的语境中，所有的艺术都具有相同的性质和功能，而是从现代性的维度去看待文学艺术与社会历史、与生命个体构成的互动关系。

作为一个反现代性的理论家，福科也看到现代艺术在现代性历史语境中所起到的特殊作用。正如我们在前面所讨论时指出的那样，当人们把现代性看成一个时代时，福科更乐于把它看成一种态度。现代性的态度在福科的理解中是充满着内在冲突和变异的。现代性的态度始终与"反现代性的态度"相联。福科选择波德莱尔——他的现代性意识被广泛认可为19世纪最敏锐的意识之——作为他阐释艺术与现代性的互动关系的例证。当波德莱尔意识到现代性时代的飞逝感觉时，他正是通过艺术的眼光使飞逝转化为永恒。很显然，福科认为波德莱尔的现代性态度，或者说波德莱尔艺术地处理现代性的方式，也就是把飞逝留存住。当现代性的飞逝存留于艺术中时，艺术在飞逝的瞬间夺回永恒。福科指出："对于现代性的态度而言，现时的崇高价值是与这样一种绝望的渴望无法分开的：想像它，把它想成与它本身不同的东西，不是用摧毁它的方法来改变它，而是通过把握它自身的状态来改变它。"[1]

在福科看来，波德莱尔们的现代性是一种实践，在这种实践中，对于什么是真实的极度关切与一种自由的实践相冲突。福科特别强调这种自由的实践对现实既尊重又违背。如果联系波德莱尔的例子，可以看出，福科设想艺术与飞逝变化的现在可以区别开来。艺术当然也不是静止的一成不变的凝固的客观之物，而是对变化的断裂的现在的一种把握和创造。在福科矛盾而又晦涩的表述中，我们可以领略到，他设想有种艺术的态度可以表达现代性的态度，就是面对变化的现在创造自身的一种态度。它既把自身从变化的现在中逃离出来，又不是一种固定的静止不变的自我。这个现

---

[1] 福科：《什么是启蒙》，汪晖译。转引自汪晖、陈燕谷主编：《文化与公共性》，三联书店1998年版，第442页。

代性没有在他自己的存在中解放人,它迫使他去而对生产自己的任务。在福科一贯的反人道主义的思想中,他在这里也面临着一种关于艺术创造主体的自由这样的人文主义难题。福科也出人意料地在这里如此明确地谈到各式各样的人道主义,与其说"人道主义"这种思想值得怀疑,不如说是与启蒙相连接的那些人道主义虚假软弱。福科强调了一种对我们的历史时代的永恒性进行批判的精神气质,而他所暧昧地认可的波德莱尔的艺术气质,也属于这种精神气质。在福科的思想深处,还是存有一种不与历史妥协的艺术的自主性,在这个意义上,现代性艺术也就具有了一种不被历史化,而能不断重新创造反思现代性的主体自己。它就如同福科的系谱学方法一样,它试图为自由的未经定义的工作寻找一种尽可能深远的新的原动力。

这些论述远不是为现代性体系中的文学艺术的性质和功能定义,只是提示了一种重新思考的可能性。处在现代性历史语境中的文学艺术,是如何建构现代性而又损毁现代性,并且恰恰是在那些严厉的批判和超越中建构了现代性最有力的根基的?正如罗兰·巴尔特所说的那样:"革命在它想要摧毁的东西内获得它想具有的东西的形象。……文学的写作既具有历史的异化又具有历史的梦想。"[①] 在现代性的框架内来重新思考文学与历史和现实的关系,以及文学的自主性的审美意义,它确实显露出相当复杂的相互缠绕的关系模式。

四、文学现代性研究的趋向

文学的现代性是一个非常复杂,理论含量异常丰富的问题,在这里,我们不过清理了一些前提,提示了一些理论的可能性。当代文学研究如何从过去的简单明了的意识形态框架中解放出来,从 20 世纪这种较为宏观的背景去展开探讨,这确实是一项艰巨的任务。现代性提供的理论视角,无疑有助于从整体上来理解 20 世纪的中国文学,"重写文学史"的期盼就不

[①] 巴尔特:《写作的零度》,《符号学原理》,三联书店 1988 年版,第 108 页。

是一种理论的奢望,而是一项具体实在的探索。从以上的提纲挈领式的梳理中,我们确实可以看到,20世纪文学的那种强劲发展的历史,那些截然的断裂,都在现代性的框架内表现出它们的分离、冲突、关联和互动。当然,我们并不想给人以这样的印象:文学的现代性具有一种坚硬的总体性,它具有历史的一致性,它是永久不变的和不可超越的。与这样种观点相反,我们所理解的现代性是在不断分离和断裂的历史片断中重新组装的一种状态(精神、气质、态度、风格等等),它是我们思考的一个参照系,而不是我们要论证的一种历史实在。

在对现代性投入理论热情的同时,也不要指望现代性就提供了一个永久有效的理论方案,特别是不能将问题简单化和公式化,似乎只要挂上现代性的招牌,只要完成现代性的指认,对文学史的总体性把握,对文学现象的新奇时尚的解释就得以完成。如何使文学的现代性研究能最终回到文学,这就需要从文学自身的历史、从文本与历史环绕的那些环节,从具体要点和不同侧面去接近现代性与文学构成的关系,去触摸现代性的根茎。从文学出发,又回到文学,可能是避免把文学的现代性问题简单化的一个必要思路,现代性的视点终究还是用于揭示文学本身的特质,一种更为深刻有力的审美品质。也许,在文学的意义上探讨现代性,不是去还原现代性的那些观念,而在于建立一种关于现代性的精神图谱或情感系谱学。

当然,讨论现代性不能回避的一个问题就是"后现代性"。众所周知,后现代理论形成于对现代性的反思,但这并不意味着后现代性只是简单地取代现代性。实际上,"现代性"是一个后现代的话题,正是后现代对现代性的反思,使现代性成为一个问题——被后现代反思的问题;或者说被反后现代性的理论家重新阐释的问题。后现代理论通过对现代性展开激烈批判而建立最初的理论起点,如列奥塔、福科、德里达等人;后现代理论被普遍化之后,它趋向于阐释。对启蒙理性的颠覆性批判,更多为对现代性的历史过程和具体案例分析阐释所替代。后现代研究转向文化研究的同时,也转向了现代性研究。现代性理论与后现代性理论,除了立场和倾向的区别外,在理论概念、术语和论述方法方面,如出一辙。很显然,正如后现代性没有替代现代性一样,后现代理论越来越倾向于转向现代性研究。吉登斯注意到这两种话语之间的微妙关系。他反对用后现代性取代现代性的说法。他指出,这种取代论的观点所诉求的,正是(现在)被公认为不可能的事:确立历史的连续性并确定我们在其中所处的位置。吉登斯主张,把后现代性看成"现代性开始理解其自身",也就是说后现代性提供了一种对内在于现代性本身的反思性的更为全面的理解,而不是对其本身的超越①。吉登斯试图把现代性解析为脱离或超越现代性的各种制度的一系列内在转变。虽然我们还没有生活在后现代性的社会氛围之中,但是,"我们已经能够瞥见那不同于现代制度所孕育出来的生活方式和社会组织形式的缕缕微光"②。

考虑到吉登斯的《现代性的后果》一书出版于1990年,他对后现代性的看法当然显得老成持重不偏不倚。在20世纪末期,不只是他,我们同样可以看到,历史进化论、历史目的论、关于现代性的一致性问题以及西方中心主义等等,这些现代性最显著的特征正在消失,而我们生活的时代正在进入到一个全新而多元的情境中。文化反思性的和社会组织制度方面的变化,在中国这样历史传统悠久而又饱经激进革命洗礼的社会也看到"缕缕微光"。

由此不难理解,现代性问题及其在现时代重新反思的迫切性和必要性,并不是西方学术体制下的一个问题,同样是当代中国人文学科需要面对的重要而根本的问题。也许当代理论话语的运行轨迹颇具有反讽意味,我们不是从现代性到后现代性;而是从后现代性回到了现代性。这源于当代理论阐释的后现代性是作为一种先锋派的理论变革单方面提出的,它并不是从我们的现代性历史困境中引申出来。现在谈论现代性,既是补课,也是推进,更是回到我们的历史之中去思考。从这里,我们也许可以更清晰地看到我们经历过的历史,看到我们建构和解构的历史又是如何与我们生存

---

① 安东尼·吉登斯:《现代性的后果》,田禾译,译林出版社2000年版,第42—43页。
② 安东尼·吉登斯:《现代性的后果》,田禾译,译林出版社2000年版,第46页。

的现实沟通在一起。

确实,在这里,我们困难的是如何处理中国的本土化经验,特别是当代的经验。我们始终想保持这样一种观点和立场:当代中国的现代性既走到尽头,又是一项未竟的事业。这就是说,在全球化迅猛发展的今天,资本与高新技术输入,以及全球自由市场进一步形成,高速度的城市化等因素,已经使中国社会在某种程度上步入后工业化社会;而学术界自90年代开始逐步接受后现代主义观点,反思中国的现代性,这些都使中国社会的现代性面临剧烈的冲击。但另一方面,中国社会又依然保持着深厚的前现代传统,并且现代社会的那些理念并未实现。这就使当代中国的社会现实具有相当大的包容性,以其巨大的历史跨度重叠几个时代的内涵。这是我们在理解中国的现代性——从过去到现在——始终要把握的视角。也正因为如此,当前的现代性研究显然是一个更具有历史感,也更具有包容性的理论方案,它肯定会有更大的理论向心力。

(原载《文学评论》2002年第6期)

现代性下的抒情传统

王德威

回到陈世骧、沈从文、普实克三家的抒情论述，我认为他们着眼古今文学的流变，但立足点都是 20 世纪中期的历史语境。面对一个以"史诗"为标志的时代，三人都对抒情——作为一种文类，一种主体想象，一种文化形式，一种审美理想，一种价值和认识论体系——情有所钟。但他们进入历史知识和历史经验的方法不同，所得的结论也颇有差距。普实克站在左翼的观点明言历史（史诗）的进程势不可遏，但他既然视抒情为中国文学文化表征的精髓，自然有意观察抒情与历史律动互为表里的呈现。陈世骧则从相对角度指认抒情本体的位置不容质疑，历史因此成为此一主体所反射以及反省的客观情境，任何变动都无损抒情传统本身的精致结构。沈从文亲身经历了四五十年代政治的大变化，比陈世骧、普实克更意识到历史的非理性因素，以及"抒情"和"史诗"此消彼长的无奈。但他依然认为抒情是在历史暴力下，吾人唯一赖以苟全乱世、安身立命的寄托。

距离陈世骧等人思考抒情传统的时代，半个世纪又已经过去。如果我们对中国文学现代性重新作出观察，陈世骧等对我们有什么启发？他们又显现了什么样的限制？容我再次说明，以下的讨论，目的不在面面俱到地涵盖所有方向。我意在提出问题及事例，以引出更多辩论。我以为，陈、沈、普三人的立论可以引导我们重新探勘现代语境里传统诗学"兴与怨"、"情与物"、"诗与史"三个相互关联的方向。

陈世骧在《中国诗字原始观念试论》（1959 年）中认为，"诗"作为独立艺术在公元前八九世纪即现端倪。他为中国诗歌下的定义是："蕴止于心,发之于言,而还带有与舞蹈歌咏同源同气的节奏的艺术。"① 十年后陈的《原兴:兼论中国文学的特质》(1969年)则认定"兴"是中国诗歌抒情性的核心。"兴"具有"复沓"和"叠覆"的意义,乃至于"反复回增"的本质,是比"诗"字"更属于原始的会意字"。② 在陈的考证下,"兴"是初民合群举物旋游时所发出的声音,带有"神采飞逸的气氛";"兴"此后历经演绎,但"仍是所有《诗经》作品的动力",或扩而广之,中国诗歌的基本成分。③

陈世骧强调"兴"为中国诗歌源头,他本人的书写立场也充满"兴"的动机。陈所探索的是一种泰初的声音,一种浑然有致、反复回增的韵律;"最重要的还是其中感情精神方面激动的现象,纯粹而且自然。"④ 这种"纯粹而且自然"的声音超越时空,融合"韵律、意义和意象于一炉",像"宝石似的由初民移交给周朝的歌人"。⑤ 然而陈的论述有其暗流。回顾历史,他其实也同时在述说一则弦歌不再、宝变为石的故事。《诗经》以降抒情的声音一方面"反复回增",但另一方面却不能抗拒礼教美刺的诠释甚或利用,形成喧嚣的杂音。如何阻断历史的流变,正本清源,找回那理应回旋不去的"兴"的声音,是陈世骧晚年致力的目标。

陈世骧对"兴"的感召在现代文学里前有来者,而且在不同程度上或增益或解构了陈的定义。周作人在《扬鞭集》序里就写道:"新诗的手法,我不很佩服白描,……我只认抒情是诗的本分,而写法则觉得所谓'兴'最有意思,用新名词来讲或可以说是象征。……我们上观《国风》,下察民

---

① 陈世骧:《陈世骧文存》,志文出版社1972年版,第60页。陈引申《诗大序》的定义:"诗者,志之所之也。在心为志,发言为诗",一方面指诗是"志之所之",有"向往"之义;另一方面指诗又"止在"心内。"之"、"止"相辅相成的意念也可以见诸《左传》的"志以发言"、"志以定言",一方面有"发动"之义,一方面又有"定立"之义。
② 同上,第229、235页。
③ 同上,第237页。
④ 同上,第240页。
⑤ 同上,第256页。

谣,便可以知道中国的诗多用兴体,较赋与比要更普通而成就亦更好。"①梁宗岱则采取比较文学的做法,将兴等同于象征主义诗歌的象征。他引用《文心雕龙》"兴者,起也,起情者依微以拟义",认为所谓"微",便是两物之间微妙的关系。表面看来似乎不相联属,实则相互滋生意义。②到了闻一多的笔下,"兴"竟然平添了政治气息。在《说鱼》中闻谈到:"隐在六经中,相当于《易》的'象'和《诗》的'兴'(喻不用讲,是诗的'比'),预言必须有神秘性(天机不可泄露),所以占卜家的语言中少不了象。《诗》——作为社会诗,政治诗的雅和作为风情诗的风,在各种性质的沓布(taboo)的监视下,必须带着伪装,秘密活动,所以诗人的语言中,尤其不能没有兴。"③

这三者中,周作人对"兴"的定义与陈世骧较为接近,梁宗岱则将其嫁接到现代西方诗学和诗作之中。闻一多更将"兴"直接带入历史政治渊源,指涉不可说的天机,更指涉不敢说的政治禁忌。闻一多所暗示的是,即使是在原初阶段,"诗"已经不能用"纯粹而自然的观点"来看待;诗的抒发性和隐讳性(秘密活动)——或诗的社会性和禁忌性(沓布)——形成另一种"之"和"止"的辩证,而这种辩证只彰显了陈世骧的"声音本源主义"(phonocentrism;即视抒情声音为泰初有道的完美体现)的盲点。

然而"兴"的声音有更诡谲的转折。我们的例子是胡兰成。就在陈世骧塑造他以"兴"为基准的抒情传统的同时,避居日本的胡兰成也正开始他的文论事业,而且也是以颂赞"兴"作为依归:

> 兴并非只在音乐,文章有兴,此即是音乐的了,做事有兴,此即是音乐的了……大自然的意志赋于万物,故万物亦皆可有兴,诗人言

---

① 周作人:"譬如'桃之夭夭'一诗,既未必是将桃子去比新娘子,也不是指定桃花开时或是种桃子的家里有女儿出嫁,实在是因桃花的浓艳的气氛与婚姻有点共通的地方,所以用来起兴,但起兴云者并不是陪衬,乃是也在发表正意,不过用别一说法罢了。"周作人:《扬鞭集》序,《谈龙集》,河北教育出版社2002年版,第41页。
② 梁宗岱:《象征主义》,《诗与真》,中央编译出版社2003年版,第80页。
③ 闻一多:《说鱼》,《闻一多全集》第3集,湖北人民出版社1993年版,第231—232页。

山川有佳气，望气者言东南有王气，即是此兴。①

胡将抒情传统的"兴"活学活用，使之成为纵观天下、参详历史甚至统摄宇宙万物的法则。"兴"成为一种无所不在的本体论。当然，最令人瞩目的是胡兰成将"兴"与现代中国政治挂钩的本事："惊险的场面也作成了是惊艳，千劫如花，开出太平军起义、辛亥革命、五四运动与北伐抗战及解放。"② 如此，胡触及了革命的抒情本体问题。

陈世骧原"兴"，找到的是初民上举欢舞的纯粹自然场面，胡兰成俨然将"兴"的"迎神赛会"的气息为政治作批注，尤其是奉"革命"为名的现代群众政治活动。然而胡的笔锋一转，又强调革命所带来的暴力和劫毁不妨也可看作"兴"的延伸，而且"千劫如花"，所有的"惊险"都能化成"惊艳"。

胡兰成的抒情夸张了陈世骧"抒情传统"最明媚的部分，也因而暴露其下所藏的危机——无论多么为陈所始料未及。胡将历史幻化成复沓节奏；当下与过去、创新与反祖、革命与兴发都成为"之"与"止"一念之间的替换。这不禁让我们想到德曼对抒情性和历史性的看法："(文学/史)只告诉我们历史知识的基础不是经验的事实，而是被书写的文本，就算是这些文本装扮成战争或革命，也依然须作如是观。"③ 果如是，德曼和胡兰成在战争中所作的政治选择，就不偶然，因为两人都显现出将政治抒情化的意图，而这一意图往往以暴力为代价。

陈世骧、胡兰成论"兴"未尽之处，让我们思考抒情传统中的另一大命题："诗可以怨。"儒家诗教说以"兴"、"观"、"群"、"怨"(《论语·阳货》)四者形成"诗言志"表意功能的有机顺序。我的关注不在这四者间的

---

① 胡兰成：《中国的礼乐风景》，远流出版社1990年版，第129页。
② 胡兰成：《山河岁月》，远流出版社1990年版，第192页。
③ De Man, Paul. *Literary History and Literary Modernity*, 164 - 165. Dieter Freundlieb, "Paul de Man's Postwar Criticism: The Pre-Deconstructionist Phase", *Neophilologus*, 81 (1977): 165 - 186.

三 宏观视野与多向度探索

有机顺序,而是在现代语境下,他们所形成的空间的、对话的关系。"兴""与""怨"原各具诗教说的一端,两者在诉诸情感表现的张力上自然成为焦点。

延续胡兰成的说法,在开创新声、从无到有的意义上,"现代"可以被视为一个"兴"的时代。但另一方面,文人感时忧国、独立苍茫的怨离之情又每每凌驾其上,成为创作的前提。这样的怨声不仅反映在个人与社会的疏离上,更点出时间断裂——"我们回不去了"(张爱玲《半生缘》)——为抒情主体所带来的空前危机意识。惟其有了"兴"的发动创造能力,才能有气象一新的诗情或壮志;但也惟其有了"怨"的意识,抒情主体的发声方式就不仅是纯粹自然的创造,而是有了对历史——及其所带来的不安和不满——沉重负担的回应。

钱钟书先生早年与陈世骧同期在清华、北大求学,也同时受到瑞恰慈等理论的影响。钱钻研古典诗学的成就有目共睹,1981年所发表的《诗可以怨》,篇幅虽短,却引起诸多讨论。钱在文中勾勒《诗》、《骚》以来有关"怨"的话语,并以韩愈"穷苦之言易好"一言为讨论焦点。钱的讨论旁征博引,一如既往,[①] 但在"文革"之后他不谈诗可以兴、观、群,而谈诗可以怨,显然有弦外之音。而他从"怨"的形式修辞史娓娓谈来,甚至认为真正的诗人应该"无病"却能呻吟,一方面点出文学想象的自足空间,一方面质疑历史反映论的实证迷思,声东击西,更是"怨而不怒"的夫子自道了。[②] 陈世骧的"兴"与钱钟书的"怨",在方法论上早年也许系出同源,都带有形式主义特色,但在历史经验的冲击之下,各自有了不同的眼界和表述,自然值得有心人的研究。

---

① 胡晓明:《陈寅恪与钱钟书:一个隐含的诗学范式之争》,《诗与文化心灵》,中华书局2006年版,第245—256页。又见许龙:《钱钟书诗学思想研究》第二章,中国社会科学出版社2006年版,第90—120页。
② 钱钟书:《诗可以怨》,《七缀集》,上海古籍出版社1994年版,第120—129页。

至于兴和怨两者的辩证关系，识者已经指出在晚明清初曾有一次高潮。① 这当然和世变之际的遗民思想息息相关。僧人觉浪道盛（1592 年—1659 年）和他的从者如方以智（1611 年—1671 年）等提出怨，而不是兴，为诗学之首。② 怨不仅指的是孤臣孽子的"怨刺上政"，或思妇离人的怨悱伤怀；在非常时期，怨更释出一种"天地不平之气"。③ 这股不平之气可以让诗人陷入荒凉孤绝的感慨，但也能够激起劫后复生的力量。明末遗民论怨固然心怀历史块垒，但更意在赋予历史形上力量。他们将传统诗教的兴、观、群、怨与易理的元、亨、利、贞相比附，托出怨所代表的剥极而复的意义。情到深处"有"怨尤；怨成了抒情的先决条件，由怨方才有兴。方以智因此有言："贞而元、怨而兴，岂非最发人性情之真者乎？"④

我以为这一兴与怨的对话到了 20 世纪则变本加厉：王国维、鲁迅的作品中已经可见端倪。乍看之下，王国维不断叩问情以物牵、兴发感动的可能，似乎延续了诗可以兴的风格；而鲁迅则充满怨悱不群、忧谗畏讥的声音，因此成为诗可以怨的现代回响。但有心人不难发现王国维受到叔本华和尼采影响，以欲望的难以餍足作为文学创造的起点，更谓"一切文学，吾爱以血书者"⑤。在这一意义上，怨成为肇始诗歌的动力。王的《人间词话》以"诗人之忧生"、"诗人之忧世"作为寻找境界的前提，⑥ 而他对《红楼梦》的理解正是来自感同身受，"以其所见者真所知之者深也"的情怀。⑦

---

① 参徐子方：《千载孤愤：中国悲怨文学的生命透视》，江苏教育出版社 2001 年版。又见张淑香：《论诗可以怨》，《抒情传统的省思与探讨》，大安出版社 1992 年版，第 3—40 页。对明遗民"怨"的诗学的讨论，谢明阳：《明遗民的"怨""群"诗学精神：从觉廊道盛到方以智、钱澄之》，大安出版社 2004 年版，第二、三章。
② 谢明阳：《明遗民的"怨""群"诗学精神：从觉廊道盛到方以智、钱澄之》，大安出版社 2004 年版，第 71 页。
③ 同上，第 76—77 页。
④ 同上，第 76—77 页。
⑤ 王国维：《人间词话》，《王国维文集》，北京燕山出版社 1997 年版，第 33 页。
⑥ 同上，第 33 页。
⑦ 叶嘉莹：《王国维及其文学批评》，源流出版社 1982 年版，第 186、311 页。

三　宏观视野与多向度探索

　　如果王国维的书写仍然带有"离群托诗以怨"（钟嵘《诗品》）的传统气息，鲁迅的例子就更为令人深思。鲁迅以"摩罗诗力"作为对新文学——或"兴"文学——的号召，他的心愿是以此唤醒国魂，形成一刚健雄奇的现代抒情主体。将近二十年后，他的《彷徨》却要以召唤屈原作为开端，这不是诗言志，而是"骚言志"的传统了。① 鲁迅的怨声在《野草》、《朝花夕拾》中有进一步的发挥，尤其《野草》中的文字如此惊心动魄，几乎有了寓言意义。在《墓碣文》中，没有了扣人心弦的诗歌，但见一座墓碣背面斑驳剥落的文字："……于浩歌狂热之际中寒；于天上看见深渊；于一切眼中看见无所有；于无所希望中得救。……""……有一游魂，化为长蛇，口有毒牙。不以啮人，自啮其身，终以殒颠。"②

　　鲁迅曾提出摩罗诗人以他的吟唱"撄人心"；他《墓碣文》里的游魂则"抉心自食"。不仅如此，"欲知本味，创痛酷烈，本味何能知？"但另一方面，《野草》痛定思痛之余，又探求由"怨"而"兴"的可能。所谓置之死地而后生，如果没有自我兴发的动力，鲁迅又如何能出入无物之阵，"反抗绝望"？③ 这是鲁迅诗学最迷人之处。甚至在修辞的层次上，《野草》的名句如"墙外有两株树，一株是枣树，还有一株也是枣树"，其实已经颇有比兴的趣味。至于屡屡出现的"我梦见"句型，则明白要在现实以外自抒新机了。由"呐喊"到"彷徨"，又由"俟死"到"反抗绝望"，鲁迅的文学救国之情无疑显示出另外一种"之"和"止"的踌躇和复沓。谈抒情传统的现代表征，我们对此何能略而不论？

　　然而鲁迅式的兴与怨毕竟不能完全符合时代的需要。如果兴可以挂钩到革命的兴起发生，怨也必须转嫁成群众狂热尖诮的躁动力量。传统诗歌讲究怨而不怒，但在现代文学里怨而且怒的书写，以及因此引起的行动，却所在多有。"乱世之音怨以怒"（《毛诗·序》），古老的教训在现代有了变

---

① 胡晓明：《从诗言志到骚言志》，《诗与文化心灵》，中华书局2006年版，第35—41页。
② 鲁迅：《野草》，《鲁迅全集》卷2，人民文学出版社1981年版，第202页。
③ 这当然是汪晖阅读鲁迅的心得。参见汪晖：《反抗绝望：鲁迅及其文学世界》，河北教育出版社2000年版。

本加厉的诠释。尤其左翼文艺如何运用兴与怨的传统，使之成为巨大的修辞利器，我们必须严肃对待。

徘徊在传统的兴与怨和革命的兴与怨之间，瞿秋白（1899年—1935年）的例子最堪令人玩味。瞿出身破落世家，自谓是士大夫阶级的零余者，却在"历史的误会"下参加五四，并走上革命之途。在瞿奋力呐喊的姿态后面，永远有个诗人的寂寞身影。早年他赴苏联所写的《饿乡纪程》、《赤都心史》，是革命者的心路历程，但也是漂泊者的游踪心影。瞿的言行充满传统文人的身世之感，但他在饿乡赤都所见的革命激情，又让他燃起始原的狂热——"初民上举欢舞"、"兴"的狂热。

1927年共产党在大革命失败后，瞿秋白一步步走向权力中心，被奉为首脑人物。然而在下一波的政治斗争后，他很快又成了局外人。此后瞿的任务之一就是操作文学的兴与怨的力量，引起社会巨变；共产革命诗学的建立，他功不可没。① 1934年红军开始长征，瞿秋白被迫留守，未几在逃亡中被国民党军队逮捕，1936年就义。然而临刑前瞿秋白写下自传《多余的话》，从此使他的烈士形象成为争论的焦点。

"知我者，谓我心忧；不知我者，谓我何求。何必说？"② 瞿秋白在《多余的话》开头如是回应《诗经·黍离》的叹息。这是相当耐人寻味的题辞。面对即将来到的死亡，他援笔自白，写的不是革命憧憬，而是革命如何暴露自己是个"脆弱的二元人物"。③ 他摆荡在行动和书写、群众和文人、烈士和"戏子"、激情和抒情间，不得不"自啮其身，终以陨颠"。左翼大历史切切要求严丝合缝、大公无私的叙事法，瞿的《多余的话》有犀利的自剖，也有婉转的自怜，果然是多余的一笔。他说了不该说、何必说的话。但这也是瞿逸出时间轨道，"出神"的交心表白（apostrophe）。从孤

---

① 有关瞿秋白的政治和思想的英文讨论，见 Pickowicz, Paul. *Marxist Literary Thought in China: The Influence of Ch'ü Ch'iu-pai* (Berkeley: University of California Press, 1981).

② 瞿秋白:《多余的话》，岳麓书社2000年版，第319页。相关讨论可见 Hsia, Tis-an, *The Gates of Darkness: Studies on the Leftist Literary Movement in China* (Seattle: University of Washington Press, 1968).

③ 瞿秋白:《多余的话》，岳麓书社2000年版，第324页。

三　宏观视野与多向度探索

臣孽子到革命先锋,从乡愁到反叛,缠绵反复,"悠悠苍天,此何人哉?"因为瞿秋白,红色诗学与古老的"兴"与"怨"的声音,竟然有了动人的交会。

我们现在来到沈从文的"抽象的抒情"。沈早期的文字缘情似水,尤其对少数民族原始文化的向往,似乎坐实了陈世骧以"兴"为基础的抒情传统。但沈从文的比兴诗学有其忧患——也是"怨"的一种——的基调。他曾一再提醒读者,他看似优美的文字浸润着"楚人血液",一种与生俱来的"挫伤"感受。这一挫伤或许"属于我本人来源古老民族气质上的固有弱点,又或许只是来自外部生命受尽挫伤的一种反应现象。我'写'或'不写',都反映这种身心受过严重挫折的痕迹"[①],是"情感发炎的纪录"[②]。以沈最知名的小说为例,《边城》写出田园诗式爱情故事里不请自来的误解和延宕,而《长河》则是面对沉沦中的湘西作出(预先)悼亡的告别。

沈从文受教于《楚辞》的渊源早有定论。同样值得注意的是他如何回应汉魏六朝以降的"物色"与"缘情"的传统。从陆机所谓"遵四时以叹逝,瞻万物而思纷"、"感物百忧生,缠绵自相寻",到钟嵘所谓"气之动物,物之感人,故摇荡心情,形诸舞咏",到刘勰所谓"情以物迁,辞以情发",[③] 这一传统与《诗大序》的诗教说显然不同。相对于"兴"鸢飞鱼跃、生机蓬勃的宇宙观照,"物色"使诗人体悟四时推移、万物变迁的必然,还有人生渺小无常的存在位置。中古文人从客观世界辗转流变中滋生了不能或已的情,又从情滋生了辞。如吉川幸次郎所说,这里的情的基调是有感于"物"的"推移的悲哀"。[④]

"感物"与"感悟"因此以不断相互对话的方式形成抒情美学的伤逝特

---

① 沈从文:《湘西散记》序,《沈从文全集》卷16,北岳文艺出版社2002年版,第394页。
② 沈从文:《水云》,《沈从文全集》卷12,北岳文艺出版社2002年版,第125、127页。
③ 吕正惠:《物色论与缘情说:中国抒情美学在六朝的开展》,《抒情传统与政治现实》,大安出版社1989年版,第3—34页。
④ 吉川幸次郎:《推移的悲哀》,《中外文学》6(4)1977年版,第25页。吕正惠:《物色论与缘情说:中国抒情美学在六朝的开展》,《抒情传统与政治现实》,大安出版社1989年版,第12页。

征。当千百年后的沈从文写道:"自然既极博大,也极残忍,战胜一切,孕育众生。蝼蚁,伟人巨匠,一样在它的怀抱中,和光同尘。"他是以自己切身的经验,应和前人的叹息,也是在这一理解上,沈从文经营他的"有情"叙事:"在一切有生陆续失去意义,本身因死亡毫无意义时",唯有文字所投射的图像"是生命之光,煜煜照人,如烛如金。"①

我在他处已经指出,沈的抒情写作不乏反讽意义。② 但所谓反讽指的不是沈从文刻意以有情文字反衬无情的现实,也并非仅来自对文类界限的逾越;我认为他的反讽也同时来自对文字作为表意媒介的颠覆性思考。比起五四的主流写实主义作品,沈从文的小说常常看来一清如水,没有深意存焉。但这样的表层结构很可能就是它的深层结构:它拒绝诠释学的深文周纳,而认定文字就是文字,除此别无其他。这当然和沈从文的诗学信念有关。正是因为体悟了生命的残酷和变化,沈有意强调语言"形式"的展现就必须成为世界呈现自身、演义流变的一部分,而非透明的逻辑默认产物(例如露骨的写实主义或任何意识形态的准则)。只有如此,文本才可暂时脱离决定论式的牢笼,而得以更多方式表达其对现实的形塑。因此,强调语言的诗意表达,一方面强调了人在"物色"、"伤逝"之余的有限选择,同时也肯定了"缘情"、"辞发"的无限可能。③

40年代的国家危机让沈从文更进一步深思他的文学事业。战乱所带来的文明溃散和生命损失让他理解历史的野蛮,平白的文字操作不再能回答

---

① 沈从文:《烛虚》,《沈从文全集》卷12,北岳文艺出版社2002年版,第10页。
② Wang, David Der-wei. *Realism in 20th Century China*: *Mao Dun*, *Lao She*, *Shen Congwen* (NewYork: Columbia University Press, 1992).
③ 需要强调的是,这种特殊的文学模式并非马拉美(Malarmé)式象征主义的翻版,也不是解构主义那样让语言坠入无限延异的游戏。我们必须理解沈从文的抒情论述下深刻的伦理关怀。这一关怀与中国诗学传统的伦理意图息息相关,也来自沈从文个人面对生命荒谬的存在(包括那些为解决生命不义而出现的种种政治、社会、心理学决定论)所油然而生的抗议精神。沈从文排比看似无关的人与事、从中唤出极尽曲折的情感能力,用以因应任何一种道德/政治秩序中简化的公式。抒情话语使他得以强调语言的创造力和人性感知的自发性。但他并不因此将人间的丑陋视为赏心乐事。毋宁说,以比兴、缘情、物色的方式组合人间散乱的经验,意味着以第三只眼睛观看世界,以喻象方式重组语言符码,在物与物、物与人的离合存没,并体会其连属关系。

三 宏观视野与多向度探索

他的感喟。沈从文更进一步追求一种"抽象的抒情"。他仿佛是要回应鲁迅曾提出的两难:现实的"挫伤"越大,作为抒情主体如果要避免"自啮其身,终以陨颠",就只有藉用形式——象——的操作,或作为疗伤止痛的方法,或作为升华现实的途径:

> 我正在发疯,为抽象而发疯,我看到一些符号,一片形,一把线,一种无声的音乐,无文字的诗歌,我看到生命一种最完整的形式,这一切都在抽象中好好存在,在事实前反而消灭。①

抗战期间的《看虹录》等近乎意识流的写作只是序曲。从形到线,到诗歌,到音乐,沈从文的追求似乎越来越远离现实。但只要仔细思考他所谓的抽象的抒情,我们就能了解,恰恰因为他看出历史的暴虐每以自噬其身为代价,在毁灭的威胁下,人所能作为的是以情辞、以抽象保存文明于劫毁之万一。

更值得注意的是,沈从文心目中抽象的抒情不只是文人雅士的专利。他在民间的工艺和生活形态上,更体会了象意缘情的真谛:

> 浓厚的感情,安排得恰到好处时,即一块顽石,一把线,一片淡墨,一些竹头木屑的拼合,也见出生命洋溢。这点创造的心,就正是民族品德优美伟大的另一面。②

沈从文如此思考中国民间工艺器物所焕发的抒情气息,还是在40年代末。但他看来迂阔的陈述,其实已经为未来他的生命、事业转折埋下伏笔。1949年春,沈从文在极大的政治压力下企图自杀,因为他明白预见他所执著的抒情事业决不能见容于充满史诗号召的时代。新中国成立之后,沈自

---

① 沈从文:《烛虚·生命》,《沈从文全集》卷12,北岳文艺出版社2002年版,第23页。
② 沈从文:《短篇小说》,《沈从文全集》卷12,北岳文艺出版社2002年版,第504页。

觉难以为继，放弃创作，与此同时，他成为古代文物研究员。

但沈从文哪里放弃了他对抽象的抒情的信仰？在摩挲残砖剩瓦、断帛裂锦的过程里，他是在参详世世代代的艺者工匠如何将他们的深情贯注于手下的创造中。他企图在破碎的古文物中拼凑那曾经绚烂一时的人情风物。这些年里，他看尽各种运动风起云涌，必然也包括他的老友朱光潜所涉入的美学大辩论。在那场辩论里，朱光潜勉强以他改造后的"文艺心理学"与马列主义的后生晚辈争论艺术的实存性或是反射性，美的客观唯物性或是美的本体生成性。朱光潜的节节败退代表了1949年以前抒情美学的最后一役。①

或许正是怀着同样的困惑以及自我坚持，沈从文私自写下《抽象的抒情》。在其中，他幽幽地说明（或辩解）他的抒情其实不乏"唯物"的成分。诚哉斯言！如上所述，从"物色"的角度来看，沈从文对自然世界的亲近或敬畏不仅落实在山川风物、四时节气、文明升沉，也落实在生命最卑微、甚至最丑陋的层次。从"缘情"的角度来看，他认为情不仅不是无关痛痒的悲喜，更是心理与生理、身体与物体交会下的具体反应。沈定义下的"抽象"之所以可观，正在于它代表情和物交会过程中的种种"有形"的纪录。这一有形也方才有情的纪录，可以见诸艺术的形声造像、百家工艺器物，以至于日常生活的形形色色之中。在大历史的光辉下，沈从文所致力救赎的文物对象是如此断乱散漫，但他理解，正是这些散乱的微物，才是历史"挫伤"所遗留的结晶，也可能是延续文明到未来的契机。他的信念已近乎本雅明在一个全然不同的时空里所追寻的"灵光"一现。谓之唯物，谁曰不宜？

1963年，沈从文偶然受命编纂《中国古代服饰研究》。比起建国革命的大业，这是微不足观的小道，然而沈从文却化偶然为应然，从三千年中国服饰文物的演变中写出了他自己的历史。作为文明的表征，衣饰反映生

---

① 有关朱光潜牵涉文艺美学大辩论始末，见钱念孙：《朱光潜：出世的精神与入世的事业》第九章，文津出版社2005年版，第177—204页。

产技术和审美品位的演化;作为形体的延伸,衣饰又是最精致、最"贴身"的社会变迁界面。在一个充满钟鼎铭器、国之重宝的历史中,衣饰如此单薄脆弱,却又如此文采繁复,"理"所当然——"穿衣吃饭"不正是人伦之本?

沈从文花了将近二十年写成他的服饰史,这期间"文化革命"开始了又结束了,伟人笑傲了又殒灭了。外力的干扰,实时的发掘,让沈不断编织,也拆解着他的叙事。在困厄之中,垂垂老去的沈从文亲身体会了抒情之必要,抽象之必要。

"抒"(发散展延)古字同"杼"(编织形构);"抒情"和"杼情",兴发和蕴藉,之和止,恰恰道尽情、物、象三者相与为用的关系。① 而作为一种"有情"的历史,《中国古代服饰研究》以最迂回的形式应和汉魏以来文人艺匠的悲愿:"衣沾不足惜,但使愿无违。"②

普实克以"抒情"和"史诗"的对照作为观察现代中国文学和历史的法则。他取法西方文类观点,用之以中国现代情境的描述,难免有先入为主的成见,更不论他的"左倾"意识形态。前面已经提过,普实克的"抒情"带有浓厚的浪漫主义色彩,强调主体"最个人、最私密,也最唯我的诗歌形式。"③ 识者可以立刻指出,中国抒情传统里的主体,不论是言志或是缘情,都不能化约为绝对的个人、私密,或唯我的形式;从兴观群怨到情景交融,都预设了政教、伦理、审美,甚至形而上的复杂对话。另一方面,中国文学缺乏史诗叙事的根源,则已经是老生常谈的话题。但普实克既然从20世纪回顾文学历史,自有以今窥古,西学中用的权利。他以杜甫和白居易为例,强调古典中国诗歌抒情和史识互为表里的关系,以及他强调即使在史诗的时代里抒情仍然不绝如缕的现象,毕竟是有其见地的。

普实克推举杜甫和白居易,显然与西方史诗的关联较少,反倒有意无

---

① 感谢郑毓瑜教授的提示。
② 陶渊明:《归田园居》,龚斌校笺,《陶渊明集校笺》,里仁书局2007年版,第89页。
③ Prek, Jaroslav. *Chinese History and literature: Collection of Studies* (Dordrecht, Holland: D. Reidel Publishing Co, 1970).

意地碰触了中国诗学里的一大话题,即"诗史"的观念和实践。"诗史"说起自晚唐,兴于两宋,以迄近现代,①而以杜甫的诗作为最重要的示范。历来有关"诗史"源流脉络的讨论不知凡几,本文关心的焦点则是,既曰"诗"史,言情与言志的位置是如何被安顿的?学者张晖在他的研究中提醒我们,晚唐孟棨首论诗史时就已指出:"触事兴咏,尤所钟情,不有发挥,孰明厥义?"②换句话说,外在的物事和有情的主体相触碰,引发了诗情,而也唯有藉诗情的发挥,历史的义理才能澄明。

然而回顾历代诗史学的谱系,以诗存史、以诗补史、以诗证史的说法长久占上风,也就是说论者多视诗为史的载体,修辞形式反映时代的变雅,兼亦达到美刺的目的。蕴藏在这样观点下的是儒家深远的"诗教"观念。晚明的王夫之(1619年—1692年)是例外。王认为诗的存在本身就证成史的意义,所以任何对诗史的研究不应买椟还珠,钻研诗歌的微言大义,而忽略诗歌作为历史本体象征的意义。王夫之的诗史论遥想那诗就是史、史就是诗的时代,仍然不脱儒家圣王之治的理念,而他却赋予这一理念以审美的向度。③"王者之迹熄而诗亡,诗亡而后春秋作。"在诗亡之后,时间劫毁意识切入,历史才成为文明兴衰意义的依赖。对王而言,谈论诗史因此是乡愁的召唤,召唤那曾经充满诗意的盛世,一个纯然抒情的盛世。

把时间拉回到20世纪中期。作为左翼汉学家,普实克当然为新中国的建立而兴奋不已。经过三十年的奋斗,共产革命终于成功。"为有牺牲多壮志,敢教日月换新天",在这开国的时刻回顾与前瞻历史,一种壮丽的史诗意识确实成为一代人共享的骄傲。而普实克更要在史诗论述下找出一脉相承的抒情声音。但如果普实克更理解中国抒情诗学原来就具有的政治倾向,或中国政治主体"触事兴咏,尤所钟情"的抒情冲动,他更应该会同意,史诗之外,诗史意识的再次浮现,才真正引领了时代风骚。

---

① 张晖:《诗史》,学生书局2007年版。
② 丁福保辑:《历史诗话续编》,中华书局1983年版,第2页。
③ 张晖:《诗史》,学生书局2007年版,第163—194页。又见萧驰:《中国抒情传统》,允晨出版社1999年版,第81—112页。

三　宏观视野与多向度探索

1950 年，毛泽东作《浣溪沙》与前南社诗人柳亚子唱和，写道：

> 一唱雄鸡天下白，
> 万方乐奏有于阗，
> 诗人兴会更无前。①

毛以开国之君的姿态宣告改天换地的时代到来，但在这史无前例的时刻，唯有诗人以其"兴会"才能将天下归一、万方来朝的盛况发挥得淋漓尽致。创造历史也就创造诗。而谈到诗与史的情景交融，还有什么比胡风创作于 1949 年底到 1951 年初的大型交响乐式长诗《时间开始了》（未完成），更能说明一种天启的召唤？② 这首长诗叙述了政协会议、纪念碑奠基、开国大典三个历史时间，同时回顾了诗人本身和同代中国人追求革命的所来之路，波澜壮阔，充分显示出一个时代的自我期许。

李杨教授曾经以"抒情时期"描述 50 年代，尤其中期以后中国文学的特色。这段时期的文学打出革命现实主义和革命浪漫主义的旗号，企图弥合群与己、主与客的对立，形成庞大的诗意想象。"自我的抒情，已经是而且只能是历史的抒情。"③ 李的立论来自浪漫主义基调，却颇有其见地。以诗史的角度扩大他的见解，我们可以说这是一个铸史成诗的时代，也是以诗为史的时代。1958 年毛泽东宣示中国新诗的"形式是民歌，内容应是现实主义和浪漫主义对立的统一。太现实了就不能写诗了"④。据此，周扬提出《新民歌开拓了诗歌的新道路》，确定"两结合"的创作方针，从 1942

---

① 张义方：《不朽的诗篇：毛泽东诗词赏析》，西南财经大学出版社 2006 年版，第 97 页。
② 陈思和主编：《当代中国文学史教程》，复旦大学出版社 1999 年版，第 22—25 页。
③ 李杨：《抗争宿命之路：社会主义现实主义之路》，时代文艺出版社 1993 年版，第 156 页。又见 143—169 页。Tang, Xiaobing, "The Lyrical Age and Its Discontents: On Staging Socialist New China in The Young Generation," *The Chinese Modern: The Heroic and the Quotidian* (Durham: Duke University Press, 2000) 163–195.
④ 郭沫若：《关于〈蝶恋花〉词答记者问》，《文艺报》，1958 年第 7 期，引自李杨：《抗争宿命之路：社会主义现实主义之路》，时代文艺出版社 1993 年版，第 157 页。

年延安"讲话"以来的文艺路线自此大功告成。现实加浪漫,史诗加抒情,普实克所想象的中国文学现代化的高潮或许就是如此。而用陈世骧的话说,这不也正是"兴"的时刻?上举欢舞,"大跃进";圣王垂拱而治,"春风杨柳万千条,六亿神州尽舜尧"。

但这样的抒情时代却总有怨声传来,其中最聒噪的竟然就是那位曾经宣布"时间开始了"的胡风。历史的后见之明显示,胡风创作这首抒情诗的心情可能远较表面复杂。当时胡风的文艺理论已经受到中共领导当局有计划的批判,被认为是"以自己的小资产阶级观点去曲解了无产阶级文艺思想的基本原则方针"①,而他似乎很难从理论角度来为自己作有效的辩护。所以胡风颇有赋诗以明志的意图。他以夸张的热情歌颂毛泽东及其麾下的革命实践,以证明自己理论与时代的同一性,但他真正要维护的是他的"主观战斗精神"。这,才是左翼文学最耐人寻味的抒情理念。

我们今天谈毛泽东和胡风在四五十年代的龃龉,多半集中在他们的政论和史观的异同,而忽略他们的诗学,尤其是抒情诗学。事实上两人都曾以诗人之姿介入历史诠释。毛泽东 20 年代已经有《贺新郎》(1923 年)、《沁园春》(1925 年)等作品流传,而胡风早年一样对诗歌饶有兴趣。1926 年,胡风因为鲁迅的介绍而倾倒于苏联诗人勃洛克(A lexander A leksandrovich Blok,1880 年—1921 年)的长诗《十二个》,一首"十月革命掀动了全社会生活的风景斯的旋律"。此前胡风已经读过鲁迅所译厨川白村的《苦闷的象征》,加强了他"对创作过程中的庸俗社会学的肃清"。但厨川的出发点"是唯心论的",如何与勃洛克的革命抒情诗学相互接纳,则成为一个难题。②

如胡风所言,鲁迅介绍勃洛克的文字让他理解革命诗人不是简单的反映论者,更不是教条主义者。既然诗人创作的环境引发了他的情感,他就必须把他的不满或耽溺——苦闷的象征——和盘托出。今人已经考证出鲁

---

① 陈思和主编:《当代中国文学史教程》,复旦大学出版社 1999 年版,第 23 页。另见万家骥、赵金钟:《胡风评传》,重庆出版社 2001 年版,第 356—390 页。
② 胡风:《鲁迅先生》,《新文学史料》,1993 年第 1 期。

迅对勃洛克的介绍又是转介自托洛斯基的《文学与革命》,也就是说,胡风的诗学理念可以透过鲁迅,上溯到托洛斯基。胡认为唯物辩证者必须接纳唯心诗人作为历史过程的见证,以此呼应了托洛斯基的想法:"他虽然不是我们的人,但他是向我们走来的。正是这样走来的时候他倒下去了。可是他那感情激动底结果却是我们这时代的一个最重要的作品。他的诗……是会永远存在的。"①

有了这样的认识,我们可以明白胡风是怀着什么样的信念在抗战期间提倡"主观战斗精神",经营"七月诗派"。当毛泽东在延安提倡大众文艺,以人民"喜闻乐见"的形式作为创作准则时,胡风依然视"苦闷的象征"为抒情的主要动机。诗可以怨:诗人应该写出人物灵魂的痛苦搏斗过程,并显示升华或沉沦的挑战,如此才能焕发主观战斗精神。由"怨"而"兴",这是胡风的追求了。胡风以"青春的诗"称呼"七月派"最有才华的作家路翎的小说《饥饿的郭素娥》(1942年),就是因为路翎勇于探索"在历史事变下面的精神世界底汹涌的波澜和它的来根去向"。而胡风在自己的《时间开始了》中毫不掩饰革命先烈的性格缺点和意志动摇时刻。再引用托洛斯基的话:"艺术的锄头不会限于翻耕有数的几片土块。相反,它一定要翻各方面的全部土地。最小规模的个人的抒情诗,在新艺术中有其存在的绝对权利。而且,没有新的抒情诗,也就不能形成新的人。"②

胡风和他的伙伴注定要在建国之后引起异议。他与毛泽东的争论不只关乎意识形态和革命策略的问题,也同样关乎诗与史,以及诗史诠释权和修辞法的问题。1955年,胡风事件爆发,胡本人和他的朋友无一幸免。回顾《时间开始了》,我们不禁感叹,那诗和史同声一气的时间何其短暂。接下来革命者要问的是时间开始前进了,还是时间开始倒退了?

---

① 托洛斯基:《文学与革命》,惠泉(王凡西笔名)译,香港信达出版社1971年版,第107—115页。引自王凡西:《胡风遗著读后感》,http://www.marxistsorg/chinese/20/marxistorg-chinese-wong-1994.htm。
② 托洛斯基:《文学与革命》,惠泉(王凡西笔名)译,香港信达出版社1971年版,第157—158页。

普实克的"抒情"与"史诗"的定义虽然值得商榷，但因此所衍生的议题却充满辩证张力。它促使我们正视抒情所必须面对的中国现代政治考验，也同时提醒我们，中国抒情传统本身的历史因缘，总是与超越时间的"道统"和"美典"的诉求形成精彩对话。

而从小资的抒情到革命的抒情，何其芳（1912年—1977年）所占据的位置值得我们思考。何其芳1931年入北大哲学系，深受艾略特（T. S. Eliot）和瓦雷里（Paul Valéry）等现代主义诗人的影响；晚唐李商隐、温庭筠诗歌的秾丽纤美也吸引着他。与他往还的同学包括了卞之琳，也包括了陈世骧。与此同时，他打入京派作家的圈子，得到林徽因、李健吾、沈从文等人的青睐。1936年何其芳和卞之琳、李广田联合出版诗集《汉园集》，无不透露诗人的浪漫情怀。也同在这一年，何其芳写出散文集《画梦录》。这些散文悠游虚无和现实之间，充满婉转神秘的气息。1937年5月《大公报》文艺奖揭晓，《画梦录》获得散文类首奖，① 其时《大公报》副刊主编正是沈从文。

但就在何其芳呢喃画梦之际，现实的不公不义已经困扰着他。等到抗战军兴，他作出决绝的选择。1938年秋天何其芳长途跋涉到延安，② 在毛泽东的点拨下抛弃旧我，重新做人。素朴的现实主义修辞取代了那些精美颓废的象征，劳动的喜悦一扫过去的耽美和忧郁。诗风的转变也反映出史观的转变。他颂赞"生活是多么广阔"（《生活是多么广阔》）；期望"我把我当作一个兵士"（《我把我当作一个兵士》）；同时又忏悔："把我个人的历

---

① 1936年9月，在时任《大公报》编辑的萧乾建议下举行了一次文艺奖金竞赛，评审包括了朱自清、朱光潜、巴金、靳以、李健吾、林徽因、沈从文等京派作家。《画梦录》特别受到林徽因的支持。次年5月得奖者揭晓，除何其芳获得散文类首奖外，曹禺的《日出》、芦焚的《谷》分别获得戏剧和小说类首奖。三人平分了一千元奖金。见贺仲明：《喑哑的夜莺：何其芳评传》，南京师范大学出版社2004年版，第97页。
② 何其芳的延安之行，见贺仲明：《喑哑的夜莺：何其芳评传》，南京师范大学出版社2004年版，第120—123页。又见王培元：《延安鲁艺风云录》，广西师范大学出版社2004年版，第169—173页。

史/和中国革命的历史/对照起来，/我的确是非常落后的。"（《解释自己》）①

然而在他"兵士"的形象后面，诗人何其芳忧郁的面貌似乎徘徊不去。即使在30年代末追随贺龙的日子里，何也写道：

> 前方也还是有着寂寞的日子，
> 炮火声中也还是有着寂寞的日子。②

何其芳可疑的"寂寞"，胡风是可以理解的。但何认同的是胡风诗学的对立面。耐人寻味的是，即使成了革命文艺的骨干，他仍然若有所失；他迫切需要加入共鸣，因为"没有声音的地方就是寂寞"（《河》）。抗战时期《夜歌》里那些章句写得越高亢激昂，就越传来空洞的回声。新中国成立后，何其芳积极配合形势，却在1954年发表了《回答》。这首诗是他沉寂多年之后所作，第一段写到：

> 什么地方吹来的奇异的风，
> 吹得我的船帆不停地颤动：
> 我的就是这样被鼓动着，
> 它感到甜蜜，又有一些惊恐。③

新中国已经建立，历史又重新开始，但有股"奇异的风"吹得诗人不安，他但愿风"轻一点吹呵"，"不要吹得我在波涛中迷失了道路"。

奇异的风，政治的风，情绪的风，还是古老的《诗经》风、雅、颂的

---

① 何其芳：《生活是多么广阔》，《何其芳全集》卷1，河北人民出版社2000年版，第412页。《我把我当作一个兵士》，《何其芳全集》卷1，河北人民出版社2000年版，第418页。《解释自己》，《何其芳全集》卷1，河北人民出版社2000年版，第432—433页。
② 贺仲明：《喑哑的夜莺：何其芳评传》，南京师范大学出版社2004年版，第134页。
③ 何其芳：《回答》，《何其芳全集》卷6，河北人民出版社2000年版，第3—4页。

风?风,风也,教也;风以动之,教以化之。在这新的抒情即史诗的时代,风行草偃,是容不得任何美刺怨悱之声的,何况官方眼下的"变风"?《回答》引来的批判几乎让何其芳招架不住,让他明白得更谨慎地顺风而行。于是1955年的胡风事件里,何其芳身先士卒,批判胡风集团。而从此到"文革"后他不再有诗。

李泽厚先生在他80年代的美学论述里曾经强调"建立新感性"的必要。① 面对"文革"后的精神废墟,李自然是有感而发。就着李的观点我们回顾一个以现代自命的文学世纪,"建立新感性"就有了更宽广的意义。在本文的架构里,我以为抒情应该是"新感性"重要的一端;但我更要强调感性的新旧必须在更繁复的历史脉络——抒情传统——中定义。

兴与怨、情与物、诗与史这些议题来自古典,似乎与当下唯西学是上的理论谈不上关系。但我以为这些议题内蕴着如此庞大的论述能量,一旦遭遇现代、西方文论的撞击,自然应该产生日新又新的意义。20世纪中期陈世骧、沈从文、普实克对这些议题的思考,其实已经为中国文学现代性的讨论,指出了一种可行的方向。

本文的讨论当然难以穷尽这些议题。我希望藉此提出以下观察:这样对"抒情"传统的观照对于我们持续思考中国现代文学,以及中国文学所呈现的现代性问题,能够提供什么样的视野?经过一个世纪的西学洗礼,我们的文学现代性论述难道仍然只能在谈论革命、启蒙、国家,还有弗洛伊德定义下的欲望主体等话题中打转?眼前无路想回头。在一片后殖民、反帝国的批判话语之后,作为中国文学研究者,我们到底要提供什么样的话语资源以引起对话?还是只能继续拾人牙慧,以西方学院所认可的资源,

---

① 李泽厚:《美学四讲》,《美学三书》,安徽文艺出版社1999年版,第508—517页,第531—535页。又见《乙卯五说》,中国电影出版社1999年版,第160—162页。在《世纪新梦》(安徽教育出版社,1998年)里,李泽厚甚至强调治学的最后信念"是情感,人生的意义在于情感。包括人与上帝的关系,最后还是情感的问题,不是认识的关系";"我从工具本体讲起,到情感本体告终"(第243、247页)。李所谓的情不仅具有审美功能,也具有认知和伦理功能。对李泽厚学说局限的讨论,见章启群:《百年中国美学史略》,北京大学出版社2005年版,第266页。

作为批判或参与西方话语的资本？我们对本雅明、德曼这些西方大师的理论琅琅上口，但对和他们同辈的陈寅恪、朱光潜、宗白华、瞿秋白、胡风、钱钟书，甚至胡兰成，有多少理解？我们口口声声地强调"将一切历史化"，但在面对中国历史（尤其是文学史）时，又有多少尊重和认识？

同样的反思也及于我们对抒情"传统"的定位。既然在"现代"的情境里谈抒情传统，我们就无从为这一传统划下起讫的时间表，也无法规避西方理论所带来的冲击。更重要的是，抒情传统所召唤的历史意识必须持续于时空经验里，而非只是本体论的，"当下此刻"相互印证。因此出现的驳杂动机和变量，就有待我们的检视、反省。陈世骧无从解释五四以来抒情传统所掺杂的浪漫主义的特征；沈从文后半生的沉默透露出抒情主体自我抹销的危机；普实克就着抒情构想史与诗的相互证成，但当史诗的威力大到席卷一切抒情尝试时，他的抒情理论自然有了破绽。但也因为这些因素的介入，使我们对抒情传统"如何现代"的思考更成为一项深具对话意义的工作。

我更关切的是文学作为一种学科论述的"风格"问题。至少在欧美汉学界，现代中国文学研究者多以国族社会等议题为起点，笔锋所及，每每向社会科学话语靠拢，甚至形成科学主义式（scientistic）的姿态。学者积极参与历史大叙事的用心值得尊重，但我仍然要说这一倾向其实不脱传统的，而且是狭义的"言志"（夏志清先生所谓的"感时忧国"？）功夫。我们吝于或怯于"抒情"，殊不知情与志、情与辞的复杂结合，正是文学之所以为文学的关键。现代中国写作能够成其大者，除了感时忧国外，无不也是关注语言、用以思考、呈现内心和世界图景的好手。通过声音和语言的精心建构，抒情主体赋予历史混沌一个（想象的）形式，并从人间偶然中勘出审美和伦理的秩序。[1]

---

[1] 因此陈世骧的观察认为中国文学传统是一种抒情的传统。陈世骧：《中国的抒情传统》，《陈世骧文存》，志文出版社1972年版，第31—38页。又见高友工：《中国文化史中的抒情传统》，《中国美典与文学研究论集》第四章，台湾大学出版社2004年版，第104—164页。

风格照映史观。我于是想起沈从文的话:"事功为可学,有情则难知。"不论史传或是诗文,成熟的书写"不仅仅是积学而来",而"需要作者生命中一些特别东西……即必须由痛苦方能成熟积聚的情——这个情即深入体会深挚的爱,以及透过事功以上的理解与认识",而"它的成长大多就是和寂寞分不开"。① 沈从文的话也许是"多余的话",入不得当代理论家的法眼。但我要说,如果沈仍然让我们心有戚戚焉,那是因为他不仅意在"文学批评"而已。在他那个批评或批判铺天盖地的时代里,沈从文已经在默默思考文学和历史更深一层的关系。这是一种"难知"的关系,因为没有事功的印证,而是兴与怨、情与物、诗与史的复沓迭增,形成回荡千百年的感喟与智慧。而沈从文的发现到今天仍有其意义:"抒情"不是别的,就是一种"有情"的历史,就是文学,就是诗。

(原载《复旦学报(社会科学版)》2008 年第 6 期)

---

① 沈从文:《1952 年 1 月 25 日寄自四川的家书》,《沈从文家书》,台湾商务印书馆 1998 年版,第 186 页。

海子、王小波与现代性

崔卫平

将海子与王小波联系起来，起码有这样一些表面上的原因：第一、同样是对于写作拥有巨大热情、以命相搏的那种，在某种程度上说他们为了写作而献出生命也是可以的，但是两个人在生前都只是出版了有限的作品。海子是1988年的长诗《土地》，王小波则是1994年的《黄金时代》，可以说他们在生前都没有享受过作为一个诗人或者小说家的尊贵名声。我们这个时代似乎对某些人十分苛刻，对另外一些人又十分慷慨。王安忆在纪念巴金的文章中说自己被时代"宠坏了"，显然这两个人不属于此类。

第二个明显的相似在于，对于这两个人的作品所做的反应，圈外的人比圈内的人更加敏感和踊跃：王小波生前与所谓"当代小说界"、小说家们来往很少，以圈外人自居；海子虽说在所谓先锋诗歌内部是"老面孔"了，所有该知道他的人都知道这位"天才诗人"；但是对他的作品的评论却迟迟没有出现。直到他1989年去世之后相当长的一段时间之内，关于海子比较有力的评论还为数甚少。而同样，在王小波去世之后，那本最早出现的关于王小波的评论集《不再沉默》，作者大多是学界中人。如果不是我孤陋寡闻的话，至目前，对于王小波的完整评论在专业文学批评家的笔下仍然很少出现。相比之下，王小波在一般读者中所获得的欢迎，所引起的"迷狂"，是有目共睹的。李银河有一篇文章说，"王小波成了一类人的接头暗号"，是很生动的表达。

指出这个事实并不是想要批评我们的评论界，而是想指出另外一种可能性：这两个人的作品之所以在一般读者中引起深刻影响，是否是因为这两个人在他们的作品中，触动了有关我们这个时代、这个时代脉搏中某些深处的东西，触动了与每一个人有关的重大的东西，而对这些东西的处理，文学批评家并不比其他人有着更多的特权或者更加擅长？所以前者的反应有可能比较迟钝一些，相反，读者们则更为敏感。

对这个问题的回答，我本人是肯定的。在下面，我试图加以论证的是，这两个人如何以不同的方式，参与塑造了我们这个民族"文化现代性"、更为具体来说是"审美现代性"的品格，提供了不同的范式。

我所说的"文化和审美的现代性"，首先是沿用了哈贝马斯关于"社会现代化"和"文化现代性"的区别，在这个区别中，"社会现代化"主要由资本主义经济与官僚国家来代表，"文化现代性"则意味着在韦伯"除魅"的前提之下，即一种高高在上、不可置疑并贯穿一致的整体世界观崩溃之后，自然、社会和主体之内这三者得以独立地发展出自身的文化意义，而不再是互相依存和依赖。在文学艺术领域中，主要体现为某种强烈的自主性，任何力量不再能给出文学某种特殊的任务或者使命。文学是个人想象力的结果，是由作品内部诸种元素组合起来的小宇宙，所创造的是另一种真实，它不能等同于人们生活于其中的日常现实；对于作者的想象力来说，所谓"日常现实"并不具有前在的优越和权威地位。也许我们可以从这个角度来解释。为什么在海子的诗歌和在王小波的小说中，都没有提供现成的有关现实的描写，没有出现直接令人想起现实生活的意象或者画面。他们都不是处于现实主义或者批判现实主义的传统当中。

所谓"文化和审美的现代性"，也是借用丹尼尔·贝尔以及美国美学理论家卡林内斯库这样的框架：即"文化与审美的现代性"，具有一种强烈的批判精神，它处于与现存秩序、流行见解、社会主导理念之间的紧张关系之中，表现出一种毫不妥协的决绝姿态。它与"社会现代化"的工程有着不同的诉求，是不同步的。在《现代性的五副面孔》中，卡林内斯库这样介绍这种"现代性"——"厌恶中产阶级的价值标准，并通过极其多样的手段来表达这种厌恶，从反叛、无政府、天启直到自我流放"。[1] 当然，这

---

[1] 卡林内斯库：《现代性的五副面孔》，顾爱彬、李瑞华译，商务印书馆2004年版，第48页。

样的框架不可以简单套用,因为在中国并没有出现比较完整的资产阶级价值标准、比较成形的资本主义的伦理精神。令中国作家感到紧张的、成为某种障碍的,可能是另外一些东西,这些东西构成了他们感到疏异或者与之决裂的对象。而实际上,这两个人本身还有巨大的差异。

先说海子。四川诗人钟鸣在纪念海子的文章《中间地带》里认为,"海子的自杀与他生活、往返的两个地区有关":"一个是单调乏味的小镇",一个是"首都"这个"精神上可以得到拓展和丰富的文化中心"。而海子则作为"这两个地区的代言人,在判断的法庭上相互审查、挑剔、寻找机会,抓住对方的每一个弱点和纰漏"[①]。如果将钟鸣所说的"小镇"改为"乡村",那么我则同意这样的说法。往返于这两个地区,感受着两个地区的不同面貌,比较它们之间的巨大反差,构成了海子精神危机的重要来源。

无疑,海子诗歌的抒情性质来源于他的乡村生活经验,他作品中经常出现乡村生活的某些意象,如"雨水"、"村庄"、"河流"、"麦地",他甚至会把笔下的女性弄成"姐姐"这样的抒情元素,但是海子从来不是一位田园诗人,不是一位牧歌诗人,他来自乡村,但并不是一位乡土诗人。他的笔下从来没有出现过那种宁静、恬淡、悠闲的田园生活场景,找不出海子有一首诗描写了某一个生动甜美的乡间生活瞬间。相反,他笔下的乡村和土地,都处于某种激烈冲突当中,并且在这种冲突中感到失败、无能为力和绝望。

这从他写于1987年的长诗《土地》中体现得最清楚。这首长诗有十二章,与一年中的十二个月份相对应,但是却并没有出现与此相关的一年四季的景色。但是,采用一年下来十二个月的结构和节奏,与这首长诗的主题恰恰是十分吻合的:它意味着一种循环,意味着一种周而复始,不仅从起点奔向结局,而且再由结局奔向起点。但同时要说,这是一种封闭的循环,是被囚禁的循环:在土地上一年四季发生的故事仅仅停留在它自身之内,毫无出路和前途。一方面,是"种子"的不断打开,是无穷的生长,

---

① 崔卫平编:《不死的海子》,中国文联出版公司1999年版,第62页。

是年复一年的涌出、涌现；而另一方面，"种子"打开之后重新变为（他称之为）"尸体"，是曾经出现和上升的东西重新复归于泥土。"泥土反复死亡，原始的力量反复死亡"①。而究竟什么东西赋予了这出周而复始的循环戏剧毫无出路的绝望色彩？

这首长诗还有一个短暂的题记："土地死去了，用欲望能够代替它吗？"这里清晰地表达出构成与土地巨大冲突的并企图代替它的，是被称之为"欲望"的东西。在这首诗的不止一个部分，都提到了这种"土地"和"欲望"的冲突。不难见出，在这种冲突的背后，可以看作是现代化进程中"城市"和"乡村"的冲突，更确切地说，是城市对于乡村的背叛和剥夺，是乡村被无情地遗弃和遗忘。

> 现代人　一只焦黄的老虎
> 我们已丧失了土地
> 替代土地的　是一种短暂而又抽搐的欲望
> 肤浅的积木　玩具般的欲望②（《第十二章·众神的黄昏》）

这里用了"肤浅的积木"、"玩具般的欲望"，来形容与土地相对立并取代土地的那种东西，的确是行走在"两者之间"的人，经过反复比较，才能获得的视野。而海子本人无疑是站在被遗弃者一边的，他的同情倒向"乡村"或者说"土地"这一头。在他的诗歌中，反复叙述着的是土地的"悲惨"、"荒凉"、"痛苦"。这首长诗有两个章节用了这样的标题"土地固有的欲望和死亡"（第三章）、"土地的处境和宿命"（第十一章）。

有两个出现在海子诗歌中比较特殊的词汇，可以进一步支撑海子是在中国现代化的背景中，看待"乡村"或者他所说的"土地"。一个是"农业"、一个是"粮食"。这是在中国工业现代化进程中出现的特殊用语。把

---

① 海子：《海子诗全编》，西川编，上海三联书店1997年版，第565页。
② 海子：《海子诗全编》，西川编，上海三联书店1997年版，第627页。

"土地"看作是"粮食"(一个商品交流的词汇)的来源,把祖祖辈辈生活于其上的大地称之为"农村",把一套更为复杂的、带有多重色彩的事情统称为"农业",这样一个非常减缩的眼光,是伴随着五十年代中国工业现代化以后才开始有的。而一旦"农业"、"粮食"这样的词汇出现,同时又产生另外一些与之相关的词汇,比如饥饿。他笔下的"饥饿",可以当作某种"危机"的信号来读。

然而同情归同情,现实归现实,海子同时清楚地意识到他自己已经不再能重返乡村,不能重返赋予他生命的土地,土地已经从他生活中逐渐消失,变为他的记忆。一般人或许只是偶尔地想起自己生活过的土地。但是诗人所要求的忠诚和忠实,所追求的生命的连贯与一致,使得他离开土地这件事情,成为他精神危机的一个来源。他写道:"背叛亲人已成为我的命运/饥饿中我只有欲望却无谷仓"[①]。"只有欲望却无谷仓",是他在城市生活获得的观察和经验。而这时,"土地"和"亲人"就像从他体内分离出去的一块大陆,无目的地、无人知晓地漂流下去。他这个人由此而彻底分裂。体现在他的诗歌中则一半是抒情、柔情,一半是他称之为"暴力"(一种与理智有关的语言暴力,如"土地对于我是一种束缚 也是阴郁的狂喜 秘密的暴力和暴行"[②])。

什么是诗歌中的天才?诗歌中的天才就是将自己的命运,与时代的命运恰当地联系在一起的人,就是通过自己的命运洞察了时代命运和危机的那种人,就像卡夫卡说自己——他本人的弱点恰恰与时代的弱点结合在一起。我们也完全可以说,海子的命运与在工业化过程中"土地"的命运是联系在一起的,海子的悲剧也是土地的悲剧。

但是我不同意前面提到的钟鸣说的"代言人"这样的提法,不同意将海子说成是被遗弃的、凋敝的农村的代言人。在广大农村发生的事情,对海子来说,并不仅仅是一个外在与他本人的客观过程,他只是忠实地记录

---

① 海子:《海子诗全编》,西川编,上海三联书店1997年版,第584页。
② 海子:《海子诗全编》,西川编,上海三联书店1997年版,第629页。

了下来，那样，海子就是一个现实主义诗人，显然他不是。在海子那里，土地变迁的命运，是通过诗人本身的主体性来呈现的，主体性即某种精神性，也就是说，海子是透过某种精神性的眼光来看待土地的。在海子那里，"土地"同时意味着一个巨大的隐喻，一种精神性的存在：远去的、被遗弃的土地，意味着现代社会中人们精神上的被放逐、漂泊不定；土地的"饥饿"，也是人们精神上的饥渴、焦虑、流离失所；土地的悲剧，折射出现代社会中的人们痛失"精神家园"、无可依傍的悲惨处境。比如"意义"这种东西对土地上的人们来说是不言而喻、也是不可动摇的东西，对于现代人们来说，却变得支离破碎了，变得分崩离析了。用马克思的话来说，"一切坚固的都烟消云散了"。从这个角度，才可以理解为什么海子的诗歌中出现那么多不成形状、断肢残臂之类。我曾经把它们形容为一个"解剖学的实验室"，断肢残臂、尸横遍地，难以拼凑起一个完整的形象，如同现代人的精神，难以找到一个中心得以贯穿和借此获得支撑。

在这个意义上，令海子感到"疏异"、感到紧张和气闷的，除了在工业现代化进程中农村和城市的对立之外，同时还是"精神"与"欲望"的对立。"土地"在海子那里，同时也是"精神"的载体。面对现代生活中人们精神上的危机，海子幸运地找到了"土地"这个意象，通过讲述土地的命运，来讲述人们精神上的悲惨境遇。人们经常提到海子诗中的"麦子"、"麦地"，其实这远远不是一个田园的、和谐大地的意象，而是一种"芒刺在背"的感觉："麦子"和"麦地"意味着"他者"，意味着向他发出质询，意味着他内心的分裂。表达他这种疏异的经验，还有"深渊"、"体内的阴影"、"黑暗"、"废墟"之类的意象。

在意识到精神上巨大的危机之后，在经历了由这种危机所导致的精神上的分离和分裂、失败和废墟之后，海子是想要挽回和拯救的，是想突围和寻找出路的。这表现在一方面他接近宗教，不断借用荷尔德林重新呼唤"大地神性"的表达，在诗歌中，不断出现可以归之为"先知般的"、"天启情绪"式的句子，诸如"走到了世界的尽头"这样的表达。在他去山海关结束生命的路上，随身携带的四本书中，有一本是《新旧约全书》，他在谋求某种精神力量能够对现世有所补救,也能够对离开或者失去家园的个人有所指引,有所补偿、有所保证和有所依托。而另一方面,在诗歌写作上,他返回"史诗"、"大诗"这样的立场,不再强调个人写作,由此你可以体会他在重新寻求某种整体性、某种共同体的冲动。西川表达过这样的意思,说海子的诗歌是一个从"新约"返回"旧约"的过程。这不仅应该被理解为从爱到暴力的过程,而是同时需要这样的理解:海子在期待从暴力、从行动中重新开辟世界,返回一个集体叙事的年代。当然,意欲书写"大诗"的冲动应该说是一种非分之想。"史诗"作为一个民族的"圣经"(黑格尔语),是一个民族的集体创作,不是一个人能够作为的。荷马不过是给英雄的业绩押上韵脚的人。而那种英雄时代已经一去不复返了。

如果说海子所经历的,与德国浪漫主义传统(直至海德格尔)有着深刻联系的话,那么王小波则是与英法人文主义的、启蒙的传统有关。"启蒙"在今天是备受争议的一个词,不乏有人将"启蒙理性"与"社会现代化"画上等号,在对"社会现代化"进行反思批判的同时,抛弃启蒙理性的传统。对这些话题的辩驳不是本文的任务。我需要回答的只是——如果王小波与一种启蒙传统联系起来,你所说的启蒙指的是什么?在这里,我采用的是台湾学者钱永祥先生在他那篇《现代性业已失去批判意义了吗?》一文中,对于启蒙原则的概括:启蒙肯定理性,认定一己以及共同生活的安排,需要有自我引导而非外在(传统、教会、成见、社会)强加;启蒙肯定个人,认定个人不仅是道德选择与道德责任的终极单位,更是承受痛苦和追求幸福的最基本的单位;启蒙肯定平等,认定每个人自主性的选择,所得到的结果,具有一样的道德地位;以及启蒙肯定多元,肯定众多选项[①]。当然,我们不能把王小波的小说当成是这些原则的演绎,与海子一样,王小波也有他在中国现实的出发点,有他在现实中感到疏异、感到气闷的东西,他是在与某些东西的对话中发展出他的想象力。他的启蒙理性

---

① 钱永祥:《纵欲与虚无之上——现代情景里的政治伦理》,北京三联书店 2002 年版,第 358—359 页。

是在与人文主义精神与场景的结合中，最终发展出他自己独特的诗性来的。

我们不妨在与海子的比较中来看王小波，一个最大的、显而易见的差别是在王小波那里，不存在"精神家园"这种表述。在向往"精神家园"的意义上，海子是一个乡愁诗人，而王小波完全不是。王小波没有那种返回的冲动和不想做那种返回的努力。在是否一定需要一个归宿或返回某个理想化的过去的问题上，王小波显得死不悔改、决不松口。他的那篇《我的精神家园》，拐来拐去是对于"精神家园"这种说法的一种嘲讽。他说："我很怀疑会背宗谱就算有了精神家园。"他更宁愿同意安徒生的《光荣的荆棘路》的表达，认为"人文事业就是一片着火的荆棘，智者仁人就在火里走着"①。"在火里走着"什么意思？就是宁愿忍受没有"家园"的痛苦和煎熬，也不轻易给自己找一个归宿，一个温柔乡，一个停下脚步来的歇息之处。他不是没有感受到虚无的侵蚀，不是没有感到除魅的现代生活特有的空虚乏味，但是他宁愿采取一声不吭的方式，他熬着、他能熬。实际上，用"煎熬"这个词对他来说还是太重了，他在运用了安徒生的《光荣的荆棘路》中"在火里走着"这个比喻之后，创造了一个自己的比喻，这个比喻是理解王小波作品的一个关键："这条路是这样的：它在两条竹篱笆之中。篱笆上开满了紫色的牵牛花，在每个花蕊上，都落了一个蓝蜻蜓。"蓝蜻蜓会飞的，是漂泊不定的，而且在蓝蜻蜓的背后，是一望无际的天空，天空当然意味着自由，同时也意味着居无定所，漂泊无踪，谁能够在天空中安下家来？他的另外一段表述同样非常清楚，在《跳出手掌心》这篇文章中，他说"智慧永远指向虚无之境，从虚无中生出知识和美"②。比较起来，某种称之为"虚无"的状态对后期海子来说是难以忍受的，对王小波来说却是创造性工作的前提。一个要回家，一个还嫌自己走得不够远，还要走得更远，显然这是不同的冲动，不同的诗意。

从美学形态上来说，这两人之间的区别无所谓高低对错，我们甚至可

---

① 王小波：《沉默的大多数》，中国青年出版社1997年版，第308页。
② 王小波：《沉默的大多数》，中国青年出版社1997年版，第64页。

以借用米兰·昆德拉作品中的两个人物,来对此做进一步区分辨别,即《生命中不能承受之轻》中的两位女性:特丽莎和萨宾娜。特丽莎受不了国外的生活,一定要回家,只有回到布拉格才感到安心,她是一位乡愁者。而萨宾娜不能在任何一个人、任何一个地方安下身来,小说中一个极端的说法是"背叛",萨宾娜不停地背叛:背叛父亲、背叛丈夫、背叛情人、背叛祖国直到无可背叛,这里的"背叛"不需要坐实了来理解,它指的是一种"生命中能够承受之轻"的自由状态,在这个世界上独来独往,不被任何力量束缚住。对这种无家可归的状态,萨宾娜甚至一点也不感伤,她不为此自怜自艾。用小说里的语言来说,她不"刻奇"(Kitch)。

也许有人要说:这种人只配下地狱,因为他们从来不考虑救赎的事情。也许是这样。但是,对于他们来说,宁愿下地狱,也要不依不饶地坚持自己不依不靠、"特立独行"的立场。这一方面是出于理性的怀疑论立场,不相信有什么一劳永逸的东西可以把自己交付出去;另一方面,想必有什么东西如此吸引他们,对他们来说更加重要,更加珍贵,更能够体现自己生命的价值。这个东西可以称之为"自我引导",即一个自我引导的、自己作主的、自我设置的、自行营造的生活,才是值得一过的。

王小波1978年给李银河的情书中写道:"我们生活的支点是什么?就是我们自己。自己要有一个绝对美好的不同凡响的生活,一个绝对美好的不同凡响的意义。"决定自己把自己扛起来,由自己创造自身生命的意义,这种意义并不是来自任何一种外部力量,这种生活不是由任何他人来安排,更不能听由他人来强行规定,不是任何一种外部力量、外部环境所能够提供或者押宝押在上面的——这样的起点,别说1978年,就是现在听起来也是那么新奇有力。他流传最广的、人们最熟悉的那篇随笔《一只特立独行的猪》,在他的描绘中,那只猪从来不在猪圈里呆着,它后来流亡时,又以鸣笛般的叫声误导工人们上下班,体现了同样的"自我设置"的精神。类似的表述在他的著述中比比皆是。《黄金时代》中的王二说:"如果一个人不会唱,那么全世界的歌对他毫无用处;如果他会唱,那他一定要唱自己的歌。这就是说,诗人这个行当应该取消,每一个人都要做自己的诗人。"

"自我引导"的起点意味着凡事得自己想一想,不能仅仅照着别人递到你手上的事情的某种样子照单全收。而要去想一想,要推敲一下,要叩问一番,要加以质疑,凡事都得经过重新敲打。用王小波自己的话来说,就是"从反面看一看"或者"掉个面"看一看。他认为不思考就意味着受愚弄,而受愚弄正是人生最大的悲哀。在小说《似水流年》中,他通过人物的口中说出:"在我看来,人生最大的悲哀,在于受愚弄。"他甚至把思考提升到一种道德地位,认为不思考是一种罪过,甚至是邪恶,不让人思考更是罪上加罪。他这方面的表述,用了那种以命相搏的方式,也可以说,用了吃奶的力气。他不遗余力地谴责取消个人思考的种种说辞和做法,而这些做法通常是由那些善良的人们、以善良的名义来进行的。在这些所谓"好人"眼中,那些爱动脑筋是一种不够厚道、不够良善的表现,谈及此,王小波每每几乎要暴怒:"愚蠢是一种极大的痛苦;降低人的智能,乃是一种最大的罪孽。所以,以愚蠢教人,那是善良的人所能犯下的最严重的罪孽。从这个意义上说,我们决不可对善人放松警惕。假设我被大奸大恶之徒所骗,心理还能平衡;而被善良的低智的人所骗,我就不能原谅自己。""我自己当然希望变得更善良,但这种善良应该是我变得更聪明造成的。"还有,"对一位知识分子来说,成为思维的精英,比成为道德的精英更加重要。"(《思维的乐趣》)[①]

不仅是将头脑建立在自己的脖子上,而且同时需要自己对自己所做的事情负责,而不是整天做出一副无忧无虑、天真快乐的样子,结果是从个人责任的眼皮底下溜走了。他有一篇《肚子里的战争》的文章,这是王小波亲自经历的、在他插队的云南农场发生的。为了让更多的人能够得到"在战争中学习"的机会,农场(领导)将替牲畜看病的兽医弄到替人看病的医院来,给需要做外科手术的人们开刀。幸好,大多是割盲肠这样不算大的手术。但是,仍然麻烦不断。因为人的盲肠比马的盲肠要小得多,对

[①] 王小波:《沉默的大多数》,中国青年出版社1997年版,第24—25页、第24页、第27页。

这些不太熟悉战争的"骡马卫生员"来说，很不容易找到。于是当病人的肚子被剖开几个小时之后，还是找不到盲肠这件无用之物。主刀大夫也很着急，把病人的肠子都拉了出来；结果是病人自己也不耐烦了，撩起白布帘子自己起身一起帮助找。因为眼看天就要黑了，手术是靠天光，没有照明灯。若是找不到盲肠，这位接受手术的兄弟就会开着膛晾一夜。讲完这个故事王小波发话了，他说，当那位主刀的大叔，用他自己漆黑的大手捏着别人的肠子上下倒腾时，"虽然说他自己在学习战争，但我就不信他不知道自己是在胡闹……整个的社会环境虽是一个原因，但不主要。主要的是，那个闹事的人是在借酒撒疯。"① 换句话说，这位大叔知道所有事情不对头吗？知道的。他能够知道的。他有这个能力。但是他假装不知道。王小波在别处又把这种现象称之为"起哄"。起哄的人自以为聪明，其实愚蠢无比、自我愚弄而已，不敢面对自己、对自己所做的事情负责。一个自由的人，同时意味着一个对自己行为负责、承担自己行为结果的人。这种"装作不知道"是王小波最痛恨的东西，他还有一个说法叫做"卖弄天真"，他形容自己早已经"丧失了天真"，并对此绝不后悔，而且要"反对童稚状态"。在《洋鬼子和辜鸿铭》一文中，他写道："在英文里，丧失天真兼有变得奸猾的意思，我就是这么一种情形。"② 在很大程度上，"失乐园"的表达更能够反映现代人的处境。按照对于"启蒙"最初的这个理解，即呼吁每个人能够"运用自己的理性"，摆脱种种不成熟的即依附的状态，那么王小波是中国又一轮启蒙的先行者。

从这个维度看过去，就不难发现是什么让王小波感到疏异、与他造成紧张关系的。不是如同海子那样，是某些现代性（工业现代化）造成的损失和损害，而是可以称之为"前现代"的种种做法、思维方式和社会习惯，是种种名目的他人引导、权威引导，结果引导到一个完全荒谬的方向上去。他的作品有以"文革"为背景的，或者七十年代的中国为背景，将那样封

---

① 王小波：《沉默的大多数》，中国青年出版社1997年版，第155页。
② 王小波：《沉默的大多数》，中国青年出版社1997年版，第96页。

闭的社会、普遍的被安排的生活以及屈从的人格称之为"前现代",应该不是过分的。

王小波作品中的人物,就是这种自我引导、自己承担自己行为后果的"新人",尽管每个人都处于体制的边缘,在体制中靠边站或者已经从体制中被剔除了出来。对于别人来说这是痛苦的事情,可对于王小波笔下的人物来说,从某种愚蠢的"无忧无虑"的状态中跌落出来,从"伊甸园"跌落到"失乐园"的过程,正好是一个从未有过的解放的过程,是从此开始自己生活的起点。然后这些人干什么去?寻找神奇啊。在《革命时期的爱情》中,他借人物的口写道:"惟一有意义的事情,就是寻找神奇。"最典型的就是名为《黄金时代》的那篇,一个叫做陈清扬的女性,被怀疑与别人有不正当的男女关系,于是揪出来游街示众,但是她却从此踏上了真正的幸福大道,与和她一起被揪出来的男知青,一边"出斗争差",一边发展"伟大的革命友谊",也就是说,几乎在众目睽睽之下,尽情享受男欢女爱,那个时代被剥夺掉的、因而也是最神奇的东西之一。

王小波小说中的这些蓝蜻蜓们个个身怀绝技,身手非凡,有着非同寻常的科学头脑和动手能力,他们一定要寻找出一些新奇的玩意,使得这些东西"具有一些魔力,可以使人离地飞行"。这是学理工科出身的王小波独独具备的想象力。这样一些拥有高科技含量的人,不可能当寄生虫,也不可能因为什么都不会,"只会明辨是非",像萧伯纳剧中的人物那样。一般来说,"乡愁诗人"对新的科学技术采取比较疏远和敌视的态度,而王小波不是,他乐在其中。这是自我引导的资本,也是价值中立的根据,同时也是一个人对于自身的限制。

与海子"天启情绪"带来的"先知式"语言风格相对应——更准确地说是相反,王小波也站在时代的前列,但是他将自己感受到的东西,用一种"徉谬"的方式表现了出来,于是看上去他更像是一位"反先知"。他不是以真理的方式,而是谬误的方式;不是短小深刻的,而是饶舌和繁复的;不是从一个事物到另一个事物的最短距离,而是它们之间最长的距离;不是简洁的,而是杂芜的;不是集中的,而是丢三落四的;不是克制的,而是放肆的；不是按直线、沿着铁轨走来的，而是跳着桑巴舞、作出若干多余的动作，甚至一路后退，不知怎么就一路飞奔到你眼前！他一路不着边际，好像就是为了证明他能够从天而降！

如果说，海子和我们当中的许多人，都是"乡愁诗人"、"乡愁派"，那么我们为王小波起一个什么名字好呢？也许叫做"地平线诗人"吧。他所站立的那个位置，他所释放的某种能量，他所提供的新的经验和视野，正像地平线一样，代表着这个世界之外的另一个世界，那是更加自由、更加有趣、更加富有可能性、也是同样优美的世界。

（原载《当代作家评论》2006 年第 2 期）

"伪民间"与反启蒙

张光芒

自从上世纪90年代以来,以主流历史、宏大政治以及神圣爱情等为核心的宏大叙事已经被越来越多的作家所扬弃,与此同时,突破上述种种叙事形态及其所表征的现代性意识形态的"民间叙事伦理"或"民间立场",成为不少作家向往的"桂冠",以至于现在好像只要戴上这顶桂冠,就打上了"高质量"的标志。不过,随着这"桂冠"的漫天飞舞,我们看到,"民间"这一片理应肥沃葱茏的土壤上如今却是杂草丛生,良莠不分,甚至有点群魔乱舞的味道。长篇小说创作在过去是宏大叙事的主领域,现在仍然是民间叙事的重镇,在这一领域,民间叙事曾经是对于宏大叙事霸权的有力解构,民间立场则是对于知识分子立场的有效补充,对于启蒙主义精神的丰富和调整。危险性在于,民间立场如同革命、解放等其他立场一样,如果不能够坚持人性探索的底线与人文精神的原则,如果不是遵循审美叙事原则渗透在文本肌理之内,而只成为一面高扬在作品之上的旗帜的话,就会走形甚至变异,成为一种新的意识形态。这一点已经越来越清晰地从当前的民间欲望叙事、民间历史叙事等最为流行的几种叙事形态中呈现出来,如果能够对民间叙事的蜕变,尤其对莫言、余华等这样备受推崇也拥有广泛读者群的民间叙事大家的叙事症候,进行一番考古学式的探究,无疑有利于我们透视长篇小说创作思想精神下滑的轨迹。

我们先看以民间立场为精神谱系的小说创作在欲望叙事方向上的转型。"新时期"伊始,思想解放潮流的涌动催发了欲望的苏醒,长期禁锢于宏大理性框架的情感欲望在对个体化、世俗化、民间化的自由的渴望与幻想中,经由此期小说丰富的创造性叙事得到了血肉丰盈的展现与描摹,并渐渐取得合法性地位。然而,随着商业世俗主义思潮的汹涌澎湃,渗透于欲望叙事内里的自由伦理观悄然发生着新变,曾经长期被社会压抑的个体由与社会对峙、构成张力的现代个体,走向或者完全漠视社会环境、陷入自恋或者完全顺应社会、融于消费主义思潮的"准个体",而其所依托的民间精神则退化为完全对立于人性启蒙的"沃土",很多作家将民间乡土文化等同于没有头脑的"动物凶猛"、混沌状态的欲望泛滥,失却了现代启蒙既将欲望作为生命力的源泉同时又对"精神奴役的创伤"进行批判的张力,成为一种平面化的欲望叙事。

这一点在余华、莫言等人的作品中有着突出的表现。很多读者对余华近期出版的《兄弟》感到不满甚至不解,这样一部艺术性不强的作品怎么会出于一位大家之手?它的叙事摆出一副地道的民间面孔,很像一篇标准的民间巨著,叙事者本身就是"我们刘镇"——已经民间到彻底的地步。那么这位"叙事者"具有怎样的叙事品格与叙事立场呢?相信读者印象最深的莫过于它对李光头这样一位集愚昧、霸权、荒淫、荒诞于一体的代表人物情欲言行的玩味与展览。还未成年的他便因为偷窥女人屁股尤其是林红的屁股而备受"刘镇人"的青睐,叙事者"刘镇"更是将这一点以及与其颇具异曲同工之妙的"磨电线杆"夸大渲染到整个上部最重要的事件,成为塑造人物性格最出彩的环节之一。可见在作家心目中,这种事件就是民间最基本最常见的场景之一,李光头就是最具民间意识的幸运儿。此后,李光头虽然没有马上得到林红的爱,可是凭借着一股闯劲加上无赖和好运发了大财,有机会以各种花样玩弄各种女人,并最终从肉体上得到林红。然而,就是这样一个没有任何道德感、狡猾、无赖、霸道的人物,叙事者偏要将兄弟深情寄托在他身上,将对女人(林红)执著的爱寄托在他身上,将对政治意识形态以及消费物质社会的批判与揭示寄托在他身上,将其打扮成一个披着民间旗帜的怪模怪样的民间英雄。

这种将民间意识等同于本能宣泄、无知愚昧,将滥情纵欲黄袍加身,搞个反思政治、反思现代物质消费社会的名目的欲望叙事在当前长篇小说中可谓不胜枚举。除余华外,莫言的作品也很有典型性。可以这样说,到目前为止,莫言创作所笑纳的赞谀,除感觉的丰饶、细致、奇异,语言的恣肆澎湃与陌生化,以及儿童视角的有效使用等外,还有一个重要方面,就是常有论者所谓的突破政治、启蒙等等层面的人类学意义上的经验呈现与"民间伦理原则";其长篇小说《丰乳肥臀》、《檀香刑》等则被视为民间伦理原则的代表作。也许以《红高粱》红透文坛的作者坚信,只要在创作时祭出剽悍不羁、性欲旺盛的男人女人这一叙事法宝,就能抵达甚至超越《红高粱》的思想艺术境界,就能够以"鲜活"的民间精神领军文坛。事实果真如此吗?我们就以其被推举为民间叙事集大成之作的《丰乳肥臀》为例。沙月亮、司马库与鸟儿韩等是小说着意塑造的刚性男人,尤其后两位被母亲上官鲁氏视为真正的男子汉。司马库对女人的魅力自不待言,上官家的二女儿招弟勇敢地对抗母亲嫁给他做姨太太;大女儿上官来弟也是靠着其"金刚钻"的威力从失心疯中清醒过来。即使在逃亡的危急关头,还有女人自称母狗,心甘情愿与之在田间地头颠鸾倒凤。鸟儿韩更被塑造为血性十足的民间传奇人物,出场时他就显现出敢于出头、敢于争命的硬汉子作风,此后更被描绘为一个民间传奇英雄。更重要的是,在血性十足的传奇英雄之外,鸟儿韩还被塑造为一个弥足珍贵的情种,与上官家如花似玉、风情万种的女儿们中最为风流的一个,即大姐上官来弟一起承担着营造民间爱情神话的叙事重任。其实他们最初的肉体接触并无新意,延续的仍旧是作者一以贯之的男女之间无需理由、烈火干柴般的叙事套路,缺少必要的铺垫就翻滚在一起。两人的关系如果发展到这一地步也就罢了;这不过是上官来弟风流淫荡的又一例证。可是我们发现,由浑圆的屁股、挤扁了的乳房,一声一声的狂叫接上头之后,两人的关系可谓突飞猛进,很快被拔高为崇高、甜美、庄严的性爱关系的代言人,相关叙事格调也发生了360度的大转变,动物凶猛式的肉欲通奸被装扮成了心灵交融的高尚行为,甚至被"升华"到"为天地献礼"的高度:"月光实在是太美好了,清清冽冽,洋洋洒洒,……鸟儿韩与来弟的这一次欢爱是对高密东北乡广天阔地的献礼,是人类交欢的示范表演,水平之高高过钻天的鸟儿,花样之多多过地上的花朵。"这就是作家心目中的民间世纪"性爱礼赞",民间自由精神的狂欢。

如同文学叙事不是政治的传声筒一样，它也不是民间的传声筒，它必须有自己的发展演变规律。高潮也好，狂欢也罢，必须从叙事的缝隙中渗透出来。可是我们从小说的整体叙事中无法获得叙事者所大力渲染的这种"天地献礼"与"人类示范"的欢畅与庄严，印象最深的反而是严重的牵强附会与人性的断裂鸿沟。相信读者们对所谓"人类示范"的女主人公上官来弟此前的表演还记忆犹新。其中较有代表性的有两次。一次是她倚疯卖疯地上演了一出牲畜闹春式的活剧；另一次则是上官来弟与二妹夫司马库的通奸描写。两人没有任何铺垫便直奔主题，"不知羞耻的肆意狂欢，毫无顾忌……浪死了呀，熬死了呀"。就是这样一个欲火攻心、肉欲横流、粗俗放荡、勾引妹夫、通奸杀夫的失心疯患者与欲望至上主义者，转眼之间却摇身一变，成了所谓"天地献礼"与"人类示范"的代言人。

莫言是"作为老百姓写作"（比"为老百姓写作"提高了一个档次）的首倡者，他多次声称《丰乳肥臀》"是写一个母亲并希望她能代表天下的母亲，是歌颂一个母亲并企望能借此歌颂天下的母亲"，"我憋足了劲要在这部书里为母亲歌唱，更狂妄地想为天下的母亲歌唱"。这个"母亲"便是上官鲁氏——一个集乱伦、通奸、杀害婆婆、偏心儿子、教养失败于一体的女人，通过她能达成歌颂天下母亲的愿望吗？这样的母亲能代表"民间精神"吗？再如《檀香刑》中代表胶东民间精神的"猫腔"，小说更是将其描写得怪诞滑稽而愚蠢，民间精神难道就是这样的吗？从号称最有民间精神的作家那里我们看到的往往不是母亲崇拜，而是乳房崇拜，不是民间精神，而是刽子手伦理。从根本上说，作者极力渲染的上官来弟与鸟儿韩之间的民间"世纪情爱"不过是一个幻相，就像无源之水，无根之木，任凭其怎么大声宣扬，也难以打动人心。以此观之，如果没有真正的民间意识、民间精神，仅仅凭借几个所谓民间传奇人物或浑然冲动的野性女子，并不能创造浩浩荡荡的民间世界。

正如有论者指出的，当下作家往往持有一种偏见，那就是自认为当对性和欲望说"是"的时候，就是对政治说"不"。的确，当政治本身不能够保证将人们的力量全部用于政治目的上的时候，它反而会默许性的自由的存在，因为那样至少可以保证民间没有剩余的精力来充当政治的反面力量，因为他们在性的或者说私人领域内的放纵所造成的虚假的自由幻相之中得到充分的"满足"了，同时也已经无力自拔了。因此，这种文学上消极自由式的性解放恰恰是不仅不能构成对政治的张力以及对社会的批判性，恰恰不是弘扬了文学的启蒙精神。在一种"民间＝本能"的公式换算中，不但人的本质被异化，而且人的成长历史也被叙事成抽掉了理性的欲望的历史、愚昧的历史、暴力的历史、碎片化的历史。可以说，在今天我们的"底层文学"是有了，但底层文学意识则缺乏，"民间"文学有了，真正的"民间"文学意识则少有，更多的是种种"伪底层意识"、"伪民间精神"。

如果说上述长篇之反启蒙的恶劣效果与其"伪民间"精神或生活状态息息相关，那么另一类情况则直接导引于"伪民间立场"；如果说上述长篇是对民间丰富的生活情态的低俗化、本能化的曲解，那么另一种情况则是对民间世俗生活真相的刻意过滤与无限拔高，是知识分子因自身思想无力而通过对民间的虚假想象营造出乌托邦，将之作为思想与叙事的资源。张炜是一个非常有精英意识的知识分子作家，同时也恰恰是一个愤世嫉俗唯独钟情于、融入野地的民间立场的代言人。如果说在《古船》中，作者以其坚实的现实主义精神对民间进行了冷峻的剖析，《九月寓言》至少比较清醒地告诉人们，高尚或者卑微，它们都来自民间那最为原始的生命冲动，那么到了《能不忆蜀葵》，作者再也没有了对于民间生活与生命的洞见，只有对乡土生活的完美想象和对这种想象的无比怀恋，蜀葵所象征的生命流动，那"夏天的光，夏天的热量，中国乡间的烂漫和美丽"，不像是中国的民间，倒像是一个善于狂想的画家心目中的天堂。

阎连科《受活》也是颇富代表性例子，它彻底告别了政治乌托邦及其宏大叙事，之所以说它"彻底"，是因为它告别政治乌托邦的方式是高高地构架起了一个新的乡土乌托邦——那个受活社，那个受活庄，既是残疾人的天堂，也是现代性社会的"世外桃源"。残疾人与圆全人，受活社会与现代主流社会进程构成了一对格格不入鲜明对立的矛盾。作家在处理这对矛盾时非常有力地批判了充满欺诈与诡计的现代文明，尤其是充满政治乌托邦色彩的革命进程对乡土文化、民间精神的扼杀和毁灭，但这远非小说叙事的主旨，作家深情无比地赞颂着的、痛楚无比地缅想的，是以茅枝婆为代表的受活人和受活世界，这些瞎子、聋子、瘸子、哑巴以其谦卑、内敛、诚朴组构了一个祥和宁静而温馨的福地。然而他们柔弱、短视、愚陋，之所以被圆全人欺骗，也是源于他们的简单，以及在实利面前难以把持，甚至是缺乏操守和自尊，对于这些，作者则几乎视而不见，而是毫无原则地凸显两种世界的对立。如果说作家是站在知识分子立场上写作，那么这里缺乏一种冷静的反思和批判态度；如果他是站在民间立场上说话，则又毫无扪心自食的忏悔精神，这种反政治乌托邦的民间乌托邦叙事，在某种程度上回归了拒绝个性解放、漠视灵魂强大的反启蒙倾向。有学者评论说，就乡土中国的文学书写而言，有了阎连科，我们才可以说，鲁迅式的"国民性批判"，沈从文式的"乡土恋歌"，以及《古船》或《白鹿原》式的"文化秘史"，的确是上一个世纪的事情了。这样的评价从阎连科与前人创作之启蒙精神的不同来说是对的，但显然过于乐观，更重要的问题在于，这里乡土及其民间精神已经不是活生生的，反倒像概念化的。

当民主性的精华与封建性的糟粕交杂在一起的民间成为一个诗意的乌托邦，当藏污纳垢同时满孕着生命强力的民间成为真善美的最终象征，一句话，当民间成为神话，成为拯救现代性迷途的唯一的灵丹妙药，一方面民间已经不复是真正的民间，民间精神也不复是真正的民间精神，而是伪民间和伪民间精神；另一方面，伪民间精神进一步解构了长篇小说的自由叙事伦理，走向反自由、反启蒙的深渊。如果说欲望写作以其过度的"媚俗"令人生厌的话，那么这类民间乌托邦叙事不妨称为"媚雅"，同样不啻是对文学精神的一种伤害。

（原载《文艺争鸣》2007年第1期）

当代中国文学的"再政治化"问题

何言宏

从"去政治化"到"再政治化"

"文化大革命"以后,中国的政治文化发生了相当巨大的历史性变化。1949年以后及至于"文革"时期革命的政治文化之中极"左"的一面遭到了扬弃,而在另一方面,革命文化的基本内核却在新时期以来的主流意识形态中得到进一步的发展与遵循,从而也构成了"改革时代"中国最为主导性的政治文化。新时期以来的中国文学,正是发生和发展于这种主导性的政治文化语境中,而对二者之间复杂关系的研究,正可以从一个相当独特的角度研究这一时期的中国文学与政治文化中的复杂问题。

在论及政治文化的基本内涵时,阿尔蒙德所定义的,主要是政治系统成员的行为取向或心理因素,包括政治认知、政治意识、政治情感、政治态度与政治信仰等方面。实际上,政治文化就是政治的主观方面。在此意义上,我们研究新时期以来的中国文学与政治文化间的复杂关系。实际上就是研究在主导性的政治文化语境之中文学实践的政治主观与政治功能。这样一来,政治文化视角考察下的"文革"后文学,便会显示出一定的政治性特点。

"政治化"地理解文学一直是二十世纪中国文学一个深厚而又久远的历史传统,而其极端形式,便是将文学作为政治工具的"工具性的文学观"。新时期以来,"工具性"的文学观念遭到了文学界的一致鄙弃,但在另一方面,一种矫枉过正的"去政治化"的文学观念,却在文学界普遍盛行。实际上,对于文学的政治性,我们既不应该单纯地将文学作为政治斗争的工具从而取消"文学",也不应该避之惟恐不及地刻意否认。如果我们不是形而上学地采取"本质论"的立场,而是以一种历史主义的"功能论"观念来看待文学的政治性,那么,政治性之于文学,便将不再是一种难以承受的桎梏与重负,或是一种相当严重地侵损着文学性的异己性力量,而将是不同历史时期政治文化立场中的一种政治功能。在谈及人的无以逃脱的政治宿命时,陈独秀曾经说过:"你谈政治也罢,不谈政治也罢,除非逃在深山人迹绝对不到的地方,政治总会寻着你的。"① 杰姆逊也说过:"一切事物都是社会的和历史的,事实上,一切事物'说到底'都是政治的。"② 很显然,无论是陈独秀所说的政治对"你们"的找寻,还是杰姆逊所说的一切事物由于其社会性和历史性而获得的政治性,都是在指出社会、政治和历史语境对于其中的"一切事物"或者"人们"的政治性的赋予。因此,文学作为一种"事物",文学知识分子作为文学这一"事物"的实践主体和一种特殊的"人们",必然会从不同的政治文化语境获得一定的政治性。正是在这样的意义上,文学实践,实际上是一种相当特殊的政治实践。新时期以来的中国文学,也正是从新时期中国的政治文化语境获得了一定的政治性的政治实践,具有一定的"再政治化"(Repoliticization)特点。

政治合法性的文学论证

作为"政治中的核心问题",政治合法性"即是对统治权利的承认"③,是指"人民在心理上承认并自觉接受政治权威的正当性,愿意为系统履行政治义务"④。新时期以来的中国文学与政治文化间的复杂关系首先便体现在对于政治合法性的文学论证。

新时期以来的中国文学对于政治合法性的文学论证主要体现在两个方面:其一,是对1949年以后的极"左"政治特别是反右运动和"文化大革命"的持续反思与批判,这便从历史的反面论证了"文革"后政治的"政

---

① 陈独秀:《谈政治》,参见《独秀文存》,安徽人民出版社1987年版,第361页。
② 杰姆逊:《后现代主义与文化理论》,陕西师范大学出版社1986年版,第78页。
③ 让-马克·夸克:《合法性与政治》,中央编译出版社2002年版,第12页。
④ 王乐理:《政治文化导论》,中国人民大学出版社2000年版,第30页。

治正确";其二,便是对"文革"后的现实政治、甚至是具体政策的文学论证。

"伤痕"、"反思"文学是新时期最早兴起的文学思潮,它们都是在当时"拨乱反正"、"解放思想、实事求是、团结一致向前看"的政治思想路线的指导下,通过对"文化大革命"的历史批判和对极"左"路线的历史反思确立"新的历史时期"的政治合法性,这也构成了"伤痕"、"反思"小说最为基本的叙事基础。实际上在其他文类的"伤痕"、"反思"文学中,这样一种政治意识同样表现得相当突出。诗歌领域中的"归来者"们,大多以诗的方式结合自己曾遭迫害的人生经历,而对极"左"时期的政治历史进行痛切的揭露、反思与批判。艾青的《鱼化石》、《互相被发现》、《古罗马的大斗技场》,白桦的《船》、《去年冬天》,公刘的《刑场》、《哎,大森林!》、《伤口》,黄永玉的《献给妻子们》、《曾经有过那种时候》、《我认识的少女已经死了》,流沙河的《故园九咏》、《故园别》,牛汉的《半棵树》、《华南虎》、《悼念一棵枫树》,彭燕郊的《家》,曾卓的《有赠》、《悬崖边的树》和赵恺的《我爱》的基本主题,均都是从不同的方面进行沉痛的政治控诉。即使是更加侧重于"自我表现"的"朦胧诗",对于极"左"政治的批判与反思,也是一个相当突出的主题。北岛的著名诗篇《回答》、《宣告》和《结局或开始》都对"文革"时期的暴政与杀戮进行了相当有力的指控。而江河的《祖国啊,祖国》、《纪念碑》、《没有写完的诗》和舒婷的《祖国啊,我亲爱的祖国!》对于祖国命运的沉痛思考和政治承担,顾城的《一代人》、《红卫兵墓地》和梁小斌的《雪白的墙》对于被隐喻为"黑夜"和"曾经那么肮脏"的"文化大革命"的批判,也都相当突出地体现了"朦胧诗"人的政治意识。而以散文的方式书写上述主题,从"新时期"之初如巴金的《随想录》和杨绛的《干校六记》,到新世纪以来高尔泰的《寻找家园》、徐晓的《半生为人》和朱正琳《里面的故事》等作品,多有表现,刻未断绝。

不同于"新时期"之初的"伤痕"、"反思"文学,后来在实际上一直存在的"改革文学"的政治主题往往侧重于对"改革"这一"新时期"国家最为重大的政治实践的合法性论证。正是由于"改革文学"极为突出的政治性,才会有论者认为"'改革题材文学'中集中体现了当代作家的政治焦虑与政治理想"、"'改革题材文学'为当代文坛提供了政治小说的标本"①。上世纪八十年代之初,城市与乡村的经济改革开始启动,作家们纷纷将历史反思的目光转向现实,着力书写经济改革的不断推进,这在根本上决定了"改革小说"以"改革/反改革(保守)"的二元冲突作为主导性的叙事模式(如蒋子龙的《乔厂长上任记》、张洁的《沉重的翅膀》、柯云路的《新星》),即使是《陈奂生上城》、《乡场上》和《黑娃照相》等未曾书写"改革/反改革"的正面冲突的"改革小说",实际上也隐含着改革前/后的对比模式并且以此歌颂当时的改革路线。

随着改革在政治和经济领域之中不同程度的全面展开和深入发展,中国作家对于改革的书写也更加自觉与深入。1996 年,中国文坛涌现出被称为是"现实主义冲击波"的文学潮流。这一文学潮流秉承着"改革文学"对于改革的关注,着力书写国营大中型企业的改革问题。虽然贪污腐败的政治风尚(如刘醒龙的《寂寞歌唱》)、国企改革的困境与艰难(如谈歌的《大厂》)、底层民众的生存窘迫甚至是屈辱(如关仁山的《九月还乡》,刘醒龙的《寂寞歌唱》、《生命是劳动与仁慈》)都在"现实主义冲击波"文学中多有表现,但是,对于"改革"这一根本性的政治实践的支持,仍然是"冲击波"文学的基本主题。"冲击波"文学多有对改革之中问题的揭示与反思,但对"改革本身"的合法性却缺乏必要的思考。"文革"结束后的中国改革,实际上是一个庞大而又复杂的政治系统工程。它不仅有着自己的战略与策略,而且还有着自己的意识形态与合法性支持。"冲击波"文学所批判与揭示的问题无论怎么严重,其话语基点,均都依循着上述战略。它们对改革问题的揭示与书写,根本不可能走向真正的深入,从而也使其在本质上仍然不过是对改革的合法性论证②。也正因此,曾有论者认为其"实质上是

---

① 樊星:《而今迈步从头越——当代中国作家的政治观研究》,《海南师院学报》1996 年第 2 期。
② 许志英、丁帆主编:《中国新时期小说主潮》(上),人民文学出版社 2002 年版,第 588 页。

'国家话语'的美学形态的巧妙变体。空洞的国家伦理所冒充的现实生存的道德意识和个人情感,再加上一些依照国家美学所修正的现实感,拼凑成'介入性'写作的外观"[①]。相类于"冲击波"文学的,九十年代后期形成潮涌的"反腐败文学",无论是报告文学作品如《没有家园的灵魂》,还是长篇小说如张平的《抉择》和陆天明的《苍天在上》、《大雪无痕》等作品对于腐败问题的揭示与批判,其所依循的,同样都是改革这一政治路线,是对改革意识形态的话语重申,从而,也就成了对于改革的合法性论证。

实际上,如果从政治文化的角度来看,新世纪以来被称为是"底层写作"的文学潮流仍然是对政治合法性的文学论证。"底层写作"中的很多作品虽然通过对资本强权和戕害着民众的某些基层权力的批判,诘究与追问着底层苦难的内在真相与社会原因,也书写了以资本强权为主的权力压迫所导致的底层民众的个体反抗或群体斗争,但是这种体现着强烈的"新左翼精神"的文学写作无论是在价值立场,还是在历史意识和历史哲学方面都没有比以往的左翼精神和左翼实践提供出更具新意的内容,相反,像曹征路的《那儿》等代表性的"底层写作"往往还过于匆忙、不加反思和简单化地"征用"早已失魅了的意识形态,这就很必然地容易与主流性的政治文化形成共谋,从而在主、客观上变成意识形态的简单复制。是否需要和应该以怎样的新的历史意识在历史发展中深刻书写当下中国异常复杂的社会现实与精神现实,并将这种书写紧密联系于现代中国充满悲怆的历史实践,通过对独特有效的价值立场的建立,以突破意识形态的重重包围,自觉摆脱共谋性处境,将是当下中国的文学写作应该思考的重大问题。

亚政治文化的批判性写作

文学写作对于政治合法性的文学论证使其变成了主流政治文化的一个重要组成部分。与此相对,那些与主流政治文化发生冲突的批判性的文学写作,却属于亚政治文化的范畴。所谓亚政治文化,"是指整体政治文化之

[①] 张闳:《文学的力量与"介入性"》,《上海文学》2001年第4期。

中某一社会团体或政治机构带有的特殊政治态度"①。新时期以来的中国文学中,很多作家均以其文学写作所包孕的独特的政治思考显示出不同于主流政治文化的亚政治文化态度,从而与主流政治文化构成了批判性的紧张关系,形成了亚政治文化的批判性写作。

新时期以来中国文学中亚政治文化的批判性写作,首先表现在新时期之初的部分作品、特别是知识分子启蒙话语中的人道主义话语与国家意识形态间的严重冲突。

随着"文化大革命"的结束和新时期的开始,国家的政治文化必然发生新的变化。新时期之初,"四项基本原则"成了政治文化的核心话语,而与此相关的"阶级理论"、"爱国主义"等等,也是政治文化的重要内容。新时期之初频繁的"文学争鸣",实际上都是一些文学作品所引发的政治文化震荡。这些"争鸣"在本质上,并非属于"文学",而是关乎"政治文化"。其中的部分作品,甚至遭到了主流意识形态的严厉批判。

知识分子启蒙话语中的人道主义话语作为知识分子作家亚政治文化的一个重要方面,与新时期之初的主流政治文化的冲突最为严重。戴厚英的《人啊,人!》、张笑天的《离离原上草》、汪雷的《女俘》和礼平的《晚霞消失的时候》等作品以人道主义作为话语基点的历史讲述,很大程度上超越了主流意识形态的政治规范。在《离离原上草》中,普通女性杜玉凤成了消弥阶级分野的普遍人性的化身,被俘的国民党将军申公秋的人性之美,甚至唤醒了共产党干部苏岩身上所潜藏着的基本人性。正是由于超越阶级的共同人性,使得他们多年来的斗争、冲突与敌意彻底消弥。超阶级的人性论话语,甚至建构了杜玉凤/申公秋/苏岩这样的等级关系,从而彻底颠覆了建立于阶级论立场上的苏岩/杜玉凤/申公秋这样的等级关系。与此相似,《晚霞消失的时候》中庄严伟岸的楚轩吾、《女俘》中有着深厚母性的国民党"女俘"形象同样散发着美好的人性之光。也正因此,这些作品才被当时的主流意识形态指责为在人性问题上背离了马克思主义的阶级论,

---

① 王乐理:《政治文化导论》,中国人民大学出版社2000年版,第27—28页。

宣扬超阶级的人性之爱，从而受到严厉批判。

除了人道主义话语与国家意识形态间的冲突之外，上世纪八十年代的文学作品对于当代中国的政治历史、政治官僚及社会问题的激烈批判，也在很大程度上刺激了主流政治文化，从而使其具有了突出的亚政治文化色彩，典型的如刘宾雁的报告文学《人妖之间》、《人血不是胭脂》，刘克的小说《飞天》，叶文福的政治抒情诗《将军，不能这样做》，苏晓康的历史报告文学《乌托邦祭》，戴晴的报告文学《梁漱溟王实味储安平》。这些作品对政治历史和现实政治阴暗面的揭露与批判很自然地引起了当时主流意识形态的严厉批判。

新时期以来的中国文学亚政治文化的批判性写作，还表现为对主流政治文化的解构性写作。

1949年以后，主流政治文化建立政治合法性的一个重要策略，便是通过对中国现代历史的革命化写作而将政治权力的获得、巩固和发展表述为历史发展的"必然规律"，因此就有了"十七年时期"大量的"革命历史小说"。"文化大革命"以后，部分作家开始以新的眼光重新书写现代以来的中国历史，从而对主流政治文化中的革命神话进行了相当有力的解构。莫言的《红高粱》不同于以往抗战题材的革命历史小说，"作家的主要精力是描绘高密东北乡充满生命活力的地域文化和民情风俗，张扬'我爷爷'和'我奶奶'间那种充满狂放气息和乡野精神的爱情故事和生存态度"，"作为一股民间的文化力量，'我爷爷'、罗汉大爷等人虽然没有什么自觉的、抽象的保家卫国的意识，但他们敢作敢为、嫉恶如仇的天性却使他们成为高密东北乡这片土地上的一股重要的抗日力量，其讲信用、少机诈、不虚伪、敢承当的生存状态所焕发的光芒，甚至使冷支队长和胶高大队两股党派力量和政治力量的抗日活动显得黯然失色"，从而"构成对抗战历史的重写"[①]。对于"党派力量和政治力量"的解构性书写，在莫言后来的《丰乳

---

① 许志英、丁帆主编：《中国新时期小说主潮》（下），人民文学出版社2002年版，第1108页。

肥臀》、《檀香刑》等小说中,得到了一以贯之的贯彻。实际上,除了莫言,周梅森的《大捷》、李晓的《相会在K市》和格非的《大年》等"新历史小说"也以历史的"偶然性"、"不可知性"和"欲望"等为话语基点解构了以往的关于革命历史的宏大叙事。

在"新历史小说"中,刘震云以对权力机制的深入揭示重写历史、重新揭示政治权力的内在本质,取得了相当突出的成就。在刘震云的《头人》、《故乡天下黄花》、《故乡相处流传》与《故乡面和花朵》等"新历史小说"中,无论是封建王朝,还是现代国家,主流政治文化均都处于遭受质询进而被有效解构的尴尬位置。在谈到这些作品的基本题旨时,刘震云曾经说过:"在社会的整体框架中,到底是哪种文化更有生命力?更强大?是正统的力量大?还是一代代革命的思想力量大?还是民间文化的力量大?我看还是民间文化的力量大。民间文化几千年沿袭下来的道德、风俗、习惯是线性的力量,而一个时代的主导思想的提倡只是断面的。那种线性的力量是一柄锋利的剑,而时代思想的断面则是一张纸,剑能轻易地穿破纸。"[1] 很显然,被刘震云称为是"正统的力量"、"一代代革命的思想"和"时代的主导思想"的主导性政治文化与民间文化相比,只不过是薄薄的"一张纸"。正是基于这样的认识,刘震云才在其"新历史小说"中"成功地构筑起了一个对笼罩在民间真实生存利益之上的一种权力话语进行解构的完整叙事"[2],而其长篇小说《故乡天下黄花》则是不遗余力地解构权力话语最为直接、也是最为成功的著名作品。《故乡天下黄花》相当深刻地揭示了乡土中国权力操纵的真相与本质,揭示了"乡土权力和主流社会的一体化特征"以及"乡土权力向国家权力机制的靠拢",指出"作为与国家权力机制一体化了的乡土权力形式,也不可避免地具有中国传统的社会机制的唯权力崇拜的最严重缺陷:当所有行为的出发点都成了为权力而权力、不去考虑至少也是不必考虑这种权力到底应该为民众负多大责任时,它在

---

[1] 周罡、刘震云:《在虚拟与真实间沉思——刘震云访谈录》,《小说评论》2002年第3期。
[2] 姚晓雷:《故乡寓言中的权力质询》,《文学评论》2002年第1期。

运作中实际上鼓励的只能是人性最卑鄙、最恶劣的那部分私欲。它注定了那些在权力运作中能浮出水面的胜利者，通常必然是那些敢于冒天下之大不韪，敢于强梁民众和欺世盗名之徒"①。正是通过对乡土中国权力本质的深刻揭示，刘震云的"新历史小说"相当有力地解构了国家意识形态的政治神话，揭示了主流政治文化的虚妄本质。

新时期以来中国文学中的亚政治文化写作，还包括那些相对于主流政治文化而言更多地不具备"批判理性"，而是表现为犬儒主义式的调侃与逃离的文学写作。"犬儒主义"，正是它们的共同本质。

犬儒主义式的亚政治文化写作主要以王朔小说及一些新写实小说和官场小说为代表。

所谓犬儒主义（Cynicism），是一种古已有之的政治文化态度，随遇而安的非欲的生活方式、不相信一切现有价值和戏剧性的冷嘲热讽是其基本倾向。而主要存在于后极权社会的现代犬儒主义，则"是一种'以不相信来获得合理性'的社会文化形态。现代犬儒主义的彻底不相信表现在它甚至不相信还能有什么办法改变它所不相信的那个世界"。"犬儒主义有玩世不恭、愤世嫉俗的一面，也有委曲求全、接受现实的一面，它把对现有秩序的不满转化为一种不拒绝的理解，一种不反抗的清醒和一种不认同的接受。""当今中国社会的犬儒主义不只是一种单纯的怀疑戒备心态，而更是一种人们在特定的统治和被统治关系中形成的生存方式。"② 实际上，王朔及新写实小说和官场小说作家笔下人们的生存状态，以及他们通过自己的作品所充分显示出来的作家的政治文化心态，正是犬儒主义的生动写照。王朔小说中的顽主们都是"没什么本事还这也瞧不起那也看不上"（《过把瘾就死》）、"心里特苦闷，特想干点儿什么又什么都干不成，志大才疏，只好每天穷开玩笑显出一副什么都看穿的样儿"（《顽主》），正是以这种犬儒主义式的政治文化心态，他们对"某种极'左'的政治文化传统"进行了"痞子式的破坏"

---

① 姚晓雷：《故乡寓言中的权力质询》，《文学评论》2002年第1期。
② 徐贲：《当今中国大众的犬儒主义》，《二十一世纪》（香港）2001年6月号。

与"颠覆"①。而刘震云的新写实小说《单位》和《一地鸡毛》中的小林，王跃文的官场小说《国画》中的朱怀镜，田东照的《跑官》、《买官》中的郭明瑞、陈晓南，身处于权力体系之中，所采取的均是"不拒绝的理解"、"不反抗的清醒"和"不认同的接受"这样一种犬儒主义的政治文化心态。

"纯文学"的政治潜能

新时期以来的中国文学在摆脱"文学为政治服务"的工具性处境之后，逐步确立了"纯文学"的基本观念。虽然"'纯文学'的定义从来就是含糊不清的"②，但是，对于它的具体所指，文学创作及文学理论批评界还是有着最为基本的共识。在谈到"纯文学"的基本定义时，韩少功曾说过："在我的印象中，八十年代'纯文学'意念浮现是针对某种偏重宣传性和社会性的'问题文学'，到后来，主张自我至上者，主张形式至上者，主张现代主义至上者，甚至提倡严肃高雅趣味从而与地摊读物保持距离的作家，都陆续被划入'纯文学'一类——虽然他们之间有很多差别。"③ 这样一种解释基本上定义了"纯文学"所包含的主要对象。

在八十年代的历史语境中，"纯文学"概念的提出以及具体的"纯文学"实践均有着相当突出的政治潜能，从而与主流政治文化保持着一定的紧张关系。"在八十年代，经由'纯文学'概念这一叙事范畴而组织的各类叙述行为，比如'现代派'、'寻根文学'、'先锋文学'，等等，它们的反抗和颠覆，都极大程度地动摇了正统的文学观念的地位，并且为尔后的文学实践开拓了一个相当广阔的艺术空间。"④ 由于"正统的文学观念"正是主流意识形态的重要组成部分，所以，"纯文学"的"反抗和颠覆"就绝不仅仅具有文学政治的简单意义，其所发挥的政治潜能，已经超越了文学领域，

---

① 蔡翔：《旧时王谢堂前燕——关于王朔及王朔现象》，王晓明主编：《二十世纪中国文学史论》（下），东方出版中心2003年版，第402页。
② 韩少功：《好"自我"而知其恶》，《上海文学》2001年第5期。
③ 韩少功：《好"自我"而知其恶》，《上海文学》2001年第5期。
④ 蔡翔：《何为文学本身》，《当代作家评论》2002年第6期。

从而指向了当时的主流政治文化。对于此点,曾有论者做过很好的阐述:"作为'新启蒙'或者'思想解放'运动的产物,'纯文学'概念的提出,一开始就代表了知识分子的权利要求,这种要求包括:文学(实指精神)的独立地位、自由的思想和言说、个人存在及选择的多样性、对极'左'政治或者同一性的拒绝和反抗、要求公共领域的扩大和开放,等等。所以,在当时,'纯文学'概念实际上具有非常强烈的现实关怀和意识形态色彩,甚至就是一种文化政治。"① "'纯文学'的概念正是在八九十年代的历史文化网络之中产生了批判与反抗的功能。"②

实际上,"纯文学"的具体实践——无论是八十年代中期的"寻根文学"、"现代派文学",还是后来的"先锋小说",及一些重要作家的文学实践——也都发挥着批判性的政治文化功能。这一点,正如一位国外学者曾指出的:"在八十年代和九十年代,中国还先后出现了'寻根文学'以及'现代派小说'、'新写实小说'等等。有时候,评论家称它们为'纯文学'。其实,很难说它们就那么纯。这类作品的许多小说,无论它们是意识流式的,或是荒诞的、魔幻的,其骨子里多含有一种政治的精神。"③

对于"寻根文学",人们往往强调其文化意识的自觉对于社会现实的超越,但在实际上,它却同样有着极其现实的政治文化指归。韩少功曾经指出文化"寻根"的目的是"希望在立足现实的同时,又对现实进行超越"④。很显然,"现实"在韩少功这里,具有两个方面的重要意义:一方面,它是"寻根"的出发点,是"寻根"的"立足"之所在;另一方面,它又是"寻根"所要"超越"的对象。也正因此,"寻根文学"便与社会现实产生了以上两个方面的紧张关系。在八十年代的历史语境中,社会现实的最大方面便是高歌猛进的"社会主义现代化建设"及"社会主义改革",而这正是"文革"后中国最大的政治实践。所以,"寻根文学"所要"立

---

① 蔡翔:《何为文学本身》,《当代作家评论》2002 年第 6 期。
② 南帆:《空洞的理念》,《上海文学》2001 年第 6 期。
③ [法]毕戎:《论中国新文学的政治品格》,《中国文化研究》1996 年夏之卷。
④ 韩少功:《文学的"根"》,《作家》1985 年第 5 期。

足"与"超越"的"现实",便主要是这样一种最大的政治实践。对于此点,韩少功说得也非常清楚。他指出:"这里正在出现轰轰烈烈的改革和建设,在向西方'拿来'一切我们可用的科学和技术等等,正在走向现代化的生活方式。但阴阳相生,得失相成,新旧相因。万端变化中,中国还是中国,尤其是在文学艺术方面,在民族的深层精神和文化特质方面,我们有民族的自我。我们的责任是释放现代观念的热能,来重铸和镀亮这种自我。"① "文化寻根"无疑是要以"民族的深层精神和文化特质"及"民族的自我"来超越"改革和建设"这一具体的社会政治规划。

而"现代派小说"和"先锋小说"却是从非理性精神和形式革命的向度"介入"当时的政治文化。

八十年代的"现代派"作家主要是残雪、刘索拉和徐晓鹤等人。残雪和徐晓鹤的"现代派小说"介入政治文化的突出方面就在于深刻揭示了极权政治所导致的精神创伤与心理灾变,从而对前者提出了有力的批判与控诉。在残雪的《突围表演》中,几乎所有的人物均都湮没于极权话语的暴力之中,极权话语的鼓噪导致了人们极为巨大的精神焦虑。而在其《苍老的浮云》中,极权所致的无所不在的焦虑与恐惧使得非理性的不安成为人们的真正生存,阴暗、肮脏与猜疑成了生存的本然面目,这样,作品就从反面控诉了极权政治的巨大罪恶,也使残雪的小说"成为对'文革'话语的痛苦的戏拟,以抵抗话语的残暴的震惊"②。徐晓鹤的《疯子和他们的院长》和《浴室》、《标本》等小说以一种狂欢式的反讽揭示了政治极权的荒谬,并且以此成功地解构了后者的政治文化权威。正是在这样的意义上,残雪才说她的作品"彻底描写了中国社会的本质"③。

八十年代后期以来,"现代派小说"之外的以马原、洪峰、苏童、余华、格非、叶兆言、孙甘露等为代表的"先锋小说"的形式革命,"虽然强

---

① 韩少功:《文学的"根"》,《作家》1985年第5期。
② 杨小滨:《历史与修辞》,敦煌文艺出版社1999年版,第39页。
③ 残雪:《创作中的虚实——残雪与日野启三的对话》,林建法、傅任选编:《中国当代作家面面观》,华东师范大学出版社2002年版,第193页。

调形式变革，但那时对形式的追求本身就蕴含着对现实的评价和批判，是有思想的激情在支撑的"，所以，"那是一种文化政治"①。这种富有激情的文学实践的政治文化意义，一方面体现为它们将知识分子精英意识形态和国家主流意识形态均都视为"宏大叙事"进行后现代式的有力消解，从而在实际上构成了对于主流政治文化的解构性批判②，另一方面，它们的形式革命本身就有着突出的政治文化潜能。肯定这一点。不仅是因为"先锋小说"的形式革命在当时包括主流文学在内的文学史格局中具有相当巨大的颠覆性意义，也不仅是因为马尔库塞所认为的艺术的政治潜能主要在于其形式之中——"艺术正是凭借形式，超越了既与现实，在既成社会中反抗了既成现实"③，从而实现着自己的政治意义，并且将人类导向自由、导向解放④，更主要的是因为"先锋小说"作家对于他们所从事的形式革命的政治意义有着相当清醒的认识。九十年代后期，当"先锋小说"作家的形式激情趋于衰竭以后，"先锋小说"的主将苏童曾经不无悲凉地回首来路，并对形式激情衰竭后部分"先锋"作家的文学选择进行了透彻的分析。在众多的文学选择之中，他所委婉地提出批评的，却主要是这样一些作家——"他们的选择是政党的选择，他们的成功是'通俗'或'流行'的成功"⑤。很显然，在苏童看来，这些作家对于政治力量和市场力量的归顺，无疑是对"先锋小说"形式革命之政治意义的根本背叛，这也从反面证明了当年"先锋小说"在政治文化方面所曾具有的反抗意义。当然，新时期以来的"纯文学"实践并不只包括如上所述的小说思潮，像韩少功、张承志、张炜、李锐、莫言、余华、阎连科和尤凤伟等作家，及北岛、杨炼

---

① 李陀、李静：《漫说"纯文学"——李陀访谈录》，《上海文学》2001年第3期。
② 蔡翔也曾指出"较为激进的'先锋文学'，由于它对意识形态的激烈的破坏和解构作用，也仍然拥有一定的革命性意义"，蔡翔：《何为文学本身》，《当代作家评论》2002年第6期。
③ 马尔库塞：《论解放》，转引自杨小滨：《否定的美学——法兰克福学派的文艺理论和文化批评》，上海三联书店1999年版，第205页。
④ 马尔库塞对于艺术形式的政治潜能多有论述，参见其《审美之维》，北京三联书店1989年版。
⑤ 苏童：《创作手记二题》，林建法、傅任选编：《中国当代作家面面观》，华东师范大学出版社2002年版，第204页。

三 宏观视野与多向度探索

和王家新等诗人的写作的政治性,更是众所周知和无须赘言地相当突出。

正如我在前面所述的,作为一种自觉或不甚自觉的政治实践,新时期以来的中国文学在这一时期中国的政治文化语境中仍然发挥了一定的政治功能,普遍盛行的"去政治化"的文学观念并未能够彻底消除文学实践的政治性力量。实际上,新时期以来的中国文学在摆脱自身在"十七年"和"文革"时期工具化处境的同时,仍在自觉或不甚自觉地进行"再政治化"的努力,只是这种努力的"政治自觉性"与实际力量尚待增强,特别是对其中所隐含的内在问题应该保持足够的清醒——对于政治合法性的文学论证,使得有关的文学写作变成了主流政治文化的重要组成,某种意义上必然带有了一定的工具性色彩;由于主流意识形态的强大阻扼,亚政治文化的批判性写作也未能够充分发挥自己的批判力量,而属于亚政治文化的犬儒主义写作由于批判理性的缺失对于批判空间的开拓并未在实质上进行有效的推进;"纯文学"的批判性与反抗性的政治潜能在八十年代中后期至九十年代前期得以发挥之后,随着历史语境的变化逐步走向了"保守"①。这些弱点,实际上已经为越来越多的中国作家所充分自觉。

在谈到"长篇小说创作的几种尴尬"时,阎连科曾坦陈自己"面对现实时对把握现实无能为力的尴尬"和其"面对历史的尴尬"。他认为在面对现实时,"有了一种'蚂蚁咬象'的感觉——的尴尬。这个社会的本质是什

---

① 对于"纯文学"在九十年代后期以来的走向"保守",理论批评界多有不满。蔡翔认为:"当中国进入九十年代以后,整个的历史条件和社会关系都产生了剧烈的变化,当初'纯文学'概念赖以存在的某些具体的历史语境也发生了极大的变化,这个时候,如果我们继续自囿于'纯文学'的概念,并且拒绝历史新的'召唤',就极有可能成为一个新的文学的教条主义者和保守主义者。"(蔡翔:《何为文学本身》,《当代作家评论》2002 年第 6 期)张闳也尖锐地指出:"从当下的现实中来看,一个重要的问题是,在所谓'纯粹'的文学观念支配下的写作,正在逐步沦落为当下享乐主义文化之一部分。表面上的翻新和猎奇,正是消费时代的文化时尚。当初的先锋艺术精神与当下消费主义意识形态的合流趋向也就越来越明显地被暴露出来,而且成为文学拒绝向现实发言的借口,这种'纯文学'的观念在当初的反叛精神已然消耗殆尽,如今已经成为当下学院派文学理论的主流。经过陈腐的学院气氛的熏陶,其保守性不言而喻。"(张闳:《文学的力量与"介入性"》,《上海文学》2001 年第 4 期)

么？我们无法去把握。它为什么会是今天这个样子？它的未来究竟会是什么样子？城市、乡村和那些偏远的山区，都在这种混乱中阵痛和呻吟，可当我们描绘、描述那些阵痛的故事和呻吟的苦痛时，我们又无法弄清楚人的呻吟的根本原因是什么。混乱的社会秩序，混乱的人际关系，混乱的经济状况和文化与道德环境，这些都使我们试图去把握这种混乱中的人和人心时，有了瞎子摸象和大海捞针的感觉，都使我们的创作在面对现实时，遇到了力不从心，甚至无能为力的尴尬和无奈"。而在面对历史时，"就是长征抗日，就是建国年月，就是反'右'和'文革'，尤其是自己经历过的'文革'十年，当今天那一段段岁月成为历史时，自己去重新面对它的时候，也同样理不出一个头绪来，同样弄不清它的来龙和去脉，同样对它说不出一个所以然。就是说，在自己的创作中，自己连对自己经过的历史都表达不出一个个人的看法来，表达不出一个历史的文学观，或文学的历史观"。[1] 阎连科的尴尬、认识与自觉，实际上也是很多作家和批评家的基本共识[2]。在当下中国的政治文化语境之中，如何恢复、保持和不断增强文学实践的政治活力而将我们的文学充分有力地"再政治化"（Repoliticization），并且以文学自己的方式相当有力地"介入"中国历史和中国现实，将是文学的生机之所在。

（原载《当代作家评论》2008年第3期）

---

[1] 阎连科：《长篇小说创作的几种尴尬》，《当代作家评论》2006年第1期。
[2] 如艾伟：《对当前长篇小说创作的反思》，《当代作家评论》2006年第2期；王晓明：《面对新的愚民之阵》，《当代作家评论》2006年第2期；等等。

当代中国的都市经验

张柠

一、虚构的农民经验

在《全球感受：约翰·伯杰与经验》一文中，我们可以看到作者对文化浪漫主义的委婉批评。作者布鲁斯·罗宾斯注意到"经验"的两种用法。一种是"对客观事物的主观反应"，一种是人们在生活历史中得到的"教训"，也就是知识。他说："经验既是单纯的经历，也是从经历中得到的知识。第一种经验人人都有，第二种经验就很难得到。"① 我们经常见到的是，混淆第一种经验与第二种经验的界限，从而赋予第一种经验的权威性，将经验变成一种"认识论的特权"。它的结果是，既夸大了、浪漫化了"经验特权"的作用，也虚构了第一种经验。

在都市里虚构农民经验，并以此作为批判的武器，这在当代中国思想文化界是一件十分时髦的事情。我们经常听到从书房里传来的感叹声："农民很苦哇。"解决农民苦的问题，是一个行政问题，需要周密的社会理性，需要数据论证，特别是需要真正的法律介入。那种情绪化的后果，就是将"现代性"的复杂背景简化，并试图用一种"朴素的阶级感情"，来解决"全球化"背景下的复杂问题，甚至将文艺学简单地变成意识形态学。文艺学要解决的问题并不是行政学的问题，而是一个如何"叙述经验"的问题。当代文学（文化）批评的一个重要任务，就是对"叙述"本身进行批判。这种对"叙述"的批判，不是美学（形式）的，而是政治学、经济学的，

---

① 布鲁斯·罗宾斯：《全球感受：约翰·伯杰与经验》，见《全球化中的知识左派》，徐晓雯译，中国社会科学出版社2000年版，第14—15页。

或者说是一个话语符号的政治学问题。

我有理由做这样的类比：都市中心主义就像西方中心主义；乡村就像第三世界；当代中国的精英主义就像中国农民面前的西方人，尽管他们在西方人眼里还是第三世界人，这与进城打工农民与乡村耕作农民之间的关系一样；农民向都市迁移与都市人向海外迁移本质上也是一回事；虚构（想象）的乡村世界就像西方人虚构的东方世界。东方借助于西方的"东方学"学者的想象在说话；农民借助于作家的想象在说话。

都市经验一直是作为农村经验的对立物出现的。这种对立是近代文学叙事的一个基本矛盾。艺术家告诉我们，这一矛盾转变成"迁移/伤害"的主题，不是人为的虚构结果，而是生活所逼。西班牙流浪汉小说中的小癞子之所以迁移，之所以遭遇到各种伤害，之所以在伤害中还要继续流浪，原因在于作者假设了一个前提：小癞子是一个孤儿，父母双亡，无家可归。阿Q还有一个土谷祠，小癞子一无所有。在现实生活中，无数流浪的小癞子完全可以通过自己的行动，改变无家可归的状况。当这个现实被抽象化、精神化的时候，这条路就被堵死了。思想家将这种"无家可归"的状况抽象化、哲学化了。它成了文化上的无家可归，精神上的无家可归这样一种飘忽不定、难以捉摸的"意象"。这就是近代文化具有"反讽性"的根源。

当代都市艺术经验的反讽性表现在，作家（知识分子）厌恶都市又离不开都市；他们热爱农村又逃避农村。大批挤进都市的作家（知识分子），将农民的外表和商人（市民）的心灵完美地结合在一起，并参与了都市内部急剧的财富瓜分过程：写畅销书，炒学术股，混文凭，当博导，抄袭论文，学而优则仕……另一方面，他们又用农民经验打击市民经验，用"乌托邦"打击"现代性"，用马车撞击汽车，用牛粪嘲弄香水。他们的确显得很有力度。这种力度首先当然是来自于社会贫富分化的现实。力度的另外一个原因就是作家的叙述权威，一种建立在"我在现场"之上的权威，或者说"经验的权威"。他们在批判"现代性"的时候，常常以农民经验的亲历者身份出现。他们将作家的虚构与记者的写实结合在一起，用虚构夸大写实，用写实支撑虚构。

三 宏观视野与多向度探索

他们试图用一种文人化的、人文主义化的，也就是形式化的"农民经验"，来打击"市民经验"。半写实（摆事实、讲道理）与半虚构（抒情及其伴生物眼泪）结合在一起的方式，是他们的典型话语方式。正是这一点（通俗易懂、晓之以理、动之以情），使他们迅速地融进了消费时代的"市民经验"行列。经验的可靠性就这样成了疑问，以至于更年轻的一代根本不信任这种东西。这就是导致表达方式上的"无厘头"、"大话"（香港艺人周星驰是其代表）之风兴起的文化根源。"讲大话"，在粤语中就是说假话、撒谎的意思。公开"讲大话"的人得到了青睐，那些假模假式说"真话"、背地里专门干坏事（或者在体制内如鱼得水、不知不觉干坏事）的人，遭到了一代人的唾弃。

文学艺术领域的突出问题，当然不是简单的"道德"问题，而是一个"话语符号的道德"问题；换句话说，也是一个"当代叙事"如何可能的问题。符号本身的复杂性，是多种文化背景（现代化、全球化、商品化）交织在一起的结果。它对符号分析提出了更高的要求。下面我将分析一位以"农民经验"亲历者姿态出现的作者的作品。

刘亮程目前生活在西部都市乌鲁木齐，是《大西部文学》杂志社的编辑。早年生活在农村，积累了一定的生活经验，使他的作品有一种强烈的现场感。刘亮程的散文由两种主要成分构成，一是抒情，一是描述。描述的目的是为了抒情，进而通过抒情产生批判效果。正是"抒情"和"感叹"使他获得了青睐。夸大的、随意的个人情感与社会问题、文化问题之间暧昧不明的关系被忽略。2000年前后，他的作品突然被所谓"反抗现代性"的知识分子和文学评审团相中了，成了"知识分子"的一个活例证，然后由文学摇身一变成了畅销的文化产品。刘亮程借审美批判的名义逃离生活现场，并伪造出一种与"现代性"相反的生活场景——稻草、牛、锄头、粪便等等，并以此来要挟刚刚在都市站稳脚跟的农民。刘亮程利用传统散文的修辞方式，用一种陈腐的抒情方式来稀释当代农民生活的残酷性，诗化当代农民的生活经验。这位逃离了土地的农民，在都市里一副农民装扮，给人一种怪异的感觉。但他无疑不是托尔斯泰笔下的列文，而像是一个在都市里流窜的文化贩子。他的提篮里面装的全是农民的土货，一些"反抗现代性"的热门细节，就像酒楼里价格惊人的野菜鲫鱼汤、蚂蚁炒蛋一样。

刘亮程的作品具有"美学知识"和"原生经验"的双重性。它时而以"美学"（比如抒情的句式、判断的句式）的面目出现，时而以"经验"（农村生活的描述）的面目出现。伪知识分子在美学解释出了问题的时候，就用经验来补充；在经验不能说明问题的时候，就用美学来搪塞。

让我们来看看他的著名散文《城市牛哞》开头的一个片断：

> 我是在路过街心花园时，一眼看见花园中冒着热气的一堆牛粪。在城市能见到这种东西我有一点不敢相信，城市怎么也对牛粪感兴趣。我翻进花园，抓起一把闻了闻，是正宗的乡下牛粪，一股熟悉的遥远乡村的气息扑面而来，沁透心肺。那些在乡下默默无闻的牛，苦了一辈子最后被宰掉的牛……他们知道牛圈之外有一个叫乌鲁木齐的城市吗？

由于他被一种虚假的、脱离肉体的浪漫主义情绪控制了，才造成他表达的极端虚假，使他传达的经验变得可疑起来。正像刘亮程所说的，城里的牛都被关在车厢里。那么，城里花园里怎么会有冒热气的牛粪呢？既然在冒热气，怎么会闻不到呢？还要抓起一把放到鼻子边闻一闻。要闻正宗的牛粪味很简单，住到乡下去。我说的不是像那几个当代所谓"理想主义"作家那样，在城里玩腻了，就下乡去玩恶心的体验生活的把戏。我说的是真的做农民，那你就能天天闻到新鲜、正宗的牛粪味。

农民对牛粪反映是唯物主义的，一点也不抽象。比如，它可以用作肥料，比化肥更好；牛粪干还可以用作燃料，蓝色的火苗比管道煤气还要卫生。唯一的缺点就是拾粪、晒干、收藏的过程很麻烦。为了解决这个麻烦，他们宁愿选用煤块或者煤气。生活在大城市的刘亮程，为什么那么爱牛粪呢？为什么要翻墙到花园里，用手去抓牛粪呢？他爱的是从牛粪中抽象出来的"农民经验"。他想利用牛粪来反抗"现代性"。在刘亮程那里，"牛粪"已经脱离了物质性，变成了一个符号，从而获得了一种意识形态的品性。

我想起了一件往事，也与抓牛粪的经验有关。一位上海女知青下放到我老家接受农民的再教育。当县委书记要下乡来视察的时候，她事先得到了消息，便早早地等候在大路边，并当众将一堆新鲜牛粪捧到了稻田里。后来她被推荐到省城的医学院学习去了。毫无疑问，县委书记认为用手捧牛粪，就是与贫下中农打成一片的具体表现。实际上那位女知青与农民最格格不入。也就是说，"女知青"巧妙地改写了牛粪经验，将它变成了一个道德符号。

我没有认为刘亮程抓牛粪与那位知青抓牛粪是一样的。那位知青有急切的个人目的，而刘亮程则是有远大的革命理想的。当他看到所有的人都拼命用双手在抓钱、抓权的时候，他就故意伪造了一个抓牛粪的场面，来区别于他们，批评他们，贬低他们。实际上，那位女知青伪造的是一个道德行为的假现场；而刘亮程伪造的是一个借助于文字符号中介的伪审美现场。

通过上面的例子我们可以发现，"牛粪经验"实际上已经被改写（有的是用美学的方法改写，有的是用具体行为来改写），由一种具体的物质经验，变成了一种符号（文化的、道德的）。它的"质朴性"变得虚伪了；它的具体性变得抽象了。更重要的是，牛粪由它的工具的物质性，转而成了精神，物质变精神。它离开了草地和庄稼，直奔作家的脑袋而去。实际上他是在做一种"移植"工作，往农民简单的经历中，强行植入一种复杂的精神知识。刘亮程试图通过美学和经验的双重性，来赋予牛粪以精神意义。他完全可以直接"反抗现代性"，而无需通过美学形式来扭曲"农民经验"。

当经验（过去的经验，农民的经验）变成了一个古老的纪念品的时刻，也正是它在市场上、街道上招摇过市的时刻。"经验成品"对正混迹于消费人群中的惊恐不安的流浪农民、修鞋匠的打击，比土地荒芜带来的打击更深远。从哪里来就到哪里去吧，流浪农民！"土地的经验"、"牛粪的经验"已经被媒体征用完毕，艺术家们才思枯竭了。多亏了你们，为艺术家带来了崭新的题材、经验和加工原料：流浪主题、金钱万恶的主题，偶尔也产生几个"革命"的气泡抛向市场，像一串串冰糖葫芦似的。

与"虚构的农民经验"在本质上相类似的，是一种至今都十分流行的"虚构的'文革'经验"。这种所谓的"'文革'经验"，实际上已经变成了"'文革'知识"的文学图解。换句话说，他们表达的不是"经验"，而是"教训"、"判断"和"逻辑"。在这里我不准备详细分析。因为王小波在《黄金时代》中，以一位当事人、"经验权威"的身份，在叙事学层面对20多年来文学中大量虚伪的、编造的"'文革'经验"进行了一次过滤，还原了自己的"'文革'经验"，从而使"经验"逃出了传统意识形态的圈套，并使"经验"紧紧地依附在感受和体验的层面，使之产生了一种欢乐与悲怆交织在一起的真实状态。这正是王小波小说的魅力。也是文学自身的魅力。"经验"是一块土地，在不同的人那里，它会长出不同的果实。

二、摇滚与郊区经验

在既成事实的"现代性"的背景下，纯粹的农村和纯粹的都市，都不是艺术的土壤。只有在那些交界处、边缘地带、险情丛生地段、拐角处、视线的死角，才是滋生经验的地方。它是两种经验汇集的暧昧地带，是斗殴的地带。巴赫金称这种转折的地带为"危机地带"，本雅明称之为"意象丛生的地带"。郊区正是属于这样一种典型的经验滋生的地带。

2000年，北京远郊，一位名叫平路的摇滚青年为了发泄内心的痛苦，开着摩托疯狂飙车，被一辆大卡车撞死。他倒在玉米棒子堆里；那把心爱的吉他，连同他的希望和梦想一起被碾得粉碎。这是由张婉婷导演，吴彦祖、舒淇和耿乐主演的电影《北京乐与路》中的一个镜头。

影片一开始，我们看到一边是大都市的高楼和汽车，另一边是四合院，还有路边的农贸市场、草地上扭秧歌和打太极拳的市民。背景音乐是热闹的唢呐声，还有怨妇一样的二胡独奏。只要把眼睛闭上，我们就能听到中国农民文化的全部精髓。由摇滚青年组成的"艳阳歌舞团"，就出现在这个城乡文化水乳交融的背景中。他们为了将摇滚坚持到底，不得不卖身投靠，

三 宏观视野与多向度探索

参与一位农民经纪人组成的下等娱乐团体。

《北京乐与路》是一个当代艺术在市场中的遭遇的寓言。一群愤怒的外省青年来到了北京。他们试图将批判和艺术的双重愿望，集中在摇滚音乐上。同时，他们又希望通过摇滚音乐进入都市，进入艺术。但现实告诉他们，首先，由于资金的限制，他们只能住在远郊的农村，白天给农民唱摇滚，晚上到学院路一带的下等酒吧，为学生和市民无产者演唱。在没有签约之前，如果还想生存下去，他们就只能像乡村马戏团一样演出（门票三元，下雨天五折）；当然，最好是唱港台的流行歌。第二，反叛只能是符号性的，不能带进现实，否则就永远也不会有买主。第三，他们终于发现，"艺术家"成了骂人的话。他们对"摇滚艺术"已经绝望，他们唯一能做的就是跟自己较劲。

在那个著名的摇滚村里，几乎集中了当代中国所有的摇滚艺术家。他们整天唱着、喊着、又摇又滚、相互辱骂、斗殴、吸毒、乱交。他们用这种自虐的方式来诅咒生活，诅咒自己为生存而牺牲艺术时所做的让步、妥协。当地农民反映，自从他们来了之后，农民的脑子基本上被弄晕了。还有一位农民抱着小猪来找摇滚经纪人索赔，说他的小猪被摇滚吵得三天没有进食，快死了。尽管农民满腹牢骚和怨言，但还是接受了这一切。因为摇滚青年（演唱会、房租、日常生活开销）给他们带来了效益。农民们和摇滚青年们互相折磨。摇滚在农民的嘲弄下苦苦地熬着，为的就是暂时付出一部分尊严，等待着一个更大的自由：签约。签约的日子终于到了。摇滚青年代表平路单刀赴会。但他失败了。因为他太有个性，太反叛，太摇滚。没有人稀罕真正的摇滚（艺术）。摇滚经纪人对平路说，改一改脾气再来，"反叛精神"是广告宣传的需要。"对外反叛，对内听话"，正泄露了市场意识形态中批判的虚伪性和铜臭味。

这里包含几个矛盾：第一，摇滚（艺术）与公众的矛盾。底层人（农民、市民无产者）与上层人（权力和经济上的上层人）想法基本上一样。摇滚（艺术）不过是他们的工具。农民渴望的是尽快致富，变成上层人（老板），而老板也是由农民量变而来的。底层人需要上层人允许或支持他们致富；上层人希望底层人努力拼搏，证实他们的伟大预言，他们是一对精神兄弟。因此，他们需要的是"秩序"，并不需要反叛（摇滚、艺术）。

第二，摇滚（艺术）与商业的矛盾："反叛"只有成为一种"声音符号"才能被商业接受。也就是说，"反叛"必须放弃动词的属性，仅仅成为形容词：反叛的，才能可能与商业结缘。摇滚青年之所以能表里如一（日常行为和音乐形式）地反叛，不被抽象的意识左右，不被形容词化，就是因为他们在形式和内容中加入了肉体和欲望的因素（包括毒品、性、暴力等自杀性的因素）。而这些东西，恰恰是勾起了消费欲望的元素，商业看中的正是这一点。

第三，艺术与商业的矛盾，最终以商业文化本身的矛盾形式表现出来了。商业秩序害怕反叛，商品销售却需要"反叛"（它的惊人性，它的新奇性）。"反叛的意识形态"成了一种商业修辞。文化掮客在批发"反叛"，为的是让更多的消费者在消费快感中放弃反叛。因为摇滚（艺术）成了一种专业，代替消费者宣泄愤怒的情绪。这是社会分工精细化的结果。摇滚青年平路，用自己的失败和死亡，揭穿了摇滚（艺术）被收买和消费（流行）的秘密。

我还要分析《北京乐与路》中的另两个主人公：来自安徽农村的女青年杨颖（平路的女友），以及来自香港的资本主义少爷米高。

杨颖是一个被摇滚和现实唤醒了的青年农民。在"摇滚村"里，她已经不是一个糊涂的人，而是一个有"经验"的人了。她的"经验"来源于农村的苦难生活和都市流浪的遭遇。但"来源"还不是"经验"，而仅仅是"经历"。经历人人都有，无论是农民还是市民。但"经验"并不是人人都有的。是摇滚（艺术）生活催生了她的"经验"。以至于她能经常语出惊人，张嘴就是充满火药味的反叛哲理。也就是说，她已经能够把她的经历，无论是农村生活还是都市生活，抑或正在发生的"摇滚生活"说出来，这就是"经验"。

杨颖说：自杀的方式有很多种，嫁给搞摇滚的是其中之一（在当代文化中艺术就相当于自杀）。乐队的其他成员也说：活着就是等死，摇滚是最快乐的等死方式（这是"自毁式快感"，馈赠给当代艺术唯一让人着迷的礼物）。杨颖、平路他们将"经验"用格言的方式表现出来了，增加了"经验"的穿透力和批判性。格言的力量在于，它不但总结了过去，也预示了未来。当他们对这种格言化了的"经验"既批判，又不放弃的时候，他们立刻就获得了"自由"。结果只能是，让社会的大卡车，将摇滚的小摩托撞死。这就是"经验"的代价。

可是，同样的经历却可以产生不同的"经验"。这就是"经验"的暧昧性，可变性。它使"经验"批判变得十分迫切。在摇滚村里混过的人，有同样的摇滚（艺术）经历，却可以获得与平路、杨颖等人截然相反的"经验"，那就是：摇滚（艺术）并不是自杀，而是众多自救的方式之一；摇滚（艺术）并不是等死，而是通往快乐的康庄大道。比如，大陆一位与"华纳"公司签约的摇滚歌手，在领取音乐奖章的时候，就说出了这种反面"经验"。他认为愤怒和反叛，不过是一种形式，并认为这是一种入道之初的不成熟的表现。将"愤怒和反叛"仅仅当作一种形式，是摇滚（艺术）商业化的"武林秘笈"。也就是说：唱什么、如何唱的问题并不重要，关键在于要明白，为什么而唱。

假如没有"签约"的困惑，没有来自金钱的烦恼，还有没有唱的必要呢？这就是优雅的香港资产阶级歌手米高的困惑。他来到北京之后，唯一的收获就是明白了"为什么要唱"的问题。不过，尽管他的脾气越来越大了，还学会了讲粗口，酗酒。但他不是一位流浪者，而是一个旅游者。他获得的不是"经验"，只是经历，一种切断了过去与未来的历险经历。因此，他永远也不会成为摇滚青年。他的生活没有格言，只有"童话"（一粒墨西哥跳豆）。因此，他成了杨颖的"生活理想"，就像平路是杨颖的"艺术理想"一样。"艺术理想"的夭折，使得"生活理想"的力量越来越强大起来。这是《北京乐与路》真正的悲剧性所在。摇滚的死亡，标志着真正艺术的最后一口气断了。

与进口 CD、美国洋垃圾、麦当劳一起进入中国的摇滚乐（包括所有门类的现代、后现代艺术），本来就是资本主义社会后工业时代的产物。但一进入中国，就给抛到了猪圈边上的玉米棒子堆里等候处理（一部分就地死亡，一部分变成商品流入都市）。养育它的是，充满了牛粪味和血腥味的土壤，还有农民狡猾的喊冤声。要求它的是，产品能够进入工业化生产和消费的都市。结果，"摇滚形式"通过了商业质量检查，顺利地进入了都市。真正的"摇滚精神"（艺术）却被淘汰，被抛弃在农舍里。农民需要摇滚吗？

尽管他们可以在夜间溜进市区的下等酒吧走穴，表达他们的"郊区经验"。没有包装，没有广告，没有发布会，没有狗仔队跟踪。除了吸引那些接受了高等教育的农民的孩子，以及部分市民无产者的眼球，此外他们几乎没有市场。"郊区"，就这样成了一种新的艺术经验的分水岭。在这里，艺术家一直面临着生死攸关的抉择：当农民还是市民、进入还是退却、反叛还是不反叛、守住还是放弃、生还是死、签约还是拒签……这是艺术中"郊区经验"的基本内核；也是当代"经验"迁移地形图中的一个新的图标。

三、文学与街道经验

土地与街道的关系；迁移者改变身份的意图；将自己变成自然一部分的劳动方式与把自己出卖给都市并从自然中摆脱出来之间的转变；以及这个过程中的各种遭遇，都是当代中国文学必须面对的新的经验。

街道是因交换，而不是因生产而出现的。它一开始就是农民的异己物。农民刚走进都市的街道时，他们会显得拘谨、木讷、手足无措。但三天之后，他们立刻就变得玩世不恭，甚至肆无忌惮起来。因为他们发现了街道的秘密：运钞车一辆接着一辆在街道上呼啸而过，点钞机整天在呼啦啦地转动；那么多吃的、穿的、用的、玩的，就摆在眼皮底下，唾手可得；那么多近乎裸露的美女……但没有一件东西属于他们，尽管他们健康、诚实，浑身是力气。

看看那些都市人，一双双苍白无力的手，轻盈地在钞票上滑动，显示出了一种可怕的阴性力量。但都市需要的不是力气，也不是诚实，它需要

三　宏观视野与多向度探索

的是才智。正是这种神奇的才智，使他们苍白柔软的手显得威力无比。它一挥，运钞车改变了方向，所有好东西就源源不断地走进了他们的家门。他们不杀戮，却能优雅地吃肉；他们不抢劫、不偷盗，却能让邻居莫名其妙地破产；他们不打人骂人，却能让人伤痕累累；他们将粪便、污秽和垃圾运到农村，自己一副不食人间烟火的清静模样；他们不种稻子，却吃上等大米；家养的土鸡一到他们手上就身价倍增。这很像奶奶讲的传说故事，充满了神气和刺激。

流浪者在都市还发现了一个更令人惊奇的现象：街道上尽管那么多人，但谁也不认识谁，不知道你姓甚名谁；即使你每天在某个超市见到一张"熟悉"的面孔，但一拐角，他就不知所终，消失了。每天都能在电视屏幕上看到一张张熟悉的脸，但你永远也不会在街道上见到他们。这是一个陌生的世界。它不像农村，方圆几十里都能叫出彼此的名字，什么意外也不会发生，人们就这样毫无建树地终老。流浪者对这个"陌生世界"的发现（再加上都市神出鬼没的货币与丰盛的商品符号的刺激），正是现代犯罪学的起源。

1999年春季"广交会"期间，一位福建农民只身来到广州，"的士"刚刚驶出火车站广场，他就掏出一把剪刀指着司机说，把钱交出来。结果你知道，三天之后他就落网了。这位农民之所以决定下手，就是建立在这样一个错误经验的前提上：谁也不认识谁。这是一种质朴的农民思维的变种。现代都市的侦探，从来也不指望通过面孔来破案。他们是通过气息、脚印、指纹、声音等人体衍生物来破案的。所以，他们经常借助于警犬的鼻子（在这一点上，人不如狗）。而"面孔"总是在最后时刻出场。侦探人员问被劫者：是这个人吗？回答说：是，案件就结束了。此前，侦探一直是在跟人留下的踪迹（蛛丝马迹）打交道。关于这一点，美国作家爱伦·坡和英国作家阿瑟·柯南道尔，早就花了不少的笔墨提醒过我们。他们认为，在冰冷的水泥街道上，在死气沉沉的居室里，看不到人，但人的气息和印迹还是有的。对此，大家总是置若罔闻，以为他们是在讲故事，是在虚构，是闹着玩儿的。

在现代都市里,人与人之间的交往,是借助于各种符号中介实现的。当我们在市场上交出一张货币的时候,我们立刻会看到一丝微笑。这微笑不是直接送给你的,而是给货币的。也就是说,货币成了你获得微笑的中介。当人们崇拜一位歌星的时候,首先是崇拜嗓子,歌星通过嗓子获得了荣誉。球星也是如此,他们通过自己的肌肉和速度获得了荣誉。所有的荣誉最终当然是通往货币,借助于货币的中介,他们可以继续获得微笑、尊重、崇拜。

在都市里,"整体的人"是没有价值的(除了传说中的"超人")。价值来自社会分工,也就是身体某一个零部件出奇发达。只有这些零部件才能转换成"商品的一般等价物"——货币。能将整个身体变成商品、货币的,只有一种例外,那就是妓女。一般情况下,金钱青睐的不是完整的人,而是由人分解出来的肢体各个部分:四肢(体育明星)、嗓子(歌星)、脑袋(知识分子)。这就是社会分工,有人专门长眼睛,有人专门长脑袋,还有人专门长嗓子或者腿。

农民之所以一离开土地就丧失了自由,原因在于,他只有一具尚未被拆解的"完整身体"(也就是没有专业化),还有实物(农产品),而缺少作为一般交换等价物的货币。牛和马车在街道上是行不通的,只有信用卡和纸币在能畅行无阻。在都市的街道上,为了获得货币,都市人正是通过这种拆解、这种碎片化而获得自由的。都市里的"金钱经验"隐含着双重矛盾。首先是来自交换的自由。它将人从土地的束缚、传统"整体性"的束缚中解救出来了。代价是人变成了碎片,在都市上空飞翔。另一方面,每一个被专业化肢解的人,都是极端个人化的,都是很有个性的(这是交换的前提),但他们的结局却是无差异性的,最终都变成了一般等价物的货币。

科技使四肢的演化由量变进入了质变阶段,双手通过对翅膀的想象而变成了飞机,眼睛(千里眼)变成了望远镜,腿(飞毛腿)变成了汽车,耳朵(顺风耳)变成了电话,冒险变成了"足彩"和赌马,阴谋变成了股市和期货……在都市文化中,肢体专业化、肢体的技术延伸,还有它带来的后果,是现代主义的主题。现代主义主题增加了经验判断的复杂性。因为身体的零件发常常以一种科技产品的形式出现，制造了幻觉。对这种幻觉最有洞察力的，往往不是知识分子，而是生活在底层的人：乞丐、流浪汉、妓女（这都是波德莱尔和陀思妥耶夫斯基的重要主题）。只有他们，才能洞悉人体的衍生物（都市和街道上的一切）的秘密。

街道经验的获得，首先就要将自己交出去。街道需要的是你的脚、手、嗓子、眼睛等各种器官，它不需要一个完整的、自由的人体。无数经验证明，凡是不能成功地将自己肢解成器官的人，凡是还试图保持个人的自由和完整性的人，就不能被街道接受。当那些自由自在的器官在大街上疾走如风的时候，我们会在立交桥底下、街道拐角处、垃圾堆边看到一批完整而又自由的流浪汉、乞丐。这就是街道经验的残酷性。

文学对自由和人的完整性的追求，一开始就与街道经验发生了根本的冲突。这不是一个抽象的理论问题，而是任何一位试图进入都市的作家一开始就要面临的问题。面对着都市的街道，旧有的草地经验失灵了，抒情的对象丧失了。一部分诗人变得贫乏了，他们甚至干脆放弃诗歌；另一部分诗人则变得狡猾了，他们在千方百计挤进城市之后，进而躲在城市的角落咬牙切齿地诅咒城市。他们用一种与肉体脱节的玄思和推理，越推理就越觉得城市可恶。还有一种诗人是城市里的"迷路者"，他们处于市民经验与农民经验、草地经验与街道经验的边缘上，脱离了自然，又不被城市接纳。

对于资产阶级来说，"迷路"就意味着丧失时间和金钱；对于诗歌而言，迷路恰恰是它的起点。既要写诗，又对迷路感到惊恐不安甚至怨恨，这就是当代中国诗歌中的"浪荡子"。白天，他们就像农民流浪者和城市无产者一样，是一位现实主义者，还信誓旦旦地要充当那些流浪者的代言人。他们像黑帮一样成群结伙、在垃圾桶旁边分赃封爵。在深夜的酒吧和舞厅，他们会突然变得罗曼蒂克起来，饮酒作乐谈女人，俨然一副美学"纨绔子"的派头，一不小心还露出了农民的粗俗。他们是资产阶级的仰慕者。他们一方面提倡苦行主义的道德，但又经不起物质的诱惑。他们试图在诗歌里举行词语暴动，但又想掩饰卑微的身分，爱用一些桂冠诗人常用的词汇。

他们热衷于用奇异的服装、发型、名字,来标明自己与农民和市民的区别。他们自称是一位"拾垃圾者",但又不甘心与真正拾垃圾者为伍。在西方社会,这批浪荡子最终成为街垒战中的骨干力量,后来转变为超现实主义。中国的伪"浪荡子"当然不可能成为"革命家"。他们梦寐以求的是成为真正的市民,幻想有朝一日理着小平头、打起领带、出没于高级写字楼,即使从此告别心爱的诗歌,也在所不辞。

一种新的文学(城市诗歌)必须从头开始。必须对新的城市经验(可见的街道和不可见的信息迷宫、妓女一样的商品、梦游一样的人群等)保持足够的好奇。他们必须单枪匹马轻装上路,而不是成群结伙;必须对漫漫无期的迷宫之旅保持足够的耐心;必须培养对不可琢磨的人脸的兴趣,而不是对速度、目的、逻辑、思辨的兴趣(像资产阶级一样);必须真正热爱城市这个迷宫。我们必须"对时代完全不抱幻想,同时又毫无保留地认同这一时代"①。

四、小说与居室经验

居室经验是街道经验的回声,或者说是街道经验的延伸。只有积累了充分街道经验的人,才有可能产生居室经验。是街道经验为居室经验提供源源不断的养料。在都市里获取居室经验,是每一个流浪农民的梦想。但是,当一个人的街道经验渐渐枯竭的时候,居室就成了经验的墓地。

都市的老居民,正是都市经验墓地的守门人。他们是那些最早离开农村,亲眼看到稻田如何变成市场,并参与了都市街道"圈地运动"的人。如今,他们已经无需在街道上疯狂地出卖自己的器官和技能。他们在街道深处的小巷里坐收渔利。他们不喜欢沉思和写作。他们喜欢盘算和闭目养神。进入都市初期获得的丰富街道经验,既是他们的本钱,又是他们的利息。他们工作的地方,就是他们休息的地方。他们就这样躲在居室里、躺在神仙椅上参与了都市的变革,躺在经验的功劳簿上坐吃山空。也就是说,老市民已经

---

① 本雅明:《经验与贫乏》,王炳钧、杨劲译,百花文艺出版社1999年版,第254页。

没有经验了，他们只有经历。最后他们完全变成地租本身了。

对于老市民来说，居室经验已经完全脱离了感官的范畴，最终完全变成了抽象的地租问题。是地租使得他们既在都市里，又不在都市里；也是地租使他们可以忽视街道经验。他们似乎逃脱了都市"现代性"对人的分解和异化，实际上一个更大的阴影正笼罩着他们，那就是地租的变化。如果说街道是都市涌动的血管，那么，老市民的居室就是都市的淋巴。淋巴看起来木讷、迟钝，实际上它是最复杂的地方。老居民不会因一些小商品价格的升降而动心，但是，任何一次都市中心迁移、新街道建设造成的地租升降，都会使得这些"淋巴"红肿起来。北京四合院、上海石库门、广州老骑楼的拆迁，一度成了一个十分敏感的社会问题，其敏感性丝毫也不亚于化肥涨价。根本原因就在于，这一新的"圈地运动"要将老市民赶上街头，让他们重新接受新的街道经验的冲击。

"地租"的变化打击了老市民，也为新市民（各种涌进都市的流浪者）提供了机会。把经验变成"地租"，把街道经验变成居室经验，正是所有新市民的梦想。他们试图将在街道上遭受的伤害和打击，变成一种新奇而有力的经验武器，并不时地通过各种媒介，刺激着老市民苍白而迟钝的皮肤，并试图改写"地租"的历史。这就是街道经验与居室经验转换的背景。

单纯的习惯、制度和时间，是不会产生经验的，单纯的空间也一样。经验实际上是一种转折点上的产物，或者说是街道与居室（都市与乡村）边缘上的产物。这里隐含着一种时间与空间转换的复杂关系。经验的本质正隐藏在这种转换关系之中。柏格森从"记忆延绵的中断"角度讨论这个问题[1]；米哈伊尔·巴赫金称之为"危机时刻"[2]；本雅名称之为"震惊体

---

[1] 柏格森：《时间与自由意志》，吴士栋译，商务印书馆1989年版，第60—61页。在这里，柏格森讨论了意志在时间与空间转换过程中的状况。
[2] 巴赫金：《陀思妥耶夫斯基诗学问题》，白仁春、顾亚玲译，中国社会科学出版社1988年版，第37页。"危机时刻"既是现实时间的中止，又是叙事时间的开端。这是新的经验产生的一个关键时刻。

验"①。就此而言，居室经验最丰富的人正是街道经验最丰富的人。他们正处在一个变化的转折点上，是一些经常遭遇"危机时刻"的人。这些人不是那些都市里的老居民，也不是纯粹的农民，而是那些对都市街道了如指掌的农民，小商贩，流浪者，妓女，保险、信贷和药品推销员。19世纪以来文学史一再证实了这一点。文学的主角正是一批具有丰富街道经验和居室经验的人：巴尔扎克笔下的外省青年，狄更斯笔下的小乞丐，波德莱尔笔下的妓女和酒鬼，陀思妥耶夫斯基笔下的妓女、罪犯和出租屋里的穷学生，卡夫卡和加缪笔下的推销员，辛格笔下的流浪魔术师，布尔加科夫和索尔·贝娄笔下的小公务员……

我们可以发现，经验既是对记忆的打击乃至中断，但也是通向新的自由的起点。因此，它就成了各种艺术门类关注的中心，特别是小说家和诗人。居室经验在1850年到1950年这一百年来的现代主义文学中，之所以显得如此重要，是因为它成了街道经验的加工场。如果说现代街道经验是对"个人化"的拆解（通过商品交换和劳动异化），那么居室经验是对这种拆解的逃避乃至重新组合。这一组合的重任，常常是由文学艺术家担当。组合的基本材料就是人们在街道上受到的伤害（震惊体验），将这些材料黏合在一起的，是批判、诅咒、幻想、希望。这些添油加醋的成分，成了都市异类再一次走上街头的动力。

最典型的就是陀思妥耶夫斯基的《地下室手记》（最早的"现代派"文学作品之一）。这部小说是一个关于"上街（游逛、遭遇）——回出租屋（诅咒、幻想）——再上街……"的故事。与卡夫卡的甲壳虫不同的是，"地下室人"是一个行动家，他试图通过行动改写自己的个人经验，但他失败了。经验改写过程中的各种遭遇，成了主人公诅咒的语义学源泉。只有当他与底层人（妓女莉扎）相遇的时候，诅咒才变成了一种微弱的爱和宽恕之声。

---

① 本雅明：《发达资本主义时代的抒情诗人》，张旭东译，北京三联书店1989年版，第133页。"震惊体验"既是对"危机时刻"的心理学说明，又是文学与社会学的边沿和交接点。

相反,《变形记》中的"甲壳虫"是一位"遁世者"。卡夫卡一劳永逸地将现代都市经验凝固在"甲壳"之中。卡夫卡的写作,宣布了文学史上经典"居室经验"(比如,霍夫曼那种充满幻觉的居室经验,爱伦·坡那种充满悬念和险情的居室故事)的死亡。与此同时,卡夫卡还催生了一种20世纪的、残酷的"甲壳虫"经验。这是一种"非人"的经验。正是这两位伟大的作家(还应该算上波德莱尔),为"现代性"背景下的"经验科学"奠定了全新的感性基础,并提供了现代街道经验和"居室经验"的基本原型。毫无疑问,这种经验的意义,最终指向的不是美学问题,而是政治经济学问题:"居室经验"的生产成本,是以个人所遭受的伤害、打击、异化、扭曲为代价的。

五、私人经验的公众化

20世纪90年代,全世界都进入了一个信息化的时代,经验符号的性质已经发生了根本的变化,它变得可以复制、虚拟了。但是,中国文学却在高喊着"启蒙"的同时,必须面对"现代性"、"后现代性"、"全球化"的多重经验。农村的、街道的、居室的、虚拟世界的,这些新的经验因素突然不期而遇,使文学表达遇到了前所未有的困难。一方面是文学经验越来越个人化、圈子化;另一方面是社会生活越来越活跃、复杂。美学经验与生活经验的分离,是文学边缘化的重要原因。一些作家声称对表面化生活的警惕,实际上是一厢情愿的。

20世纪90年代中期,出现了一种由女作家掀起的"个人化写作"的热潮,她们主要是写一些梦幻式的闺房经验。在一个"街道经验"充斥媒体的时代,经验能迅速成为一种消费新闻。"个人化写作"试图在小说叙事中,为她们自认为真实的"经验"保存一席之地。这种"闺房经验",是介于进城农民、流浪者、商品推销员的"街道经验",与老居民的"地租经验"之间的东西。因此它带有浓郁的文人书房的气息。活跃的肉体、封闭的居室,是"个人化写作"的两个基本前提。我们进一步发现,所谓的"个人化写作"中,浓缩了我们这个时代全部的自恋经验——躲在私人居室里，照镜、沐浴、做梦、满嘴呓语，写一些只有女性才有的私人经验（性幻想、经期的烦躁不安感等）。这是一种极度自恋的写作方式。自恋不是自尊。自尊伴随着自我约束，自恋却充满了虚荣心和表演性。"个人化写作"通过小说叙事实现了其表演性，将私人的小秘密公众化。"自恋"是一种自我抚摸的技术。文学到了"自摸"的地步（尽管它不是必然的），也算是"现代性"的主要成果之一。

从表面上看，女作家的"个人化写作"好像承接了80年代中期的文学经验，是与"感官"相关的"自我意识"的觉醒，是对存在的质疑，对媒体文化的公众语言的抵御。从社会意识的角度看，"个人化"写作与文化保守主义是协调的，最起码是相安无事的。从符号传播的角度看，它实际上是将作为个人秘密的肉体变成消费品，将自己的"私处"交给了公众。这些作品的基本要素是居室经验及其相关的肉体（欲望）主题。通过作家的叙事，"肉体"借助于符号的力量（阅读快感和幻想）第二次溜进市场，为膨胀的欲望煽风点火。

尽管现代文学史上的"自叙传"体、日记体小说，都是"个人化写作"的源头，但由于时代背景的变化，使得今天的"个人化写作"已经不具备历史中"自我意识的觉醒"的意义，反而是市场中自我意识的丧失。"个人化写作"的内在逻辑，与市场消费欲望的逻辑悄悄地合而为一了。这就是"个人化写作"这种"现代派"文学技巧，在"后现代语境"中的尴尬下场。同时，它也宣告了传统文学批评的经验解读方法的失效。

因此，"个人化写作"是一个无效的命名。准确地说应该称之为"隐私化写作"。商品时代最大的特点，就是没有秘密和隐私可言（除了与金钱相关的商业秘密）。羞于启齿的事可以在媒体中大行其道。有人甚至故意制造与性相关的假新闻。文学要进入商业市场，就得不断制造新的秘密。所谓的"自我意识"，一夜之间就变成了公众消费的商品，所谓"感官的解放"，突然变成了隐私的展览。"居室是艺术的避难所"（本雅明）这种说法在今天已经失效。今天的艺术不需要避难所，它需要的是一个"时装展台"。

"把大街变成室内就是得以证明了的通俗文学的手法"。本雅明的这一说法倒是成立的。妓女就是典型的将市场（街道）的交换价值用于居室的人，她们同时也将居室经验搬到了大街上（引诱）。将居室变成大街，就是将个人的肉体甚至精神秘密变成商品交易，这同样也是流行文学的手法。流行文学作家卫慧写道："坐在空空荡荡的电车里，就像躺在似曾相识的摇篮里。"这里有一种明显的空间错乱感。说明作者与市场的亲缘性已经进入了潜意识。到大街上去游逛、购物、物色对象、泡吧、按摩、沐足；在公众场所，就像在自己的家里一样悠闲、自如、心安理得。这都是将自己变成市场的一部分的好方法。或者说，去寻找故事，甚至将自己变成虚构故事的一部分。

换一种说法，把内室变成大街（沉思、孤独、秘密、性，都变成了大街和市场上的商品一样），也同样是流行文学的手法。在今天的文学作品中，我们经常可以看到关于出租屋的性生活场面的描写，这与那些大量描写酒吧的饮酒场面在本质上是一致的。"酒吧"由一个堕落者、流浪者、密谋家的意象，变成了一种身份认同的消费表演。在生活的垃圾堆里苦苦挣扎的人，稀罕的就是这种貌似堕落的花花公子和浪女形象。因为他们的生命中缺少的就是这些。现在突然出现了新奇的、有隐秘性的生活场景，还附带了一些形而上的问题：颓废、垮掉、自杀。充斥在文学作品中的花花公子、浪女形象，对于普通读者来说，吻合了一种心理补偿理论，因而也就吻合了一种交换价值理论。

将市场变成居室，或者将居室变成市场。我们可以发现，90年代中期以来的文学，就是通过这两种主要的手法使自己跟市场融为一体的。作家，特别是女作家，唯一的私有财产就是自己的感官和肉体。她们在对这一私有财产的过度使用中，采用了一些特别的方式：自恋叙事、自虐叙事、自杀叙事。但她们同样逃脱不了市场的魔掌，因为这是一种更为巧妙的出卖秘密的方式。年轻（"70年代"及其后）的女作家显得更率真一些，她们没有自恋的毛病。事实上她们不过是改变了策略，以一种自恋的变种——自虐的方式出现了。在垃圾堆里狂舞、酗酒，跟大众文化调情。这是一种既隐蔽又典型的自虐方式。人们生活在一种屈辱的现实中又无力改变它，他们就会转而爱上这一现实，进而还渐渐将它视为快乐的源泉。这正是弗洛伊德对"自虐"的定义。

自虐是一个典型的现代主义的主题。在波德莱尔的诗歌中，这个主题得到了无以复加的表达。但是，今天的自虐主题已经被商业化彻底改变了性质，变成了一种可供观赏的表演。午夜时分，香港的"翡翠台"经常转播一种日本的女子摔跤表演。她们将预先设计好的残酷的打斗场面展示给观众，将喜剧涂上了悲剧的色调。她们用"自虐表演"的方式满足观众们纵欲的嗜好。这就是自虐的商业喜剧。自虐的极端方式就是自杀。人们总是爱将文学中的自杀主题，当作一个与厌世相关的英雄主义的主题。从我们今天文化的总体上来看，我宁愿将它看作是极度自恋产生自虐的极端后果。在今天，"自杀"会迅速变成一条令人刺激的新闻，一次不错的消费，一种交换的激情，一个生财的好机会。生活实践教育了人们，现在的年轻一代知道怎样更好地使用"自虐"和"自杀"主题了。也就是说，90年代年轻作家的自虐和自杀主题有了新的含义，它带有表演性、制作性，染上了市场色彩，具有了交换价值的意义。

我们凭什么了解生活的真相？进城的农民，小商贩，流浪汉，妓女，保险、信贷、药品推销员，他们的"街道经验"究竟怎么表达？由谁来表达？一方面是当代生活经验像毒蘑菇一样疯狂繁衍，另一方面是人们对经验的传播产生了极大的怀疑。经验在传播过程中的信息变异，导致了经验权威性的丧失。经验的可靠性受到了如此巨大的挑战。

我不得不遗憾地提醒大家，从材料可靠性的角度看，所有的经验表达，并不比数据更有说服力。在一个充斥着虚假数据的时代，对真实数据的发掘，成了人文社会学科的一项重要工作，这也是文学越来越边缘化，人文社会学科越来越引人瞩目的原因。另外，从情感结构的角度看，经验表达中的情感因素，已经变成了煽情，不管作者有意还是无意。对于煽情，人们已经习以为常了，每天晚上的电视连续剧在煽情、广告片在煽情、通俗杂志在煽情，利用灾难性的符号（暴力、死亡、凶杀）煽情。在这种泛滥的情感宣泄中，人们对情感信息越来越怀疑，最终变得越来越冷酷。文艺的情感表达方式已经彻底坏死在传播媒介之中。它仅仅是注意力经济的一部分。

六、《北京浮生记》和虚拟经验

一位农村青年借了 2000 元钱到北京闯荡。因为他欠了村长 5500 元高利贷,利息高达 10％,如果不及时还清,村长就会天天雇人跟着他、揍他。他决定在北京的黑市倒卖各种能尽快来钱的货物（盗版 VCD、走私香烟、伪劣化妆品、假酒毒酒、水货手机、进口玩具、盗版书、走私汽车等等）,不仅要尽快还掉村长的钱,而且最终要成为北京富人。他怀着这样的理想,从一个黑市奔走到另一个黑市,遭遇了各种屈辱和危险,历尽艰险,深深地感到了北京浮生之艰难,世态之炎凉,社会之荒谬。

这不是一篇报告文学或新闻通讯,这是一个名叫《北京浮生记》的电子游戏的内容。《北京浮生记》大约是 2001 年初开始在网上流传。据该游戏官方网站估计,至少有近 20 万人下载了这个游戏。由于这个游戏的内容具有很强的社会批判意义,国内的一些大媒体（包括中央电视台的互联网节目和《南方周末》）都做过专门的报道。这的确是一个不错的游戏,所以才成了我分析的对象。

游戏的制作者说:"我在北京浮生,观察它就像医生观察病人,就像巴尔扎克观察巴黎……你在《北京浮生记》里遇到的事情,全是北京每天都在发生的。你如果在北京,恐怕你自己就会遇到,对吧?有一个在北京的 IT 白领给我来信说,他第一次玩《北京浮生记》想哭。我回信说,够了,兄弟,等新版本出来我第一个送给你,因为你玩懂了这个游戏。"对于有相似经验的人来说,它是有效的。它触动了内心伤痛的往事。对于更多游戏者来说,它并没有这样的效果。其实要触动生活里的伤疤是很容易的,一瓶酒就够了,对吧?这与经验传播过程中的符号分析无关。游戏制作者"梦想能够用游戏来记录一个时代和一个城市",这个愿望很好,但身处虚拟符号世界中他和我们大家一样,遇到了困难。

我们必须要从形式分析开始。游戏的玩法很简单,只要用鼠标点击就行（比如在公主坟买进低价盗版碟，到西直门高价卖出，价格是电脑程序随机设置的，所以要靠运气）。如果智商不会太低，手指还算灵巧，40次（也就是游戏设置的40天）机会之后，挣100万元不成问题。我发现，刚开始的时候，倒卖走私香烟和假酒、毒酒来钱比较快，而倒卖盗版VCD的风险比较大。但真正要进入排行榜，不倒卖走私汽车是不行的。卖盗版VCD的时候，经常遭到黑社会、工商执法人员、居委会的打击，完全可以用遍体鳞伤来形容，而且还不敢进医院（恢复健康数一点是3500元）。做走私汽车这些大买卖的时候，碰到的危险较少。也就是说，随着挣钱数的增加，伤害也随之减少，并且钱越滚越多。与干大坏事相比，干小坏事很危险。但是，这个游戏真的有社会批判意义吗？究竟是什么因素，在支配着这个貌似具有现实意义的游戏的传播呢？

首先，这是一个肉体缺席的虚拟世界，在其中起作用的是一些数码符号。游戏者侥幸自己不在现场的同时，消费着具有现场感的游戏符号。那位农村青年残酷的生存经验被符号化、游戏化了，并通过符号的再生产而商品化了。在游戏过程中，游戏者仿佛不是一个受伤害者和诉说者，而是一个兴高采烈的享乐者。

第二，支配着整个游戏（消费）过程的，是一种神奇的心理实践：竞争性游戏。因为所有的玩家都希望自己能登上积分排行榜的首位。现实生活的逻辑，被一种游戏逻辑和商业竞争逻辑所取代。他们以一个挑战者的姿态出现在电脑旁。他们挑战的对象不是现实，而是一个游戏程序，还有对自己手指的灵活性的考验。

第三，那位农村青年在北京的遭遇这一现实内容，在游戏符号中第二次重现的时候，变成了一种新的数码（符号）文化形式。结果是，面对这种残酷而又荒诞的经验，游戏者产生的不是社会正义、激愤乃至怜悯和同情，而是对游戏操作过程不可自拔的迷恋。

通过上面那个例子可以发现，在一个数码技术和传播媒介无孔不入的时代，只有通过游戏、玩笑的形式，才能将人们的注意力引向现实层面。同时，这种符号化的现实经验已经非经验化了，或者说它产生了一种新的虚幻经验：在游戏式竞争逻辑支配下的虚拟经验。街道经验就这样走进了居室，在电脑的内存容量和屏幕空间重新组装，变成了一个数码游戏。传统文艺形式中一直试图坚持的自由想象和批判立场，从遥远的地方突然降临在我们的居室里，借助于数码技术和网络传播，与人们潜意识中的虚幻经验（游戏冲动的满足、竞争技巧）相遇了。最终产生了符号"生产——消费——流通"的量化成果：点击率和排行榜。

这是一个媒介时代经验传播被扭曲的典型个案。它集中体现了经验在符号传播过程中的所有特点。它也体现了现实经验在虚拟空间的虚幻化（游戏化、潜意识化）的过程。用这样的观点来分析电视媒体、平面媒体中的经验传播，同样有效。媒体传播经验的过程，同样成了一个阅读游戏（阅读排行榜和资讯掌握程度），或者媒体本身增加点击率的过程。

2001年，全中国已经拥有了26万个网站，网民的数量正在疯狂增长。如今，社会政治经济活动，或者广义地说，也就是文化活动，都能在电子计算机的虚拟空间里，找到符号化的对应形式。这个新的虚拟空间将全世界联系在一起，上演着一出"全球化"的闹剧，并造成了一种消解"民族性"特征的假象。这一巨大的闹剧，表面上与社会实际生活有一定的逻辑对应性，实际上它采用的是一种二进制的逻辑。一位躲在居室遥控街道和外部世界的人，靠的不是走廊（拱廊）、过道和街道，而是一种计算机逻辑和磁盘上的氧化物。所有的人都在这种二进制逻辑和一丁点氧化物的支配下欣喜若狂。

因此，分析现代社会的经验表述问题，除了要重新审视乡村与都市的边缘经验、新的街道和居室经验之外，虚拟空间的经验分析，是一个新的课题。今天如果说还有什么真实的经验的话，那就是，从事再生产的人控制着从事生产的人；从事劳动产品流通的人凌驾于从事原创性劳动的人之上。消费社会就这样借助于符号的再生产来操纵符号，使得这个社会在本质上成了一个"文化"消费的社会。而控制着文化传播的人，也就是控制了计算机网络的人，他们在传播媒介中重组各种经验符号，以获得越来越可观的注意力。他们在网上漫游，就像19世纪末叶的文人在大街上漫游一样。他们的街道经验变成了网络经验。他们的居室经验（地租经验）变成了虚拟的内存容量和屏幕空间。

七、都市细节的辩证法

多年前，我读过一本名叫《上海，冒险家的乐园》的小册子。其中有很多关于旧上海富人生活细节的介绍。我第一次知道，在自己的单调生活形态之外，还有过那么一种奇怪的生活方式。但是，我丝毫也没有被这种细节迷惑。因为作者一边介绍，一边用政治经济学观点加以点评和引导，目的就是要让我痛恨资产阶级生活。在一种正义凛然的观念和叙事语调中，旧上海的一个个生活细节，就这样全部变成了资产阶级生活的罪状。它的目的达到了，它在叙述旧上海生活细节的同时，让我产生了对那些迷人生活细节的免疫力。

今天，许多介绍上海等大城市的小册子，却试图通过细节的描述来改变我的价值观，让我羡慕资产阶级生活。你知道正宗蓝山咖啡的味道吗？你知道爱尔兰沙特狗的脾气吗？你了解老钻石的纹路吗？你知道怎么"养"雪茄吗？你能准确分辨 CK 的正牌、副牌乃至三线货吗？你知道哪个店里的"香奈尔五号"有猫尿的味道吗……这些细节试图绕过我的价值观，直接向我的感官领地发起进攻。如今的报摊上，到处都是关于"北京酒吧"、"上海细节"、"广州夜市"的小册子；到处都是关于大城市的"异类"夜生活的介绍；到处都是关于城市生活小感觉随笔。城市的所有媒体上，都充斥着大量的这一类酸腐而夸张的细节。细节成了阅读消费市场的通行证。

从特定的角度看，观念向细节的转变是一种进步，就好像从生育的两性向恋爱的两性转变是一种进步一样。生育是目的论的，恋爱则是细节的不断展开，或者说是感观经验的展开。细节正是因此而与"诗学"有了关联。从前是一个没有细节的年代，细节被观念和观点扼杀。感官经验成了写作的禁区。在写作中，细节假一点没有关系，只要观点正确就行。上个世纪八九十年代的文学批评界普遍认为，这么多年来，我们的文学在干什么？就是在伪造细节、谋杀细节。大家认定，只有细节才是真实的，所以才有人试图"谋杀"细节。今天，人们都知道了细节很重要，写作一定要有细节，细节能造观念的反。于是大家都很讲究细节，特别是在细节越来越受市场青睐的时候。

当所有的人，特别是都市小文人和写手们，都知道细节的好处的时候，也正是细节将要被毁掉的时候。在今天的都市里，一大批小文人、小写手（有因富而赞美的，也有因赞美而富的），正在批量制造城市细节。都市文人身负媒体策划人赋予的重任，穿大街走小巷，淘衫、瘦身、泡吧、喝咖啡、参观宠物店和珠宝店……他们还常常以第一人称的叙事视角出现，制造了一种"我在现场"的骗局。他们的任务就是将高消费区的"所见所闻"变成细节，然后由主编将细节变成情节，再由大众传播媒介将情节变成故事。

利用读者对细节的迷恋，再通过大众媒体的传播，文化商人和写手们，试图完成一个从空间（细节）到时间（故事），因而也就是现象到历史的战略计划，从而加大传播和文字符号的权威性和蛊惑性。毫无疑问，在这个过程中起主导作用的仅仅是计量经济学。细节和故事因此变得十分可疑。整个城市都被这样一种虚构的可疑故事所笼罩。

当代都市的消闲报刊和通俗出版物，就是这种由丰富的伪细节构成的虚假都市故事的集散地。于是，人们沉浸在那些由奢侈、夸张而丰富的细节组成的都市故事里，享受着来自伪细节的快感和打击。在大都市里，与这种酸腐、虚伪的细节真正相关的人只能是少数。但是，通过那些覆盖面巨大的媒体的传播，这些伪故事就与更多的人相关了，不管他住在西区还是闸北，不管他在上只角还是下只角，消费报刊文字的能力没有太大差别。在单纯的空间范畴里，伪故事和伪细节刺激了人们的消费欲望，并让读者的眼睛分享别人消费时的肉体感受。这正是城市细节写作者要达到的效果。但在时间范畴里，市民生活细节背后是资本运转历史的秘密。谁要是将秘密揭穿，谁就会遭到众人的痛恨，谁就会失去市场。

城市不是单纯的细节。单纯的细节，不过是一种城市旅游图的新型替代品，是旅游经济与文化产业的交媾物。城市旅游图仅仅是想支配游客的双脚和钱袋;而"城市细节"的传播,却试图麻醉人们的灵魂,于是,它成了"都市焦虑症"的一个主要病源。这就是所谓"城市细节"写作和传播的可怕和反动之处。

写作中的细节,如果没有历史眼光(市民社会的时空辩证法)的统摄,它就只能像一条没有颈绳的疯狗,在街道上四处乱窜。一种在空间中貌似真实的细节,在时间中就会变得虚伪。这就是城市细节的辩证法,也是市民社会中的经济学与政治经济学的辩证法。

(原载《南方文坛》2003 年第 1 期)

"新世纪文学"的命名及其意义

张未民

  不管意识到与否，其实我们都已经立足在一个新兴起的中国文学场域中。这就是中国新世纪文学。

  "新世纪文学"不能简单地被归结为一个命名问题或所谓文学"权力话语"的兴替，这种弄不好就偏向某种"厚黑学"味道的所谓"文化研究"话语并无益于真正的学术探讨。如果我们对历史抱有一种谦逊的态度，对生活对文学抱有积极的精神，都会明白，恰是那叙事宏伟和虚怀若谷的历史在"命名"着我们，在言说着我们。而我们的言说，如果说有所"创新"或"建构"的话，那也是现实给我们提供了如此难遇而又不可更替的历史语境。对新世纪文学话语而言，首先还是要相信我们的建构应该建立在现实所能提供的特定的新而复杂的语境之上，首先是历史和现实在建构，而我们，不过要顺应历史和现实大势，做些自己该做、能做的事而已。我们当然要脚踏现实面向未来参与历史的创造，但首先是历史在创造我们。对此我们当保持着清醒。新世纪文学表述的出现及其语义探讨与使用，不仅说明当代文学主体力量的建构努力，更重要的，是当代文学在昭示自身的一种新的语境的生成，在表明我们一定要立足于"新世纪新阶段"的立场上来言说讲话。立足于新世纪的文学现实视野是一种立场，面向现实和未来的文学建构是一种姿态。而这一切的根据，则在于新世纪文学之潮不可避免的历史性兴起。

  我们在新世纪发现中国文学的历史。

  首先要辨明有关"新世纪文学"的用法及其演变的历史。

诚如雷达先生指出过的那样,"新世纪文学的名称从新世纪开始就出现了"①。只要翻检一下那时的文学报章,诸如"新世纪中国文学"、"21世纪中国文学"的提法就连续不断地出现,这说明人们对"世纪"这种用法已经随着时间的前进自然而常态地使用着,它与中国当前文学的联结,并没有什么惊奇,是顺时顺理的事情。雷达甚至指出了即使在上世纪90年代上半期,有关走向新世纪、21世纪、世纪末的话语就不断地流行,乃至使人大有一种构建"新世纪文学乌托邦"的整体印象。②"世纪"话语的流行成为一种"世纪问题"③,引起了人们的普遍关注,这在中国文化语境中当有着不同于西方的"世纪"的自己的理由和情势。它一方面是中国的文化理解融入世界或全球化趋向的表征,另一方是中国现代性发展和进步的符号象征。对于一个世纪的清算和清理,如黄子平等人提出的"20世纪中国文学观",之所以成为一种80年代中期以来影响极大的流行文学观念,正在于此,在于它试图超越以近代、现代、当代等"断代"方式呈现的中国文学现代性的"时间的政治"④,而采用一种仍为现代性范畴的"世纪表述"来替代,不过,这"世纪表述"的时间性似乎更加具有超越和宽容的姿态,提供了对20世纪中国文学历史不断"革命"、"断裂"、"转折"、"创新"的紧张状态的某种反思和舒缓的契机。其实这种总结旧世纪的整体性"世纪表述"早已暗含了一种对新世纪或21世纪中国文学的期待视野了。"到本世纪末……",我们要实现四个现代化、小康、翻两番等等,曾经是上世纪后半叶中国社会的一个众所周知的目标时限。于是,到了这个世纪之交,

---

① 参见雷达:《论"新世纪文学"》,《文艺争鸣》2007年第2期。
② 雷达:《新世纪文学:概念生成、关联性及审美特征》,《文艺争鸣》2006年第4期。
③ 张未民:《世纪问题》,《作家》1999年第1期。
④ 参见[英]彼得·斯本:《时间的政治——现代性与先锋》一书中有关"时间的政治"的讨论,商务印书馆2004年版。

三　宏观视野与多向度探索

到了这个对于中国人来说是他们所经历的第二个世纪之交①，世纪话语的流行，并凝聚或寄托着中国文学的现代性的新的理想，新的期望，虽似朦胧未明，但其萌动欲出，却是可以明确从"新世纪文学"的语词符号的使用中予以指认的。至今，这种隐含在有关"新世纪文学"语用中的面向未来敞开的理想期待的基因依然存在，虽然人们对文学现实的未来指向并不明晰甚至抱着谨慎的态度，但其由"新世纪"的中国现实文化语境所提供的审慎乐观的调子，对超越过去百年的一种中国文学"新现代性"的期待，应该说，在"新世纪文学"概念中确已显露某些心迹，这也是无可讳言的。事实上也是如此，在文学界以外，有关"新世纪"、"新世纪新阶段"② 的表述在一种普遍性的关注和使用中也似乎没有了热烈和浮躁的内涵，倒是其颇多理性前瞻和审慎乐观的义涵，应和了新世纪中国和平发展和经济崛起的时代背景与愿景，在对话和理解的氛围中被人们接受和使用着。在这个意义上，"新世纪文学"的提出与使用也当如此理解，它是我们理性对话和文明发展时代的一种体现新现代性精神的宏观概念与时间表述。

许多评论家对这种将现实中国文学托付给未来百年"新世纪"的"新世纪文学"暗含的语义调子选择沉默。他们没有像拥抱"新时期文学"那样快速地作出明确的表态。想必一个"新"字，一个"世纪"大词，都使他们为难，过去一个"世纪"的狂热追"新"逐"利"行径和诸多怪象已成就了他们心头的某种禁忌。而我们从这种审慎中仍可以看出一种理性的态度，这似乎也是对"新世纪文学"语义使用的一种静观式的可予珍视的姿态。人们明白，无论如何，无论采用"新世纪文学"概念与否，只要我

---

① 有关"世纪表述"的文学史表述方式，参见拙文《中国文学的时间》，载《南方文坛》2000年第5期。我认为现有中国文学史的时间表述方式大约有三种：朝代表述方式、现代性表述方式，以及作为现代性表述方式变体的"世纪表述"方式。有关"世纪"的问题，应该认为虽然世纪纪年的时间点是起自相当于中国的西汉末年，但这也只是一种中西历法时间换算的结果，对于中国人来说，真正的"世纪体验"应起自19世纪末至20世纪初这一段日子，因此20世纪与21世纪之交，应该是中国所真正经历的"第二个世纪之交"。参见拙文《中国文学的时间》和《世纪问题》。
② 有关"新世纪新阶段"的提法，最初出现在江泽民《在中国共产党第十六次代表大会上的报告》（2002年11月8日）中。

们对当下文学来讲话，都可以或已经被"新世纪文学"一语所覆盖，大概都不出"新世纪文学"的所指范畴。相比之下，那些怕被指责为"新名词"、"命名情结"、"时间神话"[①]的顾虑，倒由于这种趋于理性的氛围而冲淡减缓不少。相比于上个世纪末有关"新状态文学"的沸沸扬扬的责问，这已够令我们欣慰了。我想说的是，在没有诸如"新世纪文学"这种总体化的概念情形下，对当前文学的宏观把握和历史动向的探知，多少会受到影响的。在这里，一种总体性宏观概念的使用，如果尚且可以的话，会为我们提供进入现实的新的平台。上个世纪末以来的十余年间，由于对"新状态文学"之"新"的有关"命名"的形式纠缠与批评，某种程度上导致了当代文学研究中的宏观概念和宏观研究的衰落，这与"新时期"之初的80年代的宏观批评与微观批评并重的良好格局形成鲜明对比。于是，在一个不能没有"大词"的时代，文学评论界似乎觉得除了"新时期文学"以外，早已不再需要什么宏观概念，依然可以混得过去，一部一部作品地跟踪，一个一个作品讨论会的召开与鼓吹，一些人指出的所谓批评的失语现象在根本上是宏观把握与时代眼光的缺失。这在两年之前的情形尤其如此。"新世纪文学"概念的兴起和使用，说差强人意也好，说它过于宏大和纯时间性也好，总归它多少向人们显示了时代的文学进程，恢复了当代评论对宏观研究的信心，并有助于改变一个时期以来文坛微观有余的琐屑研究和评论现状。

对于"新世纪文学"的审慎静观的理性状态在另外许多评论家那里表现出更为实事求是的态度。他们乐于使用"新世纪文学"概念，用以归纳概括和研究自新世纪以来出现于文坛的大规模数量的小说、诗歌、散文作品，探讨新世纪以来的作家转型和文学现象。一切从客观事实出发。应该说，自 2005 年第 2 期《文艺争鸣》杂志开辟"关于新世纪文学"栏目以来，这种探讨变得越来越多，"新世纪文学"概念的使用变得越来越自觉。

[①] 朱立元：《命名的"情结"——"新状态文学"论刍议》，《学习与探索》1995 年第 5 期；
唐晓渡：《时间神话的终结》，《文艺争鸣》1996 年第 5 期。

随后,由沈阳师范大学中国文化与文学研究所、中国当代文学研究会、《文艺争鸣》杂志举办的"新世纪文学五年与文学新世纪研讨会"于 2005 年 6 月在沈阳召开,"新世纪文学"在会上得到了热烈的研讨。2006 年、2008 年两届中国当代文学研究会年会都将"新世纪文学"列为大会讨论的主题之一。起初,评论家们主要把"新世纪文学"作为一种时间意义的总体化概念,其"新世纪以来"的义涵成为这一概念的基本用法。因为毕竟"新世纪以来"已有五六年左右的时间,首先看看这五六年左右的时间中国文学的状况,看看有什么新的变化,新的表现,可供梳理总结,不失为客观审慎的态度。其实这种意指"新世纪以来"的当下文学的用法,表明了"新世纪文学"作为中国文学的时间前沿并向未来敞开的动态语义形象,成为其目前最为稳定的语用意义。

然而"新世纪文学"概念的单纯而明确的时间性,大而化之的语义倾向,又使人们对它的描述客观事物的笼统和不实在处难于满足。文学史理论的思维体制和文学时代的断代描述习惯,促使人们总是要试图确定特定历史阶段的文学区别于其它历史阶段的文学的界标,进而说明这种文学的历史性质和审美特征,彰显进化的历史理性。在这个意义上,"新世纪文学"概念也提供了富有魅力的探讨空间和可能性。人们发现新世纪文学不仅可作为纯时间概念的总体化的用法,而且也可以作为超越自然时间性质的社会时间用法而被肯定下来,"新世纪文学"的文学史价值很快得到了初步的挖掘和阐释。

于是,在对"新世纪以来"若干年时间内的当下文学进行梳理研讨的同时,以此为立脚点,一种"向后看"的文学史视域又因"新世纪文学"而形成。的确,人们意识到,若想对新世纪文学的概念给予界定,必须将其置于一种关系语境,针对新世纪文学与"新时期文学"、与"20 世纪中国文学"的关系作出有说服力的探讨。由此,"新时期文学"、"20 世纪中国文学"也将因新世纪文学的提出和研讨而得到语义的澄清,并由此可拥有一个更趋完整的意义。

"新世纪文学"从一个纯时间性的对现实文学的描述性概念很快走向一

个具有独特历史性和审美特性的文学史概念,是先从新世纪文学与此前文学"分期"入手,来寻求界定的。从对"新世纪文学"概念一开始提出来进行自觉的探讨,人们便已不拘泥于其时间的自然限定,而明确将"世纪之交"的数年也都包括进来。雷达说:"进入新世纪的中国文学,已有五六年,若加上性质相近的上世纪最后五六年,也有十年左右的光景了,这段时间所呈现出来的大量新质素,已不容忽视。"后来,他又明确新世纪文学的发生定在 1992 年①。持此种看法的还有於可训,也明确地以中国开始确立向社会主义市场经济迈进的 90 年代初年作为从新时期文学到新世纪的分界点②。这种种研究在明确界定新世纪文学概念范围的同时,也将凸显出"新时期文学"作为一种过渡性历史时期文学的性质。在这方面,往前推进得最快的说法是程光炜在 2006 年 10 月中国当代文学研究会学术年会上说,新时期文学实质上就是限定在"伤痕文学"上。这使我们想起 10 余年前陈晓明就宣布过 1987 年为"新时期文学终结","新时期的神话已经讲完"③。人们急于从新时期文学的概念框定中出来,张颐武则沿着他的新时期文学——后新时期文学——新世纪文学来展开文学史描述④,其实这种用法也与时下的 80 年代文学——90 年代文学——新世纪文学的架构和用法有着相似和某种重迭。

上述缘于时间归纳理解的"新世纪以来"的"新世纪文学"用法,或者缘于与"新时期文学"的"分界"切割的"新世纪文学"的用法之外,还有一种相对动态的更侧重在对"新时期文学"的"过渡性"上的理解。我在《新世纪文学的发展特征》一文中认为⑤,新世纪文学与新时期文学是相互重迭在一起的,互相包容的,新世纪文学的提出并不是对新时期文

---

① 雷达:《新世纪文学初论》,《文艺争鸣》2005 年第 3 期;雷达:《新世纪文学:概念生成、关联性及审美特征》,《文艺争鸣》2006 年第 4 期。
② 於可训:《从新时期文学到新世纪文学》,《文艺争鸣》2007 年第 2 期。
③ 陈晓明:《"新时期终结"与新的文学课题》,《文汇报》1992 年 7 月 8 日。
④ 张颐武:《大历史下的文学想象——从新世纪文化到新世纪文学》,《文艺争鸣》2005 年第 2 期;《新世纪文学:跨出新文学之后的思考》,《文艺争鸣》2005 年第 4 期。
⑤ 张未民:《新世纪文学的发展特征》,《作家》2006 年第 7 期。

学概念的反动和抛弃，我们宁可将二者看作是一体生长的东西①，在这个意义上，完全可以将新时期文学的1978年的起点，同样看作是开启了21世纪文学的起点。站在今天新世纪的立场向后看，以一种长时段的历史观察，新世纪文学不过是从新时期文学中仿佛蝉蜕一般生长出来的一种新质的文学，而新时期文学就是新世纪文学的一个前世肉身，一个可供蜕变的潜结构，一个过渡性前奏。如果更明确地说起二者的区别，我主张新世纪文学不以一个自然时间来理解，而以一种文学社会时间来理解，对在上世纪80年代、90年代，那些不是在突破和否定旧有文学的意义上，而是在面向新世纪展开上具有更为积极意义的作家或作品，因其具有新世纪的价值意义而应给予新世纪的文学认同。甚至不仅从1992年起始，比这更早的如汪曾祺写了《受戒》、《大淖记事》，阿城写了《棋王》，莫言写了《红高粱》，王安忆写了"三恋"，铁凝写了《玫瑰门》等，这些在"新时期文学"中降生，某些特殊气质却很难按"新时期文学"的观念体制归类，亦即很难按五四以来的"新文学观"观念体制归类的作品，不正是一种新的文学先声吗？这也就是说，要突显新时期文学的过渡性质，尤其要突显其中的有关"拨乱反正"的价值意义，新时期文学的意义，是其中不但生长着面向新的中国文学形态和性质的萌芽，而且同时甚至在更多时候，其价值主要体现在对旧有文学成规的否定、突破和拨乱反正上。因此说伤痕文学可作为新时期文学的典型代表。而新时期文学的否定与前进、告别与创新两种因素相胶着的状态，从反思文学开始表达一点憧憬始，到以刘索拉等为代表的现代主义创作潮流，到以韩少功为代表的寻根文学，以及90年代先锋写作，都很明显地显示了一种过渡性的叛逆与开新的纠缠演进的状态。这种状态随着时运迁移，突破、反叛、否定的意义愈来愈少，愈来愈平淡无奇，而所谓的"创新"也愈来愈在平淡和日常的意义上为人理解。如此我们来到"新世纪文学"，"新时期文学"的蝉皮已蜕，整体上看，一种新

---

① 参见程光炜：《新世纪文学与当代文学史》，《文艺争鸣》2005年第6期。程光炜早已指出："在'新世纪文学'与'新时期文学'的联系上，'断裂'将是一个难以立足的文学史概念。"

的文学正在破茧而出。此时的新世纪文学之新已非激进之新,早已是当代文化对话中的平常之物。此时如果你说新时期文学可以包容新世纪文学,这大概可以接受,因为谁也未宣布新时期的终结,但新世纪文学已全然不同于新时期文学,它已站在一个新的历史语境向未来敞开,回溯和反题都不能成立,从新世纪文学看去,它已不能被所谓的新时期文学置换和覆盖。这正是新世纪中国社会和文化所给予新世纪文学的语用现实。是的,环顾中国,我们不否认处在那个有着固定起点的"新时期以来"的时间表述之中,但最好直接说,或进一步明说,或更多时说,对,我们已在"新世纪",在"新世纪新阶段",此时,我们的话语言说现实难道不是这样的吗?

而如果出于一种智慧的处理,可以说,由于"新世纪文学"概念的兴起和使用,它使我们有理由将"新时期文学"作更为开放式的理解,即新时期文学也许并不是一个具有单一性的固定的本质含义的概念,它可以有两个方面的用法,一是广义理解的"新时期文学",它就是一个至今仍然很有效地使用的大的时间性历史范畴,"新世纪文学"被其所包含,或者如前所述作为 80 年代文学、90 年代文学之后的一个新的时间段的文学;或者也如前所述,作为这一广义理解的"新时期文学"之中的"新世纪文学",是代表作为一种广义理解的"新时期文学"中的一种新性质的文学,它表现了这个"新时期"所不同以往的中国新现代性,因而作为一种新质的文学,它在新时期文学中逐步萌芽壮大,乃至在新世纪形成了一种新的替代格局,由此,"新世纪文学"将是一种真正的"新时期文学"。二是一种狭义理解的"新时期文学",也即洪子诚先生所解释和描述的"文学新时期"概念[①],这种狭义的"新时期文学"或者主要就限定在 80 年代文学上,以启蒙性文学为主流价值取向,标举"重回五四",抱定"普遍人性";或者就是在广义理解的"新时期文学"三十年历史的大背景下,成为一种与渐渐兴起发展的新形态的被称为"新世纪文学"的文学相对而生,并相互博弈、相互对话、又相互驳难与对抗的文学发展取向,滋养、蜕变,最终成

---

① 参见洪子诚:《中国当代文学史》(修订版),北京大学出版社 2007 年版,第 185 页。

就了一个更为宽阔广大的"新世纪文学",此时,这个"新世纪文学"也就可以替代"新时期文学",它们同体而生,共有历史和未来。"新世纪文学"促成了我们对"新时期文学"有了更为细致和完整的认识,乃至于对"新时期文学"历史的重写。而只有在这种更具包容性和广阔性的"重写"之下,新时期文学才能逐步显露其伟大性的本真一面。

另外,我们还应给予足够重视的是"新世纪文学"在与"20世纪文学"的相互关系阐释中产生的用法。从长时段的历史视野看,狭义理解的"新时期文学"很可能是"新世纪文学"与"20世纪文学"之间的一个过渡,因此更为重要的也许是如何区别界定"新世纪文学"与"20世纪文学"各自的性质及其相互的关系。在这个意义上,"新世纪文学"是一个相对于"20世纪文学"颇有理想立场和抱负的词汇,这也是它所具有的可能性阐释空间之一。"新世纪文学"就是"21世纪文学",是相对于"20世纪文学"而来的"新"的文学对话、"新"的文学历程。张颐武正是在这两种"世纪表述"之间展开他的有关新世纪文学的论述,大胆提出了新世纪文学"跨出新文学的思考",认为20世纪的"中国现代性的历史阶段已趋于完成,而新的历史形态正以前所未有的方式展开,这些都在文学方面显示出自己的独特性"[1]。除此,从对"80后"的"新性情写作"的研讨中,我认为还要对20世纪受到新文学观压抑的性情趣味写作观进行重审,要从新世纪文学出发理性地回溯审视20世纪新文学观,构建新世纪的新"新文学观"。[2]

而正是在这种与20世纪中国文学的对比研究中,我们发现,之所以说汪曾祺的《受戒》《大淖纪事》、阿城的《棋王》、莫言的《红高粱》等作品具有新的文学质素,就在于这些作品总体而言超出了20世纪"新文学观",超越了"新文学观"的更多地借鉴西方文学思潮的"启蒙"、"批判国

---

[1] 张颐武:《日常生活平庸性的回应——"新世纪文学"的一个侧面》,《河北学刊》2006年第7期。
[2] 张未民:《关于"新性情写作"——有关"80后"等文学写作倾向的试解读》,《文艺争鸣》2006年第3期。

民性"等主流文学价值,而所谓的"新时期文学",其"拨乱反正",正是要恢复"五四"新文学精神内核,正是在这点上,新世纪文学在继承接续之后迅速超越它,以更加宽容的文明视野和文学精神接续中国文学的伟大传统,走上自主发展的新现代性的和谐文化之路。这个判断我想是不错的。在这个意义上,一种有关中国的"文学新世纪"的说法也是不错的。只不过,是否这个"文学新世纪"早已开始?不仅汪曾祺、阿城、莫言,而且像《白鹿原》、《废都》、《活着》、《玫瑰门》、《长恨歌》等,也都可以放在这个不同于"新文学"传统限制的"新世纪文学"中来给予全新的解读与探讨?这些都是摆在面前的新问题。我注意到,已有人将"新世纪以来"之前的90年代的若干具有新质素的文学称为"新世纪文学"的"准备期"。如果问题是这样的话,我们就必须对这个"暧昧的90年代"加以讨论澄清。一些著名作家是否在90年代已完成他们最好的作品、体现"文学新世纪"的作品,而"新世纪文学"不过是这个早已开始的"文学新世纪"的另一种说法,一个迟到的命名。而令我们于今不无惊讶的是,这个"新世纪文学"或"文学新世纪"的确在"新世纪"正得到前所未有的扩容,新的倾向和现象层出不穷,而新的文学生活及文学语境的多元景观已然成型,新的力量持续加入垫高文学现实,其间的代际转换更趋迅速而明显,因此现在看来它已经是一个有着较长时段的文学历史新格局了,只不过我们方才醒悟而已。现在,也许我们可以试着说出一个时代的真实:新时期文学(当然是狭义理解上的"文学新时期"),那是20世纪文学的一个结束,一个"复归"式的接续"五四新文学"的结束;那是21世纪的一个开始,一个前奏,一个"告别"式的走出"20世纪中国文学"的开始和前奏。现在的问题也许是:不是"新世纪文学"被"新时期文学"所含纳,而是"新时期文学"将作为"新世纪文学"的一个前奏曲,大幕拉开后,真正出场的主角将是属于新世纪的文学之子。"新世纪文学"概念的使用凸显了在两个世纪夹缝中生存的"新时期文学"的过渡性。"新时期文学"概念所含蕴的特定历史氛围语义已使我们不好意思再用它来意指当下的文学现实,"新世纪文学"的出场成为一种自然而然的事。我们只有站在今天"新世纪文学"的立场,只能以新世纪文学为中心,"新时期文学"只能被回溯同时也被压缩,它将被两个世纪的文学史述所分割牵扯,这是宿命,或者历史的天平又摆回了似乎公允的位置?除此而外,也许我们只能在此将"新时期文学"作为一个大的纯时间性的概念来使用它,它开启,它不结束,就像我们的文学界至今"有始无终",有着一个向未来无限开放的"当代文学"概念一样,而如果这样,我们便无话可说,因为"新时期"不被宣布结束,就像"当代文学"不被宣布结束一样,那就让它们存在并无限地生长去吧,让后人让历史去处理。但所有这些,已和一个新的世纪的开始无关,"新世纪"此时已走在它由三十年来的不断"增量"而形成的仿佛固有的"世纪表述"的路上,说着另外的意思,有关"世纪观"的新内涵。进一步说,这个"新世纪"的"世纪观"肯定不同于上个世纪,这是注定的。我们的言说,就是要说出这个"不同"。对此,我曾用了一个"中国新现代性"的说法,尝试去回答。这个"新现代性"是我们解释这三十年来新时期文学、新世纪文学的关键词。而这样的被赋予了"新现代性"的文学,是中国文学中从未有过的新的性质的文学,她留下了像《活动变人形》、《玫瑰门》、《长恨歌》、《废都》、《活着》、《檀香刑》等一大批杰出作品,创造了新的丰富而敏锐的中国文学感性样态,其辉煌可堪中国文学的伟大纪元。

总之,"新世纪文学"概念主要是用于对当下文学即"新世纪以来"的文学的归纳研究,同时,这个概念更大的现实意义或许在于由此深入认识"新时期文学"和"20世纪中国文学",并在得出"文学新世纪"的思想上丰富对晚近30年来中国文学的认识,有望在"20世纪中国文学"的"五四新文学"传统之后开启一种新的文学史"叙事"和"论述"。与启动这种富有意义的讨论相比,"命名"或者叫什么名称确实并不重要。"新世纪文学"概念所显示的是一个语义场,在这个语义场域中,不同的语义用法都显示了一定的有效性,它们在一种对话的格局中显示出探讨的多维空间。我们还清醒地看到,所谓"新世纪"也就是21世纪,这个"新"迟早要不用的,但由此而开新的21世纪,是此时此刻我们开始的"又一个世纪"的漫长求索，未来正未有穷期，不能企望一个一劳永逸的答案和先在的本质，不能指望一种没有疑义和辩驳甚至失败的言说，好在对话已经兴起，就从"新世纪文学"概念的使用开始。

（原载《文学评论》2009年第5期）

"主题原型"与新时期小说创作

王光东

在新时期文学的发展过程中，民间文化一直起着相当重要的作用，它成为不可忽略的内动力和精神资源。充分揭示民间文化的意义，不仅可以从本土文化的角度进一步解释新时期文学的生成和发展过程，而且能够发现文学史叙述中的民间文化与其他各种文化形态之间的联系，使新时期文学与本土经验、记忆、信仰、伦理、历史传统之间建立广泛的精神联系，推动民族的、个性的文学发展和建设。目前，对于这一问题学术界少有关注，而通过原型建起中国民间文学、文化与新时期小说之间的深厚联系，其研究成果更不多见。本文试图通过对中国传统民间故事、传说中的"原型"在新时期小说中的呈现，探求新时期小说中民间文化的意义、民间审美的特点及其文学演变的某些规律。

一、"原型"的概念内涵及本土化理解

从 1980 年代中期开始，已陆续出现了一些用西方的"原型批评"理论阐释中国当代文学的研究成果，在阐释新时期文学作品时，它们相对忽视了作为世俗神话的民间故事、传说在文学原型建构中的意义。在神话相对贫弱，民间故事、传说十分富有的汉语言文化背景下，我们更应从中国的立场出发，把建立在丰富神话谱系基础上的西方"原型理论"与中国经验联系起来。从中国现有神话和传说故事的保存情况来看，民间传说故事比神话丰富得多，仅以神话原型为基础，往往难以说明丰富的中国文学，特别是现当代文学创作与中国文化、文学传统之间的关系，因此，从中国民间故事、传说中发现"原型"在新时期小说中的呈现方式，也许能更深入地说明新时期文学与本土文化的关系，揭示汉语言文学的特点。在展开论

题前,首先对"原型"概念的内涵和在汉语言文化背景下如何理解"原型"的几个相关问题作一论述。

"'原型'的英文是'archetype',又译为'原始模型'或'民话雏型'。"① 原型批评有两个文学之外的渊源:即文化人类学和心理分析研究。在弗雷泽影响下的文化人类学家,特别重视从早期宗教现象(包括仪式、神话、图腾崇拜等)入手探索和解释文学的起源、发展。荣格在集体无意识的基础上提出了"原型"概念,"原型"指的是心理中明确的形式的存在。1957年,加拿大文学批评家诺斯洛普·弗莱出版了《批评的解剖》,标志着原型批评理论的成熟。"弗莱的原型批评理论的核心是'文学原型'。弗莱在构建其文学理论时对原型进行了移位,把心理学或人类学意义上的原型移到了文学领域,赋予原型以文学的含义。原先的原型是一些零碎的、不完整的文化意象,是投射在意识屏幕上的散乱的印象。这些意象构成信息模式,既不十分模糊,又不完全统一,但对显示文化构成却至关重要,现在经过弗莱的移位,原型成了文学意象,一个原型就是'一个象征,通常是一个意象,它常常在文学中出现,并可被辨认出作为一个人的整个文学经验的一个组成部分'。"② 弗莱的"原型理论"被归纳为如下四个方面:"第一,原型是文学中可以独立交际的单位。就像语言中的交际单位——词一样。第二,原型可以是意象、象征、主题、人物,也可以是结构单位,只要它们在不同的作品中反复出现,具有约定性的语义联想。第三,原型体现着文学传统的力量,它们把孤立的作品相互联结起来,使文学成为一种社会交际的特殊形态。第四,原型的根源既是社会心理的,又是历史文化的,它把文学同生活联系起来,成为二者相互作用的媒介。"③ 由此,文学史上无数千变万化的作品就可以通过某些基本的原型串连起来,构成有机的统一体,从中可见文学发展中变与不变的规律。把原型批评的理论和方法运用到新时期小说与中国民间文化研究中,其目的是进一步深入分析

---

① 叶舒宪选编:《神话—原型批评》,陕西师范大学出版社1987年版,第14页。
② 朱立元主编:《当代西方文艺理论》,华东师范大学出版社2005年版,第171页。
③ 叶舒宪选编:《神话—原型批评》,陕西师范大学出版社1987年版,第16—17页。

当代文学与民间文化的关系，那么，在中国民间文化、文学的范围内，怎样理解"原型"问题呢？

钟敬文曾说："中国，是一个'传说之国'……她也是极丰饶于民间传说的。有些学者说，中国是神话很缺少的国度，和这相反，她于传说却是异常的富有。中国是否为世界上于神话最贫弱之国，这还是一个有待商量的问题，但她于传说方面的富有，却是不容争辩的事实。"① 那么，神话和故事、传说之间有哪些区别呢？周作人曾认为："神话与传说形式相同，但神话中所讲者是神的事情，传说是人的事情；其性质一是宗教的，一是历史的。传说与故事亦相同，但传说中所讲的是半神的英雄，故事中所讲的是世间的名人；其性质一是历史的，一是传记的。"② 依据周作人对故事、传说的理解，这样表述民间故事传说的定义似乎更为确切："它是老百姓用口头语言描述自己的生活、讲述自己的故事、叙述自己的历史、表述自己的愿望的一种文学样式。"③ 当然，神话和传说故事也有内在的联系，神话不仅是传说故事的源头之一，而且都具有超现实性、奇幻色彩和"泛灵论"的认识世界的特点，称民间传说故事为世俗的神话的原因就在于此。西方的"原型"理论所背倚的是它的神话谱系和传统，在"神话"相对缺乏的中国，难以在神话原型与后来丰富、复杂的文学创作之间建立深厚的历史联系，丰富的民间传说、故事则有可能承担这一功能。当我们以民间传说、故事为"原型"理论批评的文学资源时，还应特别重视民间文学研究中的两个概念：类型和母题。民间传说、故事（含其他样式的口头文学）作为世俗的神话，有一个最明显的特征，"就是由不同人口中讲出的故事，它们的情节结构常常大同小异。甚至远隔千山万水的人，所讲的故事也惊人的相似……'类型'是就其相互类同或近似而又定型化的主干情节而言，至于那些在枝叶、细节和语言上有所差异的不同文本则称之为'异文'……'母题'在文学研究各个领域的含义不尽一致，就民间叙事作品而言，它通

---

① 《钟敬文文集·民俗学卷》，安徽教育出版社2002年版，第222页。
② 周作人：《神话与传说》，原载《自己的园地》，北京晨报社，1923年9月。
③ 黄景春：《民间传说》，中国社会科学出版社2006年版，第1页。

常被认为是一种情节要素，或是难以再分割的最小叙事单元，由鲜明独特的人物行为或事件来体现。它可以反复出现在许多作品中，具有很强的稳定性；这种稳定性来自它不同寻常的特征、深厚的内涵以及它所具有的组织连接故事的功能"①。对这种世俗神话中的"原型"进行分析，所要讨论的就是这些民间叙事作品中的类型、母题以及与此相关的主题、人物、结构、想象等内容，在人们文化心理形成过程中所产生的意义以及在文人文学作品中的"置换变形"及其价值。因此，我们借弗莱的"文学原型"理论，把民间文化历史中相对稳定的民间故事类型、母题与文学创作心理、叙述方式、主题内涵、结构方式、想象方式等诸多方面联系起来，研究新时期文学中的民间文化传统及其民间审美特征。由于篇幅所限，不可能就中国民间传说、故事中的种种"原型"进行讨论，本文仅选取"主题原型"这一问题展开论述。由于中国民间传说、故事的类型繁复，其"主题原型"也较为复杂，在此，仅就与新时期小说创作密切相关的"主题原型"进行深入讨论和分析。本文运用的"主题原型"概念是指在民间故事、传统中反复出现、较为稳定的核心思想，与作为情节单元的"母题"是有区别的。

恩格斯说："每一个民族的民族性不在于那一个民族秘密的服装与烹调，而在于理解事物的方式。"② 讨论中国民间传说、故事中的"主题原型"，应重视儒、道、佛等多种文化因素对其思维方式的渗透和影响，正是这种影响使中国民间故事传说中的"主题原型"与西方有所不同。在西方的原型批评中，主题原型有创世主题、永生主题、英雄主题等，在中国的民间故事传说中，主题原型则有报恩主题、忠义主题、善恶相报主题、忠于爱情主题等，并且具有浓郁的伦理道德色彩，呈现出鲜明的中国化特点。这些主题则是在人与自然、仙境、阴间、阳世的相互联系和转换中体现出来的。由此就牵扯到了中国民间文化、文学认识、理解世界的方式问题。以庄子为代表的道家思想和以孔子为代表的儒家思想对民间传说、故事的

---

① 刘守华主编：《中国民间故事类型研究》，华中师范大学出版社 2005 年版，第 2 页。
② 转引自王轻鸿：《汉语语境中的原型阐释》，中国社会科学出版社 2005 年版，第 108 页。

影响是深刻的。庄子在《大宗师》中说:"夫道,有情有信,无为无形,可传而不可受,可得而不可见,自本有根,未有天地,自古以固存。神鬼神帝,生天生地,在太极之先而不为高,在六极之下而不为深,先天地生而不为久,长于上古而不为老。"这个"道"产生万物,而它本身并不是其他任何东西产生的,它就是它自身产生的终极原因,并且在时间上无始无终,空间上无边无际,存在于天地万物之中,人与道为一,也就与自然界万物之间没了隔膜,而是彼此有着生命联系的统一体,"认出天地万物之一体,而本此一体之观念,努力于自我之扩充,由近而远,由下而上,横则齐家治国平天下,纵则赞化育参天地配天,四通八达,圆之又圆"①。郭沫若认为这是儒家伦理的极致,人的意义是在与自然、社会的联系中体现出来的。显然,在民间故事、传说中,人与自然生命的联系及其对儒家伦理人格的表达都与这一文化传统密切相关,当佛教的轮回转世、善恶报应等观念与这样的文化融为一体时,在民间故事、传说中出现人、鬼、神,阳世、阴间、仙境可以自由转换的空间形式以及重视道德训诫功能,也就不足为奇了。同时,我们还应重视中国本土的"道教"信仰对民间传说故事的影响。"中国的道教按照自己的学说,构筑了一个颇为生动完整的神秘幻想世界,它既是人们的信仰,又深刻地影响着各类民间叙事文学的创造和演变。道教以'道'为最高信仰;道是统摄宇宙万物运动变化的虚无玄妙之物,修炼得道即可长生不死,飞升成仙,并能通达宇宙奥秘,成为无所不能的强者。神仙就是得道者,他们成为神秘幻想世界的中心。就整体而言,这个神秘幻想世界的最高统治者是玉皇大帝及其配偶王母娘娘,其左右有太白星君、天兵天将、日月北斗诸神、风雨雷电诸神等;掌管其他领域的神,幽冥地府有酆都大帝,水里有龙王,山里有山神,地里有城隍、土地、财神及闲游浪荡的八仙;居留千家万户的有门神、灶神等等,还有众多的鬼怪精灵混杂其间。能沟通这个神秘世界与凡俗世界的是道士,道士扮演着半人半神的角色,有的著名道士如张天师,甚至直接受命于玉皇大帝,具

---

① 郭沫若:《文艺论集·汇校本》,湖南文艺出版社1984年版,第60页。

有支配人间众多神秘力量的巨大神通。天宫居住着众多的天仙,过着逍遥自在的日子,得道成仙特别是成为天仙,是修道者追求的最高境界。动植物年久即可成为精灵,幻化成人形。这些自然界的精灵如逞凶作恶就会被视为妖魔,受到惩处,道士的主要职责就是对付在人间威胁着普通民众的各种妖魔鬼怪。它们如按道教学说进行修炼,再加上给人们行善造福,也可以在完全化身为人的基础上得道成仙,位列仙班,进入道教设想的最美好境界。'仙道贵生',在道教神秘幻想中,贯穿着珍爱生命和现实生活,渴望发挥人的潜能以创造奇迹的积极浪漫主义精神。"[1] 在这样的文化背景下产生的中国民间故事、传说既具有超现实的幻想又具有强烈的现实性内容。

我们正是在这样的背景下,讨论中国民间传说、故事中的"主题原型"及其独特的表达方式和构成特点,讨论"主题原型"在新时期小说中"置换变形"的当代意义及其美学价值。

二、人与自然关系中的"主题原型"

不同民族的文学受着不同文化传统的影响。今道友信认为:"在西洋的思想史上,人一开始就在宇宙中占据着独立的存在,人不是自然的兄弟,而是以自然为舞台的存在。"[2] 中国人"天人合一"的观念,使传统文化呈现出与自然和谐共处、融为一体的文化精神。在传统的民间故事、传说中,人和自然、其他生命的关系是不可分离的,彼此共生共存于想象的艺术世界,他们彼此的交往方式有着浓郁的道德化、伦理化色彩,其主题原型往往与忠义仁厚、善恶相报等内容联系起来。在"动物报恩系列传说"和"感恩的动物、负义的人"等故事类型中呈现出的主题原型与新时期以来小说创作的联系尤为密切。

钟敬文曾说:"中国古来传说中,有一个'动物报恩系',如隋侯救蛇

---

[1] 刘守华:《道教信仰和中国民间叙事文学》,《中国文化研究》1996年第2期。
[2] 今道友信:《关于爱》,徐培、王洪波译,三联书店1987年版,第110页。

三 宏观视野与多向度探索 403

得珠、杨宝救雀子孙四世为三公之类，不胜枚举。"① 有人对于"动物报恩"的故事列举了两种类型：蜈蚣报恩与人虎情缘，"蜈蚣报恩"型故事的情节结构是：（一）一年轻人（书生）救了一条蜈蚣（或蟾蜍、蛇、青蛙），以后又一直喂养它，带了它上路；（二）途中听一声音叫他的名字，他答应了，别人告诉他："这是恶蛇（或妖精），半夜里会来吃你的。"（三）他把蜈蚣放走，蜈蚣不肯离去；（四）夜里，恶蛇袭来，蜈蚣与其搏斗，杀死恶蛇，蜈蚣也中毒死去。与此类似的文本在浙江、四川、广西、山东等地都有流传。"义虎情缘"型的故事情节结构是：（一）受困获救。虎遇到困难，1. 刺卡住喉咙或钉入脚掌。2. 卡在树杈之间。3. 难产。4. 掉入陷阱或猎人的其他机关，得人帮助，困难解除。（二）恩人的厄运，恩人1. 被诬陷。2. 负难度日。3. 无人赡养。4. 没有妻子。（三）出山报恩。这两种故事类型的情节单元有所不同，但所表达的思想却非常接近，即人与动物相互依存、和谐共处。但对于"感恩的动物"来说，却常常遭遇忘恩的人，因此，在民间故事、传说中还有一种类型是"感恩的动物、负义的人"，在这一类故事类型中往往是人救了动物——动物感恩——人心贪婪，负义索取——遭受惩罚。在这些民间故事、传说中，人的世界和自然的动物世界是相联系的，表达着彼此关爱、同舟共济的美好情感。除此之外，在民间还有人与动、植物幻化的精灵成婚，共同克服困难、幸福生活的故事、传说。民间故事、传说中的这些类型在中国数千年的发展过程中，虽然部分母题（或者说情节单元）发生置换，但其基本主题却没有太大变化。那么，在新时期以来的小说中，这种主题原型是怎样被呈现出来的？在新时期小说中这种"主题原型"主要有两种呈现形态：（一）像民间故事、传说那样，通过想象使自然中的动、植物幻化为人形，与人共存于生活的世界中，发生着情感联系，构成虚拟的艺术世界。（二）自然世界的人格化或人回归自然的自然化，使人和自然构成亲密、和谐的关系，在此自然世界中的动、植

---

① 转引自刘守华主编：《中国民间故事类型研究》，华中师范大学出版社2005年版，第122页。

物虽未幻化成人形，但作家却把自己的思想情感融入自然，使自然具有人性的意义，构成人的生命存在的一部分。

在新时期小说中，有许多把自然世界中的动、植物拟人化，让它们幻化为人形，具有人的情感和思想。韩少功《爸爸爸》中的蛇见了女人会动情，贾平凹《废都》中的牛会像人一样思考哲学问题，张炜《刺猬歌》中的动物会变成女人与人生活，等等。在通过这种艺术方式呈现"主题原型"的作家中，张炜最为典型，所以在此拟以张炜的作品为例作一具体分析。张炜的小说与民间文化、文学有着极其深刻的联系。从"主题原型"的角度看，张炜在 20 世纪 80 年代中期以后的《三想》、《问母亲》、《我的老椿树》、《梦中苦辩》等作品应特别引起重视，在这几篇作品中，"主题原型"所生发出的意义，都体现在其后出版的《九月寓言》、《刺猬歌》等长篇小说中。张炜的这几篇作品所着力表现的都是人与自然之间的关系，《我的老椿树》和《梦中苦辩》的主题原型特征十分明显，它是"感恩的动物"和"感恩的动物、负义的人"等民间传说、故事的变体。《我的老椿树》与"感恩的动物"的故事相比，传说中的"动物"在小说文本中转换为"有灵性"的植物——老椿树。老椿树和那位老人相依为命，老人对老椿树的照顾可谓无微不至，老树化为老翁与老人聊天时说："我无非是一株草木，能有如此大寿，全仰仗小院主人几辈子的精心照料。"老人却感激老翁的慷慨周济，帮他度过了灾年，给他以生命。在张炜这篇小说中，老椿树与老人之间的关系并不仅仅是感恩，他们还在漫长的日常生活中建立了亲如父子的深厚情谊，就这一点来讲，民间故事中的原型在这里生长出新的意义。这种新意义的生成联系着张炜对当今社会与人、自然与人之间关系的思考。在张炜看来，人不能脱离自然和其他生命而独立存在。当代人对自然和其他生命的肆意摧残必将带来人类自身受到惩罚。因此，在这篇小说中，张炜不仅复活了人与自然及其他生命之间平等的亲情关系，而且以柔情和爱意确立了生命的尊严，以坚韧和无私构筑起生命的辉煌，而对世俗的丑陋给予尖锐的批判。张炜的《梦中苦辩》这篇小说中又出现了"负义的人"的原型，这个原型是"感恩的动物、负义的人"的变体，"感恩的动物"这一母题在这篇小说中不是叙述的重点,他重点叙述的是人怎样"负义",怎样破坏植物、杀戮动物,人这样"凶狠残酷地对待生活、对待自然,必遭报应,你听说这样一个故事了吧?一个人无法战胜他的仇人,最后就在身上缚满了炸药,紧紧地抓住了仇人,然后拉响了导火索!人类身后此刻就紧紧跟随着这样的一个自然巨人"[①]。张炜小说中的这段话可以看作是《梦中苦辩》的主题,人对"自然及其他生命的负义"必然带来自己的厄运。张炜在人与自然关系的思考中,所构建的小说世界的"主题原型"在《刺猬歌》中演变得更为复杂,但从整体上来说其情节结构仍然是:人粗暴地对待自然、生命——自然、生命给人以惩罚。这样的"负义"原型,在张炜小说中有着两方面的意义:(1)在人与自然这一永恒的矛盾中展示了带有哲学意味的命题,呼唤着新的道德、伦理的产生;(2)由此进入现实,展示当代人的某些所作所为潜在的深重危机,表现出深沉的忧患情思。

在新时期以来的小说中,人与自然的关系还有另一种呈现形态,在这些作品中自然界的动、植物虽然没有幻化为人形,以"人"的方式与人发生意义关联,但自然的整体化人格隐喻,使人与自然发生了深切的生命联系。人"与苍天和大地神交成为他日常生活不可或缺的一部分"[②]。自然界中勃勃的生命力、灵性、智慧融于人的灵魂中,使人的生命获得有意义的存在形态,这样的艺术世界无疑蕴涵着对世俗化现实的反思和对人的理想生命形态的追求。在这些作品中,一方面可以看到道家"天人合一"世界观对作家的影响,另一方面也可以看到民间故事、传说中的主题原型的隐性存在。在民间故事、传说中,"感恩的动物"作为自然的一部分,往往化为"人形"或以人的方式去帮助、拯救危难中的人,体现出人与自然和谐共处的美好想象,但在这些作品中作家是直叙人与大自然的意义联系,并且不是在人所遭遇的具体事件上展开叙述,往往侧重于人的精神、灵魂方面的感悟和升华。从小说呈现形态的角度来说,这些作品是传统民间故事、

---

① 张炜:《美妙雨夜》,上海文艺出版社1991年版,第418页。
② 爱默生:《自然沉思录》,博凡译,上海社会科学院出版社1993年版,第5页。

传说的情节单元在新的文化语境中的"置换变形"——由拟人化的幻想向自然世界主观叙述的转换,所表达的仍是民间故事、传说中反复出现的人与自然和谐共处、相互依存的"主题原型"。张洁《从森林里来的孩子》中的"少年"被自然赋予了音乐天赋,在天籁之音的熏陶下,他成为出色的艺术家;张承志《黑骏马》中的白音宝力格,感悟着草原的仁慈、深厚与博大,获得了灵魂的升华,捕捉到草原上无处不在的灵性和人生价值坐标;《北方的河》中的"青年"在"黄河父亲"的身上,体验到了旷健、深厚的精神和人生力量;邓刚《迷人的海》、郑万隆《老棒子酒馆》则让我们感到汹涌大海和冰雪严寒背景下人的强悍气韵。这些作品中的"自然世界"都构成了人的生命存在形态的一部分,自然的精髓化作缓缓流淌的血液,给人带来生命和精神的活力。在这里我们也隐约听到了传统民间故事、传说中人与自然动、植物之间亲密呼唤的声音,这声音在人们心灵历史的演进过程中是那么深厚、有力、绵绵不绝。自然不仅是人类生命活力的来源,而且还是幸福、快乐的源泉;自然不仅赋予人们行动的力量,而且在人回归自然的自由中,还体验到生活的美丽和超越世俗的精神魅力。汪曾祺的《受戒》涌动着人生的自由和快乐,人在顺乎自然天性的生活状态中,演绎了一曲淳朴的爱情之歌。明海与小英子那种脱俗、自然的生命人格流露出的是人与自然合一的美丽。特别是小英子天然、纯洁、善良的形象与民间故事、传说中的那些幻化的自然精灵有着内在的一致性,与此相类似的女性形象在贾平凹、张炜等许多作家作品中不止一次出现过,这些自然化的女性形象寄寓着中国传统文化、民间文化对于真、善、美的追求。

在中国民间故事、传说中,人与自然关系中所呈现出的"主题原型"与新时期小说创作有着密切的关系。作家在与自然建起有意义的生命联系时,在现实层面指向的是,对中国现代化进程中所出现的一系列问题与自然生态的失衡、人的异化及生命力和道德伦理精神的萎缩等——的思考;而在文化层面指向的是,在与传统文化、民间文化对接过程中,构筑新的生命伦理和价值理念。主题原型的复现或转换的意义与价值也正在于此。

三、人与仙道幻境关系中的"主题原型"

在中国的民间文化传统中,虽然没有像西方那样发达的神话谱系,但却有着发达、丰富的神奇幻想故事、传说,其中的一个重要类型就是以神仙、佛道为重要角色与人间生活发生联系,在这样一些叙述文本中,人、神、仙境共处,日常的生活空间和日常生活之外的虚拟空间共存于一个文学的想象世界,并有着浓重的人性化、伦理化特点。这些神奇幻想故事与中国传统的道教信仰有着密切的关系。中国民间口头传承的许多神奇幻想故事尽管情节变化多端,有着不同的主题原型,却常常受到上述结构模式的支配。当然,在民间传说、故事中,它也受到了佛教观念、儒学思想的影响,有时纠缠在一起难以具体说明其来源,但在许多传说、故事中,道教的色彩是极为明显的。在新时期小说中,与道教相关的一些民间传说、故事中的"主题原型"仍在产生重要影响并生成新的意义。在新时期小说中出现的与道教信仰相关的民间传说、故事中的主题原型,往往不是通过单一的传说、故事的变形或情节置换来体现,而是体现为彼此相关的传说、故事的母题(情节单元)的融合,其主题也往往是一个或多个"主题原型"的集合。在此,有几个在新时期小说中体现得较为充分的"主题原型"值得进行具体分析。

(一)歌颂人经过考验、发挥潜能,张扬人的主观精神力量。这一"主题原型"主要体现在"神仙考验"这一类型的故事中。这类故事往往是说两个人(有时是多人)访道求仙:一个人意志坚定、心地善良、人格高尚,能克服种种诱惑和困难,终于获得成功;另一个则因意志薄弱,或心怀邪恶和私欲而失败或受到惩罚。类似的传说故事在民间广为流传,其主题原型也在文化发展过程中影响着人们对人生价值的理解。在新时期小说中,与这一"主题原型"相关的作品主要有阿城的《棋王》、史铁生的《命若琴弦》和《来到人间》、张炜的《九月寓言》等等。阿城《棋王》中的王一生,迷恋于下棋,"棋艺"的提升及其下棋时物我两忘的境界体现着人对"棋道"的追求,传说故事中是"得道成仙",而他是得道成圣——成为棋圣。为了成为棋圣,他经受了常人难以忍受的磨难,忍饥挨饿,到处奔波,向高手学艺,不去留恋世俗的物质享受,他虽然喜欢"吃",但"吃"仅仅是他生存的基本条件,他并非为"吃"而"吃"。《棋王》中的情节单元和得"道"目的虽与传说、故事有着很大的不同,但其基本结构模式和主题却无多大差异。这篇体现着道家精神和民间传说故事"主题原型"的小说的当代性意义何在?简言之,即是对现代人所面临的精神困境的自觉超越。《棋王》中的王一生迷恋于"吃"和"下棋","一旦外界需要他有所作为时,内力鹊起,阴极而阳复,获取九局连环之胜。小说最后对王一生下棋景象的描写,完全把一个人的生命之光,借助肉体与精神和盘托出,使之与茫茫宇宙气息贯通"①。王一生成为超脱现实生活束缚的智者,成为审美化人生的理想形象。就《棋王》的情节单元来看,它与"烂柯山"的传说也有密切联系,"'烂柯山'的故事讲述的是某人进山砍柴,见二人(童子或老者)下棋,他在旁观棋片刻,发觉手中斧柄已烂。回到家里,才知已过百年,同辈之人相继离世"②。"烂柯山"型故事中的两位老者身居深山,抛弃一切功名利禄,清心静气对弈,沉醉于悠然的快乐之中,把世俗生活的血腥风雨、艰难困厄置之度外,这恰是民众理想的乐园和内在的精神渴求,这一母题和"主题原型"也包含于阿城的《棋王》中,它与"神仙考验"型故事结合在一起,共构了《棋王》内在的精神意蕴及情节的演进和发展。发挥生命的潜能,在人生的执著追求中实现主体价值。这一民间传说、故事中的主题原型,不仅体现在阿城的《棋王》中,同时也体现在史铁生的《命若琴弦》和《来到人间》中。《命若琴弦》中有一个预设的前提:老瞎子弹断一千根琴弦后就能从琴槽中拿出药方,让自己的眼睛重见光明,这就像凡人求仙要经过许多磨难才能得道成仙一样。当他最后发现药方是空白的纸条时,预设的目的成了虚空。然而,虽然如此,他的精神却得到了升华,并悟出了生命的意义。他知道了目的虽是虚空的,但一辈

---

① 《陈思和自选集》,广西师范大学出版社1997年版,第252页。
② 刘守华主编:《中国民间故事类型研究》,华中师范大学出版社2005年版,第179页。

子被虚设的目的拉紧,生活中才有了生气,以往那些奔忙和兴致勃勃地翻山、赶路、弹琴,乃至心焦、忧虑都是快乐。人的命就像琴弦,拉紧了才能弹好,弹好也就够了。"神仙考验"型的民间故事意义指向"成仙",《命若琴弦》则指向人的生命自身,虽然情节单元发生了置换,但主题意旨都是"得道以完成生命的升华"。《来到人间》中的残疾小女孩对于生命历程的理解也有相同的意旨。张炜《九月寓言》中的"金祥千里背鏊"的故事,在更加具体的日常生活中与"神仙考验"型民间故事的"主题原型"有着深刻的内在联系。金祥是小村中有着坚韧生命力的一个普通劳动者,他在小村里邂逅庆余,带来了小村生活中一个革命性的事件——人们由吃地瓜变成了吃煎饼。为得到做煎饼用的鏊子,他踏上了艰辛的寻鏊历程。正如凡人成仙一样,金祥含辛茹苦、餐风饮露,在漫长崎岖的山路上奔波,一道道山梁耗尽了他的气力,沿路乞讨的凄苦使其身体变得瘦弱不堪,但他终于把鏊子背回小村。在金祥这个人物身上,我们看到了源于民间自身生命要求的悲壮英雄行为,与"夸父追日"等神话原型也有内在联系。类似于"神仙考验"型的小说叙事,在新时期小说中并不少见,从原型的角度分析这些作品时,可以发现当代人的精神构成及其文学叙述方式,与民间文化是有着深层的联系的。虽然母题(或情节单元)或人物所经历的事件并不完全一致,但其主题却是一脉相承的。

(二)书写带有浓重理想色彩的神奇幻境,表达对现实的不满。这一"主题原型"在民间传说、故事中大量存在,许多故事在人、神、鬼的相互联系与转化中,表达了人们惩恶扬善、追求美好生活的愿望。从理想生活境界的角度来理解民间文学中的"主题原型",我以为最有代表性的是"桃花源记"所表现出的那种没有战乱、自给自足、鸡犬之声相闻、老幼怡然自得的东方"乌托邦"世界,这一世界呈现出明显的"仙道"意味,所表达的主题在其后的文学作品中以各种不同的方式体现出来。在新时期小说中,汪曾祺的《受戒》、张炜的《一潭清水》、阎连科的《受活》等许多作品在世俗人生的层面上,都赋予了这一"主题原型"以新的意义。汪曾祺的《受戒》把"桃花源"世界转变为一幅世俗的民间生活图景,在单纯的人生中洋溢着生命的快乐和自由。这里虽没有幻境的神奇，却有民间的理想。张炜的《一潭清水》赋予了"桃花源"世界更多的现实性内容，理想的主题与现实世界发生了剧烈碰撞。作品中的两个老人和那个吃瓜的小孩，在责任制实行前，他们在一起烧鱼、吃瓜，过着田园牧歌式的生活，他们的关系单纯、洁净，就像瓜田间那一潭清水，传递着"桃花源"世界的纯朴与"仁义"。但是，世事的变化，瓜田的承包却打破了这种平衡，民间世界的纯朴与道义正在慢慢消失，作品呈现出明显的对现实进程的忧虑和不满。在此，"桃花源记"的主题原型作为一种情感向往和文化记忆，在张炜的作品里融化为对新时期伦理道德的生命呼唤，传递着东方古老文化的美丽之声。由"桃花源记"的主题原型所唤醒的文化记忆，在阎连科的《受活》中有着更深刻的当代性意义。阎连科的《受活》写到了"受活庄"的两个世界：一个是民间自在形态的受活庄，"受活庄"的人虽然都是有瞎、有聋的残缺户，但却扎扎实实种地、收割，忙秋忙夏。冬季里，家里有吃不完的粮食和蔬菜，日子过得殷实而富足。世外之事和"受活庄"的人遥遥相隔，他们过着"不知秦汉，遑论魏晋"的幸福生活；另一个是外部世界影响下的受活庄，受到中国社会整体潮流的冲击，"受活庄"的自在状态崩溃了，人们跌入苦难的深渊，他们的命运受到一次次毁灭性打击。为什么"受活庄"的人总被外力所摧残？他们在历史的发展进程中何以总是扮演悲剧性角色？是"受活庄"的人不能适应社会进程还是社会的运行法则出了问题？当我们追寻这些问题的答案时，就发现了阎连科作品中"桃花源——受活庄"这一意象置换所具有的深刻文化意义：从民间传说、故事中所演绎出的这一世界，是他抗拒社会变动对人所带来的深刻伤害的精神支撑，"桃花源"的现实虽是虚幻的，但这一虚幻世界成为他理解社会变化和人心残酷的参照物，他带着滴血的心，让笔下的人物伤痕累累地踏上返乡之路时，实际上走向的是民间文化的理想，民间的"主题原型"在他心中幻化为一个人类的宿命福地。

（三）在新时期小说中，许多作品表现出对重利轻义、贪得无厌之物化人格的批判。这一主题在1980年代的山东作家作品中体现得极为明显。王润滋的《鲁班的子孙》、张炜的《古船》等作品都指向在历史发展过程中对人的道德精神的审视。《鲁班的子孙》的主题在"重义轻利"的老木匠和"轻义重利"的小木匠的冲突中体现出来。老木匠以道德、信誉、助人为乐为目标,可是奋斗了几十年,仍然家徒四壁,他穷得连老婆都饿死了;小木匠以经济为杠杆,迅速致富,可是由于过分贪心,结果弄得四面楚歌、逃之夭夭。张炜的《古船》也涉及"道德"与"实利"之间的冲突。《古船》中的隋见素精明、实利,获得了世俗的成功,但他却背负"不义"的罪名;其兄隋抱朴沉思苦难、追问人性、富有仁爱,成为道德精神的化身,在他身上显现的是作者对农民乃至整个社会和历史苦难的解剖,以及对理想道德价值的守望。类似的小说主题在矫健的《老人仓》、王润滋的《小说三题》、张炜的《秋天的愤怒》和《一潭清水》等作品中都有相似的体现,人物冲突大都在父子、兄弟、朋友之间展开。这样的主题表达及其所体现出的价值趋向,与民间传说故事中"人为财死,鸟为食亡"的故事类型相似,或者说"人为财死,鸟为食亡"的"主题原型"在新时期小说中生成了新的意义。这一主题原型主要体现在有关"太阳山"的众多传统民间故事中。"在众多的'太阳山'型异文中,流传在山东的《拾黄金》较为典型,其故事梗概大致如下:两兄弟分家,哥哥欺侮弟弟。播种季节,弟弟向哥哥借种子。嫂子将高粱种子炒过后交给他。弟弟种下后,精心照看,长出一棵特大的高粱,老雕把高粱穗子叼去了,弟弟为此哭泣。老雕让弟弟准备一条布袋,驮他到太阳升起的地方去拾金子,关照他一听头鸡叫就得趴在老雕身上飞回来。到了那里,弟弟拾了半口袋金子,就赶紧回来了。哥哥知道此事,也学着这么做。老雕关照了一通后,把他驮到那里。哥哥贪心不足,拾个没完,眼看太阳升起,老雕飞走了,哥哥被太阳烤死了。"[①] 这个在全国各地广为流传的故事,有大量异文出现,但故事的情节结构和主题都与山东的《拾黄金》大致相仿,都是表现对美与善的褒扬和

---

① 刘守华主编:《中国民间故事类型研究》,华中师范大学出版社2005年版,第313—314页。

对丑与恶的摒弃，人对物质贪得无厌的追求必然招致惩罚，而美的道德人格和修养却有好的回报。因为在人间有着一种比财富更珍贵的东西——那就是仁义道德。显然，张炜、王润滋等人小说中的主题是这一传统民间故事的"主题原型"在当代生活的展开和转换，这里虽由奇境转向了现实生活，但道德训诫的功能仍在进一步延续。由此可见，儒家的"义利观"在中国文化中的强大力量，它不仅渗透在传统的民间故事中，而且深刻影响着新时期作家理解当代生活的价值观。

四、"主题原型"转换的当代动力与意义

在新时期小说创作中，有许多与民间故事、传说相关的"主题原型"在不同作品中体现出来，除上之外，还有莫言小说中的"英雄主题"，苏童、叶兆言、李锐对"孟姜女哭长城"、"后羿射日"、"许仙与白蛇"神话传说的重叙，以及对其"主题"的新解等。在众多小说中，"主题原型"的复现显然不是简单重复，而是赋予了"原型"新的创造性意义。在西方的原型批评中，特别重视原型的复现功能及其相互间的意义联系，不过，我们更应重视"原型"的创新功能及动力，不然就无法说明"原型"为什么会在当代发生置换，也无法说明"原型置换"的当代意义和价值。正如王一川在对维柯《新科学》做出评述后所言，何以如此强调原型的复现功能而轻视其生成与创新功能呢？原型显然意味着复现、回忆过去，但同时或者更重要的是它极富生成能力，他说："它既是一种规范，又是一种开放的空地，毋宁说它永远是一片充满种种可能性的空地，诗人们耕耘其上可以各得其所。与其说原型是一种胚胎，不如说原型是子宫，它只是孕育着什么，而不是像胚胎那样预示着什么。被孕育的东西就等同于子宫，它自有其独特的生命力和本性。"[①] 那么，新时期小说中的"主题原型"独特的生命力是怎样被表达出来的呢？"每一时代的理论思维，从而我们时代的理论思维，都是一种历史的产物，在不同的时代具有非常不同的形式，并因而

---

① 王一川：《意义的瞬间生成》，山东文艺出版社1988年版，第144页。

具有非常不同的内容。"① 这种生命力的独特表达与当代历史发展进程和时代、现实问题紧密相关,即是现实的文化力量在推动原型的置换和意义生成。

首先是作家对"现代性"问题的反思。"现代性"是一个宽泛、笼统的概念,在不同的范畴谈现代性,其理解自会不同。但通常意义上说,"现代性"是与社会的现代化进程相关,它往往包含着现代科技的发展、商业规则的成熟、物质生活条件的提高、农业文明向工业文明的转变等内容,"其另一种表述就是现代同过去的断裂:制度的断裂、观念的断裂、生活的断裂、技术的断裂和文化的断裂。现代之所以是现代的,正是因为它同过去截然不同,它扭断了历史进程并使之往一个新的方向——我们所说的现代的方向——发展"②。"现代性"的历史发展向度有巨大的意义和合理性,但在发展过程中所引发的问题正在引起人们深刻的反思。在中国当代社会"现代性"展开过程中,人与自然、人与道德精神、人与生命的关系正面临前所未有的挑战。在人与自然的关系上,人们为了现代化的发展,对自然资源的开发、利用所带来的破坏和污染已严重威胁自身的存在空间;在人与道德的关系上,人们趋利的物质化冲动已带来道德伦理精神的萎缩;在人与生命的关系上,技术理性对于人生命的压抑已使人们日益感到生命的困扰与焦虑。如此种种必然引起作家对于现代性的反思,重思上述诸类关系。张炜在短篇小说《三想》中说:"事实上,哪里林木葱茏,哪里的人类就和蔼可亲,发育正常。绿树抚慰下的人更容易和平度日,享受天年。土地的荒芜总是伴随着人类心灵上的荒芜,土地的苍白同时也显示了人类头脑的苍白。这之间的关系没人注意,却是铁一般坚硬的事实。树木与阳光、空气、土地的关系,比任何其他生命都来得更亲近……它们是真正具有灵性的扫帚,不断地扫去自然的尘埃。"③ 在这里,他呼唤人与自然要建构新

---

① 恩格斯:《自然辩证法》(1873—1883),《马克思恩格斯全集》第 20 卷,人民出版社 1971 年版,第 382 页。
② 汪民安:《现代性》,广西师范大学出版社 2005 年版,第 28 页。
③ 张炜:《美妙雨夜》,上海文艺出版社 1991 年版,第 313 页。

的伦理关系，人与自然要相互适应，人与自然的一切生命要共同相处；他还认为，人只相信自己、依靠自己是决不能生存的，人的可悲之处就在于自己决定了自己至高无上的地位，而这种决定的不合理性从根本上讲就在于忽视了大自然的一切。在当代文化语境中，张炜对人与自然关系的这种理解，所指向的是对人在现代性追求过程中对"自然"的蹂躏和对人自身存在的反思，在这里他认识世界的方式呈现出"泛灵论"的特点。民间故事传说作为世俗的神话，也呈现出浓郁的"万物有灵论"色彩，他也就必然在一个新的层面与民间故事传说中的"原型"相遇。王润滋对于人的道德问题的思考以及在作品中对于物化人格的批判，也与当代社会出现的文化问题有关。在当代社会中，商品经济影响着城乡的每一角落，它以蓬勃的活力给社会带来生机，同时也以强烈的破坏力冲击着人们的生活方式和价值观念。不能回避的一个事实是，自私、贪婪和赤裸裸的物质正在使人们的道德人格发生变化。虽然对于历史的发展进程不能只用道德标准去要求和衡量，但以人的"道德堕落"来完成现代化的进程，也未必是人类的福音，因此，对非道德化人格的批判也是现代性反思的一项重要内容。王润滋回到传统的民间文化中，发现纯朴道德的美好价值，把道德化"主题原型"在当代作品中呈现出来也就具有了重要的现实意义。对于阿城的《棋王》来说同样是如此，阿城作为寻根文学的重要代表性作家，回到传统，寻生命之根，是他自觉的文化追求，其目的就是复苏民族文化的生命力。在当代文化语境中，多种力量对于人的生命的压抑已日益激发出作家的这种追求，莫言、贾平凹、韩少功等许多作家作品中"生命意识"的觉醒，都潜在地承接了民间故事传说中的主题原型。可见，新时期小说中"主题原型"的复现并不仅仅是与传统民间文化建立联系，更重要的是从当代出发，发现了原型新意，正是这种思想发现的动力推动着"原型"在当代生活中展开其置换的过程。

其次是作家本土审美意识的觉醒。本土审美意识的觉醒也是"主题原型"呈现的动力之一。巴赫金认为："艺术形象世界的结构形式不仅是对空间和时间因素的安排，而且也是对纯思想含义因素的安排；不仅有空间和时间的形式，而且也有思想含义的形式。"① 从这个意义上说，"主题原型"作为文学的思想因素也是审美意识中的重要内容。在中国当代文学的发展过程中，政治意识形态和西方文化、文学对其产生了不可估量的影响。第一，在1949年建国后相当长一段时间内，政治意识形态一直规范着文学的发展和变化，民间文化、文学中许多内容都被当作封建迷信予以批判，虽然在政治意识倡导下，也曾出现过大跃进民歌运动、传统戏曲的改编等文学现象，但其"主题原型"都是包含于政治性主题的表现过程中，自身的思想力量未能充分呈现，仅仅成为一种结构性因素隐含于文本之中，民间文化、文学中的有益内容被忽略，甚至被遮蔽了。第二，新时期以来，伴随着对外开放的发展进程，西方的文化、文学成为文学创作的重要资源，作家对民间文化、文学的意义相对也重视不够。中国当代文学中本土审美意识的觉醒是源于1980年代中期前后的"寻根文学"思潮，这种传统审美意识的觉醒，自然激活了民间文化、文学中的审美因素，把存于其中的原型主题、原型结构、原型想象、原型人物等纳入小说创作中。正如张炜所说："假使真有不少作家在一直向前看，在不断地为新生事物叫好，那么就留下我来寻找我们前进路上疏漏和遗落了的好东西吧……我觉得艺术家应该是尘世上的提醒者，是一个守夜者。他应该大睁双目且应该负起道德上的责任。而道德方面的经验和尺度，也只有从长期形成的东西中去寻找……一个作家要写东西，只有从沉淀在心灵里的一切去升华和生发。他们整个工作简单说就是回忆。而回忆，就是向后看，眼前刚刚发生的事难以写成好作品。"② 这种"向后看"的审美意识所确立的正是当代与传统、现代性与民间性的沟通与连接。那么，为什么包含了原型内容的一些作品能给人以审美愉悦，而有些同样包含了原型内容的作品却显得低劣庸俗呢？产生这种情形的根本原因就是：那些能给人审美愉悦的优秀作品，其原型内容包含有对当代生活的深刻感悟和理解，原型的置换变形体现着巨大的

---

① 巴赫金：《巴赫金文论选》，佟景韩译，中国社会科学出版社1996年版，第474页。
② 张炜：《美妙雨夜·代后记》，上海文艺出版社1991年版，第424—425页。

当代性力量；那些仅仅为"复现原型"而无视当代生活和思想的创作，自然会流于简单的重复和俗套之中。对于那些一味摹仿西方的作品，他们不会自觉以"原型"连起与深厚文化传统的关系。由此，就引出了第三个问题，即作家应有自觉的原型意识，这是提升当代小说审美价值和文化价值的重要途径。在新时期小说创作中，一些优秀作家都有较为自觉的"原型意识"，贾平凹在《白夜》完成后答陈泽顺先生提问时说："荣格说过：谁说出了原始意象，谁就发出了一千种声音。但是，得看到，太形而下，虽易为一般读者接受，也易被一般读者看走眼，而形而上的东西是给另一部分读者看的。形而上和形而下融合得好了，作品就耐读，就可产生多义的解释。"① 韩少功谈到寻根文学时说，寻根"是一种对民族的重新认识，一种审美意识中潜在历史因素的苏醒，一种追求和把握人世无限感和永恒感的对象化表现"②。这些作家虽没有明确提出"原型"的概念，但这种艺术追求中包含了对于"原型"的激情，"原型"与传统文化、民间文化是联系在一起的。因此，韩少功对那些具有传统文化、民间文化特点的作家，表示了由衷的赞美。他谈到1980年代中期前后的小说时说："近来，一个值得欣喜的现象是：作家们开始投出眼光，重新审视脚下的国土，回顾民族的昨天，有了新的文学觉悟。贾平凹的'商州'系列小说，带上了浓郁的秦汉文化色彩，体现了他对商州细心的地理、历史及民性的考察，自成格局，拓展新境；李杭育的'葛川江'系列小说则颇得吴越文化的气韵。"③ 这种与传统文化、民间文化的对接，必然与"原型"相遇，可能是中国当代文学优秀作品产生的前提，韩少功借助对高更的评价说出了这一道理，他认为高更之所以创造了杰作，是他到土著野民所在的丛林里，长年隐居，含辛茹苦，在原始文化中找到了现代艺术的支点。为什么有了这种"原型意识"，文学作品就会有价值呢？因为作家与"原型"的对接过程，就是历史与现实、传统与现代之间意义关系的确立过程，在这个过程中，不仅拓

---

① 贾平凹：《答陈泽顺先生问》，《小说选刊》1996年第2期。
② 韩少功：《文学的根》，山东文艺出版社2001年版，第79—80页。
③ 同上，第79页。

展了文化的纵深感，而且使作家心灵释放出独特的、蕴含着民族文化精神的审美能量。

总之，任何传统只有和当代生活发生联系时，才能成为有意义的传统，传统的活力也只有依靠当代精神才能被激活，"原型"的意义也只能在这种情境下才能呈现或置换。新时期小说中的"主题原型"就是在传统和当代的深层联系中建构起来的，这样的主题原型不仅联系着丰富的传统民间文化、文学思想，而且这些思想已进入我们当下的文化、文学发展。在如上所论的"主题原型"中所体现的"天人合一"的世界观、"重义轻利"的人生观、肯定道德生命人格和现实幸福的价值观，不仅丰富了新时期小说的文化意蕴和审美内涵，而且已成为当代作家理解、思考当代问题的重要思想组成部分。当下，中国正处于世界全球化和一体化的过程中，"正在经历实现现代化和反思现代性这双重的挤压，正在承受经济、政治、文化、社会习俗各方面的变化和震荡，每个人在这个大漩涡里寻求精神的救助"①。在此情况下，我们更应重视传统民间文化、文学中的有益内容，因为它们很有可能成为我们回应现代生活、重建生活诗学的出发点。由此，我们更应以自觉意识激活传统，从而获得文化生命的更新和再生。

（原载《中国社会科学》2008 年第 3 期）

---

① 韩少功：《文学的根》，山东文艺出版社 2001 年版，第 213 页。

四 "底层文学"批评与讨论

"底层生存写作"与我们时代的写作伦理

张清华

以令人猝不及防的速度,"现代"的神话裹挟混合着政治、文化、人文以及个体的物质梦想,依次派生出发展、进步、启蒙还有自由与幸福等等词语,我们这个号称保守的农业民族,已经成功地建立了一个由上述词语所构成的、而不容置疑的、诗一般激情洋溢的、新的"宏伟叙事"。在今天,这一诗性的叙述正夹带着日益合法化的关于财富、欲望和现代生活的奢侈梦想,像正在崛起着的摩天大楼、竞相扩展着的都市建设蓝图一样,推动着我们的时代不顾一切地飞速前行。可是,在这一诗性外表下所掩藏的某些个体的命运,却也不可避免地经历和承受着时代变革中的屈辱的眼泪、失去土地的茫然、背井离乡的苦痛、生存根基被动摇之后的心灵失衡。谁会关注和写下这一切?

>……也有人只是经历了漫长的白日梦
>开始是苦难,结束也是苦难
>列车的方向再度是命运的方向

这是杨克的《广州》一诗中的句子。它让我在熟视无睹中猛然看见,时代的列车是在怎样地碾压和支配着一个乡下青年的命运——他不能不茫然地屈从它的方向。它在南方,在那个制造着财富的神话和汇集着屈辱、梦幻、汗水和命运的方向。这青年朝着方向进发,不知道等待他的是成功还是失败,他只是默默地倚靠在拥挤的车厢壁上,眼里闪着束手无措的呆滞和对未知世界的向往,宛如一条被烘干了的沙丁鱼。

这是我们时代的千千万万个青年中的一个,空间的移动改变了他的生活和命运，也改变着我们这个国家。无数的个体汇成了潮水和泥石流，然而他们参与制造的经济学数字和GDP的神话却淹没和覆盖了这些卑贱的生命本身，遮蔽了他们灰尘下的悲欢离合和所思所想。

现在，有人要为他们书写这身世，书写这掩藏在狭小的工棚、闷热的车间、汗臭熏天的简易宿舍中的一切，书写他们内心的欢欣与痛苦，这怎么说也是一件大事。

我意识到，这篇短文将要讨论的是一些基本的甚至是"ABC"的问题，但因为这些作品的出现，这些问题再度变得重要起来，使我不得不冒着陷于浅陋的危险来谈论它们。

尽管我一直认为，诗歌只与心灵有关而与职业无关，但是在我们的时代，职业却连着命运，而命运正是诗歌的母体。历史上一切不朽和感人的写作，都与命运有着密不可分的关系，在我们的时代尤其如此。当我们读到了太多无聊而充满自恋的、为"中产阶层趣味"所复制出来的分行文字的时候，这种感觉就愈加强烈。

"底层生存中的写作"，我意识到，这是一个包含了强烈的倾向性、还有"时代的写作伦理"的庄严可怕的命题。从字面看，它大概包含了两个方面的问题，一是写底层，这恐怕是问题的主要方面，我们现在可以看到的绝大部分作品应该是属于这一类的；二是底层写，这个问题比较难以界定，究竟什么样的生存算作底层的生存？什么样的身份才符合一个"打工诗人"的标准？我注意到，像柳冬妩这样的诗人可以说"曾经是"一个"打工诗人"，但现在他是否还是一个打工者的身份？因此我想，写作者的身份固然是重要的，但也可以不那么重要，他只要是在真实地关注着底层劳动者的命运就可以了。

但我这里却不想仅仅从感情的层面上谈论一个伦理化的命题，因为那样可能会把问题简单化。底层的生存者并不仅仅是进城的"农民务工者"，在社会急剧分化的今天，农村的贫困家庭、城市失业者的生存状况并不比他们更好——如果是农村的生活状况可以维持的话，怎么还会有这么多进城务工的农民？那么这些人的生存状况要不要书写？所以，问题还需要深入。我联想到"五四"新文学诞生之后不久出现的"乡土文学",为什么会出现一个乡土文学?在古代中国有"田园诗",但是却没有"乡土文学",这是颇为奇怪的,那时的田园未必总是好的,兵火之灾常常使得"白骨露于野,千里无鸡鸣",但那样的描写也还称不上是乡土文学。为什么呢?是因为我们民族整个的生存方式并未发生根本变化——换言之,"文化"并没有出现根本的变动。现代意义上的乡土文学的诞生,正是基于两点:一是传统的生产与生存方式发生了深刻变动,因此文化的结构与价值形态也相应地发生了变动,在这样的一个变动下,人作为存在物其命运——也即其悲剧性的诗意得以显现;二是现代意义上的知识分子的启蒙主义意识的烛照,使得乡土生存的深渊状况被照亮了,否则,"从来如此"又有什么不好?知识分子把农人的苦难"解释了出来"。当资本的流向和工业化的进程阻断并破坏了传统的生存方式与伦理观念,在致使农民贫困化的同时,从土地上流离出来,这样便导致了乡土文学的诞生。在现今,情况大致是相似的,大量的农民或是出于对城市的向往,或是由于失去土地,由于贫困所迫,背井离乡涌向城市,这里表面上看是一个个体生活的空间位置的变化,但实际上却是意味中一种生存、伦理、价值和文化的巨变,这一切对于个体来说,除了解释为个人与历史之间的冲突以外,别无任何可能的解释,这正是诗意产生的时刻。

但这样的"诗意"未免太过宏伟了——它是历史性的,其不可抗拒性在于它是不可逾越的"历史代价",马克思早就说过,历史前进的杠杆正是恶与欲望这样的东西,时代的"进步"与"发展"理所当然地要以某些人的悲剧性命运作为代价。但这是政治家所思考的,19世纪欧洲的作家们并不清楚这些,或者他们对这个充满理性的估价并不感兴趣,巴尔扎克和斯汤达们对当年的"外省青年"(他们某种意义上和现今中国的一个"进城务工人员"的身份不也很相似吗?)的命运的描写,和1830年代法国贵族被资产阶级打败的编年史一起,曾经意外地成为比历史学家、政治经济学家、还有统计学家们的数字之合还要多的翔实记录,为什么?就是因为他们书写了人、书写了个体生命、他们在这个时代的命运,这样才留下了具有血肉的、而不是只有冷冰冰的文字叙述的历史。19世纪伟大的批判现实主义作家们的不朽之处正在于,他们所关心的并不是所谓"历史的进步",相反而是这场所谓的进步中付出了失败、挫折和悲剧命运的那些人们。因此,如果说要有一个现今意义上的写作伦理的话,那就是这样的一种"反历史"的伦理。

也许有人会对这些写作的意义甚至动机表示怀疑——比如会简单地将之归结于一种"现象"或者"问题"的写作,一种概念化的和"非纯粹"的写作等等,我不否认对于每一个具体的写作者而言他的动机的无意识和含混性,甚至他的思考和观察角度的某种"不健康"趣味等等,但正是这些作品强化了我们时代的一个关于写作伦理的庄严命题。我得说,它们令我感到震撼并产生了强烈的为之辩护的冲动,因为我以为最重要的还不是"对苦难的拯救",而是"看见"。你不能要求对苦难的叙述者去消除苦难本身,他做不到,事实上"悲剧"的意义也许从来就不是意味着对命运本身的拯救,古典悲剧的美学与精神内涵同样也不包含这些,它们只包含了怜悯、恐惧、净化和崇高的意义,而这些意义产生的基础在于"命运是无可改变的"。所以,我们并不能去苛求写作者,对他们的写作动机提出虚妄的质疑。但是另一方面,我又认为这是拯救我们时代的良心和每一个个体的人性的有效途径,因为悲剧的意义正在于对局外人——那些观众的良知与心灵的唤醒和救赎。从这个意义上我认为,这些作品的感人和有价值之处就在于,它们是写作者通过自己的发现和书写来实现对劳动与劳动者价值的一种伦理的捍卫,并由此完成对自己心灵的净化和提升。

这和鲁迅他们当年的写作是不一样的,某种意义上,作为写作者的他们和这些诗歌中的人物并没有多少差异,他们都是同样意义上的"生命"和"生存者",并没有什么特殊的优越感。而相比之下,鲁迅和文学研究会的作家们眼里的乡村却是破败的,他们眼里的农民也只是愚昧和麻木的。为什么会有这种差别?那是因为他们试图去拯救这些人,试图去改变他们的命运,或者换句话说,他们以为自己是高于底层劳动者的,《故乡》中鲁迅虽然对那里的人民充满了热爱,可是连闰土据说也偷拿了老爷家的东西,这是多么让人感到悲凉和绝望的消息，鲁迅的拯救意识导致了另一种更具悲剧性的体验——那就是绝望，他的作品由此产生了另一种接近荒诞的诗意。除了五四作家，还有另一种书写的角度，这就是沈从文式的，把乡土和劳动者的人生进行诗化的处理、使之变成知识分子最后的精神乌托邦。在这两种写法之外，我以为在现时代最朴素和最诚实的写法，就是这种再现和呈现式的表达，他的所有主题都还原为"生命"、"命运"、"生存"这些初始的概念，而不只带有社会伦理意义上的那些层面。当然其中也会包含了写作者的感情，但是写作者不会高于被描写者，这样反而带来完全不同和朴素和真诚的诗意。

这也使我联想到古代诗歌里的那种写作——在一个时期我们曾经很意识形态化地把那叫做"诗歌的人民性"，从《诗经》到汉乐府、从杜甫的"三吏"、"三别"到元白诗派所描写的底层百姓的疾苦，那种写作同样充满了对生命的体恤和命运的怜悯，所以让人感动。但在文人创作中，这种关怀底层和体恤生命的精神与其称之为"人民性"，还不如称之为"知识分子性"，因为无论什么样的人民性，究其根本都是写作者知识分子性的体现。在《中国打工诗选》中，我们同样可以看到写作者强烈的亲近底层劳动者的立场，而且他们所充当的角色也不再是旁观者的吁请，而是多有置身其间的切身体验。宋晓贤的一首《乘闷罐车回家》中，就有这样设身处地的感人句子："一颗牛头也曾在此处/张望过，说不出的苦闷/此刻，它躺在谁家的厩栏里/把一生所见咀嚼回想？//寒冷的日子/在我们的祖国/人民更加善良/像牛群一样闷声不语/连哭也哭得没有声响。"这是坐闷罐车回家的打工人的感受，这本来是用于运送牲畜的运输工具，现在被临时用于运送回乡的民工。作为"人民"本身，他们可能并不会感到特别的屈辱，因为这和他们在异乡住低矮潮湿的简易工棚、干最脏最苦最累的活本身比起来，又算得了什么，但是我们的诗人却从中感受到非同一般的处境和命运，并写下了让人落泪的诗句。

与此同时，在《中国打工诗选》中我们还可以看到，大多数作品却都是在一个隐含着的角度中展开的，即，自己是站在一个城市的人、一个与打工者相比有着"合法居住权"的人的角度来反躬自问的,这也应该是它们的"知识分子性"的另一体现。在卢卫平的《在水果街碰见一群苹果》中,他用了"苹果"这样一个形象来形容那些乡下来的女孩子,对这些贫困但充满纯洁与健康气息的生命,表达了一个城市生存者的深深感动与赞美之情,同时也暗示了他所代表的城市的自惭形秽:"它们肯定不是一棵树上的/但它们都是苹果/这足够使它们团结/身子挨着身子,相互取暖,相互芬芳/它们不像榴莲,臭不可闻/还长出一身恶刺,防着别人/我老远就看见它们在微笑/等我走近,它们的脸就红了/是乡下少女那种低头的红/不像水蜜桃,红得轻佻/不像草莓,红得有一股子腥气/它们是最干净最健康的水果/它们是善良的水果/它们当中最优秀的总是站在最显眼的地方/接受城市的挑选/它们是苹果中的幸运者,骄傲者/有多少苹果,一生不曾进城/快过年了,我从它们中挑几个最想家的/带回老家,让它们去看看/大雪纷飞中白发苍苍的爹娘。"这是多么淳朴和美丽的生命啊,却是这样的廉价。这样的作品使人相信,"打工诗歌"绝不是一个来自"慈善机构的宣传品",或者是什么人施舍作秀的产物,而是可以"成为艺术"的真诚的写作。

  关于"现实"和"真实",是另一个至关重要的问题。这并不是从现在开始的,事实上关于"真实"的问题从来都不但是写作的基本要求、而且还是一个写作者基本的伦理标尺。"忠实于现实",这是我们过去很多年里一直强调的东西,但是现实究竟在哪里?我们何曾接近过它?我们曾经把"现实主义"这样一个概念伦理化甚至法律化,而写作却依然远离现实和真实本身,这是我们一直没有很好反思的。基于这样一个历史,我不愿意把这样的写作称做"一种再度出现的现实主义写作思潮"云云,这样的命名有可能会带来曲解甚至伤害。远的不说,即便是出现在1980年代前期的那种"新现实主义诗歌",也堪称是悲剧的例证——它们不是反映了现实,而是肆意篡改了现实。在一首"获奖诗歌"中,诗人设想自己是一名纺织女工,在产假结束之后的"第五十七个黎明"推着婴儿车去上班,这车子就推上"生活"、"希望和艰辛"、"一袋炼乳、两棵白菜,还有夜大课本……"之类,然后就是一路"绿灯"和"致敬",然后就得出了结论:"旋转的婴儿车，就是中华民族的魂灵。"这是什么样的现实主义？它何曾触及过生活的真实状况和人物的心灵？全是"概念化了的现实"。在这种写作成为风气之后，类似的"打工题材"的诗歌也已经出现，比如"清晨，我登上高高的脚手架"，"我骄傲，我是一名板车工"，"街头，有一个钟表修理摊"……曾成为这年代的一种"生活抒情诗"的典型句式，但这种写作同样也未曾抵达过现实和真实半步，写作者假代当事人，虚构了他们的幸福生活，而把汗水、辛劳和他们所忍受的屈辱生活诗意化了，有的批评家笔下早就揶揄和抨击过这种虚伪的"灰色的市民意识形态"。这是一种典型的"假性写作"，写作者冒充劳动者，假借他们的名义表达的是对现实的粉饰和认可。

所以，真正的现实是回到人物的命运。这是活生生的"具体的个人"——"That Individual"，而不是建立在"典型意义"上的概念化的代表。而且某种意义上，真实的"多元性"中最重要的是真实的"残酷性"，如果一个写作者认识不到这一点，那么他的写作就不曾达到应有的深度。事实上所谓"深度"就在"底层的现实"中。我之所以强烈地反对我们时代的写作中的中产阶层趣味，就是因为它在本质上的虚伪性。我当然不否认，即使是"中产阶层趣味"下的生活者也有他们自己的"现实"，但如果在一个依然充满贫困和两极分化的时代滥用写作者的权力，去表现其所谓的后现代图景，就是一种舆论的欺骗，对于"沉默的大多数"来说，谁能够倾听和反映他们的声音？作家莫言曾提出过"作为老百姓的写作"的说法，这无疑是真诚的，但我在事实上仍然愿意将其看作是知识分子写作的另一种形式，因为真正的老百姓是不会写作的，他们根本没有可能和条件去写作，莫言的说法的潜台词是要知识分子去掉自己的身份优越感，把自己降解到和老百姓同样的处境、心态、情感方式等等，这样才能最大限度地接近他们，并且倾听到他们的心声。因此，在一定程度上也可以说，只有实践了"作为老百姓的写作"的诺言，才有可能达"现实主义"的真实。在游离的作品《非个人史》中，他这样书写了一个乡下青年的履历："遗弃、绝望、乌托邦，它们/规范的称呼是：乡下、县城、省城。/这几乎是我三十年的拉锯历程……//三十年,我仍在拉锯。切割的进程/跟不上年轮的增长,越来越深的木屑,/掩埋着来自地底下的蚯蚓的呼喊://有一把锄头可以切断我,有一根草/给我呼吸,有一个街头供我曝晒尸骨,//有一张纸,在第四个空格写下:身份,其他。"在这里,"我"介入到了对象之中,成为了那个卑微的生命的另一个身体,它让我们听见了来自那体内的声音,使我们感到,关注一个生命比起关注一个宏大的词语和概念,不知道要真实和重要多少倍。

另一方面,真实也并不纯然是紧张或者崇高庄严的悲剧,它也有可能是喜剧。小人物本身就带着天然的喜剧性,他们的弱点甚至愚昧和他们的不幸与屈辱一起,构成了丰富的人生内涵。这同样是真实性的体现。马非的《民工》就让我看到了另一种真实,一个百无聊赖的打工人在"人民公园"的一角和一个暧昧女子谈起了皮肉生意,这虽然不雅,但却使人看到了底层生活的另一景象,我们可以想象那些远离了女人的人,在单调沉重的体力劳动中内心的贫乏与虚空焦灼。这并不会使我们对他们产生鄙视,相反一个严肃的读者会由此生出由衷的悲悯之情。相形之下,写得更好的是伊沙,因为他没有简单地写喜剧,他是用了喜剧的笔调去写一个悲剧,所以更有叫人感动的力量。这首叫做《中国底层》的诗选取的是"西安12.1枪杀大案"记录篇开头的一个片段,男女主人公的对话。通常人们习惯的是去妖魔化地理解这些犯罪者,对他们切身的生存处境却不会予以考虑,但这里伊沙偏偏要设身处地,他模拟了电视片中贩枪女孩和盗窃枪支的男青年"小保"之间的一段对话,原来所谓的犯罪实际上动机也极其简单,不过是出于一个饥不择食的生存欲望,而女孩的犯罪则纯然是出于一个简单的同情心。是这样简单的动机毁了他们的一生,其实一切不过是一念之间的事情,片刻之间的就区分了人类和妖魔。最后我们的诗人是这样说的——

> 这样的夜晚别人都关心大案
> 我只关心辫子和小保

> 这些来自中国底层无望的孩子
> 让我这人民的诗人受不了

这就是还原到生命个体的真实！它重新揭开了被法律、舆论和所谓道德所遮蔽的原始的真相，在诙谐中让我们看到被概念覆盖和捆绑中的生命的绝望与哭泣，它让我们相信，最终还世界以公正的不仅仅是法律，还有诗歌。

最后我想还可以谈一谈所谓的"叙事"。因为一方面，据说叙事已经成了九十年代以来诗歌最重要的表现手段之一；另一方面，要表现底层生活的现实，当然也离不开力求"客观"和"实录"的叙事。所以它也似乎成了事关写作伦理的大问题。叙事的时代表明了抒情在一定程度上的退席，但当代诗歌的贫乏症之一就是抒情的弱化，这看起来是一个技术或者文本的问题，但实际上却是一个主体的写作立场与态度的问题。写作者普遍的充满变态自恋的自我放大，攫持和支配了叙事的趣味，也使得叙事变成了一种虚伪造作的伎俩。我当然并不想说，是这些记录底层人群生活状况的作品"挽救了叙事"，但至少，在这些作品中叙事变得不那么面目可憎了。上面所举的伊沙诗中的叙述几乎占了全部的成分，但它给我的阅读感觉却是充满着灵魂的震撼，它的表现力达到了惊人的丰富和厚重。无独有偶，还有一位叫做管上的作者的一首《王根田》，也是以实录的形式，用了诙谐和平静中又带了悲伤的口吻写了一个外出打工人的命运，他在外面苦熬，家里村长却霸占了他的妻子，并且"超生"下了并不属于他的孩子，王根田蒙羞之下只有铤而走险，杀了村长，自己也被判了无期徒刑。我们一方面可以感叹这可怜的人不懂法律的愚昧，但设身处地去想一下，但凡王根田有一点说理的去处他也不会这样不计后果，事实是他别无选择。在这首诗中，作者并没有去刻意地说理和为这个当事人辩护，但其叙事中所生发出来的丰富含义却能够使读者思量良久。

试图谈叙事，还有技术方面的动机。因为我对这些作品叙事方面的自然生动和流畅自如留下了深刻印象。江非的《时间简史》甚至用了"倒叙"

的手法，在极简练的笔墨中写出了一个十九岁青年的一生："他十九岁死于一场疾病/十八岁外出打工/十七岁骑着自行车进过一趟城/十六岁打谷场上看过一次，发生在深圳的电影/十五岁面包吃到了是在一场梦中/十四岁到十岁/十岁至两岁，他倒退着忧伤地走着/由少年变成了儿童/到一岁那年，当他在我们镇的上河埠村出生/他父亲就活了过来/活在人民公社的食堂里/走路的样子就像一个烧开水的临时工"。这样故意地轻描淡写，是刻意地要体现一个生命的卑微，就像他不曾来到这个世界，一切都这样快地结束了，没有留下任何痕迹，也没有引起任何的悲伤。这首诗中我们不难看出作者的丰沛的悲悯之情，以及对于我们这个时代的冷漠与失德的尖锐反讽。

　　说来说去还是又回到了起点。我并不想说，有了"打工诗歌"一切就都变得好起来了，无论是现实还是诗歌都不会仅仅因为一个伦理问题的浮现而解决所有的问题。但是我确信它给我们当代诗歌写作中的萎靡之气带来了一丝冲击，也因此给当代的诗人的社会良知与"知识分子性"的幸存提供了一丝佐证。在这一点上，说他们延续了一个真正的现实主义的写作精神也许并不为过。

（原载《文艺争鸣》2005 年第 3 期）

曲折的突围
——关于底层经验的表述

南帆

一

文学的一个重要传统即是，敞开通往底层的大门。历史著作或者哲学著作之中，人们不可能遇到如此之多的贩夫走卒或者引车卖浆之徒。文学史上，这个传统曾经形成不同的段落：19世纪的批判现实主义是这个传统的一章，20世纪的五四新文学也是这个传统的另一章。因此，"底层"概念再度登陆21世纪中国文学并未引起多少惊讶。一批作家开始重新注视底层的历史命运，刊物设置了底层问题的专栏，这个概念愈来愈频繁地在文学批评之中露面，总之，文学似乎又一次显露出某种激动的迹象。当然，如同文学史显示的那样，这个传统的每一次持续都可以追溯至当时的历史状况。当前，"底层"概念的大范围使用至少涉及两个方面：首先，晚近二十年社会阶层的分化正在成为一个绕不开的问题，经济的高速增长以及现代生活的临近并不能真正遏制这种分化；其次，人们选择了"阶层"作为社会描述的术语——至少在字面上，"底层"是"阶层"的一个次级概念。不少人赞同，依据组织资源、经济资源和文化资源的占有程度划分阶层[①]。尽管"阶层"和"阶级"均属社会分层的不同形式，然而，相对地说，"阶层"比"阶级"范畴——以生产资料的占有为主要标准——更有弹性。几套指标体系的相互配合似乎更适合当今经济、文化密切互动的多元社会。另一方面，"阶层"术语背后韦伯的理论渊源不仅表明了某种深刻的转向；

[①] 参见陆学艺主编：《当代中国社会流动》，社会科学文献出版社2004年版。

"阶级"的回避还隐含了许多人的内心余悸：这个范畴的历史效用曾经制造了巨大的震荡。

这个意义上，文学之中的底层问题既源远流长，又迫在眉睫。这种特殊的双重性广泛地存在于一系列基本问题之中，例如底层经验的表述。底层不仅意味了经济地位的卑下，同时意味了文化资源的匮乏。底层的粗砺言辞无法攀上政坛、学院和大部分意识形态国家机器，进入主流符号场域并且得到及时的解读；多数权威的传媒版面上，底层喑哑无声——这个庞大的群体匍匐在无言的黑暗之中，仿佛根本不存在。拉那吉特·古哈在印度历史的编纂之中发现，底层被压缩为国家主义缝隙的一些"细微的语音"①。没有历史，也没有尖锐的、不可忽视的挑战。一个高贵典雅的语言层面如此坚固，以至于底层经验几乎找不到显现的空间。封杀底层的不仅是暴力，同时是文化。因此，斯皮瓦格这篇论文的标题是一个忧愤深广的反问："属下能说话吗？"

20世纪五四时期，白话文的倡导是一次摧枯拉朽的解放。如同咒语的解除，底层经验开始拥有表述的形式。一大批栩栩如生的劳苦大众形象仿佛表明，文学成功地找到了底层的语言。然而，当时的胡适和陈独秀无法意识到，白话文不可能弥合叙述者与被叙述者之间的身份差距。许多时候，叙述者有意无意地依据自己的信仰、知识背景以及意识形态氛围改造，扭曲被叙述的形象，以至于损害形象的真实性。如果说，20世纪文学开始了正面书写底层的历史，那么，这种叙事误差屡屡发生在知识分子与底层之间。二三十年代此起彼伏的论争已经试图矫正知识分子文学视力。谴责声讨，反复辩难，遗留下众多的理论文献，然而远未达成共识。无论是现代社会还是后现代社会，知识分子与底层生活日益悬殊。这两个群落怎么可能真正默契，以至于前者成为后者的代言人？可以从现今的种种辩论之中发现，许多人仍然对于知识分子的底层叙述深怀戒意。文学史上诸多令人

---

① 参见拉那吉特·古哈：《历史的细语》，《庶民研究》，郭小兵译，中央编译出版社2005年版。

四 "底层文学"批评与讨论

困扰的问题尖锐如故,甚至卷入更为复杂的理论纠葛。

人们首先遇到的是一个悖论式的问题:底层大众听不懂知识分子对于底层经验的表述,即使后者使用的是白话文。正如批评家所指出的那样,张承志可能是20世纪末率先复活"穷人"和"富人"概念并且宣称为穷人写作的作家[①]。从《黑骏马》到《心灵史》,底层人物始终是张承志小说的主人公。然而,张承志在一次访谈中提到,估计他的大多数主人公读不懂这些小说[②]。的确,这些小说的精致结构和繁复的修辞策略与底层的阅读格格不入。更大范围内,相似的悖论始终是横亘在知识分子与底层之间的巨大裂缝。无论是文学还是学术著作,许多涉及底层问题的作品诉诸知识分子话语,它们的深奥程度远远超出了底层的意识。这是一个由来已久的缺陷。当然,如果意识到底层问题的复杂程度,人们或许也可以就地提出反问:这真的是缺陷吗?

一种观点认为,破除这个难题的方法是——让底层拥有自我表述的能力。这将从文化、知识、话语与权力关系的意义上考察底层问题。当然,并不是出自底层之口的话语即是合格的"自我表述":"如果仔细分析这些底层的'自主性'话语,就会发现其中有太多被多年的压迫统治扭曲的东西"[③];尽管许多批评家对"统治阶级的思想即是占统治地位的思想"的论断耳熟能详,他们还是认为存在某些可供争取的文化空间。不止一个批评家推荐了保罗·弗莱雷的《被压迫者教育学》[④]。弗莱雷的目的不是通常的扫盲或者帮助文字识读,而是开启底层"阅读世界"的视域。摒弃灌输式教育而推崇平等教育的意义在于,铲除受教育者意识之中的"主奴关系",一开始就竭力摧毁压迫与被压迫结构赖以寄存的心理。弗莱雷的论述之中,"人性"、和衷共济、对话、爱是几个基础性的关键词。总之,用爱代替非

[①] 参见蔡翔、刘旭:《底层问题与知识分子的使命》,《天涯》2004年第3期。
[②] 参见赵玫、张承志:《荷载独彷徨——黄泥小屋来客之六》,《上海文学》1987年第11期。
[③] 参见刘旭:《底层能否摆脱被表述的命运》,《天涯》2004年第2期。
[④] 保罗·弗莱雷:《被压迫者教育学》,顾建新等译,华东师范大学出版社2001年版。刘旭和罗岗分别在《底层能否摆脱被表述的命运》、《"主奴结构"与"底层发声"》两文中给予高度评价,见《天涯》2004年第2期与《当代作家评论》2004年第5期。

人性的压迫关系，用对话达到社会成员和衷共济的前景。然而，这些关键词可以在多大程度上担负起解放的使命？不谈经济、生产资料、社会结构，压迫者教育学会不会仅仅停留在心理学和社会交往的层面上？这个意义上底层的自我表述可否凝聚足够的能量，形成撼动历史结构的尖锐一击？

另一个相对隐蔽的问题是，底层多大程度地渴望从文学之中读到自己的生活？这不仅关系到底层的主体形成，而且关系到文学的功能。侦探、武侠、帝王将相以及豪门恩怨的故事畅销不衰，这相当大地包含了底层的兴趣指向。并不是所有的人时刻都在文学的镜子里搜索自己的形象。许多人的文学阅读包含了相反的意图——借助文学幻想进入另一些不可企及的生活。对于不少苦苦挣扎的底层人物说来，虚拟的浪漫、神奇和豪气成为他们谋生间隙的临时性慰藉。精神分析学的意义上，幻想的快感是文学承担的重要功能。许多时候，将再现底层经验当作底层的迫切期待，会不会是知识分子一厢情愿的想象？

这个意义上，文学对于底层经验的表述暴露出多方面的复杂性。

二

"雅俗共赏"是许多批评家津津乐道的理想，又是另一些批评家不愿意相信的幻想。但是，不管怎么说，他们共同承认存在"雅"与"俗"两个美学体系。前者活跃在职业文人、知识分子、学院、博物馆、画廊和音乐厅之间，后者的领地是街头、广场、乡村戏台和村夫野老的闲聊场所。无论是诗、词、曲还是话本小说，文学史上的许多例子表明：两个美学体系之间时常发生转换。职业文人或者知识分子时常从通俗文化之中吸取活力，提炼新的表意形式，另一方面，某些通俗文化类型在加工和去芜存菁之后纳入"高雅"的美学体系，甚至成为不朽的经典。《诗经》之中的"国风"就是一个众所周知的例子。尽管如此，两个美学体系之间的差异乃至冲突仍然十分明显，以至于许多批评家常常不得不郑重其事地表明自己的归属。不少人觉得，底层经验的表述肯定诉诸通俗文化，这甚至是他们否弃高雅文化的主要理由。所以，两个美学体系之争不仅涉及文学，而且涉及底层、

四　"底层文学"批评与讨论

知识分子的关系以及他们置身的社会性质。在哪一个层面给予理论描述往往意味了在何种历史图景上构思文学、底层与知识分子的联系。首先必须提到，现今的许多批评家已经习惯地将两个美学体系的对立纳入声势浩大的现代主义与后现代主义之争。

在多数批评家那里，现代主义通常被视为精英主义的美学标志。现代主义作品晦涩、深奥，富于象征意味，热衷于探索内心的无意识颤动，或者隐喻某种形而上学寓意。现代主义认为，生活是荒诞的，无意义的。一方面，作家对于这个物质日益丰盛的社会充满了惊悚和怀疑；另一方面，底层大众也没有赢得他们的信任。现代主义古怪、疏离的艺术风格如同决绝的声明——这往往象征了他们背对社会转身而去。某些现代主义作品包含了强烈的激愤或者夸张的亵渎，这是对于资产阶级文化趣味的放肆挑战；另一些现代主义作品专注地从事激进的语言实验，作家试图越过日常语言的地平线发现一个不同寻常的乌托邦。许多时候，现代主义神情倨傲，落落寡合；这可能令人某种程度地联想到浪漫主义的高傲。不同的是，现代主义不可能具有那种狂飙般的呼啸——现代主义的基调是阴郁、无奈和沮丧。总之，现代主义表明了精英阶层对于这个世界的彻底失望，尽管作品之中的许多主人公可能仅仅是普通人。

后现代主义迄今仍然是一个众说纷纭的术语，一大批超级理论家正在围绕这个术语争执不休。尽管他们对于后现代主义的许多细节人言言殊，但是，这个观点大约不存在异议：后现代主义对于高高在上的精英主义不以为然。伊格尔顿指出："从文化上说，人们可以把后现代主义定义为对现代主义本身的精英文化的一种反应，它远比现代主义更加愿意接受流行的、商业的、民主的和大众消费的市场。……某些该运动的倡导者把它看作是一种受欢迎的艺术的民主化；其他人则把它斥责为艺术向现代资本主义社会的犬儒主义和商品化的全面投降。"[1] 后现代主义坦然认为，没有必要将自己供奉在圣殿之上，故作悲观；他们宁可返回日常生活，与民同乐，从

---

[1] 特里·伊格尔顿：《后现代的幻象》，华明译，商务印书馆2000年版，第1页。

斑驳的世俗景象之中体验快感。显然，雷蒙·威廉斯将文化视为日常生活方式的观点产生了不可忽视的影响。精雕细琢不是后现代主义的风格，后现代主义往往是浮华的，随意的，七拼八凑和玩世不恭的。相对地说，后现代主义作品通俗浅显，按照弗·詹姆逊的著名观点，后现代主义放弃了"深度"而快乐地滑行在生活的表面。后现代主义拒绝所谓的微言大义，拒绝所谓的象征或者神话，后现代主义显示的各种景象如此凡俗简单，甚至没有给批评家提供解读的空间。如果说，精英主义仅仅是一种孤芳自赏，那么，后现代主义更多地转向了民粹主义。

当然，后现代主义周围从来不乏严厉的批评。最为常见的批评是，艺术堕落了。作家或者艺术家竭力向大众献出嘻皮笑脸，或者异想天开地胡编滥造。总之，那些低俗无聊的玩艺儿令高雅文化蒙羞。后现代主义的反驳通常是，所谓的高雅文化与通俗文化是一个没有意义的分类。这种分类毋宁说为了维护资本主义文化体系的霸权。从反复颁布的经典名单到森严壁垒的学院体制，资本主义文化正在形成愈来愈严密的控制。对于文学或者艺术说来，杰出人物统治论是最为常见的症候。少数人物拥有特殊的天赋，品味高超，见识不凡。他们不仅掌握了作品的解释权，甚至负责指示历史的动态。现代主义显然是杰出人物统治论的重要例证。那一批著名的悲观主义者远离尘嚣，栖身在某一个角落里发出"世人皆醉我独醒"的浩叹。的确，现代主义曾经向正统的资本主义文化摆出了不驯的姿态，对于安分守己的懦夫或者利欲熏心的市侩主义不屑一顾。然而，当今的现代主义已经丧失了战斗力。强大的资本主义文化再度收买了它们。现代主义的不驯姿态已经增补为经典体系之中的最新项目。于是，这就成为一个必然的结论：如今，挑战资本主义文化的使命已经历史地落在了后现代主义身上。

必须意识到，上述的争辩基本上发生于资本主义文化语境之中——弗·詹姆逊即是将现实主义、现代主义与后现代主义视为资本主义文化不同段落的产物。这意味了一个事实：众多批评家所谈论的通俗文化源于商品生产极为发达的历史环境。很大程度上，这些通俗文化本身也是商品。

只有完全无视剧烈的历史运动,人们才会继续将通俗文化想象为回荡在荒郊野岭的民歌,或者流传在村间陋巷的奇闻逸事。从冗长的电视肥皂剧到家喻户晓的畅销书,从耳熟能详的流行歌曲到风靡世界的动漫,通俗文化的生产者和接受者无不置身于商业网络内部,按照生产与消费的游戏规则行事。这显然是法兰克福学派攻击通俗文化的首要原因。批评家认为,商品生产模式——他们不屑地称之为"文化工业"——只能造就千篇一律的作品,艺术与个性之间再也不存在任何联系。显然,艺术与商业共谋的时候,也就是为资本主义文化效劳的时候。商品的流通不就是资本主义生产关系的再生产吗?由于这种生产关系的压抑,底层怎么可能有出头之日?

然而,另一些批评家做出了辩解——这里仍然隐含了底层的反抗。金融经济与文化经济可以剥离。前者依据的是交换价值及其巨额利润,后者的运动终点是意义与快乐。

资本主义必须吞噬剩余价值维持自己的机体,但是,大众却在文化经济之中得到了自己的收获。资本主义不是铁板一块,它的内部存在种种矛盾——金融经济与文化经济之间可能产生对立。必须充分估计到这种复杂的状况:只要利润存在,某些资本家不惮于生产出危及资本主义制度的文化产品。因此,大众完全有可能从通俗文化之中解读出反抗的意义,如同斯图亚特·霍尔所指出的那样,他们甚至设置了一套自己的解码系统①,例如将"国家利益"解读为"资产阶级利益",或者将警察的"勇猛"解读为"凶残"。换言之,尽管通俗文化的生产不可能摆脱商业机制的操纵,但是,大众拥有自己的消费方式。大众从事的反抗犹如文化领域的"符号游击战"。或许存在某些攻击资本主义的激进措施,或许某些伟大的战斗已经在其他地方打响,然而,并不能因此将大众对于通俗文化的喜悦形容为苟且偷安——这是另一种象征性的反抗。这些批评家反复提到的论点的确具有民粹主义的渊源。没有理由将大众想象为愚蠢的乌合之众,麻木不仁地

---

① 参见斯图亚特·霍尔:《编码,解码》,王广州译,《文化研究读本》,罗钢、刘象愚编,中国社会科学出版社 2000 年版,第 355 页。

坐在电视机面前。也许，这个分歧的焦点深刻地涉及底层的评价：一个清醒的、摆脱了资本主义意识形态蛊惑的大众整体存在吗？

尽管批评家之间的唇枪舌剑仍在持续，尽管法兰克福学派、伯明翰学派或者葛兰西的思想均构成了著名的理论漩涡，人们必须意识到，上述论辩通常回响在西方的话语场域。他们那里，革命仅仅是一个遥远的历史事件，并未真正进入批评家的视域。然而，在另一个国度，革命曾经构成了真实的舞台，雅俗之争始终是舞台上的重要一幕。这无疑是理论史的另一条线索。虽然这些情节多半发生在后现代主义出现之前，然而回忆之中恍如昨日。

三

文学如何表述底层经验，20世纪初期的五四运动开创了一个前所未有的历史阶段。五四运动的一翼是倡导白话文——一种普遍流行在底层大众之间的活语言。根据胡适十多年之后的总结，倡导白话文的意图是启蒙。严复、梁启超、章炳麟那些老派的知识分子徒有革故鼎新之心，但是，他们的著作无人问津——因为他们使用的是"那种久已僵死的文字"。这时，另一批有远见卓识的知识分子"眼见国家危亡，必须唤起那最大多数的民众来共同担负这个救国的责任。他们知道民众不能不教育，而中国的古文古字是不配做教育民众的利器的"[①]。于是，他们毅然转向了白话文，至少在当时，多数五四新文学的主将把自己定位为启蒙者，白话文是他们开启民智的工具。另一个方向的事实显然没有得到足够的重视：底层的大众是白话文的叙述主体，白话文是他们表述底层经验的基本形式。

居高临下地将救国理念递交给底层大众，还是谦逊地聆听来自底层大众的革命呐喊？二者的混淆表明，许多知识分子未曾意识到启蒙与革命的一个重要分野：底层能否担任主体？即使在20年代末、30年代初的"革命文学"与"大众文艺"的论争之中，这个问题仍然朦胧未明。郭沫若论证

---

① 参见胡适：《〈中国新文学大系〉建设理论集·导言》，上海文艺出版社影印本1980年版。

四 "底层文学"批评与讨论

说,革命文学必须以"无产阶级为主体",必须表述无产阶级整体的要求[1];蒋光慈断言革命文学必须"代表被压迫的、被剥削的群众"[2],李初梨明确地提出:"无产阶级文学是:为完成他主体阶级的历史的使命,不是以观照的——表现的态度,而是以无产阶级的阶级意识,产生出来的一种的斗争的文学。"[3] 然而,这些零星的观点混杂在"革命文学"的诸多主张之间,如同凤毛麟角。有趣的是,稍后开始的"大众文艺"论争还是没有为底层大众争取到主体的席位。虽然一些人已经指出,大众的作家必须来自大众;普罗文学不是"从上向下",而是"从下向上"地组织大众感情;大众化的任务是在工农之间造就出真正的普罗作家,如此等等[4];可是,更多的时候,教诲大众的声音还是占据了上风。"你要去教导大众,老实不客气的是教导大众,教导他怎样去履行未来社会的主人的使命";大众化的问题"就从大众文艺怎样能够名符其实地'发送'到群众里面去"开始;要用劳动人民的语言答复他们实际生活之中的一切问题——总之,导师的身份时常不知不觉地跳出来,信心十足地指手画脚[5]。

这种情况到了40年代中期终于遭到了有力的批判。毛泽东在《在延安文艺座谈会上的讲话》之中强烈要求知识分子放弃高高在上的姿态而将"立足点"移到大众之中。这份影响了大半个世纪中国文学史的经典文献提出的中心问题是:"我们的问题基本上是一个为群众的问题和一个如何为群众的问题。"显然,底层是这份文献无可争议的主角。毛泽东的心目中,底

---

[1] 参见郭沫若:《革命与文学》,《"革命文学"论争资料选编》(上),人民文学出版社1981年版,第12页。
[2] 蒋光慈:《关于革命文学》,《"革命文学"论争资料选编》(上),人民文学出版社1981年版,第142页。
[3] 李初梨:《怎样地建设革命文学》,《"革命文学"论争资料选编》(上),人民文学出版社1981年版,第163页。
[4] 参见郑伯奇:《关于文学大众化的问题》;沈端先:《文学运动的几个重要问题》;何大白:《文学的大众化与大众文学》,《〈中国新文学大系〉文学理论集二(1927—1937)》,上海文艺出版社1987年版,第288、296、403页。
[5] 参见郭沫若:《新兴大众文艺的认识》;乃超:《大众化的问题》;宋阳(瞿秋白):《大众文艺的问题》,《〈中国新文学大系〉文学理论集二(1927—1937)》,上海文艺出版社1987年版,第283、284、349页。

层已经不是一个面目模糊的集体，这份文献之中时常具体地称之为"工农兵"。文艺"首先是为工农兵的，为工农兵而创作，为工农兵所利用的"。

当然，这一切均发生在革命舞台上。毛泽东以政治领袖的心胸调度全局。在他看，文化军队是克敌制胜的一支劲旅。毛泽东指出，文艺的功能是"团结人民、教育人民、打击敌人、消灭敌人的有力武器，帮助人民同心同德地和敌人作斗争"。这种论述隐约地显示，"工农兵"仍然是受众而不是叙述主体，"喜闻乐见"的意义是广泛地动员底层，促使他们迅速觉悟。这时，站在发言席位上的仍然是知识分子。

然而，在毛泽东的论述之中，发言席位并没有赋予作家启蒙者的高度。相反，革命的作家必须"把自己当作群众的忠实的代言人"。四体不勤、五谷不分的知识分子没有资格在"工农兵"面前自作聪明，作家必须尽快地冲出小资产阶级王国，迅速地转移到无产阶级立场上，放下架子，真心诚意地拜人民大众为师，熟悉底层的生活和语言，甚至变成底层的一分子。换句话说，知识分子表述的仅仅是他们身后"工农兵"的底层经验。

人们可以从以上论述之中察觉两个隐蔽的预设。首先，"工农兵"对于自己的形象充满了期待，他们企图从文学之中读到自己的生活；其次，矛盾的是，他们并不认识自己的经验，或者熟视无睹——沉默的芸芸众生无法为自己说话。因此，作家必须充当协助"工农兵"的秘书。

意味深长的是，毛泽东并未因为第一个预设而在文学意义上强调"工农兵"的自我表述。在他看来，底层的自我表述能力并不成熟："例如一方面是人们受饿、受冻、受压迫，一方面是人剥削人、人压迫人，这个事实到处存在着，人们也看得很平淡"，这显然无法最大限度地利用文学的效力。作家的特殊天赋就在于"把这种日常现象集中起来，把其中的矛盾和斗争典型化"，这导致文学"比普通的实际生活更高，更强烈，更有集中性，更典型，更理想，因此就更带普遍性"，从而使底层大众"惊醒"和

"感奋"①。时至如今，人们有必要重新解释这些问题：为什么"工农兵"熟悉的通俗文化并非底层经验的有力的表述，以至于必须等待作家的文学加工？文学加工增添了什么？为什么将文学加工即是典型化？

通俗文化是一个没有边界的开放领域。从快板、山歌、民谣、扭秧歌、连环画到说书、杂耍、地方戏、民间故事，种种艺术类型品种繁杂，门派众多。一般地说，通俗文化游离于正统意识形态和学院体制，并且由于主题另类或者趣味不够雅驯而遭受二者的抵制和鄙视。通俗文化的作者多半是非职业化的，他们栖身于底层，熟知底层人物的种种故事，信手拈来，左右逢源；另一方面，他们往往无暇推敲琢磨，形式粗糙草率是通俗文化的共同特征。通俗文化通常依赖于师徒授受，口耳相传；因为标准教材的匮乏，通俗文化的传承系统十分脆弱。许多作品的传播仅仅由草台班子运作，一旦遭遇现代社会强势的大众传播媒介，它们常常陷入灭顶之灾。某些作品——例如地方戏曲——只能存活于特定方言区域，它们的传播范围相当狭窄。

尽管如此，通俗文化仍然不可遏制地显现了旺盛的民间创造力。虽然通俗文化的记录残缺不全，历代佼佼者的美学水平还是令人惊叹再三。刚健，清新，质朴有力，天然去雕饰，这是职业文人经常发出的感叹。文学史的证据表明，《水浒传》、《西游记》或者《聊斋志异》无不借助于通俗文化的资源。某些时候，通俗文化可能提供强大的形式体系。这些形式不仅存留了底层经验，而且充分展示了底层经验的美学光辉，从而潜在地影响了后续作品的风格。米·巴赫金就是在这个意义上考察了中世纪的狂欢节。狂欢节的主角是广场上欢笑的大众，欢笑的声浪击穿了一切等级关系，击穿了舞台与生活的界限，也击穿了官方设置的种种壁垒。"在此后欧洲文学的发展中，狂欢化也一直帮助人们摧毁不同体裁之间、各种封闭的思想体系之间、多种不同风格之间存在的一切壁垒。狂欢化消除了任何的封闭性，

---

① 毛泽东：《在延安文艺座谈会上的讲话》，《毛泽东选集》第 3 卷，人民出版社 1991 年版，第 853、863、848、864、861 页。

消除了朴素间的轻蔑,把遥远的东西拉近,使分离的东西聚合。这就是狂欢在文学史上巨大功用之所在"①。既然通俗文化的作者与底层保持了天然的联系,既然通俗文化拥有强大的形式体系,为什么底层经验的表述仍然必须由知识分子承担?

在我看来,这是首要的原因:通俗文化的作者往往未曾拥有足够开阔的历史视域。通俗文化存留了种种表面的底层经验而几乎无法揭示完整的历史图景——揭示底层与其他阶层的相互位置及其关系。这个意义上,通俗文化之中底层的牢骚、抱怨、哀告、叹息、控诉往往惊人地相似。无论是山歌、民谣、杂耍还是快板、扭秧歌,那些朴素的、即兴的、相对单纯的形式无法容纳历史的重量。即使在巴赫金的狂欢化景象之中,每一个参预者也仅仅拥有一个狭小的视角而不可能登上历史的制高点。他们仅仅按照习俗欢呼雀跃而不知道自己的笑声会给历史留下什么。很大程度上,底层并未意识到自己是一个共同体,他们的阶级意识并未觉醒。这时,通俗文化无法完成毛泽东提出的"典型化"——因为没有发现阶级意义上的共性。

"阶级意识就是理性的适当的反应,而这种反应则要归因于生产过程中特殊的典型的地位",这是卢卡契在《阶级意识》这篇论文之中的观点。从另一方面来说,"阶级意识——抽象地、形式地来看——同时也就是一种受阶级制约的对人们自己的社会的、历史的经济地位的无意识"。所以,阶级意识既不是个别阶级成员思想、感觉的总和,也不是他们的平均值,而是阶级整体对于自己历史地位的意识。一个缺乏这种意识的阶级肯定认识不到自己的历史使命,"这样的阶级就只能起被统治作用"。按照卢卡契的分析,前资本主义时代的许多阶层不可能拥有清晰的阶级意识——它们的阶级意识是"被赋予的"。进入资本主义社会,宗教等面纱揭去了,经济因素的社会作用赤裸裸地显现出来,阶级意识逐渐浮现。这时,资产阶级和无

---

① 巴赫金:《陀思妥耶夫斯基诗学问题》,白春仁、顾亚玲译,三联书店 1988 年版,第 190 页。

产阶级历史地形成两大阵营。无产阶级的决定性武器是"正确地洞见到社会本质",将社会视为一个"互相联系着的整体",并且深刻地认识自己所承担的历史使命。无产阶级将对资本主义社会实行总体批判,它们的"直接利益和对整个社会的客观影响的辩证关系就在无产阶级意识本身之中",这"变成为意识的对阶级历史地位的感觉",而不再像以前的阶级那样是被赋与的①。

同一个阶级的成员是否拥有如此一致的意识,形成如此一致的行动,这始终是一个有争议的问题②。也许,列宁的观点恰恰表示了怀疑。由于承担了诸多具体的革命事务,列宁对于无产阶级的评价不像卢卡契那么乐观。列宁在《怎么办》这篇长文之中反复指出:当工人还没有对所有的专横和压迫、暴力和黑暗做出反应时,他们的政治意识并未成熟;当工人还无法分析和估计一切阶级、阶层和集团活动的各个方面表现时,他们的阶级意识并未成熟。列宁看来,工人无法在他们的运动中创造出独立的思想体系,不可能产生社会民主主义意识,这种意识只能从外面灌输进去。"而社会主义学说则是由有产阶级的有教养的人即知识分子创造的哲学、历史和经济的理论中成长起来的"。按照马克思和恩格斯的社会地位,他们亦属"资产阶级的知识分子"。所以,建立革命家组织领导无产阶级的解放斗争是一条必由之路③。

无论人们倾向于哪一种观点,这是殊途同归的结论:底层经验的书写不能仅仅注视自身,更重要的是绘出历史图谱。这即是卢卡契理想之中的现实主义:"现实主义的主要范畴和标准乃是典型,这是将人物和环境两者中间的一般和特殊加以有机的结合的一种特别的综合。"④ 这时,文学既意

---

① 卢卡契:《阶级意识》,《历史与阶级意识》,杜章智等译,商务印书馆1996年版,第105、106、109、111、127、131页。
② 参见戴维·李布赖恩·特纳:《无阶级的神话和阶级分析的"死亡"》,《关于阶级的冲突·导言》,姜辉译,重庆出版社2005年版。
③ 参见列宁:《怎么办》,《列宁选集》,人民出版社1972年版,第284、256、247页。
④ 卢卡契:《欧洲现实主义研究》(英文版序),《卢卡契文学论文集》(二),中国社会科学出版社1981年版,第48页。

味了个别、局部，同时意味了整体、历史。然而，迄今为止，通俗文化的阶级意识及其形式体系均无法抵达这种水平。二者的进一步成熟当然需要时间。革命形势如火如荼，火线上的无产阶级无暇在内部培训合格的文学队伍。于是，底层经验的表述不得不又一次托付给了知识分子。

四

卢卡契的设想之中，资本主义社会的来临、阶级意识的觉醒、无产阶级的崛起、现实主义文学的成熟以及底层经验的自我表述乃是历史逻辑的必然。然而，至今为止，这个逻辑并未完成。历史的演变线路远比理论设想曲折。现代主义以及后现代主义的声势已经远远超出了卢卡契们的预料，弗·福山们关于"历史的终结"的论断是一个更为严重的挑战。

尽管如此，一个不可否认的事实是——五四新文学开始之后，文学史上诞生了一批生动的底层人物形象。仅仅以鲁迅的小说为例，人们立即可以想到阿Q、祥林嫂、闰土、九斤老太、爱姑以及不知名的人力车夫，等等。显而易见，鲁迅的文学生涯无法充当卢卡契理论的例证。人们毋宁从鲁迅的成功追溯到那个悠久的文学传统：敞开通往底层的大门。从杜甫的"三吏"、"三别"到白居易的《卖炭翁》，从果戈理到高尔基，这个传统的感召始终不衰。文学对于小人物的重视与同情，作家必须跨出封闭的书房了解民生疾苦，"文章合为时而著，歌诗合为事而作"，总之，入选文学主人公的时候，王公贵族时常被愚钝的草民击败。鲁迅为首的一批现代作家再度证明，许多作家的想象力不仅可以细致地复活底层生活；更为重要的是，良知和文学才能时常敦促他们摆脱世俗势利之见的拘囿而投入底层。然而，如果绕开卢卡契设想的历史逻辑，悠久的文学传统不得不面对尖锐的质疑。作家的代言是否可靠？现今，底层经验的表述已经将这些质疑汇聚到一个范畴：叙述者。

叙述者即是那个讲述故事的人。人们已经从叙述学的意义上考察了叙述者与主人公和故事的关系，例如全知全能的叙述者，或者仅仅了解事件局部的叙述者。叙述学研究表明，叙述者可以有效地利用视角、修辞、距离等手段隐蔽地控制读者对于人物的认同程度或者道德评价。许多时候，叙述者的身份以及意识形态观念可能秘密地介入叙述，限定读者的视野，巧妙地修改人物的形象。因此，"客观"、"中性"的再现已丧失了往昔的信誉，话语描述不可避免地带来某种扭曲。萨义德对于"东方学"（orientalism）的犀利考察是一个著名案例。萨义德发现，所谓的东方来自西方话语的构造："因此，东方学的一切都置身于东方之外：东方学的意义更多地依赖于西方而不是东方，这一意义直接来源于西方的许多表述技巧，正是这些技巧使东方可见、可感，使东方在关于东方的话语中'存在'。而这些表述依赖的是公共机构、传统、习俗、为了达到某种理解效果而普遍认同的代码，而不是一个遥远的、面目不清的东方。"① 由于西方话语的强大力量，东方实际上成了西方的东方。萨义德的《东方学》将马克思的一句话印在扉页上："他们无法表述自己；他们必须被别人表述。"在他看来，表述与被表述隐含了不同文化圈以及民族之间的权力关系。这时，人们有理由进一步追问：另一个意义上，相似的机制是否存在于知识分子与底层之间？

然而，即使作家表述的底层经验可能被塞入某种意识形态结构，这并不能抵达另一个结论：真实的、纯粹的底层经验只会出自底层之手。意味深长的是，萨义德从来不赞同"西方"或者"东方"这种本质主义的概括。相反，他充分意识到"他者"对于自我的意义："每一种文化的发展和维护都需要一种与其相异质并且与其相竞争的另一个自我（alter ego）的存在。自我身份的建构……牵涉到与自己相反的'他者'身份的建构，而且总是牵涉到对与'我们'不同的特质的不断阐释和再阐释。每一时代和社会都重新创造自己的'他者'。因此，自我身份或'他者'身份决非静止的东西，而在很大程度上是一种人为建构的历史、社会、学术和政治过程，就像是牵涉到各个社会的不同个体和机构的竞赛。"② 的确，与其想象某种独

---

① 萨义德：《东方学》，王宇根译，北京三联书店1999年版，第28—29页。
② 萨义德：《东方学》，王宇根译，北京三联书店1999年版，第426—427页。

立的、纯正的、不折不扣的底层经验，不如在社会各阶层的比较、对话、互动之中测定底层的状态。并非底层事先存在，底层是多重对话之中产生出来的主体。这种对话关系之中，知识分子与底层互为"他者"。正如可以借助底层反观知识分子形象一样，知识分子同样是建构底层的一种参照。双方的特征都因为对方的存在而更为突出。古代的文人士大夫没有明确的社会分层观念。"开轩面场圃，把酒话桑麻"也罢，"携竹杖，更芒鞋，朱朱粉粉野篱开"也罢，众多吟咏田园风光的诗文之中，面朝泥土背朝天的农人仅仅是一种情趣的点缀，一种山水画面的填充物。现代社会的经济文化提供了考察社会阶层的视野，知识分子与底层大众之间产生了巨大的分离，并且相互意识到这种分离。在我看来，从底层与一系列"他者"——除了知识分子，还有官员、企业主、商人等——的交叉网络之中认识他们，远比"本质主义"的肖像更富有历史动态感。这个意义上，文学的底层经验表述复杂而丰富。创立一套独特的底层修辞，捍卫底层表述的纯洁性——如果这不是一种无益的空想，那也仅仅能维持在一个狭小的规模之内。

20世纪80年代之后，文学对于底层经验的表述很大程度地续上了传统的对话关系。从张承志的《黑骏马》、史铁生的《我的遥远的清平湾》为代表的知青文学部落一直到蔡翔晚近发表的《底层》，"我"在文本之中的作用始终是一个内涵丰富的话题。

"我"通常以知识分子的身份开始叙述。这些文本废弃了全知全能的上帝位置，"我"与底层是平等的对话者。"我"是卷入底层经验的异己，另一类型的生活显示了巨大的隔阂。从双方的紧张、抵触、冲突到内心的顿悟、壁垒的彻底冰释，种种进退转换制造了底层经验戏剧性浮现的基本形式。对话关系可以避免某个阶层成为千人一面的集体，或者根据抽象定义将对方浪漫化。"我"与底层由于对话而获得深入展开自身的机会，包括种种令人敬重的品质和隐藏的弱点，例如懦弱、背叛、自私、患得患失、市侩主义。另一些文本之中，"我"可能仅仅是工具性的，甚至隐姓埋名地深藏幕后，但是，潜在的对话关系仍然有力地影响底层经验的表述结构——我可以提到韩少功的《马桥词典》与林白的《妇女闲聊录》。

正如韩少功在《后记》里所说的，底层生活"大量深切而丰富的感受排除在视野之外，排除在学士们御制的笔砚之外"——因为找不到相宜的语言。这是"中文普通话无法照亮的暗夜"。因此，这些生活只能属于一个叫做马桥的小地方，那里的人们拥有一套异于标准普通话的话语系统。《马桥词典》的缘起是，韩少功想编辑一部马桥人的特殊词典表述这里的独特经验。这形成了颠覆性的后果：辑录词条的形式不仅摧毁了传统的故事表意系统，词汇的补充和阐释同时扩大了经验的边界。底层开始冲决语言的屏障闯入人们的视域，两套语言的冲突象征了底层经验的突围。然而，如果说词条的内容局限于马桥的生活，那么，韩少功巧妙地赋予"词典"一个文学形式。辞书到小说的根本转折源于《马桥词典》的叙述者。"我"——一个下乡在马桥的知识青年——代替了冷冰冰的辞书编委会。《马桥词典》的一百多词条背后不是马桥词汇客观的定义，而是一个外来者带有个人体温的叙述。这个外来者动用众多故事碎片注释马桥词汇。显然，"我"成为底层经验解除压抑的突破口。

林白的《妇女闲聊录》被视为一部极端的实验之作。某种意义上，这部小说与《马桥词典》异曲同工，尽管它的内部构造可能简单一些。《妇女闲聊录》是一个叫木珍的妇女聊天实录。说话的人放肆、泼辣、眉飞色舞、滔滔不绝。木珍的语言粗野鲜活，口语和方言具有强烈的地域特征。与此同时，那个代表知识分子的"我"销声匿迹——坐在木珍对面的似乎仅仅是一个奋笔疾书的记录员。不止一个人对《妇女闲聊录》表示疑惑：这还可以算一部小说吗？只有意识到那个记录员与木珍叙述之间的张力时，人们才能察觉这部小说内部隐含的对话。尽管记录员没有发出声音，但是，专注的倾听、惊奇、被另一种陌生的生活态度强烈地震撼。这一切无不体现为她记录什么，或者舍弃什么，何处重叠铺叙，何处轻描淡写。显然，这些惊奇与震撼来自一个知识分子。对于熟悉林白以往小说的人说来，如果将《一个人的战争》之中那个竭力捍卫个人内心的"我"加入，这种对话更加耐人寻味。虽然"我"与木珍的对话是无形的，仅仅隐藏在文本结构之中，但是，《妇女闲聊录》对于底层经验的表述不能完全归功于木珍，而是两个人的共同创造。

　　许多人承认，愿意聆听底层的声音肯定是跨出了重要的一步。然而，这个结论多少有些意外：来自底层的不一定代表底层。这表明底层与文化、权力之间的复杂交错。历史的描绘远不是单线条。如果底层是一种相对的存在，那么，底层的声音并非独白，而是混杂在多种声音之中，形成多方面的往返对话。尽管这些对话仍然可能包含巨大的不平等，但是，底层至少赢得了发言的机会。

　　长远的意义上，对话是一种有助于抑制专制主义和压迫意识的形式——对于底层也是如此。如何再现这些对话关系，并且在对话网络之中鉴别、提炼和解读底层的诉求，想象底层人物的真实命运——如果这就是现今的底层经验表述，那么，文学有责任提供可以承担的形式。

（原载《文学评论》2006年第4期）

当代中国的"新左翼文学"

何言宏

新世纪中国的文学主潮

新世纪以来的中国文学出现了很多新的变化。在这些变化中，一个引人注目的重要现象，便是所谓"底层写作"的兴起。在总体上对现实疏远多年后，中国文学开始重新逼近我们的现实，相当自觉地关注和书写底层民众的精神与生存。近几年来，越来越多的作家都加入了这样的潮流。除了陈应松、曹征路、刘庆邦、鬼子、胡学文、罗伟章和王祥夫等以"底层写作"著名的作家外，韩少功、张炜、李锐、贾平凹和迟子建等在中国当代文学史上已经取得重要成就的著名作家，也以不同的方式从事着"底层写作"。他们的加入，不仅壮大了"底层写作"的队伍，丰富了"底层写作"的基本内涵，还在某种意义上加强了"底层写作"的实力。而在另一方面，这几年来的"底层写作"实际上又绝不仅限于小说门类。在诗歌和散文领域中，同样涌动着这样的潮流。杨键、雷平阳、田禾、江一郎、辰水、陈先发、柳宗宣、卢卫平、王夫刚、谢湘南、郑小琼和夏榆等人，都是其中代表性的诗人与散文作家。

相应于生动有力的文学现实，文学批评和文学研究界也对"底层写作"高度关注。很多学者和文学批评家都撰写了大量的关于"底层写作"的文字。不少刊物开设专栏，集中研究"底层写作"。关于"底层写作"的现状与问题，还是很多学术会议的重要主题。"底层写作"，似乎已成为描述和把握当下中国文学现实的一种毫无疑义的强势性话语。但我注意到，在以"底层写作"为研究对象的有关文字中，也有论者曾以"新左翼文学"这样的话语来概括和讨论其中的部分作品。不过讨论的对象往往只是锁定于曹征路的《那儿》等小说。但我认为,如果我们放大自己的文学视野,将我们的目光扩展和深入到对文学现实的广泛关注,并将我们的关注联系于更加广阔的社会现实和思想背景,当代中国的"新左翼文学"不仅体现于曹征路这里,还很突出地体现在更多的包括"底层写作"在内的其他作家的文学创作中,已经形成了一股相当强劲的文学思潮。更为重要的是,我们甚至可以说,"新左翼文学"已经构成了新世纪中国的文学主潮。

我所说的"新左翼文学",实际上就是体现了"新左翼精神"的文学思潮。或者说,"新左翼精神",构成了"新左翼文学"的精神核心,是其最为本质的精神方面。它的题材取向,绝不仅仅是面向现实的"底层"题材,它还可以和应该面向历史,在其丰富和深厚的历史书写中努力弘扬"新左翼精神"。在此意义上,"新左翼文学"不仅包括了一些直面现实的"底层写作",还应该包括那些充分体现着"新左翼精神"的面向历史的文学创作,张广天的戏剧《切·格瓦拉》、《鲁迅先生》和《红星美女》,韩少功的长篇小说《暗示》和中篇小说《兄弟》及张承志的很多散文,便是其中的代表性作品。因此,我们通过对文学写作精神内核的关注和把握,发现了大量的"底层写作"和在表面上与其毫无关系的上述作品之间,实际上存在着非常隐秘但却相当本质的精神联系。正是因为这样的联系,它们才在实际上共同属于"新左翼文学"。而一旦将这两种题材选择和精神取向均有差异的写作纳入"新左翼文学"的层面同时思考,二者的特点、意义、问题和它们的可能,便会得到新的阐发。

之所以说"新左翼文学"形成了一股文学思潮,自然有着充分的理由。文学史家所说的文学思潮,往往是指"在历史发展的某一特定时期具有广泛影响、形成倾向和潮流的创作意识和批评意识。它有一定的社会思潮、哲学思潮作基础,有一定的文学理论批评思想作指导,有一批创作方法、艺术风格相近的文学作品来具体体现。这三个方面缺一不可"[①]。毫无疑问,这样的限定相当严格。但即使按照这样的限定,"新左翼文学"之作为

---

① 张大明等:《中国现代文学思潮史》,北京十月文艺出版社1995年版,第6页。

思潮，也足可成立。一方面，"底层写作"和韩少功、张承志、张广天等人的文学实践在新世纪以来的广泛影响应该是毋庸置疑的。具体在创作方法和艺术风格的层面上，"底层写作"的相近性则更是毫无疑问，实际上在近一段时期对于"底层写作"的批评性意见很多都集中在它们之间的相近性方面（比如情节的雷同和对"苦难"的大量书写等）。至于韩少功、张承志和张广天等人，他们的风格或有差异，但他们在创作理念、精神内核特别是在对革命记忆的精神回访方面，却又有着相当的一致。第二个方面，近几年来王晓明、蔡翔、孟繁华、韩毓海、旷新年、邵燕君、李云雷等批评家和作家曹征路、刘继明等人的具有"新左翼精神"的文学批评，已经产生了很大的影响。第三个方面，这些文学创作和理论批评实际上也相当紧密地联系于近些年来思想文化界的"新左派"思潮。"新左派"对中国的种种论述，还曾是有关作家比如曹征路和刘继明所明确承认的思想资源。实际上，韩少功、张承志、张广天、王晓明、蔡翔、韩毓海和旷新年等人，还往往被认为是"新左派"的重要成员。在上面的意义上，"新左翼文学"之作为思潮，实际上相当典型。在新世纪中国的文学背景中，还没有哪一个文学现象或文学潮流具有如此典型的思潮性特征和如此宏大的文学阵营，更没有哪一个现象或潮流具有如此广泛和深入的社会影响。所以我说，"新左翼文学"不仅是一种相当强劲的文学思潮，它还是新世纪中国的文学主潮。通过对此思潮的精神特征即"新左翼精神"的寻绎与发掘，正可揭示出当代中国很大一部分文学知识分子的精神核心，揭示出我们这个时代知识分子精神的重要侧面。

社会现实的见证与批判

1990年代以来，中国社会的市场化转型取得了举世瞩目的经济成就。但在同时，这一转型也导致了相当严重的贫富分化和社会不公，出现了社会学家孙立平所说的社会结构的"断裂"和这种断裂了的社会结构在新世纪以来的进一步"固化"①。面对这样的现实，思想理论界的中国知识分子已经展开了广泛深入的讨论和论争，也因此产生了相当激烈的思想冲突。如何把握新的现实并在这样的基础上提出相应的解决方案，成了这些冲突中的焦点问题。当下中国的"新左翼文学"，正可视为文学知识分子把握现实的特殊努力。也正是在这样的努力中，"新左翼文学"焕发出相当强烈的对于社会现实的见证意识和批判精神。

"新左翼文学"中的一个相当重要的现象，是很多作家都将对社会现实和底层民众的精神与生存的"见证"与"记录"作为自己的追求。在我们这个特殊的时代，"见证"的罕有、困难与珍贵使他们不无谦卑地将这样的追求看成一种并不那么容易实现的文学境界，也很清醒地将此视为自己的使命。曹征路在谈到他的《那儿》时就说过，他其实"对自己有一个定位，就是真实地记录下我能感受到的时代变迁。我是个拙人，能做到这一点就不错了"②。贾平凹在谈到他的长篇小说《高兴》时也这样说过："这个年代的写作普遍缺乏大精神和大技巧，文学作品不可能经典，那么，就不妨把自己的作品写成一份份社会记录而留给历史。我要写刘高兴和刘高兴一样的乡下进城群体，他们是如何走进城市的，他们如何在城市里安身生活，他们又是如何感受认知城市，他们有他们的命运，这个时代又赋予他们如何的命运感，能写出来让更多的人了解，我觉得我就满足了。"③出身矿工而主要以北方矿区和贫苦乡村的底层生活作为自己题材内容的散文作家夏榆，在他的《杨家营纪事》中有着这样的"引言"："在那个黄河岸边历史悠久的村庄，我看到与城市不同的图景。看到与拥有资本与自由的中产阶级不同的另一个阶层，那是中国社会更为广大更为辽阔的另一个阶层。我看到生存在那里的现实境况。也许还有内心和精神的境况。……记录它们的意义可能只是在为一个资本主义的时代提供一个荒凉的心灵标本，为一个全球化的自由时代提供一份不自由的证据。"在夏榆这里，对于底层民间

---

① 孙立平：《化解贫富冲突要在调整社会结构》，《南方周末》2007年9月27日。
② 李云雷：《曹征路先生访谈》，《文艺理论研究》2005年第2期。
③ 贾平凹：《我和刘高兴》，《高兴·后记一》，《当代》2007年第5期。

的"见证"和"记录"承担着击穿全球化或资本主义时代繁荣假象的"证据"功能。仍在东莞打工的诗人郑小琼也曾这样来理解自己的诗歌写作。她说:"我在五金厂打工五年时光,每个月我都会碰到机器轧掉半截手指或者指甲盖的事情。我的内心充满了疼痛。当我从报纸上看到在珠三角每年有超过四万根的断指之痛时,我一直在计算着,这些断指如果摆成一条直线,它们将会有多长,而这条线还在不断地、快速地加长之中。此刻,我想得更多的是这些瘦弱的文字有什么用?它们不能接起任何一根手指。但是,我仍不断地告诉自己,我必须写下来,把自己的感受写下来,这些感受不仅仅是我的,也是我的工友们的。我们既然对现实不能改变什么,但是我们已经见证了什么,我想,我必须把它们记录下来。"① 正是在对严酷现实触目惊心的"见证"与"记录"中,"新左翼文学"相当有力地书写了当下中国的社会现实并对这样的现实做出了自己的批判。

我以为在"新左翼文学"对于我们这个时代的"见证"之中,最有新意的方面,还在于对资本强权和戕害着民众的某些基层权力的批判,实际上,这已是对底层苦难的内在真相与社会原因的诘究与追问。尤为重要的是,"新左翼文学"还书写了以资本强权为主的权力压迫所导致的底层民众的个体反抗或群体斗争,而这正是"新左翼精神"的一个相当重要的方面。

"新左翼文学"中的很多作品都揭示和批判了资本强权的肆虐与罪恶所造成的底层苦难,控诉了资本强权的凶蛮、残暴与虚伪,这在鬼子的《被雨淋湿的河》、陈应松的《太平狗》、刘庆邦的《卧底》和曹征路的《那儿》等作品中,表现得都很突出。《太平狗》这样从太平狗的视角书写过进城民工程大种的险恶处境:"它屏息在一个灯光模糊的大房子里,终于看见了许多人——有它的主人程大种!那刺鼻的气味就是从那里面出来的,里面热气蒸腾,毒气一团团一阵阵向屋外涌出来,里面劳动的人在大池子周围活动着,行走着,一个个像一张张薄纸。两个人看管着这些劳动的人。那两个人戴着一种突出的面罩,就像两只嘴腮突出的野兽。太平看着它的主人,

---

① 郑廷鑫等:《郑小琼:记录流水线上的屈辱与呻吟》,《南方人物周刊》2007年6月11日。

主人好像病了，脚踩着浮云，在梦游一样。当他蹲下去的时候，那两个'野兽'突然在他的头上给了狠狠一棒，主人程大种发出尖锐的惨叫。捂着头站起来的程大种，只好又开始拿起一根沉重的棒子在池子里搅拌起来，那腥黄的厚重的热气一下子吞没了他。"资本强权就是这样野兽般地对待着陷于其手的底层民工。但它的罪恶远不止此。刘庆邦的《卧底》、鬼子的《被雨淋湿的河》和罗伟章的《我们的路》中，都有大发淫威的老板逼迫民工下跪的情节。在资本强权的压迫下，民工所承受的不仅是肉体生命的摧残或剥夺，还有人格的被侮与屈辱。"新左翼文学"相当有力地揭示出我们这个时代被侮辱与被迫害的人们令人震惊的命运与生存，揭示出资本强权令人发指的罪恶。但就是这样的强权，实际上又相当虚伪。在郑小琼的曾获《人民文学》"新浪潮散文奖"的作品《铁·塑料厂》中，有一段这样的文字："穿过公司的荣誉室，会看到有面红色的锦旗上写着四个金黄的大字——菩萨心肠。这面锦旗是某个慈善机构赠送给这家公司老板的，他给这个慈善机构捐款若干。每次看到这些，我都会想到那些出了工伤的同事，他们得不到赔偿，被保安赶出厂门。他们眼神无助，委琐的身子在厂门外抖瑟。塑料厂老板不需要知道我们生命的感受与疼痛，他需要我们像机器一样不停地运转，像那些塑料制品一样能够给他带来利润和钞票。他用虚假的塑料植物，满足对自然绿色植物的虚拟臆想；他热衷公益，换取声名，却对他工厂里一个个活生生的员工，视而不见，铁石心肠。"我们在这里发现，"新左翼文学"不仅"见证"和"记录"了资本强权的残暴与罪恶，还很有力地戳穿和撕扯着它的伪善，它的欺世盗名的道德假面。

在我们这个时代，资本强权的嚣张已经是个不争的事实。戕害着底层民众并给他们带来苦难的，实际上还有权力体系中的败类和那些委身于资本强权的帮凶。我在北村的《愤怒》，鬼子的《被雨淋湿的河》、《瓦城上空的麦田》，迟子建的《世界上所有的夜晚》，胡学文的《命案高悬》，李锐的《袴镰》、《樵斧》，张炜的《刺猬歌》，韩少功的《山南水北》和田禾的《乡长》等作品中多次读到对于基层警察等"执法者"形象之"正义性"的质疑，读到作家对有关"执法者"和基层官员草菅人命的愤怒指控。这里，我们不妨再读一首诗人田禾的关于一位"卖烤红薯的老人"的诗:"一整天。我站在对面的窗户/看这个人/他穿着一件褪了色的旧棉袄/把一个又笨又重的大烤炉/推在解放路临街的角落/满脸的皱纹写尽了他的沧桑/也许这就是他几十年风雨/与苦难的总和//风吹亮烤炉里的火苗/吹亮他的影子/老远向他走过来的人/把手揣在衣袋里取暖/他递上去一个烫手的烤红薯/向每一个人/轻轻地点头,微微地鞠躬//他那么老了。一个人站在墙角里/眼睛一直看着/那些来来往往的过路人/他哪里知道,突然开过来一辆/清障车。城管员摔烂了/他的红薯,砸了他的炉子/谁也不容他多说一句话/他痛苦的表情,我看得很清楚/他是猫着腰走出去的/步履缓慢/大北风一直追着他吹。"(《卖烤红薯的老人》)田禾所"看"到的,实际上正是生活于都市的人们所经常"看"到的场景,也是谋生于都市的底层民众所经常承受的命运。这些来自乡村的民工、商贩或手艺人,经常会遭到对他们的肉身与尊严构成了双重伤害的"野蛮执法"。他们虫豸一样卑微地活着,随时都会遭到来自于强权的灭顶之灾。

强权的侵害必然会导致相应的反抗。实际上早在1997年,鬼子的小说《被雨淋湿的河》就率先书写了底层民众对于资本强权的个体反抗,这也决定了它在当下中国"新左翼文学"中的先驱地位。小说中的晓雷不愿意顺从父亲陈村为其安排的做一个代课教师的命运而从师范学校中途逃学,不辞而别地踏上了打工的道路。在打工生活中,他目睹和震惊于采石场的民工所受到的残酷压榨和人格羞辱。他的为了人格尊严而绝不下跪的精神姿态,他的为了捍卫自己的经济权利而对老板的最后杀戮,以及他的为了包括其父亲在内的全县教师的利益而组织发动的集体抗争,都很突出地显示出他反抗者的精神性格。小说多次写到晓雷的眼睛。正如他的父亲所看到的,那"是一种随时都会出事的眼睛。这种眼睛看上去虽然空空洞洞的,好像什么都不在乎,可一旦碰着什么异物,就会立即电闪雷鸣,烈火熊熊"。这是一双反抗者的眼睛。它源自底层,不容异物,既可击退老板们的淫威,亦可洞穿官员们的欺罔,而面对着那些同样处于底层的人们,却又是"异常地纯净而感人"。2001年,作家曾这样来谈论这一篇作品:"四年后,我重读这篇小说的时候,心中的某种东西依然被小说中的某种现实精神和叙述方法所点燃,时间流动的意义只是使它变得更加坚硬,变得更加有力。……我为此长长舒了一口气。一个作者如果仅仅只能点燃自己,那是一种自焚,自焚的结果可能只是留下一堆灰烬,而灰烬的结果是可想而知的;如果一个作品既点燃了作者,又点燃了读者,而且不因时光的流逝而熄灭,其意义也就产生了。作者与读者之间的关系是不是就应该是这样的一层关系?应该是点燃和被点燃的关系?"①

确实如鬼子所言,他的《被雨淋湿的河》至今仍能点燃我们,让我们像晓雷一样燃起激愤的怒火。引人注目的是,新世纪以来,这样一种能够点燃我们怒火的作品不断出现。晓雷一样的怒火及其所意味着的反抗与斗争在近年来的小说中已经越来越多,很多作品中像他一样的人物形象已经组成了一个反抗者的形象谱系。在这个谱系中,除了人们经常谈论的曹征路的小说《那儿》中的"小舅"外,还有北村《愤怒》中的李百义、李锐《袴镰》中的陈有来、刘庆邦《卧底》中的周水明、胡学文《命案高悬》中的吴响、《淋湿的翅膀》中的马新、曹征路《豆选事件》中的继武子和张炜《刺猬歌》中的廖麦及那个转业军人"兔子"。这些作品中的一个值得重视的动向,就是其中的底层民众和反抗者们已经越来越多地表现出他们的集体认同。在两极分化已很明显并且已经固定化为稳定的社会结构的今天,阶级话语却被我们相当刻意地谨慎回避,所以在这样的意义上,我并不敢说这些认同就是底层民众阶级意识的觉醒。但是《被雨淋湿的河》中晓雷父子关于"你们"(晓雷一样的打工者)和"我们"(父亲一样的教师)的争论已经强烈彰显出相当明确的阶级意识。至于《卧底》中的周水明、《淋湿的翅膀》中的马新、《刺猬歌》中的"兔子"和曹征路《豆选事件》中的继武子、《霓虹》中的刘师傅等人出于共同的苦难处境及政治经济诉求而分别以"互助会"(《霓虹》)等形式带领群众集体抗争,分明已是相当典型的阶级实践。这些小说中群众之间的鼓动、串联、集会及其与资本强权的正

---

① 鬼子:《艰难的行走》,昆仑出版社2002年版,第48页。

面冲突，都是 1930 年代左翼文学中的经典情节。

实际上，底层民众的集体认同和精神反抗在很多诗歌中同样有着相当突出的体现。"打工诗人"郑小琼的诗歌经常表现出她对打工者的集体认同："我记得他们的脸，浑浊的目光，细微的颤栗/他们起茧的手指，简单而粗陋的生活/我低声说：他们是我，我是他们/我们的忧伤，疼痛，希望都是缄默而隐忍的/我们的倾诉，内心，爱情都流泪/都有着铁一样的沉默与孤苦，或者疼痛//我说着，在广阔的人群中，我们都是一致的/有着爱，恨，有着呼吸，有着高贵的心灵/有着坚硬的孤独与怜悯！"（《他们》）在这样的认同基础上，郑小琼的诗歌与散文进一步表现了打工者群体的"愤怒与怨恨"和他们的反抗冲动。在她的《胃》中，"进入城市"并且"忍受着爱与恨的疼痛"的打工者们被比喻为"饥饿"的胃。这样的胃，承受着时代性的巨大痛苦——"它把时代的镜子吞进了胃/惹上不断疼痛的疾病"。诗人知道，即使"它的内心有着软弱的羞愧"，但正是在这样的胃中，毕竟又"藏"着"对现实的不悦"，醒着"一个活着的灵魂"，所以她才向它们发出了反抗的吁求："起身吧，我们的愤怒与怨恨。""起身吧，我们的愤怒与怨恨"，这样一种反抗的情绪，同样是雷平阳的《贫穷记》、《采访纸厂》、《暴力倾向》，王夫刚的《暴动之诗》和田禾的《路过民工食堂》等诗作所表现出的愤激与冲动。"新左翼文学"中的"底层写作"就是这样以各自不同的方式"见证"和"记录"着以资本强权为主体的权力压迫下底层民众的精神与生存，书写着他们阶级意识的初步觉醒和他们的勇敢反抗。

革命记忆的精神重访

正如我们前面所指出的，当代中国的"新左翼文学"还应该包括那些充分体现着"新左翼精神"的面向历史的文学创作。在对革命记忆的精神重访中竭力弘扬"新左翼精神"，构成了当代中国"新左翼文学"的另外一种精神取向。

新世纪以来，令人痛切的阶级现实使一些作家转而从对革命记忆的精神重访中寻求资源从而进行现实批判。在这些精神重访中，张广天的先锋戏剧《切·格瓦拉》和他的"民谣清唱史诗剧"《鲁迅先生》及《红星美女》广为人知。《切·格瓦拉》以观念戏剧的方式通过对世界性的革命偶像切·格瓦拉革命事迹的追叙与歌颂，加以几位代表着不同思想观念的符号性人物的对话与辩论，紧密联系和批判着当下中国两极分化的阶级现实和部分精英"告别革命"的精神现实，表现出相当强烈的"呼唤革命"的精神主题。慷慨激越的革命悲情和它相当明确的现实针对性与精神指向，使其产生了广泛的影响。张广天在谈到这部作品时曾经指出："我们搞《切·格瓦拉》，主要在意于他的精神，这种不断革命不断否定的不朽精神。我们希望在保守思潮统领人们头脑二十年后，重提革命。"① 《鲁迅先生》所突出与"重提"的，主要也是鲁迅先生的革命精神，明显针对着知识界对革命的背弃与忘却。而他的《红星美女》则又以一位红军战士的红星作为革命记忆的象征，通过剧中人周萱对红星的丢失与寻找表现出对革命的向往和对现代都市与矿区现实的精神批判。

如果说，张广天对革命记忆的精神重访由于其特殊的戏剧形式和它的观念性特点而显得过分的浮泛与喧哗，张承志的《东埔无人踪》、《鲁迅路口》、《谁曾经宣言》、《一页的翻过》、《斯诺的预旺堡》、《秋华与冬雪》和《红军渡》等散文，则要表现得更加深切。张承志在《斯诺的预旺堡》中曾经说过："可能是因为见惯了腐败奸狡官僚的缘故吧，这两年，有时突然对真正的革命觉得感兴趣。南至瑞金，北到预旺，到了一处处的红色遗址。我在那儿徘徊寻味，想试着捕捉点湮没的什么。"正如他在《谁曾经宣言》中所说的："革命确实已经退潮了，但对革命的追究才开始。"在我们这样的时代，除了要追究发布了《共产党宣言》的真正的原初主体（《谁曾经宣言》），更应该通过对革命记忆的精神重访检讨当世。于是在他的《秋华与冬雪》中，我们在读到他对当今时代包括知识分子在内的精神堕落进行一贯的激烈批判的同时，更能领略到他对作为革命烈士的瞿秋白和杨靖宇将军的敬仰和对革命的令人动容的向往——夜深人静，他在读罢瞿秋白的著

---

① 张广天：《我的无产阶级生活》，花城出版社2003年版，第138页。

作后,"复杂的心里,升起着对革命的怀念"。"秋之白华,如一帧画。我为这样的美感所吸引,久久不能释怀。由于那么多的背弃,由于那么多的揭露和丑化,渐渐很少有人再把共产主义与美相提并论。开口诉说革命,简直就是为历史的罪责出头自首;诉说革命,已经需要历史重压之下的勇气。但即便如此,即便批判和揭露建立了雄辩的强权,我仍不能——那清高的美,纠缠得我不能摆脱","甚至,我总是清晰地从中捕捉到了古代中国的烈士之风。那种布衣之士的、那种弱冠轻死的痕迹,从少年时代就留在心里,不肯磨灭。百年以来,除此我们还有什么遗产!愈是在他们合唱最热之际,我愈是沉湎于共产主义理想的美感"。这样一段相当优美和充满激情的文字,不仅表现了对革命记忆的精神重访,更是突显着作家相当明确的批判指向和深刻思考。而神往于"革命的美"的,在另外一位"新左翼"作家韩少功的小说《暗示》中,同样也有突出的强调。

应该承认,张承志和张广天的精神重访都有着激情有余的特点,而且他们所重访的革命记忆,或者是在遥远的异国,或者都是远逝的过去,而韩少功的写作,则更多地也更切近地集中于对"文化大革命"这一中国革命中的极端时代的深入反思和精神重省。在1990年代中后期以来的中国思想文化界和文学界,韩少功往往被归入所谓的"新左派"阵营。其所曾任主编的《天涯》杂志就是在他的手里被定位为"新左派"的重要阵地,并且产生了广泛的影响。在具体的文学写作中,韩少功的"新左翼精神"最为突出地表现为他对"文革记忆"的精神重访以及他在这样的重访中对于"文化大革命"之历史复杂性的深刻揭示。

"文革"后中国的一种相当普遍的政治情绪,便是对"文化大革命"的"全盘否定"。在这种普遍性的政治情绪的支配下,人们对"文革"往往只是简单化地进行政治的或道德上的批判,而对其历史复杂性却有着相当严重的忽视。但在韩少功看来,"文化大革命"并不是一个可以用"全盘否定"的态度简单对待的重大事件,人们也不应该以这样的态度放弃自己的深入思考。作为一个离开我们并不久远的历史运动,"文化大革命"的内在真相仍然有待重新揭示。他以小说的方式一方面揭示了简单的"全盘否定"

所造成的历史遮蔽，另一方面，还很深刻地揭示了"文革"时期广泛的迫害运动中的一种复杂情状。

对于简单化的"全盘否定"所易导致的历史遮蔽问题，韩少功曾经在历述"文化大革命"中千差万别的不同情状后指出："如果这些千差万别统统被抹杀，那么历史就不可理解了，也就不可能被诊断了，就只能用'全民发疯'来解释——事实上，现在的新一代青少年对'文革'就是以'发疯'一言以蔽之。这正是多年来对'文革'缺乏如实分析和深入研究的结果，是再一次'文革'式愚民的结果，将使人们难以获得对'文革'的真正免疫力。我们不要在人事上算旧账，历史恩怨要淡化处理，这是对的。但不能没有严肃认真的学术探讨，更不能随意地掩盖历史和歪曲历史。"①在其自身的经验与思考的基础上，韩少功所着力揭示的一种遭受"掩盖"或"歪曲"的"文革"真相，就是其中的"革命"。他认为，在现代中国的革命历史中，"革命与极权呈现为一种交杂的结构和演变的过程，在'社教'、'反右倾'、'反右'乃至延安'抢救运动'中，'文革'一脉其实已经初露端倪而且逐渐发展"，"文革"不过"是革命社会演化为极权社会的一个标志"。"而在另一方面，即使在极权最为严重的'文革'期间，革命的某些内容仍在延续。"②"文化大革命"是一个"革命"与极权相互交杂的复杂的社会形态，因此，他不赞成将"文革"中的"革命"完全等同于极权或疯狂来"全盘否定"，"不赞成在批判极权的同时完全否定革命，不赞成对一个革命与极权相交杂的社会形态贴上简单的道德标签。那只能增加批判极权政治的难度，甚至最后需要借助谎言"③。这样的主张，如果考虑到海内外的"新左派"知识分子如杰姆逊、德里克、汪晖、崔之元和甘阳等人关于"文革"的一些观点，它的"新左"色彩，实际上相当鲜明。

韩少功在长篇小说《暗示》的"忏悔"、"残忍"和"极端年代"等章节中，相当辩证地分析了"文革"之中的阶级意识、造反精神和当时"教

---

① 《韩少功王尧对话录》，苏州大学出版社 2003 年版，第 11—12 页。
② 《韩少功王尧对话录》，苏州大学出版社 2003 年版，第 15—16 页。
③ 《韩少功王尧对话录》，苏州大学出版社 2003 年版，第 11—12 页。

育革命"的部分合理性,而这样的分析又紧密联系着对当下中国社会大众和知识分子的精神批判,他通过对"革命记忆"的精神重访进而为当世寻求资源的意图相当明显。在《很久以前》和《兄弟》这两部中篇小说中,韩少功都很突出地书写了"文革"之中青少年们的"革命活动"。《很久以前》在以一种充满追怀的笔调书写了红卫兵们对于革命的诗意向往的同时,还很具体地书写了"我"与孟海的"革命活动",以及孟海的身上所延续着的"革命精神"与"文革"后社会的时生龃龉。韩少功对这些方面的书写虽然突出了其中"革命的罗曼蒂克"的一面,尤其是孟海与"我"的"革命活动"对于俄式革命的刻意模仿,显示出十足的幼稚可笑,笔调之中不无揶揄。但在另一方面,亲切与自赏亦在其中。而其《兄弟》关于"文革"的"革命记忆",主要表现在两个方面:一方面,其与《很久以前》一样记述了当时的青少年们对于革命的诗意向往,特别是汉军与汉民兄弟的尚武精神和对军事生活的模仿;另一方面,却以痛惜与崇敬的笔调书写了民间思想者罗汉民的"革命活动"。汉民因为主要参加了当时的一个叫做"马克思主义劳动社"的"反动组织",并且在不同的城市散发和张贴"反动传单","攻击'文化大革命',攻击毛主席和党中央。还提出要为彭德怀和刘少奇翻案……",因此被作为主犯杀害。但这个组织无疑是相信马克思主义和相信革命的。小说曾以自我独白的方式拟写了临刑前的汉民:

> 我们全家和亲戚那一天没有一个人去刑场,倒是在劳模父亲的带领下,关起门来学习了一天的毛主席语录。他们在高声诵读的时候,我挂着"反革命组织主犯"的牌子,在五花大绑之下度过了最后的时光,正在从看守所通往刑场的路上东张西望,一直在围观的人群中寻找熟悉的面孔,对亲人抱有最后一丝微不足道的希望。……我只是想看一眼,让我的目光触摸一下母亲和亲人的面容,让目光在这一片人海里还有最后的接纳和停靠,让自己离开得不至于过于孤单。
>
> 我眼中的世界模糊了,可耻的眼泪流了下来,于是我用高喊口号的办法来镇定自己:"真正的马克思主义万岁!""打倒……"不过第二

句口号没有喊出来,早已套在我脖子上的一条毛巾已经突然勒紧,勒得我两眼发黑,发不出任何声音。……

"文化大革命"中,"革命"的极权曾经将无数个自认为是追求革命的民间组织和民间思想者指认为"反革命"进行严酷的政治迫害。"勒紧"或"割断"他们的喉管,使他们"发不出任何声音",是他们的普遍命运。但在"文化大革命"以后,一些特殊的禁忌,却使他们在新的时代之中仍然难以发出自己的声音,使他们对革命的追求湮没于历史的烟尘。正如克里玛在谈到作为"幸存者"的作家应该书写战争或集中营中的死亡者的命运时所要求的——应该"去变成他们的声音",为他们而呐喊。韩少功对"文化大革命"中另一种"革命"的极力张显,正是在使自己变成那些真正追求革命的牺牲者的声音。也正是在这样的意义上,韩少功对作为一种特殊的"革命记忆"的"文革记忆"的精神重访,成了揭破遮蔽、反抗遗忘的抗议和呐喊。对于"文化大革命"的"全盘否定"是"文革"后中国的政治精英、社会大众和知识分子的精神起点,也是他们自此展开的精神探索中的重要内容,如果对这样的起点不作有效的精神重省,我们的精神无疑将仍不健全。特别是在当前巨大的社会转型及其所导致的激烈的社会冲突中,我们的精神选择也会因此陷入重重迷雾,从而在根本上难以建立真正有效的精神立场。所以说,韩少功对"文革"之中"革命记忆"的精神重访,具有相当独特的重要意义。

意义、问题与可能

革命记忆的精神重访和对社会现实的见证与批判是当下中国"新左翼文学"的两种不同的精神姿态,它意味着当代中国文学知识分子现实战斗精神群体性的再度复活[1]。自"伤痕"、"反思"文学以来,"文革"后中国文学的现实战斗精神日趋涣散,不断衰颓。还是在"寻根文学"兴起的时

---

[1] 陈思和:《中国新文学整体观》,上海文艺出版社2001年版,第264—282页。

候,李泽厚先生就曾指出其"战斗性"的丧失[①],经过后来的"先锋文学"、"新写实小说"、"个人化写作"、"第三代诗歌"、"文化散文"、"晚生代小说"和"70后"、"80后"等潮流的不断冲击,中国当代文学的现实战斗精神元气大伤,一直没有构成文学界的精神主流。其间虽有"现实主义冲击波"的一度中兴,但由于其"分享艰难"的精神立场消解了其本应具有的直面现实的精神勇气,所以令人失望地并没有能够真正恢复知识分子的战斗精神。正是在这样的意义上,"新左翼文学"中知识分子现实战斗精神的再度复活,意味着中国知识分子又一次以新的姿态直面现实。在这样的精神姿态中,对于社会现实的见证与批判自然是其相当重要的方面,即使是对革命记忆的精神重访,其实也与现实保持着足够的批判性张力,有着明确的现实指归,比如韩少功的《暗示》和张承志的《秋华与冬雪》等作品对革命记忆的精神重访,时常对现实予以智慧或猛烈的出击,实际上就是对我们这个时代精神现实的批判。"新左翼精神",实际上就是知识分子直面现实、直面时代的战斗精神。"新左翼文学",也就是继承和秉持着中国知识分子现实战斗精神这一精神传统直面现实的文学。所以我以为,我们应该充分珍视这样一种相当难得的精神复活,不断通过艰苦深入的反思和勇敢的精神实践,使这种精神牢固确立并走向成熟。

实际上,从"新左翼文学"的现有实践来看,它并不是那么幼稚。它的创作方法、主题话语、叙事模式和人物修辞,固然存在着种种问题,但却不再像1930年代的左翼文学那样呈现出过于简单化的倾向。"新左翼文学"总体上取现实主义的创作方法,但像韩少功的《暗示》、张炜的《刺猬歌》和张广天的《切·格瓦拉》等作品,却已经远远超出了现实主义的范畴。在主题话语方面,"新左翼文学"在对资本强权的批判之外,还包含着城市文明批判、国民性批判和知识分子批判的丰富主题。像陈应松的《太平狗》,鬼子的《被雨淋湿的河》、《瓦城上空的麦田》,贾平凹的《高兴》,夏榆的《失踪的生活》、《我目睹了美感从一个村庄消失》及郑小琼等的很

---

① 李泽厚:《两点祝愿》,《文艺报》1985年7月27日。

多诗歌,城市批判的主题相当突出。而在罗伟章的《我们的路》、陈应松的《归来》,刘庆邦的《卧底》,胡学文的《命案高悬》、《淋湿的翅膀》,曹征路的《豆选事件》,王祥夫的《愤怒的苹果》,迟子建的《世界上所有的夜晚》和夏榆的很多散文中,底层民众的自私、麻木、冷漠和不争,则更是令人震惊。这样一种对于底层民众的精神批判,不仅是对五四传统的自觉继承,更是规避了左翼文学所极易出现的简单化的民粹倾向。一个值得注意的现象是,"新左翼文学"还对知识分子的精神性格进行了有力的批判和反省。韩少功和张承志在对革命记忆进行精神重访的同时,对于知识分子的精神病相时有反省,而《那儿》中的叙事人"我"、《霓虹》中的那位嫖客"教授"、《卧底》中的记者周水明和《被雨淋湿的河》中时常"像烂鱼网似地蹲缩在地上"的父亲陈村,都曾被作家予以不同程度的批判。这都意味着,"新左翼文学"对当代中国社会现实和精神现实的复杂性实际上有着一定的自觉。正是因为这样的自觉,我们才有足够的理由对它的尽快成熟充满信心。

如果要说当下中国的"新左翼文学"还存在着什么问题,我以为最根本的,并不是很多人所通常认为的现实主义深化等"文学性"方面的问题。因为在世界范围内比如像马尔克斯和格拉斯等左翼作家的创作,实际上远远超越了现实主义的基本原则。在我看来,"新左翼文学"的根本问题,还是其所初步张显的"新左翼精神"如何才能在广泛汲取包括人道主义和正义原则等人类历史上优秀的思想传统和精神资源的基础上,走向进一步的丰富与深刻。但在其中,我以为最关键的,应该是目前的"新左翼文学"最为匮乏的历史意识问题。"新左翼文学"特别是其中属于"底层写作"的大部分作品,要么缺乏深刻和充分的历史感,要么过于匆忙、不加反思和简单化地"征用"早已失魅的意识形态。不管是对社会现实的见证与批判,还是对革命记忆的精神重访,目前的"新左翼文学"很多都未表现出充分明确和足够深刻的新的历史意识。而在实际上,独特的历史意识正是左翼精神最为核心的方面。在据说"历史已经终结",革命早已退潮,人类历史上的左翼实践饱受重创的"后革命时代",是否需要和应该以怎样的新的历史意识在历史发展中深刻书写当下中国异常复杂的社会现实与精神现实,并将这种书写紧密联系于现代以来包括中国在内的人类历史上波澜壮阔充满悲怆的左翼实践(包括左翼文学实践),将是"新左翼文学"所要面临的最为重要、最为艰巨的课题。只有很好地解决这样的问题,"新左翼文学"的现实战斗精神,才会具有相当坚实的思想基础。当下中国的"新左翼文学",也才会有更加广阔的未来。

(原载《南方文坛》2008年第1期)

关于"底层写作"的若干质疑

王尧

"底层写作"的提出、兴起与推动,以及随之而来的异议、批评与反对,是近几年文学界的一个热点[①]。争论的是"底层写作",但涉及的是文学的一些基本问题以及中国社会转型期文学发展的路向问题。

也许我们现在还不具备充分评述"底层写作"及论争的条件,因为堪称"底层写作"的代表性文本还不足以支撑一种文学思潮;但另外一方面,关于"底层写作"论述的话语张力则大于"底层写作"本身,这一有趣的现象,透露出"底层写作"兴起过程中某些斧凿的痕迹。尽管如此,"随着讨论的深入,问题的复杂性也逐步暴露出来。比如,谁在写'底层','底层'的问题是否仅仅是苦难可以描述或涵盖的,'底层写作'的文学性如何评价,如何看待这一文学现象中的情感和立场等等"[②]。

如果对"暴露"出来的问题复杂性作一清理,关于"底层写作"的意义以及分歧的焦点,也有大致的脉络。我想借用安敏成在谈到现实主义问题的一段话、两层意思,来概括意义与分歧的焦点。"中国人对现实主义的偏爱,部分由于它对中国社会中'别人'的关注,在历史上这些'别人'被剥夺了发言的权利。将这个被忽略的群体纳入到严肃文学的视野里,在某种意义上,对改变中国社会的结构是十分重要的。"这里所说的"改变",是"底层写作"的倡导者与支持者强调得最多的"现实意义"。"然而,这一新的观审也要冒作家与他的对象——可见的但又是沉默的'别人'——

[①] 孟繁华认为,关于"底层写作"的争论,"可以肯定的是,这是继 1993 年关于'人文精神讨论'之后,十几年的时间里唯一能够进入公共领域的文学论争,因此意义重大"。《"到城里去"和"底层写作"》,《文艺争鸣》2007 年第 6 期。

[②] 同上。

分离的危险。新的问题产生了。作家与对象之间的关系是否应理解为人道主义式的，或者向被损害者投以怜悯，或者是从意识形态上警告当权者，促使底层阶级的觉醒？现实主义作家的自我否认是谦恭的表现，还是掩盖了另外一种形式的傲慢——即：讲述'别人'的目的是要帮助他们，还是为了借标定和确认以示区分？"①

围绕"底层写作"的论述，我对一些问题的质疑和思考也只是初步的，不周详的，与其说表达了我的观点，毋宁说是陈述了我对诸多问题的困惑。

一

关于"底层"能否表述的问题，是分歧点之一。强调"底层写作"重要者，其实也"一分为二"，有论者强调知识分子介入"底层"的重要，也有论者认为知识分子作为"他者"并不能书写真正的"底层"，甚至只能是"扭曲"。②

当一些学者将贾平凹的《高兴》纳入"底层文学"时，另外一些学者则在此之前对贾平凹这批已经成为"中产阶级"作家的"底层写作"表示怀疑："莫言、贾平凹写的是农村的底层，余华写的是小城镇的底层，残雪写的则是大城市小市民聚居区的底层。类似作家作品估计，可以占到当代小说的一半以上。很显然，我们一般不认为这些作家的作品就是所谓的底层叙事。"③ 在这样的区分中，"底层"与"底层叙事"被预设，虽然这些作家写的是"底层"，但又不认为是"底层叙事"，那么，究竟写怎样的"底层"才是"底层叙事"，这在"底层写作"的论述中并没有定见。虽然也有一些论者给出了答案，比如"农民工进城"等就被视为典型的"底层叙事"，但这只是题材上的个案，它并不能确认什么是"底层"以及"底层

---

① ［美］安敏成：《现实主义的限制：革命时代的中国小说》，江苏人民出版社2001年版，第28页。
② 我个人认同南帆《底层表述：曲折的突围》中关于知识分子能够表述"底层经验"的论述。
③ 单正平：《底层叙事与批评伦理》，《江汉大学学报》2006年第10期。

叙事"。当然,这里的核心概念是"底层",如果这个问题解决了,就可以回答何谓"底层写作"或者"底层叙事"。如此困惑,表明将"底层"的定义本质化是困难的。

许多关于"底层写作"的论述,是在"面目模糊"的"底层"面前,将重心转到"底层"的表述者身上,在这样的情形中,"底层"的表述者也成为批评家表述"底层"的"他者"。"底层"表述究竟有无可能,其实已经不只是"知识分子"能否"代言",而是具体到什么样的"知识分子"才能"代言"的问题。前面提到的那些作家为什么不被认为是"底层叙事"?"因为第一,贾平凹、余华、莫言这类作家,是在拿底层的酒杯,浇自己中产阶级或上流社会的块垒。他们可能出身底层,但早已脱离底层而进入了中层乃至上层社会,贾平凹不在底层的商州而在西安,余华不在底层的海盐而在北京,莫言不在底层的高密东北乡也在北京。正如人民之子经常是政客作秀的面具一样,以农民之子自居的人早已不是农民。他们的感觉、情感、想象、趣味、理想早已脱离底层民众。第二,顺理成章,他们从主观上就不是为底层民众写作的,他们的目标读者主要是中产阶级和上流社会,是文学界的专业人士,或者就是外国读者,甚至干脆就是为着诺贝尔文学奖的评委们写的。第三,退一步说,即使他们主观愿望上有为底层写作的真诚愿望,但效果如何似乎还不能肯定。"① 当"商州"、"海盐"、"高密东北乡"等被冠以"底层",而"西安"、"北京"等则被排除在外时,城/乡二元结构又将"底层"从社会结构的关联中剥离出去。这些矛盾的方面,在"底层写作"的争议中已经有很深入的涉及。

我比较关注的是,究竟怎样界定写作者以及"底层"表述者的文化身份。有趣的是,"底层写作"因为出现"代言人"的身份,不仅在许多学者、批评家那里,其实也被一些作家认为是不平等的。莫言便认为所谓的"为老百姓写作",听起来似乎很低调和朴素,但其实是一种居高临下的姿态,是一个道德的说教者。于是他提出"作为老百姓写作",不是"为"而

---

① 单正平:《底层叙事与批评伦理》,《江汉大学学报》2006年第10期。

是"作为",用这样的态度写作的小说家就会平等地对待小说中所有的人物,自然也会平等地对待读者。莫言的这些想法,肯定会有人持不同意见,但至少让学者和批评家知道,作家对自己文化身份的认定、对自己与"底层"关系的思考,并不是如我们想象的那样简单①。

也有论者虽然承认知识分子对"底层"的表述也是"对他们的表述方式之一",但这种表述被视为"也是一种扭曲":"对于一个没有能力表达自己、更谈不上有发言权的群体,去说他们'是什么'或者站在他们的'立场'说话是没有意义的,因为他们是什么从来都是谜,他们没有历史、没有特点,他们的面目向来模糊不清。从任何角度去发现他们的优良品质、他们的革命性乃至他们的'伟大',都只是对他们的表述方式之一,他们都是被表述的'他者',表述得再伟大也是一种扭曲,真正的他们仍然没有出现。"既然"底层"的面目"向来模糊不清",那么我们依据什么论定表述者的表述是"扭曲"?而那个"真实"的"清晰"的"底层"又在哪里呢?顺着前面的逻辑,"被表述"被认为是不可靠的,只有"底层"的"自述"才是书写"底层"的正途:"只有当底层有了表述自己的能力的时候,才会有真正的底层,一切底层之外和从底层出身但已经摆脱了底层的人都丧失了表述底层的能力,因为被表述意味着被使用和利用,即使最善意的他者化表述也是使用底层来证明不属于底层的东西,或将底层引入误区。"② 而现在,我们谁都还不能乐观地说,"底层"已经有了表述自己的能力,既然

---

① 关于中产阶级的趣味问题,张清华基于对中国社会的分析认为,"具体在今天我们就可以这样来理解这个中产阶级趣味:它是我们时代的文化与艺术所表现出的一种新的审美观,它所代表的是一种删除了精英知识分子的启蒙批评立场的、同时也隔绝了底层社会的利益代言角色的、与今天的商业文化达成了利益默契的、充满消费性与商业动机的、假装附庸风雅的、或者假装反对高雅的艺术复制行为"。如果以此衡量,文中的一些作家还不能确认他们的写作是"中产阶级趣味"。参见《我们时代的中产阶级趣味》,《南方文坛》2006年第2期。
② 参见刘旭《底层能否摆脱被表述的命运》,《天涯》2004年第2期。刘旭在论文中还提到,"现在要做的只是去发现他们如何被表述,每一种表述扭曲了什么,其目的又是什么,对他们产生了什么影响,扭曲之后整体的社会后果是什么。"针对"他们"的"表述方式之一"考察表述的"扭曲",当然是一种批评的思路,但是否还要考虑这样的扭曲和批评之于"底层"的意义在哪里。

如此，如果得出"底层"也只能在"底层"那里的结论自然是可疑的。

对鲁迅"多讲别人，是写实主义"的观点，安敏成说："这个朴素的解说含义深远。借助它，鲁迅将文学上'主义'的差别归结为一个基本的社会关系问题。他暗示，对文学模式的选择，取决于文学经验参与者之间的特殊关系——小说作者是'我'，读者是'你'，而'他'或'她'构成了作品中的人物。"[①] 这个理解对我们仍然是有启发性的，也就是说，至少当那个"纯粹"的、"真实"的"底层"尚未由"底层"自述出来时，我们无法避开"社会关系"来讨论写作中的问题。我们只是在相对的意义上划分出"底层"和其他阶层，因此，如果不是在"社会关系"中讨论"底层经验"的表述，"底层"也只能变成一个空洞的、没有历史感的概念，而现在关于"底层"的"本质主义"论述，否定了"底层"表述的复杂性。南帆在对"底层经验"的表述作了历史考察后提出："这个意义上，文学的底层经验表述复杂而丰富。创立一套独特的底层修辞，捍卫底层表述的纯洁性——如果这不是一种无益的空想，那也仅仅能维持在一个狭小的规模之内。返回二十世纪文学史可以发现，底层经验的成功表述来自一批知识分子，来自一个阶层对另一个阶层的描述；这种描述的动力，很大程度上，恰恰源于两者的差异。相对说，过于依赖底层修辞的作品远不如想象的那么出色。底层的自我表述远未达到预计的目标。"[②] 南帆以鲁迅和赵树理为例，认为重要的原因在于小说内部有无知识分子与底层之间复杂的对话。

联系到"底层"有时被置换成无产阶级、人民、农民、劳苦大众等阶级概念，而作家也被作了阶层甚至是阶级的区分，在这里，我们的讨论实际上还涉及文学创作中的阶级、世界观、倾向性这些现实主义文学中的老问题。我们当然不否认知识分子身后阶级地位的结构性制约或者是利益的制约，因为如此，表述与被表述有时又被视为一种权力关系，并且注意到了"作家表达的底层经验可能被塞入某种意识形态"。但是，即使作家的世

---

① ［美］安敏成：《现实主义的限制：革命时代的中国小说》，江苏人民出版社2001年版，第28页。
② 南帆：《底层表述：曲折的突围》，《五种形象》，复旦大学出版社2007年版。

界观真的有什么问题,或者他们中的一部分已经是"中产阶级",也不意味着创作中的倾向性就完全被世界观决定。马克思主义的经典论述,也强调了在一定条件下,作家的创作有可能突破世界观的局限,特别是在现实主义创作中,作家在创作中所表露出来的对社会生活的某些认识和评价,甚至可以违背作家一贯的思想立场或固有的见解。这也就是以前常讲的世界观与创作方法的矛盾。恩格斯在给玛·哈克奈斯的信中,以巴尔扎克为例,指出现实主义甚至可以违背作者的见解而表露出来,巴尔扎克"不得不违反自己的阶级同情和政治偏见",恩格斯认为这是"现实主义的最伟大胜利之一"。我觉得,我们在讨论这些问题时,不应当在恩格斯的论述基础上往后退。

如果认为只有底层的自述才能出现纯粹的真实的"底层",那么,我们应当记取当年"工农兵创作"的教训。"文革"时期,当时的主流批评在谈到工人写作时,工人只有作为阶级的一分子,才有权利。这也是我们熟悉的一段历史。

二

将"底层写作"与"纯文学"相对立,又将"纯文学"与"现实主义文学"相对立,是"底层写作"论述中的主要观点之一。而此一问题的分歧,不仅涉及对"纯文学"、"现实主义"的理解,更重要的是影响我们对新时期文学的认识和评价。

在一些论者看来,"'底层写作'思潮可以说是对'纯文学'弊端的一种纠正,它使人们关注以往视而不见的群体,让人们看到了现实中存在的种种社会问题,以'引起疗救的注意',同时也让人们重新认识到了文学与现实社会的联系,不再将文学当做孤芳自赏的'玩意儿',这对文学的发展起到了积极的作用"[①]。这样一种看法在"底层写作"的文论中具有相当的广泛性,甚至也是"底层写作"立论的依据,而这些"纠正""纯文学"

---

① 李云雷:《底层写作所面临的问题》,《江汉大学学报》2006年第10期。

"弊端"的设想,在很大程度上也误解了"纯文学"。

把"底层写作"与现实主义的复兴相联系,是"底层写作"论述中的又一个特征和方法,而且包含了试图以现在理解的"底层写作"来重新解释"新时期文学"和"乡土文学"历史的企图,这样的企图应当说是一种历史意识,但又在处理"底层写作"与"纯文学"的关系时,未能将这两个概念进入历史化的过程。在谈到贾平凹的长篇小说近作《高兴》"与'底层写作'正面相遇"时,有批评家提出:"自从八十年代中期文学开始'向内转'以来,中国当代文学的现实主义传统其实发生了严重的断裂。中国当代文学对农村当代生活的反映几乎到路遥的《平凡的世界》就中止了。此后达到乡村只是奔向'纯文学'作家们的叙述容器。连贾平凹自己也是先进入'废都',后'怀念狼'。以致到2004年前后,'底层文学'发轫时,成名的'乡土作家'几乎集体缺席。至今,在'底层写作'中活跃的作家,大都是来自基层的中青年作家,著名作家只有刘庆邦一人,但他主要写的是中短篇。而贾平凹长篇《高兴》的推出,不但提高了'底层文学'的主题质量,也使得对'底层文学'的讨论被纳入到'新时期',乃至鲁迅以来开创的'乡土文学'脉络之中。"[1] 我们可以注意到,在"底层写作"的论述中,有两种不同的路径,一种是我在前面提到的把一些作家从"底层写作"中剔除出去,一种是把一些作家纳入进来。

我个人以为,上述关于"底层写作"与"纯文学"和"现实主义"的论述,其实是一种"旧现实主义"的观点,而有些论者本人对"旧现实主义"并不满意,甚至还认为"底层写作"需要借鉴"纯文学"的经验与积累:"现实主义的创作方法,是当前'底层写作'的绝大部分作品所采用的,也为不少批评家所提倡。但现实主义也面临一系列问题:何谓现实与真实?如何才能认识现实?主体是否有认识的能力?这些问题的提出,不是要将现实主义抛弃,而是为之提出了新的问题与新的可能。现代主义与

---

[1] 邵燕君:《2007年中国小说·导言》,《2007年中国小说》,曹文轩、邵燕君主编,北京大学出版社2008年版。

四 "底层文学"批评与讨论

后现代主义正是因为上述问题而产生的,在某种意义上说也是一种'现实主义'。这也就是为什么卢卡契终于认识到卡夫卡也是'现实主义',为什么加洛蒂将毕加索也看作'现实主义'。如果现实主义也不能面对这些问题,而依然停留在旧现实主义的观念上,认为一个'完整的主体'可以'透明'地'反映'现实,那么则不但不能面对现实中的问题,也不能真正面对人类的精神困境。正是在这些方面,'纯文学'的一些探索提供了一些经验与积累,如果'底层写作'不能借鉴这方面的遗产,则只能在低水平上简单地重复。"[①] 前后的论述似乎是矛盾的[②],既然"底层写作"所坚持的"现实主义"还只是"提出"了"新的问题与新的可能性",那么"底层写作"在什么意义上纠正"纯文学"的弊端,应当还是个疑问。由此不仅见出"底层写作"对"纯文学"的"误解",也反映出"底层写作"的思想资源至今仍然是个问题[③]。

相对八十年代文学回到自身的实践,"纯文学"概念在 2001 年《上海文学》集中讨论之后,才有了更充分的论述,而这些论述是基于对"纯文学"的反思展开的,也就是说,讨论是在确认"纯文学"当下的问题时追认了"纯文学"的内涵。这与八十年代文学发展过程中形成的一些可以称为"纯文学"的观念其实是有差异的。李陀认为,"在这么剧烈的社会变迁中,当中国改革出现新的非常复杂和尖锐的社会问题的时候;当社会各个阶层在复杂的社会现实面前,都在进行激烈的、充满激情的思考的时候,九十年代的大多数作家并没有把自己的写作介入到这些思考激动当中,反

---

① 李云雷:《底层写作所面临的问题》,《江汉大学学报》2006 年第 10 期。
② 对"底层写作"的矛盾和混乱的表达,也出现在对"底层写作"的命名之中:"在内容上,它主要描写底层生活中的人与事;在形式上,它以现实主义为主,但并不排斥艺术上的创新与探索;在写作态度上,它是一种严肃认真的艺术创造,对现实持一种反思、批判的态度,对底层人民怀着深切的同情;在传统上,它主要继承了 20 世纪左翼文学与民主主义、自由主义文学的传统,但又融入了新的思想与新的创造。"参见刘继明、李云雷《底层文学,或一种新的美学原则》,《上海文学》2008 年第 2 期。
③ 在这一意义上,我赞成邵燕君所说的观点:"思想资源的落后和贫乏,曾是使'底层文学'难以深入的症结,如今又成为'乡土文学'难以前行的障碍,也是这些年作家们做'时代大书'的企图屡屡落空的原因。"

而陷入到'纯文学'这样一个固定的观念里,越来越拒绝了解社会,越来越拒绝和社会以文学的方式进行互动,更不必说以文学的方式(我愿意在这里再强调一下,一定是以文学的方式)参与当前的社会变革。"① 九十年代以后的中国当代文学,比之八十年代某些时段的文学,与社会的互动方式确实发生了变化,这个变化其实不仅是文学之于社会,而且社会之于文学的关系也发生了重大的变化。因为我们一直对文学干预或者介入社会的方式存在分歧,对"干预"和"介入"本身的理解也存在分歧,所以究竟怎样判断九十年代作家的创作与社会的互动状况,其实也存在很大的差异。以我们通常认为的那些"纯文学"作家来说,如莫言、王安忆、贾平凹、韩少功、李锐、张炜、阎连科等,即使我们认为的那些注重先锋实验的作家如苏童、格非等,还有被认为是个人写作的代表作家陈染、林白等,都可以举出他们介入社会现实的重要作品。当今的中国正处于社会转型期,如果说,文学与社会脱节或者未能有效地以文学的方式参与社会变革,那么"陷入到'纯文学'这样一个固定的观念里"也只是其中一个重要的原因,而非全部。我赞成李陀关于"纯文学"的谈话中包含的重建文学与公共空间关系的想法,但我主张在更广泛的社会联系中揭示当下文学症候的成因。

如果我们做一比较,就会发现,"底层写作"的提出和兴起,基本上与反思"纯文学"是同步的,而且论述"底层写作"之于现实社会意义的思路,也与反思"纯文学"问题一致,是大致相同立场的论述。如果我们暂时避开对"干预"和"介入"理解的差异,也暂时回避"底层写作"的历史化过程,必须注意到,许多人倡导的"底层写作",也只是在"干预"或者"介入"这个层面上成为"纯文学"与历史之间的通道之一,而不会与"纯文学"形成全面的"对抗"关系。在近三十年的文学史中,即使按照我们在反思之中对"纯文学"的认识,"纯文学"与社会的互动历史也是一个复杂的过程:"纯文学"在八十年代与新时期之前的"政治"构成了紧张关

---

① 李陀:《漫谈"纯文学"》,《上海文学》2001年第3期。

系，在九十年代则与"商业文化"相对抗；而"纯文学"在九十年代逐渐成为一个主流概念以后，文学缺少对社会变革的干预和对现实的介入。正是在这个意义上，有论者认为"纯文学"概念因此具有了"保守性"，在"纯文学"观影响下的写作也出现了与社会相"脱节"的现象。

对"纯文学"的理解，牵涉到我们对八十年代以来文学的认识。在这些年来关于八十年代的文学论述中，"回到文学本身"是我们的基本判断。在解释"回到文学本身"时，蔡翔分析道："所谓'回到文学本身'，实际上内含着这样一层意思：即文学完全独立于国家、社会、政治、意识形态等公共领域之外，从而是一个私人的、纯粹的、自足的美学空间。这一说法之所以能够得到确立，其背后，显然是来自于'纯文学'这个概念的有力支撑。"换言之，"纯文学"是建立在"公共领域"/"美学空间"的二元结构之中的，这是对当初常用的政治/文学二元结构的重新表述，这当中隐含了理论批评界对"政治"的重新理解和谨慎使用。蔡翔的表述非常谨慎，分析的是"一层意思"，因为如何阐释"回到文学本身"在当年也存在不同的看法。关于这一点，我们可以从当代文学史著作的撰写中看出，在各种不同的文学史观中，关于新时期文学的叙述，基本上都采用了"伤痕文学"、"反思文学"、"改革文学"、"寻根文学"、"先锋文学"等这样的序列，但对作家作品的选择评判标准则有异同。所以，我们现在所看到的文学史著作中关于八十年代以来文学的历史，也只是一个宽泛的"纯文学"史，而没有纯粹的"纯文学"史。

由这样的分析入手，我们或许可以说"纯文学"观念表达的是"回到文学自身"的诉求。正如陈晓明指出的那样，八十年代并没有明确的对抗意识形态的"纯文学"运动，在大多数情形下，"纯文学"只是代表着文学创新所认同的那种文学品质。[①] 八十年代的文学在1985年"小说革命"前后有很大的不同，虽然"回到文学自身"的努力是一致的，但在文学秩序

---

① 参见陈晓明：《从"底层"眺望纯文学》，《不死的纯文学》，北京大学出版社2007年版，第139—148页。

之中，对"文学自身"或者"文学性"的理解并不一致，正因为如此，才有文学思潮之间的差异。"纯文学"只是"回到文学自身"的一个"共识"，但各自的理解却是不同的，也可以说一个共识各自表述。我愿意在这一宽泛的层面上，认同蔡翔对"纯文学"之于当代文学意义的阐释："近二十年来，'纯文学'是一个极为重要的核心概念，它不仅创造了一种崭新的文学观，同时也极大地影响并改写了中国当代文学，这个概念有效地控制了具体的文学实践，同时，也有效地渗透到了文学批评甚至文学教育之中，任何一个人对此都不可能漠然视之。而在某种意义上，甚至可以毫不夸张地说，'纯文学'这个概念在中国的产生，兴起乃至对整个文学史的控制，都留下了现代性在当代中国的影响痕迹。因此，在今天对'纯文学'这个概念的重新辩证，实际上亦暗含了对现代性的重新思考，以及对中国社会发展的重新认识。"

我之所以对"纯文学"做这样的辨析，是想破除"底层写作"与"纯文学"对立关系的论述，而这些论述可能导致我们对八十、九十年代文学历史的解构，导致我们对一些基本问题认识的模糊和偏差。在重新建立文学与历史的多重通道时，在"纯文学"概念形成与文学重返自身的历史中所确认的文学的自律性、独立性和自足性仍然应当坚持不懈。如果把对"纯文学"概念的辩证也转化为一种具体的历史叙述，或许能够确立"底层写作"与"纯文学"的连接点①，而不是对立面，并进而对"回到文学自身"或者"重返自身的文学"作出新的解释。如前所述，即便是认为"底层写作"可以纠正"纯文学"弊端的论者，也主张"底层写作"所遵循的现实主义需要借鉴"纯文学"的经验。

---

① 陈晓明认为，"当代文学并非不关注底层民众的贫困现实，而这一点恰恰是当今文学始终存在的主导潮流，这一潮流从来没有断过，只不过是有了新的美学上的意义"。"也就是说，正是对底层苦难现实生活的表现，当今文学（主要是小说）找到与'纯文学'融合的一种方式"。参见陈晓明：《从"底层"眺望纯文学》，《不死的纯文学》，北京大学出版社2007年版。

三

反对"题材决定论",应当是中国当代文学经过多少次争论之后形成的一个常识性的文学观。对因片面强调"底层写作"而出现新的"题材决定论"的担心不是没有根据的。一方面,"底层"已经逐步沦为"题材决定论"的陷阱,另一方面,"底层写作"的倡导者又逐渐把"农民进城"、"农民工捡破烂"和"打工族"的生活等论定为"典型"的"底层题材",这样的结果不仅缩小、抽空了"底层"的复杂性与要义,造成另外一种"底层的陷落",而且可能割断"底层"与转型期中国社会政治、经济结构之间的紧密联系,从而有违倡导者的初衷。在文学观上,也与文学的基本理论相冲突。在许多论者那里,"底层写作"的出发点之一,是维护和声张社会的公平正义,因此认为"底层写作"具有"道德优越感"和"政治正确"。尽管多数论者在表达这两层意思时加了引号,但背后的心态仍然是"题材决定论"在支配。

我们都很熟悉"左联"的历史和《中国无产阶级革命文学的新任务》这篇著名文献,它规定了"现代中国无产阶级文学所必须取用的题材"。鲁迅先生针对性地说了一段同样为我们所熟悉的话:"如果是战斗的无产者,只要所写的是可以成为艺术品的东西,那就无论他所描写的是什么事情,所使用是什么材料,对于现代以及将来一定是有贡献意义的。"[①] "左联"以后一段时间,"社会主义的现实主义"的一个局限,就是片面强调题材的意义。

我之所以说,反对"题材决定论"是一个文学常识,还因为,新时期以来,我们已经解决了"写什么"和"怎么写"的问题。即使为了纠正某种偏差,或者因为需要而强调"写什么"的问题,我以为也应当在"写什么"和"怎么写"的相互关系中加以论述。用是否写"底层"判断作家的

[①] 鲁迅:《关于小说题材的通信》,《二心集》,《鲁迅全集》(第四卷),人民文学出版社 1963 年版,第 292 页。

现实精神，用是否关心"底层"确认作家的道德观，用写什么样的"底层"论定作家的成就，甚至用"底层"作为核心概念来批评文学思潮阐释文本等，都反映了"底层写作"论述中"题材决定论"倾向。当文学与外部世界的关系被等级化和简单化时，文本的合法性和意义不是来自于文本，而是外部世界。在一些论者那里，是否写"底层"已经成为判断作品成功与否，评价作家精神崇高与否的最高标准。我以为，这样的取舍是不当的。至少在我的阅读中，一些被称为"底层写作"的作品或者被不适当地夸大了意义，或者曲解了。一些被"底层写作"理论解释、比较和评价的作家作品也因为被限定在"底层写作"范畴，而失去了更大的解释空间，这在某种意义上也是不幸的。如果因为写了"底层"就被视为"底层写作"，可能会误读一些作品，比如贾平凹的《高兴》。

虽然已经有不少称为"底层写作"的作品（主要是小说，也有部分诗歌），但为什么被批评界认可的少？这不能全归咎于部分批评家对"底层写作"的"偏见"和"成见"。对"底层写作"的一些作品持肯定态度的批评家，强调的也是作品题材之于社会问题的意义。雷达说他注意到2005年的一些中短篇小说，之所以引起较强烈反响，"是与他们提示了一个特有的社会问题，即'农民工'问题有关。此前，有人用'打工文学'来概括这一类作品。应该看到，由打工者和一些作家所创作的这类作品也许与知青文学一样是一个过渡性的阶段性现象，但是，'打工文学'在现代转型和城市化进程中的中国社会是极其重要的，这个方向的文学可以包括现阶段中国社会几乎所有的政治、经济、道德、伦理矛盾，充满了劳动与资本，生存与灵魂，金钱与尊严，人性与兽性的冲突，表现了农民突然遭遇城市环境引发的紧张感，异化感，漂泊感，因而不容忽视"[①]。所以在"怎么写"这个问题上，当下的作品大都是不尽如人意的："我认为，在强调底层关怀的同时，如何表达底层生活或许是一个更重要的命题，因为它潜示了一个作家的全部情感和全部心智是否真正抵达了那些默默无闻的弱者，是否真切

---

① 雷达：《2005年中国小说一瞥》，《光明日报》2006年1月24日。

地融入到他们的精神内部,是否成功地唤醒了每一个生命的灵性,并让我们在复杂的审美体验中,受到了艺术启迪或灵魂的洗礼。"① 论者在这段文字中想要表达的意思是多重的,除了对"底层写作"究竟能否"抵达"、"融入"、"唤醒"怀有疑虑,而且提出了"底层写作"具有"复杂的审美体验"的重要。因此,对"底层写作"抱有"审美期望"是讨论问题的应有之意。

在谈论九十年代以来文学未能参与社会重大变革时,论者也大多强调是以"文学的方式"来参与。这也是"底层写作"回应转型期中国问题时不能回避的,我们不应当窄化连接现实的通道,但需要在美学上连接包括"底层"在内的中国社会问题。以非文学的方式,在经济学、社会学、政治学等领域,无疑有比作家更熟悉更专业的人士。对于一个作家而言,他要发现的是社会结构中的人文冲突问题,人性问题,而不仅仅是苦难。对苦难的特别强调,是与作家对"底层"的同情有关。如果我们把"底层"视为重要的题材,那么这个题材所包含的意义,远未被发掘。

四

无论是前面提到的"代言"与"自述","纯文学"与"现实主义"以及"底层写作"的题材问题等,都涉及对中国"左翼文学"的关系。

将"底层写作"与"左翼"和"新左翼文学"联系在一起的论述,不管是否赞成,但这样的论述确实揭示了"底层写作"的主要思想资源与叙事资源。当代社会转型中,社会矛盾加剧,与社会底层、弱势群体等相关的公平、正义问题成为关注的焦点。当批评家、作家以"底层写作"的方式来回应这些问题时,既以此为道义上的出发点,也连接了九十年代以来的"新左翼"思想,在对新的资本文化和消费主义意识形态的批判中显示了激进姿态。正因为如此,在一些论者和作者那里,"底层文学"是"新左翼文学"的重要构成,也与九十年代以后的"左翼"思潮有着默契。但我

---

① 洪治纲:《唤醒生命的灵性与艺术的智性》,《文艺争鸣》2007年第2期。

认为，尽管包括作家在内的知识分子在面对当下社会问题及未来发展的路径时有立场的差异，但关于写作的分类仍然要小心谨慎使用"左翼"和"右翼"的概念，积极稳妥地对待"左翼文学"传统。

九十年代以来，中国的知识界好像已经被分为"新左派"和"新右派"，这是我无法也无力论述的问题。这样的情形其实在八十年代以后的中国现代文学史写作与当代文学批评中已有充分的反映，特别是关于文学史的论述，基本上是张扬自由主义精神的，"左翼文学"思潮与作家作品被压缩，而曾经被压缩的另外一个路向的思潮与作家作品被有效地扩大了文学史的篇幅。八十年代提出的"纯文学"概念，曾经是具有不同知识与思想背景的作家学者的最大公约数，但近几年来对"纯文学"的反思与批评，却出现了不同的路径（也许，这种分歧在最初就是存在的），当年的一些重要倡导者和实践者，在"现实"与"政治"这两个维度上对"纯文学"的反思，比较多地衔接了曾经很长时期被搁置的现代左翼文学精神以及社会主义现实主义的传统。尽管，许多论者没有使用"左翼文学"和"社会主义现实主义"这样的提法，但实际的论述中，对现实主义的理解和认识，仍然在社会主义现实主义或者革命现实主义范畴内。

我主张谨慎地使用"左翼"、"左翼文学"等概念及思想资源的原因之一，我们现在不是在阶级对立的社会中讨论问题的。当代中国社会的分层现象是明显的，这是否需要用我们熟悉的关于"阶级"的理论来分析中国社会，是一个不可轻率而为的事件。如果我的理解没有错的话，"底层写作"的一些论述背后是阶级分析的方法。"阶级"和"革命"是相关联的概念，如果沿用"左翼文学"的资源，需要对许多关键的问题作出辨析和重新界定。因为社会主义市场经济的建立等众多原因，关于文学背景的论述已经由"革命"转移到"后革命"的时代。在这样一个斑杂的语境中，中国问题的复杂性是不言而喻的。不仅有"资本"的问题，也有"权力"的问题，公平与正义的问题不仅只是反映在"底层"，其实也同样反映在其他领域，许多问题是纠结在一起的。在解决这些问题时，即使是以文学的方式参与，传统的思想资源与叙事资源也已经不够。

我并不否认"底层写作"关注这些问题的必要,但受这些问题困惑的不仅是作家,而是整个知识分子。它必然带来作家和写作的调整,但作家和文学并不能回答和解决这些问题。主张关注和判断这些问题的学者也是谨慎地提出了自己的想法。"那些令贾平凹等作家深深困惑的问题,如社会发展的效率与正义、城乡关系、阶级差异等,也是自上个世纪九十年代以来,被称为'新左派'与'自由主义'的两派知识分子争论的焦点,至今很难说有哪一种观点能获得'上下一致的认同'。也就是说,作家在面临这样的问题时,必须作出自己的思考和判断,即使形不成完整的观念体系,也应该在面对现实进行详细解剖中提出有深度的质疑。"如果联系到茅盾先生写《子夜》的历史,我们就会发现,中国作家在用文学的方式回答中国社会论争的问题时,鲜有成功的经验。

从"左联"到"延安"再到新中国文学,"左翼文学"有着重要的成就和历史,公允地对待"左翼文学"遗产,在今天的文学史写作中有很大的空间。但与此同时,我们不能不吸取"左翼文学"的教训,而这些工作也是新时期以来文学研究中的重要收获。除了文学与政治的关系外,作为"左翼文学"思潮中的主体,"社会主义的现实主义"排他性的局限,以及"左翼文学"在审美特征的倾向,都曾经在历史中产生过负面的影响。"底层写作"在面对这些遗产时,不能轻易和简单地衔接。

当年"社会主义的现实主义"的提出,区分了"旧"与"新"的现实主义;八十年代以后,对"社会主义的现实主义"的反思,又一次区分了"旧"与"新"的现实主义。"底层写作"如果强调现实主义,也应当在这样的历史过程中展开。

我们曾经认为"新时期文学"已经是现实主义和现代主义两分天下,但事实上,无论是包括新时期文学在内的当代文学还是整个二十世纪中国文学,现实主义话语仍然是主流话语。但新时期的现实主义已经不是"左联"和"延安"时期,也不是"十七年"时期的现实主义。在八十年代,传统意义上的现实主义不仅被"解放",而且被"改革开放",在"现代性"概念引入之后,文学思潮之间的融合已经让我们不能再像往昔那样条分缕析地区分出作家作品的"主义"归属。

最近这三十年来,文艺界对现实主义在中国的命运是有深刻反思的。当"现实主义"在晚清救国运动和五四启蒙运动背景下被引进以后,"在创作与接受两个方面,现实主义都为中国人提供了一种崭新的美学经验"。作出这一判断的美国学者安敏成在他1990年出版的《现实主义的限制:革命时代的中国小说》中,曾深入揭示了他作为一个旁观者对现实主义与中国文学关系的认识:"中国知识分子对新文学的召唤,不是出于内在的美学要求,而是因为文学的变革有益于更广阔的社会文化问题。现实主义,一方面由于它的科学精神,一方面由于它比早先的贵族形式描写更为宽广的社会现象,被当成了最为先进的西方形式。中国知识分子认为,一旦现实主义被成功地引进,它就会激励读者投入到事关民族危亡的重大社会政治问题中去。这种功利性考虑是可以理解的,因为西方的理论家(中国人正是从其中一些人那里了解了现实主义),也常常将这种力量赋予现实主义。但在实际创作中,如我所描述的,现实主义的实效与其说是对社会问题的积极参与,不如说一种美学上的回避。"[①] 在八十年代以后,文学史研究和文学批评其实也是基于这样一个"与其,不如"的历史背景的,而改变此一状况的路径是"回到文学本身",重返自身的文学也就成为研究界对八十年代以来的文学历程的基本判断与描述。无论是回到,还是重返,处理的基本问题是"文学性"与"政治性"的关系,如果说以前是"美学上的回避",那么在"纯文学"概念兴起之后则是"政治上的回避"。对现实主义文学在当代中国命运的重新思考自然是"回到文学本身"的题中之意,而在这个过程中,现代主义虽然曾有挫折但在八十年代中期之后也就长驱直入了。因此,"纯文学"也可以说是一个超越了"现实主义"与"现代主义"的概念,而"现实主义"也是一个超越了"左翼"和"右翼"的概念。

"底层写作"如果笼统地说向"现实主义传统"致敬是不行的,应当告

----

① [美]安敏成:《现实主义的限制:革命时代的中国小说》,江苏人民出版社2001年版,第27页。

诉人们是哪一个现实主义传统。文学史的吊诡之处在于，许多关于文学的理想都是在现实主义的名义下进行的。因此，法国"新小说派"代表作家阿兰·罗伯-格里耶说，人们很容易明白，"为什么一次次的文学革命总是以现实主义的名义得以完成。当一种写作形式失去了它最初的生命力、他的力量、它的强烈度时，当它成了一种庸俗的处方，一种学院派，追随者只是出于惯常或者懒惰才尊重它，而对它的必要性毫不提出疑问时，这时候，对已然死亡的套式提出质疑，并探求新的、能够继续接班的形式，就构成了一种对形式的回归。只有当人们抛弃了用旧了的形式，对现实的发现才将继续向前走一步。除非人们确认，这世界已被彻底发现了个够（而在这一情况下，最明智的做法将是完全彻底地停止写作），人们一定要尝试着走得更远。问题并不涉及'做得更好'。而是在依然陌生的道路上想前进，在这一道路上，一种新的写作将成为必要。"①

因此，期待"新的写作"，也成为讨论"底层写作"的出发点。

(原载《当代作家评论》2008年第4期)

---

① 阿兰·罗伯-格里耶：《快照集：为了一种新小说》，李奇志、余中先译，湖南美术出版社2001年版。

底层写作与"苦难焦虑症"

洪治纲

2007年以来,我陆陆续续地读了些国外小说,如本哈德·施林克的《朗读者》、卡德勒·胡赛尼的《追风筝的人》、西格弗里德·伦茨的《德语课》等等。严格地说,这些作家都不算是世界一流的大师,但他们的作品却让我久久难以忘怀。尤其是他们在书写底层生存的苦难时,叙事话语中始终洋溢着某种宽广而温暖的人性。这种人性,超越了日常伦理的规约,甚至屏蔽了简单的道德判断,仿佛岩隙中的甘泉,从生命里自然而然地缓缓涌出,悄无声息地浸润着读者的心扉。

与此同时,我也在反思中国当前的许多小说。它们同样也书写底层,同样也书写苦难,但令人遗憾的是,我们却很少读到那种温暖的人性,很少读到那种来自灵魂深处的宽厚、广袤和悲悯,也很少感受到那些人之为人的亲情、荣耀和梦想。它们带给我的,常常是惊怵、绝望、凄迷和无奈,间或还有些堕落式的玩味和暴力化的戏谑。我以为,这种有关底层苦难的书写,是一种应该反思的叙事陷阱。

一

文学作为人类精神生活的一种特殊表达方式,或多或少都会表现一些人生的苦难和不幸,这并不值得奇怪。厨川白村就认为,"文学是苦闷的象征"。丹纳甚至说得更绝,他认为:"艺术家想要表现幸福,轻快,欢乐的时候,便孤独无助,只能依靠自身的力量;而一个孤独的人的力量永远是薄弱的,作品也不会高明。相反,艺术家要表现悲伤的时候,整个时代都对他有帮助,以前的学派已经替他准备好材料,技术是现成的,方法是大家知道的，路已经开辟。"① 他还强调，"在一切理由中最有力的一个理由，使艺术家倾向于阴暗的题材。作品一朝陈列在群众面前，只有在表现哀伤的时候才受到赏识"②。事实的确如此。细察古今中外的许多重要作品，我们会看到，它们都不曾回避这样或那样的苦难，只不过在表现方式上有所不同——譬如马克·吐温、契诃夫等人的小说就乐于使用一种喜剧性的反讽话语，卡夫卡、加缪、萨特等人的作品则习惯于荒诞式的表现手法，福克纳更愿意选择温和而游离的叙述方式，而卡尔维诺、米兰·昆德拉的小说更擅长"以轻击重"的叙事策略……可以说，如果没有苦难，以及对苦难的倾力关注，我们的文学或许会失去许多丰富的精神内涵。

也许正基于此，我们的文学也同样离不开对苦难的关注。尤其是近年来，随着底层写作思潮的兴起，有关底层苦难的叙事更是层出不穷。倘若我们将"底层写作"这一概念泛指为"对一切有关底层平民生活模态的书写"，那么，我们就会发现，很多作家其实都属于这一写作群体。像贾平凹、阎连科、刘庆邦、王祥夫、方方、池莉、孙惠芬、熊正良、陈应松、罗伟章、曹征路……都是"底层写作"的代表性作家。而且，他们中的大多数人在叙写底层生存的苦难时，都呈现出异常尖锐的审美质感，甚至是带有某种宿命的意味。如贾平凹的《秦腔》里，农民的卑琐、狡黠、愚昧和刁蛮被无限放大；阎连科的《日光流年》、《年月日》里，人的求存意志被置入自然的绝境之中；刘庆邦的《穿堂风》、《兄妹》，王祥夫的《菜地》、《街头》，陈应松的《太平狗》、《马嘶岭血案》，罗伟章的《我们的路》、《我们的成长》，方方的《奔跑的火光》、《出门寻死》，曹征路的《那儿》、《霓虹》……作品中，所有的弱势者始终处于被伤害与被侮辱的地位，他们的尊严被不断践踏，他们的反抗充满绝望，他们的不幸永无止境，很多人物最后只能以惨烈的死亡来了却尘世的悲苦。

坦白地说，读这些作品，我常常感到寒冷、压抑和绝望。从艺术上说，

---

① ［法］丹纳：《艺术哲学》，傅雷译，人民文学出版社1988年版，第37页。
② ［法］丹纳：《艺术哲学》，傅雷译，人民文学出版社1988年版，第37—38页。

这种以极致化的叙事手段对苦难进行尖锐的审美表达，并没有什么不妥——因为小说本身就是对人类存在的可能性状态的勘探。但是，从审美接受上说，其中的不少作品却冲破了人们正常情感的承受力，使读者仿佛置身于一间间毫无光亮的黑屋中。这种对苦难的极端性表达，由于高度贴近当下的生活现实，贴近公众普遍关注的社会焦点，甚至是带着批判现实主义的明确意图，因此它们又不同于那些现代意识较强的作品。众所周知，现代主义小说，由于其本身就一直强调对人性内在的幽暗面进行揭示，强调对存在的潜在状态进行探寻，因此，苦难并不是作家表达的终极目标，而只是他们审度人性本质和检视存在境域的一个载体——尽管他们也常常以底层平民作为叙事对象。譬如，在毕飞宇的《平原》、艾伟的《爱人有罪》、叶兆言的《没有玻璃的花房》以及盛可以的《青桔子》、《快感》等作品里，我们都可以看到各种极为尖锐的苦难场景。但这些苦难，并非仅仅来源于恶劣的自然环境或颓败的现实秩序，而是更多地来自人性的崩落以及欲望的疯狂增殖。也就是说，这些苦难，在很多时候是由于人们自身的某些欲望所催发出来的，并非是一种不可超越的现实不幸。正是这种"人为"的法则，决定了这些小说中的苦难，在本质上凸现的是一种人性的灾难，生命本能的劫难。所以，《平原》里的端方、《爱人有罪》里的鲁建、《没有玻璃的花房》里的张晓燕、《心藏小恶》里的那对兄弟、《青桔子》里的桔子等，他们既是受害者又是施害者；既是苦难的承受者，又是苦难的制造者。在他们的人性中，不乏善良的因子，也不乏某些理想的追求，但是，在特定的历史条件下，他们却被私欲和邪恶所劫持，以至于将自身的命运不断地推向失控之境。读这些小说，我们在正视这些苦难的同时，更注重苦难背后所包裹的丰富复杂的人性，更珍视创作主体对人自身的存在方式及其精神困境的思考。

但是，反观那些底层写作的代表性作家作品，虽然它们也在不同层面上展示了人的各种欲望，但我们还是很难将它们归结于对人性的深度探讨。这主要表现在：它们更加明确地强调人对社会的依附关系（即人的社会属性），强调对社会矛盾和焦点的热切关注。从创作主体的审美立场上看，作家们更愿意突出自身作为现代知识分子的道德立场和价值操守,即,一种为现代社会中弱势群体进行吁告的伦理意愿。换言之,"底层写作"在某种程度上是属于"社会问题"小说,更侧重于对社会生存环境的质疑和批判,作家的骨子里并没有脱离"五四"以来有关知识分子的启蒙精神。从价值立场上来说,这是值得肯定的。尤其是在阶层化日趋加剧、社会分配差别不断加大的当今现实中,作为弱势者的底层平民,在话语表达权上越来越微弱。当他们面对生存的各种不幸和痛苦时,当他们陷入各种生活的困顿和无望时,他们很难向社会发出自己的呐喊,也无法有效地维护自己的生存权和发展权。而作家们无论是出于同情还是出于社会的公义,对这些弱势者的苦难境遇给予积极的表达,都体现了现代知识分子的责任和良知。

作为现代文明社会里的一种基本伦理,为弱势群体代言,分享底层平民生存的艰难和不幸,无疑是值得尊重的。而将弱势群体的生存苦难展示出来,传达他们内心深处的无望和无助,以引起社会疗救者的注意,这同样也是一个作家的历史担当。但我要说的是:第一,苦难并不等于正义,展示苦难虽然在某种意义上彰显了作家的道德姿态,但并不等于他们就拥有了某种艺术上的优势。第二,当我们将良知、道德和情感置于底层生活的时候,我们还需要将艺术心智、才情以及必要的理性思考置于底层苦难的现场,以此来展示作家对苦难的特殊思索和表达。只有这样,我们才能赋予底层苦难以真正的艺术震撼力。但是,在细读了许多底层写作的代表性作品之后,我却感到,它们普遍地陷入到一种对苦难的迷恋性怪圈之中,尤其是一些作品对苦难的放纵式叙述,甚至让我对创作主体的价值立场都产生了怀疑。

二

我之所以认为很多底层写作的作家陷入到一种对苦难的迷恋性怪圈之中,就在于他们笔下的苦难常常处在一种与文明对视的恶境之中。在那里,我们既看不到人类基本的伦理操守,又看不到现代文明的变革前景。很多作品,甚至以颠覆日常生活价值观念为代价,来演绎苦难的生存景象,放大不幸的生活处境。其中，最典型的就是一些写暗娼或三陪女的小说，如刘庆邦的《兄妹》、《家园何处》，罗伟章的《我们的成长》，曹征路的《那儿》和《霓虹》，梁晓声的《贵人》，熊正良的《谁为我们祝福》，王祥夫的《花落水流红》等等。在这些小说里，作家的意图都是为了展示底层善良女性别无选择后的不幸，而不是让人物沉湎于肉欲和堕落的生活里以耻为荣。但是，令人不解的是，作家们常常不顾任何叙事上的说服力，就让人物轻松地超越其道德底线，直奔各种悲苦的卖身现场。

最典型的或许要算刘庆邦的一些小说。说实在的，刘庆邦的很多中短篇都缺乏坚实的逻辑支撑力，更缺乏叙事上的说服力。我曾在《2005中国短篇年选》的序言里批评过他的短篇《守不住的爹》在"说服力"上显得十分虚假：仅仅是出于虚荣心的需要，有一天，长期在外打工的爹突然大摇大摆地将一个暗娼带回村子里，并在自己的家中嫖宿数夜，还将自己的两个孩子强行推到邻居家吃饭睡觉。爹这样做，是想以瞒天过海的方式，让村里人觉得自己在外面混出了人样儿，且娶了个城里媳妇，但结果是，因为嫖资的纠纷，那个暗娼抱着一条叭儿狗在院子里当着两个小孩的面大骂爹小气！这里，我们姑且不去计较一个暗娼在卖身时，是否有可能带着一条叭儿狗以炫耀她的"洋派"，仅就爹这个人物的心理逻辑来看，他既然敢于将一个暗娼带回自己的村子里"装门面"，怎么能在金钱上不进行充足的准备呢？《兄妹》也同样存在这方面的问题。一个叫心的少女，经受不住别人的致富诱惑，便悄悄地背着家人在镇上做起了皮肉生意。她痛恨嫖客，却不恨自己的行为。二哥到镇上找她，想让她为自己找一份工作。心当然无法满足二哥的这个要求，但她又害怕自己的卖身之事被二哥知道，便想让他尽快离开。当心被嫖客包了一夜，于次日清晨心力交瘁地回来为二哥送行时，却发现二哥和一个暗娼鬼混。心哭了，她哭的不是自己一再隐瞒的事情败露了，而是她心里那个淳朴的二哥竟和那些嫖客没什么区别！心非常愤怒，可是二哥却不以为然，还恬不知耻地说"兴啥啥不丑"。这里，心对自己的沉沦毫不在乎，却无法容忍二哥的堕落。这里面所隐含的一种逻辑关系是，卖身是一种牺牲，一种苦难的担当方式，所以，心对自己的行为始终没有道德上的自责，只是名誉上的惧怕。

　　这种源自精神内部的道德感的缺席，不仅掏空了人物内心的抗争过程及其悲剧效果，也削弱了对底层善良女性卖身之苦的表现力。如果回忆一下莫泊桑的《羊脂球》，我们就会发现，已经身为妓女的羊脂球在不得不为敌人服务时，莫泊桑仍然动用了不少笔墨来细细地推衍她的内心抗争过程。可以说，正是这种人物内心的抗争过程，凸现了羊脂球心灵的高贵质地，也写出了底层女性无助无奈而又受尽欺辱的处境，从而使苦难具有一种深入骨髓的力量感。我们的作家在写这种生存苦难时，恰恰缺少那种内心挣扎的悲剧性力量。他们总是借助于大众经验上的道德溃败观，以为当今的底层百姓对道德和堕落早已不在意，所以轻易地就让人物踏过这道伦理门槛，有时甚至露出某种放纵的意味。如刘庆邦的《家园何处》中写了一位叫何香停的农村女孩，先是在工头张继的引诱下失了身，继而被张继转给别人玩弄，久而久之，她也就习惯地走上了卖身之路。在这个过程中，何香停的内心里只有微弱的后悔，以及不折不扣的认命，却并没有对堕落的抗争。而他的《金色小调》里，小兰和铁虎、小华和铁狼这两对夫妻之间的性交换，甚至比现在城市里的换妻游戏还自然，而且彼此竟毫无顾忌，倒是象征着传统观念的铁虎母亲灯嫂觉得这日子没法过了。王祥夫的《花落水流红》也是如此。穷乡僻壤的桃花冲人为了摆脱贫穷，全村的女孩几乎都争着进城做暗娼赚钱，而且村民们对此不仅不蔑视，还个个羡慕不已。全村只有一个洁身自好的少女叶子对此满怀愤怒，但结果是，心高气傲的叶子同样也敌不过伦理崩落的现实，自觉地加入到进城卖身的队伍之中。我想，即使现实果真如此，作家的这种书写姿态，实质上已经改变了苦难表达的审美目标，使苦难叙事转变为某种伦理崩溃的极端性演绎了。

　　道德的崩落是可怕的，但更可怕的，应该是在这种崩解的道德秩序中，善良的人们因为身心的撕裂而导致的灵魂上的剧痛。这是苦难叙事的核心之所在。但是，很少有作品细腻地描绘人物的这种内心撕裂与挣扎的过程。它们大多只是在外部环境上草率地安置了诸如贫穷落后、下岗、家人生病、无生活来源等客观理由，然后让人物奔向卖身现场。这不得不让人怀疑：

除了卖身,难道就没有其他任何办法来解决生存的艰难?如果一碰到生活的不幸,底层的女性们就心甘情愿地用卖身来进行自我救赎,那么,这种卖身是否还有苦难的沉重与悲凉?曹征路的《那儿》被视为底层写作最具代表性的小说。小说中的下岗工人杜月梅之所以成为暗娼,同样是为生活所迫,同样也没有多少内心的抗争,而且她所得到的,都是同情、默认甚至庇护,包括具有鲜明的工人阶级思想的工会主席小舅。在《霓虹》里,曹征路更进一步地正面书写了一个叫倪红梅的暗娼,作者的思维方式仍然停留在外部环境上,并且不惜以各种极端的不幸来解决倪红梅之所以成为"霓虹灯下的哨兵"的原因——丈夫因公横死却得不到赔偿,婆婆病瘫在床,女儿身体不好又要读书,自己又下岗,好不容易爱上的那个人又偏偏是个无赖……所有倒霉的事都轮到了她,于是,"走投无路"的情况下,她操起了皮肉生涯。但是,从倪红梅生前的大量日记中,我们看到她不仅有相当的文化知识(如常将自己与老舍笔下的"月牙儿"比照),而且人也长得不错。这让我们很难从逻辑上想象她必须走这一步,她的日记中也始终缺乏这种内心的煎熬(只有在婆婆骂她时她才有所自责)。罗伟章的《我们的成长》写了一个叫许朝晖的乡村少女在叛逆中走向堕落的命运过程。这个过程,因为缺乏对许朝晖内心的准确叙述,一样没有多少苦难的震撼力,相反,作者却以"我"的叙述语调,在道德化的优势中散发出廉价的同情来。最有意思的是梁晓声的《贵人》。小说里的大学毕业生素,仅仅是因为家庭贫困、自己又不愿意离开京城且一时找不到工作,于是便在好友芸的教唆下,将自己的身体以不菲的价钱卖了出去。虽然在卖身的过程中,她也深感屈辱和痛苦,但是,却始终没有道德上的真诚的自我拷问,只有一些声誉上的小心翼翼的维护。

我并不是强调这类小说必须凸显人物的道德感。但是,无论从人物自身的情感角度、法律威慑的因素,还是小说必须具备的说服力上来考虑,这种由道德滑落所引起的内心挣扎与煎熬,都应该是作家深究的关键之所在。它是真正地深入人物精神世界、写出生存之不幸所无法绕过的问题。记得苏联的著名导演塔可夫斯基就曾经说过:"人类天赋的良心使他在行为与道德规范相抵触时饱尝煎熬,这么说来,良心本身就包含了悲剧成分。"① 我们的作家在写这些底层女性时,虽然一概赋予了她们善良、柔弱的天性,却没有深入到"良心"的本质上,展现她们因为自身处境与道德规范之间的煎熬,从而使她们的不幸始终停留在被同情的价值层面上,这无论如何都是一种遗憾。

更重要的是,这种叙事还直接影响了小说自身的说服力。小说如果不能给人物的行为提供某种充分的说服力,那么其叙事往往会缺乏坚实的逻辑支撑力,在接受层面上也就影响了其叙事的可信度。所以略萨曾说:"优秀的小说、伟大的小说似乎不是给我们讲述故事,更确切地说,是用它们具有的说服力让我们体验和分享故事。"那么,如何在小说叙事中建立自己的说服力呢?略萨认为:"针对现实世界应该自己当家做主。当小说中发生的一切让我们感觉这是根据小说内部结构的运行而不是外部某个意志的强加命令发生的,我们越是觉得小说更加独立自主了,它的说服力就越大。当一部小说给我们的印象是它已经自给自足、已经从真正的现实里解放出来、自身已经包含存在所需要的一切的时候,那它就已经拥有了最大的说服力。"② 略萨的这段话,无疑道出了小说叙事的逻辑内核——当故事在创作主体艺术想象力的催发下沿着某种"可能性"生长的时候,作家应该努力保持叙事的自主性,让故事沿着自身的逻辑结构前行,而不是受制于创作主体的理性干扰。对于写暗娼或三陪女的这些小说,由于其审美目标是凸现"逼良为娼"的苦难和不幸,所以从叙事上说,作家要解决的最为重要的逻辑核心,就是这些底层女性如何去跨越那道堕落的栅栏,而不是简单地提供一些外在的客观苦境。也就是说,从良家妇女到娼妇流莺的转变,人物要克服的并不只是外在生活的重压,更艰难的还是道德观和价值观的嬗变,这是一种巨大的心理挣扎和对抗。只有写出了这种挣扎、撕裂和剧

---

① [俄] 塔可夫斯基:《雕刻时光》,陈丽贵、李泳泉译,人民文学出版社 2003 年版,第 223 页。
② [秘鲁] 马里奥·巴尔加斯·略萨:《给青年小说家的信》,赵德明译,上海译文出版社 2004 年版,第 29 页。

痛,小说在展示苦难的层面上才具备一种精神上的说服力。

三

不只是写暗娼之类的小说缺乏真诚、真实而又深刻、有效的悲剧表现力,在其他题材的底层写作中,同样也存在着这类问题。在上个世纪 80 年代中后期,不少先锋作家曾迷恋于暴力和血腥的叙事,极力彰显人性之恶,受到了不少批评者的质疑。现在,很多作家又开始迷恋于底层平民生活的想象性苦难之中,以一种简单的二元对立的思维,来展示"社会转型中的农民、工人、其他底层民众的平民生活悲剧"[1]。他们的审美理想中似乎隐含着这样一种叙事逻辑:作品要深刻,就必须让它体现出某种极端的情感冲击力;而要使叙事具备这种情感冲击力,就必须让人物呼天抢地、凄苦无边。这是一种典型的"苦难焦虑症"式的写作。譬如写农民生活时,作家们常常将其置于极端的愚昧、狭隘、贪婪甚或暴烈之中,无法看到底层百姓在传统文化长期注塑中所散发出来的人性之光,更不见他们在社会转型过程中所承受的价值分裂和心灵梦想。几乎是一夜之间,他们全都自觉地认同了利益至上的物欲现实,也认同了社会基层的强权法则,以盲动的本能不断地加剧甚至是制造苦难的现实生存。

在这方面,贾平凹是一个典型。我曾在《困顿中的挣扎》一文里谈过,贾平凹的后期创作一直处于某种狭隘的反文明视域之中——"在《废都》之后,他的所有小说所极力彰显的核心目标就是人性的丑陋、自私和卑劣,是一曲又一曲没有哀婉只有无奈、没有悲悯只有绝望的'病相报告',尤其是到了《怀念狼》里,贾平凹更是将人性还原成连兽性都不如的一种生命存在。这种'剑走偏锋'式的审美追求,在很大程度上,源于他对人生的失望,对现实的迷惘,对苦与恶的相互混淆(或者说是苦与恶之间的简单转换)。"从《病相报告》、《白夜》到《土门》、《怀念狼》,其实,我们可以清楚地看到贾平凹的价值立场,那就是城市不如乡村、乡村的今天不如昨

---

[1] 王莉、张延松:《底层文学的悲剧精神解读》,《当代文坛》2006 年第 1 期。

四 "底层文学"批评与讨论

天。而到了《秦腔》里,甚至发展成"人不如狗"的境地——民风淳朴的清风街在一步步走向现代化的进程中瓦解了,大片土地荒芜、女人进城卖淫、男人进城卖力、乡村选举作弊、孩子失学辍学、矿工职业病泛滥、群体暴力抗法……苍劲雄浑的秦腔,终于在现代社会中逐渐沦为替村民们送葬的挽歌。整个清风街上,只有村长家的"来运"和乡政府的"赛虎"这两条狗,仗着某种基层权力的淫威,四处享受一般村民所不敢奢求的荣耀,而在村民们的身上却没有半点高兴事儿。而且,他的后期小说还遍布了类似于"垢甲"的粗俗细节,包括一些类似于手机短信的黄色笑料、乖张反胃的大小便描写、原欲化的性暗示以及各种畸形的情恋叙述(如《猎人》中的熊奸人)。这些细节有很多是没有必要的,也看不出有多少是真正产生于人物身上的"垢甲",是真正源于人物精神本源上的"垢甲",而贾平凹却每每对之进行自然主义式的迷恋性叙述,让人非常不解。坦白地说,读《秦腔》时,我最深的感受就是作者用歹恶来遮蔽苦难,用绝望来对视文明,用庸俗来嘲解乡村的生活秩序。

与贾平凹相比,阎连科对乡村的苦难表达更尖锐、更深刻一些。无论是《日光流年》、《受活》还是《耙耧山脉》、《丁庄梦》等作品,作者都极力对准了乡村的权力结构与宗法伦理,在自然恶境、乡村霸权及人性欲望中,揭示底层百姓的苦难本质,这无疑具有其独特的深刻性。为此,我曾在一篇阎连科的专论中热切地首肯了他的思考方式、抗争意愿及其价值立场。但是,在分析具体的苦难细节时,我仍然觉得他对苦难场景的表达过于放纵,失去了必要的控制。这一点,我们只要将他的《日光流年》与余华的《许三观卖血记》进行比较就可以看出——

从总体上说,这两部小说都是在演绎苦难与救赎的主题,一个是卖皮和卖肉,一个是卖血,但无论从叙事的篇幅还是审美内蕴上看,两者都有较大的差别。《日光流年》达四十多万字,而《许三观卖血记》仅十多万字。……倘若再从叙事细部来探究,我们同样也会发现类似的问题。譬如,《日光流年》第二十三章"大崩溃"里写卖皮过程整整花了三十多页的篇幅,卖皮之难、人物之焦灼以及卖皮后的疼苦,自然不必说了;而《许三观卖血》里的每一次卖血都不到三页篇幅，同样也涉及了卖血的难，以及卖血后的仪式和痛苦（龙根还为此死掉）。这意味着，两者在审美效果上并没有太大的差别，但动用的叙事篇幅却差别极大。再如，《日光流年》里写司马蓝对妻子竹翠阻碍自己和蓝四十相好而进行的惩罚，绵延数章，甚至频生"杀意"，直到妻子死亡，缺乏内在的亲情和夫妻间的人性温暖；而《许三观卖血记》里仅通过第六章六小节对话，以递增式的内在力量完成了许三观对妻子背叛的惩戒，但随着他在妻子的召唤下爬上床，温情缓缓地涌现出来……这些都表明，叙事的有效控制并不一定会伤害审美效果，有时甚至会增添其审美内蕴。①

阎连科的小说在乡村底层的苦难表达上无疑具有巨大的审美震撼力，而且他对乡村权力结构的反讽和批判也是异常的尖锐，只是对苦难现实的描写上缺乏有效的控制，亦缺少像许三观那些饱含世俗情怀的温暖。与阎连科极为相似的，还有陈应松的小说《马嘶岭血案》、《太平狗》等。它们常常将农民置身生与死的临界点上，让他们在生不如死的绝境中失去正常的人性，或者在孤立无援中失去生存的权利。在《马嘶岭血案》里，九财叔和"我"仅仅因为二十块钱的缘由，竟连杀七人，最后九财叔连"我"也不放过……其中有关九财叔打架、被电枪击中、连杀七人的场景，被作者叙述得惊心动魄，鲜血四溅，甚至比80年代的先锋小说更充满暴力化的惨烈意味。《太平狗》里那只叫"太平"的狗和他的主人在进城务工过程中，所遭受的全是冷漠、呵斥、凌辱和追打，太平一次次地死里逃生，而它的主人却没那么幸运，最后惨死在一家工厂里。这篇小说似乎在告诉人们，对于民工来说，城市永远是欲望和利益的陷阱，是肢解一切情感（包括人与狗之间情感）的冷酷的利刃，是没有生路只有绝境的地狱。

如果再看看刘庆邦《穿堂风》里所叙述的儿子和媳妇对待病重老人的尖刻、冷漠和歹毒，王祥夫《街头》里开宝马车的那对男女对待街边修车的哑巴的蛮横和残暴，方方《奔跑的火光》等系列关于乡村妇女惨烈命运

---

① 洪治纲：《乡村苦难的极致之旅——阎连科小说论》，《当代作家评论》2007年第5期。

的追叙，罗伟章《我们的路》里关于工友的惨死、春妹的被骗、工钱被恶意扣压甚至被迫下跪等细节，我们从内心深处所涌现出来的感受，除了绝望还是绝望。或许，这的的确确是转型期底层平民的真实处境。它以极端的现代性，在激活个体生命欲望的同时，果断地颠覆了日常生活伦理，扭曲了底层平民的基本人性，催生了恶与罪的滋长。事实上，有些小说在对底层苦难与平民人性之间关系的审度上，也存在着许多可圈可点之处。但我要说的是，面对这种惨烈的现实处境，我们的作家总是以一种放纵式的叙述姿态，将苦难和惨烈的每一个细节不断地放大。这种集体性的"崇苦崇恶"的审美追求，是否有其必要性？

没有人否认底层生活中的苦难和血腥，我们的作家也不应该在这种苦难和血腥面前闭上眼睛。但是，如果我们认真地睁开眼睛，细细地打量我们的底层世界，那里面同样也有坚韧、宽容、旷达、乐观和令人敬畏的牺牲精神。记得朱光潜先生说过，文学世界并不是与现实世界保持着完全的叠合，而是根据现实世界铸成的另一种精神的世界，"它一方面是现实人生的返照，一方面也是现实人生的超脱"①。那么，作家们应该如何去"超脱"呢？对此，威廉·福克纳说得非常清楚："作家的天职在于使人的心灵变得高尚，使他的勇气、荣誉感、希望、自尊心、同情心、怜悯心和自我牺牲精神——这些情操正是昔日人类的光荣——复活起来，帮助他挺立起来。"② 如果我没有理解错，福克纳的这句话是在提醒我们，文学应该给人以向上飞升的力量，应该帮助屠弱的人们去超越庸常凄迷的现实，去实现人生梦想中的高贵与神圣，而不是像我们底层写作中的这些"苦难焦虑症"式的作品，总是带领人们不断地下坠，下坠，在苦难的现实中无奈、无助和绝望。

四

当前的底层写作之所以带着某种"苦难焦虑症"的倾向，之所以步入

---

① 朱光潜：《文学与人生》，《朱光潜全集》第4卷，安徽教育出版社1988年版，第161页。
② 《美国作家论文学》，刘保端等译，北京三联书店1984年版，第368页。

了某种苦难叙事的迷恋性陷阱之中,从创作主体上看,关键问题在于,作家们普遍地陷入了某种迷惘性的同情误区,缺乏必要的叙事节制和独特有效的理性思考。而这,也是我有时会对他们的知识分子人文立场产生怀疑的一个潜在原因。按新人文主义大师白璧德的理论,一个真正的人文主义者虽然在很大程度上会考虑同情,但他坚持同情必须用判断与思考来加以制约和调节,"真正的人文主义者在同情与选择之间保持着一种正当的平衡"[①]。为此,他盛赞莎士比亚是一个真正的人文主义者,因为他既有同情,又有节制,并在同情与节制之间保持了良好的平衡。我想,这也是一个现代作家应该确立的一种艺术信念。对于一个现代知识分子来说,滥情和无情一样可怕,因为它们都不可能向我们揭示某种生存的本质,也不可能展现作家的思想智慧,更不可能对现实问题提出有效的建设性思考。甚至,从那些极为苦烈的叙事场景中,我们都很难判断这些底层的平民们是否还具有爱的能力,感恩的能力,牺牲的能力,也很难看到人类必须具备的某些永恒的伦理基质。

而当我读《追风筝的人》时,看到阿米尔为少年时代自私地伤害了仆人哈桑之后漫长而执著的救赎,看到哈桑对阿米尔少爷的忠诚和牺牲,看到阿米尔的父亲宽厚、坚韧和善良之后,尽管小说中也不乏一些种族歧视的苦难现实,甚至不乏塔利班极权所制造的种种恐怖和血腥,但是,整个阅读过程却像经受了一次自由、善良、忠诚的洗礼。读《朗读者》更是如此。15岁的少年米夏与36岁的女人汉娜偶然相遇,并迅速产生了畸恋,但接下来,作者却以沉思内省的笔触,开始了最为华美的叙述:汉娜不辞而别;后来米夏成为法学大学生,在法庭上再次看到了她。她的身份已经是正在接受法庭审判的前纳粹集中营女看守。由此,米夏迅速进入回忆和拯救的双重生活之中。通过回忆,我们看到了汉娜为维护自尊所遭受的巨大的历史不幸,同时更看到了汉娜的淳朴、善良、牺牲和乐观向上的品质;

[①] [美]白璧德:《文学与美国的大学》,张沛、张源译,北京大学出版社2004年版,第7页。

而米夏的拯救虽然有些怯懦的成分,却同样显示了一种执著而非凡的人道情怀,也使汉娜的苦难命运贯穿了诗意的人性温暖。他们从超越伦理的性爱开始,最后却落足于彼此的拯救、慰藉和内省之中。《德语课》里西吉的行为更是充满了一种人性本能的同情、善良和正义。但作者却选择了一种反价值立场进行叙事:少年教养犯西吉被关进单人囚室,罚写作文《尽职的快乐》。于是,他开始回忆自己那位在北德乡村当警察的父亲如何恪守职责,一丝不苟地执行纳粹当局的命令,监视当地的一位画家不让他作画,还没收他的作品。而富有正义感的画家原是警察一家的老朋友,还曾经救过警察的命。小西吉出于同情,帮画家藏过画。后,冥顽不化的乡村警察还继续搜寻并烧毁画家的藏画,西吉为此得了恐惧症——他生怕画作被毁,继续偷藏画家的画作,被发现后当做少年犯送到一座荒岛上劳动教养。这部小说的最大魅力,就在于作者以一种少年的自觉意识(亦是人性的某种本能),清晰地甄别了历史中巨大的是与非、正义和邪恶。它直面了纳粹极权的罪恶对底层平民所带来的巨大的精神创伤,但是,又在温婉的少年意识的笼罩中凸现了明确的价值判断和道德关怀。说实在的,这些小说之所以让人难以释怀,正是它们以有效的叙事控制,赋予了苦难以巨大温情和无边的悲悯,赋予了人物以关怀、爱和救赎,使我们在那些不幸和苦难的叙事中心生一种怀想,一种对不幸命运的敬畏,一种对未来的期待。

我并不想用这些外国作品与我们的底层写作进行细致的比较,也不想用它们来全盘否定我们的底层写作,而只是觉得,面对当下的底层生活及其尖锐的苦难与冲突,我们的作家是否可以更理性一些,更节制一些,更温暖一些,更个人化一些,不必一个个全都沉迷于苦难的悲切现场,以为底层必惨、必悲、必堕落、必血腥。要知道,那里同样会有爱、有温情、有感恩,甚至有令人不可思议的无畏和无惧、坚韧和公义。其实,如果我们能够反过来想想余华的《活着》和《许三观卖血记》为什么一直到今天还在热销,最根本的原因,同样也是它们都写出了底层平民在面对苦难和生死时的执著、宽厚和无边的坚韧,包括亲情间以沫相濡的温暖,用余华自己的话说,就是"写出了眼泪的宽广"。沈从文先生也曾说过,伟大神圣的悲哀不一定要有一滩血和一把眼泪，一个聪明的作家写人类痛苦或许是用微笑来表现的，所以，他极力推崇应该用文学"为人类'爱'字作一个恰如其分的说明"①。也许，这句话对于一个矫情主义者并没有多少价值，但是，对于真正醒着的作家，仍然具有重要的启迪意义。

（原载《文艺争鸣》2007 年第 10 期）

---

① 沈从文：《沈从文文集》第 11 卷，花城出版社、香港三联书店 1984 年版，第 45 页，第 303 页。

中国的"文学第三世界"
——新世纪文学读记
孟繁华

多元文化,在当下的文化语境中不仅是一个关键词,同时也是一个最具欺诈性的关键词,它以所谓的宽容、包容、共存等想像性的解释,试图建构起一个文化的乌有之乡。这个词的普遍流行,是缘于一个时代越缺乏什么就要越凸显什么的文化心理,它和经济学家凯恩斯的"有效需求论"有极大的相似性。因此,所谓的"多元文化"从来就没有成为现实而只是一个话语存在。在世界范围内,是以美国为首的强势文化的统治和控制,是强势文化在支配着世界文化的走向并掌控着设计未来文化蓝图的权力。弱势文化的无奈、无助和无辜的处境,几乎就是不能改写的。在中国,市场经济形成以来,"多元文化"被认为将不期而遇,更有甚者,他们认为今天的文化已经形成了"多元文化"的格局。这种自欺欺人的掩耳盗铃在没有被揭穿之前,似乎是不证自明的。但事实却远非如此。

在全球化和金融资本统治一切的时候,文化的领地已经被瓜分完毕,商业性霸权构成了今天文化和文学的要义。凡与此不能建立关系的文化与文学,就被排斥在这个天下的界限之外。在中国,那些表达工人群体生活、农民生活以及其他底层生活的写作等,就是处在"第三世界"的境遇中。这些文学不止是"边缘化",而是全部被淹没,文学的"第三世界"彻底地沦陷了。这是一个消费文化或"中产文化"的时代,这些文化轻而易举地不战自胜。低俗的文化消费者对狂欢刺激的追求和附庸风雅的中产阶层对优雅闲适的追求一样,都是他们对身份和姿态的刻意装点。就其内心需要而言,优越的身份对中产阶层来说比什么都重要,他们不再关心潜心投入的刺激和装点门面之外的任何事物。因此事实上他们并不需要什么文化。

在这种情况下，表达包括工人群体和广大农民在内的底层生活的写作，也就是"文学的第三世界"显然已不再被关注。这一状况不仅在中国，在欧洲、美洲同样存在，这是又一种"全球化"的表征。这个"全球化"比以美国推行的强势文化为代表的"全球化"还要可怕：它不仅将世界划分为等级并重新安排秩序，而且将这种等级和秩序具体化并落实到弱势群体的头上。如果说弱小国家需要依靠强大国的承认才能有出头之日的话，那么，包括工人、农民在内的底层生活的写作是否也需要被中产文化或文化消费市场承认？这种"承认的政治"在今天不是已经被摧毁，而是正在大行其道，这是文学创作和文学批评的信誉危机最根本的原因所在。

我们不能不关注这一不平等的文化和文学现象，它背后隐含着不加掩饰的文化政治和市场意识形态的支配和控制。事实上，西方知识左翼早已发现了这一现象的存在。威廉斯在40多年前完成的《文化与社会》一书，就对文学和文化政治以及文化精英主义颇有微词，他理想中的文化不是由少数精英建构的，"文化"这个词的内涵和边界是不断扩大的，它不仅包括文化精英建构的知识，同时也指涉人类社会的生活方式，包括文学艺术和日常生活行为等实践活动。文化不是抽象的概念，它是由社会各个阶层共同参与、创造建构的。威廉斯注意到，在英国社会，对文化的论述从来都是从统治阶级出发，以统治阶级、贵族阶级和中产阶级为中心来讨论的。工人等边缘群体的文化则被排除在主流文化之外，这种文化阶级论是不正确的。因此他反对任何利用文化观念来贬抑社会主义、民主、劳工阶层或大众教育。这就是《文化与社会》的写作动机和用心所在。

包括工人、农民在内的底层生活经验应该是社会经验重要的组成部分，但在中国，反映工人等底层生存状态的写作历来薄弱。在现代中国这一写作内容几为真空。当代中国的工人群体的写作虽然不成熟，但却引领过风潮。胡万春、蒋子龙、陈建功等工人作家的小说，李学鳌、戚积广、王方武等工人的诗歌，以及反映工人群体生活的文学艺术作品，都在当代中国产生了积极和重要的影响，并成为当代文学经验的一部分。当然，当代中国工人的写作并不完全是工人群体的经验，尤其不全部是工人情感或心灵

四 "底层文学"批评与讨论

经验,他们写作的时代局限和其他写作没有任何区别。但那个时期工人写作起码没有像现在这样凋零和完全被遗忘。现在,我们有机会重新提及包括工人在内的底层生活的写作,是缘于"文学第三世界"的重新崛起。在90年代中期,也就是中国中产阶层刚刚萌发的时代,是一群热血青年以观念的方式,表达了他们对中产阶层的极大警觉和对底层生活的同情和重视。他们继承了无产阶级文学合理内容,倡导对底层生活和民众的关注。但这一不合时宜的思想观念之命运是可以想像的,他们不仅被嘲笑被讥讽,更重要的是他们被媒体和"精英阶层"无情地剿灭了。事过多年之后,我们发现,当年青年们倡导的文学观念已经被部分作家所实践。王安忆的《富萍》,林白的《说吧,房间》、《妇女闲聊录》,刘庆邦的《平原上的歌谣》,摩罗的《六道悲伤》,曹征路的《那儿》以及内蒙古平庄矿区工人作家群《太阳城》丛书的出版等,集中表达了"文学第三世界"的再次复兴。

新世纪初始,王安忆发表了长篇小说《富萍》,这是一个"外乡人"潜入上海的生活传记。繁华富丽自以为是的上海生活并没有动摇这个"异质"的外乡人,富萍以底层人的坚忍、质朴,生活在上海最底层但也是最坚实的内核中。上海可能改变了这个底层人的面貌但却不能使她屈从。从王琦瑶到富萍,显示了王安忆对底层和现实生活关怀的人文精神和文学情怀;林白的《说吧,房间》,出版于90年代中期,它当时并没有引起应有的反响,这与那个时代的时尚不无关系。但2004年春风文艺出版社再版了这部小说却引起了读者和部分批评家的迟到的关注。小说叙述的是一个女编辑莫名"下岗"投诉无门的故事,她的命运和"下岗女工"如出一辙。没有人告知她为什么下岗,那些都在"说的房间"都词不达意事不关己。这个下岗女人的生活可以想像地彻底破产了。《妇女闲聊录》以"仿真"的方式书写了当下中国农村的日常生活。在改革开放的今日,农村处在前现代与现代的夹缝中,他们浑然、懵懂又乐在其中。从本质上说,那些偏远的乡村生活并没有发生本质性的改变;摩罗的《六道悲伤》还原了一个时代农村的真实生活,对曾经有过并仍在发生或持续的农村生活给予了令人震惊的呈现;刘庆邦《平原上的歌谣》以温暖与平和再现了困难时期平原上的苦难，他对中国乡村文化的理解有不凡的见识。曹征路的《那儿》是最近发表的一部正面反映国企改革的力作。它的主旨不是歌颂国企改革的伟大成就，而是意在检讨改革过程中出现的严重问题。国有资产的流失、工人生活的艰窘，工人为捍卫工厂的大义凛然和对社会主义企业的热爱与担忧构成了这部作品的主旋律。当然，小说没有固守在"阶级"的观念上一味地为传统工人辩护。而是通过工会主席为拯救工厂上访告状、集资受骗、最后无法向工人交代而用气锤砸碎自己的头颅，表达了一个时代的终结。朱主席站在两个时代的夹缝中，一方面他向着过去，试图挽留已经远去的那个时代，以朴素的情感为工人群体代言并身体力行；一方面，他没有能力面对日趋复杂的当下生活和"潜规则"。传统的工人在这个时代已经力不从心无所作为。小说中那个被命名为"罗蒂"的狗，是一个重要的隐喻，它的无限忠诚并没有换来朱主席的爱怜，它的被驱赶和千里寻家的故事，感人至深，但它仍然不能逃脱自我毁灭的命运。"罗蒂"预示着朱主席的命运，可能这是当下书写这类题材最具文学性和思想深刻性的手笔。

而内蒙古平庄矿区工人的写作，当然离不开今天中国工人群体的现实处境。在当下社会生活的整体结构中，实事求是地说，在计划经济向市场经济转轨的过程中，受到冲击最大的就是工人群体。由于历史的原因，这里的合理性我们无须多说。但他们承担的牺牲和面临的严峻的生存困境是不容争辩的事实。而这些并不能置换为一种道德的优越或悲壮的心理。我们在平庄矿区的文学叙事中，明确被告知的是工人群体以怎样的理解和宽容，坚忍和顽强地面对他们的艰难时世。像《家事》、《落雪无言》、《梦醒何处》、《与煤有关的故事》等小说；《割爱》、《刘民家事》、《感动》等散文；《煤城之谣》、《矿工》、《父亲，我驼背的父亲》、《惟一没有被污染的河流》等诗歌，这些作品真实地书写了平庄矿区工人的生活处境和心灵世界。这些作品与80年代以前的工人写作有了极大的区别，那些年代的写作多是外部世界的描述，是沸腾的矿山、是拂晓的灯光、是怒放的钢花。颂歌、赞歌或时代主潮也是工人写作的主流形式。但在平庄矿区的上述作品中，他们超越了格式化的宏大叙事，但并没有放弃国族关怀，在不掩饰个人生存的艰窘的同时，在不回避代际价值观念冲突的同时，他们对国家民族的关怀仍然是这些作品的主流，在这些作品中我们读到的是久违的感动和来自心灵的朴素而真实的声音。

但值得注意的是，"多元文化"在话语中随处可见的时代，这些处在"第三世界"的文学现象，并没有引起批评界应有的关注。当"形式的意识形态"成为过去之后，一些"批评家"适时地将温柔的目光艳羡地转向了中产文化。这是一个中产阶层话语建立和扩张的时代，是资本神话大肆张扬和战无不胜的时代。但是，在这一社会时尚主宰下的文学，再也没有感动和浪漫，倾心的交流和人间的暖意正决堤般地流失，实利主义、金钱拜物教和欲望的展示，联袂出演了这个时代的"人间喜剧"。虽然这不是这个时代文学的全部，也没有或不能构成这个时代文学的主流，但它们被大量生产复制和消费还是令人担忧和焦虑。与这一现象构成鲜明比较的恰恰是包括工人、农民在内的反映底层生活的写作。这不是没有社会历史内容的抽象的苦难书写，而是直面现实的真实文字。这些写作者对这个时代的时尚和潮流并非一无所知，甚至他们可能一览无余，但他们坚持和崇尚的，还是没有被污染的淳朴和诚实，还是底层生活的本真、善良和博大。汹涌的时尚不能改变他们内心的坚守，短暂的困难当然也不能改变他们的文学信念。于是，他们的文学在红尘滚滚的今日就尤其显得高尚和珍贵。这就是中国"文学第三世界"再次崛起的萌芽，也是曾被文学世界彻底遮蔽而再度显露的微光。

"第三世界"概念的提出，是 1974 年 2 月 22 日毛泽东在会见赞比亚总统卡翁达时，借用国际上已流行的第一、第二、第三世界的术语，明确而完整地提出的。这个概念的提出和对世界格局的划分方法，打破了美、苏两个超级大国二分天下的局面，"第三世界"在国际上形象的确立，极大地鼓舞了发展中国家的自信心，他们在国际事务中扮演的角色越来越不可忽视。1974 年 4 月 10 日，邓小平在联合国大会第六届特别会议上首次向全世界阐释了毛泽东关于三个世界的划分思想，这个概念进一步为国际社会所认同，甚至反对使用这个概念的人也不得不接受这一概念。"文学第三世界"的情况与国际社会三个世界的划分,也相似到了这样的程度。曾经被终结的与底层现实生活相关的文学的再度崛起,证实了这一看法并非虚妄。

(原载《文艺争鸣》2005年第3期)

《中国的"文学第三世界"》一文之歧见

郜元宝

我们活在当代，凡有发言，当然须以当代生活的感动为燃料，为素材，但之所以在上访材料、投诉电话、"人大"提案、"纪录片"、"三农研究"、"国企改革对策"、"环保倡议"之外，还需要文学，是因为文学能够将这一切上升为人类普遍的情感，表达出来，期望超越个体生存的局限，被不同处境中的读者普遍地感到、懂得，于是有心灵的沟通、共鸣，于是不同时代、不同地域、不同语言、不同文化的人，也可以在文学中得到某种共同的维系，于是而有"文学性"、"纯文学"、"艺术自律"种种未必高明然而也绝对有所实指的说法。

文学，向下固然可以被研究者、考证家们还原为若干的"本事"，并且可以参与实际的社会生活的改造，可以"为人生"。但文学还不止于此，因为向上，文学可以一面将"人生"的一切实际问题包含着，一面却将诸般的信息转化为心灵语言，从而"改变精神"。"改变精神"的成绩，往往看不到，也无法为一些注重实证的研究者、考据家所重视。

从研究和批评的角度来看，要想充分显明文学的内在精神性的一面，确实需要"知人论世"，将文学的语言深入到、还原为原初的出发点，使读者也能感同身受。但，如果将这种还原性的工作定于一尊，断言一切或高或低的文学的意义，均可以、而且均只能还原为、"换算"为实际的历史政治的过程，这种新的"历史癖和考证癖"的"特种学者"，大概也只能是鲁迅当年所说的只能看到"物质的闪光"的"诗歌之敌"的借尸还魂，他们的貌似高深的研究文学的学术工作，目的只有一个，就是将渴望飞翔的精神的翅膀折断，大家一起滚入物质的污泥里去，才肯罢休。

这些本来浅近的道理，之所以到了 20 世纪的今天，反而变得异常暧昧，我觉得是有许多人故意要造成这种暧昧。

关于"纯文学"，李陀先生因为看到了80年代的美学口号、艺术口号背后的政治原动力，于是大声疾呼，叫大家不要上当，其情可感。但这也并非李陀先生的发明，因为早在20世纪90年代初，我记得当文坛反思"新时期文学"为何"盛极而衰"时，就已经有许多批评家们指出了这一点，即"新时期文学"的发动机是政治。不过那时候，大家都还留意到问题的两面性，即还没有"一言以蔽之"，将整个"新时期文学"的"文学性"和与之关联的"纯文学"的理想完全归为政治的权力运作。现在，李陀先生简化两面为一面，似乎一语警醒梦中人，大家都恍然大悟了。

这一次关于"纯文学"的讨论，我看先是李陀没有想好就说了一大通，后是许多人没有听清楚，跟着闹了一大通。

把在80年代、90年代本来已经明白了的道理重新又变得不明白，变得高深无比，我看这是故意的，因为非这样，就显示不出21世纪的中国批评的气概、水平了。

如果说关于"纯文学"的讨论，因为"学术话语"和"学院批评"的参与，而让学院以外的普通读者望而却步，自认低能，那么，看看稍微诚实一点的孟繁华兄的不断进步的一套理论，就多少可以明白一点其中的奥妙了——虽然那原文，就发表在《文艺争鸣》2005年第三期上面，但因为对于我们理解当前的围绕"纯文学"的"争论"实在有帮助，所以还是值得整段引用：

"包括工人、农民在内的底层生活经验应该是社会经验重要的组成部分，但在中国，反映工人等底层生存状态的写作历来薄弱。在现代中国这一写作内容几为真空。当代中国的工人群体的写作虽然不成熟，但却引领过风潮。胡万春、蒋子龙、陈建功等工人作家的小说，李学鳌、戚积广、王方武等工人的诗歌，以及反映工人群体生活的文学艺术作品，都在当代中国产生了积极和重要的影响，并成为当代文学经验的一部分……现在，我们有机会重新提及包括工人在内的底层生活的写作，是缘于'文学第三世界'的重新崛起。在90年代中期，也就是中国中产阶层刚刚萌发的时代,是一群热血青年以观念的方式,表达了他们对中产阶层的极大警觉和对底层生活的同情和重视。他们继承了无产阶级文学合理内容,倡导对底层生活和民众的关注。但这一不合时宜的思想观念之命运是可以想象的,他们不仅被嘲笑被讥讽,更重要的是他们被媒体和'精英阶层'无情地剿灭了。事过多年之后,我们发现,当年青年们倡导的文学观念已经被部分作家所实践。王安忆的《富萍》,林白的《说吧,房间》、《妇女闲聊录》,刘庆邦的《平原上的歌谣》,摩罗的《六道悲伤》,曹征路的《那儿》以及内蒙古平庄矿区工人作家群《太阳城》丛书的出版等,集中表达了'文学第三世界'的再次复兴。"

妙。但话要说清楚:

"在现代中国这一写作内容几为真空"。

真的吗?"五四"时期,不是已经由"文学研究会"提倡"为人生"了吗?20年代后期,不是已经"从文学革命到革命文学"了吗?稍后的创造社的"热血青年们",不是早已经断言,像鲁迅那样的"老作家",如果不获得"第四阶级"的"意识",就写不出东西来了吗?随着"杂文时代"被强行宣布已经"过去",随着专门躲在"亭子间"而不敢走上街头的"小资产阶级知识分子"的"思想改造"的凯歌行进,"三红一创"、《金光大道》和"革命样板戏",不都已经作为"红色经典"而呱呱坠地,至今还被不断"改编"吗?北京、上海两地的学者,现在不都在纷纷研究"50—70年代的中国文学",努力从中寻找"经典"吗?薛毅先生不是一再宣布,他所找到的"经典",就是《子夜》、《红岩》、甚至《红灯记》吗?怎么能够说是"几为真空"?

"他们不仅被嘲笑被讥讽,更重要的是他们被媒体和'精英阶层'无情地剿灭了。"

现在信息这么发达,我竟然不晓得还有这等"无情地剿灭了"的惨剧。真是麻木得可以。但繁华兄尽可以不必悲观,至少据我所知,"媒体和'精英阶层'"早就行动起来,一起来宣传、来论证、来保卫"无产阶级写作"和"底层文学"和"第三世界文学"了。那辉煌的第一战役,就是为繁华兄复仇，越过时间的隧道，先行"剿灭了"80年代的"纯文学"。

现在惟一的遗憾，就是"胡万春、蒋子龙、陈建功等工人作家的小说，李学鳌、戚积广、王方武等工人的诗歌，以及反映工人群体生活的文学艺术作品"还"不成熟"。

然而，等到"继承了无产阶级文学合理内容"的"王安忆的《富萍》，林白的《说吧，房间》、《妇女闲聊录》，刘庆邦的《平原上的歌谣》，摩罗的《六道悲伤》，曹征路的《那儿》以及内蒙古平庄矿区工人作家群《太阳城》丛书的出版等"不再"不成熟"时，一切"无产阶级写作"、"底层文学"和"第三世界文学"之外的"纯文学"，就不仅要"被嘲笑被讥讽"，恐怕将来的词典里连"文学"一词也要删去，一律换上"第三世界文学"。

我也想模仿繁华兄的基本句法，来上这么一段：

在现、当代中国，"纯文学"历来薄弱，几为真空，因为"政治正确性"永远高于"文学性"，"道德标准"永远高于并且随时可以取消"艺术标准"或"艺术自律"，所以很自然地，它受尽了"媒体和'精英阶层'的嘲弄和讥讽"，等到李陀先生从"新时期文学"的旧营垒里杀将出来，反身一击，笑眯眯地来到上海"漫谈'纯文学'"时，等到被繁华兄发现的新的革命文学传统日益成熟之后，区区"纯文学"，确实几乎要被"剿灭了"。

（原载《文艺争鸣》2005年第5期）

五 关于当代文学的评价问题

当下中国文学之我见
——从王蒙、陈晓明"唱盛当下文学"说开去
肖鹰

勇于立论,是当下某些批评家成名行世的不二法门。他们立论的路径,虽然常因借助了舶来的物件而花样翻新,但总不出这一道:立论以惊悚着眼,不怕把你吓着,就怕吓不着你。因为有了这些批评家们坚毅果敢的立论壮举,所以,我们就不能逃避这样的"当下中国文学经验":新世纪以来的中国文坛,虽然没有惊人的作品,但却充斥着惊人的立论。

一、王蒙的"最好论"是开中国文学的国际玩笑

"中国文学发展很快,读者的口味发展得也很快,但不管对中国文学有多少指责,我只能说,中国文学处在它最好的时候。"(《羊城晚报》,2009年11月7日)王蒙此话转回到国内,在网上招致了一边倒的抨击。王蒙很委屈,他向媒体作了辩解:"我是在法兰克福作的演讲,面对的是德国人。我所指的,是作家的生存环境、写作环境,否则的话,不存在时期好坏的划分。"(《北京青年报》,2009年11月1日)

我们应当接受王蒙的补充说明,因为它不仅让我们明确了所谓"中国文学处在它最好的时候",不是指别的,而只是"讲作家的生存环境、写作环境";而且,它还让我们懂得"只有大外行才去评论"不同时期的创作(作品)是否"是最好的"。

但是,王蒙在法兰克福的原话的确难免被人理解是从创作(作品)立论的,因为除非特别说明,除了王蒙自己心中明白,他人是不可能将王蒙的"最好"论断理解为"只是"在就"作家的生存环境、写作环境"说事的。听王蒙老人的讲话,不要在A时听了,就在A时下判断,一定要耐心

等待老人家在B时的补充申辩出来之后,并且挨到C时再作判断——如果王老在C时又有新的言论了;否则,就必犯"闭着眼睛瞎诌"的判断热急病。这是我们应当吸取的"教训"。

"作家的生存环境、写作环境"如果真让"文学处在它最好的时候",应当最有利于作家的创作,最可产生文学精品。但是王蒙确实不能以自己和同行的创作业绩来说服人们认可"这最好的时候"。身为个中人,王蒙的"最好"论是否暗含了当下中国作家自我批评的意味呢?应当是没有的,因为王蒙自己回国后的申明讲得很清楚,他只讲"中国作家的生存环境、写作环境"。实际上,当今不少在生活上"中资化"和"权贵化"的中国作家,不仅不能出精品,反而以趋炎附势和吹捧媚俗败坏中国文学的历史盛名。

当然,处在"最好的时候"未必就应当创作"最好的文学",因为反例是,王蒙提及的莎士比亚和曹雪芹都无幸生活在这"最好的时候",他们的创作却是人类不朽的杰作(依照王蒙的说法,我们也不用"最好的"来判断莎、曹)。换言之,作家生活环境的好与坏,与作家创作成果的好与坏无因果关系。晚年王蒙是以幽默行世的,无论置身庙堂还是江湖,老先生的举手投足,都富含幽默精神。但他不从创作与作品立论,而只着眼于当下中国作家们的"生存环境、写作环境",如此论说"中国文学处在它最好的时候",不仅不切题,而且立意之低,竟然堂皇地向国际社会宣讲,实在是在庄重的场合开中国文学的国际玩笑——远离国人能接受的幽默了。以王蒙在中国当代文坛之尊,开这个国际玩笑,实在是不慎重、不严肃。

二、陈晓明的"高度说"是有惊无险的"水平蹦极"

陈晓明继王蒙之后,在其余音未绝之际,以"前所未有的高度"与其"最好的时候"唱和。

陈晓明近来发言和撰文均宣称:"我以为今天的中国文学是达到了前所未有的高度。"他举了四点"高度"的标志定义:"其一,汉语小说有能力处理历史遗产并对当下现实进行批判,例如,阎连科的《受活》。其二,汉语小说有能力以汉语的形式展开叙事；能够穿透现实、穿透文化、穿透坚硬的现代美学，如贾平凹的《废都》与《秦腔》。其三，汉语小说有能力以永远的异质性，如此独异的方式进入乡土中国本真的文化与人性深处，如此独异的方式进入汉语自身的写作，按汉语来写作，例如，刘震云的《一句顶一万句》。其四，汉语小说有能力概括深广的小说艺术，例如，莫言的小说，从《酒国》、《丰乳肥臀》到《檀香刑》、《生死疲劳》。"（《羊城晚报》，2009 年 11 月 7 日）

让我们试析之：其一，"有能力处理历史遗产并对当下现实进行批判"，这不就是说作家具有批判现实主义的叙事能力吗？有这个能力就达到了"中国文学前所未有的高度"？难道说此前自《诗经》以来的数千年中国文学都是在批判现实主义的水平线下挣扎吗？其二，"有能力以汉语的形式展开叙事；能够穿透现实、穿透文化、穿透坚硬的现代美学"，前半句不过是指作家能用汉语写小说，这也是当下中国作家的一个"标高"？而且还是中国文学"前所未有的高度"？（当然，在世界范围中，更多的作家不能用汉语写小说，因为他们根本就不会使用汉语！）后半句用三个"穿透"，细想起来不过是指某些作家可以写一些非现代非现实的非古董的文学。其三，"有能力以如此独异的方式进入乡土中国本真的文化与人性深处，以如此独异的方式进入汉语自身的写作"，这句话中的两个"如此独异"是与什么相比较、如何得出来的？陈晓明没有说，我们就不妄加揣测了，只是以"独异"怎么就能树立为"前所未有的高度"呢？比如，鲁迅笔下的阿 Q 是独异的，他就比曹雪芹笔下的刘姥姥高了吗？其四，"有能力概括深广的小说艺术"，"深广"的尺度是什么？中国尺度？西方尺度？世界尺度？"概括"又如何实现？把作品搞成"概括"世界或中国的"写作大全"的"中药铺"？

与王蒙出身作家不同，陈晓明是中国新时期的文艺学博士出身。陈晓明虽然后来以文学批评为业，但远在求学时代就对始自康德、黑格尔，至海德格尔、萨特，而终于德里达一线的西方现代大哲下过深功夫（《中华读书报》，2009 年 11 月 11 日）。他能在王蒙自我否定之后再唱"今天的中国文学是达到了前所未有的高度"的高难绝调，靠的不是文学的底子，而是这一线哲学的底子。因此，陈晓明有能力直接拿当下中国作家的作品说事。然而，陈晓明对"今天的中国文学"所达到的"前所未有的高度"的四点概括，在其看上去很美很理论的表面下，却留下了给人彻底扑空的大缺陷（这是陈晓明挑战学界智力的"陷阱"？）。

坦率说，陈晓明为了赶在"60大庆年"结束之前抛出这个文学批评界"前所未有"的"高度论"，实在无暇顾及其无论中或西的"学术谱系"了。他对"前所未有的高度"的四点界定，实在是一个忽中忽西忽古忽今的急就章。这个"陈四点"，既构不成标准，也形不成解析；既让人找不到其立论的立场何在，又让人把握不住其论说的方法为何物。

近来陈晓明高调主张中国文学批评必须要有"中国的立场"和"中国的方法"，强调要看到中国当代文学与西方文学的差异性。然而，高举"中国的立场"的陈晓明做的工作是什么呢？是立即将那几位他开口皆碑的作家推举到"中国文学前所未有的高度"上。陈晓明声称他的"高度论"是"要壮着胆子为当代汉语小说说点肯定性的话"。以这几位作家代表当代中国文学的"高度"也不能服人，靠他们几位将数千年中国文学一脚踏平，陈晓明"壮着胆子"可以抛出这个"创意"，但是还不知道他们几位也"壮着胆子"敢遵陈教授之旨攀这个"高度"否？这个陈氏定位不仅罔顾今天中国文学创作力和影响力极度低落的事实，而且完全是黑格尔式的历史主义理念论的产物。陈晓明本来长期是服膺德里达的解构学说的，但现在站在"前所未有的高度"上的陈晓明的"立场"，显然不是德里达的，而是黑格尔的。陈晓明的立场转换了半天，虽然高调标榜"中国的立场"，实际上还是没有跳出"西方"这个魔阵，只不过是从德里达到黑格尔完成了一次有惊无险的"水平蹦极"。

如果真要讲"中国的立场"和"中国的方法"，中国文学传统讲原道、征圣、宗经，讲自然天才论，讲南北差异，讲文体盛衰，但绝不讲进化论，更不会讲"前所未有的高度"。这是自南朝的钟嵘至清末民初的王国维均不变的传统。王国维在《宋元戏曲考》开篇就说："凡一代有一代之文学：楚之骚，汉之赋，六代之骈语，唐之诗，宋之词，元曲，皆所谓一代之文学，而后世莫能继焉者也。"这是典型的中国文史观，在这个文史观中，陈晓明能钻研出"今天的中国文学是达到了前所未有的高度"吗？

在进化论框架下，以黑格尔式的理念主义历史观"唱盛当下中国文学"，不仅与当下中国文学的现实殊绝天壤，而且根本违背文学的运动规律。为什么声称研究当代中国文学30年的陈晓明会提出这样"前所未有的"论调？我倒不敢相信他的文学判断力真是低下到不及常识的地步了。他能从这个沉寂平淡的文学现实中捏造出"中国文学前所未有的高度"的惊人奇观，绝不是基于他的文学判断，而是基于他于附和当下"盛世"意识形态的"唱盛的立场"。准确讲，陈晓明所谓"中国的立场"，就是"唱盛的立场"。

鲁迅先生说："其实，中国人并非'没有自知'之明的，缺点只在有些人安于'自欺'，由此并想'欺人'。譬如病人，患着浮肿，而讳疾忌医，但愿别人糊涂，误认他为肥胖。妄想既久，时而自己也觉得好像肥胖，并非浮肿；即使浮肿，也是一种特别的好浮肿，与众不同。如果有人当面指明：这非肥胖，而是浮肿，且并不'好'，病而已矣。那么，他就失望，含羞，于是成怒，骂指明者，以为昏妄。然而还想吓他，骗他，又希望他畏惧主人的愤怒和骂詈，惴惴的再看一遍，细寻佳处，改口说这的确是肥胖。于是他得到安慰，高高兴兴，放心的浮肿着了。"（《"立此存照"（三）》）

依陈晓明所持的"唱盛的立场"，是绝不容许有人出来指明当下中国文学的"浮肿"的，否则，陈晓明就诉你以与媒体与汉学家合谋"唱衰当下中国文学"之罪（《羊城晚报》）。当然，陈晓明的志向还不止于此，他还要以"中国的立场"相要挟，要人们跟着他在这"浮肿"上看到"中国文学前所未有的高度"。陈晓明这样的气魄，是鲁迅时代那些只满足于以"浮肿"为"肥胖"的中国人所没有的，原因应当是他们没有机会处在这个"中国文学最好的时代"。

三、为什么说当下文学处于中国文学低谷

我是不敢苟同所谓"高度说"的。立说不仅要有根据，而且要讲道理。

对有数千年（三千年？）历史的"中国文学"作整体判断，无论如何不能如当下某些批评家"飙捧"自己看好的某些作品那样。"高度说"的倡导者举出了几位作家的几部小说，列了四点理由，就打出"前所未有的高度"的旗子，当然不能服人。姑且不论这几部小说是否达到了中国小说的"前所未有的高度"，单就中国文学文体的丰富性和差异性而言，这个"高度说"也是无立足处的。

是否中国文学在当下跌进了"前所未有的低谷"呢？同样因为中国文学的历史丰富性，我也不愿简单附和，或者说，不愿把话说得这样绝，给自己招来无谓攻击。我认为，当下中国文学处于非常的低谷——不应有的低谷。我的看法，可从两个方面来说明：一方面，从外部条件来看，文学遭遇了来自电子媒介艺术（尤其是影视艺术和网络写作）的前所未有的冲击，文学在文化生活结构上被边缘化，其社会影响力跌落到微乎其微的程度；另一方面，从内部状态来看，文学的自由创作精神和理想意识严重退落，这既表现为作家群体文学原创力的普遍下降，也表现为批评家群体的批评意识和批评能力的普遍下降。可以说，在当今中国社会国际化、市场化的深刻转型中，中国文学遭遇了前所未有的外在挑战。同时必须指出的是，当下中国文学主流未能有效应对这次挑战，而是以被动顺应的方式换来了它濒于溃败的非常的低谷状态。我们可以从如下三方面看当下中国文学的非常低谷状态。

商业化对文学全面渗透，唯钱是图在文学创作中主流化。令人悲叹的是，当下中国作家，同时享有相对宽松的政治环境和非常富裕的经济环境，但是，坚持严肃写作、为社会民生写作的作家群体，严重萎缩。当今的"中国作家"人数，无疑世界第一，但是，真正履行作家社会职责的人数，实在为数不多。因此，我们看到，当今中国文学在作品数量上出现了前所未有的"繁荣"，但是这种"繁荣"包含了太多的泡沫甚至垃圾。因为商业侵蚀，文学创作的低俗化、恶俗化趋向，是当下中国文学低谷状态的突出表现。

在严肃文学作家中，一批对于当下文学创作具有"潮流导向"意义的作家背弃自己早期关注民生、以文学承担社会良知职责的创作道路，纷纷转入了"孤岛写作"，他们沉迷于玩无聊、玩深沉、玩技巧。对于这些"孤岛作家"，他们的写作似乎不是为广大的读者服务的，而是为某些批评家服务的。"孤岛写作"的根本问题是作家们割断与现实生活相连接的脐带，他们或者用咀嚼自我内心有限资源的办法进行写作，或者以玩家或技师的手法"处理"现实。因为缺少生活的资养，他们的写作缺少真实的内容而走不出极端自我复制的死穴。这种文学低谷现象，局外人看得很清楚，而在文学内部，却被一些"有话语权"的批评家标榜为"前所未有的高度"上的创作。

当下批评家群体高度职业化，同时也高度商业化和小集团化。这种批评的"新状态"是由当今文坛"制度化"的名为作品研讨、实为"新作新人包装"的"新书研讨会"标志的。这种研讨会是出版商、作家、批评家和媒体四方"和谐组合"的产物，是当下中国文学的种种"繁荣"和"高度"的助产地。批评家群体的职业化和小集团化，不仅导致批评家话语权高度集中，而且把批评家群体的独立性捐献给以出版商为核心的"图书利益共同体"。为什么当下写作与广大读者渐行渐远？为什么由权威批评家集体"飙捧"的那些"高度小说"不能进入读者的视野，更不能为读者认可？一年又一年的超级大奖作品如果真是"前所未有的高度"上的璀璨明珠，为什么总是在阅读世界明珠暗投？

在当下中国的主流作家群体中，有许多人曾在上世纪80～90年代之际，写出了相当优秀而值得称赞的作品。当时充满启蒙理想的时代为作家们的自由创作提供了空间和动力。但是，在中国社会经济进一步的发展，中国文化日益国际化的21世纪初，中国作家群体的精神和人格极度萎缩，从"严肃写作的作家"变成了"玩严肃的作家"。王安忆的《小鲍庄》无疑是她真正的代表作，以后的《三恋》是"恋潮小说"的习作，90年代初的《叔叔的故事》预示着她的创作一个很好的转机，但是，《长恨歌》却把王安忆拖进了剪不断、理还乱的一位"沪上淑女"在陈旧的弄堂阁楼上的"一女二男"的旧愁新怨。《长恨歌》预示着王安忆的深刻危机，但是因为有国家级文学大奖撑腰,更因为有评奖权力的批评家们看好一个能够在 21 世纪"做旧上海"的作家王安忆,因此,她就自缚在弄堂深处的阁楼上专心当起"做旧上海"的职业作家。贾平凹和莫言,也曾写出了不错的乡土作品。前者的《腊月·正月》、《黑氏》和后者的《透明的红萝卜》等前期作品,今天读来,仍然是优美动人的。但是,他们的后期作品,代表如前者的《废都》、《秦腔》和后者的《檀香刑》、《生死疲劳》,以"大腕玩文学"的心态,将写作变成了宣泄和游戏、怨毒、阴暗、畸趣和彻底的变态人格的玩意儿。他们不仅羞辱文学,也羞辱人性。然而,正是这样的写作,被大腕批评家们叫好,并且标榜为"前所未有的高度"。

无疑,在当下中国作家群体中,并不是没有认真写作、关注底层生活的作家。以阎连科为代表,一批富有社会责任感和批判精神的作家仍然在写作。但是,他们的普遍问题在于,一方面,他们过于看重写作技巧和叙事方法,使其对生活的关注不深入、对人物把握不细致,作品中精神的倾注不能成为一种整体的力量;另一方面,他们的文化视野非常局限,对叙述的题材缺少历史透视力量和文化提升力量,在对现实人生的阴暗、丑恶的揭露批判中,不能同时展示人性的美好和理想的愿景。阎连科的《受活》是这种"认真的缺陷"之作的代表。这部小说被推举为当下写作的"有能力处理历史遗产并对当下现实进行批判"的代表,并作为"中国文学达到前所未有的高度"的标志之一,只能说明推举者已经丧失文学批评标准了。

但是,必须指出 20 世纪 90 年代以来的中国文学,也产生了一些堪称精品的新作。就我有限的文学阅读,认为老作家宗璞的《东藏记》,就是非常值得称赞、推举的一部优秀当代中国小说。我曾在自己撰写的一篇评论中这些写到:"当我读完宗璞的小说《东藏记》后,在难以言说的深沉醇厚的感动中,豁然意识到这两个元素在世界人生根本处的至深至纯的联系。在这部小说中,正是两者的深刻联系,即真实与美丽的百川归海式的融会、扩展,以巨大的感动包围了我,使我的整个生命为浸透全书的一种深切优美的仁爱至情所激发、提升。"这部对当下心灵具有重要启迪意义的杰作,虽然也"幸运"地"忝列"某项国家级文学奖,但是它的"文学声誉"远不如那些玩弄文字、凌辱人性的"高度之作"。这当然是当下"有话语权"的批评家们慧眼别具的结果。如果我们不追随批评家们痴人说梦，在这样的批评环境中，我们怎能期待真正的优秀之作，走进读者？又更何谈"中国文学前所未有的高度"呢？

今年诺贝尔文学奖颁发给了一位在国际上并不知名而数十年安静写作的德国女作家赫塔·穆勒。瑞典皇家学院公布的颁奖理由是，"赫塔·穆勒的文章具有诗歌的精炼和散文的平实，描绘出了一幅底层社会的众生相"。这就是说，赫塔·穆勒与历代诺贝尔文学奖获得者一样，在她的作品中体现了对人类社会的普遍问题的深刻关注和对弱势群体的真诚同情，准确讲，她代表了当今世界的良知和理想。我们的作家和批评家，是否应当从赫塔·穆勒的获奖中获得一点有益的启示呢？

明明中国文学在当下处于非常的低谷状态，为什么还有批评家出来主张"高度论"呢？这个"中国文学前所未有的高度"，是我们的批评家在他所谓的"中国的立场"上看出的。为什么在"中国的立场"就可将文学的低谷看成文学的高度呢？应当理解为"立场"赋予我们的批评家从脚往下看的权力，所以"中国文学前所未有的高度"是我们的批评家从他的脚往下看到的"高度"。

四、余话

2009年是"建国60周年大庆"之年，一些当代文学批评家纷纷做起了"中国当代文学60年"的文章，甚而推出了"今天的中国文学是达到了前所未有的高度"的盛世狂想浪漫曲。"唱盛当下文学"变成了当下文学批评的一个主题。

回顾当代中国的社会运动，上世纪80年代的当代文学批评家群体曾是最具有批评勇气而且通过自己的文学批评实践积极地推动了中国当代思想解放运动的群体，然而，谁曾料到，现在这个群体最高涨的欲求是迫不及待地要将一个尚未结束的文学历程封冻在"中国当代文学××年"的"终结"计划中。当代文学在种种不堪之后，这实在是新一种的不堪！

认真说，中国当代文学亟需的不是"××年的历史定位"，而是真正深刻而有尊严的文学批评。这种深刻而有尊严的文学批评，是坚持"唱盛心态"的文学批评家不能实践的。

（原载《北京文学》2010 年第 1 期）

关于"当代文学"的评价问题
王彬彬

2009年，有着一股"盘点热"。"中国当代文学"批评研究界中的一些人，也"盘点"着"60年的中国文学"。"盘点"的结果，是"成就辉煌"。

在这颂歌合唱中，陈晓明是具有代表性的一位。陈晓明对"今日中国文学"的歌颂，我毫不惊讶。我所惊讶的有两点。一是陈晓明忽然强调"中国立场"，强调要拒绝西方的文学尺度，强调中国文学不必向世界文学看齐。坦率地说，即便强调文学评价同时要有"中国立场"，强调评价本民族文学不必完全依照"世界标准"，并非没有一点道理，由陈晓明来以教训的口气高声强调这一点，也有些滑稽。多年来，一直有人提醒、劝告陈晓明要有"中国立场"，要注意"中国语境"，要顾及中国的现实，不要把西方时髦理论盲目地往中国和中国文学身上套。对这些提醒、劝告，陈晓明要么反唇相讥、要么嗤之以鼻。而2009年却潇洒地一转身，举着"中国立场"的大旗，教训起别人来，这怎不令人惊讶？另一个让我惊讶之处，是陈晓明忽然对"十七年文学"的主流作品大唱赞歌。对"十七年文学"的颂歌，从有些人的喉咙里发出，并不令我奇怪。但陈晓明也对"十七年文学"的主流作品称颂起来，且声调高昂，大有后来居上，成为"领唱"之势，却不能不令人瞠目。

一

关于"中国立场"问题，后面再说。先说"十七年文学"的问题。

上个世纪从70年代末到80年代初的几年，有所谓"伤痕文学"和"反思文学"的兴起。当时，有一个叫李剑的人写了《歌德与"缺德"》这样的文章，对揭露伤痕、反思历史表示了强烈的不满。但李剑的文章立即激起批评界和广大读者的满腔义愤,批评界对之进行了集体声讨。当时的批评家们,对《班主任》、《伤痕》、《枫》、《许茂和他的女儿们》、《记忆》、《邢老汉和狗的故事》、《犯人李铜钟的故事》、《李顺大造屋》、《芙蓉镇》这一系列作品,予以了热情的肯定。当时肯定这些作品的批评家,许多人已离我们而去。但其中较年轻的一些人,至今还健在,还在发表着对文学的看法。

80年代中后期,有所谓"先锋文学"的兴起。徐星、刘索拉、马原、莫言、余华、苏童、格非等一批被称为"先锋作家"的人,一时间成为议论的焦点。"先锋文学"也造就了几个不遗余力地为之辩护的"先锋批评家"。如果我的记忆不错,陈晓明就是由"先锋文学"所造就的批评家。在"先锋文学"遭遇不少人的反感、质疑时,陈晓明一篇接一篇地发表着长文,从不同角度阐释"先锋文学"的意义和价值。"先锋文学"之后,有所谓"晚生代"登场。"先锋批评家"中的一些人,以陈晓明为代表,又顺理成章地成为"晚生代"的颂扬者和阐释者。

批评界肯定"伤痕文学"和"反思文学"的理由,是这些作品具有着难能可贵的品质。对个人命运的关注,以及作家主体性的显现,是这些作品所具有的可贵品质之一种。而接通了、承续了"五四"文学的人道主义精神,则是这些作品所具有的另一种可贵品质。这二者其实是密不可分的,或者说干脆就是一回事。对这些作品的这种看法,后来成为"定论",进入了文学史著作。例如,洪子诚所著的《中国当代文学史》,在论及"伤痕文学"时,就说:"这些艺术上显得粗糙的作品,提示了文学'解冻'的一些重要特征:对个人的命运、情感创伤的关注,和作家对于'主体意识'的寻找的自觉。"(1999年版第240页)。而陈思和主编的《中国当代文学史教程》,则以《"五四"精神的重新凝聚》为题,论述这一时期的文学现象,认为这些作品"在批判现实方面达到了50年代以来从未有过的深度和力度,由此展现的知识分子的主体精神也出现了'五四'以来罕有的高扬"。(1999年版第190页)。

"先锋批评家"肯定"先锋文学"和"晚生代"的最大理由,则是这些作品体现了文学的"向内转"。"向内转"被作为一种绝对正面的现象,因而也是绝对值得赞美的。与此同时,所谓的"宏大叙事"、"巨型语言"则被视作绝对负面的现象,因而也是绝对应该鄙弃的。"先锋批评家"在称颂"向内转"的同时,总是要对"宏大叙事"、"巨型语言"表示不屑,总不忘对"宏大叙事"、"巨型语言"进行挖苦、嘲讽,总是要说明"宏大叙事"、"巨型语言"如何荒谬可笑。在为所谓"晚生代"叫好时,"先锋批评家"特别对所谓"个人化写作"热情讴歌。

为了学习和温习一下陈晓明历年来的观点,我请同学找来了几本陈晓明的书。现在抄录一点陈晓明当初的言论。陈晓明在研究"先锋派"的专著《无边的挑战》中,在从诸多方面赞美"先锋派"后,对"先锋派"这样"盖棺定论":"先锋派创造的新型艺术经验并没有迎来文学复兴的时代,相反,它却耗尽了文学最后一点的热情和创新的想象力。文学在这个时代已经死去,而我们不过是些哭丧的人——我知道大多数人会把我的这种想法视为故作惊人之语,然而,数年前这种想法就使我困扰不安,当我写完这部书稿时,这种看法已经令我深信不疑。"①

"先锋派"之后,有所谓"晚生代"。"晚生代"是陈晓明的命名。事实上,陈晓明并没有对着"先锋派"的灵柩"哭丧",而是立即对着"晚生代"的圣婴歌唱。我书架上有一本汉语大词典出版社 2001 年出版的《90 年代批评文选》,其中收有陈晓明的论文《晚生代与 90 年代的文学流向》,也抄录一点:"文学写作从来没有像今天这样回到个人本位";"事实上,与传统对话的文学写作已经变得自欺欺人";"'晚生代'生不逢时却也恰逢其时,以他们更为单纯直露的经验闯入文坛,明显给人以超感官的震撼力。他们的兴趣在于抓住当代生活的外部形体,在同一个平面上与当代生活同流合污,真正以随波逐流的方式逃脱文学由来已久的启蒙主义梦魇";"毫无疑问文学写作是非常个人化的行为";"当然,'晚生代'还应该有更宽阔的视野,他们现在不过初露端倪,他们风头正健,潜力十足,不可拒绝。

---

① 陈晓明:《天边的挑战》,广西师范大学出版社 2004 年版,第 424 页。

……所有这些都表征着一个极为壮观的过渡性的后东方空间,'晚生代'的叙事法则超渡于这个空间,肯定会大有作为,一种独特的,真正扎根于直接现实之中的文体,一种毫不犹豫的直接而彻底回到个人生活的纯粹中去的叙事,将无可争议预示着90年代的文学向度。"

"90年代"早就过完了。新世纪最初的10年也所剩无几了。陈晓明的预言并没有实现。那个被装进"晚生代"这个框子的一群人,还未来得及达到像样的亢奋,就虚脱了、疲软了,于是风流云散。其中大部分人,早被人们遗忘。少数几个还在写的人,也早就改弦更张。不过,我现在不想说这些。现在我要说的是:无论是对"伤痕文学"与"反思文学"的肯定,还是对"先锋文学"与"晚生代"的颂扬,都意味着对"十七年文学"的否定和贬抑。实际上,在人们肯定"伤痕文学"和"反思文学"时,"十七年文学"和"文革"文学,始终是一个参照,当然是否定意义上的参照。面对"伤痕文学"和"反思文学",当人们说它们关注个人命运和情感创伤时,当人们说它们体现了作家"主体意识"的觉醒时,当人们说它们在批判现实方面具有了"当代"从未有过的深度和力度时,当人们说它们显示了"五四"精神的重新凝聚时,也就是在说:"十七年文学"和"文革"文学,是漠视个人命运和情感创伤的;是没有表现出作家的"主体意识"的;是对现实不具有批判精神的;是与"五四"精神背道而驰的。至于"先锋批评家"在颂扬"先锋文学"和"晚生代"时,不但"十七年文学"和"文革"文学是参照物,甚至此前的"现代文学"和此后的"伤痕文学"与"反思文学"也是参照物,当然也是否定意义上的参照物。当他们颂扬"先锋文学"的"向内转"时,当他们颂扬"晚生代"的"个人化"时,也就同时表达了对"十七年文学"的贬抑。因为"十七年文学"无疑是一种向"外"的文学,无疑是与"个人化"水火不容的文学。而当"先锋批评家"对"宏大叙事"、"巨型语言"极尽嘲骂之能事时,"十七年文学"也当然是最"合格"的嘲骂对象——"宏大叙事"、"巨型语言"不正是"十七年文学"最显著的标志么?

仍抄一段陈晓明的话。陈晓明《无边的挑战》第五章论述的是"先锋小说的抒情风格",他说:"总而言之,现代以来,小说叙事的'抒情风格'从来没有被当作一种纯粹的美学形式加以运用,它总是凝聚着过多的历史情愫和思想价值取向,因而它在20世纪的文学流向中总是遭致贬抑,终至于枯竭是不足为奇的,随着新中国成立,'革命文艺'取得正宗权威地位,小说必须反映人民群众火热的现实生活,反映社会主义时期本质规律,'抒情风格'当然没有藏身之地。至于'革命的浪漫主义'只限于一些'颂歌'、'民歌'和'山歌',主要是意识形态的夸张热情,而且必须和'革命的现实主义'相结合。在十七年以及'文革'期间,现实主义艺术规范占绝对统治地位,小说叙事强调'客观地'、'真实地'再现生活的'本质规律',小说的抒情笔调除了在一些风景描写和偶然的议论感想略见一斑外,几乎不见踪迹,它当然不可能成为一个时期、或某个群落的风格追寻。"(2004年版第129~130页)。这番话,本身是否准确,另当别论。但这无疑是在将"十七年文学"和"文革"文学作为一种否定意义上的参照。

二

在整个80年代,"十七年文学"中的主流作品,都是被否定、遭鄙薄的。在80年代前期,"文学创作的规律"是一个理论批评的常用语。理论家批评家们总强调要尊重"文学创作的规律",而"十七年文学"和"文革"文学则被视作违背"文学创作规律"的畸形儿。在80年代前期,人们还强调"伤痕文学"和"反思文学"显示了"真正的现实主义精神",而"十七年文学"中的主流作品,则被视作"伪现实主义"的表现。进入90年代后,情形发生了耐人寻味的变化。先是有人抛出了"红色经典"这一说法。他们要把"十七年文学"中的那些主流作品推到经典的地位,却又同时表明,这只不过是一种自成谱系中的经典,并不是《哈姆雷特》、《红楼梦》意义上的经典,也就拒绝了那种普世性的文学尺度。这虽然荒谬,但还让人感到一丝羞涩;还显示了某种退守的姿态;还有意无意地告诉世人:他们不过是在自娱自乐。进入新世纪后,"十七年文学"的赞美者则更为勇敢了。他们抛弃了"红色经典"这一挡箭牌和遮羞布,毫无愧色地对

"十七年文学"中的那些主流作品表达着热情的颂扬，理直气壮地宣称这些东西也是一种"伟大成就"。——让人没法不感慨的是：这些人中，有的，正是当初捍卫和赞颂"伤痕文学"和"反思文学"者；有的，则是像陈晓明这样为"先锋文学"和"晚生代"一路欢呼下来的"先锋批评家"。

对"十七年文学"中的那些主流作品"去政治化"，是今天的"十七年文学"讴歌者常用的手法。他们总在强调，这些作品不仅仅只有政治层面，还有政治以外的东西，而这些政治以外的部分，是十分精彩的，是有极大价值的。陈晓明最近撰文说，他在课堂上将《创业史》这类作品中的一些片断念给学生听，学生啧啧称奇，说是写得"一点不比今天的作品差"。看了这番话，我对近几年研究生面试中的一种现象更加理解了。最近几年的研究生面试中，常有学生表示喜爱"十七年文学"，而追究其喜爱的理由，则往往让人啼笑皆非。在前不久的"推荐研究生"面试中，一位女生说自己喜爱《三家巷》，而喜欢的理由，则是小说"写了乞巧节"。我问她如何看待《敌与友》这一章中毛泽东的《中国社会各阶级的分析》发表后在三家巷引起的震动，她摇摇头，说是"没有印象"。我呆呆地看着她，在心里一声叹息。套用毛泽东评《红楼梦》的话，《敌与友》这一章，可谓是《三家巷》全书的纲。《三家巷》是以小说的方式图解《中国社会各阶级的分析》，是以文学的方式强调"阶级情"应该重于"骨肉情"，"阶级情"应该战胜"骨肉情"。喜爱《三家巷》却对《敌与友》这一章毫无印象，我除了在心里叹息，还能说什么呢？她的老师，一定是像陈晓明一样，以赞赏的口气，在课堂上念了一些《三家巷》中的片断，以此证明小说的优秀，才让学生只知"乞巧节"却不知《敌与友》，——这不是误人子弟，又是什么呢？

一只苹果，如果大部分烂了，说这是一只烂苹果，应该没有什么不妥吧？当然，你如果说，这只苹果还有一部分没有烂、可以吃，也自有道理。但是你如果进而说，这只苹果有一部分没有烂，因而不能说是一只烂苹果，应当认为是一只好苹果，那就走向荒谬了。今天的一些人，玩的正是这种荒谬的把戏。他们先对"十七年文学"中的主流作品"去政治化"，强调其中也有"乞巧节"一类的场景,写得很好,不能否定。接下来,则说这些作品中也有写得很好的"乞巧节"一类的场景,所以整个作品都是应该肯定的。这有点像障眼法。毫无疑问,"十七年"里的有些作家,如周立波、柳青、赵树理、欧阳山等,是富有文学才华的。因此,在他们的作品中,有些风景描写,有些风俗叙述,有些场面刻画,具有一定的文学性。这一点丝毫不必否认。但是,这些枝节性的东西,不足以影响对整部作品的评价。《三家巷》、《创业史》这类作品,是观念先行的产物,是在图解某种政治理念。它们展现的是臆想的历史和臆想的现实,却又对读者产生着可怕的影响。《三家巷》让读者相信"阶级情"重于"骨肉情","阶级情"应该战胜"骨肉情"。而现实中那么多人伦悲剧、那么多的人与成为"敌人"的亲人"划清界限",不能说与《三家巷》这样的作品没有关系。卢新华的《伤痕》,史铁生的《奶奶的星星》,某种意义上表达的正是对《三家巷》的否定。《创业史》这一类的作品,也引导读者以"阶级斗争"的眼光去打量、感受和理解现实,于是,现实中的"阶级敌人"便层出不穷。王元化在《论样板戏》一文中,曾这样评说"样板戏":"样板戏炮制者相信:台上越是把斗争指向日寇、伪军、土匪这些真正的敌人,才会通过艺术的魔力,越使台下坚定无疑地把被诬为反革命的无辜者当敌人去斗。"这番话,用在"十七年文学"中那些主流作品身上,也是合适的。

这些年,肯定、赞美"十七年文学"几乎成为一种潮流。这情况当然不那么简单。并非所有肯定、赞美"十七年文学"者,都有着同样的原因,都出自相同的动机。我相信,有一类肯定、赞美"十七年文学"者,未必出自真心。但有一类人,是真的对"十七年文学"一往情深的。究其原因,就在于他们成长于"十七年"。从少儿到成人,都是在"十七年"度过的。他们最初接触的文学,就是"三红一创"这类作品。"十七年文学"陪伴着、参与着他们的精神成长。如果说"十七年文学"也是一种精神乳汁的话,他们是喝着这种乳汁长大的。"十七年文学"构成他们牢固的文学记忆。"十七年文学"塑造了他们的文学趣味和文学观念。"十七年文学"规范了他们感受、理解文学的方式。"十七年文学"甚至成为他们衡量一切文学的尺度,甚至成为一种"元文学"。更重要的是,"十七年文学"溶进了他们的血液,成了他们精神世界的一部分。既如此,他们终生不渝地喜爱"十七年文学",也就不难理解了。这多少可与人们总是怀恋故乡风味相比。那些成人后离开了故乡的人,哪怕每日吃着山珍海味、豹胎龙肝,也总怀念故乡那些低廉的食物。许多人,一想起"妈妈做的菜"便口舌生津。而那"妈妈做的菜",其实不过就是咸咸的萝卜干;其实不过就是臭臭的豆腐乳;其实不过就是咸菜炒肉丝,其实不过就是酸菜炖鱼头……而"十七年文学"对于某一类人来说,正是"妈妈做的菜"。

"十七年文学"与"红卫兵精神"的关系,也是一个值得研究的问题。"红卫兵"一代人,正是读着"十七年文学"长大的。"红卫兵"一代的"英雄情结"、"斗争精神"、"仇恨意识",都应该与"十七年文学"有着并非可以忽视的牵连。把"文革"前的长篇小说《三家巷》与"文革"后的短篇小说《伤痕》作点比较,是颇有意思的。《三家巷》强调"阶级情"重于"骨肉情":强调"亲不亲,阶级分"。《三家巷》让读者明白,即便是骨肉至亲,如果分属于不同的"阶级",也就只能形同路人,也就必须刀枪相见。而《伤痕》里的王晓华,正因为奉行着这种价值观念,便毅然与成为"阶级敌人"的母亲一刀两断。在年龄上,王晓华正属于"红卫兵"一代,正属于被《三家巷》这类作品所养育的一代。

三

陈晓明肯定"十七年文学"的理由之一,是那时的文学,人物写得好。例如,在《中国文学达到了前所未有的高度》一文中,陈晓明说:"我在上课时,随便在《创业史》中抽出一个场景,一段描写,即使是现在的80后学生都十分欣赏。他们说想不到那时的文学写得那么精彩,那时描写的人物并不亚于现在的文学水准。"[①] 如果说今日小说中人物普遍写得不好,那不正是"先锋小说"带来的恶果之一么?拒绝塑造人物形象,不正是当年

---

① 《羊城晚报》2009年11月7日。

"先锋"之所以为"先锋"的重要标志么?人物在小说中影子化,人物在小说中变得飘忽不定,人物在小说中似有若无,不正是"先锋小说"的一种"审美特征"么?如果认为塑造人物仍然是小说应该追求的一种美学目标,那今天的陈晓明,站在讲台上,是否应该对当年的"先锋派"有所反思呢?

今日的陈晓明是否在课堂上对"先锋派"有所反思,我不得而知。但人们都记得,陈晓明当初是如何赞颂"先锋派"的。陈晓明最近引起争议的,主要是"前所未有"论。在《中国文学达到了前所未有的高度》一文中,陈晓明说:"我以为今天的中国文学是达到了前所未有的高度,我说这句话在整个中国当代文学研究界是不会有人同意的。"当然,陈晓明后来又说"前所未有"是在"60年"这一范围内说的。陈晓明是否"孤掌难鸣",我也不知道。但我记得,"前所未有"这一论断,陈晓明当初已经对"先锋派"下过一次:"不管如何,在20世纪80年代后期文化溃败的岁月里,先锋派文学创造了新的小说观念,叙述方法和语言经验,可以不夸大地说,先锋小说改写了当代中国小说的一系列基本命题,和小说本身的定义。小说写作被移置到个人化的经验位置上(生存经验和语言经验位置上),当代小说因此取得了前所未有的艺术成就和无可置疑的艺术高度。"[①] "先锋派的形式革命夺取了当代文学最后的胜利"[②]、"改写了小说的一系列基本命题"、"形式革命"云云,当然也包括对塑造人物的拒绝了。如果陈晓明要反思"先锋派"在塑造人物上的偏颇,是否也应该同时反思一下自家先前对"先锋派"无限度的"唱盛"呢?

当然,人们更有理由问一声:这两次"前所未有",是怎样的一种关系?从陈晓明所列举的代表"今日文学前所未有"水平的作品看,所谓"今日文学"是指上世纪90年代以来的文学,也就是"先锋派"虚脱、消停之后的文学。既然"先锋派文学"是"前所未有"在前,"今日文学"则"前所未有"在后,陈晓明唯一能作出的解释,就是"今日文学"已大大超越了"先

---

① 陈晓明:《无边的挑战:中国先锋文学的后现代性》,广西师范大学出版社2004年版,第432页。

② 同上,第434页。

锋派文学","今日文学"在艺术价值上已远远高于当年的"先锋派文学"。换句话说,今日的"前所未有"已经盖过了当年的"前所未有"。但问题并没有结束。人们还有理由问:在陈晓明沉痛而悲壮地为"先锋派"致悼词时,分明表达了自己"深信不疑"的看法:"先锋派"意味着中国当代文学最后的辉煌、"最后的胜利";"先锋派"的消亡,意味着中国当代文学的终结;文学从此走向"死亡";而"我们",唯一能做的事是"哭丧"。这也就是说,"先锋派"取得的艺术成就,不但是"空前"的,也是"绝后"的。然而,今日的陈晓明又以"深信不疑"的口吻告诉我们:当代文学非但没有"死亡",反而青春大为焕发,攀上了新的高峰,实现了又一次的"前所未有"。——对于陈晓明这两次的"深信不疑",我们该"深信"哪一次呢?如果文学在90年代以后又死而复生,那是什么灵丹妙药竟能起死回生呢?

在《中国文学达到了前所未有的高度》中,陈晓明说:"其实唱衰中国当代文学是从上世纪90年代以来在中国主流的媒体和中国的批评界就存在的。因为90年代退出批评现场的一批人也认为中国再也没有好的文学。媒体的兴起也围攻文学的一个场所,因为媒体是要'骂'才有人看。他们觉得骂文学最安全,骂别的很困难也不专业,所以到处是骂文学的。"陈晓明所谓的"唱衰"开始之日,正是当代文学被陈晓明宣布"死亡"之时,也正是陈晓明要带领"我们"一起"哭丧"之时。既然您可以"哭丧",别人就怎么不能"唱衰"呢?既然文学已经"寿终正寝",除了"哭丧","唱衰"不就是"我们"唯一能做的吗?既然您都在那里"哭丧"了,其他人"不退出批评现场",还愣着干什么?

将陈晓明今日言论与稍前些的言论相对照,人们会提出许多疑问。又例如,在歌颂所谓"晚生代"时,陈晓明也以"深信不疑"的语调宣称:"与传统对话的文学写作已经变得自欺欺人。"那么,今日的"达到了前所未有的高度"的文学,是否都是不再"与传统对话"的文学?陈晓明列举的代表"今日文学"之"前所未有"成就的"大作品"是阎连科的《受活》、贾平凹的《废都》、《秦腔》、莫言的《酒国》、《丰乳肥臀》、《檀香刑》、《生死疲劳》、刘震云的《一句顶一万句》。这些作品,都没有"与传统对话"吗？或者说，它们正因为拒绝"与传统对话"才"前所未有"地"大"吗？

现在该说说所谓"中国立场"问题。陈晓明的"中国立场"论，主要是针对德国的中国文学研究者顾彬而发的。在陈晓明看来，顾彬完全代表着"西方立场"。顾彬是德国人，这没错。但要说顾彬因此就必定是以纯西方的、彻底非中国化的眼光评价中国当代文学，就并不准确。在研究中国当代文学前，顾彬长期研究中国古代文学和中国现代文学。我这样说，是在强调：中国古代文学和现代文学，也是顾彬评价中国当代文学的尺度或对照，他的"立场"并非是纯西方的。具体说来，顾彬评说中国当代文学的尺度或参照有以下几种。

第一种，是欧洲的经典作品，这又以德国的经典作品为中心。作为欧洲的德国人，顾彬对欧洲的经典作品当然是很熟悉的，对德国的经典作品当然更熟悉了。当他研究、评价中国当代小说时，以此为尺度和参照，是自然而然的事情。

第二种，是中国的古代文学。顾彬在研究中国现当代文学前，致力于中国古代文学的研究，并以对杜牧的研究获得博士学位。中国古代文学成为他评价中国当代小说的尺度和参照，也是顺理成章的事情。

第三种，是中国现代小说，即1949以前以鲁迅为代表的现代小说创作。对鲁迅，顾彬也有很深的钻研，六卷本的德文版《鲁迅选集》，是顾彬主持翻译的。当他以中国现代文学为尺度和参照来评价和否定中国当代小说时，这种尺度和参照实际上常常就具体化为鲁迅这一单个作家。

第四种，也是不为人注意却又最耐人寻味的一种，是以欧阳江河、翟永明、王家新、西川等人为代表的最近几十年的中国诗歌。实际上，顾彬激烈否定的，只是中国当代小说，而中国当代诗歌则被顾彬认为是"世界一流"。顾彬所推崇的这些诗人，与他所鄙夷的那些小说家，是生活在同一时空的，是在同样的政治、经济、文化条件下进行文学创作的。他们面临的困境和诱惑是相同的。顾彬对这两类人一褒一贬。褒扬时以"世界一流"称许；贬抑时用"垃圾"形容。而当他用"垃圾"来形容那些他所不喜欢的当代中国小说时,那些"世界一流"的当代中国诗歌,无疑是一种尺度和参照。

当然不是说,这四种尺度和参照,是独立地存在于顾彬的头脑中,每次都独立地起作用。它们应该是交融着、纠缠着、混合着,共同构成顾彬理解、接受中国当代小说的文学修养、文学基线和价值标准。顾彬对中国当代小说的评价是否准确,是可以讨论的。但陈晓明用一顶"西方立场"的帽子往顾彬头上扣,是盖不住整个脑袋的。

陈晓明还认为,外国人,不以汉语为母语的人,对"汉语文学"的感受理解,必定不如中国人,必定不如以汉语为母语的人。这个判断也是颇有问题的。陈晓明作出这个判断的前提是:中国人,以汉语为母语的人,汉语水平必定高于外国人,必定高于以汉语为外语的人。这个前提并非是不证自明的。我们知道,有些中国人,外语比以那"外语"为母语的人还要好。林语堂的英文水平,就被英国人认为比英国的一般作家还好。南京一著名作家的千金,高中时,英语就被英国人认为比英国人好。既然中国人的外语水平可能比外国人还好,外国人的中文水平就也可能比中国人还好。我们有太多的中文系教授,汉语文章常常文理不通。我也确实见过一些外国教授,汉语文章能文从字顺。所以,不能不证自明地说,中国人对中国文学的理解,就必定比外国人准确、深刻。至于顾彬,如果说对中国当代文学说过些不靠谱的话,说过些不着腔不着调的话,也正常极了。中国的中国当代文学研究者,就不说不靠谱的话吗?就不说不着腔不着调的话吗?就必定比顾彬少说这种话吗?就不可能比顾彬更多地说这种话吗?

(原载《北京文学》2010年第2期)

再论"当代文学评价"问题
——回应肖鹰王彬彬的批评

陈晓明

2009年11月1日,我在中国人民大学举行的"中国当代文学与汉学的互动"的圆桌会上做了一个发言"中国当代文学60年:开创、转折、困境与拓路",其中强调了一个论点:理解和评价中国当代文学应该有一点中国学者自己的立场。在此前提下,我以我的理解角度,对中国60年文学做出一个简要概括。我认为,放在这60年的框架中,中国当代文学并非是一个衰败的过程,并非都是垃圾。而是有一些作品达到这60年以来前所未有的高度。当时德国汉学家顾彬教授坐在我的对面,此番话无疑也是与顾彬展开对话。众所周知顾彬的"垃圾论",在此我无须加以重复。会后《羊城晚报》有记者要采访我,希望我就在人大的发言再加阐发。但我忙于上课和组织两场演讲活动,就发去人大发言的整理稿,请记者摘取其中观点发表。记者按其职业习惯和需要,就以"中国当代文学达到前所未有的高度"为题发表,遂引发一些争论。

有不同见解并予以展开批评,进而使严肃的学术讨论得以推进,这样的争论本来是好事。但其间有几个批评者不知出于何种目的,有意歪曲我的观点,既不顾及我言说的前提,也不考虑讨论问题的逻辑(而做到这一点并不困难),只是热衷于夹枪带棒、恶语相向。假如允许我说得直接一些,他们的高调言辞在我看来毫无实事求是之心,偏多哗众取宠之意,恰如孟繁华先生所言,是"憎恨学派"搞的眼球经济学,实则与学术无关。自我从事学术研究工作以来,抱定的宗旨即在于自主性的理论探讨和文本批评,以图有所创见有所贡献,故一向不愿作言来语去的即时性的辩驳文章,尤自警与人意气相争。事实上,在全球化与大众文化语境全面铺开的情形之下，严肃的学术问题及其话语方式，也越来越多地经历着自身调整和嬗变。近年来的学术风气因此有所变化，甚至出现某些以媒体炒作的方式来代替认真的学术讨论等不良倾向，所有这些，在我都是愿意抱着善意去理解的。不料最近一段时期，几位骂派批评干将越发轻狂得意，不仅将其简单粗暴片面偏激的荒唐逻辑推向极端，而且试图以似是而非的道德高调混淆视听招摇过市。正是有感于这种状况，我不得不写下这篇文字，希望通过摆事实讲道理的方式，再次陈述自己的学术观点，澄清真相，认识事物的本来面目。我还希望真正关心中国当代文学的同行，能够一起来认真思考如何评价中国当代文学价值的问题，还中国当代文学一个真实形象和应有的评价。也期望同行们能在一个学理的和知识的平台上来探讨问题，那些骂派作风从此可以休矣。

一、关于"有一点中国立场"与"长城心态"

在2009年11月1日的人大圆桌会上，我提出评价中国当代文学"要有一点中国立场"。我的前提是：其一，我们倾尽全心学习西方有相当长的时间，当代中国的社会科学和人文学科实际上都深受西学的影响。其二，一种文学总是与其自身的传统相联系，总是与其自身的文化密不可分，评价汉语文学当然是要生长于这种文化中的人更有发言权。其三，汉语有其独特性，要理解和领悟这种语言构造的文学作品，需要以汉语为母语的人才能真正彻底阐释出语言中的那些微妙或奥妙的韵味。其四，汉语翻译成西方语言有相当难度，全世界就那么几个像样的汉语翻译家，汉语言文学要国际化，要获得世界承认还有漫长的时间。在这些前提下，我提出评价中国当代文学，还是要有中国学者自己的清醒意识。所谓立场，没有什么大不了的，就是自己对自己文学和文化的体认。这本来是常识性问题。试问，中国学者研究德国文学的可以去给德国文学做出整体性评价吗？可以给出德语文学最权威的论断吗？不要说中国学者，就是美国英国法国荷兰学者都不可能，只能是他们德国本国的学者。但何以中国当代文学就被顾彬一句话搞得天翻地覆，中国媒体闹腾了几年，如此重视顾彬的言论，我觉得太不正常了。以至于顾彬自己都不满意,早在 2007 年 3 月 26 日那次人大圆桌会顾彬就不满意,他发言时说对大家都说他是对的,让他颇为不快。①

正是因为此种现象,本人才提出中国学者总要有能力对本国的文学作出判断。这样的判断,有必要坚持中国学者自己的立场。

令人奇怪的是,肖鹰居然上来就扣帽子,文章的标题就是《评中国当代文学批评家的"长城心态"》,他在文章中写道:

> 日前在京召开的一个学术讨论会上,有当代文学批评家宣称:中国当代文学 60 年在现代性的历史上的定位,"必须由中国自己的学者来完成"。此话并非孤鸣独发,而是当代文学批评在近年来渐成声势的一个代表性的论调。
>
> 在笔者看来,该论调不是空穴来风,而是伴随着"崛起的中国"意识形态而生的。这个论调的倡导者认为,开放 30 年来,由于西方学术(汉学家)对中国文学史叙述的话语霸权的影响,使中国本土学者丧失了对中国文学的话语权,而将"定位中国当代文学 60 年"收归为本土学者的文学史权力,则是重建本土学者的"文化立场",恢复其话语权的必然之举——这是当代中国文学研究者的历史使命。笔者认为,这表达了当代文学批评家的"长城心态"。②

中国的文学要由中国学者来完成定位,这正如德国的文学要由德国学者来完成定位一样,这是天经地义的事。但"定位"是一回事,兼收并蓄西方的学说是另一回事,二者并无矛盾。况且我们都长期受西学熏陶,哪里可能就关起门来自己搞一套呢?什么叫"收归"权力?这项权力一直在中国人手中,只是顾彬来搅了一下局,让一些人晕了头,顾彬都觉得无聊,

---

① 这篇对话可以参见网页:http://bbs.yjsy.ecnu.edu.cn/dispbbs.aspboardID=25&ID=141535&page=1。该对话整理有肖鹰加的按语,想必肖鹰是审核过。
② 《中华读书报》,2009 年 11 月 18 日。

怎么这么不中用呢！如此情势下，我只是说"有一点中国立场"，怎么变成"长城心态"？有一点立场就是全部交付给"民族主义"？就像一个人渴了，说要喝一杯水，肖鹰就一直指责他为什么不自量力要想喝下大海？他的批判就是这样毫无逻辑地无限上纲。看看肖鹰是怎么推理的：他把"有一点中国立场"归结为"文化主权"之争，然后：

> 试问，在人类文化的历史运动中，曾经有过这样的"文化主权"吗？这样把民族国家的"领土主权"意识挪用到文化（文学）研究，不仅错误而且荒谬，它令人联想到两千多年前的秦始皇同时进行的两大创举：建筑长城和焚书坑儒。这两大创举的共同效用就是禁锢与拒绝。中国已经告别帝国时代 100 年了，但百年之后，大地上的长城早已成为一个单纯的历史象征，一些当代中国学者建筑"文化长城"的心态却又"愤然崛起"！

他臆想了一个争夺文化主权的战争，然后强加到我身上。这就居然联想到两千多年前的秦始皇建"长城"和"焚书坑儒"，刚才还要"联想"，立刻变成了事实，于是，愤然谴责中国学者建筑"文化长城"。

肖鹰实在太高估我了，我说这么一句"有点立场"，就要筑起"文化长城"！就像"文革"时期，某人把毛主席的画像拿倒了，立即就要颠覆无产阶级专政。如此腔调，一脉相承。只要读读肖鹰迄今为止的那些大批判文章，就不难看出这一点：任意歪曲，毫无逻辑，打棍子、扣帽子、捕风捉影、栽赃、无限上纲、置之死地而后快……。"文革"过去三四十年了，这种大批判文风如今又死灰复燃，却还不胫而走，岂非咄咄怪事！

肖鹰现在玩这一套手法，正是得心应手之时。他根本不要顾及对方的论点论据，也不会理会逻辑和推理，他需要的是引起动静，吸引眼球。他先是看到于丹火了，凑上前去批了一通，立即引起关注，算是在媒体崭露头脚。后来看到郭德纲走红，想着法子也要去和他闹腾一下。接着盯着赵本山小沈阳，痛加斥责。指着赵本山小沈阳说"没文化"，"低俗"，他指斥赵本山"代表的是狭隘的农民文化意识",[①] 提出有关部门要给赵本山的二人转非物质文化遗产保护单位"摘牌"。这下可在娱乐界爆得大名了。

肖鹰现在对他在媒体的轰动效应想必是春风得意,最近又批判起茅盾文学奖。他说,"茅奖"应该停评10年,理由是现在四年评一次,怎么能出好作品呢?好作品应该十年磨一剑。看来他并没有搞清楚茅奖的评法,就在妄发议论。茅盾文学奖是四年评一次,并不等于作品只能在这四年内完成,只是指在这四年内发表的作品,作家写了十年、二十年、三十年的作品,只要在这个年限内发表出版,都可参加评奖。

如今傻子都知道,写点骂人的文章只要沾上赵本山、于丹、韩寒、郭敬明、郭德纲、小沈阳……等等,就会有极高的转载率和点击率,肖鹰当然深谙此道,怀着无限的热情和这些明星战斗。现在的网站媒体就是这样和这些骂客合谋。在所有骂赵本山的文章中,肖鹰无疑是骂得最凶,最粗鲁,最不讲理的一个,当然引起了很大很大的动静,得到很高很高的转载率和点击率,甚至被请去电视台露了几回脸,这回他算是称心如意了。

肖鹰现在热衷于三天两头在媒体制造惊人之论,他最想成就的伟业,大约就是一个在媒体走红的"娱乐明星"。成为"娱乐明星"也是很多人的梦想,可以通过别的正常途径,并不非要依靠一种恶骂的手段,这实在有损于"学者"、"教授"之类的职业形象。如果把此类混迹于媒体的作风,带进学术界,那就难免贻笑大方了。

有些网友对肖鹰批判赵本山颇不赞成,我在网上随便找一个反驳肖鹰的帖子,这个帖子在那些反击肖鹰的言论中,肯定不算是最激烈的:"有人说,肖教授出于嫉妒,拿一个民间艺人读书不多来作文章,加以丑化,置之死地而后快,借以自我炒作。真是人心不古了!更想不到,一个为人师表的大教授,竟然为妒火烧得如此丧失理智而胡说八道,与'没文化'的计较起来。……也难怪,有些人就有嫉贤妒能的劣根性。谁冒尖掐谁,谁

[①] 参见《中国文化报》,2009年6月26日报道:《学者肖鹰:赵本山代表的是狭隘的农民文化意识》。

露头踩谁,谁得好祸害谁……"① 这些话说得虽然直白些,是否过分或者切中肖教授的要害,读者和学界中人自可判断。

读到肖鹰的有关言论,让人疑心他完全不知道"多元文化"这种知识背景。当今时代作为一个学者,尤其是所谓文化学者,要有起码的文化多元化和文化分层的观点,这是文化研究的常识。并不是赵本山、小沈阳、郭德纲、于丹等等不能批评,而是每一种文化现象,每一事物,都有它存在的前提和现实依据,我们要在这些前提和依据中来批判。而不是要把所有的文化都要提升为肖鹰追求的所谓"有品位"、"有价值"、"有道德"……的文化。如果文化都变成一种品味、一种价值,都高扬所谓的"道德",那是什么,不就是肖鹰式的假大空吗?那比"没文化"更糟糕更恶劣。

现在这些批评者最爱说的话就是启蒙、人道、坚持、尊严……等等,我看要进行普通逻辑的启蒙;否则,随意推论,不顾学理,只要把对方抹黑,用词用语无所顾忌,此等风气不可助长。

二、关于"高度"与当代文学评价问题

对于中国当代文学 60 年(60 年只是相对的说法)的评价,一直是文学史写作的难点,虽然当代文学史著作已经有几十部之多,但学界同仁都试图从不同角度展开探索,因其难度,每个人都可做出一点自己的努力。现在的批评很多,但写作文学史看别人的问题很容易,自己操刀,才可领会其中困难。也正是因为前辈同行对当代文学史的研究多有累积,有众多的成果,故而我本人也试图在吸取当今研究成果的基础上,有所突破。突破当然要从难点入手。如何评价"十七年"的中国文学?如何理解这 60 年文学的内在联系,其转折和变异如何清理?如何评价"文革"后的文学?尤其是如何评价近十多年来的中国文学创作成就?这都是我们要投入大量精力去攻克的学术难题。

---

① 参见网页 http://bbs.sogou.com/109796/MaTG5JwoFLcIBAAAA.html.

五 关于当代文学的评价问题

过去的文学史叙述，或者说我们对"十七年"及"文革"后的文学评价，主要是基于政治方面评价派生的观点，其基本要义可以区分为左派与右派。左派把"十七年"看成在政治上是合法的，甚至是伟大的，于是这个时期的文学作品都是合法的，都是在现实主义的创作观念下取得的成就。右派则是从政治角度，来看被政治压迫的文学，把那个时期的作品看成是图解政治概念的文学，只是政治的工具，看不到文学的价值。因而，全盘否定那个时期的文学。右派高度评价80年代的文学，认为是从"文革"及"十七年"的政治解放出来，高举了五四启蒙大旗，因而取得了伟大的成就。90年代之后，启蒙主义衰落了，其后的文学又是一败涂地，进入新世纪更是等而下之。顾彬就对中国当代文学60年，大体持如此观点。

2009年2月17日《扬子晚报》报道"顾彬被南京大学特聘为海外兼职教授"，记者采访顾彬关于当代文学的看法，顾彬依然出语惊人。"我说的并不算什么严厉的批评，许多德国作家其实并不欢迎中国作家，他们根本不看中国小说。"顾彬自己也说，一些中国当代作品令他感觉相当无聊。在许多德国读者眼中，中国小说属于庸俗文学，一般只有没有什么文学水准的人才会看。"1949年至1979年时期的中国文学无法远离政治，1992年以后的文学则与市场太过亲密接触。"[①] 顾彬在多个场合还说，中国当代诗歌是第一流的，放在世界诗歌中都是第一流。这就奇怪，中国当代小说是垃圾，怎么诗歌就是一流的？同样用汉语写作，同样受当代中国的文化与教育的熏陶，同吃中国的五谷杂粮，也同处于政治和市场化的历史中，也同样是中国人的头脑和肉身，怎么搞出两种水平如此截然不同的文体？顾彬如此"不靠谱"的说法，也得到王彬彬的大力赞赏[②]。

对当代文学的评价，最习惯用的手法就是，1949—1979用政治来指认；1979年以后，用市场来指认。顾彬前者受到肩扛"启蒙主义大旗"的人们的欢迎，后者也让其尴尬。顾彬居然认为1979年以后中国文学就市场

---

① 张楠：《汉学家顾彬：中国小说在德国是遭排斥的庸俗文学》，参见《扬子晚报》，2009年2月17日。
② 王彬彬：《关于"当代文学"的评价问题》，《北京文学》2010年第2期。

化了。可能他有点搞错，80年代中国还是意识形态很活跃的时期，那时还没有什么市场化。90年代以后的文学，不用说，顾彬肯定把它看成是市场化了。这也是中国众多的批评者持有的观点。这些评价都犯了一个思维简单化的错误，就是用同一性来处置一个时期复杂的文学现象。先下一个整体的判断，这个判断未经任何具体论证，就对这个时期的所有的文学作品作出同一性的判决。

王彬彬说："一只苹果，如果大部分烂了，说这是一只烂苹果，应该没有什么不妥吧？当然，你如果说，这只苹果还有一部分没有烂、可以吃，也自有道理。但是你如果进而说，这只苹果有一部分没有烂，因而不能说是一只烂苹果，应当认为是一只好苹果，那就走向荒谬了。"①

在王彬彬看来，对中国当代文学的偏见与顾彬半斤八两，只是措词不同，一个是垃圾，另一个是"烂苹果"。为什么说"烂苹果"呢？不直接说垃圾呢？难道"烂苹果"还有点余香不成？"烂苹果"不就是扔垃圾堆里的东西吗？垃圾堆不就是由"烂苹果"、臭狗屎、废品废物等构成的吗？王彬彬都不用往下说，他与顾彬唱的是一个调门。

或许偏见是王彬彬看待当代中国文学的基本方式，也可能是他看待这个世界的基本方式，否则，无论如何不会用"烂苹果"来比喻当代中国文学的。尽管说比喻都是不完美的，但比喻总要有基本相同处，否则这样的比喻就是胡扯和污蔑了。他羞辱的是中国当代文学这个学科，这个学科的教师和学生，在认真教着当代文学，学生在努力学习这门课程，勤奋写着关于这门学科的论文，就是为了去啃这只"烂苹果"？什么样的人才会有这样的眼光和心态？

有些人只有把这个世界描得一团漆黑，他才可以有所作为。因为他的所谓批评表达方式主要是怨恨，只会丑化这个世界。现在，这些恶劣的心理，都被冠之以冠冕堂皇的词汇，被戴上耀眼的桂冠，什么"有理想"、"有操守"、"有尊严"……的批评家，什么手持锐利的"手术刀"的批评

---

① 王彬彬：《关于"当代文学"的评价问题》，《北京文学》2010年第2期。

家，什么担当道义、肩扛启蒙理想的批评家……等等，这些人先自诩，而后是被抬到道德的圣坛上，他们充当法师，今天批这个，明天骂那个。在他们看来，只有自己圣洁高贵，别人都是"腐烂的苹果"。在王彬彬看来，金庸腐烂了，余秋雨腐烂了，王朔腐烂了，"十七年"腐烂了，90年代以后腐烂了……在他眼里，只有一个腐烂变质的世界——这样的世界正是他希望的和需要的世界。没有这些腐烂之物，他的语言就找不到词汇，他的批评就没法"犀利"。这其实也是一种概念先行主题先行的形而上学，先就戴上有色眼镜来看文学，来看他人和世界，然后用永远成套的现成的贬损之类的句子。这样的批评从来不用去认真深入细致地探究对象事物，总之就是抹黑，说烂就行。

王彬彬那篇《关于"十七年文学"的评价问题》的文章，显示了他一贯的文风：拿腔拿调，再来点明枪暗箭。他把一段文学史先就做了一个整体判断，一只"烂苹果"。其实他语焉不详，看了半天，也没有看出他是明确指"十七年"还是整个当代文学。我推测他高调说80年代如何如何，就算他是指"十七年"文学及90年代以后的文学是"烂苹果"，唯独80年代算是没有"烂透"。岂止是没有烂透，80年代又是香饽饽了。

王彬彬对当代文学作品的评价及文学史的理解，主要依赖标榜"五四精神"、"人的文学"、"人道主义"、"启蒙主义"等等。这些概念术语同属于现代启蒙主义思想/知识谱系，王彬彬在张扬这些思想/知识谱系，固然没有什么不可，在当代中国无疑有其必要。但如果把这些思想/知识固定化为绝对的唯一的价值准则，就违背了"启蒙"精神。如此做法，是因为缺乏对"启蒙主义"的反思，也缺乏对现代理论批评的基本把握。固然，术业有专攻，学者都可有所偏向，都可有所偏好。但总需要对新出现的知识有所了解，对过往知识的重新梳理才有更深入的把握。并不是说过往的知识就一定比晚近出现的知识更陈旧落后，正如新近的知识并不一定就更重要一样。孔子老子的话在今天不还是被奉为"至理名言"吗？但启蒙知识体系作为现代知识的一个主导性资源，它自身是一个反思性的知识谱系，它始终是一个自我批判中更新的知识谱系。尤其是进入到后现代知识时代，启蒙主义一直受到反思性批判。并不是说，不能维护启蒙主义理念，不能固守那套价值准则，而是这种维护和固守要经历对"反思性批判"的回应，要在后现代关于启蒙批判的基础上对话，从而建构能够超越后现代反思批判的启蒙知识谱系，这样对"启蒙主义"的坚守，才是真正的知识创造性的坚守。如果对这些基本知识构成都不了解，连"启蒙"在今天发生了什么事都不知道，也就是说，你起码要能回答福科说的"启蒙是一项敲诈"，列奥塔对启蒙现代性的批判，尼采反德国浪漫派，以及众多的后现代论述……之后，再来张扬启蒙。否则，在概念化的基础上用"启蒙"去套当代复杂的文学文化现象，就会使论域窄化，文学的论述，变成简单的道德化的和教条化的论述。并不是说启蒙不能谈，作为一项思想史的研究，启蒙过去、现在和今后，始终是一个需要研究的论域。也不是说启蒙不能作为一种当下的价值加以张扬，而是要在什么样的知识清理的基础上来张扬。

启蒙并不是天然就有什么优先性，并不是什么高一等级的知识体系；谈论启蒙的人，也并没有天然资格就更优越，就更崇高。把启蒙剥离历史语境，作为一种抽象的普遍化的思想规训教条，这就有些危险。仅有启蒙知识谱系未必就能解决所有问题，阐释中国当代文学，需要更复杂的理论视野。按照王彬彬的思路，如此简单，五四时期有启蒙精神，于是有好文学；1949年反启蒙，于是只有政治，没有好文学，只有烂苹果；80年代又接通了五四启蒙，于是又有了好文学；90年代以后追随市场化，启蒙精神衰落，于是又是"烂苹果"。哪有如此简单的思维，只见启蒙，不见其他。把启蒙一套知识体系神化、固定、封闭起来。一叶障目不见泰山，关闭了他所有的思维。只见启蒙，唯启蒙至上，实则使启蒙狭隘化，启蒙变成一项敲诈，不只是敲诈了别人，也敲诈了他自己。如此复杂的问题，他只拿着一把他自家定制的"启蒙"尺子去量去套，这样的思维方式，哪有一点"启蒙精神"？这是在把启蒙僵尸化。启蒙不死，是因为启蒙活在当代，启蒙理应有能力与当下对话，而不只是排斥和拒斥。启蒙是一种精神，不是一把工具尺子，也不只是那几句条条框框，不是什么口号旗帜，更不是什么砍刀。

也不要认为后现代主义只是把启蒙扔到一边，后现代知识一直在当代反思性语境中来讨论启蒙。福科指出，启蒙，"构成了一个具有特权的分析领域，它是一组政治的、经济的、体制的和文化的事件，我们迄今仍然在很大程度上依赖于这个事件"。但福科强调说，一个人必须拒绝一切可能用一种简单化的和权威选择的形式来表述他自己的事情。福科认为："可以连接我们与启蒙的绳索不是忠实于某些教条，而是一种态度的永恒的复活——这种态度是一种哲学的气质，它可以被描述为对我们的历史时代的永恒的批判。"①

王彬彬把启蒙作为所有价值的标杆，即便如此，也未尝不可，如前所述，需要对启蒙有所反思，给予启蒙以活的灵魂，以此作为观照，也能开启当代文学的阐释空间。但王彬彬的"启蒙"却只是一个吓人的口号，拿他的启蒙来对照，当下中国文学一团糟，除了80年代的几部作品反映了"启蒙精神"，其他乏善可陈。

在一次采访中，记者写道："在王彬彬看来，90年代以来，中国作家的长篇小说总体上来说就是花拳绣腿，他提出：'我对中国当代作家写长篇小说的能力有深刻的怀疑，他们就没有这个能力。这个能力不仅仅指才华，他们中很多人不缺乏才华。这个能力指的是综合素质，尤其是思想的力量。20世纪这100年，中国历史风云变幻，但是，我们就没有产生出很像样的、站在历史高度的、能够揭示这100年来中国社会历史变化的，以此为题材的长篇小说。'"②

王彬彬不知凭什么本事口气这么大，这么看低整个中国的作家，学界恐怕找不出第二人。王彬彬心目中"很像样的、站在历史高度的、能够揭示这100年来……"的作品，只有张炜的《古船》和李准的《黄河东流去》两部作品，他说"我认为90年代以来，还没有一部长篇小说能够达到《古船》的水平"。但《黄河东流去》是90年代的作品吧？以他的观点，整个

---

① 福科：《什么是启蒙?》，参见汪晖、陈燕谷主编《文化与公共性》，三联书店1998年版，第433—434页。
② 参见《辽宁日报》，2010年1月17日。

中国当代文学都不堪入目。90年代为数众多的作品，都到不了这两部作品的水平。这样的判断要让人们大跌眼镜。要么他的阅读面太狭窄，要么他的眼光太狭窄。

同样，肖鹰攻击了几乎所有的中国当代文学作品之后，就举出宗璞的《东藏记》推为"对当下心灵具有重要启迪意义的杰作"，"在这部小说中，正是两者深刻联系，即真实与美丽的百川归海式的融会、扩展，以巨大的感动包围了我，使我的整个生命为浸透全书的一种深切优美的仁爱至情所激发、提升"。① 我姑且不对这部作品做什么具体分析，宗璞先生也是我敬重的前辈作家。肖鹰这里使用的词藻就令人疑惑。同处在当今中国，同样是用汉语写作的被国内公认为一流的作家，同样获得茅盾文学奖，怎么贾平凹的《秦腔》、阿来的《尘埃落定》，就是污秽拙劣之作？这也太缺乏基本的客观性吧？整个90年代以来的文学，就只是《东藏记》独步文坛，这无论如何也让人难以置信吧？在抬举《东藏记》的同时，肖鹰几乎把当代那些代表作家的主要作品，都贬损得一塌糊涂。他评价王安忆说，"自从《长恨歌》之后，她就沉入到上海小女人式的自爱自怜的自我重复之中去了"。他说他从《秦腔》中"看到的更多的是琐碎的、低迷的、阴暗的、甚至猥亵的写作趣味"。他说《秦腔》"写的是变态文学、污秽文学"。对于阿来的《格萨尔王》，肖鹰说阿来"他写出来的与其说是文学，倒不如说是旅游招贴"②。我可以断定他连《格萨尔王》根本摸都没有摸过。一个连《剩下的都属于你》是谁写的都没搞清楚，就来评价当代中国文学，实在是胆大妄为。肖鹰攻击当下文坛说："写手无行，评家无德"，"这就是当下中国文坛的主流怪象"。他死揪住郭敬明的抄袭事件不放，说他是"职业犯罪"云云，好像他是一个多么品格高尚的人。根据郭敬明等极少数人的过失，就来全盘指斥"文坛主流怪象"，以偏概全到荒谬地步。肖鹰等人完全不顾事实，只要贬损，以此来体现他们所谓的"美"，所谓的"人道情怀"，实

---

① 肖鹰《当下中国文学之我见》，《北京文学》2010年第1期。
② 肖鹰的有关言论参见《辽宁日报》2009年12月23日第10版；以及《北京文学》2010年第1期，第117页。

则他们只想借机抬高自己。他们号称要"审美",要"思想高度",要"道德情怀",其实是为个人涂脂抹粉。只是在媒体中一味博得市场,哗众取宠,欺世盗名而已。用了一些根本无法明确定义,本质化固定化的道德话语来框定文学价值,用那些无法进入具体文本分析的条条框框去套作品。他们标举的那些概念条文,所谓"思想高度",就只有他们自己是法官,他爱审判谁不合法就给予判决。除了装模作样弄出几部模棱两可的作品,他们主要是以嫉恨态度、用有色眼镜来看所有其他作家和作品,他们的那种骂派文风由此可以大行其道。

不知他们如何评价波德莱尔的《恶之花》、艾略特的《荒原》、马尔克斯的《一桩事先张扬的谋杀案》、纳博科夫的《洛丽塔》、乔依斯的《尤利西斯》、加缪的《鼠疫》、韦恩的《每况愈下》、巴思的《路的尽头》、帕慕克的《我的名字叫红》、库切的《耻》……?这里面有污秽,有死亡与裹尸布,有疾病与血腥,有偷情、乱伦与通奸……所有肖鹰指控的那些不洁的事物,应有尽有。文学作品的文学价值应如何理解,如何定义?什么叫文学的"美"?什么叫"思想高度"?不用再提问,这些人没有任何客观性可言,只是随心所欲。他们评价作品只有一个目的,就是为了张扬抬高他们的姿态,装作他们多么有眼光,多么严格,多么尖锐。不顾事实,一味贬损。

可惜他们还是不能一概否定全部中国当代文学,他们总要,哪怕装模作样也要举出几部中国当代作品,就他们举出的这三部作品,只要稍微有点文学判断力的人,放在当代作品中来看,也就是中等之类。我肯定不会与他们一样,只要对着干,只要把对方打倒。我肯定不会不顾事实说这几部作品如何糟糕,但这几部作品抬得那么高,就有失基本的水准和公正。我们不知道他们到底是根据什么标准还是偏见或者就是别有用心来理解文学的?我不知他们这样教当代文学难道不会"误人子弟"?这样的眼光,还值得装得莫测高深吗!还谈什么"文学感悟力"!王彬彬口口声声说别人"太糟糕",他说他不知道我这二十年来对文学是如何理解的,一个人只有胸怀宽广,善待他人,才可能理解同行。胸怀如王彬彬,固然是不能理解他人对文学的理解的。试摘录王彬彬对我攻讦的语录：

> 有些批评家几十年来的表现是很糟糕的，陈晓明就很糟糕……
>
> 他们是学市场营销的，不是学文学的，营销在中国就是忽悠。
>
> 比如陈晓明这样的批评家，我不知道几十年来，他对文学的基本理解究竟是什么？
>
> 他们是营销批评家，或者叫忽悠批评家，我一直认为，自90年代以来，批评的状况非常糟糕，像陈晓明这样的人，还是占据大多数的……
>
> 他们对当代文学的危害非常大。首先他们对文学有多少感悟能力，有多少真实的文学修养和文学水平，我是很怀疑的。
>
> 学院批评家就是红包批评家，以学院派之名行红包派之实。拿了别人的钱，还能说不好听的吗？我既然把你说成第一，你肯定要给我更多的钱了，这样的交易也就变成合理的行为了。
>
> 如果说把当代文学说成垃圾是不靠谱的话，那么把当代文学说成是无比美丽的鲜花同样是不靠谱的。把一个60分的人说成0分是不靠谱，但把他说成101分也同样不靠谱。相比较起来，顾彬还是稍微靠谱一点的，绝对比陈晓明靠谱。①

这是我从王彬彬接受《辽宁日报》记者采访中摘录下来，一篇《顾彬先生，你忽略了八十年代》的采访，通篇却是在讨伐我。这种伎俩，实在可笑。该文以及其他文章中像这样对我的攻击俯拾皆是，这里只是随便摘录几句。王彬彬近来频频对我发动声讨，其他文章大同小异，夹枪带棒，尖酸刻薄。一个读当代文学作品，只读出《古船》、《黄河东流去》的人，还敢说有"文学感悟力"；顾彬指着中国文学任意羞辱，居然还说比我更"靠谱"！说我是把中国文学说成是"无比美丽的鲜花"，说成"101分"。

---

① 参见《辽宁日报》，2010年1月15日。

我不知道他的根据何在，他臆想了很多我没有说过的话，然后栽到我身上。一个所谓自诩"尖锐"的批评家，就是这样颠倒黑白！

王彬彬指责我说，谁给"红包"，我就说谁第一。不知他根据何来？我给予"高度"评价的几位作家，阎连科、莫言、刘震云等，你可以去问问他们，我写过不少关于他们评论，我什么时候拿过他们一分钱？我写过关于"先锋派"的几十篇文章，我什么时候拿过苏童、格非、余华、孙甘露、北村他们一分钱？我写过"晚生代"，当年的朱文、韩东、李洱、何顿、东西、鬼子、熊正良、艾伟、荆歌、麦家等，我什么时候拿过他们一分钱？他说我是搞"市场营销"的，我向哪家市场营销？市场在哪里？我当年对"先锋派"、"晚生代"这批作家给予关注，只是看到他们的文学创作预示着当代文学的变革与创新，虽然有这样或那样的问题，但其中包含的艺术变化的可能性却是值得阐释的。我不过是与更多的同行，能够在一个较为客观的学术语境中来讨论他们，虽然他们还稚拙，还有诸多的问题，但看到他们的意义和未来面向。肯定他们试图表现中国当代活生生的现实的这种努力，并不等于就要全盘赞颂他们。王彬彬只要看到没有全盘否定，没有全面抹黑，没有把90年代以来的中国作家骂得狗血喷头，他就不舒服，他就觉得是在赞颂。不骂就是赞颂，不是"烂苹果"，就是"无比美丽的鲜花"。这样偏执极端的思维逻辑，也实在奇怪。

读者可能一定会认为，我哪里得罪过王彬彬。否则，很难理解所谓的文学批评，要充斥这么多的人身攻击。我自以为与王彬彬过去从未有过什么过节，说起来，还有几面之识，我向来与人为善，尊重别人的学术选择，对王彬彬未曾有过任何非议。

学术争论我欢迎，但这是学术争论么？可以在学理上来展开讨论，就事论事嘛！需要那么进行人身攻击，全面否定我么？他不从具体讨论我评价的那些作品在艺术上到底如何，却奇怪地要从我的"人格"去论证，就是说，从人格上否定我，我的观点就不攻自破。王彬彬不停地论证说，陈某人是一个"很糟糕的人"，"变来变去的人"，"赶潮流的人"，"没有文学观念的人"，"没有文学鉴赏力的人"，"是搞营销的人"，是"误人子弟的人"……他给我的帽子，我就是有几十个脑袋也戴不下。于是，我的观点就是胡扯，就是"痴人说梦"！我就是"痴人"，他们都是聪明的人！

其实王彬彬最大的问题是视野狭窄，不能在一个新的理论视野中来认识中国当代文学走过的历程和所取得的经验。90年代以来出版了几千部长篇小说，他居然可以用一句"总体上来说就是……花拳绣腿……"。他到底读了几部？读懂读透了没有？人都有知识盲区，人都有局限性，怎么一个王彬彬就比全中国作家都更高明？他居然可以说"中国作家……没有能力"这种话，狂妄与无知就是一枚硬币的两个背面。这样的判断与顾彬的"中国文学都是垃圾"有多少区别呢？一个德国人几乎没有认真读过几本中国当代小说（据作家李洱当面问顾彬，顾彬自己所言他没有读过几本中国当代小说，因为他没有时间也不屑于读中国那些"很糟糕的"小说）[1]，就下此论断，王彬彬一个中国的文学教授也这样说话，这就"靠谱"？

王彬彬理解事物的逻辑过于武断，总觉得自己掌握真理，简单的一元论必然导致偏执。如果他能有一点多元论的思想可能就不会那么绝对地看问题。在他的思想方法中，只有二元对立：好的就是绝对的好，坏的就是绝对的坏；黑与白，对与错，优与劣，是与非……，它用这些对立项来理解事物，来分辨文学作品。也用这种思维来想象我的文学批评。他只有一把尺子，一种手法，一方面是"启蒙"，另一方面就是贬低和骂倒。一部语言写就的作品，其内在有着无限的可能性，我们固然可以说有某种相对稳定的艺术价值标准，有某种可以普适化的在文学共同体中可交流的美学准则，但文学作品确实又是非常个性化的，并且随着时代不同，文学作品的艺术准则会被重新建构，如何可以某种固定的概念来圈定作品？无论如何，五四时期有那个时代的美学标准，今天总会随着时代的变异出现其他的审美要素。早在刘勰那个时代就意识到，"文变染乎世情"，怎么能有一种固定不变的审美标准呢？活的文学作品，千变万化，总是在变与不变之间，文学作品建构起新的美学特质。普适性与历史性，也是在变革中建构和传

---

[1] 李洱 2010 年 1 月 14 日在北京师范大学举行的"中国文学海外传播"研讨会上的发言。

承下去的。

关于"十七年"文学评价问题,我已经在多篇文章里阐述过,这里不再加以展开。有几点需要强调:其一,"十七年"的文学,要从中国现代性激进化的特殊道路去理解。毛泽东在文化上的设想,也并不是"政治专制"可以完全概括的。毛泽东有他的过激和"极左"(不管是"正三七开",还是"倒七三开"),但也要看到他试图创建一种中国风格的文学艺术的愿望的意义:既传播了正在进行的革命理念;又能承继中国传统风格,以达成人民群众喜闻乐见的文学艺术。这种想法是一种很大胆,很大气魄的文艺思想,这可以说中国的现代性在文化上试图走的一条独特道路的构想。对"十七年"的文学的理解评价,也有必要在这样的论域中来展开。并不能只是按照十九世纪及二十世纪西方资本主义艺术准则去理解它。其二,政治与文学之间并不是可以简单等同的,政治也并不能完全压垮文学。"十七年"文学作品,始终存在着文学与政治之间的紧张关系。在那些政治起作用的地方,文学也会以它的方式确立自己的存在。就是政治性强的那些作品,如《三里湾》、《创业史》、《红旗谱》、《三家巷》、《野火春风斗古城》、《青春之歌》等等,政治并不能完全吞并文学。资产阶级文学同样有它的政治,有些还有愚顽的宗教思想,也与文学构成紧张关系。但中国"十七年"的文学当然受到更深重的政治压制,文学以其自身的字词力量,以其自身的书写的历史传承,总是有超出政治的东西存在。我在2002年写的《个人记忆与历史的客观化》中就论述过这一问题。在这篇文章中,我写道:

> 在这样一个断裂的、自我起源的革命历史叙事中,我们确实看到其中包含的强烈的政治诉求,不容置疑的绝对真理在场。然而,我们还是可以设想,在主体隐匿的客观化历史建构中,是否说文学写作就不再有个人起作用的空隙呢?隐匿的主体是否可能从那些字词、从那些生活的质朴状态中透示出他的能动性呢?这牵涉到一个理论问题:那就是在革命化的写作中,是否只有历史叙事的客观化运动,而没有写作主体的痕迹?如何理解革命化写作中主体的位置和作用,以及字

词的修辞所提示可能性呢？

在1959年，梁斌发表的最重要的创作谈《漫谈〈红旗谱〉的创作》的文章里，梁斌反复谈到了他的经历、经验和个人记忆，按照他的说法，朱老忠、严志和、运涛、江涛、大贵、二贵、春兰等人物，都有原型，都是他少年、青年时代经历的人和事，并且在他过去的中短篇小说中都出现过。梁斌不经意地说出革命文艺所需要加强的美学因素："书是这样长，都写的是阶级斗争，主题思想是站得住的，但是要让读者从头到尾读下去，就得加强生活的部分，于是安排了运涛和春兰、江涛和严萍的爱情故事，扩充了生活内容。"①

"十七年"的文学创作经验谈，不断地谈到"回到生活"，在具体的创作中，那些革命的观念，那些阶级斗争的模式，经常与小说中的生活内容构成一种不协调的因素，这无疑是"十七年"文学的一个特点，也可以说是一个明显的概念化问题。我们固然要批判和清理这些政治概念化对文学创作起到的压制作用，但我们也不可因此就把这个问题全然简单地看成"十七年"文学的全部。也不可简单地只看成一无是处的政治压迫。我们还要看到，这些问题，也是中国创建社会主义文化尝试用文学来回答重大的紧急的现实问题；同时还要看到，这些概念化和模式化的东西，在小说中并不经常能起主导作用，在《红旗谱》中，阶级冲突并未占据小说叙事的主要内容。《野火春风斗古城》、《三里湾》、《青春之歌》同样如此。《三家巷》被王彬彬说得如何强调阶级斗争，实际上，小说在其具体叙事中，家族伦理关系，邻里关系，一直占据主导内容，也占据主要篇幅。那些所谓阶级斗争只是非常困难地要建构起一种中心化的作用，但依然是人伦的关系才是其基本的生活内容。所谓"阶级关系"，实际也没有那么严重，因为在小说的具体描写中，那些微妙的心理描写，那些潜在的对立，被视为阶级冲

---

① 参见《当代作家评论》2002年第3期；引文中所引梁斌创作谈，参见梁斌：《漫谈〈红旗谱〉的创作》，《梁斌研究专集》，海峡文艺出版社1985年版，第24页。

突的心理表现，其实不过是传统的邻里亲友的贫富差距产生的矛盾的另一种表达，而在具体的生活细节中表现出的心理特征则是相同的，人性的因素，远大于阶级的因素在起作用。这在《三家巷》中随处可见，限于篇幅，无须举例，这一点是不难理解的。并不是说，有阶级斗争观念，就能成功贯穿到小说具体叙事中。按照"无产阶级革命"的理想性要求，"十七年"那些表现"阶级斗争"的经典之作，几乎无一幸免，都被打成毒草，其罪名，恰恰是资产阶级人道主义、人性论。尽管说这是"文革"过激政治运动所致，但那些大批判罗织的罪名五花八门，最容易上纲上线的就是资产阶级人性论。这也说明"十七年"的文学并未去除干净"人性论"。其中最为普遍的情感表现，就是家族伦理（《红旗谱》、《三家巷》），母子关系（《野火春风斗古城》）、父子关系（《创业史》、《艳阳天》），邻里亲友关系（《三里湾》、《三家巷》、《创业史》、《艳阳天》），那些所谓表现个人在革命斗争和运动中成长的故事，其实个人的情感也同样表现得相当充分，《三里湾》、《青春之歌》与《小城春秋》这种作品，显然不是"革命"或"政治"二字可以全部涵盖的。这些作品不只是在资产阶级普遍人性论的意义上加以表达，同时具有中国家族家庭伦理文化的深厚蕴涵。这一主题和内容，稍通中国当代文学的人都可体会到，这里无须多加论述。理解中国当代文学，如果连这一层面的内容都理解不到，那是不合格的，也会"误人子弟"的。

对这些作品的理解都要回到历史中去，回到当时中国的现代性激进化的道路中去理解，看到中国的文学试图创建新型的社会主义文化，表达理想化的政治乌托邦，却又不得不与中国传统的人伦文化与美学记忆发生内在关联。这就是中国五六十年代的文学的复杂性。马克思当年说的"创作方法战胜世界观"的论点，也可用到社会主义早期作家的身上。这固然可以说社会主义革命文学企图进行现代性的文学实验，是一项失败的经验。它在回答现实紧急问题，在建立一种与政治密切相关的新型文学方面，它是失败了。但也表明，文学有一种政治无法完全驯服的力量，即使在中国五六十年代，政治如此强大酷烈的时期，文学性依然有它存在的特殊的方式。

中国当代文学这些根本性的特征，西方的汉学家或台湾文化背景的学者是不可能给予全面而透彻的理解的，固然他们的阐释也构成对这一阶段文学研究非常有意义的参照系，但中国本土的学者恰恰应该做出与他们不同的阐释。身处不同的文化背景，身处于中国的政治文化现实中，本来就应该有不同的体验。这不是什么给中国社会主义文学"贴金"，而是我们面对的文学传统，是作为中国当代文学研究者必须面对的学术问题。试图跟在西方汉学家屁股后面，把中国当代文学廉价打发掉，那是一种不负责任的态度。西方的汉学家没有能力处理中国当代问题的复杂性，玩弄小报技法的人也没有能力阐释它，只有贬斥它，把它打入垃圾堆，这样中国文学及文化，永远是一个令人自卑的角色。在这些人看来，中国人始终是政治上的二等公民——那是不能享用民主政治的二等公民，其在文化上的创造只能是一个制造"烂苹果"的悲剧。

当然，如何阐释当代中国文学是一回事，评价这个时期有没有好作品是另一回事。二者当然也有关系。评价一部作品的好坏，固然是个人的阅读感受占据首要地位，无论我们在理论上如何阐释一部作品，阐释它的历史的或文化的价值，它无法在审美经验中获得认可，也无济于事。审美经验的构成也取决于个人的思想文化修养，取决于个人的立场观念，审美经验也并非神秘的直觉体验，它有可供分析的结构层次。文学批评的功能在于打开阐释空间，能够激发文本的活力，释放文本内在的可能性，以期更多的人可以感受到不同意义与不同形式的审美经验。对于文学研究者来说，还有一项历史化的工作，那就是要对一个时期的文学做出阐释，给予其恰当的历史的和理论的定位；由此去揭示一个民族在一个时期的精神活动的方式及其创造的价值。

如果受困于偏见，受困于单一教条化的评价尺度，我们无法看到更多的文学作品所蕴含的艺术价值。对于"十七年"的中国当代文学如此，80年代、90年代以来的文学的评价也同样如此。

关于80年代与90年代的文学评价问题，我在不同的文章已经有多种论述，我的观点是明确的，立场是清晰的。对于不同时期的文学作品，我们一定要在特定的历史语境中去理解它，去接近它，去打开对它的阐释空间。这就是从事当代文学研究的人必须有的一种素质，那就是在专业领域内，看到当代文学更为微观的历史层次，看到其演变的历史脉络，把这种审美经验细微的变化层次揭示出来，从而给后人留下更为丰富、复杂多样的参照。

文学的历史当然不是一个进化论的历史，但要在相对的历史脉络中看到那种演进的走向，看到历史的合理性和可能性，这样的文学史线索才可能是活生生的。我们揭示和评价一个时期的文学，揭示其特有的经验和价值，并不是把它唯一化，并不是把它固定为标准，而是在历史的走向中看到各自存在的合理性，看到它们之间构成的冲突、对抗、超越的关系。其后的对抗与超越，并不等于前此的经验就是被埋葬的死亡的经验，而是此后的创造性超越，总是立足于此一存在的文学现象的时代要求所做出的变革，那是它向其存在的前提的变革，也是对自身的变革，它因此才能获得自身的存在。这是在它的存在意义上对前此的否定和超越，我们认同它的不同和超越，并不等于我们要否定那个被超越的事物的历史性存在。

具体地说，先锋文学超越了"十七年"文学，在80年代，现实主义已经达到它自身的极限，它一直要寻求突破，应对自身的和来自西方"现代派"的挑战，在这一时期，先锋派的挑战是一种革命，是获得自身历史存在的必要方式。惟其如此，它才能存在下来，才能开启中国当代文学的创新之路。肯定这样的拓路，并不等于要否定"十七年"文学在五六十年代会有创造自身独特存在的力量。如果说，在80年代，面对西方现代主义的涌入，面对文学界不断寻求创新愿望，如果还是像五六十年代那样写作，岂不是僵死？每一时期的文学都要扎根于它的时代，也只能在时代的语境中才能看到它的存在的合理性和合法性。

我们理解80年代必然有另一种标准和尺度，理解90年代以后的文学又有新的标准尺度，这些标准尺度既延续了我们文学的基本范式；又有对时代新的经验认识。在新的历史要求下，重新建构我们的审美经验，重新开启我们的阐释空间。某种意义上，如张旭东所说，所有的文学都是当代文学①。这里固然可以读出克罗齐的"所有的历史都是当代史"的说法。此说可能一时令人难以接受，但仔细辨析却也不难发现，此说当有深刻道理。这也就是，我们要不断地从当下经验中获得阐释新的文学现象的能力，从活的文学实践中，从活的文本中获得原创性的经验。理论与批评的活力当是从此中产生，而不是从什么概念、从教条一样的"崇高价值"中获得。再崇高的价值，如果是僵死的教条，它就是僵死的。

三、关于"变"或"华丽转身"

王彬彬对"十七年"文学给予贬损，他当然难以容忍我对"十七年"文学的阐释，因为他从中看不到他的那种一棍子打死的方式。于是王彬彬说：另一个让他惊讶之处，"是陈晓明忽然对'十七年文学'的主流作品大唱赞歌。对'十七年文学'的颂歌，从有些人喉咙里发出，并不令我奇怪。但陈晓明也对'十七年文学'的主流作品称颂起来，且声调高昂，大有后来居上，成为'领唱'之势，却不能不令人瞠目。"②

看我把王彬彬先生吓着了。王彬彬之惊诧，其实没有什么奇怪的，根本缘由，在于我们的思维方式、学术态度不同。王彬彬在《关于'当代文学'的评价问题》一文中连篇累牍地声讨我的要点之一，即是说我在"变"。这个"变"的非法性在于，我原来鼓吹"先锋文学"，现在怎么又能肯定"十七年文学"？他以为谈论什么，就只有两种方式，要么歌颂，要么否定。事物的根本关系就是对立，非此即彼，你死我活。我一谈"十七年文学"就是全盘歌颂。在他看来，肯定也只能是整全性的，要么全盘肯定，要么全盘否定。在王彬彬看来，陈某人"最没有资格"强调中国立场。理由也同样，我过去搞先锋派、后现代，这是西方一套，这与中国就是势不两立，现在又强调"中国立场"，当然就没有"资格"。王彬彬也号称"自

---

① 张旭东《文学批评的当下本体论问题》，2009年12月14日，在北京大学与北京市文联主办的"北京文艺论坛"上的发言。
② 王彬彬：《关于"当代文学"的评价问题》，《北京文学》2010年第2期。

由主义",自由主义对自己有自由,怎么不能给别人一点自由?怎么学术探讨还有"资格证",都要到王彬彬那里去申请执照?这就奇怪了。

显然,问题不出在我这里,问题出在王彬彬那里。先来看看"变"。即使我的学术思想有所"转变"或"改变",有什么不可以?马克思还有早期、中期和后期的思想分野,固然那是革命导师,这样的转变却并不是伟人的特权,所有人的学术思想随着时间推移都会有所改变。海德格尔也有前期后期,列维纳斯前期追随海德格尔,后期却拒绝海德格尔,转向《塔木德》研究。德里达早期批评他的老师列维纳斯试图从希伯来文化中开启耶路撒冷进向是行不通的,1964年撰文《暴力与形而上学》批评列维纳斯。但他后期却对列维纳斯敬重有加,对乃师的"他者"思想津津乐道。一篇《永别了,列维纳斯》写得回肠荡气。后期德里达热衷的话题是知识与信仰、宽恕、友爱的政治学、正义、弥赛亚性、没有宗教的宗教性……,未尝没有从列维纳斯的思想中汲取养料。福科的思想还分为前期的知识考古学,后期系谱学……,他自己就对自己前期知识考古学有深刻检讨。就中国来说,文学史经常论述,前期的鲁迅如何如何,后期的鲁迅如何如何。不只是这些前贤大家可以变,普通学人也未尝不可"变"!"变"不是一项丑闻,"变"是任何有学术进取心的学者都可能历经的学术过程,改变才有发展,改变才能突破自己。因为,一个学人或一个作家,只有不断反思自己,不断进行自我检讨批判,才会深化和更新自己,才会有所"变"。只有故步自封,自以为是,僵化教条的人才不可能改变。"变"与"不变"只是相对的,没有绝对"变",也没有绝对的"不变"。难道王彬彬几十年如一日,以"不变"应万变?相比较起对"变"的鄙夷,王彬彬就大加赞赏那些一成不变的人,他们有权赞颂"十七年",而陈某人则没有资格肯定"十七年"。为什么?因为我肯定先锋文学,肯定先锋文学就是否定"十七年"。

这样截然的二元对立,只有王彬彬的思维方式可以做得到。随便举几个例子,也是自由主义的大师以赛亚·柏林,写的第一本著作就是《马克思传》,在他青年时代写作这本书,他认为对他终身受用,他从马克思那里思考了太多的东西。迄今为止,这本书还是马克思主义研究的经典著作,这可是出自一个自由主义的右派手中，出自始终警惕社会主义的人之手。伯特兰·罗素是个激进的自由主义不假，但他却非常投入地读《资本论》三卷，他欣赏马克思的《共产党宣言》，甚至认为它文笔优美，言辞漂亮。学术只有"问题"之争，"主义"就是意识形态的对立。真正的学术视野胸怀，当可超出那些左/右政治，中/西悖反，古/今对立。

截然的二元对立逻辑是学术探讨的僵死框框，它只会产生简单狭隘的论调。还是先回到"变"。退一万步说，即使我过去否定过"十七年"，我今天来肯定"十七年"，也没有什么可奇怪的，这里并没有原罪。重要的是，我今天肯定"十七年"所展开的阐释是否有说服力。如果在这个层面讨论问题，我是欢迎的，是有学术含量的批评。王彬彬让手下的学生找些材料，东拼西凑一点，断章取义一下，就可打倒我？

我想告诉王彬彬还应该找一些其他资料，我关于"十七年"文学的探讨，并非是始于"60周年"大庆日，有文字可考的，2003年我在北京大学中文系讲课提纲及部分讲稿，在网上一搜就可搜到。再往前，我那篇文章《个人记忆与历史的客观化》，发表于《当代作家评论》，2002年第3期，文章末尾有注明日期，那是2001年10月。其实还可往前，我试图寻找重新理解社会主义现实主义这一问题的角度，《真实的迷失：中国社会主义现实主义的历史与现状》，载《湖南文学》1995年第6期。距今也有15年了。

尽管我不认为"变"是什么原罪丑闻，但我依然要说，我关于"十七年"和先锋文学的阐释，他要么根本没有看，要么故意歪曲。这样的歪曲，又是他的思想方法必然所致。

如前所述，文学批评或文学史研究，可以而且应当在复杂的语境中理解一部文学作品。事物的存在具有"褶皱"，我们的论述也有"褶皱"，哪里就是那么简单的不是"绝对歌颂"就是"绝对嘲骂"？德留兹的"褶皱"概念意味着对简单的"直线"概念的拒绝。"褶皱"就是多元性，事物存在的多种可能性，事物的无数面向，打开"褶皱"就是打开事物的内在丰富性和复杂。如他所言："如果世界是——无穷级数，并以此身份构成对于只能是个体的观念或概念的逻辑性理解，那么，它便被无数个个体化灵魂所包裹，而每一个个体化灵魂都得保持着它不可缩减的视点。"这就是说，每一个体事物在当下的时间里，都显示出它的活的生成性。都有能力生成它自己面向未来的论域。"

肯定和批评一部作品，总有东西遗留下来。有些是论题式的遗留：例如，在此一论题下，我们讨论的是事物/作品的这一面向；在另一论题下，我们可以讨论事物/作品的另一面向。有些是时间性的遗留：例如，我们在此一时间里事物总是有其复杂性丰富性，有其在不同的语境里呈现的不同意义。我们在不同的语境中，可能理解到只是事物某种特质，某方面的内容。在时间的变化中，事物与自身相异，我们也会与自身相异。就如海德格尔所言，同一性本身就是差异性，存在总是在时间中的存在，这是一个深刻的思想。

王彬彬如果真的能客观平和一点看一下我原来写的关于"先锋派"和"晚生代"的东西，就不会认为我是在"歌颂"什么先锋派、晚生代；对宏大叙事、"十七年"文学是我"嘲骂对象"。他对我如此指控道：

> "先锋派批评家"肯定"先锋文学"和"晚生代"的最大理由，则是这些作品体现了文学的"向内转"。"向内转"被作为一种绝对正面的现象，因而也是绝对值得赞美的。与此同时，所谓的"宏大叙事"、"巨型语言"则被视作了绝对负面的现象，因而也是绝对应该的鄙弃的。"先锋批评家"在称颂"向内转严的同时，总是要对"宏大叙事"、"巨型语言"表示不屑，总不忘要对"宏大叙事"、"巨型语言"进行挖苦、嘲讽，总是要说明"宏大叙事"、"巨型语言"如何荒谬可笑。在为所谓"晚生代"叫好时，"先锋批评家"特别对所谓"个人化写作"热情讴歌。"

我想王彬彬的思维方式还是有些问题，在他看来，我在阐释什么文学现象，就是"绝对正面"，"绝对赞美"，说我对"巨型语言"、"宏大叙事"进行挖苦、嘲讽，这实在是以小人之心度君子之腹。根本缘由在于他的思维的简单化,只能在二元对立的关系上去理解事物,仇恨一个对象,就恨不得扒了他的皮;喜欢……?我也不知道他喜欢什么东西。这么十几年我也没有搞清楚他喜欢什么东西?他看上眼的就那么一点东西,可能是叫做"启蒙"的东西吧,那就是完美无缺的,就举得高高的;看不上眼的,就挖苦、嘲弄。他不会使用学术语言,不是赞美,就是挖苦嘲弄。他处理金庸、余秋雨、王朔就是如此,所谓"为批评正名",实则是把批评搞成打棍子扣帽子,他以为这样才是锐利,犀利。我对先锋派的研究,有几本书,就算他要做罪证的《无边的挑战》,第一版有23万字,第二版修订有38万字。他就引了不足二百字,就可概括我对先锋文学的研究,就以为我对先锋派文学就是"赞美"、"歌颂"。关注一个时期出现的文学现象,阐释它在当代出现的文学史的依据和当下创新的意义,这对于我来说,始终是在具体的历史语境中展开的。历史到了这样的时刻,文学总是面临挑战,总是处在困境中。并不是过往的文学前提的存在是荒谬的,过往的历史存在于它的历史是其所是的根基上,但旧有的文学前提到了今天,对现实总是产生压制性的力量,因为过往的历史成为主导的权威文化。我对当下的文学和文化的研究受威廉斯的影响,他有一组分析理论对我有相当深刻的启发意义。威廉斯把文化分为主导的文化(dominated culture)、剩余的文化(residual culture),崛起的文化(emergent culture)。这三组文化构成一种动态关系,主导的文化占据统治地位后如果缺乏内在更新机制,就会转化为剩余的文化,这时新兴的崛起文化就会对其构成挑战,从而颠覆原有的主导文化。但崛起的文化常规化之后,也会逐渐形成主导文化,又会面临新的崛起的文化的挑战。但中国的文化情境比较复杂,主导的和剩余的以及崛起的文化之间,构成一种长期制衡的结构关系。社会主义现实主义在当代中国无疑是主导文化,至于1949年以后,如何理解作为"崛起的文化",我在论述80年代后期的文学创新时,并未作为主要的论题。80年代后期的先锋派文学出现,就是作为崛起的文化展开挑战。肯定其挑战的意义,也未必就是赞颂,也未必说它是"绝对正面"的;在我的论述中,并没有那种王彬彬所说的所谓的"赞美"。而是我在80年代后期就看到它们在承受着主导文化的压力时,是以"逃逸"来表示对抗的。对此,我一直是有批判、有反思。这点,我也恰恰看到中国当代的"崛起文化"所具有的特殊性,并非完全像威廉斯所设想的那样,有一种充满创生欲望,满怀信心,预示着未来的那种革命性的崛起文化。威廉斯有一个无产阶级革命文化的未来期盼,故而他会设想一种更具有断裂性的崛起的文化。我始终关注先锋派存在的文化情境的复杂性,以及先锋派文学自身从步入历史起就面临的困境。

先锋文学反抗"宏大叙事",这是一个历史的问题,也就是在它们相遇的时间和空间里,即在80年代后期,中国当代文学面临着"非现实化"的困境。所有现实矛盾,都不能直接表现,它只能以文本化的形式主义的策略加以超越,它以逃逸的方式,去开辟另一种美学的天地。然而,我从不认为这是什么大智大勇,也从不认为这是一种令人值得歌颂的胜利行径,相反,我在90年代初就表示过深刻的疑虑。他们没有能力直接反抗历史,那样的历史时期给予的压制性力量太过于强大,这代作家只是侥幸逃逸到形式主义的"别处"。但历史的问题依然遗留在那里。在《无边的挑战》中的"历史的颓败:后悲剧时代的寓言"一章中,我写道:

> 在当代文学转型的某一时刻,也是当代历史某种特殊的情境中,他们被置身于这样的时刻,他们没有奔赴这一目标或那一目标的力量,作为一群"无父"的逃逸者,作为一群后悲剧时代的讲述者,其讲述的历史故事不过是自我表白的寓言。那些"古老的传说"不过是一些已死的往事,而那些相继死去的角色,没有一个具有殉难者的自觉姿态,其自我救赎不过是在历史劫难中随便寻找一个倒霉的位置而已。这些历史故事令人沮丧而痛心,在空旷无边的历史荒原上无处皈依而臣服于命运——这就是逃逸者期待已久的劫难。当然,那个历史颓败的情境中已经更多地滋长出一种古典主义风格,乃至与传统重新认同的价值观念,并且损毁历史的大块状的话语与结构性的陷阱也趋向于萎缩而不得不归结为"细微的差别"(结构上的和话语方面的)。逃逸

者的寓言将要真正变成他们的现实家园吗？我们应该庆幸还是应该祈祷呢？——正如斯宾格勒在本世纪初所说的那样：愿意的人，命运领着走；不愿意的人，命运拖着走。①

这一章节最早发表于《钟山》1991年第3期，后来作为《无边的挑战》(1993年)中的一个章节，以及修订再版(2004年)，均只字未改。这就是我当时（也是我一向）对先锋派文学具有历史印记的理解。80年代后期中国思想界处于严重的困境中，意识形态翻云覆雨的斗争，作家搞"现代派"不具有政治的合法性；相反，"启蒙"、人性论、人道主义直至"主体论"，都可以在所谓正统的拨乱反正的"思想解放运动"中获得合法性。及其因为强调价值，确定正面的肯定性，至少在表面可与马克思主义并行不悖，尤其是在《1844年经济学—哲学手稿》的重新阐释中获得理论支持。而所谓"先锋派"，因为其"西方"、"资本主义"、"反历史"、"非理性主义"、"后现代主义"、"虚无主义"……等等定位，则与马克思主义主导文化严重偏离。80年代真正有批判性的从主导文化中派生出的思想，不是什么"启蒙主义"，而是"异化"这一概念。这一概念已经脱离了启蒙及人道主义的轨迹，向着西方现代主义或存在主义的哲学偏斜。过高地估计80年代的"启蒙主义"的批判性意义，是对那个时期的思想复杂语境缺乏深刻理解的结果，"启蒙主义"是那个时期最为表面化的思潮，仅仅用所谓启蒙主义去阐释80年代，就只能够着它的表面。不是停留于这个表面，而是打开启蒙，解构启蒙，去除它表面的理想化的色泽，去开启和激发启蒙后面更为丰富的思想情境。启蒙只有在解构中才能释放它更具有历史深刻性的思想资源。80年代的思想之所以值得阐释，并不是因为它有多么崇高和伟大，而是因为它还没有真正开始就结束了；不是它达到什么思想高度，而是它达不到思想高度，是它留下一大堆的问题。它确实建构起复杂的思想情境，

---

① 参见拙著《无边的挑战》，广西师范大学出版社2004年版，第307页。或参见《钟山》1991年第3期。

孕育出可能更有叛逆性的思想,可惜都未能有效地展开,因为缺乏必要的知识准备和强大的思想资源。"思想高度"的设想,是一个现代性的梦想,是中国当代一个不可能的,也是一个严重自我错位的设想。因为"什么样的"思想,"谁的"思想,始终是一个疑问。因而,只有以文学的方式,以叙事的形式抵达这个时代的某种高度。

"先锋派"生长于这种历史情境,它只能以逃逸者的姿态来抵达它们的现实尽头。这不是用什么"赞颂"、"高举"之类的术语来表述的问题。那时的先锋派,也才20岁出头,毕竟稚嫩,他们只是沉迷于文学的方式,只是80年代文学创新的追随者,也是现代主义的应战者,因此,注定了他们只能在形式主义的隐蔽战线另辟蹊径,所有的不彻底和"去—现实性"根源就在于此。谈论先锋派,阐释先锋派的文学意义,并不是要把它作为什么历史标本,作为艺术准则和大旗。历史化的存在没有什么唯一性,也没有什么事物具有本质化的优越性,只是在历史的时间坐标位置上,给出它们的意义。

至于王彬彬说到我又转身歌颂"晚生代",他的误读又更甚。他哪怕只要稍微客观一点,都可读出他费尽心机寻章摘句弄出来指控我的那些"罪证"的实际含义。一个自诩语法和修辞素养有多好的人,难道连"自欺欺人"、"超感官的震撼力"、"外部形状"、"平面上"、"同流合污"、"随波逐流"……这些用语的含义都读不出来吗?我对"晚生代"的肯定是有限的肯定,只是在他们应对90年代的现实,表现当时中国正在发生的热烈变化这一点上,肯定这些文学的意义,但他们也只限于表面化的表现,只能抓住外形,没有强有力的洞察与批判,故而只能"同流合污"、"随波逐流"。因为王彬彬惯常的简单化的歌颂/贬斥的二元对立思想作祟,他不能理解我阐释"晚生代"始终保持的警惕和质疑。这点倒是这代作家朱文看出来。90年代后期,朱文曾经给我写了一封信,批评我对"晚生代"的艺术性存在偏见,没有更积极地肯定他们的艺术成就。他强调他们是在进行一种"本质化写作",有他们超过苏童那批先锋派的独到的艺术创造。当然,朱文主要是就他和韩东而言。我当即给他回了信,阐明了我对"晚生代"这代人的看法，记忆中措词比较直接。可惜，朱文的这封信因为我搬家弄丢了，但此事朱文当有记忆，可以作证。

我对朱文、韩东、李洱、毕飞宇、东西、邱华栋、何顿、述平等人在那个时期的创作有肯定，同时也有质疑和批评。但我也一直在反思我的那些批评，是否存在一种平面的没有深度的写作？一种不再锐利的缺乏深刻性的写作？除了他们少数作品，在艺术上我一直在观望他们的突破口在哪里。我不认为没有深度的写作就是表面化，我更倾向于去追踪一种差异性的或"细微的差别"这种美学①。我一直认为朱文是他们那批人中最有小说才华的人，朱文后来放弃文学，搞上电影。毕飞宇、李洱和东西的作品是有力度的，我认为他们几个人可以成气候。另一些"晚生代"，如荆歌、艾伟、熊正良，我会注意到他们转向苦难与历史叙事的特点，也就是重新发掘底层叙事，回到现代性的美学观念中，重新寻求苦难、悲剧的力量。我对此也依然是带有批判性的，有多篇文章为证。他们不愿在"先锋派"开启的文学经验上往前走，而是退回到经典的现实主义确定下来的现代性的美学规范中，文学经验并没有与现时代的真实经验更加有效地结合。②

我想再一次强调，虽然我并非一成不变，虽然，"变"是一个学者突破自己，不断反思进取的一种形式，它不是丑闻。但我的"变"是我始终贴近当代文学变化的现实的"变"；是我与当代文学的艰难困苦的创新探索共进退的"变"。

四、高度、肯定性也是一种批判，更深远的批判性

王彬彬、肖鹰等人都爱把自己打扮成什么"抵抗"、"批判"的斗士，姑且我也认为他们的批判/抵抗也是一种方式，但是，肖王等人还是有两个问题需要思考：其一，他们过于迷信和迷恋他们的批判/抵抗方式，他们缺乏对自己的知识体系的反思，这一点我在上面已经谈过，不多加论述。其

---

① 这种观点，可参见拙文《给文学招魂：差异性自由》，《南方文坛》2003年第2期。
② 参见拙著《无边的挑战》，广西师范大学出版社2004年版，第417—418页。

二,他们总是把自己置放在一个绝对正确的道德化地位,于是他们的批判就是整全的道德批判,就是把对方一棍子打死,他们无法在理解对方的前提下,在对方的逻辑中去批判对方。这样的批判,没有实际的学术含量,也不会带来学术进步。其三,他们无法理解"肯定性"也是一种批判,正如批判性也是一种肯定性一样。例如,德留兹在理解尼采时,他恰恰就在尼采如此激烈的批判性中、重估一切价值的否定性中,看到尼采的"肯定性"。这是一种超越性的肯定性,因为尼采的批判动摇了浪漫主义哲学的根基,给予了面向未来的思想动力。同样,在对德里达的解构进行虚无主义质疑时,德里达恰恰强调解构是一种肯定性,是一种打开未来面向的肯定性。

德留兹赋予尼采哲学以肯定性精神,他因此而怀疑那些否定性的思考。他认为,在思考成为否定的思考的同时,生存遭到贬值,它不再积极,简化为最贫乏的形式,即简化为只与那些所谓"更高的价值"并存的病态。能动的生存被"反动"打败,肯定的思考被否定打败。只有肯定性是面向未来的批判性,因为它高于既定的"最高价值"所依据的原理,新的肯定性创造新的价值,即创造要求别的原理的生存价值。德留兹说,"这是铁锤和革命"。

由是,我也可以说,肯定性也可能是一种批判和抵抗的形式,批判性有可能是以肯定性的方式表现出来,肯定可以是更深刻和更彻底的批判性。

肖王等人,看到我给予当代文学以一个肯定性的"高度"时,立即就要给我扣上什么"唱盛党"的帽子。这些人的批判方式,就是进行道德/政治的双重审判,一方面指控我"变"——这是道德上的丑闻;另一方面指望我"唱盛"——这是政治污点。前者如我前面已经给予驳斥,后者则更是不堪一击。肖鹰可能忘了,1990年第5期《文学评论》上,登着他那篇《近年非理性小说的批判》,在当时被寄予作为批判80年代探索思潮以及先锋文学的重磅炸弹。该文指斥80年代以来的中国文学深受西方"非理性主义"思潮的影响,走向邪路。那时他就把80年代以来的中国文学说得一塌糊涂,张辛欣、张承志、残雪、莫言、马原、王朔、苏童、格非、余华……等等，有些人的创作开始有人道主义，有理性，是好作品；后来受到西方非理性主义的污染，于是就糟糕了！至于莫言之后的先锋派们，就是典型的"非理性主义"创作，只是空虚无聊，被西方污染的仿制品。无不被他装进"非理性"这个箩筐里，他们创作上的问题就归结为一点，受到西方资本主义"非理性主义"的影响，万恶的非理性主义！这里随便引几句：

> 这批青年作家的悲剧不在于他们表现了自我，而在于他们迷执自我而脱离社会主义的现实，最终背离了自我走出来为民族承担命运的初衷。这就是他们的创作生命迅速衰微的根源。
>
> 在近年的非理性主义小说中，由极端的个人主义的自我表现而终结于自我主体性的彻底沦丧，这就是作家自我的信仰和理想丧失的全过程。
>
> 脱离了社会生活的土壤，理想就失去了妊娠的子宫，而丧失了社会主义的理想，现实生活就沉沦入存在的虚无深渊。既不能脚踏实地，又无力自由飞翔，这批青年作家就在这种双重困境中深深地沉入了非理性主义泥潭的悲剧，一出真正可叹的悲剧。①

那时肖鹰与侯敏泽先生倒是合作得很好，按照王彬彬的说法，有些人一贯如此，是值得赞颂的；如此看来，侯敏泽先生自然无可非议②，但肖鹰呢？那时把80年代中国文学归为西方资本主义的没落的"非理性主义"，批判它们"丧失社会主义理想"。

对于我来说，文学就是文学，我的立场就是学术立场。"高度"就是对

---

① 参见肖鹰：《近年非理性主义小说的批判》，载《文学评论》1990年第5期。
② 肖鹰曾在多个场合表示他那篇《近年非理性主义小说的批判》文章中有些观点是侯敏泽要求他加上去的。此说很不厚道。侯敏泽先生已作古多年，他的在天之灵，要是听到肖鹰如此说法恐怕心里不好受。侯敏泽先生也是我的老师，我在中国社会科学院读博时，我的导师钱中文先生请侯先生给我们上"中国古代文学理论史"课，一上就是大半年，学生就我和另一同门二人。先生讲课极为认真严谨，至今还怀念他浓重的河南渑池口音。

当下文学价值的判断，我再一次强调，孟繁华、张清华、贺绍俊、陈福民等多位同仁也多次强调，评价一个时期的文学成就，能体现其高度的作家作品只是少数，必然是少数，任何时代，任何国家都是如此。天天斥责一些普通作者所写的庸常之作，那是故作高明的无聊之举；一个时代在文学上有什么创造价值，有没有达到艺术高度，只有少数作家和作品可以用以讨论这一问题。就是托尔斯泰时代、司汤达的时代、狄更斯的时代、鲁迅的时代，或者说当今的德国、美国、英国、法国，也同样如此。哪能一个时期所有出版的文学作品都是精品？都是天才之作，都是旷世杰作？这样提问，这样来要求答案，连常识都不顾了。

要回答顾彬的问题，中国当代文学是不是"垃圾"，如果有一些作品达到艺术高度，有些作家创造出体现艺术创新历程的作品，顾彬的指责就不攻自破。这就是我要做的事。我非常审慎地提到四个作家，四部作品。当然这个名单仁者见仁，智者见智，还可以谨慎扩大。最近《钟山》主编贾梦玮先生邀请十几位当代文学研究者，各自列举出10部能体现当代艺术性的长篇小说，也是对当代小说创作的艺术成就进行一次清理。显然，这些列举出来的作品，也足以说明，当今中国的文学创作还是有成就的，有这些作品屹立于当代文坛上，这个时代的文学就值得肯定。

我所说的高度，显然并不只是艺术的表现形式，纯粹的形式并不存在，文学作品必然是以其多方面的素质、同时又是以活的完整的文本形象来建构起自身的审美价值体系。理解和阐释一部作品，就是去激活它的历史的、审美的和文化的内在蕴涵，使之具有独特性、强大、坚实并具深刻性。

于是，我对"高度"列出了四个标准。这四个标准绝不是从概念出发，而是就这些文本自身体现出来的意义，给予历史、文化和审美提出的挑战来理解的。肖鹰还装模作样对我这四点进行抨击，他完全不能理解我这四点所标示的当代小说所具有的艺术品性，它的开掘、穿透和超越意味着什么。

当代文学企及的"高度"，并不是在什么"盛世"顺理成章抵达的高度，而是在"困境"中做出的突围，是在"绝境"中的意外和幸存。这是我理解评介当代文学的语境，是我讨论"高度"的始终要把握的前提。

关于阎连科的《受活》，我用的关键词是"遗产"与"残疾"；关于《秦腔》，我用的关键词是"阉割"与"终结"；关于莫言的《生死疲劳》，我用的关键词是"历史的变形记"；关于刘震云的《一句顶一万句》，我用的是"幸存"与"喊丧"。关于这几部作品，我都写有长文，肖王等人在批判和否定我时，根本没有弄清楚我说的是什么，根本没有读过我有关这几部作品的阐释。如果看到这里使用的关键词和我的阐释，而试图与"唱盛"挂上钩，那实在是滑天下之大稽，那是混淆视听。

这些作品，能够在"绝境"处意外逢生，它能穿过那个绝境——按照德里达的看法，绝境没有拓路，没有步伐，没有方位；但我还是要在绝境中看到拓路、步伐和方位。汉语文学因为这样的书写，而迸发出它的艺术能量。

如果对当代文学稍有了解，就可以知道这几位作家在当今中国文坛的格局中，他们所处的状况，也可以了解到这些作品本身所具有的文学的、文化的和政治的特性，恰恰是这些作家始终保持的对当下现实的批判性，以他们坚持的文学方式超越那些禁忌界线，以他们对汉语文学的未来面向的肯定性，拓展汉语写作的地平线。汉语写作的自由并不是靠空喊"五四精神"、高举"人道"、"尊严"来建立的，而是靠这些作家脚踏实地，用血肉之躯，用智慧、才情和心血，一个字一个字写下来的。也是靠有责任、有眼光、有远见的批评家们几十年如一日，认真阅读，仔细辨析，深入阐释而肯定下来的。没有肯定，没有发现和阐释，汉语文学的价值就会被现在的浅薄恶劣情绪淹没，就会被糟践。

因为汉语文学身处绝境之中，因为汉语文学被作践得不成样子，因为汉语文学一直在默默坚持，因为汉语文学有人在勇敢拓路，于是，我们责无旁贷地要给予肯定和正名，我们义无反顾地要坚持立场！

（原载《文艺争鸣》2010年第4期）

中国当代文学评价中的思维误区

张柠

一

面对公众,"批评"要及时表达最基本的判断,而不是用所谓的"学术"话语来将评判的底线标准搅浑。如果读了我《垃圾与黄金:中国当代文学评价中的两个极端》一文之后,还对它的字面和背后的意义视而不见,甚至断章取义,那么我只能说,他们不是故意的,就是思维出现了障碍。如今,媒体再一次挑起话头,希望达到"真理越辩越明"的效果,依我看只会"越辩越乱"。为了不要再一次出现一统天下的单一评判标准,我接受了杂志的邀请,再一次来"添乱"。但是,我不会将自己的观点看成是代表"国家的"、"民族的",我负不起这个责任,我只代表我自己,我只对我个人的思考和言论负责。

从总体上看,当下的文学创作"环境"和作家的"技术",是中国当代文学的前30年所不能相比的。这说明我们的精神生活已经开始走向正常轨道,开始回到正常人的起点上,但仅仅是"起点",离我们的期待还很远,问题还很多,其他领域也如此,这成了常识。我们不能将说出这个常识当作文学批评的主要任务。将这个常识公之于众的工作,应该由相关职能部门内的专业人士(综合不同文学种类外聘专家的意见)来做。他们会告诉上级主管部门和公众,我国每年生产了多少部长篇小说,是此前的多少倍,增长了百分之多少,其中多少是上等的,多少是中等的,多少是下等的,哪些作品翻译成了外文,国际接受程度和传播效果如何,等等。如果学者或者批评家,整天惦记着那些数据和账目,不说他们越俎代庖吧,那也是一件很费劲的事情,他们的条件和精力都不够。当他们试图"如数家珍"

一般向公众列举中国当代文学的辉煌成就时，总是显得丢三落四，厚此薄彼，结论勉强。更重要的是，他们不知不觉地跻身于中国当代文学的"账房先生"行列，定期向上级和公众展示账本数据和仓库存货。

长期做"账房先生"的结果，就会产生一种"账房思维"：迷恋存货的数量，混淆数量和质量的关系，认为自己仓库里的东西都是好的，对别人的批评反感。当然，他们在自己的仓库内部也分等级、贴标签，但分级的目的是先找出一批好的，然后在好的中间再找出最好的，排排坐分果果。关起门来鉴别，也会产生专业人士，"账房先生"升级为"鉴宝专家"。"鉴宝思维"是"账房思维"的升级版，也可以简称为"账房 2.0"。"账房先生"式的批评家，可以毫无障碍地在"账房思维"和"鉴宝思维"这两种思维模式之间自由切换，像双频手机一样。久而久之，他们终于养成了一种"荐宝思维"，成为"荐宝专家"。"鉴宝专家"是极端的、苛刻的，他们会像电视"鉴宝"节目中那样，将赝品当众敲碎。而"荐宝专家"是中庸的、变通的，他们的主要工作是"荐"，并根据各种权利的需要来选择自己所荐的对象，郑重其事地向国内国际市场推广。而且他们从来也不砸碎什么，因为他们吃不准下一步什么宝贝会得宠。

二

资深外籍中国文学专家顾彬先生，主要是一位"鉴宝专家"，偶尔也充当"荐宝专家"。他一辈子在中国文学的仓库里辛勤工作，令人敬佩。他的《20世纪中国文学史》、《中国文人自然观之发展》等著作，是国际汉学研究的重要成果。但谁也没想到他会对自己管理的货品中的当代部分产生疑惑，进而感到厌倦，接着突然"反水"，发出"垃圾"的感叹，这让人始料不及。其实，对中国文学有着深厚感情的顾彬先生，最不愿意听到的就是对其"垃圾说"的附和与肯定，而是希望出现有效的反对声音。否则，他一辈子的工作就成了研究"垃圾"。尽管顾彬先生后来对自己的观点作过补充说明，但批评还是来势凶猛。对顾彬先生的批评无疑不能简单化，比如，你说差我就说好；你说"垃圾"我就说"黄金"；你说好的只有百分之五，我就说有好的有百分之九十五，像故意跟人较劲似的，其实骨子里依然是"账房思维"或者"荐宝思维"。

我在此前的文章中已经谈到，"垃圾说"与"黄金说"，或者"低度说"与"高度说"，在深层思维逻辑上是同一的，是一种极端思维的两种相反的表达形式，就像一对"爱极"和"恨极"两端情感合二为一的"冤家"，钱钟书喻之为"冰炭相憎，胶漆相爱"。我不认为顾彬先生对中国当代文学的判断，属于"立场"问题，我认为是属于"方法"问题。以顾彬先生为代表的这种观点的持有者，以及他的反对者，都是将文学研究和批评的某一种方法当作了方法的全部，也就是把"账房"—"鉴宝"—"荐宝"当作了全部。当他遇见了不合所谓"宝"的标准的东西时，便当作"垃圾"抛弃。这种只认"宝贝"不认"人"的研究方法，并非文学研究或者人文科学研究的全部，它只能是方法的一种。

文学研究和批评者身份的合法性，首先当然是要成为"鉴宝专家"，对词语组合、叙事结构、意义指向、历史价值等问题，有敏锐和准确的判断。在这个前提之下，判断一部作品是不是"宝贝"，其实并不困难。但是，当我们说一件作品是"垃圾"的时候，就会遇到老式"鉴宝法"无法解决的新困难。什么是垃圾？是按照一件物品存在时间的长短来判断？还是根据物品的功能和结构来判断？假如按照时间来判断，那么越久远的越是"宝贝"，越当代的越是"垃圾"；古代文学全是宝贝，当代文学全是垃圾；而且古老的垃圾在今天也会变成宝贝，就像一块"三星堆"出土的瓦片，要比一幅当代的水墨画更宝贝一样。从这个角度看，研究当下正在发生的文学现象及其文学作品，无疑就是在研究"垃圾"。研究的基本方法当然还是一样，分析它的结构和功能，以及这种结构产生的精神背景及其精神症候。

当代文学的结构和功能的多样化，对传统的"鉴宝专家"的方法，构成了巨大的挑战。我们应该迎接这种挑战，而不是简单地将它们扫进垃圾堆。它要求"鉴宝专家"的鉴定方法，不能局限在对品相的直觉和对表面纹理的观察层面上，而是要达到"分子"水平，达到显微镜的观察水平，达到碳14的分析能力。这样，我们就有可能发现一个全新的五彩缤纷的语言世界和精神世界，也就是"垃圾"的微观世界，进而将"垃圾"放在生成环境之中进行考察。我们既要看到"宝贝"和"垃圾"的诞生，也要发现那些想成"宝贝"而不得的心灵挣扎过程。

文学研究和批评，作为"人文科学"（或者叫"精神学科"）的一个分支，它以"人"为起点和终点，而不是以"榜样"和"模范"为起点和终点。它指向"总体的人"及其精神现象的生成机制和表现形式，并通过对这些"机制"和"形式"的再阐释，实现经验交流的目的。如果说人的心理、意识、精神现象，还有道德和审美水准等，它们存在等级的话，那么它们的呈现形式的确也是有等级的。但是，这种等级的划分（"荐宝思维"、排座次思维）是暂时的而非恒久的，是变化的而非凝固的。在这里，对复杂的心理经验或者精神现象、产生这些现象的社会和历史根源，以及它们的表现形式（无论它是"垃圾"还是"黄金"）进行重新阐释，是文学批评迫切而重要的工作。所谓"重新阐释"，不是放弃价值判断，而是改变思维的惯性，寻找更为有效的分析方法，目的在于让更多的人增加感知的复杂性，承认精神生活的多样性，提高公众判断的自觉性，提高"自我启蒙"的可能性。它首先要具备科学的分析能力，所谓的"价值判断"不过是一种附加的工作，甚至是让读者看完"分析报告"之后自然而然会产生的判断。文学批评家不要抱定一种"荐宝师"甚至"文学拍卖师"的身份不放。

三

近期，批评界流行一种观点，说中国作家和批评家不必"仰西方之鼻息"，要描写和研究中国经验。我非常赞同这句正确的废话。是不是中国作家和批评家从来就没有独立自主精神呢？2010年1月14日，在北京师范大学召开的"本土经验和中国文学海外传播"国际研讨会上，作家莫言、格非、阎连科、李洱等人一致表示，他们描写的从来都是中国经验、本土经验，他们也写不了别国和别处的经验。既然作家已经本土经验化了，那么谁在仰人鼻息呢？剩下来的当然就是批评家了。我看也是如此。从结构到解构，从殖民到后殖民，从西方中心到东方中心，从文学性到现代性，说的是西方流行的名词，唱的却是南辕北辙的反调。在一种"理论依附"的大前提之下，其深层逻辑无疑是一致的，同样是"冰炭相憎，胶漆相爱"的格局。批评要做的，不是像文学的奴才一样为主子争宠，而是做独立的、有效的、文学的分析和研究工作，写出属于文学自身的文章，批评文章要对得起文学，而不是别的什么。

文学经验的本土性或者说民族性，似乎吻合了"越是民族的越是世界的"这样一句流行的真理。世界文学经验的确是以民族经验的形式呈现出来的。但民族经验不一定必然会成为世界的共同经验。既然中国作家写的都是本土经验，那么为什么在成为人类的共同经验这一点上遇到了尴尬呢？让我们来找一大堆借口吧：翻译的意识形态问题，西方中心观念问题，作家创作问题，批评家的局限性问题，等等。我只好中庸地说，是所有这些问题综合作用的结果。实际上，批评家能够做的，只能是提高研究和写作能力，而不是找意识形态的借口。所谓的"本土经验"或者"民族经验"，不是去写一些人家不懂的怪癖，而是通过本土（民族）经验的独特性，去传达人类能够感同身受的、人同此心、心同此理的东西。题材研究要向经验研究逼进，主题研究要向母题研究逼进，风格研究要向意象演变史研究逼进。

简单地举几个例子。比如莫言的创作，带有强烈的本土经验色彩，但他无疑包含着许多人类经验。莫言笔下那位著名的"黑孩"，生活在"文革"时期的恶劣环境之中。令人震惊的是，他的痛觉经验完全丧失，听觉经验出奇地发达。他笔下的"母亲"，全都是"饥饿艺术家"，是饥饿经验的传递者。《食草家族》中的呕吐经验，既带有共同性，更有本土性；那些人见到美丽的绿色就呕吐，这是长期在饥饿中吃草产生的"呕吐经验"。他笔下人物的"成长经验"，不是向上、向强壮长，而是像野草一样横长，长出六个指头，歪脖、罗锅，等等，甚至直接就长成了动物。类似的经验，我们在《小城畸人》《铁皮鼓》、福克纳的小说中也见识过。最近出了一位"打工诗人"叫郑小琼，引起了批评界的关注，被命名为"底层写作"的代表之一。这种无效命名，降低了写作的艺术性，增加了它的意识形态色彩。

郑小琼的诗歌的最大特点，是改写了当代中国诗歌史中"钢铁"和"机器"意象的意义和走向。她将"钢铁"和"机器"这个在五六十年代代表火红的、社会进步的意象，改写成了一个冰冷的、人性倒退的意象。打工妹用手触摸机器和钢铁，被它的冰冷撕去了皮肤。触摸经验如此强硬和残酷！形式史、经验史、意象史，它们与社会表层的进步与倒退无关。它们自成一体，为世界经验体系增加新的内涵。文学自有它不可替代的意义，我们用不着往政治经济道德民族这些空泛的概念上蹭。我们应该检视我们的批评史和研究史，是不是在狭隘的"民族主义"和狭隘的"世界主义"之间左右摇摆，而从来也没有进入过批评的自觉自主的时代？

四

对中国当代文学中的前三十年的评价和研究，同样需要做得更细致和多样，不要局限在"账房思维"、"鉴宝思维"乃至"荐宝思维"之中。这种思维导致了一种评价的拉锯战，原来说它"好得很"；后来又说它"糟得很"，没有什么文学性；今天，苍蝇一样绕了一圈又回来了，又有人开始说它"好得很"。我觉得很无聊。前三十年的文学究竟是"黄金"还是"垃圾"这样的问题，已经变得毫无意义。但不能否定的是，它曾经存在过，它是整整一个时代好几亿人的说话方式乃至精神历程的记录。它的形式史、话语史所承载的精神演变史，就摆在我们面前。它的词语排列组合之中、叙事和抒情之中，究竟包含着什么样的精神秘密？换句话说，那个时代的精神，是以什么样的方式化装出场的？毫无疑问，它并不是一目了然的，而是需要再解读和再阐释的。这种解读和阐释，不能局限在对作品的品相直觉和表象观察的层面上，同样要求达到"分子"水平，达到显微镜的观察水平。更重要的是，我们根本用不着用"审美快感"或者"阅读愉悦"来诱惑年轻一代读者，而是通过形式史与精神史的相互阐释发现它们的叙事秘密，提供破解精神秘密而产生的解放式的感受。

比如，对《三里湾》这样的小说的评价，昨天说好，说它通过描写一个小村的变化反映了时代的大变化；今天又说不好，说它概念化、意识形态化；明天又发现一个新理论可以论证它很好，反反复复变色龙一样。不能根据个人的情绪变化来评价作品，也无须用"荐宝思维"来给它确定等级和价位。我们必须要客观地考察它的分子构成、叙事指向、历史功能。小说《三里湾》讲述的是一个组建"新家"（合作社）的故事。封建社会的崩溃，在长篇小说中经常表现为"家族崩溃"的主题，从《红楼梦》到《家》和《财主的儿女们》都是如此。不同之处在崩溃之后的选择，有的选择出家（宝玉），有的选择离家出走（高觉慧），有的选择革命（蒋纯祖）。那么革命结束之后（新中国）怎么办？《三里湾》的结论是，组建新的家族：合作社和人民公社。小说叙事冲突的背景是，家族体系和行政体系的冲突、家族情感（亲情、爱情、友情）与行政情感（爱社如家）的冲突，以后者取胜为目的。《三里湾》叙事的总体指向是：单干的互助了，互助的入社了。"旧家族"分裂了（年轻人要分家），"新家族"建成了（全部入社）。私人的驴卖到市场上了，市场上的驴又回到了合作社。如果不入社，和睦的闹崩了，结婚的离婚了；思想转变同意入社，离婚的结婚了，闹崩的和好了。坏事变成好事了，后进的变为先进了。入社的样样都好，不入社的寸步难行。

再如《青春之歌》，也无需用"审美快感"来诱惑读者，而是要发现它的叙事秘密。这部小说总的来说是一个"成长故事"。它由两条交错的主线构成，一是主人公林道静的自我确证线索，二是林道静性格发展线索。前一条线索中出现了"三个林道静"：抛弃父亲（剥削阶级，白骨头）选择母亲（劳动阶级，黑骨头）的林道静；抛弃家庭（大家和小家）选择自我（启蒙）的林道静；抛弃自我选择集体（革命）的林道静。于是，第二条线索的成长故事顺理成章地出现了。但它是在一个革命加恋爱的模式中展开的：先拒绝胡梦安，选择余永泽；然后是抛弃余永泽，选择卢嘉川；最后将卢嘉川（有五四精神痕迹的革命家）"处死"，而选择了江华（坚定的革命战士）。女性革命之路，伴随着爱情和欲望叙事展开。

那个时代的诗歌也是如此。通过阐释，我们能够发现诗歌意象体系和象征关系建构的诸多秘密。比如，在早期的颂歌体中，歌颂的对象与铺陈的事物之间的对应关系。比如太阳、月亮、星星、江河、高山、大海，这些巨大的自然物像，对应的是崇高的现实主题、政治事件和政治人物，"风暴—革命—战争"，"太阳—领袖—党"，"大海—人民"，"土地—母亲—民族"，"高山—青松—英雄"等等。新的颂歌就是重构一个"事物—词语—象征物—意义"之间的新的链条，将某一事物和某一词语之间的关系固定下来，构成一种等级森严的全新的意向体系和象征关系。在政治抒情诗中，原来简单的"物像—词语"序列变得更多样，然后将这种多样性，归结在一个"词语等级体系"之中。这个"词语等级体系"对应于"社会等级体系"，从而构成两个相互对应的词语"星云图"。

　　一个时代的文学，能够为我们解读那个时代的叙事秘密和精神演变提供典型文本，这就足够了。我们用不着通过"鉴宝思维"、"荐宝思维"为文学作品定等级判高下，当作工作的全部内容，更不要说什么"垃圾""黄金"，"最低""最高"。我相信，精细的分析和解密工作，是今后文学评价和研究的方向，而不是那种意气用事、非此即彼的争执，以及面对"伪问题"的聒噪。

（原载《北京文学》2010年第3期）

"憎恨学派"的"眼球批评"
——关于当下文学评价的辩论
孟繁华

2009年岁末,关于中国当下文学的评价问题,又一次通过大众媒体成为争夺眼球的焦点"事件"。事情的起因与王蒙先生在法兰克福书展上的一次讲话,以及陈晓明先生对当下文学的评价有关。他们对当下中国文学的评价完全可以讨论,他们也只是一家之言。但是,不久我看到包括肖鹰、林贤治、张柠等批评家对王蒙和陈晓明的高调批评。

肖鹰:"当代文学在走下坡路","最近十年,我很少读作品,可以说从2000年以来,我不是一个严格意义上的中国文学读者,我现在只是作为一个对当下中国文学有所关注的学者表达我对当下文学现状的看法。"①

林贤治:"中国文学处在前所未有的'低度'。"②

张柠:表面上看,中国当代文学的形式和构件,包括语言和叙事技巧,似乎都达到了一定的水平,"肌肉"很发达似的,仔细检查,发现它缺心眼儿,也就是缺少作为文学基因的"自由心境"。③

肖鹰既然很少读作品,没看过几本像样的作品,怎么得出的"走下坡路"的结论?在林贤治那里果真"最低"的话,你还编哪门子"金库"?又是"最低",又是"金库",你到底看到了什么?这种所谓的"批评家"不是信口开河吗?"自由心境"需要张柠指认吗?懂得自由理念的人首先要懂得责任,是对自由负责,自由不是为所欲为。他们就是这样用"唱盛"、

---

① 肖鹰:《肖鹰:当代文学在走下坡路,中西对话中完成定位》,《辽宁日报》2009年12月16日。
② 林贤治:《中国文学处在前所未有的"低度"》,《羊城晚报》2009年11月28日。
③ 张柠:《垃圾与黄金:中国当代文学评价的两个极端》,《羊城晚报》2009年11月16日。

"唱衰"、"最低"、"缺心眼儿"这种典型的媒体或极端化的语言，用"眼球批评"的方式来讨论问题，既像群殴又像批评界的赵本山或小沈阳的滑稽演出。

事实上，对当下文学的评价问题，早已展开。只不过任何学术讨论都不可能像媒体那样"事件化"，它的影响也只能限于批评界。因此我不得不旧事重提。2004年，《小说选刊》第一期上曾刊载了作家韩少功的一篇千字文，他在文章中说：

小说出现了两个较为普遍的现象。第一，没有信息，或者说信息重复。吃喝拉撒，衣食住行，鸡零狗碎，家长里短，再加点男盗女娼，一百零一个贪官还是贪官，一百零一次调情还是调情，无非就是这些玩意儿。人们通过日常闲谈和新闻小报，对这一碗碗剩饭早已吃腻，小说挤眉弄眼绘声绘色再来炒一遍，就不能让我知道点别的什么？这就是"叙事的空转"。第二，信息低劣，信息毒化，可以说是"叙事的失禁"。很多小说成了精神上的随地大小便，成了恶俗思想和情绪的垃圾场，甚至成了一种谁肚子里坏水多的晋级比赛。自恋、冷漠、偏执、贪婪、淫邪……越来越多地排泄在纸面上。某些号称改革主流题材的作品，有时也没干净多少，改革家们在豪华宾馆发布格言，与各色美女关系暧昧然后走进暴风雨沉思祖国的明天，其实是一种对腐败既愤怒又渴望的心态，形成了乐此不疲的文字窥视。

韩少功虽然也词不达意地批评当下文学，但还有一点具体分析。然而，2006年，一股强大的否定潮流使当下文学遭遇了灭顶之灾，这个领域已然一片废墟。除了人所共知的德国汉学家顾彬的"垃圾"说之外，还有《思想界炮轰文学界：当代中国文学脱离现实》的综合报道，"思想界"的学者认为："中国主流文学界对当下公共领域的事务缺少关怀，很少有作家能够直面中国社会的突出矛盾。""最可怕的还不只是文学缺乏思想，而是文学缺乏良知。""在这块土地上，吃五谷杂粮长大的小说家中，还有没有人愿意与这块土地共命运，还有没有人愿意关注当下，并承担一个作家应该承

五 关于当代文学的评价问题

担的那一部分。"① 思想界对当下文学创作几乎作了全面的否定，而且言辞激烈。其次是中国社会科学院文学研究所所长杨义先生为该所"文情双月评论坛"所写的开场白："为当今文学洗个脸"。杨义先生对当下中国文学的批评，是一个没有被歪曲的"中国顾彬"。他说：

当今文学写作正借助着不同的媒介在超速地生长，很难见到哪一个时代的文学如此活跃、丰富、琳琅满目。这是付出代价的繁荣，大江东去，泥沙俱下，不珍惜历史契机，不自尊自重的所谓文学亦自不少，快餐文学、兑水文学，甚至垃圾文学都在不自量地追逐时尚，浮泛着一波又一波的泡沫，又有炒作稗贩为之鼓与吹。于是有正义感的文学批评家指斥文学道德滑坡和精神贫血症，慨叹那种投合洋人偏见而自我亵渎，按照蹩脚翻译写诗，在文学牛奶中大量兑水，甚至恨不得把文学女娲的肚脐以下都暴露出来的风气。我们不禁大喝一声：时髦的文学先生，满脸脏兮兮并不就是"酷"。在此全民大讲公德、私德、礼仪的时际，我们端出一盆清凉的水，为当今文学洗个脸，并尽可能告知脏在何处，用什么药皂和如何清洗。我们爱护这时代，爱护其文学，爱护时代和文学的声誉及健康，故尔提出"为当今文学洗个脸"的命题。②

我不知道杨义先生对"当今文学"究竟了解多少，他那"永远正确"的说法和本身就是相当时尚化、媒体化的流俗与空疏之论，与社会流行的陈词滥调并无区别。更何况，在杨所长的带领下，"端出"的也未必是"一盆清凉的水"，他的言论只能将评价当今文学的水搅得更混。从 2004 年到 2009 年将近六年的时间，对当下文学否定的声音一直没有中止并越演越烈。那么当下文学究竟发生了什么使这些人如此不快并从南到北形成了一个"憎恨学派"？当下文学真的是万恶之源十恶不赦罄竹难书吗？

我很不同意这些人的看法。当今文学的全部丰富性和复杂性，用任何一种人云亦云的印象式概括都会以牺牲这个丰富性作为代价。文学研究在

---

① 见《思想界炮轰文学界：当代中国文学脱离现实》，《南都周刊》2006 年 5 月 20 日。
② 杨义：《为当今文学洗个脸》，《光明日报》2006 年 12 月 23 日。

批评末流的同时,更应该着眼于它的高端成就。对这个时代高端文学成就的批评,才是对一个批评家眼光和胆识构成的真正挑战。这就如同杨义先生熟悉的现代文学一样,批评"礼拜六"或"鸳鸯蝴蝶派"是容易的,但批评鲁迅大概要困难得多。如果着眼于红尘滚滚的上海滩,现代文学也可以叙述出另外一种文学史,但现代文学的高端成就在鲁郭茅巴老曹,而不是它的末流;同样的道理,当今文学不止是杨所长所描述的"快餐文学、兑水文学,甚至垃圾文学",它的高端成就我相信杨义先生并不了解。而思想界"斗士"们愤怒的指责,其实也是一个"不及物"的即兴乱弹,是不能当真的。他们对当下文学的真实情况,也不甚了了。包括肖鹰、林贤治、张柠等之所以义愤填膺指责或批评当下的文学,只不过因为这是一件最容易和安全的事情。

事实上,无论对于创作还是批评而言,真实的情况远没有上述"批评家"们想象的那样糟糕。传媒的发达和文化产业的出现,必然要出现大量一次性消费的"亚文学"。社会整体的审美趣味或阅读兴趣就处在这样的层面上。过去我们想象的被赋予了崇高意义的"人民"、"大众"等群体概念在今天的文化市场上已经不存在,每个人都是个体的消费者,消费者有自己选择文化消费的自由。官场小说、言情小说、"小资"趣味、白领生活、玄幻小说甚至"吸血鬼"形象的风靡或长盛不衰,正是满足这种需要的市场行为。但是,我们过去所说的"严肃写作"或"经典化"写作,不仅仍然存在,而且就其艺术水准而言,已经超过了过去是没有问题的。不仅在80年代成名的作家在艺术上更加成熟,而且超越了80年代因策略性考虑对文学极端化和"革命化"的理解。比如文学与政治的关系,比如对语言、形式的片面强调,比如对先锋、实验的极端化热衷等。而90年代开始写作的作家,他们的起点普遍要高得多。80年代哪怕是中学生作文似的小说,只要它切中了社会时弊,就可以一夜间爆得大名。这种情况在今天已经没有可能。他们之所以对当下的创作深怀不满,一方面是只看到了市场行为的文学,一方面是以理想化的方式要求文学。只看到市场化文学,是由于对"严肃写作"或"经典化"写作缺乏了解甚至了解的愿望,特别是缺乏对具体作品阅读的耐心;以理想化的方式要求文学创作,就永远不会有满意的文学存在。真正有效的批评不是抽象的、没有对象的,它应该是具体的,建立在对大量义学现象、特别是具体的作家作品了解基础上的。

一方面是对当下文学的不甚了了,一方面则是对文学不切实际的期待。假如我们也要质问一下这些批评者:你们到底需要什么样的文学?我相信他们无法回答。即便说出了他们的期待,那也是文学之外的要求。事实上,百年来关于文学的讨论,大都是文学之外的事情。那些对文学的附加要求,有的可以做到、也有的难以做到。在建立现代民族国家,需要民族全员动员的时代,文学确实起到过独特的、不能替代的巨大作用。但在后革命时期,在市场经济时代,再要求文学负载这样的重负,不仅不可能,而且也不必要。即便是在大变动大革命的时代,文学所能起到的作用也仍然是辅助性的,主战场还是革命武装。文学不能救国,当然文学也不能亡国。大约十七年前,谢冕先生在为《20世纪中国文学丛书》所写的总序《世纪末:中国知识分子的思索》中说道:"中国文学的创作和研究受制于百年的危亡时世太重也太深,为此文学曾自愿地(某些时期也曾被迫地)放弃自身而为文学之外的全体奔突呼号。近代以来的文学改革几乎无一不受到这种意识的约定。人们在现实中看不到希望时,宁肯相信文学制造的幻想;人们发现教育、实业或国防未能救国时,宁肯相信文学能救民于水火。文学家的激情使全社会都相信了这个神话。而事实却未必如此。文学对社会的贡献是缓进的、久远的,它的影响是潜默的浸润。它通过愉悦的感化最后作用于世道人心。它对于社会是营养品、润滑剂,而很难是药到病除的全灵膏丹。"[1] 许多年过去之后,我认为谢冕先生对文学的认识仍然正确。而当下对文学的怨恨或不满,更直接缘于对文学及其功能不切实际的期待。

我所看到的当下文学,与那些批评者们竟是如此的不同。我有理由为它高端的艺术成就感到乐观和鼓舞。在市场化的时代,由于市场利益的支配和其他原因,长篇小说一直受到出版社的宠爱,这个文体的优先地位日

---

[1] 谢冕:《新世纪的太阳·总序》,时代文艺出版社1993年版。

见其隆。每年出版一千余部，可见生产规模之巨。出版数量不能说明艺术问题，但我们在重要的长篇小说作家那里，比如张洁、莫言、贾平凹、铁凝、刘震云、王安忆、格非、阿来、阎连科、周大新、黄国荣、范稳、迟子建、孙惠芬、陈希我等等，读到他们新世纪创作的长篇小说，应该说已经达到了一个相当高的水平。特别值得我们注意的，是中篇小说所取得的巨大成就。在我看来，自80年代到现在，中篇小说可能代表了这一时段文学的最高水平。80年代的王蒙、张贤亮、冯骥才、张一弓、宗璞、张洁、谌容、张承志、王安忆、韩少功、铁凝、张抗抗、张辛欣、古华等良好的文体意识和尖锐鲜明的社会问题意识，将中篇小说推向了一个相当高的水平。他们的创作为新世纪中篇小说的创作提供了丰富的经验，为其日后的发展奠定了扎实和稳定的基础。而中篇小说的容量和它传达的社会与文学信息，使它具有极大的可读性；大型文学期刊顽强的坚持，使中篇小说生产与流播受到的冲击降低为最小限度。文体自身的优势和载体的相对稳定，以及作者、读者群体的相对稳定，都决定了中篇小说获得了绝处逢生的机缘。这也是中篇小说能够不追时尚、不赶风潮，能够以守成的文化姿态坚守最后的文学性。"守成"这个词在这个时代肯定是不值得炫耀的，它往往与保守、落伍、传统、守旧等想象连在一起。但在这个无处不变、无时不变的时代，"不变"的事物可能显得更加珍贵。这样说并不是否定"变"的意义，突变、激变在文学领域都曾有过革命性的作用。但我们似乎从来没有肯定过"不变"或"守成"的价值和意义。不变或守成往往被认为是"九斤老太"，意味着不合时宜和潮流。但恰恰是那些不变的事物走进了历史而成为经典，成为值得我们继承的文化遗产。在这个意义上，中篇小说很像是一个当代文学的"活化石"。当然，从来没有一成不变的"不变"，这个"不变"是指对文学信念的坚持和对文学基本价值的理解。在这个前提下，无论中篇小说书写了什么，都不能改变它的基本性质。

于是，我们在毕飞宇的《青衣》、《玉米》，北北的《寻找妻子古菜花》、《风火墙》，晓航的《一张桌子的社会几何原理》、《断桥记》，须一瓜的《回忆一个陌生的城市》、《大人》，刘庆邦的《到城里去》、《神木》，熊正良的

《我们卑微的灵魂》,陈应松的《望粮山》、《马嘶岭血案》、《松鸦为什么鸣叫》、《豹子最后的舞蹈》,吴玄的《西地》、《谁的身体》,马秋芬的《蚂蚁上树》,孙惠芬的《致无尽关系》,葛水平的《地气》、《喊山》,荆永鸣的《北京候鸟》、《外地人》,胡学文的《命案高悬》,温亚军的《地软》,鲁敏的《纸醉》、《取景器》,鲍十的《我的脸谱》,袁劲梅的《罗坎村》,李铁的《工厂的大门》等作品中看到的情形,与"憎恨学派"是如此的不同。这些作品从不同的侧面表达了这个时代的社会生活和心灵生活。需要质疑的是,这些作品"憎恨学派"们读过吗?

我为当下文学作如上辩护,并不意味着我对当下创作状况没有条件地认同。恰恰相反,我是希望能够面对小说创作的具体问题,并且能够在具体分析的基础上作出判断,而不是以简单的"盛"与"衰"了事,或以"抖机灵"的粪便"黄金说"的伪逻辑趟浑水。还需要指出的是,不要说中国的小说创作已经很难获得普遍的认同和满意,近些年来,获诺贝尔文学奖的作家作品在中国的反应也不断降温,文学界过去普遍认同的西方大师尚且如此,我们有什么理由不切实际地要求中国的当代小说?大师的时代已经成为过去,试图通过文学解决社会问题的时代也已成为过去。文学在这个时代尚可占有一席之地已实属不易。我确如肖鹰在他的文章中转述的那样,我的批评立场越来越犹豫不决,是因为我手执两端莫衷一是,我还难以判断究竟哪种小说或它的未来更有出路。但是,看了否定当下文学的几个批评家的文章后,我认为需要保卫当下的文学,捍卫当下小说高端的艺术成果和他们在文学高地上的坚守。

(原载《北京文学》2010 年第 2 期)

评价当代文学：我们需要的是"中国立场"还是"人类立场"

张光芒

一

如何重新评价中国当代文学，怎样重估它的价值，在近期沸沸扬扬地争论了起来。本来，重写文学史和重评当代作家作品一直就在进行着，也一直有着不同程度的争议，但像今天这样论争双方以"高峰"与"低谷"、"辉煌"与"低落"、"高度"与"低度"、"唱盛"与"唱衰"、"最好"与"最坏"来评价当代文学，两相对立互不买账到了尖锐的程度，甚至还冠以"前所未有"等醒目的修饰词，还没出现过。面对同一个文坛，为何人们对它的评判"差别就如此大呢"？显然，这种"阐释的焦虑"与评价的对立情形，本身便形成了一个现象，观点的龃龉和观点本身反倒并不重要。正如程光炜指出的那样，"简单地评价这个文学时代好还是不好，是没有意义的。这是一个永远都可以不断重复的探讨。"①

既然人们评价当代文学的结论本身没有特别的意义，那么我们真正应该关心什么呢？我们应该探究争吵背后的动因，以及话语背后的指向，观点交锋背后隐藏的思维习惯、推论方式和逻辑理路，进一步反思和清理这些年来研究界更为潜在的问题，甚至回到文学基本价值、当代文学与当代生活的关系等最根本的问题上重新讨论，这恐怕才是最有意义的。在我看来，这一争论现象不啻是近年来文学研究领域潜隐的许多深层次问题和潜在危机的一次引爆。它首先表明的是我们的文学史观是多么"无形"，20多年来我们"重写文学史"的热情是多么"无力"，我们的话语谱系是多么

---

① 王研：《不能把所有问题都推给时代》，《辽宁日报》2010年3月4日。

"没谱",而我们评价文学的标准又是多么混乱。

　　从大的文学学术语境看,研究界常常处于一种有观点没有思想、有结论没有方法、有论证没有逻辑的状态,在深层面上则表现为思想上对立有余统一不足,价值多元泛滥而欠普世,尤其是立场游移不定,甚至是无立场,造成了文学阐释的表象化与浮泛性。从当下争论的各种言论看,有些学者对"高峰"派与"低谷"派各自存在的问题均有所涉及,有时候是"各打五十大板",但仍不免被争论者牵扯着鼻子走,甚至仍然因循着旧有的思路来理解这一现象,仍然不能解决一些必须解决的根本问题。正如洪子诚等先生所批评的,"现在谈论文学问题总是'一锅烩'。有的人很喜欢做'整体性'判断,并且把许多其实有差异的想象'同质化'"①。这类判断不免以偏概全,使结论架空。然而,诚如大多数人深深感受到的,不管中国当代文学多么复杂多元,多么良莠并存,在深层次上,它的确存在着一些共通的缺陷,有着某种"时代病"。一些病灶既存在于普通水准以下的创作中,也存在于最活跃最优秀最具有"大师气象"的作家中。

　　因此,具体的分析固然重要,但这并不意味着拒绝"整体性"的判断。比如,19世纪欧洲文学不可谓不复杂,但勃兰兑斯仍然要勾勒出一个"整体性"的"文学主潮",我们并不能因为勃兰兑斯笔下的主潮中存在着某些轻率的论断就否定其伟大的价值。一方面,一个民族、一个时代的文学本身便存在着"整体性"的本质,这是一个客观事实;另一方面,文学的发展、研究的深入也需要整体性的判断。尽管我们不能准确地对当代文学作整体性判断,但不能缺少整体性判断的意识,即使这种判断不可避免地存在着缺陷,也不能因噎废食,主动走向对"整体性"的失语,进而丢掉知识分子应有的立场。

　　由此而言,我不认为陈晓明先生强调研究者的立场并由立场出发进行整体判断有什么不对。他对立场的追求是必要的,而且我感觉他站在他的立场对于中国当下文学的整体性判断是符合自己的逻辑的,他为中国当下

---

① 王研:《不能把所有问题都推给时代》,《辽宁日报》2010年3月4日。

文学感到骄傲并不令人费解。问题在于他追求的立场是值得质疑的，而且是值得引起我们警惕的。以"中国立场"来评判中国文学，评判当代文学，在逻辑上是荒唐的，在根据上是错误的，这也正是笔者强调我们应该回到根本问题上来的原因。

二

这里应该首先明确一个前提，立场与价值意识、价值标准紧密相联，与方法、问题、经验不是一个层面上的概念和问题。汉语写作应该有也必然有民族的审美经验和美学方法，中国文学应该有也必然有中国的生活经验和思维方式，中国文学研究应该有而且必然有本土化的研究对象和研究方法。在"汉语"和"中国"前面加上"当代"或者"当下"这一定语，同样如此。然而这些都还没有深入到立场和价值层面。在重估和判断中国当代文学价值的时候尤其不能被"当代"、"当下"和"中国"、"民族"混淆了问题的视域。因为学术研究无论中西，理想价值不论古今。具体到研究方法、思维方式，问题意识等等，可以强调古今中外之别，但价值、立场、标准等绝不应强调中国化、本土化，那样必然会走上相对主义的歧途。问题可以是本土的，方法可以是中国的，但弘扬的价值，坚守的立场却不应强调中西之别，古今之辨。尤其是普世价值无中西，永恒立场无古今。在马克思主义看来，好的文学创作应该通过描写体现在具体人物身上的"每个时代历史地发生了变化的人的本性"，表现出"人的一般本性"[①]。这里所说的"具体人物"、"每个时代"、"历史地"、"发生了变化的"，即与民族经验、本土问题息息相关；但这里强调通过描写体现出的"变化的人的本性"、"人的一般本性"却是属于人类的。前者是问题、方法、途径，后者才是立场、价值和标准，对于文学史家、文学评论家而言，既要梳理前者，更要评判后者，关键还要不能让彼此混淆，乃至相互取代。

不同民族对于人类历史的贡献绝不在于从语言符号、话语方式到思维

---

① 《马克思恩格斯全集》第23卷，人民出版社1972年版，第669页。

方式、逻辑方法，再到思想体系、价值立场，通通完全出于某个民族，而在于不同民族、民族文学之间同中有异，异中有同，途径有异，价值相通。在全球化的今天，这样的自觉意识显得尤其必要。表现在文学史叙述和文学评论中，我们就长期存在着一种类似"两张皮"的问题，即对偏向于"左"与偏向于"右"的两种文学史现象存在着不同的评判标准与价值参照。这些年来"重写文学史"所取得的成功之处大多体现在过去被批判被贬低的作家作品与文学现象的重新评价上面，与现代文学史极力"抬高"张爱玲、沈从文、钱钟书、徐志摩的文学成就一样，当代文学史将"十七年"间的"干预生活"的作品，甚至包括反映个体精神的"潜在写作"凸显出来。在这一方面，文学史研究在"回归现象"上的确取得了切实的效果。但对于那些"红色"创作、"左"倾思潮的评判却没有取得突破性的进展，原因即在于文学史写作者没有使用与切入前一类创作现象的同一个的标准进行叙述，以一种模糊的"历史的同情"掩盖了立场与标准的换位。或者说，文学史写作对前一类创作倾向于"审美的批评"或"人性的批评"，而对后一类创作又倾向于"历史的批评"，从而造成历史叙述的内在分裂。一个明显的例子就是，对于个性意识强烈、人性化倾向明显的创作常以"坚持人道主义"、"追求个性解放"、"主体性突出"的话语彰显其文学史意义；而对于弘扬集体意识、描写个人如何经过自我改造及被改造从而融入历史大潮的创作，却又以"个人奋斗的局限性"、"小资产阶级的软弱性"、"只有解放了全人类，才能解放自己"等理论资源加以判断。

再如洪子诚在写作新版《中国当代文学史》时，就承认"'审美尺度'，即对作品的'独特经验'和表达上的'独创性'的衡量，仍首先应被考虑。但本书又不一贯地坚持这种尺度。某些'生成'于当代的重要的文学现象、艺术形态、理论模式，虽然在'审美性'上存在不可否认的阙失，但也会得到应有的关注"。应该说，当代文学史研究的这种"两张皮"现象不能不说是需要突破的一个瓶颈。

现在的问题不是能否找到一个统一的标准，而是作为独立的文学研究者有没有自己的标准意识。文学研究在本质上也应该属于"个体写作"，许多研究者要么追逐着别人的标准，要么使用着连自己也说不清楚的所谓独创性的标准，更有等而下之者几乎从来不考虑标准问题，或者跟着感觉走，或者根据评价对象的不同而随意转移价值立场及角度。一个很突出的现象就是，这些年来，无论现代文学史或者当代文学史，极少有学术型的专著，绝大多数是"集体作战"的"结晶"，不同文本之间除了视角、作家作品的选择有所差异外，在价值判断、文学史观等更深层次的结构上大同小异。究其根源，与研究者自身的文学史意识的浅薄、价值标准的游移是分不开的。

上述问题构成了当代文学史写作的一大症结，它反映了文学史家"文学史观"意识的匮乏。其实从"朦胧诗"、"伤痕文学"、"反思文学"一直到近年来的"现实主义冲击波"等说法，都是如此。严格说来，直接将当时评论界流行的概念照搬下来，这不属于"文学史叙述"，而是史家主体缺乏"史"的整体意识、"史"的叙述能力以及"史"的哲学观的表现。我认为，好的文学史必须具备一些起码的底线：它的标准——包括艺术标准、思想标准、人性标准等等——必须具有统一性；其"史"的线索——按照文学史叙述者的标准重新梳理的文学进程——必须明晰，其体例则必须以"史"为本体。比如，"伤痕文学"与"先锋文学"两个当代文学史叙述的关键词就不是基于同一个标准，将两者并列就缺乏历史感和统一性，而现有的"思潮史＋文体史＋作家论"的拼凑式写法更是一种偷懒的做法。

三

回到更为针对性的"陈晓明之问"（即"评价当代文学有一点中国立场如何"）的问题上，笔者认为，我们可以追问中国问题，但必须坚持人类立场。问题意识可以是中国的、本土的，乃至是个体的、惟一的；但价值立场则必须是人类的、人性的。在这里所讲的"人类立场"的家族概念中，包含不同层面的价值和立场，它包括范畴相对更为集中一些的道德立场、美学立场、人性立场乃至终极价值、终极关怀等，但这些都与"中国立场"相去甚远。正如有学者指出的："所谓的'本土经验'或者'民族经验'，不是去写一些人家不懂的怪癖，而是通过本土（民族）经验的独特性，去传达人类能够感同身受的、人同此心、心同此理的东西。题材研究要向经验研究逼进，主题研究要向母题研究逼进，风格研究要向意象演变史研究逼进。"①

如果我们可以按中国标准、中国立场评价中国文学，以当代的标准判断当代文学，那么我们是不是还要以"文革"的标准判断"文革"文学，以新中国的标准判断"十七年文学"，甚至还可以出现看起来很有道理的"文革立场""十七年立场"了，其荒唐之处恐怕不言自明。我们的文学还受着一系列"阶级立场"、"民族立场"的制约，就是因为有了这些"正确"的立场，我们的文学遭受摧残的教训还不够沉痛么？"中国立场"只有在存在国家民族利益之争的时候，乃至以丛林法则为特征的国际环境下，才有它的必要性，这时候它就是"国家利益"，就是"政治立场"。在这个意义上，坚持中国立场其实就是要让评论家、让言说主体把自己像过去追求的那样变成"国家机器上的一颗螺丝钉"。当我们说马克思主义就是站在无产阶级立场上的时候，不能忘掉它的前提，即马克思主义坚信无产阶级解放就是全人类解放，在这个意义上讲，马克思主义的根本立场也是人类立场。

陈晓明认为，上世纪80年代以后的中国文学，不可以简单理解为回到世界文化的语境。没有中国立场下的中国文学经验，就无法在自己的大地上给中国文学立下它的纪念碑，"也就是我们永远无法给出中国当代文学的价值准则，因为，依凭西方的文学价值尺度，中国的文学永远只是二流货色"。他提出的担心虽然容易引起共鸣，但是并不符合逻辑。西方理论成为强势话语、强势方法，又成为强势思想与强势立场，恰恰是因为它们的立场价值是人类的、人性的，才被广泛接受使用、流传借鉴的。中国当代文学真正走入世界，也必须经过这一路径，而绝非在中国经验和中国立场里面兜圈子所能够实现的。

近年来，创作界、批评界、理论界都有不少呼唤"中国立场"的强势

---

① 张柠：《中国当代文学评价中的"账房思维"》，《北京文学》2010年第3期。

声音，但其中的逻辑比较杂乱。有的情况是像陈晓明那样明确倡导中国立场，甚至有的趋近于民族主义的立场；而有的情况则陷入话语本身的混乱。有意思的是，当有的作家或论者强调我们的文学需要有中国立场的时候，其潜意识里强调的恰恰是相反方向的"人类立场"。比如贾平凹，他在弘扬中国文化立场的时候说"当我们要面对全部人类，我们要有我们建立在中国文化立场上的独特的制造，这个制造不再只符合中国的需要，而要符合全部人类的需要，也就是说为全部人类的未来发展提供我们的一些经验和想法"，"我们的文学应该面对全部人类，而不仅仅只是中国"①。从这个意义上说，贾平凹强调中国立场与陈晓明以贾平凹为例强调中国立场完全是两码事。他所谓展现中国的形象，提供中国的经验，这些都很有道理，但这些都不是立场，而是通往立场的途径。文艺理论界也力倡应该有自己的核心价值和立场，但常常谈来谈去要证明的却是强调中国的文艺学"不能仅靠解读和阐释西方思想家的文本过日子，而要有自己的思想体系和话语系统，要有自己的研究方法和言说方式，"以及不能丢掉"关注现实的学术责任"②等等，显然这些根本不是价值和立场的问题，只不过是强调了文艺学应该从中国问题入手和中国需要出发的途径问题。

正如百年前王国维所言，"中国今日实无学之患，而非中学西学偏重之患。"如果过分强调"中国立场"，它对于中国文学学术的潜在影响是很令人担心的。在"中国立场"下，许多的创作现象会被无限放大或缩小，价值则被曲解和误导。比如革命志士郑权1903年写的《中华独立未来记》（即《瓜分惨祸预言记》）描写满人入关时杀得汉人血流成河，奸淫汉人妇女；革命后的英雄志士们也把他们杀得片甲不留，也同样奸淫满人妇女。这样的民族恐怖主义情绪无疑也符合"革命立场"，甚至也是"民族立场"。同样，当代文学中的许多战争文学，在以正义的战争反对非正义的战争的中国立场下，歌颂英雄人物的牺牲精神，极力渲染杀敌复仇的快感乃至浪

---

① 贾平凹：《我们的文学需要有中国文化的立场》，《中华读书报》2009年11月13日。
② 张保宁：《文艺学应有中国立场》，《人民日报》2009年12月11日。

漫，而全然不顾生命丧失之痛感，更毫无对战争本身的反思，这自然也符合"民族立场"和"中国立场"。

有了这样的"中国立场"，对于有些令人惊讶的言论就很好理解了。王蒙在国外的一场演讲中说："中国文学发展很快，读者的口味发展得也很快，但不管对中国文学有多少指责，我只能说，中国文学处在它最好的时候。"待到人们纷纷指责他"唱盛"当代文学的时候，王蒙又解释说："我的意思是说作家的生存环境、写作环境处在最好的时候。根据报道争半天，有闭着眼睛胡乱瞎蒙的意思。"其实，王蒙的解释更反映了其立场的实质。王蒙的逻辑是：因为当下作家的生存环境、写作环境处在最好的时候，所以说中国文学处在它最好的时候。这也就是说，他判断当下文学好不好的根据不是文学本身，而是文学之外的中国作家在中国的生存环境。作家的生存环境、写作环境好不好与文学好不好难道有必然联系么？王先生难道忘了"愤怒出诗人"、"穷而后工"么？这显然是非文学立场，是标准的"中国立场"之一种。进而言之，当下作家的生存环境、写作环境真的好么？而且是"最好"？这个"最好"的感觉是怎么来的？这个感觉能代表更多的作家的感觉么？……再问下去，恐怕这里不仅仅是"唱盛"文学，更像是"唱盛"现实了。这样一来，王蒙的"中国立场"也就自然而然地更明朗为中国政治立场。这自然也是强调"中国立场"者很难走出的思维怪圈。

雨果在《九三年》中说得好："在绝对正确的革命之上，还有一个绝对正确的人道主义！"仿此，我们可以说，重估当代文学价值，在绝对正确的中国问题之上，还有一个绝对的人类立场。

（原载《探索与争鸣》2010 年第 4 期）

人文主义与本土经验

——如何评价中国当代文学,从肖鹰对陈晓明的批评谈起

张清华

近来,关于中国当代文学是不是"处在最好的时候"(王蒙语),是不是"取得了前所未有的成就"(陈晓明语),产生了非常激烈的争论,以肖鹰为代表的一种舆论认为,"王蒙确实不能以自己和同行的创作业绩来说服人们认可'这最好的时候'"。和顾彬一样,每个人自然都有对中国当代文学评头论足的权利,但有价值的批评应当是建立在相对全面的阅读和了解的基础之上的,也是建立在同样的逻辑层面上的对话,而不只是一种表演性的论战。我这里不准备详细复述上述争论的内容,只是要说,这不过是游牧人和农夫之间的一种对抗,农夫悉心呵护着他的田园,细数庄稼的收成,自然有喜悦和满足处;而游牧人骑马而来,践踏一番,所见乃是一地狼藉,自然嗤之以鼻。

其实上述肯定和批评的观点并不是新近的说法。关于当代中国文学的定位之争一直没有间断过,前两年顾彬的论调将这个争论"国际化"了,使之提升到了"国际语境"。但在我看来,实在是将问题舆论化和庸俗化了。简单地将当代中国文学称之为"垃圾"或者"二锅头",或者是从逻辑上推论因为中国眼下的"环境"如何如何、作家的素质如何如何、由此文学必然怎样,都不但不幽默,而且也不能显示自己视野和标准的高度。这些说法和争论看起来理直气壮,但是就像各大网站上那样,把问题变成了选项,将读者和观点逼到了墙角:"你认为当代文学是垃圾吗?""是","不是","不好说"。

我在2007年曾经专门写文章批评过顾彬教授的观点,大意是批评他从逻辑出发来作判断:他的大前提是,一般来说德国和西方的好作家都至少

懂得两门以上的外语,所以对其它民族的文学非常敏感和了解;小前提是,中国当代作家都不懂得外语,所以不能对其它民族的文学以及语言具有敏感性;结论自然是——中国当代的作家不是好作家,当代文学也不是好文学。这个批评中暗含的另外的"文化逻辑"也不难体味,但仅从"形式逻辑"上它也是站不住脚的。我的观点是,首先,懂得两门以上的外语和写出好的文学作品是完全不同的两种才华;其次,近代以来,或者说歌德提出"世界文学"概念以来,好的文学的价值标准并不是顾彬所说的"国际化",在全球化的时代尤其不是,恰恰相反,民族经验或者经验的本土性才是其进入"世界文学"之列的依据和基础;其三,中国当代文学并没有与世界隔绝,恰恰相反它就是在世界文学的影响和启示下生长的,并且在近三十年中发生了波澜壮阔的启蒙主义、现代主义的运动,并且在继形式主义的先锋试验之后又结合了自己本土的艺术传统。其大量好的文学作品完全可以经得起苛刻的细读,对此有细读的批评家当然会体味到这一点,当然会像农夫爱护田园一样,去乐意肯定它们的价值。

但回顾这个回答,我觉得还有必要涉及另一个基本的问题,即人文主义的基本价值的问题,否则上述观点有可能会落入"唯本土经验论"的陷阱。因为在当今中国现实的文化语境中,谈本土经验极易被一种"文化民族主义"观点同化——简单地说,非常容易混同于"文化崛起论"或者"软实力的输出"一类的表述。实际上,说本土经验的第一前提是,当代中国的写作者对外国和西方的文学不再陌生。这与五六十年代的文学概念并不一样,因为那种文学规范本质上是以排斥外来的文学经验为前提的,以背离五四以来新文学的传统为前提的。因此,即便是以所谓"现代民族国家叙事"等等说法来确立其合法性,我认为都不足以有不容争辩的说服力。如果说五六十年代的主流文学现在还有什么可谈之处的话,那么主要不是它对于"现代民族国家想象"做出了贡献,作家帮助这种想象偏离了正确的方向,使之违背了五四以来"现代民主国家想象"的价值。当然,我们今天也无必要去要求这个时代的作家做违抗时代语境的事情,他们身处其中,也确无自由余地,但他们自主思想的丧失,肯定也不是我们今天所应该称赞的。如果说这些文学还有值得研究之处的话，那么我认为是它们还维持了"较少的和可接受的文学性"。陈思和将这种价值解释为"民间文化"，是劫后余存、越来越稀薄的"民间文化因素"维持了这个时期文学作品的思想和美学上的少许价值；而我则将这个价值扩展到"传统文化因素"或者"传统隐形结构"的层面——在一些即使是粗糙幼稚的叙述中，也在无意识的层次上残留了中国传统叙事的结构，或者说，中国本土固有的文学经验通过大量的无意识结构在这些作品中"残留"下来，并挽救了这些作品，使之具有了可分析和可谈论的文学性。简单地说就是，类似《水浒传》、"三侠五义"一类夸张的类型化的传奇叙事挽救了《红旗谱》、《林海雪原》、《铁道游击队》这样的小说，类似才子佳人和英雄美人等老套路使《青春之歌》这样的小说有了叙事的底蕴，类似《西游记》、《聊斋志异》这样的神魔和妖孽叙事潜藏于《红岩》、《林海雪原》等小说的结构中，使其具有了美学上的暧昧性与弹性。

显然，在缺乏或不考虑人类价值和人文性的时候，中国当代文学中的本土经验不仅很难单独支持文学的当代性和文学价值，而且也很难具有"当代"意义，只能借助于某些解释才能获得合法性。但对于80年代中期新潮与先锋文学运动蓬勃兴起之后的文学来说，这个问题显然已经解决。因为这场旷日持久的文学运动，实际上是思想领域中的启蒙主义与艺术领域中的西化思潮合成的结果。在形式革命得以完成、甚至矫枉过正之后，在文学获得了人文主义的基本原则之后，再来谈本土价值，并不是一个思想与艺术领域中的保守或者"倒退"，而是一个自然的"还原"。90年代以来中国文学所取得的进展和某种程度上的成熟，正是这样一个契机：它同时获得了来自传统和当代现实的本土经验与人文主义基本价值的支撑，所以也就变得不可低估。

为了不至于落入否定论者的逻辑，我们还要从具体的文本出发。我注意到肖鹰对王蒙的批评、张柠对于陈晓明的批评，都不曾提及具体的作品，只是从逻辑上说到当代文学的一些根本性的缺陷，比如从"环境"出发，这和顾彬从"条件"出发作推论是一样的。王蒙讲中国当代文学"因为环境是最好的,所以文学处于最好的时期"(大意若此),如果考虑他说的是基本的生产状况,大概是没有错的,至少现在作家不会随时随地被管制,文学作品不会使用某些硬性的政治标尺去加以度量,在诗歌界和栖身网络的某些模糊文类——如"博客"那里,甚至出现了从未有过的"写作的平权化",这在过去都是不可想象的;至于说到作品的质量,王蒙倒是很明智地回避了具体评价。因此肖鹰的批评也就变得缺少针对性,因为他说的也对,"莎士比亚和曹雪芹都无幸生活在这'最好的时候',他们的创作却是人类不朽的杰作"。可是这能反证什么呢?它只能说明,环境的好坏不能简单和直接地决定作品的质量:前苏联的文学环境是很差的,可是前苏联的文学水准在世界上却是一流的;"文革"时期和之前中国的文学环境也不好,而那时中国文学的水平也确实不高。为什么会有这种区别呢?根本问题不在外部,而在作家主体自己。任何时候都有"肌肉发达、但缺心眼儿"(张柠语)的作家,但任何时候文学的水准都只取决于那些最优秀的作家。当一个民族的优秀作家们具备了较为健全的知识分子性的时候,当他们能够明确地知道如何用人类的价值去感知自己的经验、传达本土的现实的时候,才意味着它们的文学真正"处在最好的时候"。

我不敢说当代中国的作家们已然真正具备了上述"条件",但我们可以从具体的作品出发来加以分析。《檀香刑》遭到过很多批评,但这些批评都是基于对表层叙述所体现出来的所谓"血腥"、"暴力",以及作家对这些叙述内容所表现出来的"迷恋"和"得意"等等,但我要说,《檀香刑》所表现的一切血腥、暴力、刑罚,都是对于中国固有文化之弊、之病的真实表现。对于这样的文化以及它的现实遗存,一个真正勇敢的作家是去"直面惨淡的人生、正视淋漓的鲜血"呢,还是去作"真善美"的粉饰和提升?我以为,一个真正秉持了人文主义精神的作家一定会采取前者的姿态,而读者也一定会从触目惊心的叙述中做出判断。至于作品中作家的立场,是迷恋于暴力,还是对暴力的批判,难道还需要他站在台前向读者表白吗?还有,一部真正的艺术作品的叙述是有风格的,喜剧的风格并不一定承载了"不严肃"的主题,恰恰相反,一部伟大的悲剧也许就是用了喜剧的方式来传达的，《堂吉诃德》即是如此。因此，也不必认为《兄弟》在美学上体现了喜剧风格，在叙述上使用了狂欢的笔法，就不是一部严肃的悲剧作品。在我看来，它的主题可以说至为严肃：两个不同的破碎家庭出身的男孩，在所谓最无人道的惨烈的"文革"时代结下了手足之情，成为了相依为命的兄弟；也还是他们，在我们这个所谓进步的、物质变得富有的时代，最终自相残杀！你还要让人家怎样严肃、怎样批评现实？如果我们的读者还只是习惯于某些常规式的风格与叙述，如果我们的批评家根本不去接触和阅读文本、而只是根据媒体上某些浮皮潦草的介绍就对作品说三道四的话，那这耻辱就不是属于作家，而是读者和批评家自己了。

可以举出的例证很多，艾伟的《爱人同志》，它讲的是七八十年代之交的中越战争的故事，一位战场上失去双腿的荣军隐瞒了他负伤的秘密，他不是一位真正的英雄，而是因为在战场上偶然偷窥越南女人的身体而被炸伤，但意识形态的需要虚构了他的事迹，他"被叙述成为"了一个英雄，在80年代的语境中他获得了很多好处，并且渐渐依赖于这样一种身份；可是在90年代的市场时代，他渐渐被淡忘和抛弃了，他的价值与光环的丧失甚至使他那位崇拜英雄的妻子也失去了最后一点尊严，他最后不但沦落成了杀人的罪犯，而且失去了最基本的生存条件，就在他满腔悲愤地自焚而死之后，当地的官员又将他叙述成为了"体谅国家、从不伸手"的道德典范。这个作品的批判性我想也不需要多加解释，作家虽然巧妙处置，也仍然可以看出他尖锐的思考和对当代中国社会与价值问题的毫不回避的批评。

例子还有很多，不能一一列举。其目的是：一是回答"当代文学究竟状况怎样"的质问；二是要证明一个最基本的原理，即普世性的人文价值和真实的当下本土经验是两个不可分离的评价标准。虽然"唱盛党"是一顶很可怕和很难看的帽子，但如果是从这样两个尺度来评价的话，我愿意为它投上一张赞成票。因为即便是从最苛刻的角度看，当代文学也是充满着人文主义的批判精神的，其中那些最优秀的作品恰当而且有力地使用了人类的普世价值，对当代中国人自身的生存处境和基本经验做出了真切而深刻的揭示。那些动辄轻率地否定中国当代文学的批评家和舆论家们，应该静下心来好好读读作品。至于顾彬所肯定的所谓"国际文学的一部分",相比之下倒显得无足轻重了——因为说到底,中国人民并不需要用本国的文字书写的外国文学,而西方的人民也不需要用外语书写的他们的文学。

(原载《文艺争鸣》2010年第2期)

六 国际视野与世界性问题

当代中国文学的世界性问题

童庆炳

当代中国文学的世界性问题，不是凭空提出来的。自 1978 年中国改革开放以来，中国不再与世界隔离，当代中国文学也不再与世界隔离。中国作家的作品走向世界，受到外国作家和学者的关注和研究。与此同时，世界各国的文学和理论潮流也进入中国，受到中国作家和理论家的关注与研究。文学创作界和理论界这种互动是空前的。正是在这种互动中，形成了中国当代文学世界性的应有的环境与氛围。特别是经济和文化全球化的趋势更推动了这种互动的过程。正是在这种互动中，在这种新的开放的环境和氛围中，当代中国文学的世界性问题凸现出来了。

文学的世界性是多元的聚拢，是世界各民族文学丰富性的结合。这里没有霸权，没有独尊，没有"一言堂"，没有"你死我活"，有的是对话。对话是生活的本质，也是现代性的本质，理所当然也是文学世界性的本质。换言之，文学的世界性我更喜欢把它理解为世界各民族文学之间的平等的对话。既然是对话，就可能有同质性的成分，也有异质性的成分。其中我认为异质性的成分是更为重要的，各民族都把反映本民族生活最具特色的文学作品拿出来，那么全世界的读者就能欣赏文学的赤橙黄绿青蓝紫，就能听到众声繁会的奏鸣曲。如果说文学的世界性是大海的话，那么不拒众流方能成其为大海。如果文学的世界性"好得很"的话，那么，"好驴马不逐队行"，这是明末清初王夫之说的一句话。我的意思是说，在世界文学的大海里，具有民族性的成分越多，各具特色的东西越多，那么文学的世界性也就越强。即使是普适性的东西，如关注个人自由、社会公正、生态文明，关注人的命运、人的生存状态，一句话一切衔接世界文学的主题，也要有不同的描绘，不同的情调、不同的韵律、不同的色泽。

如果我们这样来理解文学的世界性，那么当代中国文学怎样才能具有世界性呢？那就要尽量拿出中国自己的货色来。就是说，我们只能从中国文学的民族性的独特性走向文学的世界性。

那么在走向文学的世界性问题上，我们做得怎么样？是不是应该检讨中国当代文学有哪些不足，妨碍我们走向世界？我认为必须深入回答这些问题。

自1978年以来的新时期三十年涌现出了很多优秀作品，特别是80年代初、中期，每一篇优秀作品的产生，都引起了轰动效应，人们争相阅读。作品中新的思想、新的情感、新的艺术如潮水般涌到读者的面前，让人倾心，让人激动，让人难忘。但90年代后，作品的数量大大增加，比较优秀的作品也时有涌现。但总的说没有太多的新东西，加上影视等电子媒体的迅速发展所形成的"挤压"，文学或多或少失去了光彩、失去了吸引人的魅力，这是不争的事实，尽管得各类奖项的作品大大增加，读者却掉头不顾了。根本的原因在哪里？是不是文学在电子的媒体的挤压下真的要走向终结？我认为不是。根本的原因是我们的文学作品大部分太平庸，不能随着现实生活的发展而发展，太缺少新的元素，不能紧紧地吸引人的眼光。

所以我认为，文学创作如何增加时代的精神新元素和艺术新元素是提高当前中国文学创作的关键所在，也是我们的文学如何能更好具有文学世界性的关键所在。

关于新的思想精神元素的深刻发现。深刻地钻研和理解当代中国及其复杂的生活，应该是作家们首先要做的功课。在新的世纪，中国的现实不但与"十七年"完全不同，也与80年代、90年代不同。我们面临一系列的"双轨"所带来的社会问题：如我们基本上实现了市场经济，可毋庸讳言仍然残留庞大的官僚体制的权力，这中间一些官员以权谋私就不可避免，一些官员的贪腐不可避免。如私有制发展起来了，但公有制仍然强大，那么以公压私或以私掏公，情况十分复杂。如经济要高速发展，这就不能不造成环境污染，要做到又好又快，是不容易的。如为了发展经济，不能不开发自然资源，但自然资源有限，过度的开发已经让"自然"在哭泣，这又是一对矛盾。还可能举出贫穷与富裕、城市与农村、东部与西部、提倡集体主义与现实中的个人主义等等许多问题。这些问题当然是政府官员、经济学家、社会学家要解决的问题，但也是作家们面对的问题。问题是作家面对这些社会问题，要有自己的眼光，自己的人文的视野、自己的诗意的深度、自己的艺术的把握，并从中提炼出新的思想精神元素来。想想看，我们中国的水利建设规模世界第一，为此而产生的移民，其规模也是世界第一，但是我们创作出像俄罗斯作家拉斯普京《告别马焦拉》那样的震撼人心的作品了吗？拉斯普京的作品认为建筑大坝、水电站是应该的，但那么多农民背井离乡就应该吗？农民对世代生养自己故乡的哭泣就没有价值吗？农民对失去自己爱恋的老家而愤怒就没有价值吗？作家完全可以与经济学家、水利学家的想法不同，对于生活可以有自己的基于人性的深刻理解，有自己的基于对生活的独特观察和质疑。当前，我们也写战争题材，出现了《激情燃烧的岁月》、《历史的天空》、《亮剑》等被一些人认为是比较优秀的作品，但说实在的，我的看法只是"及格"而已，其中并没有很多新东西，只是在突出主人公的个性上着了点墨，而且这几位主人公无一例外都违反纪律，不断用脏话骂人，作品仍然缺少新的动人的精神元素。前苏联同样是写战争的题材的作品，如萧洛霍夫的《一个人的遭遇》、西蒙洛夫的《生者与死者》、瓦斯里列夫的《这里的黎明静悄悄》、拉斯普京的《活着，但要记住》等众多作品，既充分地描写了战士的英勇无畏，不怕牺牲，又深情地描写了战争给人带来的无可挽救的精神创伤，作品所带给我们的感动令人久久不能释怀。前苏联这些作品写得好，就因为他们在1956年有一次思想"解冻"运动，重新确立了文学创作的新路线，这种新路线体现出一种以人道主义为核心的新的思想精神元素。难道我们的作家不可以从这里受到启发吗？通过这种比较，就会发现当代中国文学的世界性不足。我们的作家为什么不可以与俄罗斯当代文学对话，写出属于自己的战争文学来呢？如果真正是属于自己的，那就一定有独特的浓郁的民族性，让外国的读者觉得新鲜，觉得喜欢，觉得感动，就像我们刚刚开过的奥运会的开幕式那样，让世人惊叹中华文化的宏伟和壮丽，并使他们激动和震颤，我们的文学创作要是也能做到这个水平，那么也许我们的文学就有了世界性。

关于当代中国文学要注重具有新质的人物形象的创造。人是文学的永恒主题。人物的创造是文学叙事的中心。人物是小说的栋梁。人物的精神、性格、命运总是吸引读者最重要的艺术力量。作家应该在人物塑造上面推出新的元素。莎士比亚也许只需要创造出一个哈姆雷特就够得上世界级作家。曹雪芹只需创造出贾宝玉和林黛玉，就可以与世界上任何一位最伟大的作家相媲美。歌德只需要塑造一个浮士德就享誉全世界。鲁迅只要塑造出一个阿Q就无愧于世界文学。海明威只要创造出一个老渔夫桑地亚哥就在世界文学中占有一席之地。但可叹的是当代中国作家写了那么多作品，有几个人物形象能让普通读者记住？前面我所说的人物都是具有新质的人物，即在文学的人物画廊上别的作家不曾创造过的具有新的社会意义和独特的审美意义的人物。可喜的去年出现的一部电视剧《士兵突击》塑造了一个许三多这样一个士兵形象，这位许三多，看起来有点傻、笨、木讷，又缺心眼，凡事慢半拍，让人觉得他无论如何都要被淘汰，永远不会成功；但他有一种令人感动的执著精神，一心一意的精神，锲而不舍的精神，不会就学的精神，毫无私心杂念的精神，独立不依的精神，不争强却好胜的精神，不吹牛拍马的精神，不推诿责任的精神，不计较报酬多少的精神，不计较别人嘲讽的精神，遵守纪律遵守到"刻板"的精神……，许三多是当代中国商业社会不同流俗的具有新质的人物。我们一生可能会忘掉文学作品中许多人物的名字，但我想许三多这个人物名字我不会忘记。但总的说，我们当代文学作品中，让人们记得住的人物名字不多，我们自己都记不住，怎能让别的国家的读者记得住？当代中国文学世界性的不足也从这里显露出来了。

关于文学文体意识真正彻底的觉醒。文体这个概念不是很容易说清楚的，但大致说来是一种文学语言体式，其背后反映作家的创作个性和时代的、民族的精神。鲁迅生前就被人封了很多头衔，但似乎最喜欢的一个头衔，就是有人叫他"文体家"，可见他对文体的重视。新时期文学中真正具有文体意识自觉的作家屈指可数。严格地讲，只有汪曾祺、王蒙、莫言、贾平凹少数几位作家具有真正彻底文体意识的觉醒。也许还有一位，他是王朔。一切作品的题材、故事都可以从一个作家的笔下转到另一个作家的笔下，唯有文体属于作家自己，是不会被摹仿而转到别人笔下的。在我的小说阅读经验中，上个世纪 80 年代只有三篇小说具有真实的作家个人的文体，就是汪曾祺的《受戒》、王蒙的《风筝飘带》和莫言的《红高粱》中篇。这三篇小说的故事都很简单，甚至可以说简陋。《受戒》不过写一个小和尚和邻居的一个小姑娘朦朦胧胧的爱意，《风筝飘带》则写男女两位知青回到偌大的北京，他们谈恋爱而找不到地方。《红高粱》的故事也不很曲折。但它们有文体，这种文体延伸为艺术性的发挥。具体地说，作家通过他们的文体，写出作品的氛围、情调、韵味和色泽，从而让读者似乎闻到春天时节田野里面泥土的新鲜气息，并展现出鲜活的生命的美丽。氛围、情调、韵味和色泽的重要性，常被一些作家忘记，其实它们的重要几乎等于文学的全部。汪曾祺、王蒙、莫言的这几篇作品注定成为新时期的翘楚之作。可惜的是我们多数作家并没有文体意识，或文体意识并不很强，他们只会用一般人也会用的语言编织故事。故事谁不会编。一位没有文化的农民也会在闲暇的时候随便编出几个故事来。难道事情不是这样吗？只有文体几乎是不可翻译的，就是那些外国的一般的汉学家也很难感受中国作家的文体，这也就是为什么中国作家不能获得诺贝尔文学奖的重要原因之一。

当代中国文学的世界性问题，是一个复杂的问题，以上这些也许都是一孔之见，肤浅之谈，不妥之处，请各位批评。

（原载《文艺争鸣》2008 年第 11 期）

海外中国现代文学研究的历史、现状与未来
——"海外中国现代文学译丛"总序

王德威

西方学界对中国现代文学的研究始自 1950 年代。在此之前,虽然已经有学者对中国现代文学做出介绍与翻译,但并未形成气候。五十年代中期,旅美的夏志清教授和捷克的普实克(Jaruslav Prek)教授分别对晚清、五四和以后的文学,展开宏观研究。这两位学者理念背景有异,学术立场不同,他们所发展出的文学史观因此形成精彩对话。

夏志清承袭了英美人文主义的"大传统"(Great Tradition),以新批评(New Criticism)的方法细读文本,强调文学的审美意识和人生观照,他的《中国现代小说史》(A History of Modern Chinese Fiction, 1961)堪称是欧美现代中国文学研究的开山之作,至今仍为典范。普实克则取法欧洲自由派马克思主义和布拉格形式主义(Prague Formalism),以革命历史动力和"形式"的实践作为研究重点。1963 年,夏志清和普实克在法国汉学杂志《通报》(T'ung-pao)展开笔战,就文学史意识,文学创作的现代性意义,文学批评的功能各抒己见。这次论战虽不乏火药味,但两者择善固执的立场和条理分明的论证,为现代中国文学研究树立了良好典范。他们笔锋所及,二十世纪文学文化史的诸多议题纷纷浮出地表,成为日后学者持续钻研的对象。像夏志清对现代文学"感时忧国"(Obsession with China)精神的探讨,普实克对现代文学"抒情性"和"史诗性"的辩证(the Lyricaland the Epic),影响至今仍然可见。

夏志清和普实克分据欧美学术重镇,他们的学生门人各自形成派别,论述不断,这样的大家风范,如今已经难再得见。继两人之后,1968 年夏济安——夏志清的哥哥——的遗作《黑暗的闸门》(The Gate of Darkness)

出版。此书论二十年代到五十年代左翼作家的美学和文化政治，从鲁迅到蒋光慈再到延安文艺。夏的政治立场毋庸讳言，但他的专书有同情的理解，也有练达的批判，首开英语世界对左翼文学研究先河。夏并不刻意标榜理论方法，但他的问题意识和分析能力，远远超过日后许多惟西学是尚的海外左翼学者。

1973年，李欧梵推出《中国现代文学的浪漫一代》（The Romantic Generation of Modern Chinese Literature），详尽介绍五四之后一辈浪漫文人的行止文章。李在台湾大学时师承夏济安，与夏志清的关系也极为密切，而在哈佛大学时，他又有缘受教于普实克，以一人兼得欧美现代中国文学研究三大巨擘的真传，李欧梵所代表的意义不在话下。在他的专著中，李结合传记研究，文化史，以及文本细读的方法，纵论林纾、苏曼殊以迄萧红、萧军诸人的文采风流，为彼时仍嫌单调的文学史论提供极具思辨意义的层面。

从六十年代末到八十年代，欧美学界也出现一系列以作家为重点的专论，触及名家包括巴金（Olga Lang），钱钟书（Theodore Huters〔胡志德〕），戴望舒（Gregory Lee），丁玲（I-tsi Mei Fewerwerker〔梅仪慈〕），老舍（Ranbir Vohra），茅盾（Márian Gálik〔高立克〕），卞之琳（Lloyd Haft），沈从文（Jeffrey Kinkley〔金介甫〕），萧红（Howard Goldblatt〔葛浩文〕），周作人（David Pollard）等。这一研究方式在1986、1987年以两本关于鲁迅的专著出版——作者分别为莱尔（William Lyell）和李欧梵——达到高潮。与此同时，更有学者从事不同文类、现象、运动的研究，而且眼光扩及到十九世纪末。像是奚密对中国新诗诗学的再研究，西马诺夫（V. I. Semanov）和米莲娜（Milená Delezelová）对晚清小说及其继承者的研究，林培瑞（Perry Link）和柳存仁（Liu Ts'un-yan）对鸳鸯蝴蝶派和民国通俗小说文化的研究，韩南（Patrick Hanan）和吴茂生（Ng Mau-sang）对现代中国文学和俄国文学间的影响研究，耿德华（Edward Gunn）对抗战时期沦陷区"生不逢辰的缪斯"的研究，瓦格纳（Rudolf Wagner），福克马（Douwe Fokkema），杜博妮（Bonnie Mcdougall），谷梅（Merle

Goldman）和夏志清等对中国左翼文学、文化、政治的研究等。而面对"文革"之后大陆文学的重新出发，杜迈可（Michael Duke）和金介甫（Jeffrey Kinkley）等人的专论也展开初步的观察。

时至九十年代，西方中国现代文学研究显现巨大变化，至少可以从三个方向说明。第一，"理论热"成为治学的一大标记。七十年代以来各种文学批评方法在欧美学院人文领域轮番登场，从事中国文学研究的年轻学者也群起效尤。对理论的关注当然说明学者磨炼批评工具，以便更深入探讨学术问题的用心——因此产生的史观和诠释也的确令人耳目一新。另一方面，这一现象也显示东亚研究学者不甘，也不能，自外于学院新潮理论所代表的"象征资本"交易。这是大势所趋，而国际学术对话下的利益效应一样不能小觑。

周蕾（Rey Chow）1990年出版的《妇女与中国现代性》（Woman and Chinese Modernity），因此有相当象征意义。此书对现有批评典范的反驳，对女性主义、心理分析、后殖民批判，以及广义左翼思潮的兼容并蓄，在在树立一种不同以往的论述风格，也引起中国研究以外的学者的注意。同在1990年旅美中国比较文学学会在杜克大学召开首届会议，议题为"政治，意识形态，中国文学：理论干预和文化批判"（Politics, Ideology, and Chinese Literature: Theoretical Intervention and Cultural Critique）适足以宣告理论时代的自我期许。以后十年，西方现代中国文学学界将不断看到各种"干预"和"批判"的尝试。

面对现代中国文学研究又一次的理论转向，我们应该乐观其成，但也必须保持自觉。我强调所有重要的学术贡献，不分新旧，如果没有理论架构的支撑，不足以成其大。而学术思潮和方法的转换，也必须诉诸理论的辩难和思维的刺激才能够推陈出新。也正因为如此，我以为尽管九十年代以来西方中国现代文学界众声喧哗，挟洋以自重者多，独有见地者少。从后殖民到后现代，从新马克思主义到新帝国批判，从性别心理国族主体到言说"他者"，海外学者多半追随西方当红论述，并迅速转嫁到中国领域。上焉者一秉"拿来主义"策略，希望产生以其人之道还治其人之身的颠覆效应,下焉者则是人云亦云,而且游走海内海外,一鱼两吃。究其极,理论干预成了理论买办,文化批判无非也就是文化拼盘。如此的西学中用在一个号称中国可以说不的时代,毋宁充满反讽。

我必须再次强调,这样的观察不是对理论的否定,而恰恰处于对理论的热烈期望;不仅是对学界同僚的观察,也是反求诸己的省思。毕竟理论和批评的第一课就是打破我执,活络对话,开拓辩论空间,而且与时俱进。

其次,九十年代以来的现代中国文学研究早已经离开传统文本定义,成为多元、跨科技的操作。已有的成绩至少包括电影(张英进,张真,傅葆石),流行歌曲(Andrew Jones),思想史和政治文化(Kirk Denton),历史和创伤(Yomi Braester〔柏佑铭〕),马克思和毛泽东美学(刘康,王斑),后社会主义(张旭东),"跨语际实践"(刘禾),语言风格研究(Edward Gunn〔耿德华〕),文化生产(Michel Hockx〔贺麦晓〕),大众文化和政治(王瑾),性别研究(钟雪萍),城市研究(李欧梵),鸳鸯蝴蝶和通俗文学(陈建华),后殖民研究(周蕾),异议政治(林培瑞),文化人类学研究(乐钢),情感的社会和文化史研究(刘剑梅,李海燕)等。与此相应的是文化研究的大行其道,试图综合不同人文社会学科的方法,对中国社会文化转型,做出全面观察。在所有这些议题中,以电影或广义的视觉研究所受到的注目为最。

相对于以往以文本、文类、作家、时代是尚的研究方向,这些琳琅满目的议题无疑为现代中国文学研究领域注入了源头活水。毕竟"文学"作为一种学科研究的对象始自二十世纪初期,是一项现代"发明",它的定义和范畴的转换因此无可厚非。但换个角度来看,所谓的文化研究也不无历史因缘。在很多方面,它让我们想起半个世纪以前夏氏昆仲和普实克等人自不同角度对文学与文化、文化与社会互动关系的强调。风水轮流转,经过了新批评、形式主义,结构主义、解构主义等以语言为基准的理论世代,新一辈的批评者转而注意文学和文化的外沿关系。比如性别、族裔、主体、情感、日常生活、离散、国族、主权、霸权、帝国等等话题,又成为津津乐道的话题。1998年美国的《现代中国文学研究》杂志(Modern Chinese

Literature)改名为《现代中国文学和文化研究》杂志(Modern Chinese Literature and Culture)也说明了这一新的取向。

这样百花齐放的研究方向来自一个跨领域研究的理想。越界、旅行、跨国(cosmopolitanism)等政治／文化地理的观念因此得以落实在学科的合纵联合上。跨领域研究的优点不言自明，它能活络各行间的对话，也促使我们重新思考所谓"再现"和"代表"(representation)的政治。所谓的"再现"和"代表"，指的不只是艺术媒介对事物的诠释和呈现，也是经由艺术媒介对身份、学科、社团、方法、立场呈现的认同(identification)和否认(disavowal)的机制。识者已经指出，跨领域的文学文化研究所带来的"再现"辩证，每有操之过急之虞。在批判、抹销已有的文学研究领域、身份、方法、立场的同时，部分研究者未必能够充分掌握其他学科的脉络章法。研究所得或是浮光掠影，或是眼高手低。当人人都自认占据边缘，或随时准备跨越活动，非但不能"呈现"或"再现"议题的复杂性，也更失去了代表或批判某一领域的辩证力。

西方现代中国文学研究的第三个方向可以见诸对有关历史论述的重新审视。以往文学史研究强调经典大师的贡献，一以贯之的时间流程，历史事件和文学表征的相互对照，所谓的"大叙述"(master narrative)于焉形成。上个世纪末以来的文学史研究则对这一"大叙述"的权威性提出质疑。除了当下政治因素使然外，在理论方面，后现代的诸多历史观——从福柯(Michel Foucault)的谱系学(genealogy)到德理达(Jacques Derrida)的解构说，再到怀特(Hayden White)等人的后设历史(metahistory)，新历史主义，以及新马克思主义学者杰姆逊(Fredric Jameson)的"永远历史化！"(Always historicize!)的呼吁——都生深远影响。在中国语境内，八十年代末以来"重写文学史"的号召，对毛文体的批判，还有以海外为视野的离散、边缘史观，尤其落实了理论的地缘意义。

据此，我们看到对胡风、路翎的重新定位(Kirk Denton，舒允中)，对写实现实主义的再批判(Marston Anderson〔安敏成〕，王德威)，台湾和香港的文学史意义(张诵圣，Akbar Abbas)，晚清文学现代性的省思(王德威，Theodore Huters），被忽略的文类如散文，报道文学的探讨（Charles Laughlin〔罗福林〕），还有"上海摩登"的再发现（李欧梵，史书美），不一而足。

现代中国文学研究最重要的成果之一是对"现代性"的探讨。有关现代性的论述，由最基本的创新欲望到乌托邦（或是误托邦）想象，所在多有，不需在此重复。但在层出不穷的论述之余，我们对现代性的对立面——历史性——的辩证，仍显不足。"历史"在文学批评语境里永远是个大字，但过去二十年来有关历史性的讨论，或被后现代论说解构成不可承受之轻，或被左翼论述持续包装成最后的天启圣宠，以致不能有更具创意的发现。

历史性不只是指过往经验、意识的累积，也指的是时间和场域，记忆和遗忘，官能和知识，权力和叙述种种资源的排比可能。目前学界强调历史的多元歧义现象，多有共识。相对以往的意识形态挂帅的一家之言，这无疑是一大跃进。但这所谓的多元歧义，一样可能是空洞的指涉，有待填充。所以这应该是问题的起点，而非结论。海外现代文学学者在借镜福柯的谱系学考古学、巴赫金（M. M. Bakhtin）的众声喧哗论，或是本雅明（Walter Benjamin）的寓言观末世论等西学，不落人后，但对二十世纪章太炎既国故又革命，既虚无又超越的史论，或是陈寅恪庞大的历史隐喻符号体系，王国维忧郁的文化遗民诗学，并没有投注相等心力。而当学者自命后殖民研究、帝国批判的先锋时，又有多少时候不自觉地重复了半个世纪以前反帝、反殖民的老牌姿态呢？就理论发展而言，这仍然是不平等的现象。

在目前快速交汇的学术领域里，我们不必斤斤计较各种理论的国籍身份，但既然奉中国之名，身在海外的学者就不能妄自菲薄，仅仅甘于"西学东渐"的代理人。正因为现代的观念来自于对历史的激烈对话，"现代性的历史性"反而成为任何从事现代研究者最严肃的功课。归根究底，既然讨论"中国文学的"现代性或后现代性，我们就必须有信心叩问在什么意义上，十九、二十世纪的中国文学发明可以放在跨文化的平台上，成为独树一帜的贡献。这未必全然是乐观的研究，因为在任何时代，任何文明，各种创造接踵而至，有的不过是昙花一现，有的是新瓶旧酒，有的证明此路不通，而最新颖的发明往往未必就能为当代或后世所接受。因此谈现代性就必须谈在绵密的历史想象和实践的网络里，某一种"现代性"之所以如此，或不得不如此，甚或未必如此的可能。

明乎此，在审理海外中国文学研究的成果时，我们可以有如下的论题：西方理论的洞见如何可以成为我们的不见——反之亦然？传统理论大开大阖的通论形式和目前理论的分门别类是否有相互通融的可能。在什么样的条件下，中西古今的壁垒可以被重新界定，中国文学论述的重镇——从梁启超到陈寅恪，从王国维到王梦鸥——可以被有心的学者引领到比较文学的论坛上？

如前所述，目前海外中国文学研究的多样的发展值得继续鼓励。在此之上，也许仍有三个方向值得有心学者，不论是海内或是海外，共同贯注心力。

第一，有关现代文学批评的批评。过去一个世纪对于中国文学的批评，甚或批判的声音当然不绝于耳。甚至有一个时代批评的威胁如此之大，甚至及于身家性命。但是如果我们能将眼光放大，不再执著"批评"和"理论"所暗含的道德优越性和知识（政治）的权威感，而专注于批评和理论所促动的复杂的理性和感性脉络，以及随之而来的傲慢与偏见，应该可以为一个世纪以来的批评热做出反思。

第二，文学和历史的再次对话。文史不分曾经是传统学问的特征，也曾经受到现代学者的诟病。在经历了一个世纪的理论、批评热潮之后，借着晚近中西学界对历史和叙述，历史和想象的重新定位，文学应该被赋予更多与史学对话的机会。以文学的虚构性来拆解大历史的神圣权威，以历史的经验性来检验、增益文学创造和文学理论，已经是老生常谈。文学和历史之间千丝万缕的关系，应该是建构和解构文学（后）现代性的最佳起点。

第三，打开地理视界，扩充中文文学的空间坐标。在离散和一统之间，现代中国文学已经铭刻复杂的族群迁徙、政治动荡的经验，难以用以往简单的地理诗学来涵盖。在大陆，在海外的各个华人社群早已经发展不同的创作谱系。因此衍生的国族想象、文化传承如何参差对照，当然是重要的课题。

海外学者如果有心持续四海一家式的大中国论述，就必须思考如何将不同的中文文学文化聚落合而观之，而不是将眼光局限于大陆的动向。而乐于倡导"边缘政治"、"干预策略"、"跨际实践"的学者，不更应该跨到当今理论领域以外，落实自诩的论述位置？二十世纪中国的文化和历史发展曲折多变，理应反映在文学理论的发展上。身在海外的中国文学学者既然更多一层内与外、东与西的比较视野，尤其可以跳脱政治地理的限制。只有在这样的视野下，才能激荡出现代性的众声喧哗，也才能重画现代中国文学繁复多姿的版图。

（原载《当代作家评论》2006 年第 4 期）

我对20世纪中国文学的世界性因素的思考与探索

陈思和

我的研究专业可以概括为20世纪中国文学史和20世纪中外文学关系两个方面，换句话说，也就是在中国现代文学和比较文学两个学科中间穿行。但是在我的专业思想里，从未把这两个学科看作是相互对立的领域，相反，我一直在寻找两个学科之间的融合点，使彼此成为一个从方法论到本体论都是完整为一的整体学科。严格地说，中国20世纪文学不可能是孤立的中国文学，它一开始就是在"世界"的观照下形成其自身的历史，"启蒙"就是其主要的特征，所以研究20世纪中国文学本身就含有比较文学的特性。同样，中外文学关系的研究必然是要与具体的作家创作现象、文学思潮和理论、文学运动等联系在一起，成为各种文学构成的内在因素。或者说，现代文学是中外文学关系研究的一个载体，而中外文学关系是中国现代文学研究的一种视角，两者是不可分的。所以我极为赞成严绍璗老师所说的"把比较文学做到民族文学的研究中，在民族文学的研究中拓展比较文学的空间"的说法，这也是我所苦苦追求和探索的一个比较文学的理想境界。

作为现代文学学科的20世纪中国文学史，本身就是在世界性因素的观照下形成自身特点的，从清末民初的现代性的追求开始，其发展轨迹基本上是与世界性因素分不开的。研究者如果不加入世界文学的眼光，当然也是可以研究，并写出很有价值的学术论文的（如从艺术角度分析的作家作品论），但是要真正到位地把握中国现代作家的思想脉络和创作风格，可能多少都会与世界性的因素相关。我注意到，上世纪80年代中期比较文学刚刚兴起的时候，有一大批原来研究现代文学的学者纷纷转向这一新的领域进行探索和开拓。为什么不是别的领域而最先是现代文学领域出现这样的敏感和转向呢？我想这正是与现代文学具有比较浓厚的世界性因素有关。但在最初的一步，学者们理解的"20世纪中外文学关系"都不能不依靠传统的影响研究的方法，从零星片段的资料中推断出中国作家和中国文学在多大程度上接受了外国文学的影响，从翻译、介绍、接受的资料汇编方面做了大量的工作，而无法从方法到理论解决中外文学的关系问题。当然，从翻译资料到翻译文本的研究也是中外文学关系研究中极有价值的一环，其最终发展为翻译研究、译介学研究等学科，构成中国比较文学的一个组成部分，也是复旦大学中文系的比较文学学科的主要特色之一。但是这项工作还是不能从理论上解决中外文学之间的关系问题。所谓"理论"，我的理解是，理论不仅仅是为研究提供一种视角、一种方法来指导学术研究，而且能够提供一种世界观来认识整个学科（或者研究对象）的带有本质性的特征，可以适应于多方面的研究，并且衍生出多种多样的研究课题，同时也包括了方法论的内容。我之所以后来把注意力集中到"20世纪中国文学中的世界性因素"这一课题上来，正是出于这样的体会。

"20世纪中国文学中的世界性因素"包含了两个学科的内涵："20世纪中国文学"是中国现代文学的主体，而"世界性因素"则是20世纪中国文学中的一个基本特点，由这一特点沟通了中国文学与世界的"关系"。它可以包括作家的世界意识、世界眼界以及世界性的知识结构，也包括了作品的艺术风格、思想内容以及各种来自"世界"的构成因素，但是更为重要的是，中国在20世纪已经不是一个封闭型的国家，它越来越积极地加入了与世界各国的对话，自然而然成为"世界"的一部分。现在的中国人说出"世界"这个词的时候，已经不再是指一个排除了自身因素的物理空间，而已经包括了自身，即中国本身就成了世界的一个有机的组成部分，中国的问题也就是世界的问题。所以，讨论"20世纪中国文学"时不能不考虑到它的世界性因素，反之，讨论"世界性"的时候也自然包括了中国文学的自身因素。这样一种水乳难分的状态其实就是比较文学研究的理想状态。我一直不喜欢传统的比较文学总是将研究对象视为两元的因素，即在跨文化、跨语种、跨国家的前提下，总是出现"甲—乙"的潜在对立。而世界性因素的理论研究则是把"世界"视为一个广阔的思想平台,不同文化背景和语言形态的现象都在这一平台上呈现出来,构成一种丰富繁复的多声部的对话。多种元素共同呈现在一个平台上,不可能没有相互间的影响,而且这种影响在彼此渗透的状态下呈现,构成了很深刻的关系,但是这种关系仍然是多种元素相互间影响之前或者之后的各自的面貌的呈现。就好像是一部大型交响乐,在统一的旋律下各种乐器都会发出自己的声音和形态,而整个旋律正是通过这些不同声音和形态构成了主题的大"和谐"。人类社会的"和谐"从来就是以个性的充分发展和理想模式的多样化为前提的。亚里士多德最早指出过自然的对立统一规律:"自然是由联合对立物造成最初的和谐,而不是由联合同类的东西。艺术也是这样造成和谐的,显然是由于模仿自然。"是对立物而不是同类物造成"和谐",我以为是文学研究的基本原则。比较文学是以不同文化背景和语言形态下的文学现象为研究对象的,但其理想的境界就是要在人类非常不同的精神现象中揭示根本的和谐性,我把它看成是这个学科的理论基础。

在这个意义上讨论世界性因素,是我所追求的一个比较文学专业的目标。我在 80 年代跟随贾植芳教授学习比较文学,是从收集整理中外文学关系史的资料开始的,去年出版的《20 世纪中外文学关系资料汇编》正是其中的一部分成果,后来我根据这些材料研究中国 20 世纪文学的思潮流变和文学现象,集成《中国新文学整体观》一书,在当时还是有些创新的意义。但是随着研究的深入,我越来越无法进入"某甲影响某乙"这样一种思维模式的研究,准备了多年的中外文学关系的研究也一直没有能够找到一个理论的突破口。其实,我想做的就是中国文学如何在"世界性因素"中形成与世界的对话机制,是如何构筑起这样一种对话的平台。我在前几年曾经断断续续做过几篇当代文学中关于"恶魔性因素"的研究。"恶魔性"完全是一个西方文学传统的因素,但这样的因素有没有可能会在中国文学里体现?我对鲁迅的《狂人日记》以降的文学创作作了梳理,发现显然是存在这样的恶魔性因素的。我从当代文学的作品分析着手,从阎连科的小说里讨论恶魔性因素与"文革"叙事的联系,从张炜的小说里讨论恶魔性因素与市场经济之间的关系，这本身都是讨论人性的异化问题；但从恶魔性的角度来考察人性的欲望、叛逆、破坏、邪恶、犯罪等因素，可以看到人性发展史上从来就有这种因素在起作用，恶魔性因素是带有普遍性的现象，并不独独为西方基督教传统所专有。神学家保罗·蒂里希在上帝的形象里发现了恶魔性，并且由此对人类以及基督教作出深刻反思，这就迫使我们无论如何也要发问：在中国的"文革"及其发起者的形象里，难道就不具有这样一种恶魔性的因素？虽然中西文化中的恶魔性因素是没有什么直接联系的，但是从人性深处的阴暗面来看，这些不同的文学形象正是构成了世界性的恶魔因素。从纳粹到"文革"都同样是恶魔所导演的人性战争的见证。中国当代文学中的"文革"叙事，从"伤痕"文学的控诉暴行到巴金《随想录》的灵魂忏悔再到阎连科喜怒笑骂的"恶魔性因素"，可以完整地揭示出近 20 多年来中国人对"文革"的不同阶段的认识水平与表达形态。

我在这一类的研究里并不强调比较的形态，即没有必要具体地比较德国文学关于纳粹的叙事和中国文学关于"文革"的叙事孰优孰劣，而是用一种"呈现"的形态，展示世界性因素的丰富和繁复。有时候我觉得"呈现"形态比"比较"更重要，更客观，或者说是一种更加接近世界本原意义上的比较形态。在"呈现"中研究者的主观倾向完全体现在排列组合的运作，并不提供呈现物以外的具体价值判断，但是在异质的排列和组合形式里，引导人们看到世界性因素的多元性与和谐性。许多比较文学专业的研究生写论文最感困惑的就是如何"比较"，他们收集了许多不同文化背景下的世界性因素，但是要从中找出彼此间的"联系"显然是个难题，同时要从中得出彼此间的优劣或者同与不同的结论，也觉得难以把握。比如：有一位研究生通过阅读，展示出法国作家笔下的巴黎、英国作家笔下的伦敦以及中国作家笔下的北京的大量描写，他们各自都有许多特点，但是要在这中间找出彼此间的优劣或者同与不同的特点来，却是一件勉为其难的事情。在这种情况下，我总是劝告研究生们：不要硬作比较。理由是：如果"比较"仅仅是一种具体方法，那就是说，你必须遵照"甲—乙"的对立模式比较其同或不同才能够获得结论，但如果"比较"是世界本原的多样性所呈现的一种状态，或者说，当世界的多元性直接呈现在你的面前时，已经包含了"比较"这种形态，那是并不需要你说出比较结论的，世界不在言说中已经把对立与和谐同时呈现了。正如前面所作的比喻，一部大型的交响曲，观众首先是感受其旋律的和谐，而不是比较其中每一样乐器演奏有什么不同效果。我觉得这样一种"呈现"形态的比较文学研究在我国的比较文学领域早就卓有成效了，钱钟书先生的《管锥编》可以作为其代表作。可惜我们长期以来没有尊重和珍惜这份文学遗产。比较文学研究长期以来很难摆脱把比较作为一种方法的局限，在学科建设上总给人有不成熟之感。我最近想通了一点，就是我们从未努力把"比较"从方法论提升到本体论，这就使比较文学学科总好像是在为别的学科打工，而没有注意到它正应该是凌驾于其他国别文学之上的一种综合性的研究世界文学本原的学科，它的目标是呈现与展示世界文学（人类的精神美学）是如何在多样与繁复中达到和谐的。

"20世纪中国文学中的世界性因素"是一个极为复杂的课题，以我的能力是根本不可能穷尽的。但是我还是有兴趣结合现代文学专业的研究，把这个课题断断续续地做下去。目前要做的是教育部的重大攻关项目的一部分（子项目），课题是研究中国百年文学中的启蒙思潮，这个课题当然是可以作为现代文学的一个题目来做，但其实它包含了更高层次上的比较文学的意义。启蒙作为一个来自西方的概念，本来也有极为复杂的含义，从西方启蒙哲学、启蒙运动、启蒙思潮、启蒙文学以及启蒙与现代性诉求五个方面，各自展示出不同形态的流变，对于中国20世纪的文学发展也是呈现完全不同的"关系"。所以，"启蒙"可以成为一种世界性的因素，有针对性地考察西方启蒙问题的历史流变，重点突出西方启蒙思想与西方文学的双向演进的轨迹，并同时来呈现中国启蒙思想运动与新文学运行的双向演进轨迹，考察两者之间的相交点和不同点，揭示中国知识分子启蒙话语下如何形成自己的"传统"：包括启蒙思潮与中国文学古今演变的转型、与中国文学语言的"重写"、与民间本土文化之间的复杂关系，以及与不同政治力量的国家想象,等等,都是这一课题研究必不可少的程序。通过这样一种"呈现"来展示20世纪的中国如何在世界格局下接受现代性的"启蒙",并且在尝试和推行现代性的目标下又如何从自己的问题出发进行实践,能够总结出什么样的经验和教训。我想,如果顺利的话,我与我的研究团队也许会把这个课题做成一个研究"20世纪中国文学中世界性因素"的较为充分的文本。

　　写完上面的几段话,我读了一遍,发现还是有一个问题没有说清楚。也许有人会提出质疑——既然你把"比较"看作是一种世界本原性的呈现状态,那么,我们是否还需要用比较的方法来研究呢?如果离开了比较的方法,是否还能保留比较文学的特点?不是很容易与其他学科混同起来吗?我想这个问题很好解决,我们只要想一想,有没有一种学科是限定具体研究方法的?文艺学是纵览了各种中西文学研究的方法论,古代文学、现代文学、外国文学的研究方法都是多元的,根据不同的研究对象而决定,为什么比较文学一定要局限于某种特定的方法?没有道理啊!如果一门人文学科只限定于几种规定的研究方法,仍然不可能是一门成熟的学科。我觉得比较文学之"比较"作为学科的体现,并不在方法论上,而是能够在研究中引进世界的多元视野,揭示出世界的多样性与繁复性。并置地呈现不同的文学精神现象本身就是"比较"的含义,比较文学指的是多元精神下的世界文学状态研究。在这个意义上,作为方法的比较并不重要,仅仅是我们根据研究对象的需要而选择的一种方法而已。

(原载《中国比较文学》2006年第2期)

从语言角度看中国当代文学

〔德〕顾彬（Wolfgang Kubin）

一

我今天的报告有一个背景，去年（2008年）我应邀参加中国某大学"世界文学和中国当代文学"座谈会，但会议主办者却要求我用英语作报告，这有点奇怪，为什么不让我用中文？我50年代读中学时才开始学英语，只学了5年，我的英语可能还可以，但是好的、漂亮的英语是非常难的。为什么我只学了5年英语呢？因为50年代德国人看不起英语，我们50年代上学的人，都先学拉丁文，我学了9年拉丁文，然后又学了6年古希腊文，最后我还学了两年法语。50—60年代，真正值得学习的语言是拉丁文、是古希腊文。英语可以学，但是可以不用的时候最好不用。而当时的中文呢？它根本没有被当作值得学习的语言。如果60年代有一个跟我一样的人突然开始学中文或日语，周围的人会怎么看他呢？那就和做噩梦一个样，所有的人都认为我发疯了，他们都告诉我："你一辈子都找不到工作，你完蛋了！"

但是60—70年代学中文的条件是非常好的，一个老师只教三个学生。所以，虽然我原来是学神学、日耳曼文学和哲学的，但因为我碰上非常好的老师，开始慢慢走上汉学的路。我觉得学汉学是非常有意思的，给我的生活带来很大的变化，所以我从来没有后悔学中文。我想学好的东西，那个时候我觉得中文就是好的东西。当然，那时说"学中文"的意思都是指学古代汉语。所以毕业时，现代汉语我根本不会说。我的老师非常严格，他是德国人，40年代在中国，他的一个朋友是胡适，他认为我应该来华学一年的现代汉语。那个时候对我来说，中国就是唐朝，我想作为德国的李白，个人生活才有深刻的意义。我至今还记得 1975 年我来南京时的情形。因此，我很高兴今天能用中文在这里演讲。

今天我要提出的问题都跟我的过去有密切的关系。我是德国人，我们有悠久的历史传统，我们从小学外语，学外语帮助我们从另外一个语言体系来看德语的特点。我今天对中国当代文学和语言的评论，都是从我学过的语言来讲的。另外，我不仅是学者、翻译家，我也是作家。我在 20 岁后发现，做一个好作家是很难的。年轻的时候我特别喜欢法国诗歌，法国 19 世纪诗人马拉美（Stphane Mallarm，1842—1892）说过一句非常重要的话，给我留下了深刻的印象。他说："如果想成为一个好作家，最好沉默 20 年。"而我沉默了 30 年。其间我虽然没有停笔，但写的所有作品都放在了抽屉里，到现在这些作品基本上都没有发表，直到 1994 年我才慢慢开始发表作品。

2008 年我去马来西亚开会时，接受了当地中文报纸的采访。7 月 27 日《星洲日报》发表了对我的采访录，其头条就是我说 "300 年后才会有中国作家获得诺贝尔文学奖"。我真的是这样说的吗？这是不太可能的。我当时说的应该是 "30 年以后可能会有一个真正的中国人能够获得诺贝尔文学奖"。但为什么被说成 300 年呢？可能我对马来西亚的报纸来说也跟对中国的报纸一样，是要作为他们的一个传声筒或替罪羊？无论是国内还是国外的报纸报道的许多话，其实我都没有说过。

我对中国当代文学的批评或批判，有一些人认为完全是对的，但这么说也让我很难过，因为我原来希望自己是错的。为什么呢？因为从 1974 年第一次来华到现在，我研究、翻译、介绍中国现代、当代文学，如果我说的话都有道理的话，那么从那时到现在，我做的工作有一部分是很成问题的、是白费精力的。我的一个最亲密的中国朋友，一个非常有名的学者曾坦率地告诉我，你研究当代文学是在浪费你的才能和时间。而真正可怕的是，讨伐中国当代文学的人不是我，我还是比较宽容的，更可怕的是中国人自己和德国汉学家。他们都是一种口气：当代中国作家是一群什么都不知道的人，他们的中文不行，根本不了解中国的传统，根本不掌握任何外语，根本不了解世界文学，他们都是土包子。这样说有道理吗？有时候有，但是不一定都有，反正他们觉得我这个人非常可怜，我30多年来的研究工作可能是白做了，但我希望并没有白做。

那么，如果《星洲日报》的记者了解德国和法国历史的话，他说中国要等300年才会有一个伟大的作家诞生，也可能有一点道理。为什么呢？如果我们来看德文的发展，可以看到我们用的德文是路德发明的。是怎么发明的呢？他通过翻译圣经创造了我们的德文。"德文"（German）原意是老百姓说的话。路德时代前后，文人说话、写作都是用拉丁文。到了18世纪还是这样，德国文人如果不用拉丁文就用法语说话、写作，他们都认为德文不是一个好的语言。到了18世纪末的歌德时代，德国才有了一个真正的一流作家——歌德，他的德文是了不起的。歌德以后所有的作家都用德文来写作。那就是说从路德到歌德不得不等300年的时间，德国才出现一个能够用优美的德文写作的作家。如果从路德来看语言的问题，中国作家只有通过翻译工作才能找到一个水平比较高的白话文。

二

几年之前，欧阳江河提出中国语言的命题。"何谓好的中文？"他这么问。他得到了任何答案吗？恐怕没有。有可能的回答吗？我认为有。民国时期（1912—1949）作家们的语言水平是非常高的，许多作家是多语作家。他们通常不只掌握多种语言，也以各外来语文书写文学作品。林语堂和张爱玲写英文小说，而戴望舒以法文、郭沫若以德文写诗。我到现在还是觉得鲁迅的语言水平非常高，20世纪没有哪个作家可以和他比肩。我觉得他作品的语言非常漂亮，我看他的作品非常舒服，当代作家原本可以承接鲁迅而创造比较合适的白话语言，但他们不这样做。我完全不了解，为什么会这样？

我不完全认同将中国文学今天的处境归因于政治的那些人，因为其实这是作家本身引起的。虽然中国当代文学碰了很多钉子，我还是会说，1949年以后是中国作家自己破坏了现代性的文学。我发现早在30年代中期，包括臧克家、何其芳在内的这一批人都已说得非常清楚，不要什么现代性的自我，应该把自我埋葬。所以1949年以后的文学发展所走的道路不一定全是政治的原因，大多数作家同意、也非常乐意破坏本来水平很高的中国现代文学。在30—40年代，不仅德国、意大利，在欧洲有13个国家走上了法西斯之路，它们都不要现代性的文学，它们都破坏现代性的文学，所以在德国1933—1945年没有什么现代性的文学。30—40年代中国作家比德国作家高明得多、现代得多，我们在1945年后不仅应该重新学语言，也应该重新学什么是文学。

海因利希·伯尔（Heinrich BÊll）说过一句很有意思也非常重要的话，对我的影响至深。他说："德国在1933—1945年间历经12年与世界文学的断裂，其语言在这期间已被政治错误使用。我们德国人1945年以后根本不知道文学是什么、语言是什么。我们应该重新学语言，学我们的母语、我们的文学，所以我们应该先搞翻译工作。"为了了解文学、语言是什么，他开始翻译美国小说。中国的语言在1949—1979年间遭到破坏，因此中国作家有必要从头学中文，就像德语作家重新学他们的母语。中国人比他们的"德国同行"做得更成功吗？我有点怀疑。为什么？我不仅是北岛的好朋友，我还是他的翻译家。北岛每年来德国，我都给他安排朗诵会，无论我们去什么地方，他都会提出中国当代文学的一个毛病来，这个毛病与语言有密切关系。他说："'文革体'完全破坏了我们的语言，到现在还是。"我觉得即使从中国好作家身上也还能看到这个毛病。如杨炼总会用"人类"这个词。在德国，找不到一个作家敢用"人类"这么大的词，我们这些作家没办法告诉"人类"应该怎样。但杨炼就敢，所以我觉得他还是在"文革体"的影响之下写诗。

1968年西方的学生运动对德国，特别是当时西德文学发展的破坏是很大的。这场动动受到中国"文革"的影响，当时的学生要求不要再跟法国走，应该向中国和美国学习，他们不要什么精英文学。所以1968—1989年那个时期，大部分作品的语言水平都非常差，政治色彩却非常浓。大部分知识分子和作家都是左派，他们一般都受到了"文革"的影响。"文革"的影响在今天的社会民主党那里还能找到,他们直到现在都反对精英。两德统一后,最好的作家是原来民主德国的作家。因为民主德国没有经过"文革"之类的学生运动,他们最怕的就是"文革",所以他们保留了比较好的德文原貌。现在也有不少作家开始主张语言是最重要的。我们作为作家,应该多注意语言的问题。为什么说(我也有点开玩笑的意思)中国最好的作家,如果他不是写诗的,他最好先沉默20年。我的意思是说不要发表,把写好的东西放在抽屉里,过了20年后拿出来看看,如果好的话再发表。

中国当代文学的问题基本上都在小说里,中国现在也有不少很好的作家和诗人,但他们都生活在社会的边缘。我非常高兴他们都在社会的边缘,因为如果他们在社会的中心,他们也许会出卖自己。过去中国的作家,在1949—1979年间,把自己卖给政治,因为他们想得到政治上的好处;1992年以后,他们又把自己卖给市场。比如去年我在香港看到报载莫言用43天写完了小说《生死疲劳》,这部小说的德文版有960页。我不想谈莫言在43天里写的小说所具有的毛病,我想从另外一个角度谈谈为什么一个作家不应该在一个月的时间里写完一部作品。

德国作家彼得·史耐德(Peter Schneider)曾告诉我,他一年之内只能写100页;而托马斯·曼(Thomas Mann,1875—1955)则说过,一个真正的作家一天只能够写一页。如果一个人43天之内写完一部作品的话,无论多厚,他没办法再看,也没办法修改。但是如果每天才写一页的话,当天就可以修改,第二天也来得及修改。我写诗、小说和散文,一般情况下,写一首诗我得用一个星期,有的时候是两个星期,有的时候是一个月。翟永明2000年在柏林的一年中,只写了6首诗。翟永明无疑是中国最好的诗人,但她能够代表中国文学吗?恐怕不能。现在"文学"这个概念已不再包括散文、话剧、诗歌。文学就是小说,小说就是文学。在德国也是这么一回事,人们要看文学作品的时候只会去看小说。

三

我再来谈一谈中国小说作家在国外是否成功的问题。莫言、余华这批

六　国际视野与世界性问题　　623

人在美国非常红，但是在德国则不一定。美国比较晚才开始研究、介绍、翻译中国当代文学。1979年美国才与中国建立外交关系，而欧洲人前此十年就能够来中国学现代汉语，了解中国当代文学。所以最初是欧洲，特别是德国，而不是美国在介绍、翻译、研究中国当代文学。德国80年代发生的中国文学热，无论是谁的作品，都会有翻译，都会有文章或书介绍他们。虽然德国人不多，但是在这方面，我们做得还不错。到了90年代，美国开始承接我们的工作，在1990年代后，德国的汉学家、汉学学生介绍、研究、翻译中国文学的积极性大不如前，所以我们现在没办法与美国、法国比。老实说我是在德语国家留下来的唯一汉学家，仍在搞翻译工作，仍在接待中国作家，而且还写他们。

　　莫言、余华如今在世界上的成功有好几个原因，其中之一就是他们都有自己的经纪人。如果你想作为一个有名的作家，你就需要一个经纪人，这个经纪人会把你作品的版权卖给一个出版社。80年代，德国的出版社出什么中国作品会征求我的意见，但现在他们不再来找我了，现在他们都是看美国出什么中国当代文学的书，然后买下版权。我经常跟德国最有名的出版商开玩笑，你买到的都是垃圾，不是好文学，你为什么买这个呢？你为什么不问我呢？我可以告诉你这本书是否有价值。但是他们无所谓，他们看市场，他们想赚钱。他们的标准是什么呢？中国当代小说家能够拥有美国最好的翻译家，他就是Howard Goldblat，中文名字为葛浩文。德国某一个出版社发现葛浩文在美国翻译出版过某一个中国作家的小说后，就会马上决定在德国出版他的小说，然后就会买下这本书的版权。虽然德国也有一流的翻译家，也包括我的学生在内。我原来在柏林大学培养了不少学生成为一流的翻译家，我的一个同事原来就是我的学生，他现在是毕飞宇和苏童的翻译家。但非常奇怪的是，有时候出版社不一定找我的学生把原文翻译成德文，他们会找德文非常好但不懂中文的翻译家，让他们从葛文浩的英译本把中国当代作家的小说转译成德文。德国出版社对我们德国的汉学家很有看法，他们公开地、坦率地告诉我们，德国的汉学家们德文根本不行。他们这么说也有道理。可能我们会中文，但好多德文我们也不一定能掌握,这也是一个原因。为什么除了我在柏林培养的翻译家之外,好的翻译家都是从原来民主德国来的?因为民主德国主张好的德文,但是西德反对德文。为什么?我觉得一个口号是非常可怕的:"德文是法西斯主义者的语言,这个语言我们不要。"当然这个说法从逻辑上看是很有问题的,因为歌德肯定不是法西斯主义者,这个不用多说。

为什么德国出版社不一定会请汉学家直接翻译中国当代作家的小说呢?不仅是我们德文有问题,还有一个原因。我培养的翻译家们,我都告诫他们,既然重视一个作家,就应该把他的作品原原本本地翻译成德文。我曾经这么做过,对中国当代文学家中文字较差的作品,我还是翻译成比较好的德文,因为我同情当代中国作家,我希望能够帮他们的忙。但是我这样做是很有问题的。我发现葛浩文虽然声称他的翻译会忠实于原著,其实他根本不是。我可以举一个典型的例子,姜戎写的《狼图腾》在我看来是一本很有问题的书,我的学生把全书翻译成德文,但出版社查阅了葛浩文的英译本,发现葛浩文把书的最后一部分,即姜戎自己的一篇文章删去了。那家德国出版社也如法炮制,且没有告诉我的学生。为什么美国和德国的出版社都把该书的最后一部分删去了呢?如果我们从德文来看《狼图腾》,就会发现,特别是最后一部分,法西斯主义的倾向是非常非常浓的。在德国人看来,完全是法西斯主义的思想。

葛浩文自己是犹太人,他不可能把《狼图腾》中的法西斯主义思想翻译成英文。除了该书的最后一部分外,作者在书中的某些思考、反思汉族的问题,葛浩文都删除了,德文版同样如此。《狼图腾》为什么能够在世界上许多地方成为畅销书呢?如果没有葛浩文的话,这本书也许就不会畅销,可以说是葛浩文创造了一本畅销书。因为是他决定了该书的英文版应该怎么样,他根本不是从作家原来的意思和意义来考虑,他只考虑到美国和西方的市场。德国的出版社也知道这本书是很有问题的,德国的知识分子都不会认同它。所以德国的出版社考虑的是普通老百姓和文学水平不高的人。所以他们用一个方法来推荐这本书。什么是好文学,什么是通俗、庸俗文学,这在德国分得很清楚,所有在德国发表的通俗、庸俗文学的开本特别大,我们把这种书叫作"火腿"。我们日耳曼人如果饿了的话,我们会买很大的火腿,火腿吃几个月没问题。我们把那种带在旅途上看的书叫作"火腿"。所以我看这本书的版式后,马上就知道这不是为我出版的书,不是为文人、为文学爱好者出版的书,这本书是给对文学不忠实的人看的。

中国当代小说在美国非常红,在德国卖得也不错,虽然我们这些知识分子和作家都不看。1945年以后,欧洲作家不会讲故事了,故事的时代已经过去了。特别是50年代法国新小说家说得很清楚,"如果还有什么叙述者想对我们讲故事的话,应该对他表示怀疑"。但是好像世界上还会有人需要人家给他讲故事。因为余华、莫言、苏童他们还喜欢讲故事,这就是为什么他们能在美国及德国找到读者,因为读者想得到消遣。如果一个作家要在中国、美国、德国都很成功的话,他和媒体应该有密切的关系。比如说棉棉、虹影、卫慧等都曾上过德国电视台。虽然德国电视台公开地评论她们的小说并不好,但是她们的作品还是卖得非常好。因为读者都看到他们上过电视了,错不了。评论家说什么无所谓,这些作家都上过电视了,这说明他们算是重要的。现在不少中国当代小说家的小说都有剧本的风格,不少小说都是为了卖给电影公司而写的,好像中国当代小说作家首先考虑的是赚钱。

四

我还记得最近有两个翻译家跟我诉苦。第一个人说,我特别喜欢翻译中国当代文学,但是好的作品我从来没有看过;第二个人说,很可惜,中国作家他们多写多赚钱,但是这样让我非常非常累,因为多余的话太多了,很多话我不想翻译出来。这说明什么呢?一个作家真正的对象是语言,是一个字、一个词。如果我们从1949年以前的历史来看,我们可以发现鲁迅无论他写过什么,但少一个字不行,多一个字也不行。一个作家应该找到恰当的字或词。但是中国当代作家为了赚钱,他们觉得语言无所谓。多一个字少一个字,多一句话少一句话,多一章少一章都可以。好的文学作品不该如此。另外,不少中国当代作家很会自我标榜。比如虹影在德国电视台说自己是 World Class，是世界上最好的作家之一。怎么可能？即便是在德国，她也不过第三流作家而已。一个中国作家没有去探究语言本身的内部价值，他或她只不过随意取用任何随处看到、读到或听到的语言。这是日用语言，街头语言，当然，也是传媒语言。这说明中国当代小说家都不是为语言而奋斗。他们先看看市场要的是什么，市场要什么，他们就写什么。

中国当代小说家为什么认为他们的水平很高呢？这有多个原因。其中最重要的一个原因是他们基本上不会外语，所以他们没法看外国原著，也不能跟外国作家用外语交流，他们都需要我们这些翻译家，我们都应该为他们服务，无论他们去什么地方我们都应该陪着他们。这说明什么呢？他们不是为文学而服务的，他们是为自己而服务的。我曾说过，文学时代是翻译时代，翻译时代是文学时代。如果我们从1949年以前来看这个问题的话，我们会发现不少现代作家他们的语言水平是非常高的。比如鲁迅会德语、日语，也翻译过不少作品。如果从德国来看这个问题，我们会发现德国最好、最有名的作家同时也是翻译家，他们的任务是把外国优秀的作品翻译成好的德文，他们觉得他们应该为外国文学服务。而中国当代作家基本上都不从事翻译，他们不觉得翻译是他们的任务。所以现在在中国有不少中文差的翻译家，把外国一流的文学作品翻译成很差的中文后在中国没发挥什么影响。

在1949年以前，有很多中国作家用外语写作，如张爱玲、林语堂、卞之琳、郭沫若等等。我自己觉得鲁迅的成就也跟他的德语和日语水平有密切的关系。所以从某一个角度来看，鲁迅就是中国的路德、中国的歌德，但是他的传统到1949年以后失踪了。现在很多中国人根本不看鲁迅，觉得他的作品都是从政治来看有问题，从中国人的欣赏来看有问题，语言也有问题，因为现在已经没有人用这样的语言来写作。如果要恢复民族文学的话，应该从国外，而不是从国内着手。为什么？你看美国诗人艾兹拉·庞德（Ezra Pound），他认为世纪末英语国家的诗歌已经没有什么吸引力，所以他从日本的、中国的诗歌中开始恢复英语的诗歌。如果他没能看到日本、中国的诗歌,他就没有办法把英语诗歌恢复到以前的水平。中国当代小说(有的时候也可以说诗人)很舒服,为什么呢?他们省事儿,如果不会外语,他们可以把翻译家作为他们的"丫环"。我现在就是很多中国当代作家的"丫环"。他们收到一封英文信后,马上就转给我,第一你帮我翻译,第二你帮我回复,经常是这样。

两年以前,我去印度开会,钦奈(Chennai,前名Madras)的马德拉斯大学请我介绍中国。因为印度没有什么汉学,印度学生觉得学中文没意思,没有必要学,但是马德拉斯大学觉得应该开汉学的课程。钦奈这个城市也有作协,知道我是翻译家和作家,于是就请我去介绍我的作品。我很高兴,这个机会很难得到。但是我到那里以后,给他们介绍我的文学作品以后,他们对我这个人一点兴趣都没有。他们开始问我中国当代文学的情况,最后我觉得很奇怪,为什么他们不和我谈德国文学却和我谈中国文学?他们说我们刚从中国回来,在中国碰不到什么作家会外语,所以根本不知道中国当代文学是什么样,幸好你来了,你给我们介绍吧!但这是我的任务吗?在印度给印度人介绍中国文学?我觉得这是中国作家的任务。

中国当代文学的情况都这么差吗?不一定。中国有很好的文学,从《诗经》的时代到辛亥革命都有好的文学作品,有好的作家。从民国到1949年以前,有很多好的作家忠实于文学,不仅是鲁迅。而且那个时候中国的确有一个很好的现代性的文学,这是30—40年代的德国没办法比的。但是1949年以后,很多作家就把自己卖给了政治;1992年以后,他们把自己卖给了市场。好多80年代非常红的作家到了90年代什么也不写,对他们来说,文学就像一场游戏。所以为什么1990年代以来喜欢文学的读者除了诗歌以外根本不读中国当代的文学作品,这是一个原因。他们对中国当代小说家很有看法。也可能今天某一个人非常红,明天他却下海了。这在德国是不可能的,在欧洲不可能有人放弃文学而下海。

文学从此在当代中国再没有任何希望了?当代中国作家似乎和那些恋爱中的太监类似。(哥伦比亚作家暨思想家Nicols Gmez Dvila曾言:"一个没有天分的作家就像一个恋爱中的太监。")他们要写一篇好的文学作品,但短缺必要的道具,即语言技巧。而由于他们不能通过原文阅读世界文学,他们遂不能通过别的语言、别的传统或别的世界观寻求灵感。

中国当代文学能够有一天恢复原来的自己吗?会有这一天的,但是中国当代作家应该先学外语。不仅只学一门外语,而且要学多门外语。鲁迅说过,学外语能够丰富自己的语言。我怀疑,如果鲁迅没有学过古代汉语,没学过德语、日语,他能否找到他自己的语言!另外,中国当代作家应该看原著,不应该依赖翻译家。他们应该用外语去跟外国作家直接沟通,不应该总是通过我们,通过我们的眼睛,通过我们的帮助和外国作家接触。他们还要克服"文人相轻"的毛病。如果在德国碰到一个中国来的作家,他会骂所有的中国作家,无论是谁,唯一留下来的是他自己,只有他自己是了不起的,我们应该为他服务。我觉得非常遗憾,高行健拿到文学诺贝尔奖后,很多北岛的朋友太高兴了。为什么?北岛的文学水平很高,他们没法比,而高行健的文学水平并不高,谁都可以跟他比,中国至少有一百个作家水平比他高。但是如果北岛获得诺贝尔奖,他们就要嫉妒。而高行健获奖,他们可以不嫉妒,因为他没多高水平。连北岛最为亲密的朋友都公开表示很高兴他没有获奖。所以中国作家在国外留下的印象是有问题的。

(本文为顾彬教授2009年2月17日在南京大学高研院"名家讲坛"的演讲,本刊发表时略有删节)

(原载《南京大学学报》2009年第2期)

论文学的世界性因素与影响研究
——关于"20世纪中国文学的世界性因素"命题及相关讨论

谢天振

自从本刊 2000 年第 1 期推出"20 世纪中国文学的世界性因素"专栏以来,至今已将近 2 年了。在这 2 年的时间里,我们在这个专栏里一共发表了 14 篇论文,另外还有许多来稿,尽管也都很精彩,也不乏真知灼见,但限于篇幅,未能一一发表。在此期间,本刊编辑部还就"世界性因素"这一命题举行了 2 次专题讨论会,参加的学者、教师和研究生将近 100 人次,这 2 次讨论会的纪要也都由编辑部同志整理后发表在本专栏里。读者不难发现,无论是在已经发表的文章里,还是在面对面的讨论会上,参加者围绕着陈思和教授提出的"20 世纪中国文学的世界性因素"的命题以及与此命题有关的一系列问题,展开了非常热烈、有时甚至是相当激烈、几乎针锋相对的讨论。因此不妨说,专栏所获得的成功不光体现在陈思和教授在这个专栏里提出了一个极富挑战性的、颇具独创性的学术命题,它还体现在由这个命题所引发的关于如何开展中外文学关系研究、如何评价比较文学的主要方法论影响研究、如何厘清比较文学研究中的一些基本概念等问题的深层思考,以及在"世界性因素"这个思想指导下所进行的一些具体个案的研究上。

"20 世纪中国文学的世界性因素"命题
对现当代中外文学关系研究中的一种流行观念
提出质疑并提供了新的思路

正如陈思和教授本人所言,他提出"20 世纪中国文学的世界性因素"这一命题经过了相当长时间的酝酿和思考。他从上世纪 80 年代初起就一直在从事中外文学关系的研究,但经过多年的实践——又是编资料,又是写史,却发觉"成效甚微,困惑益多"。他的困惑来源于80年代以来国内在20世纪中外文学关系研究领域的一个相当流行的做法,即"首先用大量实证材料考证中国知识分子接触了哪些思潮,读了哪些书,然后是作家如何接受传播者的影响,如何调整自己的选择,等等"。陈教授觉得,通过这样的方法得出的结论"太没把握了"。他以鲁迅的《狂人日记》为例,指出,一般研究者总是认为鲁迅受到果戈里、尼采的影响,他们常见的做法就是拿出果戈里、尼采的文本,寻找鲁迅所受的影响在哪里,鲁迅的创造性又在哪里。陈教授认为,尽管这种做法在逻辑上没有错,但是存在两个问题,一是得出的结论都是中国在模仿影响中成长;二是这些研究资料完全不能说明《狂人日记》的创作是从哪里来的,作者自己是如何创作构思的。由此,陈教授发觉在传统的中外文学关系研究中存在着一种较为普遍的现象,即"把中国看成是世界的回声。世界在发信息,而中国是在响应、接受、传播"[①]。而这种现象的背后则有一种观念在起作用,即认定"中国现当代文学是在外国文学的影响下发展起来的"。

陈思和教授认为,这种所谓的外来影响是不可靠的,而那种认定"中国现当代文学是在外国文学的影响下发展起来的"的观念,则是一个虚拟性的前提。他提出的关于"20世纪中国文学的世界性因素"的命题,正是针对长期以来我国中外文学关系研究中的这种所谓的外来影响考证的"不可靠性"和这种认定"中国现当代文学是在外国文学的影响下发展起来的"的观念的虚拟性前提。他的观点是,"既然中国文学的发展已经被纳入世界格局,那它与世界的关系就不可能完全是被动接受,它已经成为世界体系的一个单元。在其自身的运动(其中也包含了世界的影响)中形成某些特有的审美意识,不管与外来文化的影响是否有直接关系,都是以自身的独特面貌加入世界文学行列,并丰富了世界文学的内容"。陈教授强调说,在

[①] 引自陈思和教授在本刊举行的座谈会上的发言,《中国比较文学》2000年第2期,第52页。

这样的研究视角里,"世界/中国的二元对立结构不再重要,中国与其他国家的文学在对等的地位上共同建构起'世界'文学的复杂模式"①。

相应地,陈思和教授对另一种与上述观念相类似的对中外文学关系的诠释也不满意,那种诠释是:中国的现代文学是在世界文学思潮的影响下形成的,中国文学惟有在对世界文学样板的模仿与追求中,才能产生世界性的意义。②

不难发现,陈思和教授追求的是,在中外文学关系研究中,不要再把中国文学描述成一个纯粹的、被动的接受体,一个简单的模仿者,一个西方文学潮流"影响"下的"回声余响",他要把中国文学放在与外国文学,尤其是西方文学(笔者以为)同等的地位上进行研究。

陈思和教授的观点得到了不少学者的赞同。上海外国语大学社科院的宋炳辉副教授撰文指出:"作为现代文化的一种表现形态,中国20世纪文学与作为强势文化的西方文学之间的关系并不是一种主从关系,而应该是一种平等对话的关系,这不是一种出自民族主义的一厢情愿,而是在去除了西方中心主义阴影之后的对世界现代文化真相的一种揭示,也是中国当代文化和文学研究者应该具备的学术眼光。"③ 在文中,宋炳辉对"世界性因素"这一命题的现实意义更是给予高度评价,认为:"以往在中外文学关系研究中普遍存在的对'外来影响'的单纯描述,将单一的'外来影响'视作中国现代文学的发生和发展的动力资源,将中国文学和西方文学视作对立的二元,把中国文学的现代化等同于西方化的论点正在得到进一步的清理。这样,重新审视中国文学的现代性或揭示中国文学中所包含的世界性因素,也已成为讨论和评价20世纪中国文学的必要前提。"④

华东师范大学中文系的罗岗副教授从陈教授的想法中看到了"一个很

---

① 陈思和:《20世纪中外文学关系研究中的"世界性因素"的几点思考》,《中国比较文学》2001年第1期。
② 同上。
③ 宋炳辉:《20世纪中外文学关系研究与比较文学学术空间的拓展》,《中国比较文学》2000年第4期。
④ 同上。

重要的变化",并在陈教授想法的基础上作了进一步的发挥。他说:"以前的跨文学关系中总有一种主和奴的关系,这不仅在中国文学中存在。随着60年代多元文化的兴起,这种情况有所改变。也许对世界文学而言,正是有了鲁迅的《狂人日记》,才使得果戈里的《狂人日记》变得重要。常常有这样的文学现象,正由于一批当代都市作家的出现,张爱玲的价值才重新发现。文学关系很难说谁是主体谁是附体,而是一种互动关系。"①

另一位研究者,上海外国语大学社科院的查明建先生也对陈思和教授的质疑产生共鸣,认为"世界性因素"的提出对研究有"矫正偏失的作用"。他说:"就我国20年来中外文学关系研究来说,不少论者在很大程度上还是延续了法国学派的思维方式和研究方法。不少中外文学关系研究文章完全采用影响研究方法来处理复杂的文学现象,从中国作家作品中的主题、创作手法、情节、意象与外国作品相似点着手,寻找影响的证据,以证明外国文学对中国某个作家的影响为目的。对文化背景的分析是为了说明借鉴影响的真实性和合法性,忽视了接受者的选择和创造性内容。论者潜在的,或者说不言而喻的预设前提就是20世纪中国文学中出现的'新'的东西都是'本国文学传统和他的本人的发展无法解释的',所以是外国文学的影响。以狭隘的'影响'观念指导下的中外文学关系研究,中国文学的发展面貌就成了在西方先进文学面前被迫应对、亦步亦趋、甚或东施效颦的窘迫情态。这样就遮蔽了20世纪中国文学中自发性的成分。"②

回顾国内自上世纪80年代以来在20世纪中外文学关系的研究中,有些研究者受上述既定观念的支配,局限于或满足于寻找一些所谓的影响事实,就此完成对中外文学关系的诠释,这种现象确实有一定的普遍性。因此,在这个意义上而言,陈思和教授对近年来国内中外文学关系研究中置中国文学于消极被动的接受者地位,并拘泥于求索"事实联系"的研究方法提出的质疑,以及在此基础上提出关于"20世纪中国文学的世界性因

---

① 参见《"20世纪中国文学的世界性因素"讨论会纪要》,《中国比较文学》2000年第2期。
② 查明建:《从互文性角度重新审视20世纪中外文学关系——兼论影响研究》,《中国比较文学》2000年第2期。

素"的命题,确实为今后深入开展中外文学关系研究提供了一个新的视角,拓宽了研究者的视野,跳出了通常的"西方施发影响,中方被动接受"的思路。这样,研究者在审视中外文学关系时,不再停留在中国作家接受外来影响的所谓"事实"上,还会从中外文学对等意义的层面上,更多关注中国文学中自身的创造性和主体性特征。仍以鲁迅研究为例,在今后的研究中,研究者当然不会无视或忽视鲁迅所受到的果戈里和尼采的影响,但他们还会致力于揭示在塑造"狂人"这一形象过程中鲁迅所取得的创造性成就,以及他为世界文学中的"狂人"形象的创造所作出的独特的贡献,从而使读者对中外文学关系得到一个比以前更趋完整的印象。

"20世纪中国文学的世界性因素"命题
为开展中外文学关系研究开拓了广阔的学术空间

进一步分析的话,我们当能发现,"20世纪中国文学的世界性因素"的命题不光为中外文学关系研究提供了一个新的思路,而且也发掘出了一个富有活力的新的学术生长点,为整个中外文学的研究展现出了一个富于前景的广阔的研究空间。

当"世界性因素"这个命题"颠覆"(严格而言,其实不妨说是"纠正",而不是"颠覆")了"中国现当代文学是在外国文学的影响下发展起来的"的观念之后,它就把我们的目光引向了20世纪中国文学的本身,引向了中国文学家及其创作的本身,引向了"中国文学史上可供置于世界文学背景下考察、比较、分析的因素"。当研究者不再把目光局限于外部的"事实联系"上时,他们的关注自然就会转向中国文学自身的价值,深入中国文学内在的创造性历程。"世界性因素"命题的用意之一也许正是希望藉此唤起人们从世界文学、世界文化的背景上,去考察、去发现20世纪中国文学独特的自身价值。

这一点尤其具体地体现在陈思和教授指导的博士研究生的学位论文及相关研究成果上。譬如在张新颖博士对20世纪上半期中国文学的中国现代意识的探讨上,他就明确宣称,他"关注的重点不在于双边关系",他"想讨论的却是中国现代文学和中国的现代意识"。与此同时，他对以往的有关研究颇不以为然，因为他们"在未必自觉的西方中心论的作用下，中国现代文学自身的问题往往变成了西方思想、意识乃至文学技巧在中国文学中的投影，中国文学自身的问题被挤压掉了，因而它自身就被当成了一面扁平的、只具有映照功能的镜子，特别是关于现代意识的探讨，这种倾向尤为突出"。① 在这一段话里，读者不难感觉到陈思和教授关于"世界性因素"思想的投射。而张新颖通过对章太炎、王国维、鲁迅等人思想的重新阐释和叙述，也确实在努力地把"中国现代意识的发生"这一课题带出"单一的西方影响"的思路，并把这一课题更多的与中国原有的文化资源、与接受主体内部的精神世界结合起来。②

比较而言，陈教授的另两位博士生张业松和王光东的研究更有针对性，前者明白无误地宣称，他"针对的是传统的比较文学和文学史研究中的'影响话语'"，因为"在以往的阐释中，'影响'被看成是一种从影响源发出的单向决定性文学文系，是强势话语对弱势话语的简单凌替，是一种'先进'对诸多'落后'的无情（'不以人的意志为转移'）征服和占有。"他认为，"这是一种过于简单化的文学思维"，所以有必要"将原有的一味强调简单机械的单向决定性关系的'影响话语'改造成为一种更切近影响事件的本来发生方式、充分突出影响源与影响对象之间双向互动的亲和关系的新型比较文学话语"。③ 后者则以五四时期中国现代作家所受到的西方"生命哲学"的影响为例，分析了西方从生命出发的反理性原则与中国从社会出发的对生命的思考之间的对立性矛盾，揭示了中国作家在理解与接受西方"生命哲学"过程中影响的变形。④

---

① 张新颖：《现代意识与中国主体》，《中国比较文学》2000 年第 1 期。
② 当然从发表在《中国比较文学》2000 年第 1 期上的《20 世纪上半期中国文学现代意识的基本情形》一文来看，张新颖博士的努力是否已经印证了陈思和教授的"世界性因素"的思想，似尚有商榷的余地。
③ 张业松：《"主义"和"现实"》，《中国比较文学》2000 年第 3 期。
④ 王光东：《五四新文学中的生命意识》，《中国比较文学》2000 年第 3 期。

此外，像刘志荣、马强的《张爱玲与现代末日意识》[①]、张光芒的《中国近现代启蒙思潮研究的现状与反思》[②] 等，也都从不同的角度、以各自的个案研究，丰富了读者对陈教授的"世界性因素"的理解。

如果说，上述研究还只是在"世界性因素"这一命题的启发和指导下，研究者在研究的态度和立场上发生的变换的话，那么，当我们面对林林总总、浩如烟海的中外文学作家和作品时，"世界性因素"这个命题也许就意味着一个更为广阔的研究领域的开拓了。

首先，即使是对"世界性因素"这个概念的探讨，也大有文章可做。究竟什么才是文学的"世界性因素"呢？陈思和教授对它并没有明确的定义，因为他觉得"在考察20世纪中国文学现象时，很难区别什么具有'世界性'，什么不具有'世界性'"。但是我们从他紧接着的一段话中，也许可以大致揣摩出他对世界性因素的一些设想。他说："如果我们讨论中国文学中的浪漫主义或者女性意识，尽管两者都是世界性的现象，但这样的研究不属于比较文学，也就无所谓'世界性因素'，只有当研究者把研究视野扩大到世界的范围，比如探讨中国的浪漫主义与欧洲各国浪漫主义的关系或异同，中国女性意识在世界女权运动中的地位，等等，把话题置放在'浪漫主义'，或者'女性主义'的世界背景下进行考察与比较研究，才可能构成'世界性因素'。"[③]

由此可见，陈思和教授对世界性因素的界定更多侧重于中国文学中的"世界性现象"，而且只有将这些"世界性现象"放在世界背景下进行考察时才"构成世界性因素"。这就难怪华东师范大学的陈建华教授会觉得，从"世界性因素"这个命题的定义以及与此相关的关于这种研究应包括的两个部分的具体阐述来看，"它始终以中国文学为出发点，学科背景过于明显。……从中国现当代文学研究的一个方向出发，也许可以这样定义。但是，

[①] 《中国比较文学》2000年第2期。
[②] 《中国比较文学》2000年第2期。
[③] 陈思和：《20世纪中外文学关系研究中的"世界性因素"的几点思考》，《中国比较文学》2001年第1期。

站在比较文学或外国文学学科的立场上看中外文学关系，命题就缺少了应用的普适性。……既然我们在讨论中外文学关系研究，不是在讨论中国现当代文学研究，那么命题就应该具有足够的涵盖面。"①

另外也有研究者感到"20世纪中国文学的世界性因素"这一命题存在偏颇性，指出，如果这一命题"只能彰显中国文学发展的特质，只从中国文学自身的立场来研究中国文学，中外文学关系研究只剩下与外国文学共时性的契合关系，就不能有效地解释中外文学关系中的普遍现象，也难以揭示中国文学在影响的大语境之下如何择取、接受等等时代性的文学特点。在研究方法上就显得偏狭、不全面，作为一种研究范畴和方法就不具备普效性。"②

这里的问题也许根源于命题提出者的学科立场以及他为这一命题所设置的首要目标。作为一个中国现当代文学研究专家，陈思和教授首先关心的显然是如何妥善处理和解决20世纪中外文学关系研究中所遇到的"观念困惑"，而不是其他。

其次，也许与陈思和教授提出"世界性因素"命题的初衷不尽一致的是，当他提出"文学的世界性因素"这一命题并明确把它放到比较文学研究层面上时，这一命题就自然而然地越出了中国现当代文学研究的范畴，人们必然会从双向关系，甚至从总体文学的层面，把它与文学的人类同一性，也即中外文学中普遍存在的主题、形象、创作手法、情节等，人类的基本心理生理行为，如生离死别、喜怒哀乐、爱情与仇恨、恐惧与无畏等，人类的各种意识，如末日意识、忏悔意识、现代意识、荒诞意识等放在一起，加以参照、比较和分析，"文学的世界性因素"这一命题也因此取得了更为广泛的世界文学层面上的意义，从而为中外文学研究，包括20世纪中外文学关系研究开拓了更为广阔的研究空间。限于刊物的篇幅，本刊此次

---

① 陈建华：《关于"20世纪中国文学的世界性因素"命题的几点看法》，《中国比较文学》2001年第3期。
② 查明建：《从互文性角度重新审视20世纪中外文学关系——兼论影响研究》，《中国比较文学》2000年第2期。

未能刊发这方面的研究文章,但读者可以从陈思和教授本人的有关著述中,如他的《中国新文学整体观》中关于中国现代文学中的"忏悔意识"的研究等,发现"世界性因素"这一命题的开拓性意义。

"20世纪中国文学的世界性因素"命题
引发对新形势下影响研究的意义和作用的深入思考

"20世纪中国文学的世界性因素"这个命题的另一个积极意义是,它还引发出了对比较文学学科中的某些问题,尤其是对它的主要方法论影响研究的深入思考。

在陈思和教授看来,国内中外文学关系研究中的上述弊病,其根源就是因为研究者照搬了比较文学中的影响研究的方法。"比较文学的'影响研究'方法直接帮助了当时的中外文学关系的研究,即通过列举外来影响的史料来证明中国现代化进程实质上是对西方先进文化的模仿和引进。"[①] 因此他认为,要纠正上述研究中的弊病,就得抛弃传统的影响研究方法和观念,用他自己的话来说,就是"应对影响研究这种最西化的学科方式进行颠覆瓦解,形成中外文学关系研究的新的思维方法和思维基础"[②]。

正如陈教授自己所预料的那样,他的这番话果然引起了颇为激烈的反应。北京师范大学的张哲俊教授立即表示疑问:"比较文学的实证研究时代过去了吗?"他强调,在信息交流越来越快捷广泛、越来越频繁密集的今天,尽管实证研究的难度加大了,但"并不意味着从事比较文学研究的学者有理由可以放弃中外文学关系的实证研究。恰恰相反更应当加大实证研究的力度"。因为,"如果不去一一地辨析清理文学的中外关系,不去一丝一毫地辨认出丝丝缕缕的纠缠的文学关系的事实,不去弄清楚从变异到化为民族文化的过程,如何能够保证所从事的研究是实在和可靠的呢!"[③]

[①] 陈思和:《20世纪中外文学关系研究中的"世界性因素"的几点思考》,《中国比较文学》2001年第1期。
[②] 参见《"20世纪中国文学的世界性因素"讨论会纪要》,《中国比较文学》2000年第2期。
[③] 张哲俊:《比较文学的实证研究时代过去了吗》,载《中国比较文学》2000年第4期。

另外也有研究者觉得,"20世纪中国文学的世界性因素"这一命题所隐含的解构和颠覆影响研究的思想"似乎有些矫枉过正"。上海社会科学院陈伯海教授意味深长地指出,"有些问题值得进一步思考"。他说:"'世界性因素'该如何界定?现代意识是不是一种世界性因素?世界意义和现代性是否等同?如果说,现代化不是一种模式,那么,中国的现代性、现代化指的又是什么?其次是方法论问题。影响研究确有很多局限,平行研究和阐发研究也不能解决问题,那么,中外文学关系应取综合方法研究,还是在这以外还有其他什么方法?因为谈到关系,总离不开一个参照,能不能据此形成一个'参照研究'呢!"①

从某种意义上而言,查明建先生关于互文性视角的观点正好是上述所谓"参照研究"的具体化。查先生说:"我们需要在外来影响与本土语境、传统承传与时代创新、时代语境与个人审美倾向等等诸种矛盾因素之间建立一个全面瞭望和灵活应对的制高点,获得一个更为宏阔、圆通的视角,以便将这些诸多复杂的问题纳入视域之中,这个制高点就是互文性视角。"他还强调指出:"无论是影响使然还是自身的独创,中国文学中的新生长的成分都与世界文学构成了互文的关系。实际上任何一个民族文学,如果不置于世界文学的互文性参照中,其世界性因素也就无从谈起。"② 实际上,查明建先生的建议同时也为深入研究中国文学的"世界性因素"提供了一个很好的切入点。

如上所述,陈思和教授提出的要"颠覆"影响研究的想法颇引起了一些较为激烈的反响。复旦大学博士生田全金也就此发表了他的看法:"从逻辑意义上看,如果不研究外来影响,只把创作中的世界性因素归结为社会生活的变革、归结为作家的生命体验,就必然导致把比较文学变成文艺社会学或文艺心理学。排除了外来的实证的描述,中国文学的世界性因素

---

① 参见《"20世纪中国文学的世界性因素"话题引起热烈争鸣》,载《中国比较文学》2001年第1期。
② 查明建:《从互文性角度重新审视20世纪中外文学关系——兼论影响研究》,《中国比较文学》2000年第2期。

(或现代性因素)的研究,是很容易跌入这个陷阱的。从比较文学自身发展的需要着眼,对影响研究及实证方法的颠覆,不仅不应导致对外来影响的漠视,相反,还必须保障这种影响关系的价值和意义的描述更加清晰。"①

这个意见当然是对的。但是有些参加者似乎被陈思和教授的"故作激烈姿态"的言词所"迷惑"了。其实,从陈教授的文章中我们可以发现,他"并没有一概否定实证方法的所有意义"②,他的"世界性因素"命题"是针对20世纪中外文学关系的范畴提出的,而不是针对所谓'影响研究'的"③。陈思和教授针对的是"过时学派的一套繁琐经验"。而对"这套过时的经验"国际比较文学界自己也早就进行了批判,著名比较文学家库提乌斯就明确指出:"这个术语(指影响——引者)常常不能表达内涵丰富的事物,它以相当不真实的方式指称真实的事物。"④ 其实,当今国际比较文学界的影响研究,无论是它的内涵还是它的对象,也已经有了很大的变化,也早已不再是当年法国学派推行的那一套了。孙景尧教授说得对,"从这一意义上说,陈思和教授提出'20世纪中国文学的世界性因素'的主张,同当今西方学者所阐述的'跨文化比较研究'的新见解,都是全球多元化态势所催生并意识到的当代影响研究理念,诚如张哲俊所说,不失为中外文学关系研究的'新途径、新思路'和'建设性的意识'。而作为文学关系研究的影响研究,似乎不是要和不要、或过时不过时的二分对立选择,而是如前国际比较文学学会会长迈纳所说:'不必完全抛弃"影响"的概念,重新确定它的定义之后,这个概念还可以继续发挥作用。'"⑤

其实,何止是"影响"这个概念需要"重新确定"并"继续发挥作用"

---

① 田全金:《超越实证拯救关系》,《中国比较文学》2001年第2期。
② 陈思和:《20世纪中外文学关系研究中的"世界性因素"的几点思考》,《中国比较文学》2001年第1期。
③ 陈思和:《20世纪中外文学关系研究中的"世界性因素"的几点思考》,《中国比较文学》2001年第1期。
④ Jan Brande Corstius, *Introduction to the Comparative Study of Literature*, Bandon House, New York, 1968, p182.
⑤ 孙景尧:《中国文学关系研究的"有效化"》,《中国比较文学》2001年第3期。

呢，有许多学术概念和学术命题，自提出之日起就一直不断地在被人们"重新确定"，从而丰富完善了它们的内涵，这些概念和命题也正是通过这些不断的"重新确定"获得了也延长了它们的学术生命。我想，在这些概念和命题中也应该包括"20世纪中国文学的世界性因素"这一命题。

（原载《中国比较文学》2001年第4期）